Aus Freude am Lesen

Wird Barbarotti aufs Abstellgleis befördert? Nach einem persönlichen Schicksalsschlag soll er sich mit dem Fall eines vor fünf Jahren spurlos verschwundenen Elektrikers beschäftigen. Nicht nur Kollegin Backman frägt sich, ob es sich hierbei nicht nur um eine Form von Beschäftigungstherapie für einen labilen Kollegen handelt. Und es sieht auch ganz so aus, als sei Barbarotti nun zum Spezialisten für sogenannte »kalte Fälle« geworden, deren Lösung zweifelhaft ist. Tatsächlich lebte besagter Elektriker zum Zeitpunkt seines Verschwindens mit einer Frau zusammen, die bereits einmal einen Mord begangen und dafür elf Jahre im Gefängnis gesessen hatte. Nur beweisen konnte man ihr in diesem Fall nichts: denn ohne Leiche, keine Mörderin. Gunnar Barbarotti setzt Mosaiksteinchen um Mosaiksteinchen zusammen, und als er schließlich begreift, was gespielt wird, hat das weitreichende Konsequenzen …

HÅKAN NESSER, geboren 1950, ist einer der beliebtesten Schriftsteller Schwedens. Für seine Kriminalromane erhielt er zahlreiche Auszeichnungen, sie sind in über zwanzig Sprachen übersetzt und mehrmals erfolgreich verfilmt worden. »Die Einsamen« ist der vierte Band der Serie um Inspektor Gunnar Barbarotti. Håkan Nesser lebt derzeit in London und auf Gotland.

Håkan Nesser

Am Abend des Mordes

Roman

Aus dem Schwedischen
von Paul Berf

btb

Die schwedische Originalausgabe erschien 2012 unter dem
Titel »Styckerskan från Lilla Burma« bei Albert Bonniers,
Stockholm.

Verlagsgruppe Random House FSC® N001967
Das für dieses Buch verwendete FSC®-zertifizierte
Papier *Lux Cream* liefert Stora Enso, Finnland.

Einleitende Bemerkung

Die Stadt Kymlinge existiert in ungefähr demselben Maße auf
der Landkarte wie der Hof Burma, Ragnhilds Gebirgspension
und der Liebe Gott.

I

Der 29. April 2012

1

Irgendein Morgen.

Er wachte auf, und wenn es im Zimmer eine wahrnehmbare Veränderung gab, so bemerkte er sie nicht.

Es war still wie immer. Das graue Licht der Morgendämmerung, das behutsam durch die dünnen Vorhänge drang, war wie immer. Alles war wie immer – *scheinbar wie immer*: die flache Steinbank unter dem Fenster und der Korbstuhl in der dunkelsten Ecke, ihre Kleider auf dem Ständer, die blattarme Palme, die Fotos der Kinder aufgereiht an der Wand neben der Tür; alles war so wie bei ihrem Einzug vier Jahre zuvor.

Und in seinem Inneren: ein Traumfragment – ein Verhörraum mit einem Tisch und einem gesichtslosen älteren Mann, der soeben etwas Bedeutsames gesagt hatte –, es verblasste, verschwand in seiner eigenen geheimen Landschaft.

Und Schwere und Müdigkeit in jedem Glied und Gelenk; ebenfalls unverändert und zunehmend, er war inzwischen in seinem zweiundfünfzigsten Lebensjahr, was man nicht weiter zu beachten brauchte, man musste es lediglich feststellen und damit leben. Er drehte den Kopf und sah auf die Uhr. Zwanzig nach sechs. In zehn Minuten würde der Wecker klingeln. Widerwillig streckte er die Hand aus und schaltete ihn ab. Wandte sich mühsam um und legte den rechten Arm auf Marianne. Tastete sich auch unter die Decke vor, um Kontakt zu ihrer Haut zu bekommen. Unwichtig wo.

Noch eine Sekunde lang war es ein normaler Morgen wie jeder andere.

Dann durchzuckte ihn das Wachsein wie ein elektrischer Schlag – von der Hand über den Arm bis in den ganzen Körper und schlug im Kopf ein wie ein eisiger Blitz.

Die Kühle. Die Abwesenheit.

Die absolute Reglosigkeit und Stille. Jede Faser jeder Zelle in ihm wusste, was passiert war, bevor die zähe Membran seines Bewusstseins mit einem stummen Schrei und einem Nein platzte.

Es war geschehen.

Es *war* geschehen. Für eine Reihe von Augenblicken stellten sich nur diese drei Worte ein. Sonst nichts.

Es war geschehen. Es war geschehen.

Nach einer Weile ein wenig mehr.

Es passiert wirklich. Es ist keine Angst. Keine Einbildung. Es ist wirklich geschehen.

Ich liege hier.

Marianne liegt hier.

Es ist Morgen.

Wir liegen hier an einem Morgen nach irgendeiner Nacht.

Doch hier liege nur ich.

Sie liegt nicht neben mir. Wird nie mehr neben mir liegen.

Es ist geschehen.

Es ist wirklich geschehen.

Erneut ließ er seine Hand auf ihrem Körper ruhen. Unwichtig wo.

Ihrem Körper, mag sein. Aber nicht ihr. So kalt ist keiner. Tot.

Es war 6.26 Uhr am 29. April 2012. Marianne war tot. So war es und nicht anders.

Und nicht anders.

Ihre Augen waren nicht ganz geschlossen. So wenig wie ihr Mund. Als hätte sie doch noch ein letztes Bild mitgenommen. Als hätte sie ihm in allerletzter Sekunde noch etwas sagen wollen.

Vielleicht hatte sie das tatsächlich getan. Ihm etwas gesagt, ein paar Worte ausgesprochen, die eventuell durch den schweren Panzer seines Schlafs gedrungen waren. Oder auch nicht.

Oder war sie gestorben, ohne sich dessen vorher bewusst zu sein? Er würde es nie erfahren. Er würde niemals aufhören, sich das zu fragen.

Noch liege ich hier, dachte er. Noch bin ich der Einzige, der es weiß. Ich kann mir immer noch einbilden, dass alles völlig normal ist. Es könnte auch sein, dass ich hier liege und schlafe und das Ganze nur ein Traum ist. Es kann einfach nicht so unbegreiflich schnell gehen. Das ist doch absurd. Von einer Sekunde auf die andere. Das ist einfach nicht …

Aber all diese Gedanken waren dünner als die Wand der Seifenblase im Moment des Platzens.

Und sie platzte. Alles war geplatzt.

»Marianne?«, flüsterte er.

Marianne?

Und irgendwo in seinem Inneren antwortete ihre Stimme.

Ich bin nicht hier.

Es tut mir leid für dich, aber ich bin weitergegangen.

Tut mir leid für dich und für die Kinder.

Kümmere dich um die Kinder. Ich liebe euch. Für euch ist es am schwierigsten, aber eines Tages werden wir wieder vereint sein. Das weiß ich.

Er nahm ihre Hand, und auch wenn sie nicht mehr zu Marianne gehörte, hielt er sie fest. Spürte ihre stumme Kühle, hielt sie fest und schloss die Augen.

Um Viertel vor sieben stand er auf. Er hatte gehört, dass sich einige der Kinder im Haus bewegten, und es wurde Zeit, ihnen zu erzählen, dass ihre Mutter tot war.

Dass sie im Laufe der Nacht in ihrem Bett gestorben war.

Wahrscheinlich, wie schon einmal, ein Aneurysma. Ein kleines Blutgefäß im Gehirn, das vor anderthalb Jahren geplatzt war. Er war nicht unvorbereitet gewesen. Die Möglichkeit, dass es geschehen könnte, hatte wie ein vergifteter Stachel in ihm gesteckt. Nun war dieser Stachel fort.

Noch ehe er die Tür erreicht hatte, streckte ihn die Trauer nieder. Sie kam von hinten wie eine Orkanböe, und er fiel blindlings zu Boden und blieb wie in einem Krampf liegen, bis es ihm gelang, die Hände zu falten und Gott um Kraft zu bitten.

Die nötige Kraft, um in die Küche hinunterzugehen, die Kinder am Tisch zu versammeln und es ihnen zu erzählen.

II

Mai 2012 / Juni 1989

2

Eva Backman klopfte an und trat ein.

Blieb an der Tür stehen und schaute sich um. Asunander stand mit dem Rücken zu ihr am Fenster und telefonierte. Hinter seinem Schreibtisch lehnte ein Stapel Umzugskartons an der Wand. Wenn sie richtig sah, acht bis zehn Stück. Sie fragte sich, ob er wirklich so viele benötigte. Sollte sie selbst eines Tages ihr Büro räumen, würde ihr vermutlich ein einziger reichen. In ferner Zukunft.

Oder zwei Papptüten.

Aber Asunander war Kommissar und Chef, das war natürlich ein Unterschied. Mehr als fünfzehn Jahre hatte er in diesem geräumigen Büro gehaust und alles Mögliche angesammelt. So besaß er beispielsweise ein ziemlich gut gefülltes Bücherregal; wahrscheinlich stammten die meisten Werke aus seinem Privatbesitz. Das hatte sie schon früher des Öfteren gedacht, und nun ließ sie den Blick über die Bücherrücken schweifen und stellte es nochmals fest, während sie darauf wartete, dass er sein Gespräch beendete. Ein lesender Polizist. In erster Linie Geschichte, sowohl Kriminalgeschichte als auch allgemeine Historie. Wörterbücher und Lexika. Ein halber Meter Belletristik.

Verwahrte er hinter den Bücherreihen im Übrigen edlen Whisky und anderes? Oder in der Schreibtischschublade? Asunander hatte Facetten, die sie nie eingehender erkundet hatte, und da er nur noch knapp zwei Monate auf seinem Posten blieb, würde er seine Geheimnisse wohl auch für sich behalten dürfen.

Dachte Inspektor Backman und nahm im Besuchersessel Platz.

Asunander beendete sein Telefonat, drehte sich um, nickte ihr zu und wippte zwei Mal auf Fersen und Zehen vor und zurück, ehe er sich an seinen Schreibtisch setzte.

»Du räumst auf?«

Sie deutete auf die Kartons. Er starrte sie an. Sie dachte, dass sie ihm in all den Jahren niemals nahegekommen war und ihr das in diesen letzten Wochen mit Sicherheit auch nicht mehr gelingen würde. Damit befand sie sich in guter Gesellschaft, Asunander war nun einmal, wie er war. Ein Einzelgänger.

»Toivonen hatte ein paar Kartons übrig. Er ist ja im März umgezogen. Die hat er mir heute Morgen vorbeigebracht.«

Backman nickte.

»Aber wir sind nicht hier, um über mein Hinscheiden zu sprechen.« Er räusperte sich und wühlte in den Blätterstapeln auf seinem Schreibtisch. »Es geht um Barbarotti. Wie zum Teufel geht es ihm eigentlich? Gibt es eine nennenswerte Verbesserung?«

Eva Backman seufzte und überlegte, was sie darauf antworten sollte.

Verbesserung? Sekundenlang betrachtete sie Asunanders schwere Gesichtszüge. Gab es hinter diesen Falten und der Elefantenhaut so etwas wie Einfühlungsvermögen? Existierte dort ein Funken Wärme und Menschlichkeit, oder hatten die Jahre und der Überdruss und die Einsamkeit die letzten Reste von Mitgefühl abgeschliffen?

Schwer zu sagen.

Drei Wochen waren seit Mariannes Tod vergangen, gut eine

seit ihrer Beerdigung. Eva Backman hatte in dieser Zeit praktisch täglich mit Barbarotti gesprochen. Meistens sogar zwei oder drei Mal. *Hatte versucht, mit ihm zu sprechen.* Zuletzt an diesem Morgen. Sie wusste nicht, ob das Wort »Verbesserung« in diesem Zusammenhang irgendeine Relevanz besaß. Sie hatte jedenfalls keine erkennen können, wusste jedoch nicht, was sich hinter Barbarottis roboterhafter Fassade verbergen mochte.

Wie dunkles Wasser unter der Eisdecke auf einem Waldsee; der Gedanke war ihr an diesem Morgen mal wieder gekommen, und es war vermutlich kein schlechtes Bild für die Lage.

»Er kommt heute Nachmittag.«

»Ja, das ist mir bekannt«, sagte Asunander. »Also stellt sich die Frage, welche Verwendung wir für ihn finden können.«

»Verwendung?«

»Jetzt leg meine Worte nicht auf die Goldwaage. Du weißt schon, was ich meine.«

»Ich glaube, es ist wichtig, dass er wieder arbeitet«, sagte Eva Backman.

»Wir können hier niemanden therapieren«, entgegnete Asunander. »Nicht einmal unter diesen Umständen. Versteh mich nicht falsch, auch ich habe ein Herz im Leib.«

»Das habe ich nie bezweifelt«, erklärte Backman. Und ob ich das habe, dachte sie. Mehr als einmal.

»Und?«, sagte Asunander.

Eva Backman überlegte einen Moment. »Ich weiß nicht recht, wie es ihm geht«, gestand sie. »Und auch nicht, inwiefern er verwendbar ist.«

»Er ist ein verdammt guter Polizist«, meinte Asunander. »Schwierig, aber gut.«

Und du bist ein verdammt schwieriger Chef, setzte Backman ihren inneren Monolog fort. Eventuell gut, aber definitiv schwierig.

»Da hast du recht«, sagte sie.

»Davon, dass einem die Frau so mir nichts, dir nichts stirbt, wird man natürlich nicht besser. Vermutlich wird man eher schwieriger.«

Er lehnte sich zurück und faltete die Hände im Nacken. Blickte zur Decke hinauf und schien seine letzte Behauptung zu überdenken.

Nicht besser, aber schwieriger?

Eva Backman schwieg eine Weile und fragte sich, was Asunander eigentlich von ihr wollte. Ob er von ihr tatsächlich erwartete, dass sie Barbarotti beurteilte – oder ob er sie bloß gerufen hatte, weil die Lage ein wenig sondiert werden musste.

Aber Asunander gab sich selten damit zufrieden, die Lage im Allgemeinen zu sondieren, und ein Freund von Konversation war er auch nicht. Sie nahm an, dass er in dieser Frage trotz allem ihre Hilfe benötigte. Wollte er ihre wohlüberlegten Ansichten dazu hören, welche Arbeitsaufgaben man einem schwierigen, aber guten Kriminalinspektor übertragen sollte, dessen erst siebenundvierzigjährige Ehefrau verstorben war und ihn mit fünf halbwüchsigen Kindern und einer... einer Trauer allein gelassen hatte, von deren Ausmaß und Tiefe man sich wohl gar keine Vorstellung machen konnte. Ja, wahrscheinlich wollte Asunander, dass sie diese Nuss für ihn knackte.

»Er sollte vielleicht nicht gleich am Fall Fängström arbeiten«, sagte sie. »Das erschiene mir nicht richtig.«

Asunander nickte mürrisch, ohne den Blick von der Decke zu wenden. Ohne dass sie sich dagegen hätte wehren können, schob sich der Fall Fängström in Eva Backmans Bewusstsein, was allerdings nicht weiter verwunderlich war; er war erst achtundvierzig Stunden alt, und sie war ab der ersten Sekunde beteiligt gewesen. Raymond Fängström, 29 Jahre alt und alleinstehend, war am Sonntagmorgen von seiner treusorgenden Mutter tot auf dem Fußboden seiner Küche gefunden worden, als diese ihn besuchen wollte, um ihm im Haushalt zur Hand zu gehen. Putzen und bügeln und was auch immer. Sie hatte ihn mit den Armen unter sich auf dem Bauch liegend in der Passage zwischen Herd/Spüle und Kühlschrank/Gefrierschrank gefunden, und schon bald stand fest, dass er dort seit dem Vorabend gelegen haben musste. Er hatte sich einigermaßen ergiebig übergeben, und sein Kopf ruhte in einem Teil des Erbrochenen. Auf dem Tisch standen die Reste einer Mahlzeit; zwei Personen hatten allem Anschein nach Spaghetti mit Hackfleischsauce gegessen und sich eine Flasche Rotwein geteilt.

Wer Fängströms Essensgast gewesen war, wusste man noch nicht, aber der Polizeiarzt, ein gewisser Herbert Lindman, der normalerweise in wenigstens drei von vier Fällen richtig lag, hatte behauptet, dass die Chancen für eine Vergiftung ziemlich gut standen. Proben vom Wein, den Spaghetti und der Hackfleischsauce sowie von Fängströms Mageninhalt – sowohl vom Erbrochenen als auch vom Rest – waren ins Staatliche Kriminaltechnische Labor in Linköping geschickt worden, und die Ergebnisse würden demnächst eintreffen. Hoffentlich noch im Laufe der Woche.

Das Problem war nicht bloß, dass Raymond Fängström unter unklaren Umständen gestorben war. Das Problem bestand vielmehr darin, wer er war: Seit den Wahlen 2010 saß er für die rechtspopulistische Partei der *Schwedendemokraten* im Stadtrat von Kymlinge. Es waren bereits Stimmen laut geworden, die meinten, dass man es mit einem politischen Mord zu tun hatte. Dass Fängström ein Opfer böswilliger Kräfte am linken Rand des politischen Spektrums geworden war. Vielleicht ein Migrant, vielleicht ein Homosexueller, es gab zahlreiche Gegner der Politik und der fremdenfeindlichen Ansichten, die

Fängström vertrat und im Stadtrat durchzusetzen versuchte, wo er die Rolle eines Züngleins an der Waage gespielt hatte.

Dass diese Stimmen eher lautstark als vielstimmig waren, spielte kaum eine Rolle, die Medien hatten die Sache sowohl vor Ort als auch landesweit aufgebauscht. Politische Morde kamen in Schweden eher selten vor, und so hatten sich bei der montäglichen Pressekonferenz im Polizeipräsidium von Kymlinge über fünfzig Journalisten eingefunden.

Eva Backman hatte bisher sechs Personen vernommen, die mit dem toten Schwedendemokraten mehr oder weniger in Verbindung gestanden hatten; in ihrem Notizblock waren zwöf weitere verzeichnet, und beim Gedanken an diese Gespräche empfand sie keinerlei Vorfreude. Am Vortag hatte sie noch zu später Stunde Sigmund Stiller gegenüber gesessen, dem zweiten Mann auf der kommunalen Liste der Partei, der Fängström, wie allgemein erwartet wurde, im Stadtrat ersetzen würde. Wenn sie daran zurückdachte, biss sie immer noch die Zähne zusammen.

Stiller hatte zwar nicht die Anwesenheit eines Anwalts verlangt, aber auf einen Leibwächter bestanden, da er davon ausging, dass er im Fadenkreuz linker Terroristen war, was er auch allen möglichen Medien gegenüber verkündet hatte. Im Übrigen vertrat er die Ansicht, dass jedem Schwedendemokraten im Land ein Leibwächter zugeteilt werden sollte, ein Vorschlag, der von der Parteiführung in Stockholm allerdings umgehend heruntergespielt wurde. Oder in Schonen oder wo auch immer; jedenfalls hatte Eva Backman schon nach wenigen Stunden der Ermittlungen gespürt, dass sie am liebsten Verkehrspolizistin oder Drogenfahnderin oder was auch immer gewesen wäre. Alles, nur keine Kriminalinspektorin, die in einem verzwickten Fall mit einem toten Rassisten ermittelte.

Sicher, seit die Schwedendemokraten Krawatten trugen und ins schwedische Parlament eingezogen waren, nannten sie sich nicht mehr Rassisten, aber auf kommunaler Ebene brauchte – zumindest in Kymlinge – niemand zu bezweifeln, welche Ansichten sie vertraten. In seinen knapp zwei Jahren im Stadtrat war es Raymond Fängström gelungen, seinen Mitbürgern zwei Dinge zu beweisen: Er hasste alle Menschen, die südlich der Alpen geboren waren, und er gehörte nicht unbedingt zu den hellsten Köpfen im Lande.

Es zeigte sich, dass Sigmund Stiller (Eva Backman hatte recherchiert, dass er eigentlich Jan Johansson hieß, jedoch einen anderen Namen angenommen hatte, nachdem man ihn in der Schule gemobbt hatte) seinem Parteiführer weder in der einen noch der anderen Hinsicht nachstand.

»Warum glauben Sie, dass es für Fängströms Tod politische Gründe gibt?«, hatte Backman ihn gefragt.

»Das liegt doch auf der Hand«, hatte Stiller ihr geantwortet. »Sie sind hinter uns her.«

»Wer ist sie?«

»Na die. Die Islamisten. Die Asylanten. Raymond wurde ermordet, das ist der Anfang des großen Rassenkriegs, kapiert?«

»Genau«, hatte sein Leibwächter ergänzt, der auf den Namen Hank hörte und aussah, als würde er hundertfünfzig Kilo auf die Waage bringen: »The hit has shit the fan.«

Nein, es schien ihr wirklich nicht richtig, Barbarotti auf Fängström anzusetzen.

»Davon soll er die Finger lassen«, meinte Asunander. »Stress kann er sicher nicht gebrauchen, was?«

»Jedenfalls nicht in zu großen Dosen«, erwiderte Backman.

Asunander senkte die Hände zum Schreibtisch und wühlte wieder eine Zeit lang. Schien es sich dann jedoch anders zu überlegen und hob eine braune Mappe aus der obersten Schreibtischschublade.

»Was hältst du hiervon?«

Er ließ die Mappe nicht los, sondern drehte sie nur so um, dass sie den Text auf der Vorderseite lesen konnte.

Arnold Morinder

Das war bloß ein Name, und sie erinnerte sich nicht sofort an die Begleitumstände. Es klingelte zwar irgendwo, aber sie war nicht beteiligt gewesen. Höchstens am Rande. Asunander öffnete die Mappe und murmelte etwas vor sich hin, das sie nicht verstehen konnte.

»Ich erinnere mich nur vage«, bekannte sie. »War das etwa der Typ mit dem blauen Moped?«

»Stimmt genau«, antwortete Asunander. »Ungefähr fünf Jahre ist das jetzt her. Wir haben nicht viel Klarheit in die Angelegenheit bringen können.«

»Ja, daran erinnere ich mich«, sagte Backman. »Aber an den Ermittlungen war ich nie wirklich beteiligt. Wurde der Fall damals nicht ziemlich schnell zu den Akten gelegt?«

»So ist es«, bestätigte Asunander, und um seinen Mund legte sich ein unzufriedener Zug. »Nicht aufklärbar. Bei den Ermittlungen kam rein gar nichts heraus. Aber der verdammte Bursche ist nie wieder aufgetaucht.«

»Menschen, die verschwinden«, stellte Backman fest. »Schwierig zu ermitteln.«

»Was du nicht sagst«, kommentierte Asunander.

Backman dachte nach. »Und was soll Barbarotti deiner Meinung nach daran ändern können?«

Asunander zuckte unbeholfen mit den Schultern. »Die Sache würde ihn beschäftigen. Lautete so nicht die ärztliche Verordnung? Und falls er nicht weiterkommen sollte, schadet es jedenfalls auch nicht.«

Backman entgegnete nichts.

»Würdest du bitte so nett sein, das Material durchzusehen, bevor er es tut«, fuhr Asunander mit einer Miene fort, die wahrscheinlich illustrieren sollte, dass sie zu einer gemeinsamen Entscheidung gekommen waren. »Dann kannst du den Fall heute Nachmittag für ihn zusammenfassen. Aber nicht vergessen, er wird der Sache alleine nachgehen müssen. Ein oder zwei Wochen, damit er sich wieder einleben kann. Was denkt die Frau Inspektorin darüber?«

»Ich denke absolut nichts«, erwiderte Eva Backman.

»Schön«, sagte Asunander. »Der Staatsanwalt ist informiert, aber es wird keine offiziellen Vernehmungen geben. Er soll nur vorsichtig sondieren, du wirst das Barbarotti schon auseinandersetzen.«

Vorsichtig sondieren, dachte sie gereizt, nachdem sie die Tür hinter sich geschlossen hatte. Eine Ein-Mann-Ermittlung? Wenn man schon arbeiten sollte, konnte man es doch genauso gut mit voller Kraft tun? Oder etwa nicht?

Und würde Barbarotti Asunanders Schachzug nicht mit Sicherheit durchschauen? Begreifen, dass es hierbei im Grunde lediglich um eine Beschäftigungstherapie ging. Dass man ihm eigentlich absprach, arbeitsfähig zu sein.

Oder war es genau das, was er jetzt brauchte? Die Medizin, die Gunnar Barbarotti in seiner momentanen Lage selbst bevorzugen würde? Eine geschützte Spielwiese in einem abgelegenen Winkel der wahren Polizeiarbeit.

Wenn man ihn denn gefragt hätte.

Und er einen eigenen Willen hätte. In den Gesprächen, die sie mit ihm geführt hatte, war davon nur wenig zu spüren gewesen. Genau genommen nichts.

Trauer, dachte sie und betrat ihr Büro. Darum geht es hier. Um den Permafrost der Seele.

3

Beim Fall Morinder ging es zwar um Arnold Morinder, aber die Hauptperson war er eher nicht.

Diese Rolle hatte vielmehr seine Lebensgefährtin inne, wofür es gute Gründe gab. Eva Backman benötigte zwanzig Minuten, um die Zusammenfassung des Falls zu lesen; Inspektor Borgsen – der wegen seines ernsten Auftretens von allen nur »Sorgsen«, also schwermütig, genannt wurde – hatte sie verfasst, und obwohl sie in der Tat nicht sehr viel mit den Ermittlungen zu tun gehabt hatte, erinnerte sie sich doch recht gut an die Geschichte, als sie ihr nun hiermit erneut vor Augen geführt wurde.

Es war im August 2007 passiert. Vor knapp fünf Jahren, wie Asunander korrekt bemerkt hatte. Arnold Morinder, 54 Jahre alt und Angestellter bei Elektrik Buttros in Kymlinge, war von seinem Sommerhaus am nördlichen Ufer des Sees Kymmen aus verschwunden. Er hatte sich auf sein Moped gesetzt, um zur Statoil-Tankstelle in Kerranshede zu fahren und sich dort eine Zeitung zu kaufen. Drei Tage später war er immer noch nicht zurück, und seine Lebensgefährtin, eine gewisse Ellen Bjarnebo, hatte die Polizei verständigt. Inspektor Sorgsen und Kriminalassistent Wennergren-Olofsson waren zu ihr gefahren und hatten sie befragt. Einigermaßen umgehend tauchte dann der Verdacht auf, dass ein Verbrechen begangen worden war.

Nicht weil besonders viele Indizien darauf hingedeutet hätten – am Anfang nicht und im Grunde auch später nicht –, sondern weil Ellen Bjarnebo die Frau war, die sie war.

Die Schlächterin von Klein-Burma.

Ende der achtziger Jahre hatte sie unter dieser Bezeichnung kurzfristig einen gewissen Ruhm genossen. Klein-Burma war der Name des mittelgroßen Bauernhofs fünf Kilometer nordöstlich von Kymlinge, auf dem sie mit ihrem Mann und einem Kind gelebt hatte. Es gab auch ein Groß-Burma, und die Straße, die zu den beiden Höfen führte, hieß Burmavägen, eine Leihgabe von einem berühmten Straßenbau in Asien, der gerade vollendet wurde, als die Höfe Ende der dreißiger Jahre gegründet wurden. Die Siedler waren damals zwei Brüder namens Sven und Arvid Helgesson gewesen, und Arvids Sohn Harry war fünfzig Jahre später zerstückelt worden.

Vorher wurde er jedoch, Anfang Juni 1989, mit einem Vorschlaghammer erschlagen, und ungefähr fünf Monate später verurteilte man seine Frau, Ellen Helgesson, geborene Bjarnebo, wegen Mordes und Störung der Totenruhe, wonach sie in Schwedens einziger Justizvollzugsanstalt für Frauen, Hinseberg bei Frövi in der mittelschwedischen Bergbauregion, einsaß. Dort blieb sie bis zu ihrer Entlassung elf Jahre später.

Es war eine ziemlich finstere Geschichte, erinnerte sich Eva Backman, was sich auch Sorgsens Zusammenfassung mit aller Deutlichkeit entnehmen ließ, da er, gründlich, wie er war, auch diesem Fall einige Seiten gewidmet hatte. Backman selbst hatte den Mordfall nur im Fernsehen und der Zeitung verfolgt. Zum Zeitpunkt des Geschehens hatte sie die Polizeihochschule zwar schon abgeschlossen gehabt, war aber mit dem ersten ihrer drei Söhne in Elternzeit gewesen.

Die Schlächterin von Klein-Burma?

Jedenfalls hatte man sie im November 2000 aus dem Gefängnis Hinseberg entlassen. Sie war in eine Wohnung in Kymlinge zurückgezogen und hatte mit der Zeit eine Stelle bei der

Post bekommen. Dort hatte sie bis zu jenem Vorfall im Sommer 2007 gearbeitet – in den letzten Jahren für die Postbank. Backman überlegte, ob ihren Arbeitskollegen eigentlich bekannt gewesen war, dass unter ihnen eine brutale Mörderin weilte. Vielleicht, vielleicht auch nicht; musste nicht irgendjemand zumindest ihren Lebenslauf gekannt haben, als sie eingestellt wurde? Auch wenn das Königliche Postamt heute nicht mehr das war, was es früher einmal gewesen war.

Ellen Bjarnebo – sie hatte noch vor der Gerichtsverhandlung 1989 ihren Mädchennamen wieder angenommen – war ungefähr ein Jahr, bevor er auf seinem Moped verschwand, mit Arnold Morinder zusammengezogen. Wie sich die beiden kennen gelernt hatten, ließ sich Sorgsens Zusammenfassung nicht entnehmen, aber ab Juni 2006 hatten sie gemeinsam in einer Dreizimmerwohnung in Rocksta gewohnt. Morinder war vorher einmal verheiratet gewesen, hatte aber keine Kinder, und das Häuschen am See Kymmen war seit Mitte der siebziger Jahre in seinem Besitz gewesen, nachdem er es von seinem Vater geerbt hatte.

Im Fall des verschwundenen Elektrikers wurden Ermittlungen aufgenommen. Geleitet wurden sie von Staatsanwalt Månsson, in Polizeikreisen als Trottel-Månsson bekannt und immer noch überaus aktiv. Backman fragte sich, warum er sich darauf einließ, den Fall nun neu aufzurollen – oder wie sollte man es sonst ausdrücken? Vielleicht hatte Asunander ihn aber auch gar nicht erst informiert, wundern würde einen das jedenfalls nicht. In den vielen Jahren ihrer Zusammenarbeit hatten der Kommissar und der Staatsanwalt gemeinsam ungefähr so reibungslos funktioniert wie ein Ruderboot auf Rädern.

Jedenfalls hatte man schon bald feststellen können, dass Morinder wie geplant an der Tankstelle in Kerranshede getankt und sein *Aftonblad* gekauft hatte, aber was danach mit ihm geschehen war, blieb ein Rätsel. Gut eine Woche nach seinem

Verschwinden wurde sein Moped, eine alte blaue Zündapp, in einem Sumpf ungefähr acht Kilometer westlich des Sommerhauses gefunden. Das Sumpfgebiet hieß Stora Svartkärret, war bekannt für seine Mückendichte und wurde eine Woche lang von einem größeren Aufgebot von Polizisten und Kriminaltechnikern mit verschiedenen Spezialkompetenzen durchsucht, wobei jedoch nichts zu Tage gefördert wurde, was einen Hinweis darauf hätte geben können, was mit dem vermissten Morinder geschehen war.

Wenn man eine Woche in einer feuchten Mückenhölle umhergestiefelt war und gesucht hatte, war man die Sache vermutlich ziemlich leid, überlegte Eva Backman. Kein Wunder, dass die Angelegenheit zu den Akten gelegt wurde. *Ungeklärt*, wie es so schön hieß.

Achtzehn Jahre lagen zwischen dem Mord auf dem Hof Klein-Burma und Arnold Morinders Verschwinden, hielt sie des Weiteren fest. Inzwischen waren weitere fünf Jahre vergangen.

Eine geeignete Aufgabe für einen Kriminalinspektor in tiefer Trauer? Geeignet für irgendwen? Was hatte Asunander nur im Sinn? Überhaupt etwas?

Gute Fragen. Eva Backman sah auf die Uhr. Zeit für die Mittagspause.

Zeit, sich darauf vorzubereiten, Barbarotti zu begegnen, wenn er zum ersten Mal nach Mariannes Tod seinen Fuß in das Polizeipräsidium von Kymlinge setzte. Das war wahrlich auch eine Aufgabe.

Nicht besser, aber schwieriger?

Plötzlich spürte sie, dass ihr schlecht war.

4

Gunnar Barbarotti schaltete den Motor aus, öffnete den Sicherheitsgurt, stieg aber nicht aus dem Wagen.

Diesen Moment hatte er gefürchtet. Die Rückkehr ins Präsidium.

Gefürchtet war vielleicht nicht das richtige Wort, weil es nichts mehr gab, was er noch fürchtete.

Aber es war ein Augenblick aus Stein. Von Zeit zu Zeit übermannten ihn solche, hatte er gemerkt. Eine Art Lähmung, die ihn ohne Vorwarnung traf; manchmal blieb er mitten in einem Schritt stehen oder am Küchentisch sitzen und war unfähig, sich von der Stelle zu rühren. Unfähig, einen einzigen nach vorn gerichteten Gedanken zu fassen.

Die Versteinerung der Trauer. Der freundliche Therapeut, der zwei Mal mit ihm gesprochen hatte, kannte diese Bezeichnung für seinen Zustand.

Was ihn ebenso wenig getröstet hatte wie alles andere.

Åke Rönn hieß er, dieser Therapeut. Er war sanftmütig, stammte aus Nordschweden und tauchte auf dem Parkplatz des Präsidiums in Barbarottis leerem Kopf auf. Mit kariertem Flanellhemd und so weiter; das bisher letzte hatte Rot- und Blautöne gehabt.

Trauertherapeut. Was für ein hoffnungsloser Beruf, denn er war tatsächlich auf diese Art von Gebrechen spezialisiert, das hatte er zugegeben.

Oder war er etwa doch nicht so hoffnungslos? Vielleicht gelang es Åke Rönn ja tatsächlich manchmal, dem einen oder anderen armen Schlucker eine Hilfe zu sein. Mit der Zeit. Trauer braucht immer Zeit, hatte er erklärt. Sie ist ein träger Fluss, aber man kann auf ihm in die richtige Richtung fahren und kommt früher oder später zum Meer. Die Strömung ist schwach, Sie dürfen es nicht eilig haben. Sie haben keine Ruder, und es geht kein Wind.

Gunnar Barbarotti hatte genickt, sich jedoch jedes Kommentars enthalten. Es gab so viele Worte. So viele mehr oder weniger neunmalkluge Bilder. Wohlwollende, aber neunmalkluge.

Du musst versuchen, dich auf die Kinder zu konzentrieren, hatte Eva Backman ihm gesagt, als sie gestern Abend telefoniert hatten.

Ich weiß, hatte er erwidert. Das tue ich. Ich konzentriere mich auf die Kinder.

Möchtest du, dass ich vorbeikomme?

Nein, nicht nötig.

Sind Jenny und Johan von ihrem Vater zurückgekommen?

Ja, heute Vormittag.

Wie geht es ihnen?

Den Umständen entsprechend gut, denke ich.

Und dir selbst?

Nicht besonders.

Wie hast du geschlafen?

Nicht so gut.

Nimmst du Tabletten? Ich weiß, dass du dagegen bist, aber …

Nein.

Fragen und Antworten. Am Ende hatte er erklärt, er habe nichts mehr zu sagen, irgendwelche Haushaltsarbeiten vorgeschoben und aufgelegt.

Als auch dieses Gespräch seinen Kopf verlassen hatte, atmete er zwei Mal tief durch und stieg aus dem Auto. Als er den Parkplatz Richtung Eingang überquerte, regnete es, aber das machte ihm nichts aus.

Es wurde Zeit, wieder an die Arbeit zu gehen. Zeit, sich dem Alltag zu stellen.

»Danke.«

»Wofür bedankst du dich?«

»Für sie. Eine Mörderin, die ihr Opfer anschließend zerlegt hat. Ich hatte gar kein Willkommensgeschenk erwartet.«

Eva Backman versuchte sich an einem entschuldigenden Lächeln, spürte jedoch, dass es keinen Halt fand. »Ich glaube, es ist einer dieser alten Fälle, die Asunander wurmen. Er hat ja nur noch anderthalb Monate oder so. Jedenfalls war es seine Idee.«

»Ich verstehe sein Kalkül.«

»Wie? Was denn für ein Kalkül?«

»Er ist sich nicht sicher, ob ich arbeitsfähig bin.«

Sie dachte rasch nach. »*Bist* du arbeitsfähig?«

Barbarotti zuckte mit den Schultern. »Ich bin wahrscheinlich auch nicht schlechter als sonst.«

»Mir hat gefallen, was du auf der Beerdigung gesagt hast.«

»Was meinst du?«

»Nach vorn zu schauen und sie trotzdem in einem inneren Raum zu behalten.«

»Es ist eine Sache, so etwas zu sagen. Eine andere, danach zu leben.«

»Aber ein Leitstern kann nicht schaden, oder?«

»Nein, da hast du recht. Er hängt sozusagen auch dann noch da, wenn man ihn gar nicht anschaut.«

»Worüber reden wir hier eigentlich?«

»Keine Ahnung. Erzähl mir lieber von dieser Mörderin. Ich trinke übrigens immer noch Kaffee.«

Sie stand auf, um ihm einen zu holen. Gunnar Barbarotti schaute in den Regen hinaus.

»Du hattest auch nichts mit den Ermittlungen zu tun?«

Er schüttelte den Kopf. »Nein. Das muss gewesen sein, als unser Freund, der Briefeschreiber, sein Unwesen trieb. Ich erinnere mich nur noch an ein blaues Moped in einem See.«

»Einem Moor«, berichtigte Backman ihn. »Aber Ellen Bjarnebo ist dir ein Begriff? Oder Helgesson, wie sie damals hieß.«

Barbarotti nickte. »Wann war das noch mal?«

»1989. Ich war mit Viktor in Elternzeit.«

Gunnar Barbarotti betrachtete mit einer Falte auf der Stirn seine Kaffeetasse. »Das war das Jahr, in dem man mich versetzt hatte. Drogenfahndung in Eskilstuna, wozu das nun wieder gut sein sollte. Ich kam erst Weihnachten zurück, da hatte sie schon gestanden. Aber die Zeitungen waren natürlich voll davon.«

»Allerdings«, sagte Backman. »Die Schlächterin von Klein-Burma. Schwer zu vergessen. Ich frage mich, wie es heute um den Hof steht.«

»Hm«, machte Barbarotti.

Eva Backman schwieg eine Weile. Der Regen wurde stärker.

»Möchtest du über Marianne sprechen?«

Er schüttelte den Kopf. »Noch nicht. Nicht in diesem Haus. Aber danke, dass du fragst.«

»Ich will nicht, dass du so typisch männlich dickköpfig bist und alles in dich hineinfrisst.«

»Ich weiß, dass du das nicht willst. Du brauchst mich nicht daran zu erinnern. Jedenfalls nicht zu oft.«

»Okay«, sagte Eva Backman. »Ich werde das bis auf weiteres akzeptieren.«

»Schön«, erwiderte Barbarotti. »Dann wenden wir unsere

Aufmerksamkeit dem Mann mit dem blauen Moped zu. Wie war das jetzt noch?«

Eva Backman räusperte sich und begann, den Fall zu rekapitulieren.

»Sie wartete drei volle Tage, bis sie es meldete. Stimmt's?«

»Ja, das tat sie.«

»Und warum?«

»Sie dachte, er würde schon wieder auftauchen. Jedenfalls hat sie das behauptet. Du wirst mit Sorgsen sprechen müssen, ich glaube, er hat sie damals vernommen. Irgendwann jedenfalls, die Ermittlungen leitete in erster Linie dieser Gunvaldsson. Erinnerst du dich noch an ihn?«

Barbarotti nickte. »Hast du die Verhörprotokolle gelesen?«

»Nein. Nur eine Zusammenfassung. Asunander hat mir aufgetragen, dich zu briefen. Ich hatte nur zwei Stunden. Inklusive Mittagspause.«

»Hm«, kommentierte Barbarotti.

»Und was bedeutet ›hm‹ diesmal?«

»Nicht viel«, antwortete Barbarotti. »Vielleicht, dass mir die Sache nicht besonders sinnvoll erscheint. Obwohl das im Moment für das meiste gilt.«

»Kann ich verstehen«, sagte Backman. »Jedenfalls muss man wohl zu dem Schluss kommen, dass es Ellen Bjarnebo keinen großen Spaß gemacht haben kann, die Polizei einzuschalten. Wenn man ihre Vergangenheit bedenkt, meine ich.«

»Wie war das noch?«, fragte Barbarotti. »Hatte sie ihren Mann im Fall Burma nicht auch als vermisst gemeldet? Und es dauerte ziemlich lange, bis man ihn fand?«

»Zwei Fragen«, sagte Backman. »Aber du hast recht, sie ließ nach ihm suchen. Und zwei Monate später fing man an, ihn zu finden, aber ich glaube, es dauerte eine Weile, bis er sozusagen vollständig vorlag. Zwei Tage mindestens, aber vielleicht habe ich das auch falsch in Erinnerung.«

»Eine Frau, die ihr Opfer zerstückelt?«, sagte Barbarotti. »Das sieht man, soweit ich weiß, nicht alle Tage.«

Backman verzog das Gesicht zu einer Grimasse. »In jungen Jahren hatte sie in Göteborg in einem Schlachthof gearbeitet. Besaß offenbar eine gediegene handwerkliche Geschicklichkeit. Auf Klein-Burma hielten sie zudem auch Rinder und Kühe. Als es passierte zwar nicht mehr, aber früher.«

»Das erklärt die Sache«, meinte Barbarotti.

»Mag sein«, erwiderte Backman.

»Aber von dem Mann auf dem blauen Moped hat man nie etwas gefunden?«

»Nicht einmal einen Fuß«, sagte Backman.

»Gab es bei dem Fall eigentlich echte Verdachtsmomente gegen sie? Wenn wir einmal von ihren früheren Verdiensten auf diesem Gebiet absehen.«

»Ich weiß nicht recht«, antwortete Backman. »Ich glaube, es tauchten zwei Zeugen auf, die behaupteten, es habe Unregelmäßigkeiten gegeben… einen Zwischenfall in einem Restaurant oder so. Aber am besten liest du selbst. Und sprichst mit den Beteiligten und gehst die Verhörprotokolle durch.«

»Wo ist Ellen Bjarnebo heute? Wenn der Fall neu aufgerollt wird, müsste sie vielleicht auch ein Wörtchen mitzureden haben.«

Eva Backman schob einen Zettel quer über den Tisch.

»Valdemar Kuskos gata 40«, las Barbarotti. »Wo liegt denn die? Und wer zum Teufel ist Valdemar Kusko?«

»Sie liegt in Rocksta«, klärte Backman ihn auf. »Aber wer Kusko ist, weiß ich nicht. Oder *war* – in der Regel muss man ja erst sterben, damit eine Straße nach einem benannt wird.«

»Ja, so ist das wohl«, sagte Barbarotti. »Aber da wohnt sie also?«

»Das tut sie«, bestätigte Backman. »Einsam und allein, wenn ich es richtig verstanden habe.«

»Von Männern hat sie die Nase vielleicht voll«, schlug Barbarotti vor.

»Und die von ihr«, entgegnete Backman.

»Besser für beide Seiten«, sagte Barbarotti.

Sie schwiegen eine Zeitlang und blickten in den Regen hinaus, der weder stärker noch schwächer zu werden schien. Backman versuchte, etwas zu finden, was sie sagen konnte, aber ihr fiel nichts Gescheites ein.

»Danke, dass du mich ins Bild gesetzt hast«, sagte Barbarotti und griff nach den Mappen. »Ich setze mich in mein Büro und gehe die Ermittlungsakten durch. Gehe ich recht in der Annahme, dass ich den Fall alleine bearbeiten soll?«

»Wenn ich Asunander richtig verstanden habe«, erwiderte Backman.

»Das hast du bestimmt«, sagte Barbarotti.

Er wollte aufstehen, aber Backman legte eine Hand auf seinen Arm.

»Kannst du nicht mal abends zum Essen vorbeikommen? Ich will dich natürlich nicht drängen, aber…«

»Ich habe nichts dagegen«, sagte Barbarotti. »Aber ich habe wenigstens vier Kinder, um die ich mich kümmern muss. Gib mir noch ein paar Tage, es fällt mir aus irgendeinem Grund schwer, nicht zu Hause zu sein.«

»Okay«, sagte Eva Backman. »Das ist vielleicht verständlich. Ich bin im Haus, vergiss das nicht.«

»Danke«, sagte Gunnar Barbarotti und schob sich zur Tür hinaus.

5

Er war nicht unvorbereitet gewesen.

Vieles konnte vorgebracht werden und zahlreiche Trauerwunden bluteten, aber das konnte er trotz allem nicht behaupten. Anderthalb Jahre zuvor hatte sich bei Marianne ein erstes Aneurysma bemerkbar gemacht, und die Zeit seither war von diesen Gedanken durchsetzt gewesen. *Sie ist nur einen Millimeter vom Tod entfernt gewesen. Es kann wieder passieren.*

Das hatte er gedacht, und das hatte er geträumt. Sich ausgemalt und versucht, sich das Schlimmste vorzustellen: dass sie eines Tages nicht mehr an seiner Seite sein würde. Wie ein schattenhafter und hartnäckiger Weggefährte hatte diese Möglichkeit ihn in den letzten achtzehn Monaten begleitet; mehrmals war er in der Überzeugung aus einem Traum erwacht, dass es tatsächlich passiert war. Sie hatten darüber gesprochen; mehrfach und im Grunde ohne Ängste. Mit einer Art akzeptierenden Ruhe, die er im Nachhinein schwer nachvollziehbar fand. Zu der zurückzufinden ihm schwerfiel.

Über das Leben wissen wir mit Sicherheit nur, dass es eines Tages endet. Wir sind nicht für die Ewigkeit gemacht, nicht hier auf Erden. Nutze die Stunden und Tage. Es kommt eine Zeit, so lauten die Bedingungen.

Nein, unvorbereitet war er nicht gewesen.

Und sie hatten ihre Zeit genutzt, das hatten sie wirklich. In der Nähe des Todes zu stehen, hatte ihre Sinne geschärft, ihre

Wahrnehmung geschliffen, ganz gleich, wie man die Sache sehen mochte, ihre letzte gemeinsame Zeit war auch ihre beste gewesen.

Und am anderen Ufer warten wir aufeinander.

Oder die Alternative, diese beharrlich wiederkehrenden Zeilen von Larkin:

The sure extinction that we travel to
And shall be lost in always

Das war ein schwacher Trost, vor allem Larkin natürlich, aber er hatte gewusst, dass es ein schwacher Trost sein würde. Auch das war präpariert, auch das vorbereitet gewesen.

Die Kinder, hatte sie gesagt. Wenn einer von uns verschwindet, muss der andere die Kinder übernehmen, bis sie aus dem Gröbsten heraus sind.

Das hatte sie gesagt, darauf war sie immer wieder zurückgekommen.

Sie hatten fünf, aber kein gemeinsames.

Seine eigenen: Sara, Martin und Lars. Sara war vierundzwanzig und flügge geworden. Wohnte seit dem vorigen Winter in Stockholm und studierte Jura. Hatte seit einiger Zeit einen neuen Freund, dem er jedoch noch nicht begegnet war. Er hieß eventuell Max. Oder Maximilian.

Die Jungen waren siebzehn und fünfzehn. Hatten jeder ein Zimmer im jeweiligen Giebel der Villa Pickford, dem großen Holzkasten, der seit vier Jahren ihr Zuhause war. Er fand, dass er sie immer besser kannte. Die Jahre, die sie in Helenas Obhut verbracht hatten, waren vorbei, die Jahre, in denen er geglaubt hatte, die beiden verloren zu haben. Sie hatten ihre neue Mutter geliebt, die nun fort war, das stand außer Frage, aber ihr Tod traf sie dennoch nicht so hart wie ihn selbst. Sie fühlten sich ausreichend geborgen, um die Nasen über Wasser zu halten, jedenfalls wollte er das gerne glauben. Sie hatten genug zu tun mit Schule, Freunden und Freizeitbeschäftigungen. Handball und Geocaching. Beide hatten etwas Unkompliziertes und Gesundes an sich, er hoffte zumindest, dass diese Einschätzungen nicht nur Entschuldigungen und Scheuklappen waren.

Mariannes Ältester, Johan, war gerade zwanzig geworden. Auch er wohnte noch zu Hause, arbeitete in einer Espressobar in Kymlinge und wusste mehr über Kaffee, als irgendein anderer Mensch, dem Barbarotti je begegnet war. Im Herbst wollte er studieren; in Lund oder Uppsala oder Linköping. Irgendetwas mit Medien, er hatte es versäumt, ihm richtig zuzuhören. Johan stand ihm weniger nah als die anderen.

Jenny war siebzehn. Wenn er die Kraft fand, über den Tellerrand seiner eigenen Trauer hinauszublicken, sah er, dass es für sie am schwersten war. Empfindsam und entwurzelt. Vielleicht stand sie ihm auch näher als die anderen; vielleicht klammerte sie sich an ihn, um nicht zu ihrem leiblichen Vater ziehen zu müssen, was dieser sowohl bei der Beerdigung als auch bei zwei Telefonaten vorgeschlagen hatte, aber Barbarotti fiel es schwer einzuschätzen, ob er das Angebot ernst gemeint hatte oder es nur Ausdruck seines schlechten Gewissens war. Der Versuch, etwas zu kompensieren. Jenny und Johan hatten das Wochenende bei diesem Tommy und seiner Zuckergussfamilie in Halmstad verbracht, aber keiner von ihnen war geneigt gewesen, den Besuch zu kommentieren.

Eindeutig beurteilen konnte er, dass Jenny weiter in der Villa Pickford wohnen wollte. Für ihren leiblichen Vater hatte sie nicht viel übrig, und diese Sache, bis sie aus dem Gröbsten heraus waren, galt vor allem für sie. Jenny war im Übrigen die Einzige, mit der er an späten Abendstunden zusammensaß und trauerte.

Mal so richtig trauern, hatte sie gesagt. Komm, Gunnar, jetzt setzen wir uns zusammen und trauern mal so richtig. Nur du und ich.

Tee, eine Kerze. Stille im Haus, so still, wie es nur in einem achtzig Jahre alten Holzhaus werden konnte. Vereinzelte Worte. Vereinzelte Erinnerungen an Marianne. Tränen und gelegentliches Lachen, wenn man das Gefühl hatte, dass sie auf ihrem Wolkenkissen lag und lauschte und sie ermahnte, sich zusammenzureißen.

Ja, so ungefähr. Es waren Momente der Heilung, und das fand er ein wenig seltsam.

Als er das Polizeipräsidium nach diesem Tag der Rückkehr verlassen hatte, ging er im ICA-Supermarkt im Stadtteil Rocksta einkaufen. Lars und Martin hatten versprochen, ein Nudelgericht auf den Tisch zu bringen, und es fehlten noch ein paar Zutaten. Als er zum Auto auf dem Parkplatz zurückkam, war es erst halb sechs und er dachte, dass er genauso gut nachschauen konnte, wo eigentlich die Valdemar Kuskos gata lag. Wenn er sich schon in Rocksta befand, denn hier wohnte Ellen Bjarnebo seinen Informationen nach heute.

Seine erste Arbeitsaufgabe nach Mariannes Tod.

Die Schlächterin von Klein-Burma.

Sah man sie immer noch so? Dachte sie so an sich selbst?

Mehr als zwanzig Jahre waren seither vergangen, aber es war vermutlich keine Bezeichnung, die man so ohne weiteres abschüttelte.

Und Arnold Morinder. Was war mit ihm passiert? Verschwunden, nachdem er in der Tankstelle in Kerranshede eine Zeitung gekauft hatte. Vor fünf Jahren. Am Ende sollte er natürlich versuchen, das Knäuel zu entwirren. Das war der Fall, in dem er ermitteln sollte, denn was sich auf Klein-Burma ereignet hatte, war vor langer Zeit zu den Akten gelegt worden. Wie auch immer, eine etwas bessere Grundlage zu haben, bevor er der Mörderin gegenübersaß, konnte wahrscheinlich nicht schaden.

Natürlich stellte sich auch die Frage, warum Asunander ihm

ausgerechnet diese alte Geschichte zugeschanzt hatte, aber bei genauerem Nachdenken war es vielleicht besser, es lieber zu lassen.

Also, ihn zu fragen. Diesen Gedanken an nachlassende Fähigkeiten und Beschäftigungstherapie fand er viel zu adäquat, um sich ernsthaft damit auseinandersetzen zu wollen. Im Moment hatte er schon genug damit zu tun, nur zu überleben. Zu überleben und, wie gesagt, die Kinder zu versorgen, bis sie aus dem Gröbsten heraus waren.

Wie gesagt, wie gesagt.

An der Einfahrt zur Siedlung gab es eine Übersichtskarte, auf der er Valdemar Kusko sofort fand. Es handelte sich um eine der bananengekrümmten Straßen, die das Viertel vor dem Wald im Osten einrahmten. Er stieg ins Auto und suchte den Weg dorthin; Nummer 40 war das letzte in einer Reihe typischer dreistöckiger Häuser aus den Siebzigern, rotbraune Backsteine und verglaste Balkone. Er wusste nicht, in welchem Stockwerk Ellen Bjarnebo wohnte, und hatte auch nicht die Absicht, es an diesem Tag zu ermitteln. Heute ging es ihm lediglich um eine vorsichtige Sondierung, ein einleitendes Manöver ohne jede Bedeutung.

Während er wendete und zurückfuhr, dachte er über Rocksta nach. In den ersten zehn, fünfzehn Jahren nach seiner Entstehung war das Viertel ein typischer sozialer Brennpunkt gewesen, mittlerweile hatte sich die Lage jedoch beruhigt. In der Verbrechensstatistik lag es in Kymlinge natürlich immer noch ganz vorn, und so würde es wohl auf absehbare Zeit auch bleiben, aber Barbarotti konnte sich an keinen Einsatz in der Valdemar Kuskos gata erinnern. Keine Körperverletzungen, keine Saufgelage, die aus dem Ruder liefen, keine Fälle von häuslicher Gewalt, wie man so schön sagte.

Aber Rocksta wurde von mehr als fünftausend Menschen bewohnt. Mehr als fünfzig verschiedene Nationalitäten lebten hier zusammen, das Wohngebiet war ein Stück Schweden, das einen bedeutenden Teil der demographischen Karte des Landes zu Anfang des einundzwanzigsten Jahrhunderts abbildete. Er wusste, dass mindestens drei seiner Kollegen hier wohnten, und als er erneut an dem kleinen Einkaufszentrum vorbeikam, fragte er sich, warum er selbst sich darin wie ein Fremdkörper fühlte.

Verwöhnt? Vielleicht.

Andererseits kam ihm nicht nur Rocksta fremd vor. Sondern alles. Das Präsidium. Die Villa Pickford. Die ganze Stadt, in der er fünfunddreißig Jahre gelebt hatte.

Die Menschen, die Zeit und die Gedanken.

Im fahlen Licht der Abenddämmerung sahen seine Hände auf dem Lenkrad aus, als kämen sie von einem anderen Planeten. Ich muss bald einmal ein ernstes Wort mit unserem Herrgott reden, dachte Inspektor Barbarotti.

Das dachte er nicht zum ersten Mal.

Als er endlich ins Bett kam, war es fast Mitternacht. Seit Marianne nicht mehr bei ihnen war, hatten ihre Mahlzeiten die Tendenz, sich in die Länge zu ziehen. Obwohl es ihnen selten gelang, die Trauer und den Verlust in Worte zu fassen, war es wichtig, an dem großen Eichentisch zusammenzusitzen, sich an ihm zu versammeln, das war deutlich spürbar. Bei jedem von ihnen; keiner wollte als Erster die Gemeinschaft verlassen, was vielleicht auch etwas Peinigendes hatte, aber er fragte nie. Man deckte nicht mehr für sie. In der ersten Zeit hatten sie es noch so gehalten, hatten Teller, Glas und Besteck an ihrem Platz aufgelegt, aber Jenny hatte beschlossen, dass damit nach der Beerdigung Schluss sein musste.

Sie beide hatten auch kurze Zeit im Erker zusammengesessen und so richtig getrauert, Jenny und er, die drei Jungen waren auf ihre Zimmer gegangen. Gegen elf hatte sie ihn jedoch umarmt und erklärt, sie müsse noch eine halbe Stunde Mathe üben, und anschließend hatte er am Computer gesessen und Rechnungen bezahlt, bis ihn die Müdigkeit übermannte und vor seinen Augen alle Ziffern und PIN-Codes verschwammen.

Müde zu sein, war allerdings eine Sache, Schlaf zu finden, eine ganz andere, so war es nun einmal. Er entsann sich seines Entschlusses, das Gespräch mit dem Herrgott zu suchen, aber irgendetwas stand dem im Wege. So war es seit dem Unglück gewesen; er wusste, dass es an ihm lag, aber auch, dass Gott ein Gentleman war, der warten konnte. Vielleicht war es erstaunlich, dass er sich selbst, seinen Schock und seine Verzweiflung nicht augenblicklich in die Hände einer höheren, gütigen Macht gelegt hatte – vor allem, da er mittlerweile überzeugt war, dass es eine solche gab, und Marianne und er oft darüber gesprochen hatten. Loszulassen und auf Gott zu vertrauen. Nicht jede Bürde alleine zu tragen.

Aber es hakte irgendwo. Irgendetwas war im Weg.

Vielleicht wartete er auf ein Zeichen.

Darauf, dass Marianne von sich hören lassen würde. In gewisser Weise hatte sie ihm versprochen, das zu tun, aber es war natürlich schwer zu sagen, ob man solche Versprechen auch tatsächlich halten konnte. Und wie der Prozess aussehen, welche Form er annehmen würde; am leichtesten vorstellbar wäre es sicherlich gewesen, wenn sie in seinen Träumen aufgetaucht wäre, zumindest hätte er es im umgekehrten Fall so gehalten, aber bis jetzt, gut drei Wochen nach ihrem Tod, hatte sie sich noch nicht in ihnen gezeigt.

Was natürlich auch daran liegen mochte, dass er schlecht schlief und noch schlechter träumte. Wenn er morgens aufwachte, gab es keine Bilder mehr in seinem Kopf, so dass er sich nicht hundertprozentig sicher sein konnte. War sie im Laufe der Nacht bei ihm gewesen, hatte er es vielleicht nur vergessen? Schlicht und ergreifend.

Das war inmitten der allgemeinen Trübsal ein beängstigender Gedanke – dass sie ihn zu erreichen versuchte, ohne dass er sich dessen bewusst wurde –, und er beschloss, ihm keinen Glauben zu schenken. Beschloss stattdessen, wachsam und aufmerksam zu sein und keine unangemessenen Forderungen zu stellen, weder an seine tote Frau noch an unseren Herrgott. Das wäre eine übermütige Taktik, zu der keine Veranlassung bestand.

Nach diesen delikaten Entscheidungen und in Erwartung des schwer zu erreichenden Schlafs ging er stattdessen dazu über, das Material im Fall Arnold Morinder durchzusehen. Die Zusammenfassung hatte er bereits am Nachmittag im Präsidium gelesen, allerdings nur flüchtig, und wenn es wirklich so war, dass Asunander testen wollte, ob er sich als arbeitsfähig erweisen würde, konnte er den Stier genauso gut bei den Hörnern packen und gründlich vorgehen.

Arnold Morinder wurde 1953 geboren. Zum Zeitpunkt seines Verschwindens war er folglich 54 Jahre alt, jedenfalls fast, und sein Leben war bis dahin ein wenig glamouröses Abenteuer gewesen. Zumindest wenn man Inspektor Sorgsens knappen Formulierungen Glauben schenken mochte, und es gab gute Gründe, dies zu tun. Sorgsen neigte nicht zu Übertreibungen, aber in seinem Bemühen um Sachlichkeit und Korrektheit ließ er in der Regel kein Detail außer Acht.

Arnold wurde als einziges Kind von Alfons und Anna Morinder in Kymlinge geboren. Sein Vater war Schmied, die Mutter hatte eine Reihe verschiedener Arbeitsstellen in Kymlinge gehabt, vor allem als Raumpflegerin, und die beiden waren innerhalb von zwei Jahren gestorben, als Arnold gut zwanzig Jahre alt war. Die Eltern waren beide über vierzig gewesen, als ihr Sohn zur Welt kam, weitere Aufzeichnungen über sie gab es nicht.

Arnold hatte 1969 die neunjährige Gesamtschule abgeschlossen, der eine zweijährige Ausbildung zum Elektriker am Fachgymnasium Samsö folgte. In seinem Berufsleben war er bei insgesamt vier verschiedenen Elektrobetrieben angestellt gewesen, drei in Kymlinge und Umgebung, einer in Göteborg in den Neunzigern. Als er verschwand, arbeitete er seit sechs Jahren für Elektrik Buttro, einem recht angesehenen Betrieb mit Sitz im Industriegebiet Gripen, der je nach Konjunkturlage zehn bis fünfzehn Angestellte beschäftigte.

Im März 1983 vermählte sich Arnold Morinder mit einer Frau namens Laura Westerbrook. Die Ehe blieb kinderlos und wurde bereits anderthalb Jahre später wieder geschieden. Nachdem er sein Elternhaus verließ und bis er mit der früheren Mörderin zusammenzog, hatte Morinder in einer Zweizimmerwohnung in der Norra Kyrkogatan gewohnt. Auch in der kurzen Phase mit seiner ersten Frau. Während seiner Jahre in Göteborg – zwischen 1989 und 1996 – hatte er die Wohnung untervermietet.

Danach ging es zurück in die Kyrkogatan und zehn Jahre später in die Valdemar Kuskos gata 40.

Also hat sie die gemeinsame Wohnung behalten, dachte Gunnar Barbarotti und fragte sich, worauf das schließen ließ. Vermutlich auf absolut nichts.

Laura Westerbrook? Wer immer sie war, sie musste ausländischer Herkunft sein. Vielleicht englischer, vielleicht auch amerikanischer. Er notierte sich, dass er sie ausfindig machen würde.

Das Sommerhaus am Kymmen, von dem aus Arnold später verschwand, hatten seine Eltern bereits in den fünfziger Jahren erworben, und es wurde, auch von Ellen Bjarnebo, immer nur die *Fischerhütte* genannt. Angeln war denn auch das einzige bekannte Hobby Morinders gewesen, und den vorliegenden Informationen zufolge hatte es sich darauf beschränkt, mit einem schlanken Holznachen auf den Kymmen hinauszurudern und zu versuchen, mit einer Spinnangel Barsche oder Hechte herauszuziehen oder einfach nur die Angelrute ins Wasser zu halten, vorzugsweise Letzteres.

Wie Ellen Bjarnebo und Arnold Morinder sich kennen gelernt hatten, ließ sich Sorgsens Darstellung nicht entnehmen. Nur so viel, dass sie sich in einer Gaststätte begegnet und ins Gespräch gekommen waren. Eventuell ließ sich noch herauslesen, dass die frühere Mörderin in diesem Punkt nicht sehr mitteilsam gewesen war. Sie und Arnold hatten sich regelmäßig gesehen und waren nach einem Jahr zusammengezogen, das war alles. Lebte man nicht in einem freien Land?

Barbarotti seufzte und blätterte um.

Zu dem Tag, an dem Morinder verschwand, waren die Informationen beinahe ebenso dünn gesät. Weil das Wetter schön war, hatte das Paar das Wochenende in der Fischerhütte verbracht – beide hatten darüber hinaus noch eine weitere Woche Urlaub –, und gegen eins am Sonntagmittag hatte Morinder sein Moped genommen, eine alte, blaue Zündapp, war die gut drei Kilometer in westlicher Richtung auf Landstraße 272 zur Tankstelle in Kerranshede gefahren und hatte sich dort eine Zeitung gekauft. Er hatte die Tanke kurz vor halb zwei verlassen und war danach nie mehr gesehen worden. Dem Mädchen an der Kasse zufolge hatte er sich wie immer benommen und war nicht besonders gesprächig gewesen, aber wenn sie sich richtig erinnerte, hatten sie sich dennoch darauf geeinigt, dass das Wetter in der letzten Zeit ungewöhnlich schön gewesen war. Sie erkannte sowohl Morinder als auch sein Moped, denn während des Sommerhalbjahrs war er ein zwar sporadischer, aber treuer Kunde. Ein solcher war er gewesen, seit sie selbst Mitte der neunziger Jahre anfing, in der Tankstelle zu arbeiten.

Drei Tage später, am 8. August, rief Ellen Bjarnebo bei der Polizei an und teilte mit, dass ihr Lebensgefährte verschwunden war. Ungefähr eine Woche später wurde das blaue Moped in jenem berüchtigten mückenreichen Sumpf fünf Kilometer westlich von Kerranshede, acht Kilometer von der Fischerhütte entfernt, gefunden, und danach verlor sich jede Spur.

Das war alles. Man hatte Ellen Bjarnebo vernommen, und ein weiteres Dutzend Personen hatte Informationen beigesteuert, aber dieses Material befand sich in anderen Ordnern, und Inspektor Barbarotti beschloss, dass es für diesen Tag reichte.

Er löschte das Licht, drehte sich auf die Seite und streckte den Arm zu dem leeren Platz neben sich aus. Er wollte sich zu gerne vorstellen, dass es dort noch einen Abdruck und etwas Verweilendes gab, und was ist diese Welt schon ohne unsere Vorstellungen von ihr?

6

Der 2. Juni 1989

Fahr vorbei! Halte nicht am Burmavägen!

Fast so lange, wie sie denken konnte, hatte sie die Stimme gehört. Vielleicht war sie etwas, wozu auch andere Menschen Kontakt hatten; sie wusste es nicht, sie sprach so selten mit anderen Menschen. Außer ihr selbst saßen sechs weitere Fahrgäste im Bus, sie kannte vier von ihnen, drei ältere Männer und ein Mädchen im Teenageralter, hatte aber nie irgendjemanden von ihnen gegrüßt. Sie überlegte, dass dies typisch war, es lagen einige Meter zwischen allen, als wäre die Einsamkeit etwas Zerbrechliches, etwas, das man pflegen und behüten musste.

Fahr vorbei?

Im Laufe der Jahre war sie immer mehr dazu übergegangen, diese Stimme mit einer existierenden zu identifizieren – einer, die sie ein einziges Mal vor langer Zeit gehört hatte, ja, so war es tatsächlich: Hausmeister Muti. Er war in der Hallinge-Schule, die sie in den ersten drei Schuljahren besucht hatte, der böse Onkel gewesen, und sie war damals wahrscheinlich das einzige Kind in der ganzen Stadt, das keine panische Angst vor ihm hatte. Was schon seltsam war, da sie ansonsten dafür bekannt war, vor praktisch allem Angst zu haben. Angst zu haben und anders zu sein.

Auch Muti war anders, wenn auch auf eine andere Art; man erzählte sich, er sei eine Kreuzung aus einer Kobra und Adolf Hitler und habe mindestens ein Dutzend toter Kinder auf seinem Gewissen.

Aber das stimmte natürlich nicht. Als sie Muti bei dieser einen einzigen Gelegenheit in seinem Büro von Angesicht zu Angesicht begegnete, hatte er nur einen Satz zu ihr gesagt: *Du gehst jetzt zu Lehrerin Bolling und erzählst ihr, was es wirklich mit deinem Fahrrad und Annika Bengtsson auf sich hat.* Und als sie anschließend seine Anweisung befolgte, hatte sich alles, genau wie er es ihr versprochen hatte, in Wohlgefallen aufgelöst. Nein, nicht versprochen, denn das hatte er gar nicht, aber es war genau so gekommen, wie sie es seiner Stimme angehört hatte.

Ein Vierteljahrhundert später hatte sie vergessen, worum es bei dieser Fahrradgeschichte eigentlich gegangen war, aber die Stimme hatte sie nicht vergessen.

Halte nicht am Burmavägen?

Dass sie anders war, hatte sie ebenso wenig vergessen, aber ihr Vater war auch sehr darauf bedacht gewesen, es ihr gründlich einzuschärfen, lange bevor Muti auf der Bildfläche erschien: Kein Zweifel, bei dem Mädel ist eine Schraube locker.

Bei ihrer Mutter aber auch, fügte er regelmäßig hinzu. Das werde mütterlicherseits von Generation zu Generation weitergegeben.

Sie seufzte und warf einen Blick aus dem schmutzverschmierten Busfenster. Stellte fest, dass sie noch einige Zeit fahren mussten – mindestens sieben oder acht Minuten. Lang genug, um für eine Weile in das trübe Wasser der Erinnerung einzutauchen. Ob man nun wollte oder nicht.

Den Nachsatz hatte sie als Kind nie verstanden. Mütterlicherseits von Generation zu Generation? Was hieß das? Sie war
mit ihrem Vater und ihrem sechs Jahre älteren Bruder Gunder aufgewachsen. Ihre Mutter war ertrunken, als sie selbst
erst vier gewesen war. Ein Unfall, sagte man. Später hatte sie
begriffen, dass das nicht stimmte. Ihre innere Stimme hatte es
ihr gesagt, und wenn sie im Nachhinein daran zurückdachte,
glaubte sie, diese Stimme damals zum ersten Mal gehört zu
haben. Zumindest war es das erste Mal gewesen, dass sie die
Stimme mit Muti verband, denn das musste kurz nach ihrer
Begegnung gewesen sein.

Deine Mutter hat sich umgebracht, nur dass du es weißt.

Es geschah eines Abends unmittelbar vor dem Einschlafen.
Sie musste acht oder neun Jahre alt gewesen sein. Und hatte
nicht einschlafen können.

Nur dass du es weißt?

Als sie ihren Vater am nächsten Tag darauf ansprach, gab
er ihr keine Antwort, aber sie hatte ihm angesehen, dass es
zutraf. Ihre Mutter hatte nicht mehr leben wollen und ihren
Wunsch in die Tat umgesetzt.

Wie gesagt, eine Schraube locker. Mit Gunder hatte sie darüber nie gesprochen. Aber Gunder war immer der gleichen
Meinung wie Vater gewesen, sodass es keine Rolle spielte.

Sie hatte niemals Angst vor dieser Stimme gehabt, denn es
war genau wie mit Muti: Es gab nichts Furcht Einflößendes an
ihr. Nicht wirklich; sie war trocken und sachlich, im Ton ähnlich wie eine Bekanntmachung an die Bevölkerung im Radio.
Und sie irrte sich selten, deutete die Lage, wie sie war, und erläuterte sie mit klarer und deutlicher Stimme ein einziges Mal.
Die Botschaft war selten schwer zu verstehen. Manchmal bekam sie einen Rat, aber nicht immer, und wenn es geschah,
empfand sie es nie so, als würde ihr Gehorsam abverlangt.

Sie dachte, dass die Stimme darüber hinaus ganz deutlich

von ihren normalen Gedanken getrennt und deshalb unverwechselbar war. Außerdem machte sie sich ziemlich rar; als sie ausgerechnet heute, an diesem frühen Juniabend, ertönte, hatte sie sich ihrer Erinnerung nach schon längere Zeit nicht mehr zu Wort gemeldet. Zwei Monate mindestens, Anfang des Frühjahrs, vielleicht sogar noch länger.

Ein bisschen eigenartig war eventuell, dass sie sich an den Fahrer zu richten schien, den Mann, der den Bus fuhr. Ein großer kräftiger Bursche mit einem Rücken wie ein Scheunentor.

Fahr vorbei!, sagte sie also. *Halte heute nicht am Burmavägen. Lass sie stattdessen hier sitzen und sich ausruhen.*

Sie? Ja, es hatte tatsächlich so geklungen, als spräche die Stimme zu dem Busfahrer – aber sie sorgte sich um sie. Hier ging es um sie: Ellen Beatrice Helgesson. Fünfunddreißig Jahre alt, geborene Bjarnebo.

Mitten im Leben, aber schon verloren.

Es bedurfte keiner inneren Stimme, um dies festzuhalten. Fünfzehn Jahre Ehe hatten sie gelehrt, dass die Zeit der Erwartungen vorüber war. Falls das Leben eine Art Blütezeit haben sollte, war diese für sie ein überstandenes Stadium. Vielleicht auch ein übersprungenes.

Aber *Halte nicht!* Ebenso gut hätte die Stimme sie immerhin auffordern können, nicht auszusteigen oder den Halteknopf nicht zu drücken, aber das tat sie eben nicht. Irgendwie überließ sie dem Fahrer die Verantwortung. Man konnte sich fragen, warum.

Sie blinzelte müde und merkte, dass sie kurz vorm Einschlafen war. Was natürlich eine Lösung sein mochte. Ellen Helgesson war garantiert die Einzige, die an der Haltestelle Burmavägen aussteigen wollte. Kein anderer würde den Fahrer auffordern, dort zu halten, wenn sie zufällig einnickte. Außerdem war er neu, sie hatte ihn nie zuvor gesehen, sodass er mit

Sicherheit keine Ahnung hatte, wo die verschiedenen Fahrgäste zu Hause waren.

Sie sah auf die Uhr. Fast halb sechs. Eigentlich hätte es fast halb fünf sein müssen, aber sie hatte den Bus verpasst. Sie hatte für die Einkäufe länger gebraucht als gedacht, sowohl im Alkoholladen als auch im Supermarkt, was bedeutete, dass sie erst gegen halb acht gekocht haben würde. Dass Harry unter diesen Umständen hungrig und sauer sein würde, war unausweichlich. Gereizt und schlecht gelaunt, so sicher wie das Amen in der Kirche. Er würde zudem Zeit haben, noch vor dem Essen drei oder vier Bier zu trinken, was die Sache auch nicht besser machte. Der Ablauf des Abends lag vor ihr wie ein hoffnungslos enger Schafpferch und erwartete sie: Beim Essen würden sie sich eine der Weinflaschen teilen, die sie gekauft hatte, er vier Gläser, sie ein Glas. Nach dem Essen würde sie spülen; gegen neun wurde dann Billy ins Bett geschickt oder zumindest in sein Zimmer, woraufhin Mann und Frau in Gesellschaft von Zigaretten, Käseflips und einer weiteren Flasche Wein fernsehen würden – oder vielleicht auch zwei weiteren Bier und einem Drink, sie hatte im Alkoholladen an alles gedacht, und eventuell Creedence Clearwater Revival statt des Fernsehers. Je nach Lust und Laune und dem, was im Tagesverlauf vorgefallen war, kam es zu Variationen. Schließlich würde seine Hand sich ihren Oberschenkel hinauftasten, und dann war die Zeit bald reif für den Freitagsfick. In dem Punkt gab es keine Variationen.

Wenn sie alles richtig machte, würde er betrunken und zufrieden einschlafen. So zufrieden, wie er nur sein konnte. Solange es denn währte.

Fahr vorbei? Halte nicht am Burmavägen?

Jetzt waren es nur noch ein paar hundert Meter. Sie hob die Hand und legte den Zeigefinger auf den Halteknopf.

7

Gunnar Barbarotti verbrachte den gesamten Mittwoch in seinem Büro in der zweiten Etage des Polizeipräsidiums von Kymlinge. Eva Backman steckte vor der Mittagspause den Kopf zur Tür herein und erkundigte sich, ob er Lust hatte, sie zum Restaurant Kungsgrillen zu begleiten, aber er erklärte, er habe sich eine Mahlzeit mitgebracht, und lehnte dankend ab.

Er hatte keine Mahlzeit dabei, nur ein belegtes Brot und eine Banane, aber das reichte ihm völlig. Wenn es zwei Dinge auf der Welt gab, die nicht zusammenpassten, dann waren dies Trauer und Appetit.

Doch ehe er so weit gekommen war – also zu seinem trüb-sinnigen Mittagessen –, arbeitete er sich in den Fall ein. Wie man so sagte, zumindest versuchte er, sich einzureden, dass er dies tat. Er hatte seinen iPod mit Fadomusik auf den Ohren, und es fiel ihm schwer, das Gefühl abzuschütteln, dass es sich bei seiner Betätigung eher um eine Beschäftigungstherapie als um etwas anderes handelte. In einer Woche oder zehn Tagen würde er garantiert zu Asunander gehen und erklären können, dass er auf nichts gestoßen war, wodurch das Rätsel, was mit Arnold Morinder geschehen war, gelöst werden konnte – und Asunander würde daraufhin nur mit den Schultern zucken und sagen, auch gut, dann musste man die Sache wohl end-gültig zu den Akten legen und sich auf anderes konzentrieren.

Oder? Bei Asunander wusste man nie. Wenn er jemanden

bat – ganz gleich wen –, sich ein Ermittlungsverfahren näher anzuschauen, und er selbst nur noch einen guten Monat bis zu seiner Pensionierung hatte, konnte durchaus etwas anderes dahinterstecken. Ging er etwa wirklich davon aus, dass Barbarotti etwas finden KÖNNTE? Dass ihm das eine oder andere auffallen würde, durch das man einer Aufklärung näherkam?

Dass er den Fall sogar lösen konnte? War die Angelegenheit mit Prestige verbunden? Hatte Asunander ein persönliches Interesse an diesem Fall?

Schwer zu sagen. In der Dokumentation deutete nichts darauf hin, dass er in einem größeren Maße beteiligt gewesen war. Der Name des Ermittlungsleiters war Gunvaldsson gewesen, und dieser hatte in Kymlinge nur ein kürzeres Gastspiel gegeben. Er würde sich natürlich mit dem Kollegen in Verbindung setzen müssen, aber es erschien ihm besser, noch ein, zwei Tage zu warten, bis er sich genauer orientiert hatte.

Aber was war nun mit Asunander? Gab es irgendwelche verborgenen Haken bei dieser Geschichte? Durchaus möglich, überlegte Barbarotti. Der Kommissar war schon immer recht speziell gewesen. Außerdem gab es natürlich keinen Grund, einen schlechten Job zu machen, nur weil man zufällig das Opfer einer persönlichen Tragödie geworden war.

Als er diese Wortkonstellation dachte – *persönliche Tragödie* –, überkam ihn wieder die Versteinerung. Er blieb, den Blick aus dem Fenster gerichtet, sitzen. War unfähig weiterzukommen, im Denken wie im Handeln. Der Himmel draußen hing tief und unruhig, und der Wind zerrte an den erst kürzlich ausgeschlagenen Birken. Vor einem halben Jahr war er in ein anderes Büro gezogen und hatte seither eine neue Aussicht. Mehr Raum und Himmel, was gut geeignet sein sollte, die Seele zu spiegeln, aber an diesem Tag gab es keine offenen

Kanäle dieser Art in ihm. Das Spiegelbild der Seele war, wie es war. Die Fadomusik wechselte von Lucilia do Carmo zu Fernando Morinho.

Werde ich jemals wieder froh sein?, dachte er. Werde ich jemals wieder voller Erwartung oder Sehnsucht sein? Und wenn ja, nach was?

Die nächste Zeit sollten Sie sich darauf konzentrieren, immer einen Tag nach dem anderen zu überstehen, hatte Rönn ihn instruiert. Der Trauertherapeut. Richten Sie den Blick nicht in die Zukunft, höchstens für ein paar Stunden. Ihr Herz blutet noch stark, aber mit der Zeit wird ein anderer Zustand kommen.

Tatsächlich, hatte Barbarotti sich gefragt, aber nichts gesagt. Und was ist das für ein Zustand? Woher wissen Sie das eigentlich so genau? Ist Ihre Frau vielleicht kürzlich gestorben? Eine Frau, die Sie über alles in der Welt geliebt haben und die Sie einsam und verlassen zurückgelassen hat, obwohl sie erst siebenundvierzig Jahre alt war? Haben Sie überhaupt eine Ahnung, wovon Sie da reden?

Sie dürfen ruhig wütend auf mich sein, hatte Rönn erklärt. Das kann ein gesunder Teil des Heilungsprozesses sein.

Zum Teufel, hatte Barbarotti gedacht.

Aber heute, an seinem Schreibtisch, war kein Zorn in Reichweite. Nur stumme Verzweiflung und Hoffnungslosigkeit. Er schaltete die Musik aus, faltete die Hände und betete.

Gütiger Gott im Himmel, entschuldige, dass ich mich nicht gemeldet habe, aber es ist so schwer gewesen. Das weißt du genauso gut wie ich. Aber gib mir jetzt doch bitte ein Zeichen, ich halte es bald nicht mehr aus. Einen Strohhalm, ein Bibelwort, irgendetwas. Ich bin in größter Not, ich weiß ehrlich gesagt nicht, ob ich ohne Marianne leben kann. Ich weiß nicht, ob ich dazu die Kraft haben werde. Wo ist sie? Hast du sie in deine Obhut genommen?

Dann schloss er die Augen und versuchte, sein inneres Ohr zu schärfen.

Anfangs, in den ersten fünfzehn oder zwanzig Sekunden, merkte er nichts. Danach ertönte ein diskretes Räuspern, gefolgt von der vertrauten Stimme, der richtigen, nicht seiner eigenen.

Der Brief an die Hebräer 11:32-40, könnte dir das vielleicht den Weg weisen?

Inspektor Barbarotti flocht die Hände auseinander, öffnete die Augen mit Blick auf den weiterhin unruhigen Himmel und dankte. In seinem Büro hatte er keine Bibel, aber er notierte sich die Stelle in seinem Block. Riss die Seite heraus und steckte sie ins Portemonnaie.

Lehnte sich über den Schreibtisch, kehrte zum portugiesischen Blues zurück und wandte sich erneut dem Fall Arnold Morinder zu.

Die Personen im Umfeld des verschwundenen Elektrikers, die sich zu seinem Charakter geäußert hatten, waren im Großen und Ganzen einer Meinung gewesen.

Morinder war – oder alternativ: *war gewesen* – ein schüchterner und zurückgezogener Typ.

Die Frau, mit der er in den achtziger Jahren für sehr kurze Zeit verheiratet gewesen war – Laura Westerbrook –, hatte über ihre Ehe im Grunde nur zu sagen gehabt, dass sie von Anfang an ein Irrtum gewesen war. Sie war Engländerin, geboren und aufgewachsen in Birmingham, und nach Schweden gekommen, weil sie in einem Land leben wollte, in dem jemand wie Ingmar Bergman gearbeitet hatte und immer noch arbeitete. Morinders schmollende Schüchternheit hatte sie als Tiefsinn und existentielle Schwermut interpretiert, bis ihr bewusst wurde, dass es simpler war. Sie waren so hurtig getrennte Wege gegangen, wie ein geschickter Koch Eigelb von Eiweiß trennt.

Morinder war nicht das Eigelb gewesen.

So stand es wortwörtlich im Vernehmungsprotokoll, und Barbarotti erkannte, dass dieses Ziehen in den Wangen das Vorstadium zu einem Lächeln gewesen sein könnte. Es ging nach Bruchteilen einer Sekunde vorüber, aber seit dem 29. April war es das erste Mal.

Immerhin etwas.

Dass Arnold Morinder kein geselliger Mensch war, wurde auch ansonsten mit Akkuratesse herausgearbeitet, und die Frage, wie Ellen Bjarnebo und er ein Paar wurden, blieb durch die gesamten gut hundert Seiten, die Barbarotti an diesem grauverhangenen Maitag durchforstete, unbeantwortet.

Sie waren sich in einer Gaststätte begegnet, genauer gesagt in der Brasserie Långe Jan in der Heimdalsgatan an einem Abend im September 2005, aber das waren nur ein Zeitpunkt und ein Ort, und die Version basierte auf Ellen Bjarnebos eigenen Angaben. Es war im Übrigen dasselbe Restaurant, in dem es einige Monate vor Morinders Verschwinden zu dem mehrfach erwähnten Zwischenfall gekommen war. Zu diesem kleinen Intermezzo gab es drei Zeugenaussagen, zum einen von einem Kellner, zum anderen von zwei Gästen, die sich am besagten Abend im Lokal aufgehalten hatten. Worum es bei dem Streit eigentlich gegangen war, konnte niemand sagen, aber Stimmen waren laut geworden, Morinder hatte mit der Faust auf den Tisch gehauen, und seine Begleiterin war in einer Gemütsverfassung zur Tür hinausmarschiert, die man wahrscheinlich als wutentbrannt bezeichnen konnte. Einem der beiden Gäste zufolge hatte sie außerdem zwischen zusammengepressten Lippen gemurmelt: Auge um Auge, Zahn um Zahn! Diese Äußerung wurde von Ellen Bjarnebo jedoch entschieden geleugnet; dagegen gab sie zu, dass ihr Lebensgefährte und sie sich gestritten hatten, weigerte sich aber, auf den Grund für ihren Konflikt einzugehen. Er habe jedenfalls nichts mit seinem Verschwinden zu tun gehabt, hatte sie auf Ehre und Gewissen geschworen.

Da das Paar Morinder-Bjarnebo weder Freunde noch Bekannte hatte, gab es niemanden, der Einblick in ihre Beziehung besaß. Die Nachbarn in der Valdemar Kuskos gata beschrieben die beiden als ruhige Menschen, die nicht viel Aufhebens um sich machten. Man grüßte sich in der Waschküche, und wenn man einander zufällig auf der Straße oder im Einkaufszentrum begegnete, das war alles.

Aber man wusste natürlich, wer sie war. Die Schlächterin von Klein-Burma. Das lud nicht gerade zu einer Vertiefung des persönlichen Kontakts ein, was nicht hieß, dass man Vorurteile oder vorgefasste Meinungen hatte. Selbstverständlich nicht und Gott bewahre.

Die kriminaltechnischen Berichte zur Fischerhütte, dem blauen Moped sowie der Mückenhölle Stora Svartkärret umfassten ungefähr zwanzig Seiten und waren in etwa so ergiebig wie ein Interview mit einem verletzten schwedischen Leichtathletikstar. Barbarotti begriff nicht, warum ihm ausgerechnet dieser Vergleich in den Sinn kam, aber so war es. Vielleicht hatte es etwas mit Eigelb und Eiweiß zu tun, und das war der Moment, in dem Inspektorin Backman die Tür einen Spaltbreit öffnete und sich eine Abfuhr einhandelte.

Nach der Mittagsbanane stapfte er in den Korridor hinaus und holte sich eine Tasse Kaffee. Begegnete keinem einzigen Kollegen, kehrte in sein Zimmer zurück, stopfte sich mehr Fado in die Ohren, überlegte es sich dann jedoch gleich wieder anders und schaltete die Musik aus. Deponierte den iPod in der rechten Schreibtischschublade und holte das Material zu dem Mord auf Klein-Burma aus der linken.

Bestimmt eine gute Idee, sich auch darin einzuarbeiten, dachte er. Wenn er sich schon mit der Hauptperson persönlich unterhalten sollte. Es war keine Begegnung, auf die er sich freute; abgesehen von seinen Kindern traf er generell nur ungern andere Menschen, aber wenn man darauf angesetzt wurde, das Tun und Lassen einer Mörderin zu untersuchen, war es wahrscheinlich unausweichlich, dass man sich, früher oder später, mit ihr an einen Tisch setzte und ein Gespräch führte.

Weil sie noch in der Schar der Lebenden zugänglich war und sich besten Wohlergehens erfreute. Oder wie es ihr nun auch immer gehen mochte.

Dass man die Sache aufschob und sich ein wenig vorbereitete, war ebenfalls eine gängige Vorgehensweise.

Er hatte bereits einige Seiten des Verhandlungsprotokolls gelesen, als sein Handy klingelte. Er sah, dass es Sara war, und merkte erstaunt, dass er dennoch eine Sekunde zögerte, ehe er sich meldete.

»Papa?«

»Ja, klar. Hallo, Sara.«

»Hallo. Wie geht es dir?«

»Danke der Nachfrage.«

»Im Ernst.«

»Nicht besonders. Wie ist es in Stockholm?«

»Es regnet. Ich lerne.«

»Hast du Vorlesungen gehabt?«

»Ja. Erzähl mir, wie es dir geht, Papa.«

»Ich weiß nicht, was ich sagen soll.«

»Was tust du gerade?«

»Ich gehe wieder arbeiten. Sitze in meinem Büro.«

»Gut. Es ist gut, dass du wieder arbeitest.«

»Ja, das sagen sie.«

»Sie?«

»Ja …«

»Kannst du nachts schlafen?«

Es waren gerade einmal fünf Tage vergangen, seit sie sich das letzte Mal gesehen hatten. Vor zwei Tagen hatten sie zuletzt telefoniert. Was immer das bedeutete, es bedeutete auf jeden Fall, dass sie sich Sorgen um ihn machte.

»Nein, ich schlafe nicht besonders gut. Aber ich komme schon zurecht, Sara.«

»Warst du noch mal bei diesem Therapeuten?«

»Ich sehe ihn am Donnerstag.«

Es wurde kurz still. Er hörte, dass sie nach Worten suchte.

»Ich habe mir etwas überlegt …«

»Ja?«

»Ich möchte, dass du ein paar Tage zu mir kommst. Nur du … übers Wochenende, vielleicht?«

»Ich weiß nicht …«

»Das würde dir sicher gut tun.«

»Ich muss an die Kinder denken.«

Sie seufzte. »Die kommen schon klar, Papa. Sie sind fast erwachsen. Ehrlich gesagt bist du hier am stärksten betroffen, ich würde mit dir gerne ein Wochenende in Stockholm verbringen … wir könnten ins Theater gehen. Oder ins Kino. Oder einfach nur spazieren gehen und in netten Restaurants essen. Nur wir zwei. Reden … verstehst du?«

»Ja, ich verstehe. Das hört sich toll an, Sara.«

»Du darfst nicht nur sagen, dass es sich toll anhört. Es muss auch etwas daraus werden. Wie wäre es mit diesem Wochenende?«

»Dieses Wochenende ist es ein bisschen schwierig. Ich müsste …«

»Okay. Dann sagen wir das nächste. Das passt mir eigentlich sogar besser, da habe ich nämlich meine letzte Prüfung hinter mir. Dann könnten wir zusammen zurückfahren.«

»Ich werde mal schauen, ob es sich einrichten lässt, Sara.«

»Versprich es mir.«

»All right. Versprochen.«

Sie schwiegen einige Sekunden.

»Sie sind wirklich keine kleinen Kinder mehr, Papa. Sie brauchen dich, aber nicht so. Nicht die ganze Zeit, nicht jeden Tag.«

»Das ist mir bewusst, Sara. Wir können ja in ein paar Tagen noch einmal telefonieren, dann sehen wir weiter.«

»In Ordnung, Papa, und du vergisst nicht, dass du mich jederzeit anrufen kannst?«

»Das vergesse ich nicht, Sara.«

»Schön. Dann meldest du dich, sobald du weißt, wann du kommst. Spätestens Morgen.«

»Ja, natürlich. Danke für den Anruf, Sara.«

»Ich liebe dich, Papa. Du schläfst natürlich auf meiner Couch.«

»Ich liebe dich auch, Sara. Viel Erfolg beim Lernen.«

Damit legten sie auf. Er spürte, wie sich die Gefühle aus Licht und Dunkel in seinem Inneren umverteilten. Oder vielmehr, dass ein dünner Lichtstreif versuchte, sich mit all dem Dunklen zu vermischen. Zwei Tropfen Milch in einem schwarzen, sehr schwarzen Kaffee… wie hieß das noch? Macchiato?

Er stürzte seinen eigenen halbblauen und milchfreien Kaffee hinunter. Bevor er nach Klein-Burma zurückkehrte, dachte er eine Weile an Sara.

Sie war erwachsen. Wenn man vierundzwanzig war, musste man wohl so betrachtet werden. Darüber hinaus hatte sie von allen Kindern am wenigsten Kontakt zu Marianne gehabt – weil sie im Grunde schon nicht mehr zu Hause wohnte, als sie in die Villa Pickford zogen. Anfangs und anlässlich ihrer Trennung von Jorge, ihrem ersten richtigen Freund, hatte sie zwar gelegentlich einige Monate bei ihnen gewohnt, aber in den letzten Jahren, seit ihrem Umzug nach Stockholm, hatte sie auf eigenen Beinen gestanden.

Was für ein idiotischer Ausdruck. *Auf eigenen Beinen stehen.* Was bedeutet das? Ist es das, was ich gerade lerne? Läuft diese Trauertherapie darauf hinaus? Den Schmerz zu lernen und die grundlegenden Bedingungen zu akzeptieren? Dass man einsam geboren wird und einsam stirbt? Auf zwei Beinen.

Er dachte darüber hinaus, dass er Sara mehr liebte als seine anderen Kinder, falls ein solcher Vergleich überhaupt statthaft war. Nach seiner Scheidung von Helena hatte sie sich dafür entschieden, bei ihm zu wohnen; während ihrer ganzen Kindheit und Jugend, mehr oder weniger täglich, waren sie sich nahe gewesen, und es war unausweichlich, dass dies Spuren hinterließ. Gute und lebenslange Spuren. Von den Jungen war er – abgesehen von Sommerferien und verlängerten Wochenenden – dagegen mehr als fünf Jahre getrennt gewesen, was andere Spuren gezeitigt hatte. Vielleicht hatte er sie im Stich gelassen, der Gedanke kam ihm immer wieder. Er hätte sich nicht darauf verlassen dürfen, dass Helena ihnen eine gute Mutter sein würde, aber woher hätte man das wissen sollen? Jedenfalls gewann er manchmal den Eindruck, vor allem nach Mariannes erstem Aneurysma, dass Jenny eine Art Neuauflage von Sara war. Er sprach es niemals aus, auf gar keinen Fall, aber es war schon vorgekommen, dass er diese alte Wärme ums Herz empfunden hatte, wenn sie zusammengesessen und sich über das eine oder andere unterhalten hatten. Eine Saite mit einem ganz eigenen Ton. Dass sie außerdem gemeinsam so richtig trauern konnten, sprach natürlich auch eine deutliche Sprache.

Aber für ein Wochenende nach Stockholm? Nur er und Sara? Warum nicht?

Er beschloss, sich die Sache reiflich zu überlegen, und vertiefte sich wieder in die Arbeit.

Tatsächlich steckte Inspektor Backman an diesem zähen Mittwoch zwei Mal den Kopf zu Inspektor Barbarottis Tür herein. Beim zweiten Mal, gegen Viertel nach drei, wurde er sich ihres Besuchs jedoch nicht bewusst, da er weit zurückgelehnt auf seinem Bürostuhl saß und mit aufgerissenem Mund schlief. Sein Kopf hing schief, und ein dünner Speichelstrang lief über Wange und Kinn. Eva Backman zog vorsichtig die Tür zu und dachte, dass dies vermutlich genau das war, was er brauchte.

Im Moment zumindest. Was er in Zukunft und auf einer anderen Ebene brauche würde, war ihr beim besten Willen nicht klar.

Ebenso wenig wie die Rolle, die sie selbst dabei spielen sollte. Was tat man? Wie kümmerte man sich um jemanden wie Gunnar Barbarotti? Sie war sicher, dass es keinen anderen Menschen gab, der ihn besser kannte als sie – seit Marianne nicht mehr lebte. Sie waren seit nunmehr zwanzig Jahren Kollegen und eng befreundet, Marianne hatte auch ihr nahegestanden, und wenn es jetzt so aussah, als würde Barbarotti Gefahr laufen, in seiner Trauer zu versinken, war es selbstverständlich Eva Backmans Aufgabe, ihn da herauszuholen.

Wie eine geübte Schwimmerin fühlte sie sich allerdings nicht. Weit gefehlt. Und vielleicht hielt er sich ja trotz allem aus eigener Kraft über Wasser – mit der Nase knapp über der Oberfläche? Wie Männer das so machten. Woher sollte sie das wissen, wenn er sie nicht an sich heranließ?

Mir würde es auch gut tun, in einem Bürostuhl zu sitzen und zu schlafen, dachte Eva Backman und kehrte in ihr Büro zurück, wo sie ein ganzer Schwall politischer Spekulationen erwartete. Ein kleines Nickerchen nur.

Aber daraus wurde natürlich nichts. Für sie gab es nur Arbeit, Arbeit und noch mal Arbeit – bis sie entdeckte, dass es Viertel vor sechs und damit höchste Zeit war, das Rollo herunterzulassen.

8

Als Barbarotti endlich Kontakt zu Ellen Bjarnebo bekam, war es schon Donnerstag. Sie hielt sich in einer kleinen Gebirgspension in der Nähe von Vilhelmina im südlichen Lappland auf, wo ihr Handy praktisch kein Netz hatte. Er fragte nicht, was sie so weit in den Norden führte, und versuchte, den Grund für seinen Anruf zu kaschieren, sah sich aber natürlich gezwungen, ihr zu sagen, dass er ein Polizist aus Kymlinge war. Ellen Bjarnebo nahm diese Information mit einem schlichten so, so, aha, auf und erklärte, dass sie in der kommenden Woche wieder in Kymlinge sein würde. Barbarotti erkundigte sich, ob er sich dann noch einmal bei ihr melden könne, aber ehe sie dazu kam, ihm zu antworten, brach die Verbindung ab. Eventuell hatte sie ihn weggedrückt, und er überlegte, dass er dafür volles Verständnis hatte.

Auf seiner kurzen Liste standen vier weitere Personen, bei denen es etwas besser lief. Wenn auch nicht viel.

Mit Laura Westerbrook sprach er fünf Minuten. Sie war wie gesagt in England geboren worden, lebte aber noch immer in Schweden, mittlerweile in Slite auf der Insel Gotland, wo sie verheiratet war und drei Kinder hatte. Sie arbeitete halbtags in einer Schule und hatte über ihre wirre Ehe mit Morinder nicht viel zu sagen. Bei ihrer Scheidung war sie erst vierundzwanzig gewesen, und sie bezeichnete die ganze Geschichte als eine Jugendsünde. Falls Barbarotti sich dafür interessieren sollte, weiter in dieser Sinnlosigkeit zu wühlen, war er natürlich herzlich willkommen auf Gotland.

Allerdings hatte sie angesichts von Morinders Verschwinden bereits eine Reihe von Fragen beantwortet, und mehr, als sie damals zu sagen hatte, würde sie auch heute nicht sagen können. Ganz bestimmt nicht, die Zeit vergeht, und das Gedächtnis wird nicht besser.

Barbarotti bedankte sich und legte auf. Dachte einen Augenblick an das Haus Mariannes und ihrer Schwester in Hogrän auf der magischen Insel Gotland, verdrängte den Gedanken jedoch wieder und rief stattdessen Alfons Söderberg an.

Dem Klang seiner Stimme nach zu urteilen war Alfons Söderberg zeit seines Lebens Raucher gewesen. Inzwischen war er außerdem Rentner, aber mehr als dreißig Jahre lang hatte er die Firma Elektrik Söderberg besessen und betrieben. Einer seiner Angestellten war – zehn Jahre lang, bis es zu einem Zerwürfnis kam – Arnold Morinder gewesen. Ungefähr von 1975 bis 1985. Alfons Söderberg konnte zudem ein wenig wohlwollend interpretiert als ein Freund Morinders durchgehen. Zumindest während eines Teils dieser Zeit. So war er einer der Hochzeitsgäste gewesen, als Morinder diese magere, aber dennoch ziemlich attraktive Engländerin geheiratet hatte, und war darüber hinaus einer der wenigen Menschen, die ihren Fuß in die Fischerhütte gesetzt und dort sogar übernachtet hatten.

Diese Fakten waren Barbarotti bereits bekannt, und er musste sie sich zwischen Hustenanfällen und röchelnden Atemzügen ein weiteres Mal anhören. Und dem Spucken – es hörte sich wirklich so an, als stünde neben Söderberg ein Spucknapf. Barbarotti beschloss, dass es der Mühe wert sein könnte, sich etwas genauer anzusehen, wie es sich mit allem Möglichen verhielt, und vereinbarte einen Besuch am Freitagvormittag. Söderberg wohnte seit dem Sündenfall – Juni 2001, als er von seiner Frau geschieden worden war, einer wahrhaftigen Teufelin, die mittlerweile jedoch tot und begraben war, in der genannten Reihenfolge – in der Fabriksgatan im Zentrum von Kymlinge.

Die beiden letzten Personen auf Barbarottis Liste hatten nichts mit Arnold Morinder zu tun, sondern mit Ellen Bjarnebo. Die erste war eine Frau namens Lisbeth Mattson. Früher hatte auch sie Bjarnebo geheißen, weil sie mit Ellens sechs Jahre älterem Bruder Gunder verheiratet gewesen war. Im Zusammenhang mit dem Mordprozess 1989 hatten beide den Namen Mattson angenommen, was Lisbets Mädchenname war. Das Ehepaar hatte sich darüber hinaus Billy Helgessons erbarmt, der damals zwölf war und dringend jemanden benötigte, der das Sorgerecht für ihn ausübte, da sein Vater ermordet und zerstückelt worden war und seine Mutter mindestens zehn Jahren Haft in Hinseberg entgegensah.

Gunder und Lisbeth Mattson hatten keine eigenen Kinder und nahmen Billy ohne langes Wenn und Aber zu sich – der Junge hatte keinen anderen Namen annehmen müssen, weil man der Ansicht war, dass Helgesson nicht so in den Schmutz gezerrt worden war wie Bjarnebo; aus irgendeinem Grund hatte die Schlächterin selbst ja noch vor Prozessbeginn ihren Mädchennamen wieder angenommen, und das war der Name, der damals in allen Zeitungen gestanden hatte. Billy hatte bis 1999 bei seinen neuen Eltern gewohnt, als er seinen Wehrdienst leisten musste und dazu in Stockholm landete. Gunder Mattson war vor einem Jahr gestorben – ein Blutgerinnsel im Gehirn hatte seinem Leben im August 2011 ein Ende gesetzt –, aber Lisbeth wohnte noch in ihrem Einfamilienhaus in der Kvarngatan in Hallsberg.

Was Billy Helgesson selbst betraf, so war er die fünfte und letzte Person auf der Liste und hatte eine Adresse sowie eine Ehefrau und ein Kind im Stockholmer Stadtteil Södermalm. Als Barbarotti anrief, ging seine Frau an den Apparat; sie erklärte, Billy sei auf der Arbeit, am Abend aber wieder zu Hause. Barbarotti bedankte sich für diese Information und versprach, noch einmal anzurufen.

Als sämtliche Telefonate abgehakt waren, zog er eine Karte heraus und stellte fest, dass Schweden auch in der Breite einigermaßen langgestreckt war. Mit Söderberg und Ellen Bjarnebo konnte er in Kymlinge sprechen – am nächsten Tag und hoffentlich nächste Woche –, aber Hallsberg, Stockholm und Slite erforderten Reisen und wahrscheinlich Übernachtungen.

Er kratzte sich am Kopf, überlegte drei Sekunden und strich Slite durch.

Aber wenn er von Göteborg den richtigen Zug nahm, würde er für ein paar Stunden in Hallsberg aussteigen und anschließend mit einem späteren Zug in die Hauptstadt des Königreichs weiterfahren können. In der königlichen Hauptstadt gab es nicht nur Familie Helgesson in der Blekingegatan im Stadtteil Södermalm, sondern auch Sara. In der Vikingagatan im Stadtteil Vasastan, um genau zu sein, und das gab zweifellos den Ausschlag.

So machen wir es, dachte Inspektor Barbarotti und schlug seinen Notizblock zu. Ende nächster Woche – wenn bis dahin nichts Unvorhergesehenes eintrifft.

Ermittlung oder Beschäftigungstherapie, so lautete weiterhin die Frage.

Er sah auf die Uhr. Zehn Minuten nach elf. Donnerstag, der 24. Mai. Am Himmel vor seinem Fenster drang die Sonne allmählich durch die Wolkendecke.

Marianne, schrie eine Stimme in ihm.

Er nahm an, dass es seine eigene war.

9

Und, wie läuft's?«

Backman stellte ihm die Frage. Sie aßen im Kungsgrillen zu Mittag. Es hätte wie immer sein können, und er fragte sich, was das eigentlich bedeutete, diese simple Phrase. *Wie immer.*

War das erstrebenswert oder etwas, wovon man sich fortsehnte?

Die Frage war natürlich idiotisch. Es kam ganz auf die Situation und darauf an, was dieses immer eigentlich beinhaltete. Ganz generell war es nichts, worüber man nachgrübeln sollte, und er merkte, dass Eva Backman ihn mit besorgt gerunzelter Stirn betrachtete. War er kurz davor, die Kontrolle zu verlieren, war es das, was sie sah?

»Was? Was hast du gesagt?«

»Ich habe dich gefragt, wie es läuft? Mit Morinder, meine ich.«

»Aha? Na ja, sehr weit bin ich noch nicht gekommen. Ich werde morgen mit Söderberg sprechen.«

»Wer ist das?«

»Jemand, der ihn ein wenig kannte. Wenigstens vielleicht.«

»Und unsere Mörderin?«

»Befindet sich in einer Pension.«

»Pension?«

»Ja. In Vilhelmina. Kommt nächste Woche zurück. Dann

werde ich mich mit ihr unterhalten. Und wie läuft es bei Fängström?«

»Vergiftet«, antwortete Eva Backman und spaltete mit der Gabel ein Fleischbällchen. »Das ist zwar noch nicht bestätigt, aber es deutet alles darauf hin. Was machst du heute Abend?«

Barbarotti dachte nach. »Kochen. Zu meinem Therapeuten gehen.«

»Ist er gut? Wie heißt er noch?«

»Rönn. Er heißt Rönn. Doch, er ist schon gut. Er kommt aus Nordschweden.«

»Klingt beruhigend.«

»Ja, er ist… beruhigend. Das sollten Leute wie er ja wohl auch sein. Dann wurde er also vergiftet?«

»Ja. Davon gehen wir aus.«

»Warum habt ihr noch keine Laborergebnisse?«

Eva Backman seufzte. »Es gab irgendwie Stress mit dem Labor. Wir werden uns noch etwas gedulden müssen.«

»Aber es besteht immer noch der Verdacht eines Verbrechens?«

»Bis auf weiteres.«

Sie zögerte kurz. Dann legte sie das Besteck auf den Teller und lehnte sich über den Tisch. »Warum willst du nicht mit mir reden, Gunnar? Über Marianne, meine ich.«

Er antwortete nicht, weil er darauf keine Antwort wusste. Sie starrte ihn an.

»Wir Menschen sind nun einmal füreinander da«, erklärte sie in einem fast pädagogisch klingenden Ton. »Ich will dich nicht drängen, aber ich finde es seltsam, dass du so verdammt verschlossen bist.«

»Verschlossen?«

»Ja. Ich weiß, es ist männlich, und dass du es furchtbar schwer hast und so, aber trotzdem…«

Er stierte eine Weile auf Eva Backmans und seine eigenen Fleischbällchen hinunter.

»Ja, aber wir haben doch geredet. Haben wir etwa nicht jeden Tag miteinander gesprochen, seit sie gestorben ist?«

Sie nickte erneut, atmete tief durch und senkte die Schultern. »Ja, natürlich. Jede Menge Worte. Aber vielleicht...?«

»Ja?«

»Was ich meine, ist, dass ich auch jemanden zum Reden brauchen könnte, Gunnar. Für mich ist es auch schwer.«

»Mhm?«

»Marianne gehörte nicht nur dir. Du musst doch wohl zugeben, dass du... dass du bewusst vermeidest, mit mir darüber zu sprechen? Warum muss es so verdammt kompliziert sein? Sie war deine Frau, aber sie war meine Freundin. Ich vermisse sie auch. Wir könnten uns vielleicht... gegenseitig beistehen.«

»Das kapiere ich doch. Ich bin ja kein Idiot, Eva. Gib mir nur noch ein bisschen Zeit. Ich glaube...«

Er verstummte und dachte nach. Eva Backman stemmte die Ellbogen auf den Tisch, faltete die Hände und legte das Kinn auf die Fingerknöchel. Sagte nichts.

»Ich glaube nicht, dass es ihr gefällt, wenn wir hier sitzen und uns wegen ihr streiten.«

Eva Backman seufzte. Oder schnaubte. Vielleicht tauchte da aber auch ein rasch vorbeihuschendes Lächeln auf, und er dachte, da, plötzlich, in diesem winzigen Bruchteil eines Augenblicks, zeigte sich schemenhaft etwas.

War sie das?

Funktionierte es so? Konnte das...?

Das war ja wohl nicht möglich, oder?

Was sind das eigentlich für Fragen, die ich hier stelle? Dachte er anschließend. Wenn man die Fragen schon nicht versteht, wie soll man dann auch nur in die Nähe der Antworten kommen?

»Jetzt bist du ziemlich weit weg, was?«, fragte Eva Backman.

»Diese Fleischbällchen sind wirklich nicht besonders«, entgegnete Gunnar Barbarotti.

»Die schmecken wie immer«, widersprach Eva Backman.

Rönn hatte sich mit späten Abendterminen einverstanden erklärt, und als Barbarotti auf die Straße hinaustrat, sah er, dass es zwanzig nach zehn war.

Also über eine Stunde, da sie um Punkt neun angefangen hatten. Worüber sie in der ersten halben Stunde gesprochen hatten, wusste er nicht mehr, aber dann hatte Rönn ihn gefragt, ob er gläubig sei. Genauer gesagt, ob er glaube, dass Marianne in irgendeiner Form weiterexistiere. Obwohl es bereits ihre dritte Unterhaltung war, hatten sie diese Frage bisher nicht berührt.

Was – dachte er nun, im Nachhinein, als er durch einen stillen Nieselregen zum Norra torg spazierte, wo er geparkt hatte – als ein wenig eigenartig betrachtet werden musste. Dass es möglich war, solche *allgemeinen* Gespräche über den Tod zu führen. Andererseits war der Tod natürlich ein höchst allgemeines Phänomen, das ließ sich nicht leugnen, und vielleicht war es das, worauf das Therapeutische abzielte? Sich dem Klienten anzupassen – nein, eher den Klienten dem Allgemeinen anzupassen –, und da musste man am Anfang natürlich ziemlich generell bleiben. Aber trotzdem?

Aber ja, hatte er geantwortet. Ich bin gläubig, und ich glaube, dass es Marianne noch gibt. Das Problem ist nur, dass ich noch keinen Kontakt zu ihr bekommen habe.

Und Sie rechnen damit, den zu bekommen, wollte Rönn wissen.

Was heißt hier damit rechnen, hatte er geantwortet. Wie sieht es denn bei Ihnen aus?

Darauf hatte Rönn *nun ja, aber ja, in der Tat* geantwortet, und Barbarotti hatte sich gefragt, was zum Teufel das jetzt wieder heißen sollte. Beim Glauben ging es doch nun wirklich um alles oder nichts. Und um Diverses dazwischen; beispielsweise die Bezeichnungen der Samen für Schnee oder den Feminismus. Oder die zahlreichen Namen für das höchste Wesen, wobei allein das Kamel den hundertsten und letzten kannte, warum nicht? Jedenfalls war das alles vielschichtig und doppelbödig. Ein Wirrwarr aus Worten und menschlichen Bemühungen um etwas, das doch eigentlich einfach und klar sein sollte.

Entweder man glaubt, oder man glaubt nicht.

Ja, natürlich, hatte er wiederholt, als Rönn eine Zeitlang schweigend vor ihm gesessen hatte. Sie wird sich bei mir melden, da bin ich mir sicher.

Man muss sich in Geduld üben, meinte Rönn daraufhin und hatte von dem Schriftsteller Torgny Lindgren und der Langsamkeit erzählt. Der Autor hatte geschrieben, man solle versuchen, im gleichen Tempo zu leben wie Bartflechten. Ein, zwei Millimeter pro Jahr wachsen. Wenn es hochkam.

Und daraufhin hatten sie während der letzten halben Stunde tatsächlich über Dinge dieser Art gesprochen. Über Vertrauen und Zuversicht und unnötige Eile, und Barbarotti hatte gedacht, wenn er einen richtigen Vater statt eines weggelaufenen Italieners als Papa gehabt hätte, dann hätte dieser ruhig ein bisschen Ähnlichkeit mit Rönn haben dürfen. Oder wenigstens mit einem älteren Bruder von ihm, denn der Therapeut konnte kaum älter als sechzig sein.

Zu welchem Schluss sie genau gekommen waren, ließ sich allerdings nicht leicht sagen und spielte vielleicht auch gar keine Rolle. Man musste nicht alles mit richtigen Worten festnageln, es gab auch wertvolle Erkenntnisse jenseits der Sprache. Barbarotti schob sich am Norra torg in den Wagen, tippte eine neue Fado-Platte in den CD-Spieler und fuhr Richtung Kymmensudde.

Legte die Hand auf den Sitz neben sich und versuchte sich einzubilden, dass sie bei ihm war.

Und während er so saß, hörte er endlich ihre Stimme.

Ich habe dir geschrieben, sagte sie. *Du bekommst den Brief in ein paar Tagen.*

Er schaffte es gerade so, haarscharf an einem Laternenpfahl vorbeizufahren.

10

Der 2. Juni 1989

Als sie aus dem Bus stieg, sah sie im selben Moment, dass ihr Fahrrad platt war. Es stand an das Wartehäuschen gelehnt, wie sie es am Morgen zurückgelassen hatte, und es bestand kein Zweifel.

Das Hinterrad. Platt wie ein Pfannkuchen. Die Luft war höchstwahrscheinlich langsam entwichen, aber eine Pumpe hatte sie nicht dabei. Es gab mindestens zwei Stück auf dem Hof, aber das half ihr in diesem Augenblick natürlich auch nicht weiter. Ihr blieb nichts anderes übrig, als die Einkaufstüten an den Lenker zu hängen und zu Fuß zu gehen; sie fand es typisch, fast vorhersehbar, und für Verwunderung war in ihr kein Platz.

Die Tüte mit den Flaschen aus dem Alkoholladen in den Korb auf dem Gepäckträger. Sechshundert Meter Kiesweg, sanft ansteigend, das war nicht weiter schlimm. Dünner Nieselregen trieb über die Felder heran, auch das war nicht weiter schlimm.

Als Erstes kam Groß-Burma. Der Hof stand schön gelegen auf einer Anhöhe zu ihrer Linken; vom Hauptgebäude aus hatte man Aussicht auf die Felder und das weitgestreckte Tal, das von Süden nach Norden an der Landstraße beginnend und im Wald hinter Klein-Burma endend verlief. Ihrem Hof. Ihrem Zuhause.

Klein-Burma lag weniger schön, hatte den Wald wie gesagt im Rücken, was eigentlich ganz gut war, aber die Anhöhe Groß-Burmas versperrte die Aussicht. Man lag sozusagen im Schatten. Das war ein Gedanke, der sich mehr oder weniger automatisch einstellte – *die Sonnenseite* und *die Schattenseite* –, das passte generell ganz ausgezeichnet zu der Beziehung zwischen den Höfen und den Cousins. Göran Helgesson war der einzige Sohn und Erbe von Groß-Burma; Harry Helgesson, sein vier Jahre jüngerer Cousin, war ebenfalls der einzige Sohn und in gleicher Weise Herr über Klein-Burma. Freie Bauern, sicher, trotzdem war es ein himmelschreiender Unterschied. Der kleine Klaus und der große Klaus, so hatte sie die Leute mehr als einmal über die beiden reden hören.

Sie hätte zu Groß-Burma hinaufgehen und sich eine Pumpe leihen können, tat es aber nicht. Dadurch wäre sie auch nicht schneller nach Hause gekommen, und sie hatte keine Lust, Göran oder Ingvor zu begegnen. Angesichts ihrer Übereinkunft insbesondere Göran nicht. Es war unnötig, dunkle Flecken zu beleuchten. Besser, sie im Dunkeln und in Frieden zu lassen.

Außerdem wollte sie den Kindern nicht begegnen. Sie waren so irritierend wohlgeraten, alle drei. Aus einem Guss und sauber und rosig. Sie beschränkte sich darauf, einen Blick den sorgsam geharkten Kiesweg hinauf zu werfen, zu den blühenden Kastanienbäumen und der Fliederlaube, und dachte daran, wie lange es her war, dass sie diese schweren fünfzig Meter gegangen war. Aber so lagen die Dinge nun einmal: das ließ sich nur schlucken und akzeptieren. Wenn das Verhältnis der beiden Cousins zerrüttet war, galt dies auch für die Familien der Cousins. Für ihre Ehefrauen und Kinder.

Man hätte behaupten können, dass es um Stolz ging, aber das war ein Wort, das Harry Helgesson nur ungern in den Mund nahm. Vielleicht, weil er wusste, dass es sich auf der

Zungenspitze leicht auflöste und in etwas anderes verwandelte. Etwas Hässliches, was der Wahrheit näherkam.

Neid oder so. Verbitterung.

Bei diesen altvertrauten Gedanken zuckte sie mit den Schultern. Ging den kurzen Hang zwischen Scheune und Maschinenhalle hinab, warf einen Blick schräg zurück, zu der Baustelle hinter der Hecke, wo, soweit sie wusste, ein Pool entstand. Die Arbeiter waren noch aktiv, obwohl es fast sechs Uhr an einem Freitag war; das war ungewöhnlich. Zwei Wagen von Handwerksbetrieben parkten neben der Maschinenhalle, offenbar ging es um irgendein Detail, das nicht bis nach dem Wochenende warten konnte. Um etwas, das abgedeckt oder fertig isoliert werden musste, ehe man Feierabend machen konnte, wie man so sagte. Ja, Göran konnte gut mit Menschen umgehen, dachte sie. Wenn er wollte; es fiel ihm leicht, sie zu allem Möglichen zu überreden. Wie gesagt, und wenn man ehrlich war.

Wenn man einmal nicht die Rolle als stolze, aber wehrlose Frau schulterte. Es gab ein zähes Knäuel aus menschlichen Bedürfnissen und Schwächen im Dasein, und in diesem Knäuel lebte sie, in ihm hing sie fest wie eine dämliche Schmeißfliege in einem starken und unerbittlichen Spinnennetz.

Oder wie man die Sache auch betrachten wollte, wenn man vergaß, die Augen zu schließen.

Nach der kurzen Strecke hügelabwärts ging es erneut aufwärts, und Klein-Burma tauchte in ihrem Blickfeld auf. Der Hof war wenig ansehnlich. Schien am Waldsaum zu kauern. Als schämte er sich für etwas; auch der Gedanke war nicht neu.

Überhaupt waren neue Gedanken Mangelware. Es gab nur die alten, die immer wieder abgespult wurden, und für einige erschöpfte Sekunden war Ellen Helgessons Kopf vollkommen leer. Wie bei einem Stromausfall oder einem dieser ganz leichten Gehirnschläge, von denen sie gelesen hatte. Dann tauchte wie ein unerwarteter Brief in der Post ihr Sohn auf.

Billy.

Ihr Billy Boy. In zwei Wochen, passend zum Mittsommerfest, wurde er zwölf. Das war natürlich auch wie immer. Geboren am Höhepunkt des Jahres und trotzdem? Sobald sie an ihn dachte, krampfte sich ihre Brust irgendwie zusammen. Atemnot, oder was immer das sein mochte? Sie schluckte hart und verdrängte ihn.

Sie sollte jetzt nicht auch noch über Billy nachgrübeln. Nicht zulassen, dass sich auch diese Sorge in sie bohrte. Die schlimmste Zutat des ganzen Knäuels.

Nein, das nun doch nicht. So war es wirklich nicht.

Sie ging weiter.

Während sie die letzten zweihundert Meter zurücklegte, dachte sie über das Gegengewicht nach: ihre Arbeit in der Stadt. Die Atempause.

Sie ging ihr inzwischen im fünften Jahr nach, denn bis Billy in die Schule ging, war sie zu Hause geblieben. Nicht, weil sie selbst es so gewollt hatte, sondern weil Harry es so wollte.

Als Erstes hatte sie ein Jahr in einem Lebensmittelgeschäft in der Lilla Bergsgatan gearbeitet, danach in diesem Ledergeschäft und seit dem vorletzten Herbst bei Eisenwaren Lindgren an der Kasse. Fünf oder sechs Stunden täglich, vier Tage die Woche. Mittwochs hatte sie, meistens jedenfalls, frei.

Morgens der Bus um Viertel vor acht, den auch Billy zur Schule nahm, das war praktisch. Um halb vier oder halb fünf mit dem Bus zurück.

Das wäre niemals möglich gewesen, wenn sie noch Vieh gehabt hätten, aber Harry hatte die Krise fünf Jahre zuvor zum Anlass genommen, den gesamten Bestand zu verkaufen. Heute wurden nur noch auf Groß-Burma Tiere gehalten: Kühe und

Schafe. Sowie zwei Pferde für Ingvor und die Mädchen. Und ein paar Dutzend Hühner natürlich. Klein-Burma verlegte sich auf Getreide. Verschiedene Kornsorten, aber vor allem traditioneller Weizen. Es war, wie es war, der leicht schiefe Stall am Waldrand zu ihrer Rechten war zweifellos das Gebäude, das sich vor dem peitschenden Regen am stärksten zusammenkauerte. Er hatte seine Berechtigung verloren. Wenn Klein-Burma eine Krebserkrankung war, dann war dieser Stall der ursprüngliche Tumor, so lautete eine Beschreibung, die ihr zwei Jahre zuvor in den Sinn gekommen war, und seither war sie nicht weniger zutreffend geworden. Wahrhaftig nicht. *Das Herz der Finsternis*. Was war das? Ein Film, den sie nie gesehen hatte?

Aber zurück zu Lindgrens. Wenn sie ganz ehrlich sein sollte, gefiel es ihr in dem Eisenwarengeschäft nicht besonders. Aber der Job war erträglich, und mehr verlangte sie nicht. Mehr brauchte sie nicht, eine Atempause war trotz allem eine Atempause.

Sie ertrug sowohl die Kunden als auch ihre Arbeitskollegen: Mona, Gun und Torsten. Auch wenn sie mit keinem von ihnen besonders häufig sprach oder behaupten konnte, sie zu kennen. Oder dass ihre Kollegen sie kannten.

Und Lindgren selbst, der Chef mit den Händen, die sich gerne verirrten, tja, den hatte sie auch im Griff. Seine Verirrungen waren nichts Ernstes, er war glücklich verheiratet und hatte fünf Kinder, und schon in den ersten Tagen hatten ihre beiden Kolleginnen ihr erklärt, man solle nichts darauf geben, er meine es nicht so. Sofia, seine Frau, arbeitete im Übrigen auch im Geschäft. Ab und zu, an den Samstagvormittagen und so, wenn besonders viele Kunde kamen.

Natürlich war die Arbeit ihre Rettung, das hatte sie schon nach wenigen Wochen im Lebensmittelgeschäft begriffen, und so war es geblieben. Ihr Zuhause war das Übel. Das Moor, in dem sie langsam versank und ertränkt wurde. Ihr Zuhause und die Wochenenden. Als sie ihr plattes Rad in den Ständer stellte und die Einkaufstüten herunterhob, dachte sie, dass es haargenau so war. Ein Krebsmoor im Herz der Finsternis. Wo kamen nur all diese Bilder her? All die trostlosen Worte? Ihr schauderte, so war es; ihr schauderte angesichts eines ganzen, langen Freitagabends. Eines ganzen Samstags und eines ganzen Sonntags auf Klein-Burma.

Mit Harry und Billy. Nur sie drei. Nur die Familie.

Noch eins. Noch ein endlos langes Wochenende.

Und die Angst. Diese ständige, verfluchte, nagende Angst.

Wenn ich auf die Muti-Stimme gehört hätte, dachte sie. Wenn ich nicht aus dem Bus gestiegen wäre. Was wäre dann passiert? *Fahr am Burmavägen vorbei?*

Sie entdeckte Harry, der mit einer Bierdose und einer frisch angezündeten Zigarette im Halbdunkel auf der Veranda saß.

»Wird auch Zeit, dass du kommst«, sagte er.

11

Barbarotti parkte vor dem Haus in der Fabriksgatan, in dem Alfons Söderberg wohnte, und stellte fest, dass er zehn Minuten zu früh war.

Er gähnte, öffnete den Sicherheitsgurt und kippte die Rückenlehne möglichst weit nach hinten.

Ich bin ein Roboter, dachte er. Ich sitze oder gehe oder liege. Rede, esse, versuche, zu schlafen und einfachere Tätigkeiten auszuführen. Ich arbeite. Ich bin Polizist. Gleich werde ich durch diese hässliche, leberwurstfarbene Haustür treten, zwei Treppen hochsteigen und an der Tür eines Mitmenschen namens Alfons Söderberg klingeln, in dessen Zweizimmerwohnung eventuell mehrere Spucknäpfe stehen, und der wie eine Bulldogge mit Asthma röchelt. Im Übrigen weiß ich gar nicht, ob es sich um eine Zweizimmerwohnung handelt, aber das spielt auch keine Rolle. Es gibt grundsätzlich nichts auf der Welt, was noch eine Rolle spielt, damit ist Schluss.

Ich werde an seinem Küchentisch Platz nehmen und Kaffee trinken und ihn über einen gewissen Arnold Morinder ausfragen, der vor fünf Jahren verschwand und mit dem Söderberg über den Daumen gepeilt fünfundzwanzig Jahre früher einen gewissen persönlichen Kontakt hatte, und bei diesem Gespräch wird nicht das Geringste herauskommen. Im Grunde bearbeite ich keinen Fall, diese ganze Sache ist nur eine Therapie, die sich Kommissar Asunander ausgedacht hat, um mich zu beschäftigen und damit ich nicht ständig daran denken muss, dass meine Frau gestorben ist und mich in diesem schwarzen Limbus zurückgelassen hat, wo ich... wo ich schon bald, an irgendeinem Tag, in irgendeiner Minute, zerbrechen werde. So ist es. Das Ganze ist vollkommen sinnlos, das Leben ist ein makaberer Witz, ich bin die verkörperte Melancholie, und Söderberg kann es genauso gut erspart bleiben, mich zu sehen. Er darf seinen Kaffee alleine trinken und diese miserablen Mandelplätzchen mümmeln, die er im Lebensmittelladen an der Ecke gekauft hat, und seine ekligen Zigaretten rauchen und ebenfalls einem vorzeitigen Tod entgegengehen. Er kann da oben herumsitzen und sich fragen, warum dieser seltsame Polizist nie auftauchte, aber nach reiflicher Überlegung wird er trotz allem zu dem Schluss kommen, lieber nicht im Polizeipräsidium von Kymlinge anzurufen und nachzufragen. Morinder ist schließlich spurlos verschwunden, höchstwahrscheinlich tot, und allzu großes Interesse zu zeigen, könnte verdächtig wirken. Da war es doch besser, einfach sitzenzubleiben und zu rauchen, Mandelplätzchen zu kauen und das Maul zu halten. Besagter Polizist hat übrigens bald seine erste Arbeitswoche beendet, seit er seinen Dienst wieder angetreten hat, nachdem seine Frau gestorben ist und ihn in einem Zustand von Panik und Roboterleben und Sinnlosigkeit zurückgelassen hat, schau an, jetzt sind wir wieder an dem Punkt, er wiederholt sich, ich wiederhole mich, meine Gedanken drehen sich im Kreis und reichen nicht weiter als bis zum schlimmsten gemeinsamen Nenner, ich bin im Leerlauf siebter Klasse, aber so ist das eben bei schrottreifen Robotern, und es... es gibt wirklich keinen Grund, aus dem Auto zu steigen, durch diese Leberwursttür zu treten, diese übelriechenden Treppen hinaufzusteigen und an dieser gottverdammten Tür zu klingeln. Nicht den geringsten Grund, du kannst da an deinem jämmerlichen Küchentisch sitzen, Alfons Söderberg, und in deinen

Spucknapf spucken und spüren, wie deine Tage verrinnen und dir der Tod schon im Nacken sitzt, ich scheiße auf dich, oho, ja ja, verdammt.

Nach diesem Gedankenstrom stieg er aus dem Wagen und ging über die Straße zu Hausnummer 16B.

Söderberg hatte keine Mandelplätzchen gekauft, erkundigte sich aber, ob der Herr Wachtmeister ein Bier wolle.

Das lehnte der Wachtmeister dankend ab, woraufhin sie gegenüber voneinander an einem Couchtisch Platz nahmen, auf dem ein Computer und sechs Schachbretter standen.

»Ein Hobby«, erläuterte Söderberg und hustete. »Hält das Gehirn auf Trab. Ich war früher Jugendmeister. Spielen Sie?«

»Nein«, antwortete Barbarotti. »Ist lange her.«

»Das war in Ljusdal«, sagte Söderberg.

»Wie bitte?«, sagte Barbarotti.

»Als ich Jugendmeister wurde. Aber das ist schon eine Weile her.«

»Das habe ich mir gedacht«, erwiderte Barbarotti.

»Möchten Sie eine Zigarette?«

»Habe aufgehört«, sagte Barbarotti.

»Das will ich auch«, meinte Söderberg. »An meinem Todestag.«

»Sehr vernünftig«, sagte Barbarotti. »Alles hat seine Zeit.«

Söderberg zündete sich eine Zigarette an und blies den Rauch über den Computer hinweg aus.

»Ich spiele am Computer, aber ich brauche die Bretter, um den Überblick zu behalten«, erläuterte er und ließ die Hand über die verschiedenen Partien schweifen. »Computer sind schon eine feine Sache, aber es geht doch nichts über die Wirklichkeit. Das dreidimensionale Bild.«

Barbarotti überlegte kurz, wie viele Dimensionen seine eigene Wirklichkeit momentan enthielt. Seinem Gefühl nach, nicht viel mehr als eine. Schräg abwärts. Er tastete in seinen Jacketttaschen und erkannte, dass er keinen Notizblock dabeihatte.

»Suchen Sie nach Kautabak?«, wollte Söderberg wissen.

»Nein«, antwortete Barbarotti. »Ich konsumiere auch keinen Kautabak.«

Söderberg zog an seiner Zigarette und hustete. »Kein Bier. Keine Zigaretten. Keinen Kautabak. Man darf hoffen, dass Sie wenigstens ein Frauenzimmer haben.«

»Hatte ich«, sagte Barbarotti. »Aber sie ist tot.«

»Meine auch«, erwiderte Söderberg. »Meine war nichts Besonderes, aber im Namen der Gerechtigkeit hätten ihr schon noch ein paar Jahre vergönnt sein können.«

»Das erwähnten Sie bereits gestern«, sagte Barbarotti. »Am Telefon.«

»Tatsächlich?«, sagte Söderberg. »Ach ja, man labert sich manchmal eine Scheiße zusammen. Aber was verschafft mir die Ehre? Morinder, stimmt's?«

»Ja, Arnold Morinder«, bestätigte Barbarotti. »Und, was haben Sie zu ihm zu sagen?«

»Warum fragen Sie?«, sagte Söderberg.

»Es gibt da ein paar lose Fäden«, sagte Barbarotti.

»Haben Sie eine Spur gefunden?«

»Nicht direkt«, antwortete Barbarotti. »Wir wollen nur ein paar Dinge überprüfen.«

»Dann ist er nicht wieder aufgetaucht?

»Nein. Er ist nicht wieder aufgetaucht.«

»Wollen Sie sich keine Notizen machen?«

Barbarotti schüttelte den Kopf.

»Oder alles aufnehmen?«

»Nicht nötig. In diesem Stadium jedenfalls nicht.«

»So, so«, meinte Alfons Söderberg und räusperte sich vernehmlich. »Ja, ich weiß auch nicht. Morinder war jedenfalls, wie er war, so viel ist sicher.«

»Ich habe gelesen, was Sie vor fünf Jahren über ihn gesagt haben«, erklärte Barbarotti.

»Und was habe ich gesagt?«

»Erinnern Sie sich nicht?«

»Nein.«

Barbarotti dachte einen Moment nach. Dann warf er alle geltenden Regeln für Vernehmungen über Bord; dies war ohnehin nur ein überflüssiges Gespräch zweier überflüssiger Menschen.

»Sie sagten, er sei in sich gekehrt und schüchtern und es sei nicht immer ganz leicht gewesen, mit ihm auszukommen.«

»Das habe ich gesagt? Na ja, das trifft es schon ziemlich gut. Außerdem stur, wenn man das Bild vervollständigen will.«

»Haben Sie eine Idee, was mit ihm passiert sein könnte?«, fragte Barbarotti.

Söderberg zog an seiner Zigarette, kratzte sich am Hals und schien nachzudenken. »Ich glaube, die Frage hat man mir beim letzten Mal nicht gestellt.«

»Ach ja?«, sagte Barbarotti. »Aber jetzt wird sie Ihnen gestellt. Was denken Sie, was ist mit Arnold Morinder passiert?«

»Tot«, antwortete Söderberg. »Es ist doch so klar wie Kloßbrühe, dass der Typ tot ist.«

»Wie?«, sagte Barbarotti.

»Hä?«

»Wie ist er Ihrer Meinung nach gestorben?«

»Das ist ja wohl verdammt noch mal nicht meine Sache, das herauszufinden«, entgegnete Söderberg. »Wer ist denn hier der Polizist, Sie oder ich?«

»Da haben Sie natürlich recht«, sagte Barbarotti. »Aber ich habe Sie ja auch nur nach Ihrer Meinung gefragt. Sie brauchen sich nicht für sie zu rechtfertigen, und falls Sie keine haben sollten, können Sie genauso gut schweigen.«

Söderberg rauchte, hustete und räusperte sich eine Weile.

»Ich denke, sie war es«, sagte er schließlich.

»Was wollen Sie damit sagen?«, fragte Barbarotti.

»Na sie, die Schlächterin«, sagte Söderberg.

»Mhm?«, gab Barbarotti von sich.

»Sie hat es doch vorher auch schon mal gemacht. Wenn man so bescheuert ist, etwas mit einem solchen Frauenzimmer anzufangen, ist man selber schuld.«

»Das ist ein Gesichtspunkt«, meinte Barbarotti. »Und war Morinder Ihrer Ansicht nach wirklich so dumm?«

Söderberg drückte die Zigarette aus und überlegte.

»Was heißt hier dumm«, sagte er dann. »Ich weiß nicht, er war jemand, an dem man nie wirklich herankam. Ich hatte ja nicht so viel mit ihm zu tun, aber ich glaube, das ging allen so.«

»Immerhin haben Sie in seinem Sommerhaus übernachtet«, sagte Barbarotti. »Soweit wir wissen, stehen Sie damit ziemlich allein.«

»Abgesehen von der Schlächterin«, widersprach Söderberg.

»Abgesehen von ihr, stimmt. Aber Sie sind jedenfalls in den achtziger Jahren zum Angeln dort gewesen, trifft das zu?«

»Allerdings«, antwortete Söderberg, »aber nur einmal. Nicht ein Fisch hat angebissen, obwohl wir stundenlang in seinem leckenden Drecksskahn gehockt haben. Wir aßen und tranken, und am Ende waren wir betrunken. Das war alles. Er wurde nicht gesprächiger, als er betrunken war, die meisten werden dann ja redselig, aber Morinder nicht.«

»Ich verstehe«, sagte Barbarotti. »Was führte dazu, dass Ihre Freundschaft endete?«

»Freundschaft?«, sagte Söderberg.

»Nennen Sie es, wie Sie wollen«, erwiderte Barbarotti.

»Tja«, sagte Söderberg. »Er arbeitete ja nicht mehr für die Firma, und damit hatte sich die Sache erledigt.«

»Warum hörte er auf?«

Söderberg zündete sich eine weitere Zigarette an und blies neuen Rauch auf den Computer.

»Es ging um etwas auf einer Baustelle. Er hatte Mist gebaut und weigerte sich, die Verantwortung dafür zu übernehmen.«

Barbarotti wartete.

»Die gottverdammte Sauna brannte komplett aus, und er hatte den Strom gelegt. Die Sache war so was von klar.«

»Aber er stritt es ab?«

»Log mir direkt ins Gesicht. Daraufhin musste er gehen.«

»Gab es Krach?«

»Nein. Er ging einfach. Bekam wahrscheinlich zwei Wochenlöhne, er wusste, dass es seine Schuld war, aber er zeigte es mit keiner Miene.«

»Fanden Sie das nicht eigenartig?«

»Ich und alle anderen. Aber wir wussten, dass er eigenartig war.«

Barbarotti blickte eine Weile zur verräucherten Decke hinauf und dachte nach.

»Und seine Frau?«, sagte er. »Diese Engländerin? Sie waren bei der Hochzeit, war es nicht so?«

Söderberg nickte. »Stimmt. Erst beim Bürgermeister und hinterher in der Gaststätte. Wir waren bloß zu sechst.«

»Wer waren die anderen?«

»Das Brautpaar war da, wenn ich mich richtig erinnere.«

Barbarotti sah aus dem Fenster.

»Dann war da noch ein Verwandter von ihm, ein Cousin oder so. Ein großer Bursche mit Unterbiss, der den Mund nicht aufbekam, ich glaube, er hieß Bertil. Und dann noch zwei Freundinnen der Braut.«

»Also keine größere Veranstaltung?«

»Keine größere«, bestätigte Söderberg. »Und die Sache hielt dann wohl ungefähr ein Jahr. Sie war einiges jünger als er, ich hatte den Eindruck, dass sie es schon bereute, als wir beim Hochzeitsmahl zusammensaßen. Außerdem war sie hübsch, viel zu hübsch für einen Typen wie Morinder. Ein bisschen mager vielleicht ...«

Barbarotti gähnte.

»Was zum Teufel? Sie gähnen?«

»Entschuldigen Sie«, sagte Barbarotti. »Ich habe diese Nacht nicht viel Schlaf bekommen.«

»Sie nehmen nichts auf, Sie machen sich keine Notizen, und dann sitzen Sie hier und gähnen, während ich lebenswichtige Informationen liefere. Was sind Sie eigentlich für ein lausiger Polizist?«

»Ich bitte um Entschuldigung. Es ist wohl ein bisschen stickig hier.«

»Stickig?«

»Wenig Sauerstoff«, verdeutlichte Barbarotti. »Dann muss man gähnen. Wenn man zu wenig Sauerstoff im Blut hat.«

Söderberg nahm einen tiefen Lungenzug und stierte ihn an.

»Haben Sie noch mehr Fragen? Ich habe nicht den ganzen Tag Zeit.«

»Eine«, sagte Barbarotti. »Ellen Bjarnebo, Morinders Lebensgefährtin, sind Sie ihr jemals begegnet?«

»Der Schlächterin?«

»Ja.«

»Ich kenne sie nur vom Sehen«, erklärte Söderberg. »Sie wohnt ja in der Stadt, deshalb sieht man sich natürlich ab und zu. Eine Zeitlang hat sie bei der Post gearbeitet.«

»Haben Sie mit ihr gesprochen?«

»Niemals«, antwortete Söderberg. »Man kann sich beherrschen.«

»Na schön«, sagte Barbarotti und stand auf. »Danke für den kleinen Plausch.«

»Sie dürfen es mir gerne erzählen, wenn Sie ihn finden«, meinte Söderberg. »Tot oder lebendig, wie gesagt. Aber verdammt noch mal, Sie sollten wirklich nicht gähnen, wenn Sie Leute verhören.«

»Das war kein Verhör«, entgegnete Barbarotti. »Das war nur eine Unterhaltung.«

»Können Sie nicht trotzdem darauf achten, nicht zu gähnen?«

»All right«, sagte Barbarotti. »Ich werde es mir merken.«

»Nun gehen Sie schon«, sagte Söderberg. »Jetzt muss ich in einer Stunde sechs Schachzüge schaffen. Sie finden selbst hinaus?«

»Aber immer«, sagte Barbarotti, gab Söderberg die Hand und unterdrückte ein neuerliches Gähnen.

Als er wieder im Auto saß, merkte er, dass er den Tränen nahe war.

Ich will deine Stimme hören, Marianne, dachte er. Ich brauche bald ein Zeichen, sonst gehe ich noch kaputt. Gestern hast du gemeint, du hättest mir geschrieben, oder habe ich mich da verhört? Ich breche wirklich bald zusammen.

Wie genau ein solcher Zusammenbruch aussehen würde, war schwer zu sagen, aber er würde von unten und von innen kommen, und dieses Raster aus Normalität und Selbstbeherrschung, oder was auch immer alles zusammenhielt, schien wirklich äußerst dünn zu sein. Ein Spinnennetz, das einen Büffel oder etwas in der Art zu fangen versucht.

Zumindest stellenweise, in gewissen Situationen, für gewisse bleiche Sekunden bei gewissen eingefrorenen Gelegenheiten, kam es ihm so vor.

Zum Beispiel jetzt, nach einer fünfundzwanzigminütigen

Unterredung mit einem Jugendmeister im Schach aus Ljusdal in der Fabriksgatan 16 B. Es hing mit dem zusammen, was Rönn die Versteinerung der Trauer genannt hatte, vielleicht war es nur eine Variante davon, denn in diesen Momenten – oder unmittelbar vor diesen Momenten – war es am schwierigsten. Wenn man nicht einmal mehr die Kraft hatte zu versteinern. Wasser, das sich nicht zum Gefrieren durchringen konnte, obwohl die Temperatur einige Grad unter den Gefrierpunkt gefallen war? Wenn er… wenn er folglich binnen vier, fünf Sekunden nicht dafür sorgte, dass der Wagen ansprang und er hier wegkam, konnte es sehr wohl zu spät sein. Viel zu spät und ganz plötzlich.

Er ließ den Wagen an.

Er legte einen Gang ein.

Er schnallte sich an und fuhr los.

Ich habe es geschafft, dachte er. Was soll ich jetzt tun? Ich sitze in meinem Auto, aber wohin soll ich fahren?

12

Statt sich ins Präsidium zurückzubegeben, fuhr er aus der Stadt hinaus, bog im Kreisverkehr in Rocksta links ab und nahm die Landstraße 272 in westliche Richtung. Aus irgendeinem Grund fiel es ihm leichter, Auto zu fahren, als stillzusitzen, und wenn er tatsächlich als Polizeibeamter arbeitete, war es nicht weiter schwierig, ein begründbares Ziel für einen Ausflug zu finden. Natürlich nicht.

Die Fischerhütte. Sie lag gut zwanzig Kilometer von Kymlinge entfernt an der 272, am westlichen, sich verschmälernden Teil des Sees Kymmen. Nach zwanzig Minuten war er da. Er bog in eine kleine, unasphaltierte Straße mit einem alten, gelben Schild: *Gertrudsholm.* Nach einigen hundert Metern tauchte zwischen den Kiefern der See auf, und die Straße führte links weiter, aber Morinders Haus lag ein kleines Stück in die entgegengesetzte Richtung. Auf einem unebenen und holprigen Waldweg erreichte er einen kleinen Wendeplatz mitten im Wald und hielt; hier lag ein verlassener Stapel Holzstämme, und daneben führte ein Fußweg zu einem kleinen, dunklen, fast am Seeufer gelegenen Bau. Er entdeckte ihn, als er aus dem Auto stieg, und es sah wahrhaftig aus wie das Haus, das Gott vergaß. Lautete so nicht der Titel dieses alten Horrorfilms?

Er legte die verbleibenden fünfzig Meter auf dem Pfad zurück, der kaum benutzt zu werden schien, und dass die Fischerhütte ihre historische Rolle, wie auch immer diese ausgesehen haben mochte, ausgespielt hatte, schien ebenfalls über jeden Zweifel erhaben zu sein. Die Bruchbude maß ungefähr fünf mal sechs Meter; sie war von meterhohem Unterholz umgeben, aber auf der Seeseite gab es eine kleine Veranda. Blechdach auf dem Haus, Plastik über der Veranda. Soweit es sich erkennen ließ, weder Strom noch fließendes Wasser. Wind und Wetter hatten die Holzpaneele dunkler und eventuell schimmelig werden lassen; Barbarotti bahnte sich einen Weg um das Haus herum, schiefe Fensterläden aus Holz schützten die drei Fenster, und nichts deutete darauf hin, dass in den letzten Jahren jemand seinen Fuß hierhergesetzt hatte. Unter einer verwitternden Plane lag ein Stapel Brennholz im gleichen, grauschwarzen Farbton wie das Haus. Zwei auf dem Kopf stehende, verrostete Blecheimer und ein Paar ausgediente Gummistiefel. Ein Plastikkanister, in den die Mäuse Löcher genagt hatten. Ein paar Meter weiter ein Plumpsklo.

War seit dem August 2007 niemand mehr hier gewesen? Oder seit die Polizei, etwas später im Herbst, das Interesse an dem Fall verloren hatte? Barbarotti drehte eine zweite Runde – andersherum – und dachte nach. Mittlerweile waren seit Morinders Verschwinden fast fünf Jahre vergangen, aber er war noch nicht für tot erklärt worden. Wenn es keine handfesten Gründe gab, wartete man in der Regel genau fünf Jahre, bis die Angelegenheit in Angriff genommen wurde, und es existierte wahrscheinlich niemand, der darauf pochte, ihn zu beerben. Niemand hatte darum gebeten, dass er für tot erklärt wurde, folglich wurde er offiziell noch zu den Lebenden gezählt. Nicht wahr? Keine Kinder, keine Geschwister; wenn es überhaupt so etwas wie einen Erben gab, war das vermutlich seine Lebensgefährtin.

Und was immer er, abgesehen von dieser Bruchbude und ein paar Dingen in der gemeinsamen Wohnung in Rocksta, an

Kostbarkeiten besessen haben mochte, besonders begehrenswert dürfte es kaum sein.

Überlegte Inspektor Barbarotti nicht ohne Vorurteile und begab sich durch noch mehr Unterholz und über glatte Baumwurzeln hinweg zum Ufer des Sees. Zwischen zwei Erlen lag ein morsches Ruderboot an Land, vermutlich das Exemplar, in dem Anfang der achtziger Jahre einmal Alfons Söderberg gesessen hatte. Das Ufer war zugewuchert und schwer zugänglich, der Seegrund aller Wahrscheinlichkeit nach schlammig und uneben, aber mit hohen Gummistiefeln und der nötigen Begeisterung war es natürlich auch von einem solchen Startpunkt aus möglich, zum Angeln hinauszufahren.

Außerdem durfte man vermuten, dass es hier fünf Jahre zuvor etwas besser ausgesehen hatte. Trotzdem blieb schwer vorstellbar, wie man eine Frau hier herauslocken konnte, setzte Barbarotti seinen befangenen Gedankengang fort. Nichts deutete darauf hin, dass Morinder ein großer Charmeur war; warum fühlte Ellen Bjarnebo sich zu ihm hingezogen? Der einzige mildernde Umstand, der ihm zu diesem Ort in den Sinn kam, bestand darin, dass es keine Nachbarn zu geben schien. Jedenfalls nicht in Sicht- oder Hörweite.

Was wiederum hieß, dass dies ein ausgezeichneter Platz war, falls man jemanden erschlagen, ein bisschen zerlegen und in aller Ruhe vergraben wollte.

Wenn es um Liebe und Partner und solche Dinge ging, konnte eine frühere Mörderin vielleicht auch nicht unbedingt verlangen, die freie Wahl zu haben und aussortieren zu dürfen. Man musste nehmen, was man kriegen konnte, dachte Barbarotti und seufzte.

Er blieb mit den Händen in den Hosentaschen stehen und blickte auf das glänzende schwarze Wasser hinaus. Dachte, dass es keine besonders gelungene Ermittlungsarbeit gewesen war, was die Polizei von Kymlinge während einiger Herbstmonate 2007 veranstaltet hatte. Es war der Herbst gewesen, in dem er selbst und Eva Backman rund um die Uhr mit dem Mousterlin-Mann beschäftigt gewesen waren, einem Briefe schreibenden Mörder und einem Fall, dessen Wurzeln in der Bretagne lagen, und er hatte beim besten Willen keine Zeit gehabt, sich in das zu vertiefen, was seine Kollegen damals so trieben. Außerdem hatte man ihn für ein paar Tage suspendiert gehabt, was eine ganz andere Geschichte war – und darüber hinaus war es der Herbst vor dem Winter gewesen, in dem er und Marianne zusammengezogen waren.

Aber solche Gedanken waren in dieser düsteren Umgebung an einem schwarzen See nicht besonders erfreulich, wirklich nicht; er hob einen halbwegs flachen Stein von der Erde auf und versuchte stattdessen, ihn über das Wasser springen zu lassen. Der Stein durchschnitt ohne einen einzigen Hüpfer schräg die Oberfläche, und er zwang sich, wieder an den Fall Morinder zu denken.

Trottel-Månsson war natürlich Leiter des Verfahrens gewesen, und die Ermittlungen waren zunächst auf Sorgsens Schreibtisch gelandet – aber dann war Sorgsen zu sehr in diese Geschichte in der Bretagne hineingezogen und die Verantwortung Inspektor Gunvaldsson übertragen worden.

Er erinnerte sich an Gunvaldsson, obwohl er kein schärferes Bild von ihm hatte. Ein großer, kräftig gebauter und freundlicher Bursche aus Gävle. An diesem Ort hatte ihn seine Frau jedoch unter Aufsehen erregenden Formen verlassen, so dass er um seine Versetzung gebeten hatte und in Kymlinge gelandet war. Wenn Barbarotti nicht alles täuschte, war er im Mai aufgetaucht und im Dezember verschwunden. Er hatte sich nie damit beschäftigt, worin diese Aufsehen erregenden Formen bestanden hatten, und wusste ebenso wenig, wohin Gunvaldsson gegangen war – aber Eva Backman hatte ihn einmal, als sie aus irgendeinem Grund über den Kollegen gesprochen hatten, als einen ungeheuer effektiven Ermittler bezeichnet, solange die Sache wie am Schnürchen lief.

Barbarotti wusste zwar nicht, wie berechtigt diese Einschätzung war, aber nachdem er die Akten zu Morinder durchgesehen hatte, glaubte er zu verstehen, was Backman meinte.

Es war um Ellen Bjarnebo gegangen. Punkt. Wenn für das Verschwinden des introvertierten Elektrikers überhaupt ein Verbrechen verantwortlich sein sollte, gab es dafür nur eine – genau eine – Tatverdächtige: seine Lebensgefährtin, einstmals und für alle Zeiten bekannt als die Schlächterin von Klein-Burma. Die Fälle waren einander zum Verwechseln ähnlich. Bei beiden Gelegenheiten hatte besagte Schlächterin der Polizei mitgeteilt, dass der Gatte/Lebensgefährte schon seit einiger Zeit nicht mehr gesehen worden war. 1989 hatte man zwei Monate später begonnen, den Gesuchten zu finden, und sobald feststand, dass er ermordet und zerstückelt worden war, hatte sie gestanden. Achtzehn Jahre später hatte man keine Körperteile gefunden, also hatte sie auch nicht gestehen müssen.

So hatte Gunvaldsson argumentiert, und das konnte man ihm vielleicht auch nicht vorwerfen. Wenn Morinder wirklich umgebracht worden war, musste seine Lebensgefährtin natürlich als Hauptverdächtige gelten. Sie stand ihm nahe, und genau wie dieser schwergewichtige Kriminologe im Fernsehen immer betonte, waren in neun von zehn Fällen dem Opfer nahestehende Menschen die Schuldigen, wenn es um einen Mord ging.

Außerdem war es bei ihr ja sozusagen schon zur Gewohnheit geworden.

Das Problem war nur, dass die Ermittlungen in eine Sackgasse gerieten. Man fand keine Leiche, nur den Leichnam eines Mopeds. Es gab keinerlei Indizien, die auf irgendetwas hindeuteten, und Ellen Bjarnebo brach in den Vernehmungen nicht zusammen und legte dementsprechend auch kein Geständnis ab.

Barbarotti hatte sämtliche Protokolle dieser Vernehmungen gelesen, aus denen ziemlich deutlich hervorging, dass dies die Taktik, und zwar die einzige Taktik gewesen war: sie zu vernehmen und zu vernehmen und zu vernehmen, bis sie einen Fehler machte, etwas Unbedachtes sagte oder – am liebsten – zusammenbrach und zugab, dass sie es wieder getan hatte.

Was jedoch nicht passiert war. Tatsächlich hatte Ellen Bjarnebo sämtlichen Angriffen ohne spürbare Schwierigkeiten widerstanden. Nach dem, was sich aus ihren Antworten herauslesen ließ, war sie die ganze Zeit über ruhig und gefasst geblieben. Hatte immer und immer wieder erzählt, wie es sich abgespielt hatte, dass Morinder auf dem Moped weggefahren und anschließend nicht zurückgekommen war. Dass sie achtundvierzig Stunden gewartet hatte, um dann die Polizei einzuschalten.

Es war natürlich nicht besonders schwierig, an dieser Geschichte festzuhalten, vor allem dann nicht, wenn sie der Wahrheit entsprach. Barbarotti verließ das Seeufer und stiefelte zum Auto zurück. Grübelte einmal mehr darüber nach, warum um Himmels willen Asunander ihn beauftragt hatte, sich diesen Fall anzusehen, und kam wieder zur selben Antwort: Beschäftigungstherapie. Etwas, was ihn auf Trab hielt, ohne dass er großen Schaden anrichten konnte.

Oder war da doch etwas anderes? Noch etwas mehr? Asunander war ein alter Fuchs, der in Kürze in Pension gehen sollte, und seine Unergründlichkeit hatte mit den Jahren nicht abgenommen. Jedenfalls wurde es Zeit, in der nächsten Woche das Gespräch mit ihm zu suchen. Ihn zu fragen, was zum Teufel der Sinn dieser Ermittlung war, und zu hoffen, darauf eine halbwegs ehrliche Antwort zu erhalten. Um anschließend erklären zu können, dass er bereit war, richtige Ermittlungsarbeit zu übernehmen.

War er das?

Oder ging es um den Fall Burma? Interessierte sich der Kommissar in Wahrheit dafür?

Barbarotti hatte auch diese Ermittlungsakten auf seinem Schreibtisch, sich aber noch nicht eingehend mit ihnen beschäftigt. Das Material war nicht so umfangreich, wie man möglicherweise erwartet hätte – aber Ellen Helgesson-Bjarnebo hatte ja auch umgehend gestanden, weshalb keine umfassende Polizeiarbeit erforderlich gewesen war.

Und der Prozess war dann eine reine Formsache gewesen, auch wenn ihr Anwalt zu ihrem Wohle den einen oder anderen mildernden Umstand angeführt hatte.

Das war alles, stellte Barbarotti fest und blickte ein letztes Mal auf die finstere Bretterbude zurück. Du siehst wirklich traurig aus, dachte er. Irgendwer sollte dich abfackeln.

Es war halb zwei, als er wieder auf der 272 war; er erkannte, dass es Freitagnachmittag war und ihn ein langes Wochenende mit den Kindern erwartete. Eine Familie ohne Mutter. Eine kleine Schar von Menschen, die ihren Anker verloren hatte. Der Hang, in Tränen auszubrechen, kehrte zurück und drohte, wie eine nasse Decke auf ihn herabzufallen, und wahrscheinlich beschloss er deshalb, um dieser bodenlosen Verzweiflung etwas entgegenzusetzen, am Präsidium vorbeizufahren und sich die Akten zum Fall Burma zu besorgen. Das konnte zumindest nicht schaden.

Trauerarbeit? Das war es sicher nicht, was mit dem Wort gemeint war – zu arbeiten, statt zu trauern –, aber alles war willkommen, was den Blick von seiner Qual abwenden konnte.

Roboterleben.

Und als er innerlich dieses unheilvolle Wort formulierte,

kam er an einer anderen Abzweigung zum See vorbei. Auf dem Hinweg hatte er nicht daran gedacht – aus irgendeinem seltsamen Grund, denn es hätte ihm eigentlich in den Sinn kommen müssen –, aber nun tat er es.

Axel Wallman.

Sein alter, wirrköpfiger Schulkamerad aus dem Gymnasium. Steppenwolf, Sprachgenie, Hundebesitzer und was noch alles. Der Hund hieß Saarikoski, benannt nach dem finnischen Dichter und Weltenbummler, und das Paar wohnte, seit Wallman auf den akademischen Müllhaufen geworfen und in den Vorruhestand versetzt worden war, in einem anderen Häuschen im Wald am nördlichen Ufer des Kymmens. Zumindest als Barbarotti ihn das letzte Mal besucht hatte; als er nachdachte, wurde ihm klar, dass auch in diesem Fall fünf Jahre vergangen waren, mit anderen Worten ging es um denselben Sommer, 2007, und man konnte sich natürlich fragen, warum er Wallman so vollständig aus seinen Gedanken verbannt hatte. Dass Wallman seinerseits Kontakt zu ihm aufnehmen würde, war völlig undenkbar.

Aber da dies auch der erste Sommer mit Marianne gewesen war, gab es dafür vielleicht eine Erklärung und Entschuldigung. Es war viel passiert. Menschen tauchen auf und verschwinden.

Verschwinden? Was war denn das für ein egozentrisches Gelaber? Er bremste und bog auf einen Parkplatz. Wendete und fuhr zurück. Nahm die holperige Straße zu Wallmans Nest, die mehr oder weniger eine Kopie des Wegs war, den er genommen hatte, um zu Morinders Fischerhütte zu gelangen.

Der Weg war eine Kopie. Wallmans Haus dagegen sah erfreulicherweise ein wenig anständiger aus. Wenn auch nicht sehr viel, wie Barbarotti zugeben musste, als er aus dem Wagen stieg. Ein bisschen größer zwar, aber zugewachsen und verfallen und ohne Anzeichen menschlichen Lebens.

Axel Wallman verfügte immerhin über einen Briefkasten. Ein hellgraues Blechding, das schief an einem Pfosten hing, von einem Seil umwickelt und mit einer in Plastikfolie eingeschlagenen Mitteilung in Druckbuchstaben auf dem Deckel.

Arne! Ich bin eine Weile verreist. Sei so gut und lagere meine Post, bis ich mich melde. In fidem. AW

Arne? Das musste der Briefträger sein. Einer dieser richtigen Landbriefträger, zu dem sich wahrscheinlich ein vertrauensvolles Verhältnis aufbauen ließ. Der die berühmt-berüchtigte Vorschriftenhuberei der Post, falls erforderlich, ein wenig umgehen konnte. Barbarotti wollte schon wieder unverrichteter Dinge – was immer diese hätten sein können – ins Auto steigen, als sein Blick auf das kleine Namensschild auf dem Briefkasten fiel:

Wallman-Braun

Braun?

Was hatte das jetzt zu bedeuten? Konnte...?

Barbarotti schüttelte den Kopf und merkte, dass innerlich ein Lächeln vorbeihuschte. Konnte Wallman tatsächlich etwas mit einer Frau angefangen haben? Das erschien ihm mit Verlaub absurd. Als sie sich das letzte Mal gesehen hatten, war ihm von Wallman versichert worden, dass er immer noch jungfräulich war wie ein Himmelskörper, ein Solitär, und dass die Frau ein Mysterium blieb und er vor langer Zeit die Hoffnung aufgegeben hatte, dieses zu entschlüsseln. Seine allgemeine Erscheinung, seine polternde, eigensinnige Genialität, seine Angewohnheit, lange, schwer verständliche Gedichte in eigener Übersetzung oder auf Altbulgarisch zu rezitieren, sowie die Tatsache, dass seine Umgebung vor Schmutz stand, mussten doch... mussten doch unüberwindbare Hindernisse für alle Formen einer Paarbeziehung bilden, dachte Barbarotti und ließ den Wagen an. Wallman sprach zwar fließend einundzwanzig Sprachen, war aber dennoch ein durchgedrehter Eigenbrötler.

Aber Braun? Die Frage blieb für den Rest dieses Freitags in einem verborgenen Winkel seines Bewusstseins bestehen. Während er das Burma-Material aus dem Präsidium holte, während des mitfühlenden und tastenden Gesprächs mit seinen Kindern am Abend – und als er nach Mitternacht einsam und schlaflos in dem großen Bett lag, in dem ihm vor fast einem Monat der Tod seine Frau genommen hatte.

Wallman-Braun? Ein Mysterium.

13

Am Samstagmorgen erwachte Eva Backman gegen halb acht aus einem sehr unangenehmen Traum, in dem sie sich lautstark mit ihrem Exmann gestritten hatte, was damit endete, dass sie einander aufforderten, zur Hölle zu fahren.

Als sie sich den Schlaf aus den Augen gerieben hatte und ins Badezimmer gekommen war, erkannte sie, dass dies kein Traum gewesen, sondern wirklich passiert war. Sie hatten sich am Vorabend tatsächlich am Telefon angeschrien; genauer gesagt, kurz bevor sie ins Bett gegangen war, und sie hatte zumindest ihn gebeten, sich an einen heißeren Ort zu begeben. Ob er sich ihr gegenüber ähnlich geäußert hatte, wusste sie nicht mehr genau, aber falls er sich zurückgehalten haben sollte, lag das ausschließlich an seiner feigen Erziehung und seiner neuen Frau.

Sie hieß Blanche – allein schon dieser Name – und war das käuflichste und falscheste Faktotum, dem Eva Backman jemals begegnet war. Außerdem so geizig wie ein Abkömmling einer Schottin und eines Småländers.

Es war mal wieder um das Haus gegangen, das Haus im Stadtteil Haga, in dem sie mit Ville und ihren drei Söhnen fast zwanzig Jahre lang gewohnt hatte – und in dem Ville mittlerweile zusammen mit seiner Blanche und Kalle lebte, dem einzigen noch nicht von zu Hause ausgezogenen Sohn. Sowie Blanches Tochter, einem verschüchterten, kleinen Mädchen von neun Jahren namens Ellinor.

Genau genommen war es um Geld und angebliche Verpflichtungen gegangen. Vor einem halben Jahr hatte sich Eva Backman ihren Anteil an der Immobilie auszahlen lassen, die Ville und sie Ende der achtziger Jahre zu gleichen Teilen erworben hatten. Zumindest hatte sie geglaubt, nichts mehr mit dem Haus zu tun zu haben, bis Blanche anfing, herumzuspinnen und versteckte Mängel zu finden, die Renovierungsmaßnahmen erforderlich machten, Fußböden, die aufgebrochen werden mussten, ein Belüftungssystem, das von Rost befallen war, und der Teufel und seine Großmutter – Mängel, für deren Beseitigung berechtigterweise die beiden früheren Eheleute aufkommen müssten, hatte Blanche in den besten Absichten verkündet, und ohne im Mindesten wütend oder echauffiert zu klingen –, da diese Mängel aufgetreten waren, als die früheren Eheleute den Kasten noch gemeinsam besaßen. So war es nun einmal, und jetzt wollte man Eva natürlich keinen Ärger machen oder irgendwie einen Konflikt heraufbeschwören, aber was Recht war, musste schließlich Recht bleiben und sie waren doch alle erwachsene Menschen, nicht wahr? Hundertfünfzigtausend dürften reichen, und im Moment war es ja nicht besonders schwierig, einen Kredit zu bekommen. Nicht wahr, deshalb werden wir uns doch wohl nicht streiten?

Und Ähnliches in dieser Art. Das Schlimmste war, dass Blanche eine derart manipulative Schleimerin war. Eine dieser weltgewandten, freundlichen und wortgewaltigen Gänse, die an eine Mamba mit Sonnenschutzfaktor erinnerten. Und dass Ville so verdammt bescheuert war, auf diese Masche hereinzufallen.

Hinzu kam, dass sie bei den Kindern, zumindest bei Kalle, Stimmung gegen seine Mutter machte. Während sich Eva Backman die Zähne so fest putzte, dass ihr Zahnfleisch blutete, spürte sie, wie sie innerlich kochte. Mal wieder. Warum zum Teufel hatte Ville nur so eine Schabracke geheiratet? In gewisser Weise warf dies auch einen Schatten auf sie selbst, was eine unangenehme, aber treffende Schlussfolgerung war. Wenn er nun also beschlossen hatte, eine Idiotin zu heiraten, musste seine frühere Frau dann nicht auch eine Idiotin gewesen sein? Oder ging es etwa nur darum, dass Blanche elf Jahre jünger war als sie, früher Tänzerin gewesen war und frisch geliftete Titten hatte? Dann war nur Ville ein Idiot, aber der Gedanke half ihr trotzdem nicht besonders, ihre finstere Stimmung aufzuhellen.

Und wie ging es mit Kalle weiter? Was war, wenn er Blanches Partei ergriff? Nur weil er es seinem Vater recht machen wollte. Welche Gespräche wurden an einem Morgen wie diesem am Frühstückstisch geführt? Ging es darum, dass seine alte Mama versuchte, seinen Papa und seine neue Mama um Geld zu betrügen? Verpackt in jede Menge heimtückisches psychologisches Geschwafel, das für einen Achtzehnjährigen nicht immer so leicht zu durchschauen war?

Ich darf nicht mehr daran denken, entschied Eva Backman. Am Montag rufe ich einen Anwalt an.

Nach diesem Entschluss zog sie sich einen Trainingsanzug über und ging laufen. Normalerweise brauchte sie vorher ein leichtes Frühstück, aber war Adrenalin nicht ein ebenso guter Treibstoff?

Um zwölf war sie laufen gewesen, hatte geduscht und ein sehr kurzes Gespräch mit ihrem Exmann geführt, in dem sie ihm mitgeteilt hatte, dass dieses dumme Gewäsch von nun an über einen Anwalt gehen würde. Zufrieden mit dieser eindeutigen Aussage – und damit, nicht an den Apparat gegangen zu sein, als er sie zurückrief –, stellte sie auf einem Tablett ein üppiges Frühstück zusammen, nahm die Zeitungen mit, ging auf ihren Balkon hinaus und setzte sich unter den Sonnenschirm.

Kein Zweifel, es war fast Sommer. Der Kastanienbaum auf

dem Hof schlug aus, der Flieder stand in voller Blüte, überhaupt kam es ihr vor, als wäre die ganze Welt ungefähr siebzehn Jahre alt.

Sie selbst war neunundvierzig, und als sich diese ziemlich unliebsame Erkenntnis in ihr Bewusstsein mogelte, schob sie die Zeitungen von sich und dachte an Marianne, die nur siebenundvierzig geworden war.

Und an ihren Mann, der zwar einundfünfzig war, weder mehr noch weniger, aber auch mindestens mit einem Bein im Grab zu stehen schien.

Was ist nur mit uns Menschen los, fragte sich Eva Backman. Wir scheinen für diese Welt einfach nicht gerüstet zu sein. Wir gehen ständig unter, damit verbringen wir unser Leben.

Unterzugehen, uns zu zerstreiten und einander falsch zu verstehen.

Dann sterben wir.

Zu früh oder zu spät.

Mariannes Beerdigung war nicht die einzige, auf der sie in diesem Jahr gewesen war, obwohl nicht einmal die Hälfte davon vorbei war. Im Januar hatte Eva Backmans Vater endlich das Ende seiner Tage erleben dürfen, und man konnte sich wirklich fragen, wozu seine zwei, drei letzten Jahre gut gewesen sein sollten. Bis zum Herbst 2009 hatte er bei Evas Bruder und ihrer Schwägerin auf deren Hof nahe Kymlinge gelebt, aber eines Tages ging es so einfach nicht mehr weiter. Seine Alzheimer-Erkrankung hatte sich rapide verschlimmert, so dass man ihn in der Herta-Klinik draußen in Valbo untergebracht hatte, und bei keinem einzigen der zahlreichen Besuche, die sie ihm dort abstattete, hatte er sich erinnert, wer sie war.

Folglich war er zu spät gestorben. In allen wesentlichen Aspekten war Rune Backman bereits lange vor seinem Ableben tot gewesen.

Bei Marianne war es natürlich genau umgekehrt gewesen. Zu früh. Sie war tot und begraben, aber das ließ sich irgendwie nicht zugeben. Nicht zugeben, nicht fassen, nicht akzeptieren.

Und wenn sie, Eva Backman, die höchstens ihre beste Freundin gewesen war, es nicht über sich brachte, wie konnte man dann erwarten, dass ihre Kinder und Barbarotti es schafften? Es zu begreifen und irgendwie nach vorn zu schauen.

Obwohl Barbarotti gläubig war.

Jedenfalls behauptete er das, aber sie hatten niemals ernsthaft darüber gesprochen.

Worüber haben wir uns eigentlich überhaupt ernsthaft unterhalten, überlegte Eva Backman und trank einen Schluck Tee. Wir, die wir uns nach zwanzig Jahren im selben Irrenhaus so gut kennen.

Das war eine sowohl gute als auch unangenehme Frage. Gut, weil sie gestellt werden musste, unangenehm, wenn man die mögliche Antwort bedachte.

Dass wir uns nie ernsthaft unterhalten haben oder wie, dachte sie. Was meine ich eigentlich damit? Wenn ich mich mit Barbarotti niemals ernsthaft unterhalten habe, mit wem dann?

Ville, mit dem sie einundzwanzig Jahre verheiratet gewesen war? Angesichts der verheerenden Bilanz und der momentanen Situation wohl kaum. Was waren all ihre hehren Worte wert gewesen? Perlen vor die Säue und Predigten vor tauben Ohren? Und anders herum: Ein Mann, der sich für eine Frau wie Blanche entschied, hatte es schlichtweg nicht verdient, ernstgenommen zu werden.

Die Kinder? Bei ihnen standen die Dinge hoffentlich besser, das würde sich im Laufe der Zeit erweisen, und es war deren Entscheidung.

Marianne? Doch, das ließ sich nun wirklich nicht leugnen. Sie hatten über Dinge gesprochen, über die man sprechen sollte. Über das Leben, den Tod und die Liebe. Über Beweggründe und Selbsterkenntnis. Über männliche Dummheit, über weibliche Dummheit und über Schlacke in der Seele.

Aber Marianne lebte nicht mehr, so war die Wirklichkeit inzwischen konstruiert, und weil Eva Backman plötzlich einsah, dass sie genauso schlecht gerüstet war für diese Welt wie alle anderen, begann sie zu weinen.

Wir trauern nicht um die Toten, dachte sie, sondern um uns selbst.

Nicht um den Tod. Um das Leben.

Zwei Stunden später blühten Flieder und Kastanie immer noch. Sie hatte sich übers Wochenende einige Unterlagen zum Lesen mitgenommen – vor allem die Angelegenheit Fängström, bei der man weiter auf der Stelle trat. Trotz umfassender Bemühungen war es ihnen nicht einmal gelungen, die Person ausfindig zu machen, die den Schwedendemokraten an dem betreffenden Abend besucht hatte, und die Berichterstattung in den Medien bekam allmählich einen vertrauten, höhnischen Ton.

Aber es ist doch erst Samstag, dachte Eva Backman, ich habe keine Lust, mich heute darauf zu konzentrieren. Der Sonntag würde mit Sicherheit regnerisch und damit arbeitsfreundlich werden; sie schob die Ermittlungsakten fort und entschied sich für einen langen Spaziergang.

Und das, obwohl sie bereits acht Kilometer gelaufen war, aber vielleicht war dieses Blanche-Adrenalin ja noch irgendwie aktiv in ihr. Vielleicht waren es aber auch ihre Gedanken an Marianne und Barbarotti und alles Mögliche andere, die zu viel Stillsitzen nicht duldeten.

Oder lag es daran, dass die Welt immer noch nicht viel älter als siebzehn war und auf ihre Aufmerksamkeit pochte?

Anfangs schien das Ziel noch unklar, aber als sie eine Weile am Fluss entlanggegangen war, wurde ihr bewusst, dass sie auf dem Weg zum Friedhof war. Das Grab ihrer Eltern und Mariannes letzte Ruhestätte lagen nur hundert Meter auseinander; wenn es schon so aussah, wie es nun einmal aussah, konnte sie an einem Tag wie diesem ebenso gut beiden einen Besuch abstatten.

Sie begann mit ihren Eltern, tauschte Blumen aus, goss das Grab und füllte einen Eimer mit herumliegendem Müll, und als sie auf dem Weg zum neueren Teil des Friedhofs war, fiel ihr Barbarotti ins Auge.

Natürlich. Wie sollte er auch sonst einen freien Samstagnachmittag verbringen, wenn nicht damit, seine geliebte Frau zu besuchen?

Ein wenig Abstand haltend blieb sie stehen und betrachtete ihn. Er kehrte ihr den Rücken zu, stand dem Grab zugewandt, auf dem noch kein Stein, nur das provisorische Holzkreuz platziert war. Er hatte die Schultern hochgezogen, als fröre er im Sonnenschein; den Kopf hielt er in einer regungslosen Pose gesenkt, vielleicht betete er. Vielleicht versuchte er, irgendwie Kontakt zu bekommen. Backman dachte, dass es aussah wie ein Bild, das alte Ölgemälde eines Künstlers aus dem frühen 20. Jahrhundert: *Am Grab.*

Eine halbe Minute verstrich, dann drehte er sich um und entdeckte sie. Sie hob grüßend die Hand und ging zu ihm.

»Entschuldige, ich wollte dich nicht stören.«

Er schüttelte den Kopf. »Aber nein, du störst doch nicht. Ich habe schon eine ganze Weile bei ihr verbracht.«

»Ich habe nach dem Grab meiner Eltern gesehen, und da dachte ich, dass ich auch an Mariannes vorbeigehen könnte.«

»Natürlich.«

»Es ist ein schöner Tag.«

»Ja.«

Sie zögerte. »Du möchtest allein sein?«

Er versuchte sich an einem Lächeln. »Nein, nein. Entschuldige Eva, nein, wir können uns gerne etwas unterhalten, wenn du möchtest. Komm, wir setzen uns auf die Bank da drüben. Die Kinder kommen gleich.«

»Die Kinder?«

»Ja. Zumindest drei von ihnen, Johan muss arbeiten. Ich wollte nur vorher ein wenig allein sein.«

»Ich verstehe.«

Sie setzten sich auf eine Bank in die Sonne wenige Meter von Mariannes Grab entfernt. Eva Backman dachte, dass sie in Barbarottis Gesellschaft eigentlich nie verlegen war, aber jetzt war sie es.

»Ich weiß nicht so richtig, was ich sagen soll, Gunnar.«

Er zuckte mit den Schultern. »Man kann auch schweigend zusammensitzen, das ist nicht verboten.«

Sie nickte.

»Oder wir unterhalten uns ein bisschen über Ellen Bjarnebo, ich würde wirklich gerne deine Meinung hören.«

»Du arbeitest an der Sache?«

»Ja, so gut es geht, aber ich begreife nicht, warum Asunander diesen Fall ausgegraben hat… falls es nicht nur darum gehen sollte, mich zu beschäftigen.«

»Bei Asunander weiß man nie.«

»Ja, das stimmt. Jedenfalls habe ich mir inzwischen auch den alten Fall angesehen… diese Burma-Geschichte. Sie ist nicht sonderlich kompliziert, aber man macht sich schon so seine Gedanken über sie.«

Eva Backman schluckte. »Über Ellen Bjarnebo?«

»Ja.«

»Und worüber denkst du da nach?«

Barbarotti zuckte mit den Schultern. »Verschiedene Dinge, aber vor allem frage ich mich eins. Warum in Gottes Namen ist sie wieder hierher zurückgezogen, als sie aus dem Gefängnis kam?«

»Vielleicht konnte sie sonst nirgendwohin?«

Er überlegte einen Moment. »Der Gedanke ist mir auch schon gekommen, aber ich finde es trotzdem seltsam.«

»Und warum?«

»Nun, ich denke mir Folgendes. Hat man jemanden ermordet und mehr als zehn Jahre gesessen, muss man in jedem Fall ganz von vorn anfangen, wenn man wieder frei ist. Es gibt nichts, wozu man zurückkehren kann. Und wenn es einen Ort gibt, an dem man sie garantiert als Mörderin wiedererkennt, dann hier in Kymlinge. Stimmt's? Warum zieht sie also hierher?«

»Ich weiß es nicht«, antwortete Eva Backman. »Ich habe nie zehn Jahre gesessen, und ich habe keine Ahnung, wie eine Mörderin denkt.«

»Jetzt bist du störrisch«, sagte Barbarotti. »Könntest du mir nicht wenigstens in dem Punkt zustimmen, dass es seltsam ist?«

»All right«, sagte Backman. »Es *ist* seltsam. Aber es lief doch eigentlich ganz gut für sie. Sie fand einen Job und eine Wohnung. Lernte mit der Zeit einen Typen kennen und …«

»Und dann verschwand der auch. Und was macht Ellen Bjarnebo danach? Nun, sie behält die Wohnung, sie verlässt die Stadt nicht …«

»Aber sie arbeitet nicht mehr, oder?«

Barbarotti nickte. »Stimmt. Stell dir vor, nach dem Fall Morinder wurde sie vorzeitig in Rente geschickt. Mit gerade einmal vierundfünfzig Jahren. Was meinst du wohl, wie es dazu kam? Nun, bei der Postbank entdeckte man, dass sie urplötzlich überflüssig geworden war, und ein Betriebsarzt stellte ungefähr zur selben Zeit fest, dass sie sich durch ihren Beruf eine Art Rückenschaden zugezogen hatte, und innerhalb eines Monats hatte man sie ausgemustert. Elegant, findest du nicht?«

»Sehr elegant«, gab Eva Backman zu. »Du glaubst, ihre Arbeitskollegen weigerten sich, mit ihr zusammenzuarbeiten, oder was willst du mir damit sagen?«

»Die vielleicht nicht«, erwiderte Barbarotti. »Aber ihre Vorgesetzten. Ich habe heute Morgen zehn Minuten mit einem von ihnen gesprochen. Das reichte völlig. Und trotzdem ...«

»Trotzdem wohnt sie weiter in dieser Stadt.«

»Exakt«, sagte Barbarotti. »Und wie gesagt, ich fände es wirklich schön, wenn du mir das erklären könntest.«

Eva Backman dachte einen Augenblick nach. »Aber mit ihr hast du nicht gesprochen? Sie wird die Antwort kennen, ich nicht.«

»Ich treffe mich nächste Woche mit ihr«, meinte Barbarotti und sah auf die Uhr. »Sie hält sich gegenwärtig in einer Pension in Nordschweden auf, hatte ich das nicht erwähnt?«

Eva Backman nickte. »Na dann.«

»Ja, du hast natürlich recht. Wenn ich erst einmal Gelegenheit habe, mit ihr zu reden, wird sich das klären lassen. Aber danke fürs Zuhören. Jetzt müssten die Kinder eigentlich gleich hier sein.«

Und als er das sagte, sah Backman sie im selben Moment. Lars, Martin und Jenny. Jenny ging in der Mitte und hatte um jeden der Jungen einen Arm gelegt. Eva Backman hatte einen Kloß im Hals und erkannte, dass es ein anderes Bild desselben alten Künstlers war: *Auf dem Weg zum Grab.*

Als die Kinder zu ihnen traten, umarmte sie alle drei, wobei die Jungen ein wenig verlegen wirkten, aber das taten sie immer. Mit Jenny war es leichter, obwohl sie weinte, als sie sich dem Grab näherte. Nach einigen Sekunden Unsicherheit reihten sie sich nebeneinander auf, hielten sich an den Händen und blieben für einen Moment schweigend vor dem schlichten Holzkreuz stehen; die Stille wirkte ganz und gar nicht bedrückend, ein kleiner Vogel kam und setzte sich kurz auf das

Kreuz, ehe er wieder aufflog, und es fiel einem nicht sonderlich schwer, sich vorzustellen, dass Marianne sie tatsächlich sah. Oder sogar, dass der Vogel *sie* war.

Überhaupt nicht schwer. Eva Backman dachte, dass es eine Minute war voller – Würde? *Ewigkeit*?

Bevor sie sich trennten, umarmte Jenny sie noch einmal.

»Grüß Kalle von mir.«

Kalle und sie gingen auf dem Gymnasium in Parallelklassen und gehörten zum selben Freundeskreis, und diese simple Tatsache freute und rührte Eva Backman plötzlich. Jenny und Kalle hatten eine ganz eigenständige Beziehung zueinander, ganz unabhängig von ihren Eltern – von ihr selbst, von Ville, von Barbarotti und Marianne –, und das fand sie auf einmal ungeheuer beruhigend.

Als würde ihr erlaubt, ein bisschen loszulassen. Ein Teil der Verantwortung fiel von ihr ab, eine neue Generation übernahm, und ihr wurde klar, dass diese blöde Gans Blanche wirklich niemand war, auf den man Energie verschwenden sollte.

»Dann bis Montag?«, sagte sie zu Barbarotti.

»Du willst nicht mitkommen und bei uns essen?«

»Nein, danke. Ein anderes Mal.

»Na gut.«

Und damit trennten sie sich.

14

Der 2. Juni 1989

Als sie am Herd stand und Kartoffeln in Scheiben schnitt, kam er vorbei und gab ihr einen Klaps auf den Po. Er roch nach Bier, Zigarettenrauch und schwach nach Schweiß, und ohne, dass sie sich dabei etwas Bestimmtes gedacht hätte, schlossen sich ihre Finger fester um das Messer in ihrer Hand.

Als eine Art makabere Reaktion, eine Vorbereitung; dieser Gedanke tauchte jedenfalls auf und suchte Halt – später, als alles schon geschehen war, sollte sie an ihn zurückdenken –, und dann wollte er von ihr wissen, wo sich der verdammte Junge herumtrieb.

»Keine Ahnung«, antwortete Ellen wahrheitsgemäß. »Er ist bestimmt in seinem Zimmer.«

Er murmelte etwas und ließ sie stehen. Sie hörte, wie er sich eine Handvoll Chips aus der Schüssel auf dem Tisch im Wohnzimmer nahm und schwer auf die Couch fallen ließ. Kaute, einen Schluck Bier trank, rülpste.

Sie wusste nicht, ob Billy wirklich in seinem Zimmer war, aber wo sollte er sonst sein? Wahrscheinlich saß er am Schreibtisch und spielte mit seinen Zinnsoldaten. Reihte sie, still und zielstrebig, in verschiedenen Formationen gegeneinander auf. Er besaß über hundertfünfzig Stück; sie hatte keine Ahnung, was in seinem Kopf vorging, wenn er mit seinen Soldaten spielte, aber er konnte sich stundenlang mit ihnen beschäftigen.

Andererseits: Was im Kopf dieses Jungen vorging, wenn er *nicht* bei seinen Soldaten saß, blieb ihr ebenfalls verborgen. Größtenteils jedenfalls, weil er nicht sprach.

Sicher, er konnte »ja« und »nein« sagen, vereinzelt auch einmal »hungrig« oder »durstig«, mehr aber auch nicht. Die Lehrerin der Sonderklasse, in die er zusammen mit acht weiteren Schülern mit Lernschwierigkeiten ging, behauptete, dass er manchmal auch anderes von sich gab, beispielsweise »ich kann« oder »ich verstehe nicht«. Sie hieß Eivor, und Ellen wusste, dass Billy sie liebte. Es war das Gerücht gegangen, dass sie nach den Sommerferien eventuell nicht mehr an der Schule sein würde, und Ellen schauderte es bei dem Gedanken an diese Alternative. Die Lehrer, die bislang versucht hatten, Billy zu unterrichten, hatten bei dem Jungen nichts, aber auch gar nichts erreicht, und es war sogar die Rede davon gewesen, ihn auf eine Sonderschule zu versetzen. Momentan ging er in die normale Schule und gehörte zu einer Gruppe von Schülern mit besonderen Bedürfnissen, wie es offiziell hieß, und unter Eivors behutsamer Anleitung hatte sich immerhin herausgestellt, dass er kein Idiot war. Mittlerweile konnte er, im Alter von knapp zwölf Jahren, sowohl lesen und schreiben als auch rechnen.

Mit seiner Schüchternheit und Verschlossenheit sah es natürlich anders aus; Ellen fragte sich gelegentlich, wie viel sich von ihr selbst auf seine verschlossene Art und seinen abgewandten Blick übertragen hatte. Wenn es in ihrem Leben eine Zeit gab, die sie nicht zurückhaben wollte, dann die ersten Jahre der Pubertät. Oder ihre Schulzeit generell.

Gab es überhaupt etwas, was sie zurückhaben wollte? Noch eine Frage, die sie sich tunlichst nicht stellen sollte.

Und Billy war groß und stark, das ließ sich nicht leugnen.

Er würde sich mit Sicherheit wehren können, wenn es ihm denn jemals in den Sinn käme. Schon jetzt einen halben Kopf größer als seine Mutter und mit breiten Schultern. Sie wusste, dass er einen Spitznamen hatte – das Schwein –, wofür wohl die fast weißen, kerzengeraden Haare ausschlaggebend gewesen sein dürften. Zwanzig Jahre zuvor war sie selbst die Maus genannt worden, manche Dinge vererben sich eben, ob man nun will oder nicht.

Welches Tier Harry am nächsten stand, wusste sie nicht, aber sie hatte einmal gehört, dass ihn jemand mit *Du dreckige Hyäne* beschimpft hatte, und unabhängig davon, ob dies nun sonderlich zutreffend war oder nicht, war es ihr im Gedächtnis geblieben.

Das Schwein, die Maus und die Hyäne. Willkommen bei Familie Helgesson auf Klein-Burma.

Obwohl die Hyäne allmählich ein wenig zu dick und schwer wurde, um als Hyäne durchzugehen. Sie verteilte Butterflocken auf Kartoffeln und Rindfleisch und schob das Blech in den Ofen. Eine sogenannte Seemannspfanne oder jedenfalls eine Variante davon. Es war eins von vier, fünf Standardgerichten an den Wochenenden. Sie sah auf die Uhr. Viertel nach sieben, wenigstens würden sie noch vor acht am Esstisch sitzen. Sie zog die Schürze aus, schlich sich aus der Küche, um sich zu vergewissern, dass Billy wirklich in seinem Zimmer war, und um zu duschen.

Aus dem Wohnzimmer drangen Laute, die ihr sagten, dass Harry den Fernseher eingeschaltet hatte. Den Geräuschen nach zu urteilen lief eine amerikanische Komödie. Heitere Stimmen und Lachen vom Band. Sie überlegte, dass sie die Blumen gießen müsste, verschob dies jedoch auf später. Es war besser, sich im Badezimmer einzuschließen und zu tun, als würde sie es nicht hören, wenn er gegen die Tür hämmerte und hereinkommen und sie betatschen wollte.

Nicht vor dem Essen. Nicht solange der Junge wach war, diese Grenze konnte sie in der Regel aufrechterhalten.

Sie öffnete die Tür einen Spaltbreit und sah Billy dort sitzen. Das verwaschene grüne T-Shirt und einen Streifen blässlich fette Haut, ehe die Jeans begann. Schwer über den Schreibtisch gebeugt, ja, er sah tatsächlich klobig aus, dachte sie unfreiwillig. Er war sich ihrer Gegenwart nicht bewusst; ein schwacher Laut entfuhr ihm, keine Worte, nur ein Ton, etwas fast Tierisches, wenn auch nicht aggressiv. Im Gegenteil, eher ein Gorillaweibchen, das seine Jungen wiegt.

Das war ein seltsames Bild. Er war doch eher ein Schwein, kein Gorilla? Sie schob die Tür wieder zu und ging die Treppe zum Badezimmer hinauf. Dachte daran, was die Muti-Stimme gesagt hatte, als sie im Bus saß.

Halte nicht.

Beim Essen trank sie ein Glas Wein zu viel. Oder auch zwei.

Es geschah weder bewusst noch unbewusst. Sie wollte es nicht tun, aber manchmal gab sie nach, wenn er ihn ihr aufdrängte und nachschenkte. Außerdem war er leichter zu ertragen, wenn sie ein bisschen betrunken war. Der Alkohol im Blut stumpfte sie ab, sie konnte abschalten und ihn einfach machen lassen; manchmal konnte sie sogar so tun, als fände sie es schön, als gefiele ihr sowohl er als auch seine Art. Sie wusste nicht, ob er sie durchschaute; vielleicht würde er es, wenn er nüchtern wäre, aber er war nicht nüchtern.

Das war er inzwischen nur noch selten, vor allem an den Wochenenden nicht, Freitagabende und Samstagabende waren zum Saufen da, was zum Teufel sollte man denn sonst mit ihnen anstellen? In der Woche trank er nur Bier, zwei Dosen jeden Abend nach der täglichen Schufterei. Sie machten ihn schläfrig, und man musste ihnen keine Beachtung schenken. Außerdem rührte er sie dann nie an.

Sie teilten sich zwei Flaschen Wein, als sie am Tisch saßen und Billy noch bei ihnen war. Billy trank wie üblich Fanta, es war sein absolutes Lieblingsgetränk. Als er in sein Zimmer gegangen war, um zu schlafen oder weiter mit seinen Zinnsoldaten zu spielen, öffnete Harry vor dem Fernseher eine dritte Flasche Wein. Allerdings schaltete er ihn schon bald aus und stellte die Stereoanlage an. An diesem Abend kein Creedence, sondern eine alte Platte von Ulf Lundell. Sie nahm an, dass er dies für romantisch hielt, sie tranken weiter Wein, er rauchte eine Zigarette nach der anderen und sang alle Texte mit. Ab und zu schob sich seine Hand den Oberschenkel zu ihrem Schoß hoch, aber noch meinte er es nicht richtig ernst. Sie trank einen Schluck, ließ den Kopf auf der Couchlehne ruhen und schloss die Augen. Es war ein Freitagabend auf dem Hof Klein-Burma, irgendeiner.

Es war schwer zu sagen, wann der Widerstand auftauchte. Und warum. Und wie.

Aber er kam, und als er sie einmal gepackt hatte, wollte er einfach nicht weichen. Vielleicht lag es am Wein, einer neuen Sorte aus Chile, und statt sie schwach und schlapp und willenlos zu machen, schien er sie stärker zu machen. Aber wie war das möglich? Welche Trauben konnten solche magischen Kräfte haben? Oder hing es irgendwie mit Ulf Lundell zusammen?

Siebenundsechzig, siebenundsechzig, wo bist du jetzt? 1967 war sie vierzehn gewesen. Ja, man konnte sich wirklich fragen, wohin alles verschwunden war.

Sie fegte Harrys Hand weg und stand auf. Wankte ein bisschen, was ihr manchmal passierte, wenn sie betrunken war und zu schnell aufstand.

»Was ist denn mit dir?«

Sie strich sich mit beiden Händen durchs Haar und merkte,

dass daraus eine Art Geste der Selbständigkeit wurde. Ihr Rücken streckte und die Lunge weitete sich, eine Illusion von Freiheit und Tatkraft durchströmte sie, und für eine Sekunde dachte sie, dass alles möglich war und sie beispielsweise, wenn sie sich nur dazu entschloss, einen leichten Koffer packen, Mantel oder Jacke anziehen und gehen könnte. Das Schwein und die Hyäne ihrem Schicksal überlassen und in die Welt hinausziehen könnte.

Eine Sekunde lang, vielleicht auch zwei. Dann kehrte sie in die Wirklichkeit zurück. Nach Klein-Burma. Aber eben doch nicht ganz; der Widerstand – was immer er war und wo immer er herkam – hielt sich weiterhin in ihr. Ohne seinem Blick auszuweichen, sah sie ihm unverwandt in die Augen, während er mit einer gerade angezündeten Zigarette halb in seiner Couchecke lag.

»Toilette«, sagte sie und merkte, dass sie die Silben ein wenig schleifen ließ. »Ich bin gleich wieder zurück.«

»Zieh deinen Slip aus, wenn du ihn eh schon runterziehst.«

Er grinste über seine Spitzfindigkeit und zog an seiner Zigarette. Legte die Hand auf seinen Schritt und zwinkerte ihr zu.

Ekelpaket, dachte sie. Du bist nichts anderes als ein großes Ekelpaket, Harry Helgesson.

Es dauerte eine ganze Weile, bis er kam und gegen die Tür hämmerte. Zwanzig Minuten? Eine halbe Stunde sogar? Sie saß auf dem Fußboden, an die Badewanne gelehnt und war fast eingeschlafen.

»Was zum Teufel machst du da drin?«

Sie zuckte zusammen und schlug mit dem Nacken gegen den Badewannenrand.

»Ich komme gleich …«

»Verdammt, du hockst ja schon den ganzen Abend da drin.«

Sie stand mühsam auf und warf einen Blick auf die Uhr.

Halb elf. Musterte ihr Gesicht im Spiegel über dem Waschbecken. Sie sah verheult aus, konnte sich jedoch nicht erinnern, geweint zu haben. Vielleicht quoll so der Wein heraus. Lippen und Zähne schimmerten bläulich. Er muss geisteskrank sein, wenn er es einer wie mir besorgen will, dachte sie.

Besorgen? Sie hätte am liebsten geheult, weil sie selbst ein solches Wort benutzte.

»Was zum Teufel machst du da?«

Sie ließ Wasser laufen.

»Ich komme ja. Nur eine Minute.«

»Verdammt!«

Und während sie sich kaltes Wasser ins Gesicht spritzte, hörte sie ihn von der Badezimmertür fort- und zu Billys Zimmer hintergehen, die Tür öffnen und anschließend erneut fluchen. Etwas fiel zu Boden, und der Junge gab einen Laut von sich. Kein Wort, nur einen Ton. Ohne zu zögern, hatte Harry die Tür aufgerissen und ihn erschreckt.

Danach folgte ein weiterer Fluch, und es knallte zwei Mal laut. Sie konnte sich die Szene mühelos vorstellen. Wie der Junge sich über dem Schreibtisch zusammenkauerte, die Arme um den Kopf gelegt, und sein Vater ihn schlug. Sie hatte es auch früher schon gehört, und sie hatte es gesehen. Was Harry diesmal wütend gemacht hatte, wusste sie nicht. Vielleicht bloß, dass der Junge nicht im Bett gelegen hatte, obwohl es bereits spät war. Vielleicht hatte er in seinem Zimmer etwas kaputtgemacht oder sich in der Nase gebohrt.

Kleinigkeiten reichten völlig aus, und im Übrigen war es durchaus möglich, dass sie selbst ihn wütend gemacht hatte, weil sie so lange im Badezimmer geblieben war. Sie drehte das Wasser ab, lauschte drei, vier weiteren Schlägen und dem Knall, als Harry die Tür mit einem abschließenden *Missgeburt!* zuschlug. Danach kehrte er zu ihrer Tür zurück und zerrte an der Klinke.

»Scheiße, jetzt reicht's mir aber! Du machst jetzt auf, sonst breche ich die verdammte Tür auf!«

Er musste sich noch ein paar Gläser hinter die Binde gekippt haben, während sie dort an die Badewanne gelehnt gesessen hatte. Er klang wie immer, wenn er kurz davor war, völlig die Beherrschung zu verlieren, und für eine Sekunde zog sie in Erwägung, ihn einfach nicht hereinzulassen. Aber vielleicht würde er dann tatsächlich tun, was er ihr angedroht hatte: die Tür einschlagen. Oder zu dem Jungen zurückkehren und weiter auf ihn einprügeln. Sie schauderte und drehte den Riegel.

Er stolperte herein und wäre beinahe hingefallen. Bekam den Handtuchhalter zu fassen und schaffte es, sich auf den Beinen zu halten.

»Ich muss pissen, verdammt. Mach Platz!«

Sie zwängte sich durch die Tür und beschloss, ihm schleunigst alles zu geben, was er wollte. Hauptsache, er schlug sie nicht.

Nur das nicht. Dieser Widerstand, der vor einer Stunde in ihr aufgeblitzt war, existierte nicht mal mehr als Erinnerung. Als er ins Wohnzimmer zurückkam, saß sie auf der Couch, die Oberschenkel halb nackt, den Slip unter ein Polster gestopft.

Es war der einzige Weg. Keine innere Stimme gab ihr andere Anweisungen.

15

Am späten Sonntagabend – als er allen Gute Nacht gesagt und die Schlafzimmertür geschlossen hatte – holte er endlich die Bibel hervor. Zunächst las er die Stelle im Brief an die Hebräer, auf die er hingewiesen worden war und in der es vor allem darum ging, Qualen durchzustehen und einen festen Glauben zu haben, und er hatte nicht das Gefühl, dass ihm das viel brachte. Aber seit er den Tipp bekommen hatte, waren einige Tage vergangen, und oft kam es darauf an, die Gelegenheit sofort beim Schopf zu packen und nicht zu trödeln, das hatte er gelernt.

Anschließend zögerte er einen Moment, ehe er sich für den ersten Brief an die Korinther entschied. Das dreizehnte Kapitel, am besten stieß er direkt zum Kern der Sache vor.

Ich lerne es auswendig, und anschließend führe ich ein Gespräch mit unserem Herrgott, dachte er und rückte die Kissen in seinem Rücken gerade.

Das dauerte eine Weile. Der Uhrzeiger passierte Mitternacht, und er passierte halb eins, aber dann las er den Text dreimal hintereinander fehlerfrei mit geschlossenen Augen, und beim letzten Mal merkte er nicht einmal, dass er einstudiert war ... *aber die Liebe ist die größte unter ihnen.* Als spräche eine andere Stimme in ihm und als würden seine Worte Fleisch. Es gefiel ihm, sich das zumindest einzubilden, und daraufhin ging er zwei Kapitel weiter.

*Denn dies Verwesliche muss anziehen die Unverweslichkeit,
und dies Sterbliche muss anziehen die Unsterblichkeit.*

*Wenn aber dies Verwesliche wird anziehen die Unverwes-
lichkeit, und dies Sterbliche wird anziehen die Unsterblichkeit,
dann wird erfüllt werden das Wort, das geschrieben steht:*

Der Tod ist verschlungen in den Sieg.

Tod, wo ist dein Stachel? Hölle, wo ist dein Sieg?

Er öffnete die Augen, schaltete die Lampe aus und schaute
durch das dunkle Fensterviereck hinaus. Der stachlige Waldrand und die Tiefe des Himmels dahinter. Was bedeutet das,
fragte er sich. Heißt das, dass sie wirklich bei dir ist, oder was
soll ich glauben, lieber Gott? Ist der Stachel des Todes gebrochen?

Es dauerte einige Sekunden, bis er eine Antwort bekam.
Aber dann kam sie, und ihm war augenblicklich klar, dass es
tatsächlich unser Herrgott am anderen Ende der Leitung war.
Es war nicht seine eigene Stimme, die eine Doppelrolle spielte;
eigenartig, wie leicht das zu unterscheiden war. Nicht immer,
aber manchmal.

Wonach fragst du eigentlich, sagte der Herrgott.

Also, es ist so, erwiderte Barbarotti. Seit ihrem Tod ist fast
ein Monat vergangen, und der Zweifel nagt an mir.

Was für ein Zweifel, erkundigte sich der Herrgott.

Gibt es sie wirklich noch, fragte Barbarotti. Ist sie wirklich
heimgegangen, wie sie es immer gesagt hat? Ich habe kein Zeichen von ihr bekommen.

Du verlangst Zeichen, um glauben zu können, fragte der
Herrgott.

Naja, antwortete Barbarotti. Ich habe natürlich einmal ihre
Stimme vernommen, aber vielleicht habe ich mich auch verhört. Sie meinte, ich würde einen Brief bekommen. Aber es ist
noch keiner gekommen.

Du zäumst das Pferd beim Schwanz auf, sagte unser Herrgott.

Wie meinst du das, wollte Barbarotti wissen.

Unser Herrgott seufzte und schlug einen etwas schärferen Ton an: Du willst Beweise haben, um glauben zu können. Was ist das für ein Glaube, der so schwach ist, dass er Forderungen stellt? Dein Glaube soll in einer Wüste vierzig Jahre überdauern, ich bitte doch sehr darum, auf das Buch verweisen zu dürfen, dass du in den Händen hältst. Wenn du wirklich glaubst, wirst du bekommen, wonach du strebst. Aber nur durch den Glauben. Lies die Stelle, die ich dir angegeben habe, mal ein bisschen genauer. Und durch den Glauben die Gnade, vergiss das nicht. Nicht durch Taten oder Handlungen oder Feilschen. Gib mir bloß ein Zeichen! Was ist das nur für ein Unsinn? Glaube erst, dann wirst du Zeichen sehen!

Entschuldigung, sagte Barbarotti. Es ist nur so schwer.

Natürlich ist es schwer, entgegnete der Herrgott. Was hattest du denn erwartet? Milch und Honig tagein, tagaus? Aber du wirst geliebt, vergiss das nicht. Am größten von allem ist die Liebe, wie du erst kürzlich so treffend festgestellt hast.

Stimmt, sagte Barbarotti.

Wenn du das mit dem Glauben und der Hoffnung hinbekommst, wirst du Marianne wiedersehen dürfen. Werfe diesen Zweifel von dir, den du mit dir herumschleppst.

Ich bin in den Siebzigern in die Schule gegangen, sagte Barbarotti. Damals lernte man, an allem zu zweifeln.

Ich dachte eigentlich, die Schule hättest du hinter dir gelassen, wunderte sich der Herrgott.

An und für sich schon, meinte Barbarotti. Ja, du hast natürlich recht, aber trotzdem, ich …?

Was ist denn jetzt schon wieder, unterbrach ihn der Herrgott mit einem gereizten Unterton in der Stimme.

Dieser Brief, sagte Barbarotti.

Der Brief an die Hebräer, fragte der Herrgott.

Nein, Mariannes Brief, erklärte Barbarotti. Als ich ihre Stimme hörte, sagte sie, sie habe mir geschrieben. Aber ich habe nun einmal keinen Brief bekommen, und wenn ich nun nicht zweifeln soll, dann müsste er doch...?

Ach der, sagte der Herrgott. Der kommt am Donnerstag.

Was, fragte Barbarotti.

Am Donnerstag! Natürlich nur, wenn sie, die ihn in den Briefkasten werfen soll, es am Mittwochabend vor sechs schafft. Aber ich werde mich darum kümmern. Hattest du noch mehr auf dem Herzen?

Ich glaube nicht, antwortete Barbarotti. Danke, gütiger Gott, ich verspreche, fester zu glauben.

Versprechen ist eine Sache, sein Versprechen zu halten, eine ganz andere, rundete der Herrgott ab. Aber du wirst geliebt, und meine Geduld ist unerschöpflich. Ich wünsche dir eine gute Nacht.

Gute Nacht, sagte Gunnar Barbarotti, drehte sich auf die Seite und schlief ein.

Am Donnerstag?

Der Montag hatte in Kymlinge und Umgebung Regen im Angebot. Als er zwei Teenager in zwei verschiedenen Schulen abgeliefert hatte (der dritte durfte ausschlafen) und Kurs auf das Polizeipräsidium nahm, fiel es ihm nicht ganz leicht, sich vorzustellen, dass bald Sommer sein würde. Am Freitag war der erste Juni, und die Natur blühte im Großen und Ganzen, wie sie sollte, aber das grauverhangene Wetter, das ihm an diesem speziellen Morgen umgab, und der Regen, der auf das Autodach herabprasselte, schienen eher im November oder Februar beheimatet zu sein.

Er merkte, dass ihn dies mit einer gewissen Dankbarkeit erfüllte. Der Vorsommer war die Zeit des unverblümten Optimismus, und wenn es etwas gab, womit er momentan herzlich wenig anfangen konnte, dann war es unverblümter Optimismus.

Und deshalb nur ein fester Glaube. Keine heftigen Ausschläge in irgendeine Richtung; die Kinder brauchten einen Fels, auf dem sie stehen konnten, keinen schwankenden Grund. Wie ging noch dieses Irrengedicht von Fröding? *Steh grau, steh grau, steh grau...*?

Er parkte möglichst nahe am Eingang und eilte im Regen unter das Dach. Winkte am Empfang Sippan und Jörgensen zu und stieg die Treppen in die zweite Etage hinauf.

Ich werde mich jetzt in meinem Zimmer verbarrikadieren und die nächsten drei Stunden Morinder-Bjarnebo widmen, entschied er. Sonst nichts. Keine Seitenblicke, kein Selbstmitleid, keine Grübeleien. Rote Lampe, schwarzer Kaffee.

Als Erstes wählte er die Nummer von Ellen Bjarnebos Handy. Sie meldete sich nicht.

Bei ihrem Festnetzanschluss erging es ihm genauso.

Nun ja, dachte er. Sie wollte diese Woche zurückkommen, aber an welchem Tag hat sie mir nicht gesagt.

Man fragte sich allerdings, was sie im Monat Mai in einer lappländischen Pension machte. War da oben überhaupt schon Frühling, überlegte Barbarotti, der nur einmal in seinem Leben nördlich von Östersund gewesen war.

Am Wochenende hatte er dann doch nicht so viele Stunden mit dem einen oder anderen Fall verbracht, und das war möglicherweise ein gutes Zeichen. Er wollte einige Vernehmungen durchgehen, unter anderem zwei mit Ellen Bjarnebo sowie eine mit Sofia Lindgren-Pallin, einer ihrer Arbeitskolleginnen in dem Eisenwarengeschäft, in dem sie bis zum Sommer 1989 gearbeitet hatte.

Dem Sommer, in dem es passiert war.

Er hatte schon eine ganze Weile in der ersten Abschrift gelesen, als er bei einer Frage und einer Antwort aufhorchte. Ein gewisser Kommissar Kartén hatte die meisten Vernehmungen geführt. Barbarotti erinnerte sich vage an einen schlaksigen, pedantischen Herrn mit braungetönter Brille und Magenproblemen; er war im Frühjahr 1990, lediglich ein halbes Jahr nach dem Mordfall, pensioniert worden, und Barbarotti hatte ihn nie kennen gelernt.

Kartén: Aber der Hammer traf Ihren Mann mitten auf den Hinterkopf. Trotzdem sagen Sie, dass Sie aus blinder Wut und im Affekt gehandelt haben. Warum reagierte er nicht?

Ellen Bjarnebo: Ich habe wohl noch zwei Sekunden nachgedacht. Aber in der Sache änderte das nichts.

Barbarotti blätterte zurück. Frage und Antwort passten irgendwie nicht zusammen, aber so etwas kam vor. Es ging also um das Motiv für die Tat. Ellen Bjarnebo behauptete, ihr Mann habe sie auf das Gröbste beschimpft, mit Worten, die sie keinesfalls wiedergeben wollte, und dies habe das Fass zum Überlaufen gebracht. In der vorhergegangenen Nacht hatte er sie und seinen Sohn geschlagen. Dazu sei es auch vorher schon wiederholt gekommen, und im Laufe des Frühjahrs sei die Lage eskaliert. Nun stand sie in einer Art Arbeitszimmer, das er sich im Giebel der Scheune eingerichtet hatte, hinter ihm; es war Samstagabend, er saß mit dem Rücken zu ihr an einem Schreibtisch und war mit irgendetwas beschäftigt. Warum sich die beiden dort aufhielten, wurde nicht erwähnt. Der Ehemann sagte, ohne sich zu ihr umzudrehen, etwas äußerst Beleidigendes, ihr fiel der Hammer auf einer Arbeitsplatte ins Auge, und sie verlor die Beherrschung.

So hatte sie das Ganze beschrieben, sowohl in dieser als auch in zwei früheren Vernehmungen.

Dennoch kam sie also dazu, *zwei Sekunden nachzudenken.*
Und dieses Nachdenken *änderte in der Sache nichts.*

Barbarotti grübelte. Als der kurze Moment von Nachdenklichkeit vorüber war, hatte Ellen Bjarnebo ihrem Mann mit einem Vorschlaghammer den Schädel eingeschlagen – die Tatwaffe war laut kriminaltechnischer Untersuchung von mittlerer Größe und für eine Person ohne allzu große körperliche Kraft relativ leicht zu handhaben –, und danach hatte sie am Abend und in der Nacht, genauer gesagt der Nacht zwischen dem dritten und vierten Juni, ihr Opfer zerlegt, die einzelnen Teile in schwarze Plastiksäcke gepackt und sie zu verschiedenen Stellen im hinter dem Haus liegenden Wald geschleppt. Sie hatte versucht, die Säcke zu vergraben, sich jedoch damit zufrieden geben müssen, sie mit Blättern und Zweigen zu bedecken. Für die Zerlegung gab es einen simplen Grund. Lebend hatte Harry Helgesson mindestens 90 Kilo auf die Waage gebracht, und als Leiche wurde man bekanntermaßen nicht unbedingt leichter. Jedenfalls nicht sofort.

Nachdem sie sich so ihres Gatten entledigt hatte, wartete Ellen Bjarnebo einige Tage, ehe sie meldete, dass er verschwunden war. Hätte sich die Nachbarsfamilie auf dem Hof Groß-Burma nicht allmählich gewundert, hätte sie damit womöglich noch länger gewartet, behauptete sie. Sie vermisste ihren Mann nicht, weder lebendig noch tot.

Die Untersuchung des Tatorts, die folglich mehr als zwei Monate nach der Tat durchgeführt wurde, bestätigte, soweit möglich, Ellen Bjarnebos Geschichte. Auf dem Schreibtischstuhl und dem Fußboden konnten in dem betreffenden Raum Spuren von Harry Helgesson gesichert werden, aber das war dann im Großen und Ganzen auch schon alles. Dass er in der von ihr beschriebenen Weise umgebracht wurde, ließ sich weder bestätigen noch widerlegen. Andererseits hatte natürlich keine Veranlassung bestanden, Ellen Bjarnebos Aussage anzuzweifeln.

Während des Sommers hatte die Polizei die Angelegenheit

ein wenig halbherzig bearbeitet, stellte Barbarotti fest. Es hatte keine wirklich überzeugenden Gründe für die Annahme gegeben, dass Harry Helgesson tatsächlich tot war, geschweige denn dafür, dass ihn jemand umgebracht hatte. Weder seine Frau noch die Verwandten auf Groß-Burma fanden die Vermutung abwegig, dass er sich einfach auf und davon gemacht hatte. Seine allgemeine Unzuverlässigkeit war gut dokumentiert, einige seiner wenigen Freunde in der Stadt, mit denen er sich des Öfteren traf und vorzugsweise Bier trank und Karten spielte, schlugen vor, dass dieser Sauhund vermutlich im Lotto oder bei Pferdewetten gewonnen und den Gewinn eingelöst hatte und abgehauen war. Nach Dänemark oder Deutschland oder wohin auch immer. Dass er weder Kleider noch persönliche Gegenstände mitgenommen hatte – nicht einmal seinen Pass –, tja, das war möglicherweise ein bisschen verwunderlich, aber nichts, was einem zu denken geben musste. Hatte man genügend Geld, ließ sich der Rest besorgen – Kleider, Weiber, Schnaps und was man eventuell sonst noch so benötigte –, meinte beispielsweise ein gewisser Ziggy Pärsson, der den Angaben zufolge aus eigener Erfahrung sprach und für Inspektor Barbarotti und seine Kollegen von der Polizei in Kymlinge kein unbeschriebenes Blatt war.

Inzwischen war er allerdings selig entschlummert, am Mittsommerabend 2008 auf einem Campingplatz in Dalarna an seinem eigenen Erbrochenen erstickt.

Das erste Paket – durch das die Ausreißertheorie definitiv widerlegt wurde – hatte Anfang August ein Heidelbeerpflücker gefunden. Kopf und Arme des früheren Harry Helgesson lagen in einem schwarzen Plastiksack, und man konnte ihn schnell identifizieren, woraufhin der Verdacht praktisch sofort auf seine Ehefrau fiel. Sie gestand die Tat bereits bei der zweiten Vernehmung, einen Tag nach dem makaberen Fund. Gab zudem bereitwillig Auskunft darüber, wo sich der Rest ihres Ehemanns finden lassen würde. Zwei weitere Säcke, einer mit den Beinen, einer mit dem Rumpf.

Barbarotti blickte in den Regen hinaus und versuchte, sich die Szene in seinem Büro vor Augen zu führen. Also kein regelrechter Streit. Mann und Frau, getraut, um einander in guten wie in schlechten Zeiten zu lieben. Wahrscheinlich in den Augen des jeweils anderen gleichermaßen abstoßend. Möglicherweise einige Sekunden der Stille und des Schweigens vor dem Augenblick, in dem der Geduldsfaden riss. Mit einigen unbedachten Worten hatte Harry Helgesson sein Todesurteil unterschrieben. Er hatte sich nicht einmal umgedreht.

Denn wenn er das getan hätte, wenn er den Kopf auch nur ein bisschen gedreht hätte, wäre ihm natürlich aufgefallen, dass seine Frau mit einem erhobenen Hammer hinter ihm stand und fest entschlossen war, damit auf seinen Kopf einzuschlagen.

Und er hätte sich gewehrt. Mit oder ohne Erfolg. Zumindest rasch die Arme gehoben. Oder nicht?

Doch der Schlag hatte ihn mitten auf den Kopf getroffen, hatte mit voller Wucht die Schädeldecke zertrümmert und war ein gutes Stück ins Gehirn eingedrungen. Er dürfte auf der Stelle tot gewesen sein.

Ellen Bjarnebo hatte den Hammer verschwinden lassen, dabei aber keine große Sorgfalt walten lassen. Die Polizei war ihren Instruktionen gefolgt und hatte ihn zwanzig Meter hinter der Scheune in einem Meer aus Brennnesseln gefunden. Mit ihren Fingerabdrücken darauf und allem.

Warum haben Sie die Mordwaffe nicht besser versteckt, wenn Sie schon die Leiche im Wald versteckten?, hatte Kartén wissen wollen.

Daran habe ich nicht gedacht, hatte Bjarnebo erklärt. *Es erschien mir nicht wichtig.*

Barbarotti blätterte weiter in den Unterlagen und fand das Protokoll der Gerichtsverhandlung. Lehnte sich zurück und las. Die Beschreibung der Ereignisse entsprach darin mehr oder weniger den polizeilichen Vernehmungen. Ellen Bjarnebo blieb dabei, dass sie noch zwei Sekunden überlegt hatte, ehe sie zum tödlichen Schlag ausholte, und man konnte sich wirklich fragen, warum sie das tat. Hätte sie sonst nicht mit Totschlag davonkommen können? Dass sie sich selbst diese Sekunden gab, musste automatisch bedeutet haben, dass ihr Delikt als Mord klassifiziert wurde.

Also, warum? Warum diese Sekunden, die *in der Sache nichts änderten*?

Gunnar Barbarotti fand keine Antwort auf diese Frage, zuckte mit den Schultern und wandte sich der Vernehmung Sofia Lindgren-Pallins zu. Der Name kam ihm irgendwie bekannt vor, und kurz darauf erkannte er, warum.

Sie tauchte auch in der zweiten Ermittlung auf. Im Fall Morinder.

Er blätterte erneut und fand die entsprechende Stelle.

Tatsächlich. Obwohl sie nun, nach einigen Jahren im 21. Jahrhundert, nur noch Pallin hieß. Und Gunvaldsson hatte aus der Verbindung nichts gemacht, sodass unklar blieb, ob er sich ihrer überhaupt bewusst gewesen war. Jedenfalls war Sofia Lindgren-Pallin 1989 mit einem gewissen Torsten Lindgren verheiratet gewesen, Besitzer von Lindgrens Eisenwaren AB am Södra torg, dem Geschäft, in dem Ellen Bjarnebo in den letzten beiden Jahren vor dem Mord als Teilzeitkraft beschäftigt gewesen war. Gelegentlich war Sofia Lindgren-Pallin eingesprungen und hatte im Laden gearbeitet, phasenweise die Buchführung übernommen und die Angestellten somit natürlich gekannt. In ihrer kurzen Zeugenaussage zu Ellen Bjarnebos Charakter hatte sie kundgetan, dass es an der Art der Verdächtigen, ihre Arbeit zu machen, nichts auszusetzen gegeben hatte. Man hätte sich manchmal vielleicht gewünscht, dass sie im Umgang mit Menschen ein bisschen begabter gewesen wäre, aber die Kunden in einem Eisenwarengeschäft machten sich nicht viel aus einschmeichelndem Personal, so dass dies eigentlich nicht der Rede wert gewesen war.

Wenn Sofia Lindgren-Pallin in der späteren Ermittlung zu Arnold Morinders Verschwinden auftauchte, lag es einfach daran, dass sie auch diesmal im selben Betrieb gearbeitet hatte wie Bjarnebo: der Postbank. Die Polizei hatte ein kürzeres Gespräch mit ihr geführt – wie mit allen anderen Kollegen auch –, und sie hatte dabei nicht erwähnt, dass sie die berühmt berüchtigte Mörderin bereits von früher flüchtig gekannt hatte.

Und Gunvaldsson war dieses Detail entgangen.

Jedenfalls fand sich in den Akten nichts, was eine andere Schlussfolgerung nahelegte.

Das hatte wahrscheinlich absolut nichts zu sagen, erkannte Barbarotti, nachdem er eine Minute über die Sache nachgedacht hatte. Aber da man ihn nun einmal beauftragt hatte, diese alten Geschichten über einen schnöden, schrecklichen Tod und menschliche Unzulänglichkeiten zu untersuchen – und weil sich das interessanteste Interviewobjekt allem Anschein nach weiterhin in der Gegend von Vilhelmina aufhielt –, beschloss er zu versuchen, sich mit der früheren Eisenwarenhändlerin in Verbindung zu setzen.

Eine weitere Minute später hatte er sie am Apparat. Er erläuterte, worum es ging, und erkundigte sich, ob Sofia Pallin eventuell Zeit für ein kurzes Treffen habe.

Da sie seit gut einem Jahr Rentnerin sei und weder an Golf noch an Busreisen zu Glashütten Gefallen finde, habe sie alle Zeit der Welt, erklärte sie ihrerseits. In einer halben Stunde sei er zu einer Tasse Kaffee herzlich willkommen. Ob er die Adresse habe.

Barbarotti fragte, ob sie noch im Tulpanvägen 12 wohne, was sie bestätigte.

Ehe er das Präsidium verließ, versuchte er es noch einmal bei Ellen Bjarnebos Handy. Keine Antwort. Keine Mailbox. Er schickte ihr eine SMS, in der er sie bat, sich bei ihm zu melden, sobald sie Zeit hatte.

Es kommt mir fast so vor, als würde ich arbeiten, überlegte er, als er vom Parkplatz fuhr. Und es regnete weiterhin unvermindert heftig.

Steh grau.

16

Es war ein Reihenhaus mit Flachdach aus den Siebzigern, das direkt am Stadtwald stand. Barbarotti glaubte nicht, seit den späten siebziger Jahren jemals wieder seinen Fuß in den Tulpanvägen gesetzt zu haben. Damals war er zwar nicht in Nummer 12 gewesen, aber er erinnerte sich auf einmal mit verblüffender Deutlichkeit an den Anlass seinerzeit: eine Kostümparty bei einem langbeinigen, blonden Mädchen mit beseelten Augen... war es nicht Hausnummer 15 gewesen, dieses Grundstück mit blühenden Kirschbäumen schräg gegenüber, mit dem frisch gestrichenen Holzzaun?

Sie war auf dem Gymnasium in seine Klasse gegangen und hieß passenderweise Blondie. Zumindest wurde sie so genannt, denn um 1960 dürfte man Mädchen wohl eher nicht Blondie getauft haben. Barbarotti war als Pirat verkleidet gewesen, weil das Motto *Das Meer* lautete, und hatte den größeren Teil des Abends damit verbracht, mit einer anderen Klassenkameradin namens Åsa herumzuknutschen. Eventuell auch Anna; sie war als Qualle gekommen, und die Sache war nicht ganz unkompliziert gewesen.

Als Sofia Pallin ihn hereinbat, war sie als nichts anderes als sie selbst verkleidet: eine recht große, recht elegante Frau in einer roten Tunika und schwarzen Jeans. Barbarotti wusste, dass sie siebenundsechzig war, aber sie gab sich Mühe, jünger auszusehen. Nicht ohne Erfolg, definitiv nicht.

Auch ein Hund begrüßte ihn. Groß, braun, kurze Haare; er sah ähnlich kultiviert aus wie sein Frauchen und würdigte ihn nur einer wenige Sekunden währenden Inspektion, ehe er zu einem Schaffell vor einem Aquarium zurückkehrte.

»Treten Sie ein«, begrüßte ihn Sofia Pallin. »Tee oder Kaffee?«

»Einen Kaffee, bitte«, sagte Barbarotti und setzte sich in den ihm angebotenen Bruno-Mathsson-Sessel.

Sie hatte den Tisch bereits gedeckt. Sofia Pallin ließ sich ihm gegenüber in einem weiteren Bruno Mathsson nieder und sah auf die Uhr. Justierte ihr Platinhaar mit einer einfachen Kopfbewegung. »Ich habe am Telefon ein wenig gelogen«, stellte sie fest. »In Wahrheit habe ich nur eine Stunde Zeit. Deshalb sollten wir gleich zur Sache kommen. Es geht um die Schlächterin von Klein-Burma?«

»Eine Stunde reicht mir völlig«, versicherte Barbarotti. »Stimmt, das wurde ja sozusagen ihr Künstlername. Denken Sie so an sie?«

»Ganz und gar nicht«, antwortete Sofia Pallin. »Das war ein Scherz. Ich dachte, Sie würden sie so sehen. Ich habe immer einen gewissen Respekt vor ihr gehabt.«

»Respekt?«, sagte Barbarotti. »Könnten Sie das bitte etwas näher erläutern?«

Sofia Pallin lehnte sich zurück und goss Kaffee aus einer matten Aluminiumkanne ein. Machte eine Geste zu einem Teller mit schokoladenfarbigen Keksen, die in Barbarottis Augen aussahen wie kleine Mäusekörper ohne Beine.

»Ich muss Sie vorab einfach fragen, warum Sie sich wieder für sie interessieren. Ich bin eigentlich davon ausgegangen, dass man diese beiden Geschichten längst zu den Akten gelegt hat?«

»Das hat man in gewisser Weise auch«, erwiderte Barbarotti. »Aber ungelöste Probleme sind immer ärgerlich.«

»Sie meinen Morinder?«

»Ja.«

Sie hob mit milder Skepsis eine Augenbraue. »Wissen Sie, bei der Geschichte hat die Polizei sich nun wirklich nicht mit Ruhm bekleckert. Sie waren vielleicht nicht beteiligt, aber sie musste völlig unnötig einiges über sich ergehen lassen.«

»Das tut mir leid«, sagte Barbarotti. »Ich persönlich hatte mit den Ermittlungen nichts zu tun, das ist richtig. Aber das spielt keine Rolle. Es ist immer bedauerlich, wenn etwas aus dem Ruder läuft. Können Sie mir erzählen, wie Sie es erlebt haben? Und wie Sie Ellen Bjarnebo erlebt haben?«

Dieser verdammte Gunvaldsson, dachte er. Obwohl auf der Hand zu liegen schien, dass seine Gastgeberin auch für den Rest des Polizeicorps nicht besonders viel übrig hatte.

»Natürlich«, sagte sie, trank einen Schluck Kaffee, ohne die Mäuserümpfe anzurühren, und lehnte sich in Bruno Matthson zurück. »Aber das setzt voraus, dass ich mit einer gewissen Geschlechterperspektive an die Sache herangehe.«

Hält sie nicht viel von Männern?, fragte Barbarotti sich. Das wird heute anscheinend eine andere Art von kompliziertem Knutschen als beim letzten Mal.

»Selbstverständlich. Sie dürfen sich den Blickwinkel aussuchen, der Ihnen am geeignetsten erscheint.«

»Danke«, sagte Sofia Pallin. »Dann tue ich das auch. Ellen Bjarnebo hat zwar ihren Mann erschlagen, aber sie hat es nicht grundlos getan.«

Barbarotti nickte neutral.

»Es gab ein paar Leute, die wussten, dass in dieser Familie nicht alles zum Besten stand. Harry Helgesson behandelte seine Frau gelinde gesagt nicht besonders gut. Seinen Sohn wahrscheinlich auch nicht. Ich kann nur bedauern, dass wir zu passiv waren, wir hätten irgendwie eingreifen müssen, aber ich war damals noch nicht der Mensch, der ich heute bin.«

»Wen meinen Sie, wenn Sie *wir* sagen?«, erkundigte sich Barbarotti.

»Ich meine mich selbst, Mona Ivarsson und Gun Biermann«, antwortete Sofia Pallin. »Ihre Arbeitskollegen im Eisenwarengeschäft. Wir haben lieber weggesehen. Das war feige, und ich schäme mich, wenn ich daran zurückdenke.«

»Woher wussten Sie denn, dass die Dinge so lagen?«, sagte Barbarotti. »Mit Harry Helgesson, meine ich?«

»Nun ja, jedenfalls nicht, weil sie etwas erzählt hätte«, stellte Sofia Pallin schulterzuckend fest. »Aber wir sahen sie und zählten eins und eins zusammen. Jedenfalls hinterher. Irgendwer hatte die beiden auch mal in der Stadt gesehen. Als er sich ihr gegenüber wie ein Schwein benahm, nein, es steht eindeutig fest, dass er sie schlug. Er nutzte seine männliche Überlegenheit aus, wie es das Patriarchat zu allen Zeiten getan hat. So weit keine ungewöhnliche Geschichte.«

Barbarotti dachte einen Moment nach.

»Und Morinder? Welche Meinung haben Sie zu ihm?«

»In dieser Hinsicht?«

»Zum Beispiel.«

»Keine«, erwiderte Sofia Pallin. »Ich weiß nichts über Arnold Morinder. Er hieß doch Arnold?«

Barbarotti nickte.

»Wie gesagt. Soweit ich weiß, gibt es keinen Beleg dafür, dass die Geschichte sich wiederholte. So dumm war sie nicht.«

»Haben Sie Ellen Bjarnebo im Laufe der Jahre näher kennengelernt? Ich meine…?«

Sie unterbrach ihn durch nachdrückliches Kopfschütteln. »Überhaupt nicht. Ellen Bjarnebo und ich arbeiteten bei zwei verschiedenen Gelegenheiten zufällig am selben Arbeitsplatz. Privat hatte ich keinen Kontakt zu ihr, weder in ihrer Zeit im Eisenwarengeschäft noch bei der Postbank.«

»Betriebsfeiern?«

»Gab es weder da noch dort. Nein, wenn ich sage, dass ich Respekt vor ihr habe, liegt das nicht daran, dass ich sie kannte... oder kenne. Aber sie war eine Frau, der das Leben nichts geschenkt hatte. Ich finde, dass sie da draußen in Burma tat, was sie tun musste, und sie hat ihre Strafe verbüßt. Außerdem kam sie hierher, nach Kymlinge, als sie aus dem Gefängnis entlassen wurde. Alle wissen, wer sie ist, aber sie beginnt ein neues Leben mit... ja, mit erhobenem Kopf. Was sagt sie denn dazu, dass Sie angefangen haben, wieder in der Sache zu wühlen?«

»Ich habe noch nicht mit ihr gesprochen«, antwortete Barbarotti.

»Warum nicht?«

»Sie ist momentan verreist. Was passierte nach Morinders Verschwinden eigentlich mit ihrem Job?«

Sofia Pallin schien sich ihre Antwort gut zu überlegen. Streckte eine Hand zu den Mäusekörpern aus, zog sie aber wieder zurück.

»Sie wurde 2007 krankheitshalber pensioniert.«

»Sicher, das ist mir bekannt«, entgegnete Barbarotti. »So steht es in den Akten. Aber man gewinnt schon den Eindruck, dass dies mit Morinders Verschwinden zusammenhing, oder etwa nicht?«

Sofia Pallin zuckte mit den Schultern. »Gut möglich. Obwohl ich glaube, dass sie einverstanden war. Sie hatte tatsächlich Rückenprobleme und... na ja, vielleicht hatte sie auch einfach genug. Vergessen Sie nicht, dass sie in den Augen der Polizei und anderer dringend tatverdächtig war. Vor allem in denen anderer.«

»Aber in Ihren nicht?«

»Ich hatte dazu keine Meinung. Habe ich bis heute nicht.«

»Verstehe«, meinte Barbarotti. »Könnte man sagen, dass ein bisschen zu viel Stimmung gegen sie gemacht wurde?«

»So ungefähr«, sagte Sofia Pallin. »Sie weiter dort arbeiten zu lassen, wäre auf Dauer nicht gegangen. Mich wundert allerdings, dass sie nicht weggezogen ist. Ich glaube, ihr Sohn lebt in Stockholm, aber es kann sein, dass sie auch zu ihm nicht viel Kontakt hat. War es nicht so, dass sich nach dem, was auf Burma passiert ist, andere Leute um ihn gekümmert haben?«

»Das ist richtig«, bestätigte Barbarotti. »Wissen Sie etwas über ihn?«

»Nein.«

Barbarotti trank einen Schluck Kaffee und sammelte ein wenig Schweigen an. »Haben Sie mit ihr jemals darüber gesprochen?«, fragte er. »Über ihren Ehemann und was da draußen passiert ist… als sie zum zweiten Mal Kolleginnen wurden?«

Sofia Pallin dachte wieder nach. »Eigentlich nicht. Man hatte das Gefühl, dass sie nicht darüber sprechen wollte, und dann tat man es auch nicht. Ich bereue, dass ich nicht den Mut hatte, mich ihr mehr zu nähern, aber dieser Job war auch sehr vereinzelnd. Man saß in seiner Kabine und bediente seine Kunden, das war's. Keine gemeinsamen Pausen oder so. Aber ich bereue, dass ich ein wenig feige war.«

»Sie sagen, dass Sie immer noch zu feige waren, als Sie ihr erneut begegneten?«

Sofia Pallin schwieg einige Sekunden.

»Kann sein. Andererseits war es auch ziemlich offensichtlich, dass sie nicht darüber sprechen wollte, was geschehen war. Ellen Bjarnebo besaß eine große Integrität… und *besitzt* sie noch, nehme ich an. Das war ganz sicher eine Voraussetzung dafür, dass sie ein neues Leben anfangen konnte. Ich erinnere mich, dass ich damals tatsächlich versuchte, mit ihr zu reden, als das mit Morinder losging, aber sie meinte, sie habe keine Lust, darüber zu sprechen.«

»Fanden Sie das merkwürdig?«

»Überhaupt nicht. Außerdem sprach ich sie nur ein einziges

Mal darauf an. Wissen Sie, nachdem die Sache allgemein publik geworden war, kam sie höchstens noch zwei oder drei Tage zur Arbeit. Wenn ich mich nicht irre, war sie gerade aus dem Urlaub zurückgekommen und … tja, wurde dann praktisch sofort beurlaubt.«

»Beurlaubt?«

»Sie nannten es so.«

»Verstehe. Wenn wir ein wenig zurückgehen, wie erfuhren Sie, dass Ellen Bjarnebos Lebensgefährte verschwunden war, wissen Sie das noch?«

Sofia Pallin runzelte die Stirn. »Ich erinnere mich nicht genau. Jemand muss es erwähnt haben. Es war jedenfalls nicht sie selbst, denn ich hatte schon davon gehört, bevor ich ihr auf der Arbeit begegnete.«

»Wissen Sie, ob Ellen Bjarnebo enge Freundinnen hat? Mit denen sie damals vielleicht offen redete?«

Sofia Pallin schüttelte den Kopf. »Keine Ahnung. Aber wenn ich raten sollte, würde ich mit Nein antworten. Ellen Bjarnebo machte auf mich durch und durch den Eindruck, eine einsame Frau zu sein. Sehr einsam. Das Opfer eines Dreckskerls von einem Mann, aber kein wehrloses Opfer. Verstehen Sie, was ich sagen will?«

Barbarotti nickte und wechselte das Thema. »Was ist aus Ihrem Mann, dem Eisenwarenhändler, geworden? Sie haben sich scheiden lassen?«

»Ich habe Torsten verlassen«, berichtigte sie ihn und brach eine Maus in der Mitte entzwei. »Das hatte ich längst beschlossen, ich wollte nur warten, bis die Kinder aus dem Haus sind.«

»Wie viele haben Sie?«

»Fünf. Sie müssen wirklich entschuldigen, aber ich habe die Nase voll von Männern, das ist einfach so. Aber jetzt müssen Sie mir auch mal ein bisschen etwas zurückgeben. Warum in Gottes Namen schnüffeln Sie in dieser Sache herum? Dieser Morinder ist doch wohl nicht abrakadabra wieder aufgetaucht?«

Barbarotti schüttelte den Kopf. »Aber nein. Wir sind einfach nur dabei, ein paar losen Fäden nachzugehen.«

Sofia Pallins Mund bekam für einen Moment eine verächtliche Krümmung. »Das ist keine Antwort, Herr Inspektor. Aber ich möchte Ihnen einen Rat geben. Falls Sie vorhaben sollten, Ellen Bjarnebo noch einmal ins Visier zu nehmen, wäre es sicher nicht verkehrt, wenn Sie dafür gute Argumente hätten.«

Als er nach seinem Besuch im Tulpanvägen im Auto saß, gingen ihm diese Worte nicht mehr aus dem Sinn. *Nicht verkehrt, wenn Sie dafür gute Argumente hätten.*

Er hatte darauf nichts erwidert, Sofia Pallin nicht erklärt, dass er vermutlich kein einziges Argument hatte, sondern sich nur eher zufällig mit dieser sinnlosen Angelegenheit beschäftigte, weil seine Frau vor einem Monat gestorben war und sein Chef nicht glaubte, dass er wirklich arbeiten konnte.

Doch als ihm dies zum siebzigsten Mal in sieben Tagen durch den Kopf ging, begriff er gleichzeitig, dass er dieser absurden Situation ein Ende machen musste. Es war höchste Zeit, Asunander aufzusuchen und ihm zu sagen, dass er die Karten auf den Tisch legen sollte. Wenn er denn welche hatte.

Welche berechtigten Gründe konnte es denn geben, in einer fünf Jahre alten Havarie umher zu schlurfen? Welchen Sinn hatte es, diese finsteren Protokolle und Referate zu lesen und durch die Gegend zu fahren und nichts Böses ahnenden Menschen auf die Pelle zu rücken? Warum sorgte man nicht einfach dafür, dass Arnold Morinder für tot erklärt wurde, und widmete sich stattdessen aktuelleren und lösbareren Problemen?

Gute Fragen.

Aber Asunander war nicht an seinem Platz. Bis einschließlich Mittwoch zwecks Erledigung privater Angelegenheiten vom Dienst befreit, erklärte Sippan vom Empfang, und ehe er Gunvaldsson anrief, beschloss er, ein paar Worte mit Eva Backman zu wechseln. Das schadete nie.

»Hast du Zeit?«

Sie blickte von einem Stapel Blätter auf und schüttelte den Kopf.

»Nein. Aber setz dich.«

Er räumte den Stuhl frei und nahm Platz.

»Fängström?«

»Ja«, bestätigte Backman. »Aber reden wir nicht über dieses Elend. Wie geht es dir?«

»Gut«, sagte Barbarotti. »Aber ich habe eine Frage.«

»Aha?« Sie stützte das Kinn in die Hand und betrachtete ihn. Er dachte, dass sie ein bisschen zu schielen schien, das tat sie sonst nicht.

»Nun, als du mit Asunander gesprochen hast …«

»Mhm?«

»Also über diese Suppe, die ich jetzt auslöffeln muss … was hat er da eigentlich gesagt?«

»Wie meinst du das?«

»Er muss dir ja wohl erklärt haben, warum er diesen alten Fall entstauben will?«

Eva Backman lehnte sich zurück und dachte einige Sekunden nach. Zumindest sah es so aus, als würde sie das tun, aber vielleicht simulierte sie auch nur.

Warum bilde ich mir das ein, fragte er sich. Dass sie simuliert? Warum sollte sie …? Er ließ den Gedanken fallen, weil sie sich räusperte und ihm antwortete:

»Ich habe ehrlich gesagt keine Ahnung … habe ich das nicht schon gesagt? Ich habe ihn natürlich gefragt, aber du weißt ja, wie er manchmal ist.«

»Mit irgendwas muss er doch herausgerückt sein? Jetzt denk mal nach.«

»Warum ist das denn plötzlich so wichtig?«, sagte Backman. »Frag ihn doch selbst.«

»Geht nicht. Er ist auf Dienstreise, kommt erst Donnerstag zurück.«

»Oh je. Nein, ich bin mir ziemlich sicher, dass er nicht einmal eine Andeutung gemacht hat. Aber es müsste natürlich trotz allem irgendeinen Grund geben. Auch wenn …«

»Auch wenn?«

»Auch wenn es im Moment vielleicht nicht der Fall im Haus ist, der höchste Priorität genießt. Offenbar fand er, dass du einen Job brauchst, der nicht zu anstrengend ist, aber ich begreife nicht, warum er etwas völlig willkürlich aus dem Hut zaubern sollte.«

»Das hoffe ich auch«, sagte Barbarotti.

»Ruf ihn doch an«, schlug Backman vor. »Man erzählt sich, dass er immerhin ein Handy besitzt.«

»Das werde ich tun«, sagte Barbarotti.

»Aber mit der Hauptperson hast du noch nicht gesprochen? Mit Bjarnebo, meine ich?«

Barbarotti schüttelte den Kopf. »Ist noch in Lappland.«

»Und wie lange?«

»Das ist ein bisschen unklar. Vielleicht ist sie schon auf der Rückreise, aber sie geht nicht an ihr Handy. Da oben hat man oft kein Netz. Ich habe ihr gesimst, aber keine Antwort bekommen.«

Eva Backman runzelte die Stirn. »Was genau tust du dann eigentlich?«

Barbarotti seufzte. »Ich habe die Akten beider Fälle gelesen. Mit ein paar Leuten aus dem Umfeld gesprochen. Man könnte sicher sagen, dass es ziemlich viel Leerlauf gibt, und ich habe keine Lust, bloß durch die Gegend zu fahren und mit Kreti und Pleti zu sprechen, die… tja, die irgendwann irgendwo am Rande eine Rolle gespielt haben. Das kommt mir nun wirklich ziemlich sinnlos vor. Abgesehen davon natürlich…«

»Abgesehen von was?«, fragte Backman, als Barbarotti aufstand und die Aktenordner auf den Stuhl zurückpackte. »Lass, das ist nicht nötig.«

»Abgesehen davon, dass ich mich allmählich wirklich frage, was zum Teufel mit Morinder passiert ist«, sagte Barbarotti. »Und was für ein Mensch diese Ellen Bjarnebo eigentlich ist. Nun ja, ich werde mich wohl gedulden müssen, bis ich ihr begegne.«

»Es geht doch nichts darüber, den Leuten Auge in Auge gegenüberzusitzen«, sagte Backman. »Apropos, wann schaust du abends mal zum Essen vorbei? Du bist jederzeit herzlich eingeladen, das weißt du.«

»Vielleicht nächste Woche«, antwortete Barbarotti. »Am Wochenende fahre ich wahrscheinlich nach Stockholm.«

»Nach Stockholm?«

»Ein paar Befragungen… und Sara natürlich.«

»Gut«, sagte Backman. »Es ist gut, dass du Sara besuchst.«

Barbarotti nickte und kehrte in sein Büro zurück.

17

Inspektor Gunvaldsson klang erkältet.

»Allergie«, erläuterte er. »Pollen. Um diese Jahreszeit ist es immer das Gleiche.«

»Nehmen Sie keine Antihistamine?«, fragte Barbarotti. »Oder wie die heißen?«

»Die helfen nicht immer«, sagte Gunvaldsson. »Eine Reise nach Marokko würde mir mehr bringen.«

»Verstehe«, sagte Barbarotti. »Aber jetzt sitzen Sie in Karlstad?«

»Stimmt genau«, erwiderte Gunvaldsson. »Irgendwer muss es ja tun. Wie kann ich Ihnen helfen?«

Barbarotti räusperte sich. »Es geht um einen alten Fall, den Sie bearbeitet haben, als Sie bei uns waren. Ich weiß nicht, wie gut Sie sich an die Sache erinnern können, aber ich gehe ihn jedenfalls noch einmal durch.«

»Aha?«, sagte Gunvaldsson.

»Arnold Morinder ist das Stichwort. Der Mann, der spurlos verschwand und mit einer Frau zusammenlebte, die auf den Kosenamen Schlächterin von ...«

»Ach das«, unterbrach Gunvaldsson ihn und nieste. »Tja, das lief, wie es lief.«

»In der Tat«, pflichtete Barbarotti ihm bei. »Übrigens, Gesundheit. Wie ist Ihre Meinung dazu?«

»Zu Morinder?«

»Ja.«

»Warum gehen Sie der Sache nach?«, wollte Gunvaldsson wissen.

»Befehl von oben«, antwortete Barbarotti. »Ich weiß nicht, ob Sie sich an Asunander erinnern? Den Chef hier.«

»Der bleibt unvergesslich«, erwiderte Gunvaldsson. »Es sind neue Informationen aufgetaucht?«

»Nicht direkt«, sagte Barbarotti.

»Ihr habt Morinder nicht gefunden?«

»Leider nicht.«

Gunvaldsson schnäuzte sich. »Na ja, damit steht und fällt die ganze Sache doch«, meinte er. »Ohne Leiche ist es nicht leicht, eine Mörderin dingfest zu machen.«

»Was glauben Sie?«, sagte Barbarotti.

»Was ich glaube«, sagte Gunvaldsson. »Tja, heute weiß ich das nicht mehr so genau, aber als ich den Fall bearbeitete, glaubte ich mit Sicherheit, dass sie es getan hatte. Ich verstehe allerdings immer noch nicht, warum Sie in der alten Sache herumwühlen. Habt ihr da unten nichts Wichtigeres zu tun? Wenn mich nicht alles täuscht, habe ich da etwas von einem vergifteten Politiker gehört, stimmt's?«

»Mit dem Fall habe ich nichts zu tun«, erklärte Barbarotti. »Nein, ich bin hier mit einer kleinen Ein-Mann-Ermittlung beschäftigt. Asunander wird in einem Monat pensioniert, anscheinend will er einen leeren Schreibtisch hinterlassen. Überprüfen, welche Fälle sich doch noch aufklären lassen, ehe er sich zurückzieht.«

»Ich verstehe«, sagte Gunvaldsson. »Nun ja, cold cases sind heutzutage ja beliebt. Ich fürchte nur, dass ich Ihnen keine große Hilfe sein werde. Ich nehme an, Sie haben die Ermittlungsakten durchgesehen?«

»Bin dabei«, antwortete Barbarotti.

»Ich erinnere mich, dass ich den Fall kompliziert fand«,

sagte Gunvaldsson und seufzte. Vielleicht ließ er aber auch nur Luft durch den Mund entweichen, weil der andere Weg verstopft war. »Die Sache war ja fast das Einzige, woran ich in der kurzen Zeit bei euch gearbeitet habe. Ich blieb nur ein paar Monate, dann landete ich hier. Na ja, es könnte schlimmer sein, aber das Moped in dem verdammten Sumpf werde ich nie vergessen. Mücken über Mücken. Was hatte das Ding da zu suchen?«

»Gute Frage«, sagte Barbarotti.

»Allerdings. Wenn sie – oder von mir aus jemand anderes – es loswerden wollte, hätte sie es doch in den See fahren oder sonst etwas damit machen können. Wenn man eine Leiche verschwinden lassen kann, dürfte es doch eigentlich kein Kunststück sein, ein Moped loszuwerden, nicht?«

»Genau«, kommentierte Barbarotti. »Und welche Schlüsse haben Sie daraus gezogen?«

»Wie meinen Sie das?«

»Dass dieses Moped überhaupt gefunden wurde?«

Gunvaldsson nieste erneut. »Schlüsse? Weiß nicht. Was meinen Sie?«

»Gesundheit«, sagte Barbarotti und gestand, dass er dazu auch keine Ansicht hatte.

»Es wurde damals ja sogar eine Lösung vorgeschlagen«, erinnerte sich Gunvaldsson, »aber die kam von ihr selbst, und wir hielten nicht viel davon.«

»Was war das?«

»Ellen Bjarnebo meinte damals, er sei vielleicht nach Norwegen abgehauen.«

»Stimmt, ich habe gelesen, dass sie das gesagt hat«, meinte Barbarotti. »Aber was sollte er dort wollen? Ich glaube nicht, dass das irgendwo stand?«

»Einen guten Freund besuchen«, antwortete Gunvaldsson lakonisch. »Anscheinend hatte er einen alten Bekannten in

Drammen. Vielleicht war es auch Hamar, ich erinnere mich nicht mehr. Bjarne, das weiß ich noch, weil ich das mit ihrem Namen verband. Obwohl sie sich den natürlich genauso gut ausgedacht haben könnte.«

»Haben Sie nach ihm gesucht?«

»Wir haben einen Köder ausgeworfen, aber es hat keiner angebissen. Einen Nachnamen hatten wir im Übrigen auch nicht. Und warum sollte Morinder so mir nichts dir nichts mit seinem Moped nach Norwegen abhauen? Mehr als zweihundert Kilometer, das klingt doch bescheuert. Und dann soll das Moped kaputtgegangen und er trampend weitergereist sein? Hört sich nicht besonders glaubhaft an, was meinen Sie?«

Barbarotti hatte auch zu diesem Punkt keine Ansicht. »Und Ellen Bjarnebo?«, fragte er stattdessen. »Was für ein Bild hatten Sie von ihr? Immerhin dürften Sie ziemlich viele Stunden mit ihr verbracht haben?«

»Haben Sie die Vernehmungsprotokolle gelesen?«, fragte Gunvaldsson.

»Ja.«

»Bringen die Sie weiter?«

»Nicht besonders.«

»Ging mir genauso, das war das Problem. Aber was Sie sagen, stimmt. Ich muss insgesamt mehr als vierundzwanzig Stunden mit ihr geredet haben. Ich dachte natürlich, dass sie früher oder später aufgeben würde, aber Pustekuchen. Haben Sie sich mit ihr getroffen?«

»Noch nicht«, sagte Barbarotti. »Aber das werde ich, momentan ist sie verreist.«

»Viel Glück«, sagte Gunvaldsson.

»Wie war das?«, fuhr Barbarotti fort. »Hatten Sie noch andere Theorien… abgesehen davon, dass sie der Täter war, und von der Norwegen-Geschichte? Wenn ich es richtig verstanden habe, wurde sozusagen nicht auf breiter Front gefahndet?«

Gunvaldsson entschuldigte sich und verschwand für einige Sekunden, ehe er sich wieder zu Wort meldete.

»Tut mir leid, ich musste ein Fenster zumachen, die Samenkapseln greifen an. Fahndung auf breiter Front, sagten Sie? Oh doch, das finde ich schon, wir sind ganz vorschriftsmäßig vorgegangen, aber es stimmt natürlich, dass wir uns von Anfang an ziemlich deutlich auf einen Punkt konzentriert haben. Das ergab sich ja praktisch von selbst, nicht? Immerhin hatte sie schon einmal einen Typen ermordet und zerstückelt, was zum Teufel sollten wir denn glauben?«

»Wie genau haben Sie sich die alte Ermittlung angesehen?«, erkundigte sich Barbarotti. »Den Mord, für den sie verurteilt wurde?«

»Nicht besonders eingehend«, bekannte Gunvaldsson. »Soweit ich weiß, war es ein glasklarer Fall. Geständnis, Indizien und der ganze Kladderadatsch.«

»Was die Indizien angeht, bin ich mir da nicht so sicher«, entgegnete Barbarotti. »Aber gut, in gewisser Weise war die Sache wohl wirklich glasklar.«

»Und genau das war das Problem beim Fall Morinder«, stellte Gunvaldsson fest und zog die Nase hoch. »Diesmal schien es doch genauso glasklar zu sein. Der einzige Unterschied bestand im Grunde nur darin, dass sie kein Geständnis ablegte. Und natürlich darin, dass die Leiche fehlte.«

»Ein ziemlich großer Unterschied.«

»Zugegeben«, sagte Gunvaldsson.

Barbarotti dachte einen Moment nach. »Mir kommt es trotzdem so vor, als hätten Sie Ihre Meinung in der Zwischenzeit geändert«, sagte er. »Oder irre ich mich?«

Gunvaldsson klang, als würde er mit den Schultern zucken. »Was heißt geändert«, sagte er. »Das liegt bestimmt nur daran, dass man einfach unsicher wird. Wenn man denkt, dass man von Anfang an die Antwort kennt und die Sache dann nicht aufgeht... na ja, ist doch klar, dass einem da Zweifel kommen.«

»Soll vorkommen«, bestätigte Barbarotti. »Aber Sie hatten nie einen Verdacht, der in eine andere Richtung ging?«

»Sie meinen einen anderen Täter?«, fragte Gunvaldsson.

»Zum Beispiel.«

»Ehrlich gesagt, nein«, antwortete Gunvaldsson nach kurzer Pause. »Er war ein ziemlich einsamer Vogel, dieser Morinder. Es gab so gut wie keine Bekannten, und an diesen Bjarne haben wir nie wirklich geglaubt. Und seine erste Frau hatte er seit zwanzig Jahren nicht mehr gesehen, behauptete sie. Wen sollte man da verdächtigen? Er hatte weder Freunde noch Feinde.«

»Raubmord?«, schlug Barbarotti vor.

»Möglich«, meinte Gunvaldsson. »Er soll fast hundert Mäuse in der Tasche gehabt haben.«

»Und dann fuhr der Räuber mit dem Moped weg, bis ihm das Benzin ausging?«

»Das hätte länger gereicht. Der Tank war fast voll, er hatte ja gerade erst getankt.«

»Ach ja, stimmt«, sagte Barbarotti. »Ja, entschuldigen Sie, dass ich nachhake, aber als Sie mit Ellen Bjarnebo geredet haben, was hat Ihr Bauchgefühl Ihnen da gesagt? Haben Sie geglaubt, dass sie es war?«

Gunvaldsson dachte wieder eine Weile nach. »Ich weiß es wirklich nicht«, sagte er. »Am Anfang auf alle Fälle. Aber sie blieb bei ihrer Geschichte, und was sollte man da machen?«

»Keine sonderlich komplizierte Geschichte, an der sie da festhielt?«

»Stimmt. Er nahm das Moped, um zur Tankstelle zu fahren, und kam nie zurück. Das könnte sich ein Fünfjähriger merken. Aber wenn wir über eine Leiche gestolpert wären, hätte die Sache natürlich ganz anders ausgesehen.«

»Klar«, sagte Barbarotti. »Übrigens habe ich da etwas über einen Streit in einem Restaurant gelesen.«

Gunvaldsson seufzte wieder. »Sie hat uns nie erzählt, worum es dabei ging. Meinte nur, das sei privat und habe mit der Sache nichts zu tun.«

»Und damit haben Sie sich zufrieden gegeben?«

»Wenn man dreißig Mal die gleiche Antwort bekommt, gibt man sich irgendwann mit ihr zufrieden.«

Barbarotti erklärte, dass er dies genauso sehen würde, bat darum, wieder anrufen zu dürfen, falls noch Fragen auftauchen sollten, und wünschte Gunvaldsson gute Besserung für seine Allergie.

»Tod allen verdammten Pollen«, sagte Inspektor Gunvaldsson. »Na dann, wie gesagt, viel Glück. Und melden Sie sich, wenn etwas ist.«

Barbarotti versprach, dies zu tun, und legte auf.

18

Rönn hatte kurz unter dem rechten Ohr ein Pflaster auf dem Hals.

»Meine Katze«, erläuterte er, als Barbarotti ihn danach fragte, aber etwas in seinem Ton verriet, dass es andere denkbare Erklärungen gab.

Zumindest eine. Barbarotti überlegte, warum sein trauerndes Gehirn solche Gedanken und Albernheiten gebar. Oder lag die Antwort darauf genau in diesem Punkt? Stürzte er sich auf alles Mögliche, was seine Sinne aufschnappten, gerade weil er in Trauer war? Wallman-Braun. Ein hoffnungsloser alter Mordfall. Das Pflaster am Hals eines sechzigjährigen Trauertherapeuten.

Obwohl der Mord natürlich nichts mit seinem eigenen Schiffbruch zu tun hatte. Das andere vielleicht auch nicht.

»Das sagen sie immer«, kommentierte er und schlug das rechte Bein über das linke.

»Wie bitte?«, sagte Rönn. »Wer sagt was?«

»Die Opfer von Verbrechen«, erläuterte Barbarotti. »Wenn sie nicht erzählen wollen, was wirklich passiert ist. Frauen, die gegen Türen gelaufen sind, Leute, die Treppen hinunterfallen oder von ihren Kanarienvögeln angegriffen worden sind... oder, wie gesagt, Katzen.«

Rönn strich mit einem Finger die Innenseite des Hemdkragens entlang, allerdings nicht auf der Pflasterseite, und betrachtete ihn über den Rand seiner Brille hinweg.

»I prefer to stick to my story«, sagte er. »Es war die Katze.«

Barbarotti zuckte mit den Schultern. »Okay, einverstanden, manche sagen auch die Wahrheit.«

Rönn schlug seinen schwarzen Notizblock auf und ließ ihn dabei nicht aus den Augen. »Ich habe den Eindruck, dass Sie ziemlich aufgedreht sind.«

»Ist das eine Frage?«, entgegnete Barbarotti.

»Wenn Sie so wollen«, sagte Rönn.

Barbarotti dachte nach. »Ich weiß nicht, ob ich das aufgedreht nennen würde«, sagte er. »Aber es kommt mir so vor, als würde etwas mit meinem Sortierorgan nicht stimmen. Ich kann mich nicht konzentrieren. Oder ich konzentriere mich auf das Falsche. Jede Menge dummes Zeug erregt meine Aufmerksamkeit, und ich stelle mir Fragen, die…«

»Ja?«, sagte Rönn interessiert.

»…die ich mir nicht mehr gestellt habe, seit ich zehn war, glaube ich. Zum Beispiel, warum das Wasser nicht durch den Grund eines Sees abläuft. Ob alle Zugvögel auf den Kurs achten müssen oder ob es reicht, wenn der Anführer das übernimmt. Aber ich weiß nicht, vielleicht sind das auch nur Anzeichen dafür, dass ich langsam verrückt werde, was uns hier nicht weiter zu interessieren braucht. Ich…«

»Ja?«

»Es fällt mir einfach schwer, mit meinem Leben zurechtzukommen. Um eine lange Geschichte kurz zu machen.«

»Hm«, sagte Rönn und faltete die Hände. »Sollen wir versuchen, das Tempo ein wenig zu drosseln und etwas zu finden, worauf man stehen kann?«

»Wir?«, fragte Barbarotti.

»Sie«, antwortete Rönn. »Um genau zu sein.«

Barbarotti wechselte das Bein über dem Knie und atmete zwei Mal tief durch. »Sie haben recht«, sagte er. »Das Problem ist nur, dass ich nirgendwo Licht sehe.«

»Erklären Sie«, sagte Rönn.

Barbarotti dachte nach und versuchte, ein Bild zu finden. »Ich bin ein abstürzender Vogel. Ich schlage mit den Flügeln, was das Zeug hält, aber es … tja, es nützt auf die Dauer nichts. Ich spüre, dass ich auf jeden Fall abstürzen werde.«

Rönn nickte.

»Es sind nicht die Monate und Jahre, die so schwer sind«, fuhr Barbarotti schwermütig fort. »Es sind die Tage und Stunden. Sogar die Minuten.« Etwas, was er zweifellos irgendwo gelesen hatte.

»So ist es in der Regel«, bemerkte Rönn. »Aber wie steht es eigentlich um Ihren Glauben?«

»Meinen Glauben?«, sagte Barbarotti.

»Letztes Mal haben wir darüber gesprochen, dass Marianne heimgegangen ist und Sie sie irgendwann wiedersehen werden.«

»Umso größeren Grund habe ich abzustürzen«, sagte Barbarotti.

Rönn setzte die Brille ab. »Jetzt sind Sie zynisch. Sie haben fünf Kinder, die Sie brauchen, Sie müssen diese schwere Zeit durchstehen. Ihr Leben gehört nicht nur Ihnen allein.«

»Mein Leben gehört nicht …?«

»Exakt«, sagte Rönn. »Nicht nur Ihnen allein.«

»Da haben Sie recht«, gab Barbarotti zu. »Und deshalb bekomme ich ein schlechtes Gewissen.«

»Warum denn das?«

»Weil ich mich nicht ordentlich um sie kümmere. Weil ich das einfach nicht schaffe.«

»Das verstehen sie bestimmt«, sagte Rönn. »Können Sie mit ihnen darüber sprechen?«

»Ich weiß nicht«, erwiderte Barbarotti. »Vielleicht. Zwischen den Jungen und mir herrscht wohl eine gewisse Funkstille … ich nehme an, das es irgendwie mit Männlichkeit zu tun hat.«

»Aber Sie haben zwei Töchter?«

»Ja. Eine zu Hause, eine in Stockholm.«

»Sie sollten weiter das Gespräch mit ihnen suchen«, sagte Rönn. »Schweigen ist eher nicht zu empfehlen.«

»Das sehe ich ein«, sagte Barbarotti. »Aber ich habe nicht das Gefühl, dass irgendetwas leichter wird. Eher ist das Gegenteil der Fall. Seither ist immerhin ein Monat vergangen.«

»Was haben Sie gedacht?«, fragte Rönn.

»Was ich gedacht habe? Ich habe gedacht, ich würde Kontakt zu ihr bekommen … irgendwie.«

»Und den haben Sie nicht bekommen?«

Barbarotti zögerte, dann schüttelte er den Kopf.

»Haben Sie von ihr geträumt?«

»Wenn man nicht schläft, träumt man nicht.«

»So schlimm wird es ja nun doch nicht sein, oder?«

»Nicht ganz. Aber sie hat sich mir auch im Schlaf nicht gezeigt. Jedenfalls nicht, dass ich mich erinnern könnte, und ich bin mir ziemlich sicher, dass ich mich daran erinnern würde. Ich weiß nur …«

»Ja?«

»Ich weiß nur, dass sie mir geschrieben hat und ich am Donnerstag ihren Brief bekommen werde.«

Rönn platzierte seine Brille mitten auf seinem Schädel und reagierte konsterniert.

»Ihnen geschrieben?«

»Ja.«

»Und woher wissen Sie das?«

»Sie ist aufgetaucht und hat es mir gesagt.«

»Jetzt, nach ihrem Tod?«

»Ja, jetzt, nach ihrem Tod. Aber nur für ein paar Sekunden. Er kommt am Donnerstag.«

»Dann haben Sie also doch Kontakt zu ihr gehabt?«

»Nur für einen kurzen Moment. Es war im Auto vor ein

paar Tagen, sie saß hinter meinem Rücken auf der Rückbank. Ich habe sie nicht gesehen.«

Rönn schwieg.

»Die Bestätigung habe ich dann bekommen, als ich mit unserem Herrgott gesprochen habe.«

Er warf einen Blick auf den Therapeuten und erkannte, dass etwas passiert war. Vermutlich war Rönn bewusst geworden, dass sein Patient die Kontrolle verloren hatte. Dass es keinen Grund mehr gab, diesen haltlos treibenden Kriminalinspektor ernst zu nehmen, und von nun an ganz andere therapeutische Maßnahmen erforderlich sein würden. Unklar welche, aber Rönn schien vor ihm zu sitzen und tief in seinem psychologischen Keller zu wühlen.

»Es ist so ungeheuer schwierig«, sagte Barbarotti schließlich, »so ungeheuer schwierig, sich wirklich vorzustellen, dass man nicht tot ist, wenn man tot ist.«

»Ich weiß«, erwiderte Rönn. »Damit beschäftige ich mich seit fünfundzwanzig Jahren.«

»Seit fünfundzwanzig Jahren? Warum haben Sie …?«

Rönn atmete tief durch und betrachtete seine gefalteten Hände. »Ich hatte eine Tochter, die ums Leben kam, als sie zwölf war.«

Barbarotti schluckte. »Das tut mir leid für Sie«, sagte er. »Entschuldigen Sie, dass ich hier sitze und mich beklage. Ist das der Grund dafür, dass Sie …?«

»Dass ich diesen Job mache? Ja, zumindest ist es einer der Gründe. Ich will nicht behaupten, dass ich Ihren Schmerz verstehe, aber ich erkenne ihn zumindest wieder.«

»Wird es leichter?«, fragte Barbarotti. »Es tut mir übrigens leid, dass ich an der Katze gezweifelt habe.«

»An manchen Tagen vergehen mehrere Stunden, in denen ich nicht an sie denke«, sagte Rönn.

Woher nehmen die Menschen nur die Kraft?, fragte er sich, als er Rönn verlassen hatte. Oder lernen sie nur, mit ihrer Versteinerung zu leben. Modus vivendi, hieß es nicht so? Eine andere Art von Zustand, an den man sich gewöhnt, ob man nun will oder nicht?

Und warum konnte er das mit dem Himmelreich nicht wirklich ernst nehmen? Wenn er sich dazu durchringen könnte, an diese kleine Finesse zu glauben, wäre alles in bester Ordnung.

Und dann dieses tägliche sich in Selbstmitleid suhlen? Er war immerhin nicht tot. Und an der Hand des Selbstmitleids hing die Cousine Scham. Eine Scham, die im Lichte dessen wuchs, was Menschen im Laufe der Geschichte erlitten hatten, um anschließend trotzdem weiterzuleben. Weiterhin in eine Art Richtung unterwegs und mit halbwegs erhobenem Kopf. Trauernd, aber unbeugsam: die Gefangenen der Konzentrationslager, Menschen, deren Familien ausgelöscht wurden, die mit ansehen mussten, wie ihre Kinder starben, Ehefrauen und Töchter vergewaltigt, nahe Verwandte zu Tode gefoltert wurden, ja, die Liste war endlos. Die Geschichte der Menschheit war die Geschichte ihres Leidens, das war nichts Neues.

Diese Worte aus dem Brief an die Hebräer, die er vor ein paar Tagen verworfen hatte, kamen ihm wieder in den Sinn: *Sie wurden gesteinigt, zerhackt, zerstochen, durchs Schwert getötet; sie sind umhergegangen in Schafpelzen und Ziegenfellen, mit Mangel, mit Trübsal, mit Ungemach (deren die Welt nicht wert war), und sind im Elend umhergeirrt in den Wüsten, auf den Bergen und in den Klüften und Löchern der Erde. Diese alle haben durch den Glauben Zeugnis überkommen und nicht empfangen die Verheißung.*

Ich befinde mich in guter Gesellschaft, dachte Barbarotti. Ich bin nicht der Erste in dieser Lage, und so lauten die Bedingungen.

Wieder einmal saß er auf dem Weg zu Kummens udde im

Auto. Wieder einmal war es an der Zeit, seinen Kindern zu begegnen, die Rolle als vereinender Faktor zu schultern, als ihre Stütze und Bärenstärke; warum beließ man das letztgenannte Wort eigentlich in der Bibel, statt es gegen »Bärenkräfte« auszutauschen? Auch das konnte man sich fragen. Zumindest in seiner Ausgabe war es so – aber natürlich war das bloß eine weitere fade Sinnlosigkeit, die ihn attackierte. Eine völlig belanglose Frage, die in das Meer der Beliebigkeit schwamm, das sein Bewusstsein war. Bärenstärke oder Kraft? Katze oder Fingernägel? Egal.

Gegen Ende ihres Gesprächs hatte Rönn das Thema Depressionen angeschnitten. Die Möglichkeit, gering dosiert Medikamente zu nehmen, um auf den Beinen zu bleiben, aber sie hatten sich darauf geeinigt, damit noch zu warten. Lieber Schmerz als Abstumpfung, zumindest solange die Dinge nicht völlig den Bach heruntergingen.

»Woran arbeiten Sie?«, hatte Rönn zudem wissen wollen.

»Ein alter Fall«, hatte er geantwortet. »Eine Frau, die ihren Mann ermordete und zerstückelte. Möglicherweise noch einen zweiten Mann, aber Letzteres ist unklar.«

»Klingt makaber.«

»Ist es auch. Obwohl ich nicht weiß, wie ernst ich die Sache eigentlich nehmen muss. Vielleicht will mein Chef mich damit auch nur therapieren. Ich werde sicher nichts herausfinden können.«

Rönn hatte gebrummt und eine Weile nachgedacht. Den Faden fallen gelassen und sich stattdessen dem Jenseits zugewandt. »Ich glaube, Sie müssen versuchen, wieder ganz zu Ihrem Glauben zu finden«, hatte er vorgeschlagen. »Ein halber Glaube ist kein Glaube, zwei Drittel reichen auch nicht.«

»Sprechen Sie weiter«, sagte Barbarotti.

»Sie müssen das nicht annehmen, wenn Sie nicht wollen. Und es ist auch nicht vorgesehen, dass ich über so etwas mit meinen Patienten spreche. Aber wenn Sie tatsächlich ein Mensch sind, der glauben kann – was weiß Gott nicht allen vergönnt ist –, dann sollten Sie sich bedingungslos der Gnade unterwerfen.«

»Bedingungslos der Gnade unterwerfen?«, wiederholte Barbarotti.

»Ja. Auf eine Kraft vertrauen, die stärker ist als Sie, vertrauen und nochmals vertrauen. Weder Gesetze oder Taten noch Gerechtigkeit erlösen uns. Allein der Glaube und die Gnade. Aber das ist eine Sache zwischen Ihnen und Gott.

»Das klingt, als wüssten Sie, wovon Sie sprechen«, hatte Barbarotti nach einer Weile gesagt.

»Don't shoot the messenger«, hatte Rönn daraufhin erwidert, offenkundig hatte er ein gewisses Faible für die englische Sprache.

Ja, ich weiß, murmelte Inspektor Barbarotti, als er zwischen den schiefen Torpfosten der Villa Pickford hindurchfuhr. Ich weiß es genauso gut wie Rönn. Aber es ist nun einmal so, dass ich als etwas Halbes und nichts Ganzes geboren wurde, es braucht seine Zeit, eine neue Gestalt anzunehmen, und mehr schlecht als recht trocknet das Taschentuch der Vernunft die Tränen des Herzens.

Er fragte sich, woher diese letzten Worte kamen. Vermutlich noch so etwas, das er irgendwo gelesen hatte, warum nicht ein Gedicht, an das er sich aus seiner für alles offenen Gymnasialzeit erinnerte? *Das Taschentuch der Vernunft, die Tränen des Herzens.*

Dann machte er den Motor aus, blickte auf und sah, dass in jedem einzelnen Fenster im ganzen Haus Licht brannte.

19

Der 3. Juni 1989

Irgendein Morgen.

Sie wollte sich übergeben.

Oder im Bett bleiben, bis es vorüberging. Es war acht Uhr, Samstagmorgen auf Klein-Burma, und sie war seit einer guten halben Stunde wach. Neben ihr lag Harry auf dem Rücken und schnarchte mit offenem Mund. Sie dachte, wenn sie nur – nur für einen kurzen Moment – dreihundert Kilo wiegen dürfte, dann hätte sie ein Kissen auf sein Gesicht und sich selbst daraufliegen können. Eine Minute oder so. Um sowohl dem Schnarchen als auch ihm selbst ein Ende zu bereiten.

Unter dem Auge tat es weh. Dort hatte er sie geschlagen, sie wusste nicht mehr, warum. Wenn es denn überhaupt einen Grund gegeben hatte, denn es bedurfte nicht viel, und es war nur ein Schlag gewesen. Billy hatte es schlimmer erwischt, sie war der Sache zwar nicht nachgegangen, aber er hatte am Vorabend in seinem Zimmer einiges auszuhalten gehabt, da war sie sicher.

Bevor sie auf der Couch die Beine breit gemacht und Harry empfangen hatte. Der einzige Weg. Obwohl es auch eine Art Prügelei war, wenn sie miteinander schliefen. Zumindest manchmal, denn es gab eine Wut in Harry, aus der sie einfach nicht schlau wurde, und so hatte er sie mitten im Liebesakt geschlagen. Als fände er irgendwie, dass dies dazugehörte. Als könnte er nicht kommen, wenn er nicht vorher diesem Zorn freien Lauf ließ.

Liebesakt? Ein Wort, das an einem anderen Ort zu Hause war. Nicht auf Klein-Burma.

Als es schließlich vorbei war, als sie seinen heiligen Samen empfangen hatte, trank er noch ein Glas Wein, rauchte eine Zigarette und schlief. Kein Wort. Wieder Ulf Lundell. Sie hatte ihn auf der Couch liegen lassen und war ins Schlafzimmer hinaufgegangen, und irgendwann im Laufe der Nacht war er ihrem Beispiel gefolgt. Denn nun lag er hier und schnarchte, und der Sabber hing ihm wie ein Minikondom aus dem Mundwinkel.

So kann es nicht weitergehen, dachte sie. Das muss ein Ende haben.

Es war ein alter Gedanke.

Zwei Stunden später nahm er das Auto und fuhr in die Stadt. Das eine oder andere musste im Genossenschaftsladen eingekauft werden. Jedenfalls behauptete er das, aber vielleicht wollte er auch einfach nur weg.

Sie stand am Küchenfenster, sah den alten Volvo an Groß-Burma vorbeirollen und fragte sich, ob das Telefon klingeln würde oder nicht. Sie hatte sich nicht übergeben, aber ihr war immer noch schlecht. Die Stelle unter dem Auge hatte sie mit Eis in einer Plastiktüte gekühlt.

Aus Billys Zimmer war noch kein Mucks gedrungen, aber der Junge schlief sich am Wochenende immer aus. Bis zum Mittag oder noch länger, wenn man ihn nicht weckte.

Ich will nicht zu ihm hineingehen und nachsehen, dachte sie. Das ertrage ich jetzt nicht.

Und ich will nicht, dass das Telefon klingelt.

Aber das tat es. Ungefähr fünf Minuten waren vergangen, seit sie gesehen hatte, wie das Auto verschwand, es war wie üblich.

Im ersten Moment überlegte sie, nicht an den Apparat zu gehen, aber das brachte nichts. Er wusste ja, dass sie zu Hause war. Und Harry nicht. Das war die Raffinesse. So hatte er sich einmal ausgedrückt: Wir haben uns das mit Raffinesse eingerichtet, nicht wahr, das haben wir?

Ansonsten sagte er nicht viel, auch er nicht.

Also meldete sie sich. Und er kam. Es dauerte eine halbe Stunde, auch das war wie immer, und als er sie verlassen hatte, dachte sie den gleichen entschuldigenden Gedanken wie sonst auch.

Wenn ich mich Harry hingeben kann, dann kann ich mich auch ihm hingeben. Ich kann mich jedem hingeben, es spielt wirklich keine Rolle.

Denn mit Harry ist es immer am schlimmsten.

Und der Junge schlief noch immer.

Angefangen hatte es ein halbes Jahr zuvor. Zwischen dem ersten und dem zweiten Advent, sie hatte in der Küche gestanden und Kartoffeln geschält. Harry war nicht zu Hause gewesen, und am frühen Abend saß er plötzlich am Küchentisch. Das war an sich nicht weiter ungewöhnlich, aber sie hatte sich trotzdem gewundert. Sie hatte ihn nicht kommen hören, er musste sich hereingeschlichen haben. Obwohl natürlich das Radio lief, sie erinnerte sich, dass sie es ausgeschaltet hatte, als sie ihn erblickte.

Sie hatte ihn gefragt, ob er einen Kaffee haben wollte, und er hatte den Kopf geschüttelt.

»Es geht nicht um Kaffee.«

Seine Stimme hatte seltsam geklungen. Sie war ihr irgendwie fremd erschienen. Als wäre er wegen irgendetwas nervös, und das war er sonst nie. Wirklich nicht.

Also hatte sie praktisch sofort begriffen, dass etwas Besonderes war, das hatte sie.

»Dieses Darlehen…«, hatte er gesagt.

Sie hatte nichts erwidert. Gespürt, wie sie von Unbehagen ergriffen wurde.

»Die Frist läuft vor Weihnachten ab.«

»Darüber musst du mit Harry sprechen.«

»Glaubst du, das hat einen Sinn?«

»Wie meinst du das?«

Die Situation hatte etwas Undeutliches – etwas, was sie nicht deuten konnte –, aber sie kehrte ihm weiter den Rücken zu und schälte Kartoffeln, das erschien ihr am sichersten. Es war nicht das erste Mal, dass er sein Geld zurückhaben wollte, sie wusste nicht, wie viel sie ihm schuldeten, aber es war sicher einiges. Harry führte den Hof nicht, wie er es tun sollte, es herrschte ständiger Geldmangel, und es war immer der Cousin auf Groß-Burma, an den man sich wandte. Jemandem wie Harry fiel es nicht leicht, seinen Stolz hinunterzuschlucken und als Bittsteller aufzutreten, das begriff nun wirklich jeder; wenn es dazu kam, steigerte es jedes Mal seine Verbitterung und Wut. Und mit ihr sprach er darüber nicht, natürlich nicht. Meinte bloß, das Leben sei ein Drecksloch. Ein ungerechtes, großes, verdammtes Drecksloch; wenn man das auf seinen Grabstein schreibe, habe er nichts dagegen einzuwenden, nicht das Geringste.

Er hatte ihre Frage nicht sofort beantwortet, hatte mit etwas auf dem Küchentisch gespielt, ein paar Löffeln oder was auch immer, sie entsann sich eines leisen Klirrens in den Sekunden, bevor er es aussprach – bevor sie begriff –, entsann sich des Geräuschs so gut, als hätte sich das Ganze gerade erst ereignet und nicht sechs Monate zuvor.

Die Stille. Nur das Ticken der Küchenuhr und das Klirren der Löffel. Ihre eigenen Bewegungen mit dem Schäler. Ja, es kam ihr vor wie gestern.

»Wir könnten das auch anders regeln.«

»Was?«

»Du und ich könnten das regeln.«

Sie hörte auf zu schälen. Seine Stimme verplapperte sich, ehe er die eigentlichen Worte herausbrachte. Sie war belegt und furchtsam zugleich. Fürchtete sich vor ihrer eigenen Dreistigkeit.

»Du bist eine schöne Frau, Ellen.«

Die Uhr tickte. Er räusperte sich, um sich Mut zu machen. Die Löffel verstummten.

»Es ist wirklich blöd, wenn man kurz vor Weihnachten Geldsorgen hat.«

Sie legte den Kartoffelschäler auf die Spüle. Drehte sich langsam zu ihm um und trocknete sich die Hände an der Schürze ab.

»Es ist blöd, wenn...«

Er verstummte. Für einen kurzen Moment wägte sie innerlich ab, auch an diesen Augenblick erinnerte sie sich viel später noch mit ungeheurer Deutlichkeit. Dass sie ihn ebenso gut hätte bitten können, sich zum Teufel zu scheren. Dass es ihr fast auf der Zunge gelegen hatte; aber als sie seinen beschämten Blick sah, seine ohnmächtige Geilheit, entschied sie sich für die andere Lösung.

Gab nach.

Einfach so.

Hatte es sich tatsächlich so abgespielt? Trotz des extrem scharfen Erinnerungsbilds an das verkrampfte Gespräch in der Küche, fiel es ihr im Nachhinein schwer, an diese... diese Leichtfertigkeit des Ganzen zu glauben. Bei diesem ersten Mal hatte sie sich nicht einmal ausziehen müssen. Hatte lediglich den Slip abgestreift und den Rock gehoben. Sie hatten es in der Waschküche gemacht, innerhalb von fünf Minuten war es vorbei gewesen.

Danach hatte es bis zum Januar gedauert. Die gleiche unbeholfene Unterhaltung, die gleiche Anspielung darauf, wie viel Geld sie ihm schuldeten, aber diesmal im Schlafzimmer. Im Großen und Ganzen nackt und fast eine Viertelstunde lang.

Sie sprachen nie darüber, auch währenddessen nicht. Es war wie eine stillschweigende Übereinkunft; es bedurfte keiner Worte, wofür sie dankbar war. Sie dachte oft, dass sie vögelten wie stumme Tiere. Einmal, Mitte März, hatte sie fast so etwas wie Erregung empfunden, als er zugange war.

Aber nur dieses eine Mal. Es war nicht wieder vorgekommen. Er war der Einzige, der kam, und wiederkam.

Und wenn sie es genossen hätte, was wäre es dann für eine Übereinkunft gewesen?

Sie stand am Fenster und sah ihn nach Groß-Burma zurückmarschieren. Das mit den Tieren kam ihr wieder in den Sinn. Was war Göran wohl für ein Tier? Die Hyäne, das Schwein, die Maus und …? Dass Ingvor eine Kuh war, stand schon lange für sie fest, eher Milch- als Fleischkuh, aber dieser Mann war schwerer zu bestimmen. Obwohl er tat, was er tat, war er definitiv kein Stier. Es gab auch keine andere Assoziation, die zwanglos an ihm haften blieb, er hatte zu vage Konturen. Sein Charakter war irgendwie verschwommen. Obwohl sie mittlerweile fast alles von ihm gesehen hatte, fiel es ihr schwer, ihn sich nackt vorzustellen. Er war immer gepflegt gekleidet, auch werktags – obwohl man weit draußen auf dem Land wohnte und die Arbeit mit den Tieren und auf den Feldern fast immer dazu führte, dass man sich schmutzig machte. Und wenn es einen gemeinsamen Nenner für Tiere aller Art gab, dann bestand er sicherlich darin, dass sie keine Kleider trugen.

Also nur ein Mensch, dachte sie und sah ihn hinter der Fichtenhecke verschwinden. Nicht mehr als das, denn in seinem Fall bedeutete dies auf jeden Fall eine Verkleinerung. Er nahm den Weg nach Osten, über die Felder, so hielt er es immer;

auf die Art kam er aus einer anderen Richtung nach Hause. Wenn jemand – die Kuh oder die Kinder (die Kälber?) – wissen wollte, wo er in der letzten Stunde gewesen war, würde er antworten können, er sei auf seinem Land unterwegs gewesen. Habe nach einem Zaun gesehen, nach einem Schaf gesucht, oder was auch immer gemacht. Zu sagen, dass er auf Klein-Burma gewesen und sich mit Harrys Ellen getroffen hatte, kam natürlich nicht in Frage. Dass sie eine Weile gevögelt hatten, wie sie das von Zeit zu Zeit so machten. Denn was dann auf Groß-Burma passieren würde, war schwer zu sagen.

Manchmal dachte sie, dass sie ihn in der Hand hatte. Was immer im Leben geschah, wie schlimm es auch kommen mochte, sie würde sich zumindest eines Tages an die andere Seite des Tisches in der blankpolierten, kupferüberbordenden Küche des Nachbarhofs setzen können, um ihre Augen auf die frigide Ingvor zu richten und ihr mitzuteilen, dass ihr feiner Großbauer sich jedenfalls nicht zu fein dafür war, um zum kläglichen Klein-Burma hinunterzutrotten und es seiner erbärmlichen Nachbarsfrau zu besorgen.

Weil er es mit der feinen Dame nicht mehr treiben durfte. Wie man so hörte.

Doch, das hätte vielleicht eine Art Rache sein können. Zweifellos von kurzer Dauer und freudlos, und es bestand auch keine Veranlassung, sich vorzustellen, wie die Sache sich anschließend für sie entwickeln würde. Sowohl, wenn man bedachte, zu was Harry im alltäglichen Leben, wenn alles lief wie immer, fähig war, als auch wenn man anderes bedachte.

Sie ging duschen. Ließ das Wasser wie eine unverdiente Gnade über ihren müden Körper strömen. Der Samen von zwei Cousins lief aus ihr heraus.

Danach ging sie endlich zu dem Jungen hinein. Es war Viertel vor zwölf. Ihr war immer noch schlecht.

20

Dienstag und Mittwoch versuchte Gunnar Barbarotti vergeblich, Kontakt zu Ellen Bjarnebo zu bekommen. Er rief einmal stündlich ihr Handy an und wählte in ähnlichen Intervallen die Nummer ihres Festnetzanschlusses in Rocksta; sie meldete sich unter keiner der beiden Nummern, und er konnte keine Nachrichten hinterlassen. Er schickte zwei weitere SMS, die jedoch beide ebenso unbeantwortet blieben wie die Mitteilung, die er ihr in der Vorwoche geschickt hatte.

Darüber hinaus stattete er der Valdemar Kuskos gata einen Besuch ab, aber dort sprach nichts dafür, dass die frühere Leichenzerlegerin aus ihrer nordschwedischen Pension zurückgekehrt war. Er sprach mit zwei Nachbarn, die sie schon seit Wochen nicht mehr zu Gesicht bekommen hatten. Aber nein, sie waren keine Bekannten, aber ja, sie wussten, wer sie war. Das wussten alle in der Nachbarschaft.

Am Mittwochvormittag ermittelte er die betreffende Pension in der Gegend von Vilhelmina, und am Nachmittag rief er dort an. Es stellte sich heraus, dass Ragnhilds Gebirgspension nach der Mutter der jetzigen Besitzerin benannt war. Die Besitzerin selbst hieß Mona Frisk und erzählte zum einen, dass ihr Etablissement sich großer Beliebtheit erfreute und mehr als sechzig Jahre auf dem Buckel hatte, zum anderen, dass einer der Gäste tatsächlich Ellen Bjarnebo hieß und in den letzten zwei Wochen in Zimmer Nummer zwölf gewohnt hatte – am Sonntagvormittag jedoch wie geplant abgereist war.

Abgereist?, hatte Barbarotti nachgehakt.

Am Busbahnhof im Ort den Bus genommen, hatte Mona Frisk erläutert. Bis Lycksele und Umeå, dann mit dem Zug nach Süden. Wenn sie sich nicht täuschte. Vom Flughafen Vilhelmina aus konnte man natürlich auch fliegen. Bis zum Stockholmer Flughafen Arlanda dauerte es eine Stunde, ruckzuck, aber Bjarnebo flog nicht gern. Wenn sie sich nicht täuschte. Warum rief er an?

Barbarotti hatte es vermieden, darauf zu antworten. Hatte sich bedankt, aufgelegt und war eine ganze Weile in Gedanken versunken sitzen geblieben.

Ab Umeå mit dem Zug? Wie sah das heutzutage eigentlich mit dem Eisenbahnverkehr aus? Die Schienen wurden von verschiedenen Anbietern bevölkert, und es war nicht mehr wie früher, als die Staatsbahn ein Monopol hatte, aber spielte das eine Rolle? Wenn man seine Reise an einem Sonntagabend in Umeå antrat, sollte man innerhalb von vierundzwanzig Stunden auf jeden Fall in Kymlinge ankommen.

Spätestens aber am Dienstagmorgen. Heute war Mittwoch. Es war halb drei. Er versuchte es noch einmal. Keiner ging ans Handy, keiner an das Telefon in der Wohnung.

Das Handy konnte kaputt sein, diese Möglichkeit bestand; er sah sich selbst meistens gezwungen, es alle zwei Jahre auszutauschen. Ellen Bjarnebos hatte vorige Woche, als er mit ihr sprach, für einige Sekunden funktioniert, konnte seither aber selbstverständlich seinen Geist aufgegeben haben. Und konnte die Verzögerung nicht der Tatsache geschuldet sein, dass sie auf ihrer Heimreise nach Kymlinge einen Zwischenstopp eingelegt hatte? Zum Beispiel bei ihrem Sohn in Stockholm? Warum nicht?

Er wählte dessen Nummer, und es meldete sich dieselbe

Frau wie beim letzten Mal. Seine Gattin. Billy war auch an diesem Tag arbeiten, war es nicht so, dass sie sich auf ein Treffen am Wochenende geeinigt hatten? Sie klang schneidender, als sie ihm von ihrem letzten Gespräch in Erinnerung war.

Das hatten sie, bestätigte Barbarotti. Der Grund für seinen Anruf war, dass er versuchte, Billys Mutter zu erreichen. Wusste die gnädige Frau, er erkannte, dass er ihren Namen entweder nie erfahren oder ihn vergessen hatte, wusste sie möglicherweise, wo sich ihre Schwiegermutter aufhielt? War sie eventuell sogar bei ihnen zu Besuch?

Keineswegs. Sie hatten nicht sonderlich viel Kontakt zu Billys Mutter, wofür es Gründe gab, und wenn Frau Billy sich richtig erinnerte, hatten sie seit Ostern nichts mehr von ihr gehört. Obwohl Mutter und Sohn telefoniert haben mochten, dazu konnte sie natürlich nichts sagen.

Das war alles. Barbarotti bedankte sich und legte auf.

Nächste Woche, dachte er. Ellen Bjarnebo hatte versprochen, nächste Woche zurück zu sein, will sagen in dieser Woche, aber genauer hatte sie sich nicht geäußert. Sie hatte nicht gesagt, an welchem Tag. Seinem Handy zufolge hatten sie gerade einmal achtzehn Sekunden miteinander gesprochen, aber so viel hatte dennoch festgestanden.

Es war natürlich denkbar, dass sie Donnerstag oder Freitag auftauchen würde und vorher ein, zwei Tage bei einem Freund oder einer Freundin auf dem Weg verbrachte. Gävle, Stockholm oder Katrineholm, warum nicht? Warum sollte sie es eilig haben, in die Valdemar Kuskos gata im Stadtteil Rocksta in Kymlinge zurückzukommen – und zu einem schwermütigen Kriminalinspektor, der allem Anschein nach die Absicht hatte, diese alte Geschichte wieder aufzuwärmen? Dafür gab es keinen Grund.

Blieb die Frage, warum er dieser simplen Erklärung keinen Glauben schenken mochte. Das konnte man sich natürlich fragen. Warum spürte er mit jedem Tag und jeder Stunde, die verging, immer deutlicher, dass hier etwas faul war? Dass Ellen Bjarnebo sich überhaupt nicht in Kymlinge einfinden würde, weder gegen Ende dieser Woche noch später.

Aber da Gunnar Barbarotti dem Begriff Intuition stets – gelinde gesagt – ambivalent gegenübergestanden hatte, schob er solche Fragen und Zweifel auch an diesem Nachmittag weit von sich.

Genau genommen, an diesem schönen Mainachmittag. Das Wetter war endlich umgeschlagen und erinnerte an Vorsommer, und wenn er noch eine Ehefrau gehabt hätte, dann hätte er sie höchstwahrscheinlich – und mit freudigem Herzen – auf der Arbeit angerufen und ein Abendessen in einem der Gartenlokale der Stadt vorgeschlagen.

Aber er hatte keine Frau mehr, so sah es heute aus.

Der Donnerstag stand dem Mittwoch wettertechnisch in nichts nach. Er wurde früh davon geweckt, dass die Sonne in einer bekannten Straße auf den Schlafzimmerboden fiel und die Vögel im Garten so zwitscherten, dass es ein Heidenlärm war.

Es war halb sechs. Heute kommt ihr Brief, dachte er. Heute passiert es.

Bei dem Gedanken wurde er hellwach. Zehn Minuten später begriff er, dass er für diese Nacht ausgeschlafen hatte, stellte sich unter die Dusche und überlegte, wie er sich verhalten sollte.

Zu Hause bleiben und auf den Briefträger warten oder ins Büro fahren? Irgendetwas – jedoch nicht Intuition – sagte ihm, dass es keinen Sinn haben würde, herumzusitzen und auf Briefe zu warten. Das hieße, sein Schicksal und die Gnade und das Gewissen herauszufordern; nein, Mariannes Worte mussten bis zum Abend warten, so einfach war das. Oder zumindest bis nach dem Mittagessen. Und die Frage, wie man es anstellte, Briefe zu schreiben und zu verschicken, obwohl man tot war… oh ja, auf die Erklärung dieses kleinen Details war er bereits sehr gespannt. Er beschloss vorläufig, am frühen Nachmittag kurz nach Hause zu fahren und den Briefkasten zu leeren, das schien ihm ein guter Kompromiss zu sein. Es gab ja ohnehin niemanden, der sein Tun und Lassen beaufsichtigte.

Daraus wurde jedoch nichts. Donnerstag war der Tag, an dem Asunander von seiner Privatangelegenheit ins Präsidium zurückkehrte; Barbarotti musste nicht wie geplant um eine Audienz ersuchen, da der Kommissar einen Zettel auf seinem Schreibtisch hinterlassen hatte, auf dem vermerkt war, dass er den Inspektor um zwei Uhr in seinem Büro zu sprechen wünsche.

Was einem Abstecher nach Hause wiederum einen Riegel vorschob. Zumindest wirkte es wie ein deutlicher Fingerzeig, es lieber zu lassen.

Den Vormittag verbrachte er mit lesen, telefonieren und nachdenken. Ellen Bjarnebo meldete sich nach wie vor unter keiner ihrer beiden Telefonnummern und hatte auch noch nicht auf seine SMS reagiert. Er besaß vier verschiedene Fotos von ihr, alle entstanden vor mehr als zwanzig Jahren – zwei vor dem Mord an ihrem Gatten, zwei danach gemacht –, und in Ermangelung sinnvollerer Beschäftigungen widmete er einige Zeit dem Versuch, etwas aus ihren Gesichtszügen herauszulesen. Eine recht schmächtige, ziemlich hübsche Frau, fand er. Klare Züge, hohe Wangenknochen. Ungefähr dieselbe, dunkelbraune Haarfarbe auf allen Bildern, was möglicherweise darauf hindeutete, dass sie nicht gefärbt waren; seinen Informationen zufolge waren sie in einem Zeitraum von etwa acht Monaten aufgenommen worden. Zu später entstandenen Fotos von ihr hatte er keinen Zugang, da keine Veranlassung bestanden hatte, sie im Zusammenhang mit Morinders Verschwinden abzulichten. Aber konnte man ihnen nicht doch etwas entnehmen, auch wenn seit damals zwei Jahrzehnte vergangen waren?

Ein offener Blick und die Andeutung eines Lächelns. Zweifellos eine gewisse Sanftmut, zumindest auf drei Bildern. Nummer vier zeigte sie im Profil und war wenig aussagekräftig, aber dass die restlichen eine Frau porträtierten, die in der Lage gewesen war, ihren Mann mit einem Hammer zu erschlagen und ihn anschließend zu zerstückeln, war schwer zu verstehen. Mit diesem schutzlosen Blick?

Wie eine Frau eines solchen Kalibers allerdings genau aussehen sollte, war natürlich auch nicht leicht zu sagen. Mörder trugen heutzutage selten eine schwarze Augenklappe oder hatten eine gebrochene Nase und Boxerohren, und Gunnar Barbarotti dachte, dass diese Verbrecherphysiognomien nun wirklich auf den Müllhaufen der Kriminalgeschichte gehörten.

Aber Morde mit nachfolgender Zerstückelung des Opfers waren ungewöhnlich, auch wenn es rein technisch betrachtet kaum schwieriger sein dürfte, einen Menschen zu zerlegen als ein Schwein. Und Ellen Bjarnebo hatte in Göteborg im Schlachthof gearbeitet, fand sie das vielleicht letztlich gar nicht so seltsam? In allen Vernehmungen hatte sie erklärt, sie habe es aus praktischen Erwägungen getan. Ihr Mann war einfach zu schwer gewesen, und sie hatte nicht gewollt, dass er zu nahe am Haus lag.

Er steckte die Fotos wieder weg und griff stattdessen zu einer von Gunvaldssons Vernehmungen. Objekt war diesmal eine gewisse Lisa Koskinen, eine Nachbarin Morinders, lange bevor er und Ellen Bjarnebo ein Paar wurden und nach Rocksta zogen. Er hatte die Abschrift vor ein paar Tagen gelesen, am späten Abend, und beschlossen, die Lektüre bei Tageslicht zu wiederholen, und setzte diesen Entschluss nun in die Tat um. Schon allein deshalb, weil es eine Zeugenaussage über den Charakter des Vermissten war. Oder nicht?

Gunvaldsson: Also, wie viele Jahre haben Sie im selben Haus gewohnt?

Koskinen: Großer Gott, ja, das müssen fast zehn Jahre gewesen sein. Solange ich dort wohnte, ungefähr von 1976 bis 1986.

Gunvaldsson: Haben Sie ihn gut gekannt?

Koskinen: Nein, wohl kaum.

Gunvaldsson: Wie meinen Sie das?

Koskinen: Er war schwierig.

Gunvaldsson: Sprechen Sie weiter.

Koskinen: Na ja, so ein Eigenbrötler. Er grüßte einen, aber das war auch schon alles. Ehrlich gesagt war er mir ein bisschen unangenehm.

Gunvaldsson: Unangenehm?

Koskinen: Ja, irgendwie schon. Er hatte diesen Blick. Den manche Männer haben. Sie wissen sicher, was ich meine.

Gunvaldsson: Vielleicht. Gab es sonst noch etwas? Weshalb Sie ihn nicht mochten?

Koskinen: Ich weiß nicht.

Gunvaldsson: Das klingt, als würden Sie zögern.

Koskinen: Ich weiß nicht, ob es stimmt. Es ist dabei ja nie etwas passiert.

Gunvaldsson: Wobei?

Koskinen: *(Nach gewissem Zögern):* Es ging um eine andere Nachbarin. Ein junges Mädchen im Erdgeschoss.

Gunvaldsson: Ja?

Koskinen: Er stellte ihr nach.

Gunvaldsson: Stellte ihr nach?

Koskinen: Ja, Sie wissen schon. Er bezog Posten und spannte. Sie wohnte doch ganz unten und so, und … nun ja, jedenfalls hat sie ihn angezeigt.

Gunvaldsson: Sie sagen, dass diese Nachbarin ihn angezeigt hat? Weswegen?

Koskinen: Woher soll ich das wissen. Wegen Belästigung, nehme ich an. Aber das hatte keine Folgen, und sie zog um.

Gunvaldsson: Wie hieß sie, haben Sie noch Kontakt zu ihr?

Koskinen: Nein, ich habe keinen Kontakt zu ihr. Sie hieß Linda irgendwas... Bengtsson, glaube ich. Ich glaube, sie hatte etwas mit einem Amerikaner und ist ins Ausland gegangen. In die USA, nehme ich an.

Gunvaldsson: Wann war das?

Koskinen: Was jetzt?

Gunvaldsson: Als sie Morinder anzeigte.

Koskinen: Das muss um 1980 herum gewesen sein. Vielleicht auch etwas später... ja, 1981 oder '82, denke ich.

Gunvaldsson: Haben Sie oft mir ihr darüber gesprochen?

Koskinen: Nein, ich kannte sie ja gar nicht. Wir sind uns nur ab und zu in der Waschküche begegnet, da hat sie mir davon erzählt. Sie behauptete, sie habe ihn vor dem Haus stehen sehen, als sie ins Bett gehen wollte. Zwei Mal. In einem Fliederstrauch oder so. Klar wie Kloßbrühe, dass das unangenehm war, er wollte sie bestimmt begaffen, als sie sich auszog. Stand da und holte sich einen runter.

Gunvaldsson: War er zu der Zeit nicht verheiratet?

Koskinen: Verheiratet? Morinder? Nein, das kann ich mir nicht vorstellen. Etwas später wohnte eine Frau bei ihm, aber das hielt nicht besonders lange. Sie zog ziemlich schnell wieder aus, ich habe sie nicht oft gesehen.

Gunvaldsson: Wissen Sie, wie sie hieß?

Koskinen: Nein, ich erinnere mich bloß, dass sie nur gebrochen Schwedisch sprach. Könnte eine Engländerin oder so gewesen sein.

Gunvaldsson: Ich verstehe. Haben Sie in Bezug auf Morinder noch etwas zu sagen?

Nein, das hatte Linda Koskinen nicht, und Barbarotti fragte sich, ob sich daraus so viel ablesen ließ, wie er sich eingebildet hatte. In und zwischen den Zeilen. Er hatte in der Kartei nach einer Anzeige gegen Morinder gesucht, aber keine gefunden. Vielleicht hatte diese Nachbarin es sich anders überlegt, vielleicht hatte Lisa Koskinen die Situation auch missverstanden. Leider gestaltete es sich schwierig, der Sache nachzugehen, da Lisa Koskinen bei einem Tauchunfall in Australien ums Leben gekommen war. Um genau zu sein, drei Tage vor Ende des alten Jahrtausends. Am 28. Dezember 1999. Am Großen Barriereriff.

Und eine Linda in den USA. Er ging davon aus, dass es dort mehr als eine gab.

Es wäre natürlich möglich, andere Nachbarn aus den Achtzigern aufzutreiben, aber Barbarotti spürte, dass ihm dazu die Motivation fehlte.

Welche Rolle spielte es schon, ob Morinder ein Spanner gewesen war? Hatte diese junge Frau sich das alles vielleicht nur eingebildet? Das Ganze war dreißig Jahre her, und für Morinder hatte es sich ausgespannt. Zumindest deutete alles darauf hin.

Einfacher wäre es natürlich, seine Exfrau in Slite noch einmal anzurufen – wenn er sich tatsächlich eingehender mit Morinders Charakter beschäftigen wollte –, aber auch das erschien ihm nicht besonders sinnvoll.

Er wusste, dass beispielsweise Eva Backman solche Ausflüchte nie akzeptiert hätte, aber es handelte sich nun einmal um eine Ein-Mann-Ermittlung, und er hatte nicht die Absicht, diese Frage mit ihr zu erörtern. Es gab keinen vernünftigen Grund zu glauben, dass zwischen Arnold Morinders angeblichen Verirrungen in der Norra Kyrkogatan und seinem Verschwinden mehr als fünfundzwanzig Jahre später ein Zusammenhang bestand.

Oder doch?

Nein, entschied Barbarotti und klappte den Ordner mit einem Knall zu.

Heute Nachmittag sage ich Asunander, dass er die Ermittlungen in diesem Fall einstellen soll, beschloss er zudem.

»Bitte, setz dich«, sagte Asunander. »Na, wie weit sind wir?«

Mit dieser Frage hatte er praktisch jedes Gespräch in den letzten fünfzehn Jahren eingeleitet. Barbarotti setzte sich. Asunander lehnte sich vor und verdeutlichte so, dass er ganz Ohr war.

»Schieß los.«

»Ich hätte da ein paar Fragen«, sagte Barbarotti.

»Tatsächlich?«

»Ich arbeite jetzt seit fast zwei Wochen an dieser Sache und kann nicht behaupten, dass ich sonderlich weit gekommen bin. Aber ich würde gerne wissen, warum?«

»Warum was?«, fragte Asunander.

»Warum ich mich überhaupt mit diesem alten Fall beschäftige«, antwortete Barbarotti. »Es sollte dafür einen Grund geben.«

»Den gibt es auch«, erwiderte Asunander.

Barbarotti wartete, aber es kam nicht mehr.

»Wäre es zu viel verlangt, ihn zu erfahren?«

Asunander zog an einem Ohrläppchen und ließ es los. Öffnete eine Schreibtischschublade und schloss sie wieder. Faltete die Hände und sah aus dem Fenster.

»Fürs Erste muss ich mit Ja antworten. Es ist zu viel verlangt.«

Aber es war ihm anzusehen, dass er weitersprechen würde, und Barbarotti war geistesgegenwärtig genug, den Mund zu halten.

»Ich sitze noch genau einen Monat auf diesem Stuhl.«

Ach, wirklich, dachte Barbarotti.

»Das ist mir bekannt«, sagte er.

»Es gibt einige alte Fälle, die liegen geblieben sind und mich ärgern.«

»Das kann ich mir vorstellen«, sagte Barbarotti.

»Zum Beispiel dieser verdammte Morinder.«

»Ach ja?«, meinte Barbarotti. »Und warum?«

»Jetzt fragst du mich schon wieder nach dem Grund«, entgegnete Asunander.

»Ich bitte um Entschuldigung«, sagte Barbarotti, »aber es ist nicht eventuell so, dass ich auf einer eingezäunten Spielwiese hocken soll, weil meine Frau gestorben ist?«

Asunander stierte ihn an. »Keineswegs«, stellte er fest. »Wenn es so wäre, hättest du dich mit Fahrraddiebstählen beschäftigen dürfen. Nein, ich möchte herausfinden, was mit Morinder passiert ist und wie die Verbindung zu dieser alten Geschichte auf dem Hof Burma aussieht.«

»Mir drängt sich das Gefühl auf, dass du da etwas andeutest«, bemerkte Barbarotti.

»Das tue ich auch«, erwiderte Asunander gereizt. »Hast du mit ihr gesprochen?«

»Mit Ellen Bjarnebo?«

»Wem sonst?«

Barbarotti seufzte. »Nein, ich habe nicht mit ihr gesprochen.«

»Zum Teufel, warum nicht?«

»Ich habe sie nicht erreicht. Sie hält sich in einer Pension in Lappland auf.«

»Lappland? Sieh zu, dass sie herkommt. Oder fahr hin. Das kann ja wohl nicht so verdammt schwer sein.«

»Anscheinend ist sie dort nicht mehr«, korrigierte Barbarotti sich.

»Nicht mehr dort? Wo ist sie dann?«

»Ich weiß es nicht.«

Asunander brachte einen Laut zustande, der auf der Grenze

zwischen einem Räuspern und einem Knurren lag. »Was zum Henker?«, gelang es ihm zu artikulieren. »Hast du nicht einmal mit ihr telefoniert?«

»Achtzehn Sekunden«, sagte Barbarotti.

»Verdammt noch mal«, fluchte Asunander. »Du hättest doch die Fahrräder übernehmen sollen. Hast du die ganzen Tage etwa herumgesessen und Kreuzworträtsel gelöst?«

»Man könnte den Eindruck gewinnen«, erwiderte Barbarotti. »Außerdem darfst du mich gerne von dieser Angelegenheit abziehen. Fahrräder sind Musik in meinen Ohren.«

Asunander öffnete den Mund, blieb aber stumm. Möglicherweise blitzte ein finsteres Lächeln in seinen trüben Augen auf, aber das war schwer zu beurteilen.

»Die Fahrräder kannst du vergessen.«

»Das habe ich mir fast gedacht.«

»Was hast du als Nächstes vor?«

»Morgen fahre ich nach Stockholm und rede mit ihrem Sohn«, erklärte Barbarotti.

»Dem Sohn?«, sagte Asunander mit neu erwachtem Interesse. »Gut.«

»Und zu einer Vernehmung in Hallsberg.«

»Vernehmung?«, fragte Asunander.

»Einem Gespräch«, berichtigte Barbarotti sich.

»In Hallsberg?«

»Ja.«

»Und Bjarnebo?«

»Ich werde zusehen, dass ich sie erwische«, versicherte Barbarotti ihm.

»Sollen wir sagen, dass du am Dienstag Bericht erstattest?«, schlug Asunander vor und sah auf die Uhr.

»Ich nehme an, dass ich dann besser informiert werde«, sagte Barbarotti. »Über den wahren Grund, meine ich.«

Zu seinem Erstaunen schien Asunander in Erwägung zu ziehen, diese Forderung zu akzeptieren. Zumindest runzelte er die Stirn.

»Ich werde darüber nachdenken«, erklärte er. »Es ist ehrlich gesagt ein wenig persönlich. Nein, jetzt musst du gehen, zwei Herren vom Staatsschutz scharren schon mit den Hufen.«

»Staatsschutz?«, fragte Barbarotti. Persönlich, dachte er.

»Unser Freund Fängström«, verdeutlichte Asunander und verzog das Gesicht zu einer Grimasse. »Unser vergifteter Demokrat. Dienstag, gleiche Zeit.«

»Gleiche Zeit«, bestätigte Barbarotti.

21

Irgendein Brief.

Ein weißer A5-Umschlag, sein Name und seine Adresse handschriftlich notiert, kein Absender.

Die Handschrift unbekannt, Mariannes war es jedenfalls nicht.

Er öffnete ihn erst, als er allein war. Abendessen, Gespräch über den Tagesverlauf, eine verspätete Facharbeit über Aksel Sandemose und ein stiller Moment des Zusammenseins mit Jenny; Letzteres war zu einer Art Gewohnheit geworden, und er überlegte, ob er ihr von dem Brief erzählen sollte, beschloss jedoch, es lieber zu lassen. Es war besser, ihn erst zu lesen, vielleicht war er nur an ihn persönlich gerichtet.

Er lag im Bett und öffnete ihn. Es war halb zwölf.

Er enthielt einen kleineren, blassgelben Umschlag: »Meinem geliebten Gunnar«. Ohne jeden Zweifel Mariannes Handschrift. Darüber hinaus eine kleine Karte von Elisabeth, Mariannes Schwester, er begann mit ihr:

Lieber Gunnar,
ich weiß nicht, ob ich das Richtige tue, aber diesen Brief gab Marianne mir vor ungefähr einem halben Jahr. Ich sollte dafür sorgen, dass er im Falle ihres Todes in deine Hände gelangen würde, erklärte sie. Anscheinend hatte sie also doch eine Art Vorahnung. Ich solle einen Monat warten, sagte sie noch,

und weil diese Zeit nun verstrichen ist, seit sie von uns gegangen ist, erfülle ich ihren Wunsch. Ich weiß nicht, was in dem Brief steht, natürlich nicht, hoffe aber, dass er dir in irgendeiner Weise Trost spenden wird. Du kannst mich jederzeit anrufen. Du bist in unseren Gedanken, genau wie die Kinder.

> *Ich umarme dich*
> *Elisabeth*
> *PS Bosse und die Kinder grüßen natürlich herzlich*

So einfach war das also. Sie hatte ihn für den Fall der Fälle im Voraus geschrieben.

Komplizierter war es nicht. Er spürte einen Anflug von Enttäuschung in sich aufsteigen, fragte sich aber gleichzeitig, was er eigentlich erwartet hatte.

Dass Marianne ihm tatsächlich aus dem Jenseits schreiben würde? Ein Brief aus dem Land der Dämmerung, aus Philip Larkins »sure extinction that we travel to and shall be lost in always« – oder aus dieser Alternative, die ihm so unbegreiflich und schwindelerregend vorkam, dass alle Worte entgleisten: dem Himmel? dem Paradies?

Andererseits… andererseits war sie tatsächlich von der Rückbank im Auto aus zu ihm gekommen und hatte ihm erzählt von… von diesem Brief, den er nun in einer Hand hielt, die zitterte, weil sie nicht richtig verstand, was hier vorging und kaum wagte, ihn zu öffnen.

Doch, sicher, nach ihrem Tod hatte sie mit ihm über diesen Brief gesprochen, ein einziges Mal nur, aber es war deutlich genug gewesen. *Ich habe dir geschrieben.* Und der Herrgott hatte es bestätigt und versprochen, ein wachsames Auge auf den Postverkehr zu werfen. So war es tatsächlich gewesen. So sah die Wirklichkeit aus.

Warum zweifle ich?, überlegte Gunnar Barbarotti. Was treibt

mich dazu, das Dasein in vier Ecken festzunageln? Dadurch wird es doch so jämmerlich und trist, warum ist mein Glaube so schwach?

Der Gnade sollst du dich bedingungslos unterwerfen, dort sollst du liegen, hatte Rönn ihn angewiesen.

Er holte tief Luft, schlitzte den Umschlag auf und las:

Geliebter Gunnar,

wenn du diese Zeilen liest, bin ich heimgegangen. Leider, ich habe niemals Angst vor dem Tod gehabt, das weißt du, aber euretwegen tut es mir leid. Deinetwegen und der Kinder wegen hätte ich noch ein paar Jahre weiterleben sollen, das spüre ich, aber auf Leben und Tod hat man keinen Einfluss. Seit meinem kleinen Malheur haben wir ja darüber gesprochen, und ich weiß, dass du in gewisser Weise vorbereitet gewesen bist.

Aber ich weiß auch, wie schwer das jetzt für dich ist. Ich kann mir vorstellen, dass du nachts wach liegst und dich sorgst, nicht genug für die Kinder da zu sein, dass du auf verschiedenen Wegen versuchst, Kontakt zu mir zu bekommen, und dass dich Zweifel plagen und du schwermütig wirst, wenn es nicht funktioniert.

Denn jetzt, da ich diese Zeilen zu Papier bringe, weiß ich natürlich nicht, ob und wie das geht. Wir können uns vielleicht in deinen Träumen begegnen, ich mag dich in gewissen Situationen berühren können, aber auch wenn mein Glaube stärker ist als deiner, habe ich letztlich keine Ahnung, was mich auf der anderen Seite erwartet. Ich weiß nur, dass ich keine Angst davor habe. Ich empfinde Zuversicht und möchte, dass auch du sie fühlst. Die Zeit unseres irdischen Lebens ist nur ein Zwinkern in der Ewigkeit, und wenn wir diesen Kontakt nicht bekommen, den wir uns erhoffen, während du dich in diesem Zwinkern befindest, werden wir ihn hinterher bekommen. Beizeiten und für alle Ewigkeit, versuche bitte, das zu verinnerlichen.

Doch nun möchte ich ein wenig pragmatisch werden, geliebter Freund. Ich hoffe sehr, dass du eine ganze Weile um mich trauerst, denn das habe ich verdient, aber dann muss das ein Ende haben. Trauer ist kein Zustand, in dem man zu lange verweilen sollte. Tu das nicht, lieber Gunnar! Ich möchte nicht, dass du herumsitzt und traurig und passiv und betrübt bist; das hilft weder dir noch den Kindern und macht niemanden froh. Pflege mein Grab, ein paar frische Blumen ein, zwei Mal im Monat, zumindest im ersten Jahr, mehr will ich gar nicht. Keine Nelken, vergiss nicht, dass ich die ganz furchtbar finde! Du darfst ruhig laut zu mir sprechen, wenn du ohnehin einen Moment stehen bleibst und nicht zu viele Leute in der Nähe sind. Vielleicht kann ich dich hören, auch wenn du mich nicht hörst. Aber du darfst dich keinesfalls in Einsamkeit und Grübeleien vergraben, damit würdest du mich enttäuschen. Ich glaube, du brauchst eine Frau an deiner Seite, in den Jahren, die wir zusammen gewesen sind, habe ich den Eindruck gewonnen, dass du ein bisschen gehandicapt wirkst, wenn du alleine zurechtkommen sollst. Aber das gilt ja für die meisten sanften Männer. Nun will ich dich natürlich nicht stehenden Fußes auf Brautschau schicken, aber du sollst wissen, was ich denke. Und wenn es so wäre, dass man im Himmel sitzen und an Strippen ziehen könnte, was manche glauben, du und ich jedoch nicht, dann würde ich ehrlich gesagt versuchen, dich und Eva Backman ein wenig näher zueinander zu führen. Sei nicht gleich schockiert, ich sage nicht mehr, als ich sage, aber sie ist einer der besten Menschen, die mir je begegnet sind, und wenn ihr der Sache nicht wenigstens eine kleine Chance geben würdet, wärt ihr in meinen Augen bescheuert. Aber vor allem du, Gunnar, und du bist der Einzige, der einen solchen Brief be-

kommt. *Wenn ich tot bin, seid ihr beide ledig. Es sei denn, sie hätte kürzlich einen neuen Mann gefunden, in dem Fall nehme ich meinen Vorschlag natürlich zurück.*

Nun ja, dies war vielleicht nicht der Brief, den ich schreiben wollte, und auch nicht der Brief, den du erwartet hast, aber wenn mir nichts Besseres einfällt, bleibt es eben bei diesen Zeilen. Ich werde meine Schwester um Hilfe bitten und bin mir sicher, dass sie tun wird, worum ich sie bitte. Zwei Dinge sollst du wissen: Erstens liebe ich dich, Gunnar, und bin unendlich dankbar für die Jahre, die uns gemeinsam vergönnt waren, zweitens warte ich auf dich und habe ein Auge auf dich. Ein liebevolles Auge natürlich.

Ich denke, es wird das Beste sein, den Kindern nicht zu erzählen, was ich geschrieben habe, vor allem das mit Eva nicht, Jugendliche sind ja so sensibel. Aber das darfst du entscheiden. Jedenfalls weiß ich, dass du dich gut um sie kümmern wirst, um alle fünf. Und sie werden sich um dich kümmern, sie sind so erwachsen, dass es in beide Richtungen funktioniert. Johan ist sicher bald reif genug, das Nest zu verlassen, aber du musst dafür sorgen, dass Jenny bei dir bleibt, falls ihr Vater auf andere Ideen kommen sollte, kannst du ihm von mir ausrichten: niemals. Ich weiß, dass du und Jenny euch gut versteht und sie auf gar keinen Fall bei Tommy und seiner armen neuen Gans wohnen möchte, kommt es hierüber zum Streit, musst du kämpfen. Sonst bekommst du es mit mir zu tun, wenn wir uns wiedersehen. Vergiss nicht, dass ich dich im Auge behalte, haha.

Das war das Wichtigste, vielleicht werde ich später noch das eine oder andere ergänzen, kommt Zeit, kommt Rat. Ich weiß ja nicht einmal, ob du das hier jemals lesen müssen wirst, aber vielleicht, trotz allem.

Küsschen aus dem Himmel

M.

Er weinte.

Er weinte, und er lachte. Las noch einmal. Langsam, Wort für Wort, beinahe Buchstabe für Buchstabe. Legte anschließend den Arm um ihr Kissen und drückte es. Danke, meine Geliebte, dachte er. Das war es, was ich brauchte.

Aber dass… dass seine tote Ehefrau meinte, ihm einen Schubs geben zu müssen, damit er sich traute, auf Freiersfüßen zu wandeln? Sehr seltsam, dachte Gunnar Barbarotti. Und Eva Backman?

Manchmal wusste Marianne nicht, wovon sie sprach, das war ihm schon aufgefallen, als sie noch lebte, und dass sie sich nun im Jenseits befand, schien die Sache nicht besser zu machen.

Aber er merkte, dass er lächelte. Zum Teufel, er bekam dieses Lächeln einfach nicht in den Griff.

Er nahm die Bibel in die Hand und suchte die Klagelieder heraus. Die alte Pendeluhr im Wohnzimmer schlug zwölf, und es wurde Juni.

III

Juni 2012 / Juni 1989

22

Irgendetwas stimmte mit Lisbeth Mattson nicht.

Zu dieser Einschätzung kam er nach ungefähr zehn Sekunden. Sie war um die siebzig oder ein bisschen jünger; eine dünne, leicht schiefgewachsene Frau mit kleinen, nervösen Bewegungen und einer Stimme, die eine Oktave höher lag, als sie es tun sollte.

Aber nicht ihre Stimme warf bei ihm Fragen auf, sondern ihr Gesicht und ihre Mimik. Als sie sich die Hand gaben, sah sie ihm zwar in die Augen, aber nur, um sofort wieder fortzuschauen. Überhaupt schien es ihr schwerzufallen, den Blick auf etwas zu richten, und ihre Mundwinkel fuhren unablässig hoch und wieder hinab, als wollte sie ein Lächeln probieren, um jedes Mal einzusehen, dass sie es doch nicht hinbekam.

Die Nerven, dachte Barbarotti und folgte ihr in ein mit Möbeln überfrachtetes Wohnzimmer. Eine unruhige alte Eichhörnchenfrau, hier gilt es, das Tempo zu drosseln.

Er war vom Bahnhof aus zu Fuß gegangen. Die Entfernung betrug kaum mehr als einen Kilometer, und er fand nicht, dass der Ort sich sonderlich verändert hatte, seit er das letzte Mal hier gewesen war. Damals hatte er den Mousterlin-Mann gejagt, diesmal wusste er nicht genau, was er eigentlich jagte.

Er war an dem Uhrengeschäft vorbeigekommen, in dem er, wenn er sich richtig erinnerte, die schlechteste Armbanduhr gekauft hatte, die sich jemals in seinem Besitz befunden hatte, aber er ging nicht hinein, um sich zu beschweren. Er hatte nicht das Gefühl, dass die Zeit in seinem Leben noch eine große Rolle spielte, und womöglich hatte der Besitzer gewechselt. Seither waren immerhin fünf Jahre vergangen.

Das Einfamilienhaus, in dem Lisbeth Mattson wohnte, lag wie eine ganze Reihe anderer Dinge in Hallsberg an der Eisenbahnlinie, und er wusste, dass ihr Mann, also Ellen Bjarnebos älterer Bruder, Angestellter bei der Staatsbahn gewesen war. Er wusste darüber hinaus, dass er vor etwas weniger als einem Jahr gestorben war, und als seine Witwe schließlich in dem grünen Sessel ihm gegenüber Platz genommen hatte, dämmerte ihm, dass ihre Nervosität mit seinem ungeplanten Ableben zusammenhing. Zumindest war es ein Faktor.

»Gunder hinterlässt eine solche Leere«, setzte sie an. »Ich weiß nicht, wie ich das schaffen soll.«

»Kam sein Tod unerwartet?«, fragte Barbarotti.

»Wie ein Blitz aus heiterem Himmel«, erklärte Lisbeth Mattson. »So sollte man nicht sterben.«

»Da haben Sie recht«, sagte Barbarotti und schluckte. Betrachtete einige Sekunden einen ausgestopften Vogel auf einer Stange und versuchte, sich zu sammeln. Dies war kein Gesprächsthema, in das er sich weiter vertiefen wollte.

»Es ist furchtbar«, sagte Lisbeth Mattson. Dann lächelte sie, überlegte es sich jedoch gleich wieder anders. Machte ansatzweise eine Geste Richtung Keksteller, faltete die Hände, überlegte es sich jedoch anders. Bewegte ein wenig ihre Gesichtsmuskulatur, überlegte es sich anders und setzte eine Brille auf. Sie hatte ein hellblaues Gestell, was einer Zwölfjährigen sicher ganz hervorragend gestanden hätte. Barbarotti räusperte sich.

»Ich bin gekommen, um mich mit Ihnen ein wenig über Ellen Bjarnebo zu unterhalten«, erläuterte er. »Und über Billy.«

Das machte sie alles andere als ruhiger. »Und warum? Welchen Grund gibt es um Himmels willen, diese alten Geschichten wieder aufzuwärmen? Ich meine… ich finde…«

Sie verstummte. Er hatte ihr sein Anliegen ja bereits am Telefon vorgetragen, vielleicht erkannte sie, dass die Zeit der Verwunderung vorbei war. Barbarotti überlegte seinerseits, ob es eine bessere Erklärung gab als die hoffnungslos abgedroschene Floskel, dass man dabei war, ein paar losen Fäden nachzugehen, fand aber keine.

»Es gibt da ein paar lose Fäden«, sagte er.

»Fäden?«, wiederholte Lisbeth Mattson, als hätte sie das Wort noch nie gehört.

»Es ist wichtig, den Dingen auf den Grund zu gehen«, verdeutlichte Barbarotti. »Es gibt da ja noch einen anderen Fall, in den ihre Schwägerin möglicherweise verwickelt ist… einen Fall, den wir bisher nicht aufklären konnten. Sie wissen vermutlich davon?«

»Nennen Sie sie bitte nicht meine Schwägerin«, erwiderte Lisbeth Mattson. »Ich weiß, dass wir… aber wir haben uns niemals in dieser Weise nahegestanden.«

»Aha?«, sagte Barbarotti. »Aber Sie und Ihr Mann haben doch ihren Sohn bei sich aufgenommen?«

»Ja, natürlich, das haben wir.«

»Und wie kam es dazu?«

»Wie es dazu kam?«

»Ja.«

Lisbeth Mattson legte den Kopf schief und setzte ihre Brille ab. »Dem Jungen zuliebe. Nicht ihr zuliebe.«

Barbarotti wollte schon sagen, dass er verstand, schaffte es aber, sich die Worte zu verkneifen, und bat sie stattdessen, dies etwas genauer zu erklären.

»Erklären?«, wunderte sie sich. »Was gibt es denn da zu erklären? Über diese Dinge gibt es nicht mehr zu sagen, und wenn Gunder noch am Leben wäre, dann würde er…«

Sie beendete den Satz nicht. Eine Reihe kleiner Tics flog über ihr Gesicht, und Barbarotti dachte, dass er jetzt gerne Eva Backman an seiner Seite gehabt hätte. Er schwieg und versuchte, wie ein wohlwollender Beichtvater auszusehen.

»Entschuldigen Sie«, meinte sie nach einer Weile. »Seit Gunders Tod bin ich nicht mehr richtig ich selbst, und diese alten Geschichten reißen in meinem Herzen so viele Wunden auf.«

Offenkundig zufrieden mit dieser poetischen Formulierung, zwinkerte sie ihn zwei Mal an. Barbarotti zwinkerte auch und nickte zurückhaltend.

»Es stimmt, dass wir uns um Billy gekümmert haben«, fuhr sie unaufgefordert fort. »Was wäre denn sonst aus dem armen Jungen geworden? Nachdem es passiert war, haben wir uns sofort entschieden, Gunder und ich. Wir hatten ja keine eigenen Kinder, und wir … also wir haben Billy immer als unseren eigenen Jungen betrachtet.«

»Wie alt war er, als er zu Ihnen kam?«, fragte Barbarotti, obwohl er die Antwort kannte.

»Zwölf«, sagte Lisbeth Mattson und seufzte schwer. »Stellen Sie sich vor, er war schon zwölf und konnte kaum sprechen.«

Dies war Barbarotti halbwegs neu. Er hatte zwar gelesen, dass Billy Helgesson ein in sich gekehrter und etwas problembehafteter Junge gewesen war, aber nirgendwo hatte gestanden, dass er nicht sprach.

»Das war mir nicht bekannt«, sagte er. »Woran lag das?«

»An seinem Zuhause«, antwortete Lisbeth Mattson augenblicklich. »An seinen Eltern natürlich. Ellen und Harry waren bestimmt die schlimmsten Eltern, die man sich nur vorstellen kann. Billy hatte einfach Angst. Er war daran gewöhnt, wegen jeder Kleinigkeit geschlagen und ausgeschimpft zu werden.«

»Aber als er zu Ihnen kam, wurde das mit dem Sprechen besser?«

»Allerdings«, bestätigte Lisbeth Mattson eifrig. »Schon nach kurzer Zeit. Auch in der Schule. Er fand Freunde... die hatte er früher nie gehabt.«

»Hatten Sie Kontakt zu seiner Familie?«, fragte Barbarotti. »Ich meine, bevor Sie den Jungen bei sich aufnahmen?«

Sie schüttelte den Kopf. »Keinen. Aber man wusste trotzdem, wie die Dinge lagen. Wir waren in dem Sommer einmal bei ihnen, und Gunder sagte tatsächlich... als es passiert war, ein paar Wochen also, nachdem wir sie besucht hatten... ich bringe es durcheinander, aber...«

Sie zögerte und betrachtete ihn besorgt.

»Was sagte Gunder?«

»Er sagte, das wundere ihn nicht.«

»Tatsächlich?«

»Ja. Dass einer von ihnen früher oder später den anderen umbringen würde, sei zweifellos zu erwarten gewesen. Das waren seine Worte... *zweifellos zu erwarten.*«

»Ihr Mann hatte mit anderen Worten kein besonders gutes Verhältnis zu seiner Schwester?«

»Nein«, antwortete Lisbeth Mattson, »die beiden hatten wirklich kein gutes Verhältnis zueinander. Mit ihr... ja, mit ihr stimmte etwas nicht. Schon bevor... schon bevor es dann kam, wie es wohl kommen musste.«

Aber sie klang nicht aggressiv, fiel Barbarotti auf. Es hörte sich eher an, als würde sie etwas wiederholen, was viele lange Jahre eine Art Kehrreim und eine traurige Selbstverständlichkeit gewesen war. Der verstorbene Ehemann hatte in der Kvarngatan in Hallsberg mit Sicherheit auch entschieden, wo der Schrank stehen sollte; er hatte diese Kehrreime verfasst, und Barbarotti beschloss, in der Geschichtsschreibung ein wenig weiterzugehen.

»Wie war der Kontakt zwischen Ellen und dem Jungen, während sie im Gefängnis saß?«, fragte er.

»Wie bitte?«, sagte Lisbeth Mattson, als hätte sie die Frage nicht verstanden.

»Der Kontakt zwischen Billy und seiner Mutter?«, wiederholte er.

Sie antwortete nicht sofort. Ihr Mund bewegte sich spärlich, und er begriff, dass sie mit unwilligen Worten rang. Er wartete.

»Billy nennt mich Mutter«, erklärte sie. »Ja, so ist es.«

»Ich verstehe«, sagte Barbarotti. »Nun, er wohnte ja lange bei Ihnen, sodass dies vielleicht auch ganz natürlich ist. Wie lange eigentlich?«

»Fast zwölf Jahre«, antwortete sie.

Er wusste, dass es kaum mehr als neun oder zehn gewesen sein konnten, fragte aber nicht nach. »Und dann?«, erkundigte er sich stattdessen.

»Nach seinem Wehrdienst lernte er Juliana kennen und zog nach Stockholm.«

Ein weiterer Konfliktpunkt, das ließ sich nicht überhören. Als sie den Frauennamen aussprach, tauchte vor Barbarottis innerem Auge das Bild eines Vegetariers auf, der sich versehentlich ein Fleischbällchen in den Mund gesteckt hatte und es schleunigst wieder loswerden musste. Es war ein ebenso unerwartetes wie treffendes Bild, aber er saß nicht als Dichter oder Therapeut in diesem unbequemen Sessel und nahm deshalb an, dass er ein bisschen mehr Ordnung in das Gespräch bringen sollte. Es zumindest versuchen sollte.

»Mir ist bewusst, dass all diese Dinge mit intensiven Gefühlen verbunden sind«, sagte er. »Aber ich bin im Grunde nur daran interessiert, Antworten auf eine Reihe ganz einfacher Fragen zu bekommen. Also, wie oft besuchte Billy seine Mutter während ihrer Zeit im Gefängnis?«

»Ein Mal«, antwortete Lisbeth Mattson.

»Ein Mal?«

»Ja.«

»Sie sagen, dass der Junge seine Mutter in elf Jahren nur ein einziges Mal besucht hat?«

Aber Lisbeth Mattson konnte daran offensichtlich nichts befremdlich finden. »Ein Schulpsychologe organisierte das«, erläuterte sie. »Wir hielten nichts von der Idee, und Billy ging es hinterher gar nicht gut.«

»Wann war das?«, erkundigte sich Barbarotti.

»Nach etwa zwei Jahren«, sagte Lisbeth Mattson und zuckte mit den Schultern. »Billy und der Schulpsychologe fuhren für einen Tag zu ihr.«

»Hinseberg liegt nicht weit entfernt von hier, stimmt's?«

»Ich glaube, sie brauchten etwa eine Stunde«, antwortete Lisbeth Mattson. »Oder weniger. Am Abend war Billy jedenfalls wieder zu Hause. Aber es ging ihm nicht gut. Es war ein Fehler, den wir nie an die große Glocke gehängt haben. Dieser Schulpsychologe ging dann fort.«

Die Sonne war um die Hausecke gewandert und schien nun in das Zimmer, in dem sie saßen. Sie stand auf, ging zum Fenster und stellte die Jalousien so ein, dass der Tisch erneut im Schatten lag. Versuchte sich an einem weiteren missratenen Lächeln, ehe sie sich wieder setzte.

»Heutzutage scheint viel zu oft die Sonne.«

»Genau«, sagte Barbarotti.

»Und es gibt so viel Furchtbares. Man liest…«

Sie verstummte und putzte ihre Brille. Barbarotti fühlte sich mit einem Mal zunehmend unwohler und hätte sich gewünscht, dieses Gespräch augenblicklich beenden zu können, um zum Bahnhof zurückgehen und diesen Ort verlassen zu dürfen. Er trank einen Schluck Kaffee, der einen Beigeschmack von abgestandenem Puder hatte. Noch so eine eigenartige Wahrnehmung, aber so stand es nun einmal um ihn. Das war es, was er im Gespräch mit Rönn zu beschreiben versucht hatte. Diese Unterhaltung könnte genauso gut in einer Ecke der Klapsmühle stattfinden, dachte er.

»Bekam sie denn niemals Hafturlaub«, erkundigte er sich in dem Versuch, zur Tagesordnung zurückzukehren. »Also, um Billy zu treffen, meine ich.«

»Ein Mal«, wiederholte sie tonlos. »Sie war ein Mal hier.«

»Und?«, sagte Barbarotti.

»Das hatte auch keinen Sinn. Sie machte den Jungen nervös.«

»Und als sie entlassen wurde?«

»Da leistete Billy seinen Wehrdienst ab. Und danach zog er fort.«

»Zu Juliana und nach Stockholm.«

»Ja.«

Kaum hörbar.

»Wann haben Sie sie zuletzt gesehen?«

»Ellen?«

»Ja.«

»Damals. Als sie hier war.«

»In welchem Jahr war das?«

»1993. Sie hatte Hafturlaub. Ein Jahr war vergangen, seit Billy sie besucht hatte.«

»In Hinseberg?«

»Ja.«

»Zur Beerdigung ihres Bruders ist sie nicht gekommen?«

»Nein.«

»Warum nicht?«

»Ich hatte sie gebeten, ihr fernzubleiben. Ich wollte sie nicht mit all den Menschen in der Kirche haben.«

Barbarotti schwieg eine Weile und dachte, wenn Lisbeth Mattson ihn jemals fragen sollte, ob er ihr zwanzig Kronen leihen könne, würde er glatt Nein sagen.

»Sprach Billy oft über seine Mutter?«

»Er sprach nie über seine Mutter.«

»Nie?«

»Nein. Als er zu uns kam, sprach er überhaupt nicht. Das habe ich Ihnen doch schon gesagt.«

Barbarotti hob seine Kaffeetasse an und stellte sie wieder ab.

»Und wie ist Ihr Verhältnis zu Billy heute?«

Er hätte ihr genauso gut das Knie gegen den Solarplexus rammen können. Sie beugte sich vor, als hätte er es tatsächlich getan. Richtete sich langsam wieder auf.

»Entschuldigung. Mein Magengeschwür meldet sich. Was haben Sie gesagt?«

»Ich habe gefragt, wie das Verhältnis zwischen Ihnen und Billy heute ist.«

»Gut.«

»Sehen Sie sich oft?«

»Nein, das nicht. Wir telefonieren manchmal.«

»Was macht er beruflich?«

»Er ist Bauarbeiter. Hat viel zu tun.«

»Wann haben Sie ihn das letzte Mal gesehen?«

»Das ist schon eine Weile her.«

»Eine Weile?«

»Ja.«

»Sie haben ein Kind? Er und Juliana?«

»Julia. Ein Mädchen.«

»Ich werde mich morgen mit Billy treffen. Möchten Sie, dass ich ihm Grüße ausrichte?«

Sie zuckte zusammen. »Ja… nein, nicht nötig. Vielleicht rufe ich ihn heute Abend kurz an.«

Nein, dachte Inspektor Barbarotti und stand auf. Das soll fürs Erste reichen. Wenn ich weitermache, werde ich mit ihr zusammen zu dieser Ecke in der Klapsmühle fahren müssen.

»Danke, dass ich mich mit Ihnen unterhalten durfte«, sagte er. »Aber jetzt will ich Sie nicht länger stören.«

»Vielen Dank«, erwiderte Lisbeth Mattson.

Setzte ihre Brille auf, nahm sie wieder ab und begleitete ihn hinaus.

Eine gute Stunde später saß er erneut im Zug und versuchte sich zu erinnern, ob er in seinem Leben jemals ein trostloseres Gespräch geführt hatte, aber es wollte ihm auf Anhieb keines einfallen. Er war sich zudem relativ sicher, wenn Lisbeth Mattson nicht zufällig auf dem Weg zwischen Kymlinge und Stockholm gewohnt hätte, wäre er überhaupt nicht interessiert gewesen, ihr einen Besuch abzustatten. Was für alle Beteiligten zweifellos das Beste gewesen wäre.

Er freute sich ebenso wenig darauf, Billy Helgesson und seiner Juliana zu begegnen, gewiss nicht, aber in Stockholm erwartete ihn wenigstens Sara. Vielleicht hätte er auch auf ein Treffen mit Billy verzichtet, wenn Sara nicht in der derselben Stadt wohnen würde wie Ellen Bjarnebos Sohn. Er konnte sich seine Beweggründe ruhig eingestehen.

Im Grunde gab es nur eine Beteiligte, mit der er ein Gespräch führen musste, und das war die Hauptperson selbst: Ellen Bjarnebo.

Er hatte sie am Vormittag aus dem Zug heraus angerufen und ihr eine SMS geschickt, aber wieder keine Antwort bekommen. Es ließ sich nicht leugnen, dass die Sache ihm allmählich ein bisschen seltsam vorkam. Es war Freitag, sie hatte gesagt, dass sie im Laufe der Woche wieder in Kymlinge sein würde, und war fünf Tage zuvor aus Vilhelmina abgereist.

Was zum Teufel treibt diese Frau, fragte Barbarotti sich. Hält sie sich bewusst fern, oder was ist hier los?

Und was zum Teufel trieb er selbst? Das war eine mindestens ebenso brennende Frage. Als er an seine Unterredung mit

Asunander zurückdachte, konnte er nur festhalten, dass dabei nichts geklärt worden war. Doch, eventuell, dass es trotz allem einen Grund gab.

Einen Grund dafür, dass er in diesem – momentan stehenden – X 2000-Zug in einem vorsommerlich ätherischen Wald irgendwo in der Grenzregion zwischen Närke und Södermanland saß und nach der einen oder anderen alten Wahrheit suchte, der er bislang nicht einmal ansatzweise auf die Spur gekommen war. Der Wahrheit im Fall Arnold Morinder?

Der Wahrheit im Fall Ellen Bjarnebo?

Na ja, dachte Barbarotti, als sich der Zug vorsichtig in Bewegung setzte, es gibt Lichtungen im Wald, die kann man nur finden, wenn man sich verirrt hat. Vielleicht verhielt es sich mit Wahrheiten genauso. Warum eigentlich nicht?

Das mit den Lichtungen hatte Marianne ihm einmal vorgelesen. Tranströmer, wahrscheinlich, er hatte immer im Bücherstapel auf ihrem Nachttisch gelegen.

Nein, *hatte gelegen* stimmte nicht, denn der Stapel lag noch da. Gott bewahre, dass er ihn anrührte, Gott bewahre, dass er anfing, voreilig ihre Spuren zu verwischen. Er suchte ihren Brief aus der Tasche heraus, lehnte sich zurück und las.

23

Der 3. Juni 1989

Er sah so wehrlos aus.

Das war das Wort, das ihr in den Sinn kam, als sie ihn mit einem Comic auf dem Bett sitzen sah. *Wehrlos.* Trotz seiner Größe; er war der größte und schwerste Elfjährige in der ganzen Schule, aber es nützte ihm nichts. Er würde keiner Fliege jemals etwas zuleide tun können, dachte sie, ging zu ihm und strich ihm übers Haar. Er sah sie unter der strähnigen, weißen Tolle an, und als sie sein Gesicht studierte, konnte sie darin wenigstens keine Spuren von Faustschlägen entdecken. Vermutlich hatte er sich, die Arme schützend um den Kopf gelegt, zusammengekauert und die Schläge auf Nacken und Schultern eingesteckt, es war nicht das erste Mal gewesen.

Warum lasse ich das zu?, fragte sie sich. Warum geht das immer so weiter?

Warum haben wir nicht die Kraft aufzubegehren, weder der Junge noch ich?

Doch diese Fragen zeigten – wie üblich – keinerlei Wirkung. Die Schamdosis in der anderen Waagschale war zu groß, und mit Scham als Gegengewicht steht man auf verlorenem Posten. So war es, das hatten ihre Mäusekindheit und ihre Mäusejugend sie gelehrt. Denken ließ sich viel – alles Mögliche –, zu handeln erschien ausgeschlossen.

»Hast du gut geschlafen?«

Er sah sie an und nickte vage. Der Mund mit den dicken, sich spitzenden Lippen und einem auf den Kopf gestellten *u*. Natürlich erwartete sie keine Antwort, weil es im Laufe der Jahre immer schwieriger geworden war, mit ihm zu sprechen. *Zu* ihm zu sprechen, denn darum ging es ja. Sie dachte über diese Fortschritte nach, von denen seine Lehrerin gesprochen hatte; war das vielleicht nur etwas gewesen, was man eben so sagte, um die Eltern zu trösten?

Aber er konnte lesen, schreiben und rechnen, das bestritt keiner. Und ihre zärtlichen Gefühle für ihn hatte sie auch noch. Sie kamen und gingen in Wellen und in diesem Moment, während er mit einem Donald-Duck-Heft im Schoß auf seinem ungemachten Bett saß – immerhin hatte er den Schlafanzug ausgezogen, die Jeans und das grüne T-Shirt angezogen, dieselben Kleider wie am Vortag, wenn sie ihn nicht anwies, zog er nie etwas Saubereres an –, in diesem Moment der Wehrlosigkeit, also, hätte sie ihn am liebsten in ihre Arme geschlossen. Ihn einfach nur festgehalten, ihn gewiegt, wenn dies möglich gewesen wäre, und versucht, ihm eine Art Geborgenheit zu vermitteln. Zuversicht und Hoffnung oder was auch immer.

Aber er mochte es nicht, umarmt zu werden. Dann wurde er unweigerlich schwer und steif, noch schwerer, wenn man es versuchte, sie wusste nicht, warum, aber man spürte eindeutig, dass er es unangenehm fand. Als wäre er in irgendeiner traurigen Weise ein Feind seines eigenen Körpers und deshalb auch ein Feind der Körper aller anderen.

Dann fiel ihr ein, dass Samstag war.

Harry hielt sich in der Stadt auf, und dass er sich Gedanken über etwas machen würde, was jenseits seiner eigenen Bedürfnisse lag, erschien ihr unwahrscheinlich. Verkatert und gereizt. Sie dachte einen Moment nach.

»Wollen wir einen Spaziergang machen?«, sagte sie. »Wir

könnten zur Tanke gehen. Und dir Samstagssüßigkeiten kaufen?«

Er blickte auf, und sein ganzes Gesicht hellte sich auf.

»Jaa…«

Die Shell-Tankstelle lag nur fünfhundert Meter vom Burmavägen entfernt bei Hamrakorset, so dass es hin und zurück gerade einmal gut zwei Kilometer waren. Es war eine vielbefahrene Strecke, und wenn man nur ein paar Kleinigkeiten einkaufen wollte, lag die Tanke am nächsten. Milch, Zigaretten oder eine Zeitung. Harry nahm immer das Auto, sie und Billy fuhren normalerweise mit dem Fahrrad. Aber ihr Fahrrad war seit gestern platt, und auf Harrys klappriges Herrenrad wollte sie nicht steigen.

Außerdem schien Billy nichts dagegen zu haben, zu Fuß zu gehen. Außerdem war das Wetter schön, ein richtiger Vorsommertag mit blauem Himmel und sachte treibenden Wolken, und wenn sie den Blick über die grünenden Felder rund um Groß- und Klein-Burma schweifen ließ, dachte sie, dass solche Tage dafür geschaffen waren, glücklich zu sein. Und zwar einfach darüber, dass man leben durfte.

Das war wieder einer von diesen Gedanken, die in ihrem Kopf lediglich als staubfangende Konstruktionen existierten. *Glück? Freude?* Dass solche Hollywoodleckereien in ihre Reichweite gelangen könnten, ließ sich nicht einmal hoffen. Die guten Dinge dieser Welt gehörten nicht zu ihrer Welt, es wäre lächerlich, sich so etwas einzubilden. Sie hätte gerne die Hand des Jungen gehalten, aber dafür galt das Gleiche. Es war nur ein Gedanke.

Als sie sich Groß-Burma näherten, sah sie, dass die Autos der Handwerker dort auch an diesem Tag parkten. Die Arbeit am Swimmingpool eilte offenbar, im Sommer sollte er natürlich fertig sein. Vielleicht sogar schon am nächsten Freitag, dem letzten Schultag? Vielleicht würden Tomas und Erik ja Besuch von Klassenkameraden bekommen. Oder Inger. Eingeladen, um zum Auftakt der Sommerferien im blauen Wasser des Pools zu schwimmen? Verteufelt vornehm, ja, so musste es natürlich sein.

Sie überlegte, dass es ziemlich teuer sein dürfte, Handwerker an einem Samstag zu beschäftigen, aber auf Groß-Burma herrschte, wie gesagt, niemals Geldmangel. Und der regelmäßige Seitensprung auf Klein-Burma kostete ja nichts. Abgesehen von einem kleinen, gestundeten Darlehen, das ihnen vermutlich nicht wehtat.

Sie ließ die Gedanken zu den Cousins und ihren Höfen abschweifen, es war ein vertrauter Gedankengang auf ausgetretenen Pfaden.

Wie vorgezeichnet alles irgendwie von Anfang an gewesen war; damals, als Harrys und Görans Väter, die Gebrüder Helgesson, vor fünfzig Jahren als Siedler hergekommen waren. Damals hatte es hier nur zwei kleine Soldatenhäuschen gegeben, nicht einmal eine richtige Straße führte zu ihnen; deshalb hatten sie den Burmavägen anlegen müssen. Der Name bezog sich auf irgendetwas im fernen Asien, einen anderen berühmten Straßenbau zur selben Zeit, aber die Geschichte kannte sie nicht genau. Jedenfalls hatte jeder der Brüder einen neuen Hof erbaut, Land urbar gemacht und sich in der Gegend etabliert; sie hatten Geld von einem Erbhof unten in Halland mitgebracht, und soweit Ellen bekannt war, hatte der eine nicht mehr gehabt als der andere. Oder war es doch so gewesen? Hatte Sven, der ältere Bruder und Görans Vater, womöglich von Anfang an mehr Geld im Koffer gehabt als Arvid, Harrys Vater? Sie wusste es nicht, darüber wurde nie gesprochen, aber dass sich die Höfe schon früh unterschiedlich entwickelt hatten, das wusste sie. Schon die Namen, Groß- und Klein-Burma, verrieten einem doch, wie das Kräfteverhältnis ausgesehen hatte. Genau wie ihre Lage: Svens Hof auf der Anhöhe mit Blick auf alles rundherum, Arvids am Waldrand kauernd.

Sie lebten nicht mehr. Hatten die Höfe jeweils ihren Söhnen vererbt. Harry war Einzelkind, Göran hatte noch eine jüngere Schwester, die bereits in jungen Jahren einen Zahnarzt geheiratet hatte und auf die Art von der Bildfläche verschwunden war. Sie lebte im norwegischen Trondheim, und obwohl Ellen seit mittlerweile vierzehn Jahren auf Klein-Burma lebte, war sie ihr erst drei Mal begegnet. Zwei Mal bei Beerdigungen, Svens 1977 und Arvids zwei Jahre später.

Und die Frauen auf den Höfen, sponn sie ihren Gedankengang weiter, war es nicht so, dass sie nicht wirklich zählten? Harry sprach nie über seine Mutter, die Ende der fünfziger Jahre an einer Lungenkrankheit gestorben war. Und über Svens Frau, Görans Mutter, wusste sie so gut wie nichts. Sie lag im Pflegeheim, und das hatte sie schon getan, als Ellen nach Burma gekommen war. Inzwischen musste sie fast neunzig sein. Hieß Louise wie die frühere Königin.

Harry war folglich nicht älter als zehn oder elf gewesen, als seine Mutter das Zeitliche gesegnet hatte, und sie dachte, dass dies natürlich Spuren hinterlassen hatte. Genau wie der Tod ihrer eigenen Mutter. Es ging ihr durch den Kopf, dass dies so eine Phrase war, die im Grunde nichts bedeutete. *Das hinterlässt Spuren.* Das war so selbstverständlich wie nichtssagend. Alles hinterließ doch Spuren. Sollte der Tod seiner Mutter etwa als Erklärung dafür herhalten, dass Harry dreißig Jahre später seine Frau schlug?

War Arvid genauso verbittert gewesen wie sein Sohn? So lautete eine andere Fragestellung, über die sich trefflich nachgrübeln ließ. Wurde das automatisch vererbt? Hatte Vater Arvid sein Leben vergrämt und zornig auf Klein-Burma verbracht, wie Harry es nun auch tat? Er hatte sich jedenfalls nicht darüber gefreut, dass er einen Enkel bekommen hatte, daran erinnerte sie sich noch; Billy war knapp zwei Jahre alt gewesen, als sein Großvater starb, und es war unklar, ob der Junge sich an den Greis erinnern konnte.

Leben und Tod. Generation auf Generation. Dasselbe Lied?

Sie selbst war nach Klein-Burma gekommen, weil sie ein Kind erwartete. So einfach war das. Das erste Kind, ein Mädchen, hatten sie zwei Monate vor dem Geburtstermin verloren, aber da war es bereits zu spät gewesen. Da waren sie schon verheiratet gewesen, Harry und sie.

Während sie weiter zwischen den Feldern hindurch trotteten, dachte sie auch ein wenig über ihre eigene Familie nach, es drängte sich auf. Über ihre Mutter, die nicht ganz dicht gewesen war und sich das Leben genommen hatte. Über ihren Bruder und ihren Vater, zwei schweigsame Männer; sie konnten zwar sprechen, es war nicht wie bei Billy, aber die meiste Zeit schwiegen sie lieber. Als Ellen achtzehn war und einen zweijährigen Gymnasialzweig für weniger talentierte junge Menschen absolviert hatte, war ihr ein Job bei der Firma AB Köttman in Göteborg angeboten worden. Eine ihrer Lehrerinnen, die sie aus irgendeinem Grund mochte, hatte ihr die Stelle vermittelt, ihr Mann war dort damals eine Art Vorarbeiter.

Warum nicht, hatte ihr Vater gesagt. Geh ruhig weg. Gunder war da schon zwei Jahre weg gewesen. Wohnte in Katrineholm und arbeitete für die Bahn.

Und in Göteborg hatte sie dann in einem Tanzlokal Harry kennen gelernt. Nach nur zwei Monaten. Sie waren besoffen gewesen und geil geworden, und er hatte sie zu ihrer erbärmlich kleinen Einzimmerwohnung im Stadtteil Majorna begleitet. Anfangs hatte sie es in Gedanken mit anderen Worten beschrieben, aber mit der Zeit war das Bedürfnis zu beschönigen verblasst.

Besoffen und geil, das traf es. Und dann wurde sie, wie gesagt, schwanger.

Und stellte sich, wie gesagt, den Konsequenzen.

Wie gesagt, dachte sie. Ja, es ist nun wirklich alles schon einmal gesagt worden. Und nun habe ich, seit geraumer Zeit, etwas mit zwei Cousins. Verheiratet mit dem einen, Hure für den anderen.

Die Frau zweier Männer.

Ich sollte nur Billy gehören.

Sie hatten Groß-Burma hinter sich gelassen, aber als sie gerade auf die lange Gerade zur Landstraße hinunter gelangten, als sie das wildwüchsige Fliedergebüsch zur Rechten hinter sich gelassen hatten, kam die Muti-Stimme zu ihr. Klar und deutlich, wie sie immer klang. Und diesmal sprach sie nicht zu irgendeinem frisch eingestellten Busfahrer.

Jemand spürt dir nach, sagte sie.

Augenblicklich überkam sie das Gefühl, dass es stimmte. Dass jemand ganz in ihrer Nähe stand und sie und Billy beobachtete.

Sie hielt mitten im Schritt inne und schaute sich um. Entdeckte nichts; das heißt, sie entdeckte in ihrer Nähe zwar keinen Menschen, aber im Laub der Fliederhecke regte sich etwas, war es nicht so? Fünf Sekunden lang blieb sie regungslos stehen, und auch Billy stoppte ein paar Meter vor ihr, schien sich seiner Umgebung aber genauso wenig bewusst zu sein wie immer.

Nichts. Keine Bewegung im Flieder. Woanders auch nicht. Nur Vögel, die umherflogen und unter dem hohen Junihimmel trillerten und zirpten. Lerchen, glaubte sie.

Jemand spürt mir nach? Etwa Ingvor oder wer?

Dummes Zeug. Das Schwein und die Maus sind unterwegs, um bei der Shell-Tankstelle in Hamrakorset Süßigkeiten zu kaufen. Wer würde auch nur einen Finger rühren, um einem solchen Paar nachzuspüren?

Wer in aller Welt sollte sich für sie interessieren?

24

Wie verabredet trafen er und Sara sich vor der Gaststätte Kryp-in an der Prästgatan in der Stockholmer Altstadt. Es war kurz nach sieben, sie hatte vor weniger als drei Stunden ihre letzte Prüfung für dieses Semester hinter sich gebracht, und er sah seiner Tochter an, dass es gut gelaufen war. Sie bekamen einen kleinen Tisch draußen in der schmalen Gasse, und er hatte das Gefühl, dass sie etwas ausstrahlte. Jugend und Zukunftsoptimismus und was auch immer. Schönheit und Intelligenz und natürlich auch noch einiges anderes; es machte ihn gleichermaßen stolz und alt, und er dachte, dass dies eigentlich ziemlich schön war. Hätte man sich in der momentanen Lage mehr wünschen können? Der passive, aber nie ruhende Blick des Beobachters? Bereit, wenn er gebraucht wurde, aber nur dann. Er fragte sich, ob er Gelegenheit dazu bekommen würde, im Laufe des Wochenendes diesen Freund zu treffen, was sie angedeutet hatte, und wer immer er auch sein mochte, Gunnar Barbarotti fand jedenfalls, dass man ihn nur beglückwünschen konnte. Ein besserer Fang als Sara war kaum vorstellbar.

Großer Gott, dachte er, warum nenne ich sie bloß einen Fang?

Aber sobald sie an ihrem Tisch Platz genommen hatten, drehte sie den strahlenden Glanz eine Stufe kleiner. Wurde Tochter statt Frau.

»Wie geht es dir, Papa?«

»Du musst aufhören, mich ständig zu fragen, wie es mir geht, Sara. Das braucht einfach ein bisschen Zeit.«

»Es gehört zum guten Ton zu fragen, wie es jemandem geht, wenn man sich trifft.«

Er zwinkerte ihr zu. »Aber nicht in diesem Ton. Du hast dich angehört, als würdest du mit einem Patienten sprechen. Oder mit jemandem, der gerade von einem Straßenhobel überrollt worden ist.«

»Und, bist du das nicht?«

»Sicher«, gab er zu. »Aber das ist jetzt schon etwas her. Ich bin normaler, als du glaubst.«

»Schön«, sagte Sara. »Wir werden uns sicher noch ausführlicher über alles unterhalten, aber erst müssen wir essen. Ich habe einen Mordshunger.«

»Wie ich sehe, ist deine Prüfung gut gelaufen?«

»Das ist sie.«

»Dann könntest du jetzt Sommerferien haben? Im Prinzip, meine ich?«

Sie lachte. »Papa, ich bin vierundzwanzig. Weißt du, die Zeit der Sommerferien ist für mich vorbei.«

»Tja, da hast du wahrscheinlich recht.«

»Ich fahre am Sonntag mit dir nach Kymlinge und bleibe eine Woche. Danach arbeite ich sieben Wochen in einer Anwaltskanzlei.«

»Sind sieben Wochen wirklich notwendig?«, wollte Gunnar Barbarotti wissen, der selbst ungefähr halb so lange in einer ähnlichen Einrichtung in Lund gearbeitet hatte. Aber das war in grauer Vorzeit gewesen.

»Was möchten Sie trinken?«, fragte die Kellnerin, die in Saras Alter, aber nicht ganz so strahlend war.

»Rotwein?«, schlug Barbarotti mit einem Blick auf seine Tochter vor.

»Rotwein«, bestätigte Sara und nickte der Kellnerin zu. »Bringen Sie uns eine richtig gute Flasche, ich glaube, der da zahlt.«

Barbarotti breitete die Arme aus und lächelte. *Der da.*

Es war ein warmer Abend, und sie blieben einige Stunden in der Prästgatan sitzen. Und sprachen über wirklich alles, fand er; über das Leben und den Tod, über den Verlust und die Trauer. Über die Jungen, über Arbeit und Zukunft, über Marianne und über ihren Freund Max, dessen Bekanntschaft er in der Tat am nächsten Abend machen würde – und als er bezahlt hatte, spazierten sie durch ein derart schönes Stockholm, dass er nicht fassen konnte, warum er in Kymlinge wohnte. In fünf Jahren, dachte er, in fünf Jahren sind alle Kinder aus dem Haus. Dann ziehe ich hierher.

Er sprach es nicht aus, erkannte aber dennoch, dass es ein Zeichen dafür war, dass er noch lebte. Wenn man fünf Jahre im Voraus plant. Ist man nicht tot. Jedenfalls nicht richtig.

»Warum bist du eigentlich in der Stadt?«, erkundigte sich Sara, als sie in ihre Zweizimmerwohnung in der Vikingagatan gekommen waren, die sie zweiter – oder vielleicht auch dritter – Hand mietete, aber er wusste, dass der Wohnungsmarkt in der königlichen Hauptstadt so aussah. Sie bezahlte wahrscheinlich eine Miete, die doppelt so hoch war, wie sie sein sollte, aber so sahen die Bedingungen nun einmal aus. Jedenfalls war es eine hübsche Altbauwohnung, Holzfußböden mit breiten Dielen und hohe Decken. Aussicht auf einen Innenhof, in dem die Bäume blühten. Er überlegte, dass er es in fünf Jahren auch so haben konnte.

»Tja«, sagte er. »Ich weiß nicht recht. Ich arbeite an einer alten Geschichte. Will mich morgen mit jemandem treffen, der ein bisschen darin verwickelt war, und versuchen, mir ein Bild zu machen…«

Sie goss grünen Tee in seine Tasse und schnitt ihm eine Grimasse.

»Das war das Schwammigste, was ich je gehört habe. Aber egal, wenn du nicht darüber sprechen kannst, ist das schon okay... oder sollte ich vielleicht besser sprechen *willst* sagen?«

Er dachte einige Sekunden nach und erzählte ihr dann die ganze Geschichte in groben Zügen. Von dem Mord und der zerstückelten Leiche auf Burma. Von Morinder mit dem blauen Moped. Von Asunander.

Von der ausweichenden Hauptdarstellerin – und sogar von dem schwermütigen Gespräch in Hallsberg, das er an diesem Abend fast verdrängt hatte.

»Echt seltsam«, stellte Sara fest, als er fertig war. »Von diesem Mord habe ich schon einmal gehört... aber ich meine, ist das nicht eine ziemlich knifflige Geschichte?«

»Doch, allmählich kommt es mir auch fast so vor.«

Sie runzelte die Stirn und goss sich noch etwas Tee ein. »Was für merkwürdige Menschen es doch gibt. Und traurige. Obwohl ich zugeben muss, dass es auch interessant ist. Ich glaube ehrlich gesagt, dass ich am Ende bei Gericht landen werde. Dieses Wirtschaftsrecht, mit dem ich mich diesen Sommer beschäftige... nein, das interessiert mich im Grunde nicht.«

»Mich auch nicht«, bekannte Barbarotti. »Nein, wenn ich weitergemacht hätte, wäre ich sicher auch beim Gericht gelandet. Aber dafür fehlten mir wohl die richtigen Voraussetzungen.«

»Du meinst, du hast ein bisschen zu wenig gelernt?«

»Es waren andere Zeiten damals«, antwortete Barbarotti.

»Jedenfalls bist du ein guter Polizist geworden«, sagte Sara.

»Da irrst du dich aber gewaltig«, meinte Barbarotti.

»Na ja«, sagte Sara. »Du darfst mich dann eben besuchen kommen, wenn ich Richterin am Oberlandesgericht in Stockholm bin. Das ist in wahnsinnig schönen Räumlichkeiten untergebracht, falls du das nicht wissen solltest. Auf der Insel Riddarholmen mit Aussicht auf das Wasser der Riddarfjärden ... oh ja, ich könnte mir sehr gut vorstellen, da zu arbeiten.«

Sie verzog den Mund zu einem selbstironischen Lächeln, wurde jedoch gleich wieder ernst. »Aber was ist mit diesem Billy? Was denkst du über ihn? Er muss ja wirklich eine ganz furchtbare Kindheit gehabt haben ... wie alt ist er heute?«

»Fünfunddreißig«, sagte Barbarotti und sah auf die Uhr. »Nein, für die Entwicklung eines Kindes ist es nie förderlich, wenn ein Elternteil das andere erschlägt.«

»Manchmal bringst du die Dinge wirklich auf den Punkt«, erklärte Sara.

»Auch ein blindes Huhn ...«, kommentierte Barbarotti bescheiden. »Du hast natürlich recht, für den Jungen kann das nicht gerade toll gewesen sein. Aber ich treffe mich morgen Vormittag mit ihm, so dass es vielleicht besser ist, wenn ich jetzt versuche, eine Mütze Schlaf zu bekommen. Die Couch da drüben, ist die frei, oder soll ich hier am Küchentisch sitzen und pennen?«

»Okay«, erwiderte Sara. »Weil du es bist, darfst du ausnahmsweise die Couch nehmen.«

Es war nicht Billy Helgesson, der am nächsten Tag in der Blekingegatan 76 die Tür öffnete. Die Frau im Türrahmen schien zudem keine große Lust zu haben, ihm zu öffnen, aber nachdem sie ihn von Kopf bis Fuß gemustert hatte, wich sie einen Schritt zurück und ließ ihn eintreten. Sie kaute auf einer Möhre; er überlegte, ob er je zuvor von einer möhrenkauenden Frau in Empfang genommen worden war, und kam zu dem Schluss, dass sie, zumindest in dieser Hinsicht, vermutlich einzigartig war.

»Juliana Peters«, sagte sie, als sie fertig gekaut hatte. »Tja, wir wussten ja, dass Sie kommen würden.«

Sie war sicher einen Meter fünfundachtzig groß. Dunkelhaarig und durchsetzungsfähig, und dass ihre Wurzeln nicht in Knivsta oder der Västgötländischen Ebene zu finden waren, vermutete Barbarotti sofort. Er fragte sich kurz, ob es voreingenommen war, solche Schlüsse zu ziehen, und entschied, dass es nicht so war. Jedenfalls war sie irgendwie imposant, in ähnlicher Weise wie eine rumänische Speerwerferin bei der Olympiade.

Und als solche musste sie natürlich täglich kiloweise Möhren futtern, um in Form zu bleiben. Wer lässt nur solche Beobachtungen in meinen Schädel, dachte Barbarotti gereizt. Weg mit dem Mist. Jedenfalls hatte sie dunkle Augen und dichte dunkle Haare, in die sich das eine oder andere graue eingeschlichen hatte. Ihm wurde klar, dass sie älter sein musste als ihr Mann. Fünf Jahre mindestens, vielleicht auch mehr. Ein Hauch von einem Akzent, aber nicht mehr als ein Hauch. Möglicherweise ein deutscher?

»Danke, dass ich zu Ihnen kommen durfte«, sagte er. »So ist es doch viel einfacher, als zu einer Polizeiwache fahren zu müssen.«

Es kann nicht schaden, die Kräfteverhältnisse klarzustellen, dachte er. Man sah daraufhin auch, dass die Bemerkung sie erstaunte, trotzdem blieb sie unkommentiert.

»Natürlich«, sagte sie nur. »Billy sitzt da drinnen. Ich habe vor, dabeizubleiben, Sie haben doch sicher nichts dagegen einzuwenden?«

»Ich muss mit Billy leider unter vier Augen sprechen«, entgegnete Barbarotti. »Vielleicht können wir zwei hinterher auch noch ein paar Worte wechseln, aber es ist nicht unbedingt gesagt, dass dies notwendig sein wird.«

Sie standen immer noch in dem engen Flur. Sie hielt das

letzte Stück Möhre hoch, das sie bisher hinter ihrem Rücken versteckt hatte. Als versuchte sie, es irgendwie sorgsam unter die Lupe zu nehmen. Sein innerstes Wesen oder worum es sonst gehen mochte – oder um es mit dem Polizisten zu vergleichen, den sie widerwillig in ihre Nähe gelassen hatte. Aus irgendeinem Winkel der Wohnung ertönte leise Musik, aber ein gewisser Billy war noch nicht aufgetaucht.

»Dann gehen Julia und ich jetzt einkaufen«, entschied Juliana Peters, als das Kräftemessen vorbei war, und rief ihren Mann. »Billy, dieser Bulle ist jetzt hier!«

Fünf Minuten später saß er Billy Helgesson an einem ovalen Glastisch gegenüber, der mit Nippes übersät war, größtenteils kleinen Tieren, auch diese aus Glas, auf winzigen Strickdeckchen. Ihre Kaffeetassen fanden nur mit Mühe und Not Platz. Juliana und Julia – ein großes und schlaksiges, etwa zwölf Jahre altes Mädchen, das hereingekommen war und ihn höflich gegrüßt hatte – waren Erledigungen machen gegangen, hatten aber versprochen, in einer Stunde zurück zu sein. Für den Fall, dass der Bulle ein paar Worte wechseln wollte, wie er angedeutet hatte.

Er war sich nicht sicher, ob sie das Wort *Bulle* herabsetzend meinte. Wirklich nicht.

Billy Helgesson passte in Bezug auf Größe und Statur mehr als perfekt zu seiner Frau. Zumindest äußerlich. Was seine innere Stärke betraf, sah es wahrscheinlich anders aus, zumindest war das Barbarottis erster Eindruck. Diesen großen und schweren Mann, der zusammengesunken auf der Ledercouch saß, umgab etwas Weichliches und Unterwürfiges; es sah aus, als fühlte er sich unwohl, und zwar sowohl in diesem Zimmer als auch in seinem Körper – als auch in Inspektor Barbarottis Gesellschaft. Die Kaffeetasse in seiner großen Pranke erinnerte an einen Fingerhut. Das Einzige, was er bisher von sich gegeben hatte, war ein zaghaftes »Guten Tag« gewesen. Schüchtern war noch untertrieben, wie man so sagte, und Barbarotti fiel eine Figur aus einem Buch von John Steinbeck ein, das er vor langer Zeit gelesen hatte, an dessen Titel er sich jedoch nicht mehr erinnerte.

»Also gut«, sagte er, nachdem er gehört hatte, dass die Wohnungstür ins Schloss gefallen war. »Es ist wirklich nett von Ihnen, dass Sie sich die Zeit für ein kurzes Gespräch mit mir nehmen.«

»Ja, klar«, sagte Billy Helgesson.

»Wie gesagt«, setzte Barbarotti an. »Ich bin gekommen, weil es da ein paar Dinge gibt, in die wir Klarheit zu bringen versuchen. Es geht vor allem um Arnold Morinder, mit dem Ihre Mutter einige Jahre zusammengelebt hat. Ich nehme an, Sie sind ihm begegnet?«

»Ja«, antwortete Billy Helgesson. »Ein Mal.«

»Nur ein Mal?«

»Ja. Ich war dort.«

»Sie meinen, Sie haben die beiden in Kymlinge besucht?«

»Ja.«

»Wo wohnte sie?«

»An den Straßennamen erinnere ich mich nicht. In Rocksta, heißt es nicht so?«

»Dann haben Sie Arnold Morinder also niemals richtig kennen gelernt?«

»Nein.«

Er schwieg und betrachtete seine großen Hände. So fühlt man sich bestimmt, wenn man einen Skiläufer aus dem lappländischen Abisko interviewt, dachte Barbarotti. Dessen Skistöcke gebrochen sind und der als Letzter ins Ziel gekommen ist, warum auch immer man so jemanden überhaupt interviewen sollte? Jetzt bin ich schon wieder voreingenommen, stellte er fest. Ein Skiläufer und eine Speerwerferin? Nein, Billy Helgesson war viel zu groß und schwer, um ein Skiläufer zu sein. Er schloss kurz die Augen und versuchte, irgendeine Art Faden aufzugreifen.

»Wann war das? Als Sie Ihre Mutter und Arnold Morinder besuchten?«

Billy Helgesson dachte nach. »Weiß nicht«, antwortete er. »Vor fünf, sechs Jahren vielleicht. Bevor er verschwand.«

Mir ist schon klar, dass du ihm nicht begegnet bist, nachdem er verschwand, dachte Barbarotti. »Wie war er?«, fragte er.

»Er war ziemlich klein«, antwortete Billy Helgesson.

»Und Sie sind ihm nur dieses eine Mal begegnet?«

»Ja«, sagte Billy Helgesson.

»Wie fanden Sie ihn?«

»Gut«, antwortete Billy Helgesson.

»Okay«, sagte Barbarotti. »Haben Sie viel Kontakt zu Ihrer Mutter?«

»Nicht so viel.«

»Was bedeutet das?«

»Hä?«, sagte Billy Helgesson.

»Ich möchte nur wissen, wie oft Sie sich sehen. Ob Sie häufig miteinander sprechen und so?«

»Warum wollen Sie das wissen?«

»Vielleicht, weil ich Ihre Hilfe benötige«, schlug Barbarotti vor.

Billy zögerte. Wechselte die Sitzhaltung auf der Couch und räusperte sich.

»Wir sehen uns nicht so oft«, erklärte er. »Sie ruft regelmäßig an. Nein, oft sehen wir uns wirklich nicht.«

»Ich war gestern in Hallsberg«, erzählte Barbarotti. »Habe mich eine Weile mit Lisbeth Mattson unterhalten. Aber vielleicht haben Sie zu ihr ja auch nicht so viel Kontakt?«

Billy Helgesson verschränkte die Arme vor der Brust. »Ich habe meine eigene Familie«, sagte er.

»Juliana und Julia?«

»Ja.«

»Wie war das, in Hallsberg aufzuwachsen. Bei Lisbeth und Gunder.«

»Das war gut«, sagte Billy Helgesson.

»Inwiefern?«

»Sie haben sich um mich gekümmert. Sie waren in Ordnung.«

Barbarotti machte eine Pause und trank einen Schluck Kaffee. Hoffte, dass Billy etwas aus eigener Kraft sagen würde, aber es kam nichts. Die vor der breiten Brust verschränkten Arme schienen sein Selbstwertgefühl allerdings ein wenig gestärkt zu haben. *Ich habe meine eigene Familie.*

»Als Arnold Morinder verschwand«, fuhr Barbarotti optimistisch fort, »da müssen Sie doch ziemlich oft mit Ihrer Mutter gesprochen haben?«

»Nein«, antwortete Billy Helgesson. »Nicht besonders oft.«

»Dann haben Sie sich nie darüber unterhalten, was mit ihm passiert sein könnte?«

»Nein.«

»Aber Sie wussten davon?«

»Ja.«

»Woher?«

»Ich glaube, sie rief mich an. Es stand auch in der Zeitung. Aber sie hatte nichts damit zu tun.«

»Woher wollen Sie das wissen?«

»Ich weiß es. Sie hat es mir gesagt.«

»Sind Sie mal in dieser Fischerhütte zu Besuch gewesen?«

»Welcher Fischerhütte?«

»Ihnen ist nicht bekannt, dass Ihre Mutter und Arnold Morinder ein Sommerhaus besaßen?«

Er zögerte. »Doch, vielleicht… ist er von da mit seinem Moped weggefahren?«

»Ja«, antwortete Barbarotti. »Zumindest glauben wir das. Aber Sie wissen nicht mehr darüber?«

»Nein«, sagte Billy Helgesson und schüttelte vorsichtig seinen großen Kopf. »Das tue ich nicht.«

»Nun ja«, meinte Barbarotti. »Lassen wir das. Wann haben Sie das letzte Mal mit Ihrer Mutter gesprochen? Kommt sie öfter zu Besuch?«

Das waren zwei Fragen statt einer, und Billy Helgesson dachte eine ganze Weile nach, ehe er antwortete.

»Wir feiern immer Weihnachten«, sagte er. »Dann kommt sie manchmal vorbei. Julianas Cousine auch, ja, letztes Jahr zu Weihnachten waren sie beide hier.«

»Julianas Cousine und Ihre Mutter?«

»Ja.«

»Und wann haben Sie Ihre Mutter zuletzt gesehen?«

»Da«, sagte Billy Helgesson.

»Weihnachten?«

»Ja.«

»Aber seither haben Sie mit ihr telefoniert?«

»Oh ja«, antwortete Billy Helgesson mit Nachdruck. »Natürlich.«

»Wissen Sie noch, wann das letzte Telefonat war?«

Er dachte wieder nach.

»Das war vor ein paar Wochen. Sie wollte nach Lappland fahren.«

»Ja, genau«, sagte Barbarotti. »Wenn ich es richtig verstanden habe, ist sie oben in der Gegend von Vilhelmina gewesen?«

»Ja«, antwortete Billy. »Sie fährt da oft hin.«

»Ach, wirklich?«, sagte Barbarotti. »Fährt Sie immer in dieselbe Pension?«

»Ich glaube schon. Sie kennt da jemanden.«

»Worüber haben Sie noch gesprochen, als sie anrief?«

»Nichts Besonderes. Sie wollte nur wissen, wie es uns ging und so.«

»Hat sie gesagt, wie lange sie in Nordschweden bleiben wollte?«

»Nein. Eine Woche, glaube ich. Vielleicht auch zwei.«

»Wissen Sie, wo sie jetzt ist?«

»Meine Mutter?«

Wer sonst, dachte Barbarotti. »Ja, genau«, sagte er. »Ihre Mutter, Sie wissen nicht zufällig, wo Sie sich momentan aufhält?«

Billy Helgesson ließ die Arme vom Brustkorb sinken und zuckte mit seinen voluminösen Schultern. »Ist sie nicht zu Hause?«

»Nein«, sagte Barbarotti.

»Oder in Lappland?«

»Nein, da ist sie abgereist.«

»Dann habe ich keine Ahnung, wo sie ist.«

Ausgezeichnet, dachte Barbarotti. Dann wissen wir das. Und wie sollen wir dieses inspirierende Gespräch nun fortsetzen?

»Wissen Sie vielleicht, ob Ihre Mutter Bekannte hat, die sie öfter mal besucht?«, fragte er. »Ich meine jetzt nicht in dieser Pension. Da oben ist sie ja nicht mehr. Ich müsste sie sprechen und weiß nicht, wo ich sie finden kann.«

Billy kratzte sich eine Weile im Nacken, ehe er antwortete. »Sie hat eigentlich nicht so viele Bekannte. Nein, keine Ahnung.«

Barbarotti wechselte das Thema. »Wie kommt es, dass Sie in Stockholm gelandet sind? Sie sind doch in Kymlinge und Hallsberg aufgewachsen.«

»Ich war hier bei der Armee«, antwortete Billy. »Und dann habe ich Juliana kennen gelernt.«

»Sie haben Ihren Wehrdienst in Stockholm abgeleistet?«

»Ja. Beim Regiment K1.«

Barbarotti überlegte, ob er Billy Helgessons Erinnerungen an seinen Wehrdienst hören wollte, und beschloss, dass sie keine Rolle spielten.

»Was damals auf Klein-Burma geschehen ist, muss für Sie ja ganz schrecklich gewesen sein«, sagte er stattdessen. Er wusste nicht genau, warum er plötzlich bei dieser Frage gelandet war, eigentlich hatte er beschlossen, das Thema zu vermeiden. Billy war erst zwölf gewesen, als es passierte, und Barbarotti wusste, dass die Polizei mit ihm gesprochen hatte, man aber nichts aus ihm herausbekommen hatte. Es gab keine Vernehmungsprotokolle, nur Berichte darüber, dass man mit ihm gesprochen hatte. *Zu sprechen versucht hatte* – und wenn es stimmte, dass er damals mehr oder weniger stumm gewesen war, wunderte einen das natürlich nicht.

»Ja«, antwortete er nun. »Aber ich will nicht darüber reden.«

»Das kann ich verstehen«, erklärte Barbarotti. »Es war ja wirklich fürchterlich, ist Ihnen gut geholfen worden, darüber hinwegzukommen?«

»Lisbeth und Gunder haben sich um mich gekümmert«, sagte Billy Helgesson.

»Das weiß ich«, meinte Barbarotti. »Und Ihren leiblichen Vater, wie haben Sie ihn in Erinnerung?«

Dies war noch so eine Frage, die er eigentlich gar nicht hatte stellen wollen, aber jetzt hatte er sie gestellt. Billy Helgesson schwieg eine ganze Weile und betrachtete erneut seine Hände, die gefaltet in seinem Schoß lagen.

»Er war ein Schwein«, sagte er schließlich. »Ich mochte ihn nicht.«

»Aber Ihre Mutter mögen Sie?«

»Ja«, antwortete Billy Helgesson, »aber ich habe jetzt meine eigene Familie.«

Barbarotti beschloss, es damit gut sein zu lassen.

Ehe er die Blekingegatan verließ, hatte er auch noch Gelegenheit, einige Worte mit Juliana Peters zu wechseln. Sie und ihre Tochter kehrten mit jeweils einer Einkaufstüte zurück, als er im Flur stand und sich gerade von Billy Helgesson verabschiedete.

Sie standen in der Küche, hinter geschlossener Tür, während sie diese Worte wechselten; sie hatte darauf bestanden, nicht er.

»Ich möchte Ihnen etwas erklären«, sagte sie. »Ich habe Billy geheiratet, weil ich einen Mann brauchte, der mich verteidigen konnte und bei dem ich mich sicher fühlte. Bevor wir uns kennenlernten, habe ich Dinge durchgemacht, auf die ich nicht eingehen möchte. Bis ich Billy begegnete, hatte ich eine schwere Kindheit und ein schweres Leben. Ich weiß, dass er ist, wie er ist, aber er ist ein guter Vater und ein guter Mann. Er lässt mich nie im Stich. Ich wollte nur, dass Sie das wissen.«

»Danke«, sagte Barbarotti. »Ich glaube, ich verstehe.«

Dann hatte er sie gefragt, ob sie vielleicht eine Idee hatte, wie er sich mit Ellen Bjarnebo in Verbindung setzen könnte, aber in diesem Punkt konnte ihm Juliana Peters ebenso wenig weiterhelfen wie ihr Mann.

Als Gunnar Barbarotti aus dem Hauseingang von Blekingegatan 76 trat, war es Viertel nach zwölf, und was diese so genannte Ermittlung betraf, mit der er sich herumschlug, spürte er nunmehr deutlich, dass er das Ende der Fahnenstange erreicht hatte.

25

Eva Backman war genervt.

Und zwar von praktisch allem. Von Kriminalassistent Wennergren-Olofsson, mit dem sie am Vorabend bis sechs Uhr in sinnlosen, kriminalpolitischen Beratungen zusammengesessen hatte. Von ihrem Exmann, mit dem sie an diesem Morgen telefoniert hatte. Von seiner Frau, dieser eingebildeten Gans, und von einem geleckten Anwalt namens Wilkerson, der die beiden früheren Eheleute ermahnt hatte, miteinander zu sprechen. Desweiteren auf ihrer Liste: ein Journalist der Zeitung GT, der sie in den letzten zwei Tagen elf Mal angerufen hatte, Raymond Fängström, der zu Lebzeiten ein Idiot und Rassist gewesen war und den schlechten Geschmack gehabt hatte, sich von einem oder mehreren unbekannten Mördern vergiften zu lassen, Gunnar Barbarotti, weil er nach Stockholm gefahren war und nicht zur Verfügung stand, damit sie ihm ihr Leid klagen konnte, sowie Gott, der Allmächtige, weil er zugelassen hatte, dass Marianne gestorben war.

Und weiteres in dieser Art. Außerdem würde sie in zwei Tagen ihre Tage bekommen, und außerdem war Samstag.

Es war mit Eva Backmans Weltanschauung unvereinbar, dass man an einem Samstag arbeitete, aber wenn ein vom Volk gewählter Schwedendemokrat unter unklaren Umständen das Zeitliche segnete, musste man eben brav alle Hebel in Bewegung setzen.

Alle Hebel in Bewegung setzen? So hatte Asunander es bei der gut besuchten Pressekonferenz am Vortag formuliert, und da sie schon einmal dabei war, alle Objekte, von denen sie genervt war, aufzulisten, platzierte sie den Kommissar flugs auf einen der Medaillenränge.

Im Moment saß sie in ihrem Büro und wartete. An ihrem hässlichen, leicht wackelnden Schreibtisch mit einem Computer, der prallvoll mit unbeantworteten Mails war und Stapeln schlecht geschriebener Berichte, zu deren Lektüre sie noch keine Zeit gefunden hatte. Vor dem Fenster war Vorsommer. Lill-Marlene Fängström hatte ihr versprochen, um zehn Uhr da zu sein. Jetzt war es Viertel nach.

Lill-Marlene, dachte Eva Backman. Ein bescheuerter Name.

Sie war stark geschminkt und sah ungefähr so aus wie auf den Fotos in den Zeitungen. Und wie bei ihren früheren Begegnungen. Eine Sechzigjährige, die versuchte, wie achtundzwanzig auszusehen. Lill-Marlene Fängström hatte aus dem Tod ihres Sohnes, des Mandatsträgers, eine große Sache gemacht. Hatte sich in allen möglichen Medien, sowohl sozialen als auch traditionellen, geäußert. In ihrem frisch eingerichteten Blogg hatte sie Namen und Stimmen und unterstützende Kommentare von diversen zweifelhaften Seiten gesammelt, und es war sogar die Ansicht laut geworden, dass sie auf den Platz ihres dahingegangenen Raymonds im Stadtrat nachrücken sollte.

Diesen Vorschlag hatte sie allerdings nicht selber vorgebracht, sie hatte keinerlei Ambitionen dieser Art und interessierte sich, wenn Eva Backman es richtig sah, nicht sonderlich für Politik. Dass sie im Großen und Ganzen die gleichen Ansichten vertrat wie ihr Sohn, war allerdings kein Geheimnis. Wenn sie twitterte und bloggte und bei ihren Verlautbarungen unterbelichteten Journalisten gegenüber vertrat sie im Prinzip zwei Positionen: erstens musste die Polizei die hinterhältigen und unzuverlässigen Ausländer fassen, die ihren Sohn getötet hatten. Wenn das erledigt war und man sie (ihn? die Frau?) hinter Schloss und Riegel gebracht hatte, sollten alle anderen aus Kymlinge ausgewiesen werden. Also diese hinterhältigen Elemente. Also von fremdländischer Herkunft. Damit sich rechtschaffene Bürger nachts wieder auf die Straße trauen konnten.

Zweitens verlangte sie Personenschutz. Sie fühlte sich auf Straßen und Plätzen nicht mehr sicher, und natürlich trachtete man auch ihr nach dem Leben.

So sah es aus. Eva Backman hatte zwei Mal mit ihr gesprochen, und zu einem weiteren Gespräch kam es nun auf Lill-Marlene Fängströms eigenen Wunsch. Am späten Freitagnachmittag (gegen Ende der deprimierenden Beratungen mit Wennergren-Olofsson) hatte sie im Polizeipräsidium angerufen und mitgeteilt, sie habe wichtige Informationen mitzuteilen, so wichtige, dass sie diese nicht am Telefon erörtern wolle.

Der spätere Abend sei ebenfalls ausgeschlossen, da sie dann anderes zu tun habe.

Was Sie uns mitzuteilen haben, ist also nicht so wichtig, dass sie ihm Priorität einräumen, hatte Eva Backman gekontert.

Pri… was, hatte Lill-Marlene Fängström entgegnet. Reden Sie keinen Unsinn, ich schaue morgen Vormittag bei Ihnen vorbei.

Und nun hatte sie also endlich ihren Auftritt. Frisch gefärbte Haare und hohe Absätze.

»Setzen Sie sich«, sagte Backman. »Sie kommen zwanzig Minuten zu spät.«

Es dauerte eine Weile, bis deutlich wurde, worin die wichtigen Informationen bestanden.

Die ihres Sohnes beraubte Mutter weinte nämlich erst einmal eine Runde, was bei den beiden früheren Vernehmungen auch nicht anders gewesen war. Beklagte sich, beschwerte sich und flennte ein paar Minuten, worauf sie einige Zeit darauf verwenden musste, ihr Make-up neu zu organisieren, während sie Inspektor Backman zum dritten Mal von den vielen einzigartigen Eigenschaften und Vorzügen ihres Sohnes – ihres einzigen Sohnes – erzählte. Von seinem Patriotismus. Seinem Stolz. Seinen herausragenden Kenntnissen in schwedischer Geschichte, seinem Mut und seinem Gerechtigkeitssinn.

Seiner kurzen, aber glänzenden Karriere als Leiter einer Pfadfindergruppe und, nicht zu vergessen, von seinem politischen Talent.

Um nicht zu sagen Genie. Will sagen, von seinem politischen Genie. Backman stellte die Ohren auf Durchzug, so gut es ging, und ließ sie gewähren. Warum kann ich kein Mitleid mit ihr haben, fragte sie sich. Das ist ja furchtbar.

Anfangs hatte sie natürlich welches gehabt. Eine Mutter, deren einziger Sohn getötet worden war – dass es sich um eine Vergiftung handelte, stand seit zwei Tagen fest, um welches Gift es sich handelte und wie es verabreicht worden war, hatte man dagegen noch nicht ermitteln können; im Labor gab es nach wie vor irgendwelche Schwierigkeiten mit irgendetwas –, nun ja, konnte man sich überhaupt etwas Traurigeres und Herzzerreißenderes vorstellen?

Aber Lill-Marlenes extrovertiertes Benehmen hatte man irgendwann einfach satt. Backman hatte versucht, ihre eigene Gleichgültigkeit zu bekämpfen, aber an einem Tag wie diesem – dem gelobten Samstag der Genervtheit – stand sie mit ihren Bemühungen auf ziemlich verlorenem Posten.

»Also, sie sind mir vorgestern aufgefallen«, erklärte Lill-Marlene Fängström zu guter Letzt und machte eine Kunstpause.

Backman erkannte, dass ihre Gedanken abgeschweift waren, und richtete sich auf ihrem Stuhl auf.

»Entschuldigen Sie. Wen haben Sie vorgestern gesehen?«

»Na, diese Männer«, antwortete Lill-Marlene Fängström. »Das habe ich doch gerade gesagt.«

»Erzählen Sie«, forderte Backman sie auf.

»Das tue ich ja«, sagte Fängström und begann, mit einem ihrer Hochhackigen zu wippen. Er war hellgrün, hing am großen Zeh und wirkte zwei Nummern zu klein. »Ich sage doch, dass sie mir gestern ins Auge gefallen sind, aber zum ersten Mal gesehen habe ich sie vorgestern, also am Donnerstag. Sie waren zu zweit und hatten nicht den geringsten Grund, sich ausgerechnet dort aufzuhalten. Warum sollten sie?«

»Und wo?«, fragte Backman. »Wo haben Sie diese Männer gesehen?«

»Vor seiner Wohnung natürlich«, sagte Fängström. »Ich war da und habe geputzt. Und seine Sachen durchgesehen, das muss doch getan werden, nicht?«

»Sicher«, sagte Backman.

Denn damit hatte sie natürlich recht. Die Wohnung, in der Raymond Fängström gewohnt hatte und tot aufgefunden worden war, wurde nicht mehr als Tatort klassifiziert. Die Spurensicherung hatte die zweiundsechzig Quadratmeter tagelang minutiös durchkämmt, zweihundertfünfzig Fotos geschossen und alles beschlagnahmt, was möglicherweise einen Hinweis geben konnte. Fingerabdrücke waren gesichert, Müll und Haare und Computer und abgeschnittene Fingernägel ausgewertet worden. Selbstverständlich konnte die Mutter des Opfers dorthin gehen und putzen, wenn sie das wollte.

»Ich habe sie also durch das Küchenfenster gesehen«, fuhr Fängström fort. »Zwei Männer, die auf dieser Bank im Hof saßen und so taten, als würde sie sich unterhalten. Aber das haben sie gar nicht getan. Sie haben überwacht.«

»Überwacht?«, sagte Backman.

»Die Wohnung überwacht«, verdeutlichte Fängström. »Das sage ich doch. Solange ich da war, blieben sie sitzen. Fast eine Stunde lang, nachdem sie mir aufgefallen waren. Sie hatten Zeitungen dabei, haben aber nicht in ihnen gelesen. Und sie sind mir nicht gefolgt, ich habe Kjell-Arne angerufen, und er ist gekommen und hat mich mit dem Wagen abgeholt, so dass sie keine Chance hatten.«

Kjell-Arne war identisch mit Lill-Marlene Fängströms derzeitigem Freund. Sie wohnten zwar nicht unter demselben Dach, waren aber seit über einem Jahr liiert, so dass nichts auszuschließen war. Das hatte sie sowohl in der ersten als auch in der zweiten Vernehmung verkündet. Was Lill-Marlenes restliche Familie betraf, so hatte sie noch eine Tochter namens Belinda, die derzeit in Florida lebte. Nach den Vätern von Raymond und seiner Schwester war gefragt worden, aber die Mutter hatte es vorgezogen, diese Frage nicht zu beantworten. Sie waren ohnehin irrelevant.

Eva Backman hatte in ihrem Protokoll *irrelevant* festgehalten, ohne dass ihr bestätigt worden wäre, dass sie dieses Wort gemeint hatte.

»Entschuldigen Sie«, sagte sie. »Es muss schon etwas mehr sein. Zwei Männer, die bei schönem Wetter auf einer Bank sitzen... dabei könnte es sich ehrlich gesagt auch um ein völlig unschuldiges Verhalten handeln.«

»Die waren nicht unschuldig, jetzt hören Sie mir doch zu. Ich werde heute Nachmittag in meinem Blogg darüber schreiben.«

»Da mische ich mich nicht ein«, erklärte Backman. »Aber Sie sagen, dass Sie die beiden gestern wieder gesehen haben?«

»Ja, natürlich«, antwortete Lill-Marlene Fängström und wippte gereizt mit dem Hellgrünen. Backman fiel auf, dass an der Sohle noch das Preisschildchen klebte. »Als ich gestern dort war, saßen sie an derselben Stelle. Am Anfang noch nicht, aber kurze Zeit später. Dieselben Männer, dieselbe Bank. Sie guckten auch zum Fenster hoch.«

»Haben sie noch etwas getan?«, fragte Backman.

»Nein, sie saßen bloß da und überwachten die Wohnung.«

»Was haben Sie getan?«, erkundigte sich Backman.

»Ich habe hier angerufen«, antwortete Fängström. »Sie erinnern sich vielleicht. Wollen Sie die Mörder meines Sohnes nun ergreifen oder nicht? Ich muss Ihnen ehrlich sagen, manchmal frage ich mich das allmählich.«

»Natürlich arbeiten wir daran, den Täter zu fassen«, erwiderte Backman. »Wie lange blieben die Männer sitzen?«

»Mindestens eine halbe Stunde.«

»Und dann?«

»Dann gingen sie.«

Backman dachte nach und schrieb währenddessen ein paar sinnlose Dinge in ihren Notizblock, um Zeit zu gewinnen. Um sich ein paar zusätzliche Sekunden zu verschaffen, um entscheiden zu können, wie sie die Informationen, die diese halb hysterische Frau ihr soeben übermittelt hatte, einschätzen sollte.

»Würden Sie die Männer wiedererkennen?«, fragte sie. »Glauben Sie, dass Sie uns eine gute Personenbeschreibung von ihnen geben können?«

»Das denke ich doch«, sagte Lill-Marlene Fängström. »Zumindest von dem einen. Er sah genauso aus wie dieser verdammte Morinder.«

»Morinder?«, sagte Backman.

»Ja, wie Arnold Morinder«, bestätigte Fängström. »Ich weiß, dass er vor ein paar Jahren verschwunden ist, aber der Mann sah ihm wirklich zum Verwechseln ähnlich.«

Eva Backman schloss für eine Sekunde die Augen, während die Synapsen einander einholten.

»Meinen Sie Arnold Morinder, den Elektriker, der vor fünf Jahren verschwand?«, fragte sie.

»Ja, genau«, erwiderte Lill-Marlene Fängström. »Es gibt in dieser Stadt bestimmt nicht viele mit diesem Namen.«

»Kannten Sie ihn?«, wollte Backman wissen.

»Was heißt hier kannte«, meinte Fängström. »Wir sind neun Jahre in dieselbe Klasse gegangen.«

»Aha?«, sagte Backman in Ermangelung von Besserem.

»Aber ich kannte ihn nicht. Er war ein seltsamer Kauz. Er war dann ja am Ende doch mit dieser Ellen zusammen.«

Backman lehnte sich über den Schreibtisch. »Moment mal. Sie meinen Ellen Bjarnebo, nehme ich an?«

»Die Schlächterin, ja, natürlich«, sagte Fängström und rümpfte die Nase. »Die dürfte in diesem Haus ja wohl kein unbeschriebenes Blatt sein, nicht?«

»Was meinten Sie mit *am Ende doch*?«, erkundigte sich Backman.

»Habe ich das gesagt?«, entgegnete Fängström.

»Ja«, bestätigte Backman. »Sie haben gesagt, dass er dann *am Ende doch* mit ihr zusammen war.«

»Okay, dann habe ich das sicher gesagt, weil er in der Schule hinter ihr her war.«

»Was?«, sagte Backman.

»Er war damals schon scharf auf sie, an so etwas erinnert man sich ja. Ein verdammtes Paar, entschuldigen Sie die Ausdrucksweise, aber genau das waren sie. Ich glaube übrigens, Morinder stammte von irgendwelchen Kesselflickern ab… oder *fahrendem Volk*, wie man so sagt, aber das klingt ja eigentlich viel zu fein für diese Art von Leuten. Nennt man sie so, weil sie herumreisen, oder was?«

Kannst du nicht einmal eine Sekunde still sein, damit ich überlegen kann, dachte Backman.

»Sie ging nur ein Jahr in unsere Klasse, aber mein Gott,

hat der die angehimmelt«, fuhr Lill-Marlene Fängström unverdrossen fort. »Ich glaube, sie ließ ihn auch mal an sich ran, ich meine nicht richtig, nur Petting. Aber sie war ja auch so komisch, ein richtiges Mauerblümchen, wenn Sie verstehen, was ich meine. Hatte keine Freundinnen, so viel ist sicher. Und dann hat sie die Schule gewechselt. Auch gut.«

»Und wann war das?«, fragte Backman.

Lill-Marlene Fängström steckte einen Zeigefinger in den Mund und dachte drei Sekunden nach.

»In der acht«, sagte sie. »Ja, das war im Frühjahr in der achten Klasse. Also, als ich gesehen habe, wie sie herumknutschten. Es war auf einer Schultanzveranstaltung, das hieß damals so.«

»Augenblick mal«, sagte Backman. »Sie behaupten also, dass Arnold Morinder und Ellen Bjarnebo in der Jahrgangsstufe acht in dieselbe Klasse gingen, und dass sie vielleicht… dass sie vielleicht ein bisschen zusammen waren.«

»Was spielt denn das für eine Rolle?«, konterte Lill-Marlene Fängström und schaffte es, ihren Fuß in den Schuh zu zwängen. »Ich sage doch nur, dass einer der beiden Typen auf der Bank aussah wie Morinder. Ich sage nicht, dass er es war. Wollten Sie nicht eine Personenbeschreibung haben?«

Eva Backman lehnte sich zurück und überlegte einen Moment.

»Sicher«, sagte sie. »In Ordnung. Und der Zweite, wie sah der aus?«

»Der wirkte jünger«, antwortete Fängström. »Lange Haare, die ihm ins Gesicht hingen. Schwer zu sehen, wie er dahinter aussah. Natürlich auch dunkelhaarig. Aber ich konnte ja auch schlecht dastehen und die beiden anglotzen. Ich wusste doch nicht, ob sie bewaffnet sind.«

»Können Sie beschreiben, wie sie gekleidet waren?«, fragte Backman.

Gleichzeitig schaltete sie ihr Aufnahmegerät ein, während sie bisher keinen Gedanken daran verschwendet hatte, es zu benutzen. Die Mutter des toten Schwedendemokraten widmete sich fünf weitere Minuten der Aufgabe, das Paar auf der Bank zu beschreiben, aber Eva Backman ließ das Band laufen und ihre eigenen Gedanken in eine ganz andere Richtung abschweifen.

Hat das etwas zu bedeuten?, fragte sie sich.

Und wenn ja, was? Was spielte es schon für eine Rolle, ob Bjarnebo und Morinder sich schon als Teenager gekannt hatten? Vermutlich gar keine, aber sie war sich sicher, dass es auf jeden Fall eine Neuigkeit war.

Jetzt mach, dass du wegkommst, du Schnepfe, dachte sie. Ich muss ein wichtiges Telefonat führen.

Aber es dauerte weitere zwanzig Minuten, bis Lill-Marlene Fängström bereit war, das Polizeipräsidium von Kymlinge zu verlassen – und bevor sie es tat, hatte Eva Backman sie ausdrücklich ermahnt, sich am Montagmorgen um neun Uhr erneut einzufinden. Um diese Uhrzeit würde sie nämlich Kriminalassistent Wennergren-Olofsson gegenübersitzen und ihm exakt das erzählen, was sie ihr selbst in der letzten Stunde erzählt hatte.

Oh ja, so arbeitete man bei Fällen dieser Art, erläuterte sie des Weiteren. Alles wurde äußerst ernst genommen, nichts dem Zufall überlassen. Insbesondere dann nicht, wenn es um einen Mandatsträger ging. Das fehlte gerade noch.

Als sie wieder allein in ihrem Büro war, rief sie zunächst Wennergren-Olofsson an und gab die Informationen wieder, die sie soeben bekommen hatte. Erwähnte Morinder und Bjarnebo allerdings nicht. Wennergren-Olofsson analysierte die Situation blitzschnell und erklärte, dass man aller Wahrscheinlichkeit nach vor einem Durchbruch in den Ermittlungen stehe. Warum also bis zum Montagmorgen warten?

Weil schönes Wetter ist, antwortete Backman. Jetzt mach mal keine Panik.

Sie legte auf, ehe er protestieren konnte.

Stattdessen wählte sie Barbarottis Handynummer. Er meldete sich nicht, bat sie vielmehr, ihm nach dem Signalton eine Nachricht zu hinterlassen.

Das tat sie; ohne zu enthüllen, was sie auf dem Herzen hatte. Bat ihn nur kurz und bündig, sie anzurufen, sobald er endlich den Arsch hochbekam.

Als auch dieses Detail abgehakt war, merkte sie erstaunt, dass ihr Ärger größtenteils verraucht war.

26

Der 3. Juni 1989

Sie hatte vorgehabt, eine Obergrenze festzulegen, gab aber nach.

Hatte vorgehabt, ihm zu sagen, dass er für höchstens zwanzig Kronen Süßigkeiten kaufen dürfe, aber in Anbetracht seines flehenden Blicks und der traurigen Unterlippe gab sie, wie üblich, nach. Sie kauften Lakritzriemen, Drops und kleinere Süßigkeiten für über fünfunddreißig Kronen, und als sie von der Tankstelle heimgingen, sah sie, dass er glücklich war.

So glücklich er denn sein konnte. Er sagte nichts, natürlich nicht, aber er ging dicht neben ihr und kaute und brummte, wie er es immer tat, wenn es ihm gut ging.

So gut es ihm denn gehen konnte. Eine Art tief vibrierender Urton drang aus seiner Kehle, und sie war sich nicht sicher, dass er ihm überhaupt bewusst war. Mein Schweinchen, dachte sie, wie sollst du nur im Leben zurechtkommen?

Als sie auf dem Rückweg an Groß-Bruma vorbeikamen, begegneten sie Ingvor und Erik; die beiden wollten gerade in den Wagen steigen, um in irgendeiner Angelegenheit in die Stadt zu fahren, und sie dachte, dass es für einen Außenstehenden aussehen musste, als begegneten sich zwei verschiedene Welten. Erik und Billy waren praktisch gleichaltrig, aber sie hatten schon mit sieben aufgehört, miteinander zu spielen, weil sie zu verschieden waren. Jetzt schauten sie sich nicht einmal mehr an; Erik trug eine enge, schwarze Jeans und ein rotes Hemd, das aus einem blassgelben Pullover mit V-Ausschnitt herauslugte, und keines dieser Kleidungsstücke schien älter als eine Woche zu sein, und für die Kleidung seiner Mutter galt im Großen und Ganzen das Gleiche. Ja, es war wirklich eine Szene aus einem alten englischen Film: Herrschaft und Gesinde, die sich unverhofft auf dem Hof vor dem Gutshaus begegnen. Ingvor setzte ein Lächeln auf.

»Hallo, wir haben es ein bisschen eilig.«

»Lasst euch durch uns nicht aufhalten«, sagte Ellen.

Vor zwei Stunden habe ich deinen Mann gevögelt, hätte sie hinzufügen können. Dafür hätte es zwar keinen triftigen Grund gegeben, aber es hätte Spaß machen können, ihre Reaktion zu beobachten. Die des Sohns und die der Betrogenen.

»Wie läuft es mit dem Pool?«, erkundigte sie sich stattdessen.

»Danke, gut«, antwortete Ingvor und gab sich alle Mühe, ihr Lächeln beizubehalten. Sekundenlang ging ihr wahrscheinlich durch den Kopf, ob sie gezwungen sein würde, zu einer Art Probeschwimmen einzuladen, aber ihre nüchternere Seite gewann die Oberhand, und sie unterließ es.

»Wir haben es ein bisschen eilig«, wiederholte sie. »Bis bald.«

»Bis bald«, sagte Ellen, und Billy brummte.

Erik gab keinen Mucks von sich. Ließ sich zu einem hohlen Kopfnicken herab und setzte sich auf den Beifahrersitz.

Eins haben wir jedenfalls gemeinsam, Harry und ich, dachte Ellen, als sie die beiden davonfahren sah. Unsere Nachbarn haben wir beide gleich gern.

Er ließ auf sich warten.

Dagegen hatte sie nichts, aber während die Nachmittags-stunden verstrichen, sorgte sie sich dann doch zusehends. Wenn Harry in der Stadt blieb, hieß das, er traf sich mit alten Freunden. Davon gab es weiß Gott nicht viele, schätzungs-weise zwei, schätzungsweise Staffan und Börje – darüber hinaus möglicherweise noch einen unangenehmen, schmieri-gen Typen, der Ziggy genannt wurde –, aber dies hieß sehr wahrscheinlich auch, dass sie Karten spielten. Poker und Bier. Wenn Harry verlor, war er bei seiner Heimkehr immer beson-ders unausstehlich. Und er verlor fast immer.

Außerdem hatte er das Auto genommen. Sie hatten sich mehrfach gestritten, weil er mit Alkohol im Blut fuhr, und die letzte Diskussion hatte damit geendet, dass er ihre Lippe zum Aufplatzen brachte.

Sie beschloss, trotz allem dieses Schweinefilet aus Däne-mark zuzubereiten. Wenn es bei Harry richtig spät wurde, würden sie und Billy zu zweit essen, und was übrig blieb, konnte aufbewahrt und im Ofen erwärmt werden. Im Übrigen war auch gar nicht gesagt, dass er bei seiner Rückkehr Hunger haben würde, vielleicht hatte er mit seinen Kumpels auch eine Pizza gegessen. Das kam vor, aber nicht immer.

Während sie am Küchentisch saß und Champignons klein-schnitt, tauchte ein Gedanke auf, der ihr in letzter Zeit zu-setzte: Es wäre wirklich vollkommen egal, wenn er nicht zu-rückkäme. Wenn er sich beispielsweise im Suff totführe, und um das Haus würde sie nicht eine Sekunde trauern. Außer für die Galerie natürlich. Es war furchtbar, so zu denken, und wie üblich verdrängte sie das in eine schlecht beleuchtete Nische ihres Bewusstseins.

Es war eben nur so ein Gedanke, wie sollte der einen Unter-schied ausmachen? Und in dieser Nische hatte sich so einiges angesammelt.

Ein paar Minuten nach halb sieben hörte sie das Auto auf den Hof rollen. Sie hatten noch nicht gegessen, so dass sie wahrscheinlich doch zu dritt am Tisch sitzen würden. Sie ging zum Küchenfenster und sah hinaus.

Sie legte die Hand vor den Mund, konnte aber dennoch einen Aufschrei nicht unterdrücken, aber Billy war in seinem Zimmer und hatte die Tür geschlossen, sodass sie keiner hörte.

Es war schlimmer, als sie befürchtet hatte.

Er *purzelte* aus dem Wagen.

Hatte schräg geparkt, mit einem Vorderreifen im Blumenbeet, und als die Fahrertür aufging, kippte er heraus und landete auf allen vieren. Schüttelte den Kopf und begann, in Richtung Küchentür zu krabbeln, hielt jedoch nach zwei Metern inne und rappelte sich auf.

Schwankte einen Moment, während er sich mit der Hand über das Gesicht fuhr. Wischte sie am Hosenbein ab, woraufhin sie sah, dass er sich übergeben hatte. Auf dem hellblauen Hemd waren wie auf der Hose Flecken von Erbrochenem. Es hätte sich natürlich auch um eine andere Art von Flecken handeln können, aber welche? Sie trat einen Schritt vom Fenster zurück, damit er sie nicht sah, und der Reflex zu fliehen, durchzuckte sie. Einfach alles stehen und liegen zu lassen, sich den Jungen zu schnappen und für immer aus dieser… dieser auslaugenden, sich langsam verdunkelnden und schrumpfenden Hoffnungslosigkeit zu verschwinden, die… die das Leben bildete, das ihr beschieden worden war. Ihr und Billy.

Doch der Impuls erstarb. Sie konnten nirgendwohin. Es gab keine Freunde, die sie aufnehmen würden, keine Familie, zu der sie zurückkehren könnten. Kein Schutznetz und keinen Ausweg. Sie blieb stehen und betrachtete stattdessen ihren Mann.

So kann es nicht weitergehen, dachte sie.

27

Gunnar Barbarotti spazierte die gesamte Götgatan bis nach Slussen hinab. Das Gespräch mit Billy Helgesson lag ihm im Magen wie ein schwerer Kloß.

Im Übrigen nicht nur Billy, merkte er, als er versuchte, den Kloß genauer zu studieren, sondern diese ganze Geschichte. Eine Frau, die ihren Mann tötet, weil sie es nicht mehr aushält – und die Konsequenzen auf sich nimmt. Denn war es nicht so? Alles, was er über Harry Helgesson gehört hatte, sprach die gleiche deutliche Sprache. Der Mann war ein Mistkerl und Schinder seiner Familie gewesen; ein *Schwein* hatte Billy seinen eigenen Vater genannt. Barbarotti erschien der Gedanke nicht abwegig, dass die Stummheit des Jungen mit der Härte des Vaters zusammenhing. Weil er in seiner Kindheit so gehemmt und verängstigt gewesen war, hatte er sich schlichtweg nicht getraut zu sprechen. War das möglich? Hatte Lisbeth Mattson mit ihrer Einschätzung letztlich doch vollkommen recht gehabt? Schwer zu sagen, aber Billy und seine Mutter hatten auf Klein-Burma jedenfalls ein hartes Leben geführt, so musste es gewesen sein. So hart, dass sie eines Tages den einzigen Ausweg gewählt hatte, den sie entdecken konnte: sich des Tyrannen zu entledigen und die Strafe dafür auf sich zu nehmen.

Dass sie ihn darüber hinaus ein bisschen zerlegt und anschließend im Wald versteckt hatte, tja, in diesem Punkt tendierte Barbarotti dazu, Nachsicht walten zu lassen. Zumindest an solch einem sonnigen Tag so viele Jahre später, denn sie hatte immerhin mehr als ein Jahrzehnt in Hinseberg gesessen.

Oder war dies ein völlig falsches Bild? Gab es andere Umstände, die auf etwas anderes hindeuteten und nie ans Licht gekommen waren? Jedenfalls schien sie zu allem Überfluss auch noch ihren Jungen verloren zu haben. War es nicht so? War der Kontakt zwischen Ellen Bjarnebo und ihrem Sohn nicht praktisch abgebrochen, als sie ins Gefängnis musste? Onkel und Tante hatten Billy kurzerhand unter ihre Fittiche genommen. Er hatte sein Zuhause verlassen und war bei dem kinderlosen Ehepaar in Hallsberg gelandet. Wo man offenkundig wenig davon hielt, dass Mutter und Kind sich begegneten. Ein einziger Besuch in Begleitung eines Schulpsychologen. Ein Gegenbesuch. In elf Jahren.

Aber vielleicht konnte man sie auch verstehen, überlegte Barbarotti. Zumindest mit etwas Distanz und wenn man eine ganz bestimmte Brille aufsetzte: Billys Vater war ermordet worden, Billys Mutter eine Mörderin. Kein sonderlich nettes Gepäck, das man da an einen neuen Ort mitschleppte. Vor allem dann nicht, wenn man stumm, bescheiden begabt und allgemein gehemmt war.

Aber hätte dies nicht besser bewältigt werden können? Mit etwas mehr Rücksicht? Zu dem Schluss konnte man im Nachhinein jedenfalls kommen. Wo war während dieser ganzen Zeit eigentlich das Jugendamt gewesen?

Oder war es trotz allem besser so gewesen? War die Beziehung des Jungen zu seiner Mutter vielleicht genauso schlecht wie zum Vater? Hatten Gunder und Lisbeth Mattson richtig gehandelt, als sie Billys schlechte Wurzeln kappten und ihn in der fruchtbaren Ebene Närkes in neue Erde umpflanzten?

Tja, woher soll man das wissen, dachte Barbarotti und blieb an einer roten Ampel zwischen zwei Kinderwagen stehen. Billy

Helgesson hatte mit der Zeit immerhin ein Leben in Würde bekommen. Zumindest eine Art Leben: *Ich habe meine eigene Familie.* Dass Juliana Peters in der Blekingegatan die Hosen anhatte, schien über jeden Zweifel erhaben, aber so war es Billy ja schon sein ganzes Leben ergangen. Er hatte in seiner Jugendzeit in Hallsberg halbwegs sprechen gelernt, aber dass er ohne größeren Widerstand von dort weggezogen war, deutete das nicht auch auf etwas hin? Eventuell ließ sich ein Kräftemessen zwischen Gunder Mattson und Juliana erahnen, aber mit dieser Annahme steckte man natürlich bereits tief im Sumpf der Spekulationen. Eine sicherere Beobachtung lautete, dass Lisbeth Mattson alle Merkmale eines unglücklichen und ängstlichen Menschen aufwies, als Barbarotti sich am Vortag mit ihr unterhalten hatte, und er fragte sich, ob dies zehn oder zwanzig Jahre zuvor wirklich so viel besser gewesen sein sollte.

Grün. Wieder eine voreingenommene Argumentation, das gab er gerne zu, aber was soll man machen, dachte er. Wenn einen jemand bat, zwei und zwei zusammenzuzählen, brauchte man doch nicht so zu tun, als würde man das Ergebnis nicht kennen?

Jedenfalls ging es – die ganze Zeit und nach wie vor – ja eigentlich um Ellen Bjarnebo. Hatte sie heute vielleicht doch, nach Billys Fortgang aus Hallsberg, ein bisschen Kontakt zu ihrem Sohn? Auch wenn sie sich nicht sonderlich oft trafen. Sie besuchte ihn und seine Familie zu Weihnachten, zumindest manchmal, das hatte Billy behauptet. Zumindest hatte sie es einmal getan – und er hatte gewusst, dass sie nach Nordschweden gefahren war. Vielleicht stand es ja doch nicht so schlecht um die beiden, wie Barbarotti sich das zunächst vorgestellt hatte. Vielleicht gab es da eine emotionale Verbindung.

Dass seine Stiefeltern des Öfteren in der Blekingegatan vorbeischauten, bezweifelte Barbarotti allerdings stark, und ebenso wenig konnte er sich vorstellen, dass Juliana Peters regelmäßig in Hallsberg aus dem Zug stieg.

Wieder rot. Und Arnold Morinder? Wie um Himmels willen passte er ins Bild? Ging es nicht in erster Linie um sein Verschwinden und nicht um die dünn gesäten Beziehungen in der zersplitterten Familie Bjarnebo-Helgesson? War es nicht das, was er auf Wunsch Asunanders untersuchen sollte?

Ja, worum hatte Asunander ihn eigentlich gebeten, was sollte er untersuchen?

Ende der Fahnenstange, dachte Inspektor Barbarotti und wäre um ein Haar von einem Fahrradkurier angefahren worden, als die Ampel auf Grün umschlug. Bin ich nicht schon vor einer ganzen Weile zu dieser Erkenntnis gekommen?

Gehe zurück auf Los, die Bilder waren Legion.

Am Fuß des Anstiegs, von dem er glaubte, dass er im Volksmund der Buckel genannt wurde, fiel ihm die Söder-Buchhandlung ins Auge, und er hielt inne und beschloss, alle düsteren Grübeleien einzustellen und stattdessen hineinzugehen und ein Geschenk für Sara zu kaufen. Nach einem erfolgreichen Semester, vor dem Sommer, als Dankeschön dafür, dass er auf ihrer Couch schlafen durfte und so weiter und so fort.

Er fand einen hübschen Sammelband mit Gedichten Gunnar Ekelöfs. Ließ das Buch als Geschenk verpacken und bezahlte. Ein gutes Gegengewicht zur Rechtswissenschaft, dachte er. Es muss eine Balance im Leben geben, hoffentlich weiß sie das Buch zu schätzen. Er hatte während seines Studiums in Lund Ekelöf gelesen. Ehrlich gesagt, mehr Ekelöf und Bücher in seinem Stil als juristische Fachtexte, und genau deshalb war es wohl auch so gekommen, wie es gekommen war.

Als er nach Slussen hinunterkam, war es ihm gelungen, Familie Helgesson/Bjarnebo in den Hintergrund zu schieben, und er dachte erneut, dass Stockholm wirklich eine wunderschöne Stadt war. Insbesondere an einem solchen Vorsommertag, an dem alles, diese ganze dicht gedrängte Steinstadt, all die schweren Gebäude, die Felsen, die Straßen und Plätze, die Parks und Bäume und Menschen und Autos, auf dem Wasser zu treiben, fast zu schweben schienen. Die Altstadt, die Inseln Riddarholmen und Kungsholmen; Djurgården ganz hinten zu seiner Rechten, alle Kirchtürme, die sich in den blauen, wolkenbetupften Himmel erhoben. Das ist fast zu viel, dachte Barbarotti, blieb unterhalb des Hotels Hilton stehen und versuchte, alles in tiefen Atemzügen einzusaugen. Einzuatmen und sich zu eigen zu machen, wie man so sagte: die Hauptstadt durch die Nase. Sein Blick folgte einer unbekannten Kirchenspitze ins Blau hinauf, war es vielleicht die Deutsche Kirche?

Hältst du dich dort auf, Marianne, fragte er – ins Blaue hinein und erkannte im selben Moment, dass er Aufmerksamkeit erregen könnte. Was jedoch nicht der Fall zu sein schien. Was soll's und völlig egal, dachte er, die Leute quatschen ja auch die ganze Zeit in ihre Handys, so dass jeder mithören kann, der will. Mit den Toten und schmerzlich Vermissten zu sprechen, war nun wirklich nichts, wofür man sich schämen musste. *Hallo, meine Geliebte, siehst du mich hier unten?*

Er verkniff sich dennoch ein Winken und vernahm auch keine deutliche Antwort – eventuell abgesehen von einem leichten Druck rund um das Innerste seines Herzens, aber vielleicht reichte das schon. Konnte man mehr verlangen? Er setzte seinen Weg in die Altstadt fort, schlängelte sich durch die Touristenhorden auf dem Järntorget und gelangte in die Österlånggatan; streunte gemächlich nordwärts, während er darüber nachdachte, wie er die Nachmittagsstunden verbringen wollte. Sie hatten verabredet, dass er sich um fünf mit Sara und Max im Park Humlegården treffen sollte; jetzt war es gerade einmal Viertel vor eins, und auch wenn er einen Schlüssel bekommen hatte und ihm die Wohnung in der Vikingagatan gefiel, hatte er doch keine Lust, an einem Tag wie diesem im Haus zu bleiben. Djurgården vielleicht? Oder irgendein Park? Auf dem Rücken im Gras unter einer frisch ausgeschlagenen Ulme oder Kastanie? Dort würde er sich ganz zwanglos noch ein wenig mehr mit Marianne unterhalten können. Warum nicht?

Er entschied sich für eines der Parkcafés im Kungsträdgården, das dem Wasser am nächsten gelegene – zumindest fürs Erste, und hinterher sollte er sich fragen, ob es nicht doch stärkere Mächte in diesem verführerischen Sommerhimmel gab, als er sich eingebildet hatte, als er vor einer Weile bei Slussen stand und innerlich Marianne anrief.

»Hallo! Sie sind es doch, nicht?«

Eine junge Frau. In Saras Alter, etwa fünfundzwanzig? Jeans, ein rotes T-Shirt mit einem lachenden Clowngesicht. Ein unsicheres Lächeln in ihrem eigenen.

»Ich weiß nicht recht ...?«

»Anna«, sagte sie. »Natürlich sind Sie es ... Barbarotti nicht wahr?«

»Ja«, bekannte er. »Das stimmt.«

»Entschuldigen Sie. Anna Gambowska. Wie hießen Sie noch mit Vornamen?«

»Gunnar.«

»Ja, richtig. Was für ein lustiger Zufall, dass ich Ihnen ausgerechnet heute begegne. Obwohl Sie sich natürlich nicht mehr an mich erinnern, stimmt's?«

»Nein, ich glaube nicht ... obwohl, warten Sie mal ...«

Ihr Lächeln wurde breiter. »Okay. Dann wollen wir mal sehen, wie es um das Gedächtnis des Herrn Polizisten bestellt ist. Wenn ich Ihnen ein bisschen auf die Sprünge helfen darf, dann ist das ... ja, dann ist das jetzt vier Jahre her. Jedenfalls fast.«

»Wie war noch mal Ihr Name?«

»Anna. Anna Gambowska.«

»Aha?«, sagte Barbarotti. »Dann erinnere ich mich sehr wohl. Aber sind Sie es wirklich? Sie haben sich… ich meine…«

»Verändert?«

»Ja. Obwohl, als ich Sie da unten sah in… wo war das noch? In Maardam? Da waren Sie auch nicht in allerbester Verfassung… wenn Sie entschuldigen, dass ich das sage.«

Sie lachte. »Nein, ich weiß. Darf ich mich zu Ihnen setzen?«

»Ja, natürlich. Entschuldigen Sie…«

Sie setzte sich. »Tja, das ist immerhin schon ein paar Jahre her. Man könnte sagen, dass sich die Dinge seither verändert haben. Äh… ich störe doch nicht?«

»Ganz und gar nicht«, beteuerte Barbarotti. »Möchten Sie etwas haben? Ich habe einen Kaffee und ein Brot bestellt, aber noch nichts bekommen.«

Sie schüttelte den Kopf und sah auf die Uhr. »Das schaffe ich nicht, auch wenn es wirklich nett wäre. Ich bin verabredet… aber wenn Sie zwei Minuten Zeit hätten?«

»Ja, natürlich.«

»Es ist wirklich seltsam, dass ich Ihnen begegne… ausgerechnet heute, meine ich.«

»Aha? Und warum?«

Sie steckte eine Hand in ihre schwarze Stofftasche, hielt inne und schien zu zögern.

»Nein, das wäre vielleicht nicht richtig.«

Barbarotti breitete die Arme aus. »Anna, ich weiß wirklich nicht, wovon Sie sprechen.«

Sie wirkte auf einmal ernst. Gerunzelte Stirn und verkniffener Mund. »Nein, natürlich nicht. Aber ich denke, ich muss jetzt ein bisschen vorsichtig sein. Ich hatte wirklich nicht damit gerechnet, Ihnen zu begegnen. Sie sind immer noch Polizist, stimmt's?«

»Kriminalinspektor. Heute wie damals.«

»Obwohl andererseits…«

»Andererseits?«

»Andererseits… wenn ich es Ihnen nicht zeige, wem soll ich es dann zeigen?«

Er sah ihr an, dass sie abwog, wem sie Loyalität schuldete. Oder was auch immer.

»Sorry«, sagte er, »aber ich habe nach wie vor keine Ahnung, wovon Sie sprechen. Aber lassen Sie sich ruhig Zeit, ich habe es nicht eilig. Was machen Sie denn heute so? Geht es Ihnen gut?«

Sie nickte und zog die Hand aus der Tasche. »Für mich ist es wirklich unglaublich gut gelaufen. Ich habe mich aus allem Elend befreit… nicht zuletzt dank des Geldes, das ich bekommen habe, ja, ich lebe heute in geordneten Verhältnissen. Das findet sogar meine Mutter. Sie haben Sie damals kennengelernt?«

»Das habe ich.«

»Schluss mit den Drogen und dem Herumlungern und dem ganzen Mist. Ich habe am Abendgymnasium mein Abitur nachgemacht. Studiere mittlerweile Medizin. Ich habe im Herbst einen Studienplatz bekommen, das hätten Sie nicht gedacht, als sie mich damals in dem Krankenhaus sahen, was?«

Sie lachte. Barbarotti konnte ihr nicht widersprechen.

»Um ehrlich zu sein, nein, das hätte ich wirklich nicht.«

Als er Anna Gambowska vier Jahre zuvor begegnet war, war sie aus einem Heim ausgerissen gewesen – und zusammen mit einem sechzigjährigen Mann in einem Auto auf der Flucht durch Europa. Barbarotti erinnerte sich noch gut. Eva Backman und er hatten das Mädchen in einem Krankenhaus in Maardam in einem erbarmenswerten Zustand aufgespürt. Der sechzigjährige Mann war verschwunden, hatte aber einen Abschiedsbrief hinterlassen. Wie hieß er noch gleich?

Green…? Nein, Roos, ja, natürlich. Ante Valdemar Roos, wie konnte er nur einen solchen Namen vergessen? Das Auto, in dem das Paar unterwegs gewesen war, hatte man verlassen in einem Wald in der Nähe von Maardam gefunden. Wenn Barbarotti nicht alles täuschte, war Roos zwei oder drei Jahre später für tot erklärt worden. Auf Antrag der Ehefrau, durch die diese ganze Geschichte ins Rollen gekommen war… oder die sie zumindest auf die Spur gebracht hatte. Oh ja, jetzt erinnerte er sich wieder an alles.

»Großer Gott, was soll ich bloß tun?«, sagte Anna Gambowska, schien dann jedoch einen Entschluss zu fassen. Fischte ein iPhone aus der Tasche, wählte eine Nummer und teilte jemandem mit, dass sie zehn Minuten später kommen würde.

»Okay«, sagte sie anschließend. »Vielleicht habe ich das Ganze falsch verstanden, und man muss bestimmt keinen Gedanken daran verschwenden, aber ich kann es einfach nicht lassen.«

Barbarotti nickte. Sein Kaffee und das Käsebrot wurden gebracht.

»Sie wollen wirklich nichts haben?«

»Wirklich nicht. Ich hoffe nur, dass Sie jetzt nichts in Gang setzen. Denn dann…«

Barbarotti nahm einen Bissen, um nichts sagen zu müssen. Anna Gambowska strich sich mit der Hand durch ihre dunklen, kurzgeschnittenen Haare.

»Kann man von Ihnen ein Schweigegelübde verlangen?«

Er lachte. »Das kommt ganz darauf an, worum es geht.«

Aber aus irgendeinem unerklärlichen Grund ahnte er bereits, worum es ging. *Ich glaube, ich verstehe*, dachte er. *Ich werde verrückt.* Oder es war nur ein Schuss ins Blaue.

»Es geht um Valdemar«, sagte er. »Habe ich recht?«

Sie starrte ihn, fast erschrocken, an.

»Wie kommen Sie darauf?«

»Nun erzählen Sie schon«, sagte er. »Ich bin zwar Kriminalinspektor, aber ich bin auch ein Mensch. Und ich habe, was diesen Todesfall angeht, sicher mehr verstanden, als Sie vielleicht glauben mögen. Ich meine Ihren früheren Freund.«

Das ließ sie zurückschrecken. Er sah, dass sie es bereute, zu ihm gekommen zu sein und sich vorgestellt zu haben. Sie musterten einander für drei stumme Sekunden.

»Anna«, sagte er. »Sie müssen mir nicht erzählen, was Sie mir erzählen wollten. Sie können weitergehen zu wem auch immer, und wir vergessen die Sache. Oder…«

»Oder?«

»Oder wir machen einen Deal.«

»Einen Deal? Wie meinen Sie das?«

»Wir könnten Folgendes sagen«, antwortete Barbarotti. »Sie erzählen mir, was Sie erzählen wollten, und ich vergesse es danach sofort.«

Sie betrachtete ihn erstaunt. Dann lachte sie laut.

»Okay. Also dem Menschen und nicht dem Polizisten?«

»Ich weiß nicht, wovon Sie reden«, sagte Barbarotti. »Nun?«

Sie biss sich auf die Unterlippe. Er dachte, dass sie fast so hübsch war wie Sara, was natürlich ein völlig irrelevanter Gedanke war, aber er tauchte auf, weil sie zögerte. Dann zog sie einen Briefumschlag aus der Tasche. Ein gewöhnlicher weißer, zwölf mal fünfzehn Zentimeter groß. Er sah kurz, dass ihr Name auf der Vorderseite stand. Sie zog ein Foto heraus und reichte es ihm.

Es zeigte einen Mann und einen Pinguin. Allem Anschein nach war es in einem Vergnügungspark aufgenommen worden, denn am rechten Bildrand sah man ein Karussell. Der Pinguin und der Mann waren gleich groß, und der Pinguin schien aus einer Art flauschigem Stoff hergestellt worden zu sein. Er nahm an, dass in dem Kostüm ein Mensch steckte.

Der Mann hatte den Arm um seinen Hals und die abfallenden Schultern gelegt und lächelte breit in die Kamera.

Das war alles.

»Drehen Sie es um«, forderte sie ihn auf.

Er tat es und las:

Pass auf dich auf. V.

Er betrachtete sie.

»Das kam gestern. Mit der Post.«

Sie schob ihm den Umschlag zu. Spanische Briefmarken. Ihr Name und ihre Adresse: Vintervägen in Solna. Der Absenderstempel war verwischt, begann aber mit *Ma-*. Malaga, dachte er.

»Ist er das?« Er gab den Umschlag und das Foto zurück. »Ich erkenne ihn nicht. Wissen Sie, ich bin ihm nämlich nie begegnet.«

Sie steckte das Bild in die Tasche zurück. Faltete die Hände auf der Tischkante und betrachtete ihn wieder eine ganze Weile. Er erwiderte ihren Blick, ohne eine Miene zu verziehen. Schließlich verzog sie den Mund zu einem Lächeln.

»Nein«, sagte sie. »Das ist bestimmt jemand anderes. Das kann er ja gar nicht sein, nicht wahr?«

»Es wäre schon wirklich seltsam«, stimmte Barbarotti ihr zu. »Wenn es denn so wäre. Aber es war schön, Sie wiederzusehen. Ich bin mir sicher, dass aus Ihnen eine ausgezeichnete Ärztin wird. Wie gesagt, passen Sie auf sich auf.«

Sie stand auf. Umarmte ihn kurz und ging in Richtung Oper davon.

28

Eine Stunde später hatte er hinter der Königlichen Bibliothek eine eigene Ulme gefunden, streckte sich unter ihr im Gras aus, rollte seinen Pullover zu einem Kissen im Nacken zusammen und blickte in die gewaltige Laubkrone hinauf. Es gibt eine Verbindung zwischen großen Bäumen und Würde, dachte er, sie haben ein Verständnis vom Leben, von dem wir Menschen weit entfernt sind, es geht um etwas Grundlegendes und Selbstverständliches – aber ehe er seine Gedanken weiter in diese unsichere Richtung abdriften ließ, fiel ihm ein, dass er sein Handy nicht wieder eingeschaltet hatte, nachdem er die Wohnung in der Blekingegatan verlassen hatte, und es dafür Zeit sein könnte. Vielleicht musste Sara ihn erreichen. Oder die Kinder in Kymlinge. Oder Ellen Bjarnebo, warum nicht?

Aber er hatte nur eine Nachricht in der Mailbox. Von Eva Backman. Sie meinte, er solle sie zurückrufen, wenn er Zeit habe.

Er schaute sich um und stellte fest, dass er durchaus ein wenig Zeit erübrigen konnte. Wählte ihre Nummer und wartete. Wollte die Verbindung gerade unterbrechen, als sie sich atemlos meldete.

»Hallo?«

»Ich bin's, Barbarotti. Machst du Liegestütze?«

»Nein. Ich komme gerade aus der Waschküche. Du hast meine Nachricht erhalten?«

»Ja. Deshalb rufe ich an. Ich liege in einem Park in Stockholm.«

»Du liegst?«

»Ja.«

»Bist du blau?«

»Nicht wirklich. Aber es ist schönes Wetter, und ich habe ein paar Stunden nichts zu tun. Was wolltest du von mir?«

»Es spielt sicher keine Rolle«, sagte Eva Backman ruhiger. »Es geht nur um eine kleine Information, die ich einem Kollegen mit den besten Absichten übermitteln wollte.«

»Elegant formuliert«, meinte Barbarotti. »Und?«

»Nun, ich habe heute Morgen mit Fängströms Mutter gesprochen.«

»Der Schwedendemokrat?«

»Ja. Wie geht es dir übrigens?«

»Hör auf zu fragen, wie es mir geht. Was war mit Fängströms Mutti?«

»Nun, sie hat mir etwas über Morinder erzählt. Und über Bjarnebo.«

»Über Morinder und Bjarnebo? Was hat sie denn mit den beiden zu tun?«

»Nichts. Aber sie ist einmal in dieselbe Schulklasse gegangen wie sie.«

»Dieselbe Klasse?«

»Ja, offensichtlich. Das war's auch schon. Ach ja, und dann meinte sie sich noch zu erinnern, dass Morinder schon damals ein bisschen scharf auf die Bjarnebo war.«

»Was?«, sagte Barbarotti.

»Ja, ich habe gesagt, dass Morinder ein bisschen scharf gewesen sein soll auf …«

»Das habe ich gehört. Wann soll das gewesen sein?«

»Vor ungefähr fünfundvierzig Jahren«, erklärte Backman. »Anscheinend waren sie damals in der achten Klasse.«

Barbarotti schwieg eine Weile.

»Hallo?«

»Ja, ich bin noch dran.«

»Das hat bestimmt nichts zu sagen, aber ich fand trotzdem, dass du es wissen solltest.«

»Du meinst, dass Bjarnebo und Morinder sozusagen schon alte Bekannte waren?«

»Sozusagen.«

»Aha«, sagte Barbarotti. »Na ja, dann war es für ihn vielleicht ein bisschen leichter, sie in der Kneipe anzubaggern. Ansonsten weiß ich allerdings nicht, wie mich das weiterbringen soll.«

»Ich auch nicht«, erwiderte Eva Backman. »Es war offenbar auch nur ein Jahr… dass sie in dieselbe Klasse gingen. Aber gut, das war alles, was ich auf dem Herzen hatte. Wie ist das Wetter in Stockholm? Hier ist es eigentlich ganz passabel.«

»Es ist herrlich«, sagte Barbarotti.

»Und du bist auf dem besten Weg, den Fall zu lösen?«

»Genau«, antwortete Barbarotti. »Es ist sicher nur noch eine Frage der Zeit.«

»Dann will ich dich nicht länger stören«, meinte Eva Backmann. »Küsschen, grüß Sara von mir.«

»Mache ich«, versprach Barbarotti und unterbrach die Verbindung.

Küsschen, überlegte er. Sagt sie das sonst auch immer?

Als er erneut die Hände auf der Brust gefaltet und seinen Blick auf die Laubkrone gerichtet hatte, versuchte er, seine Gedanken zu ordnen, da es ihm vorkam, als würden es etwas zu viele und zu wirre. Er begann mit dem gerade geführten Telefongespräch. Morinder und Bjarnebo in derselben Schulklasse? Was hatte das jetzt zu bedeuten? Aller Wahrscheinlichkeit nach nichts – wenn man davon absah, was er selbst Backman gegenüber geäußert hatte. Als sie sich Anfang des 21. Jahrhunderts in Kymlinge begegneten, waren sie bereits alte Bekannte gewesen. Das machte es einem natürlich leichter, wenn man ein Verhältnis anfangen wollte – vor allem, wenn man ein bisschen schüchtern und unbeholfen war, wie Morinder durchgängig eingeschätzt wurde.

Den Ermittlungen im Jahre 2007 stellte es natürlich ein schlechtes Zeugnis aus, dass man diesen Zusammenhang nicht hergestellt hatte. Aber das wusste er ja längst; die Polizei hatte ihre Arbeit schlecht gemacht, so lautete die schlichte Wahrheit, und möglicherweise hatte Asunander ihn aus diesem Grund gebeten, sich die Geschichte noch einmal anzuschauen.

Na schön, dachte Barbarotti – während gleichzeitig ein recht betagter Dackel zu ihm kam, an ihm schnüffelte, ihn einigermaßen uninteressant fand und weiter herumschnüffelte –, und was habe ich in der Blekingegatan gelernt? Und in Hallsberg; letzten Endes, und wenn man das eine mit dem anderen verknüpft?

Schwer zu sagen. In Bezug auf Morinders Verschwinden natürlich nichts, in Bezug auf Ellen Bjarnebo vielleicht doch ein wenig. Über menschliche Beziehungen und Einsamkeit und wie es ist, seine Strafe zu verbüßen. Wirklich und wahrhaftig seine Strafe zu verbüßen. Natürlich ließen sich einige Schlüsse ziehen – oder zumindest Spekulationen anstellen –, was Billy Helgessons Persönlichkeit und Schicksal anging, aber besaß das irgendeine Relevanz für das Ermittlungsverfahren?

Welches Ermittlungsverfahren?, dachte er. Läuft das, was ich hier treibe, überhaupt unter dieser Bezeichnung?

Er seufzte und stierte eine Weile ins Grün. Seit zwei Wochen wandelte er inzwischen in diesen Sackgassen. Dieselben Gassen, dieselbe schlechte Beleuchtung, seit er seinen Dienst wieder angetreten hatte. Die einzige vernünftige und noch ausstehende Maßnahme – die einzige vernünftige Maßnahme, die es von Anfang an gegeben hatte – bestand darin, ein Gespräch mit der eigentlichen Hauptperson, mit Ellen Bjarnebo zustande zu bringen.

Ihm fiel ein, dass er seit dem Vortag nicht mehr versucht hatte, sie zu erreichen. Er zog das Handy heraus und rief sie an. Erst auf dem Handy. Dann in der Valdemar Kuskos gata in Kymlinge.

Weder unter der einen noch der anderen Nummer meldete sich jemand.

Stattdessen rief er die Kinder an.

Jenny ging an den Apparat. Sie beteuerte, dass sie in seiner Abwesenheit ausgezeichnet zurechtkamen, hoffte, dass er sich mit Sara eine schöne Zeit in Stockholm machte, und erklärte, dass sie für sie beide ein großes und vorzügliches Essen zubereiten würden, wenn sie am Sonntagabend nach Hause kamen.

Aber jetzt wollte sie gerade in die Dusche. Es war doch nichts Besonderes?

Aber nein, bestätigte Barbarotti. Es war nichts Besonderes.

Nachdem sie aufgelegt hatte, übermannte ihn die Trauer.

Er hatte ihr nichts entgegenzusetzen und fragte sich, wie das so schnell geschehen konnte. Die alte lebenskluge Ulme war noch dieselbe, das Gras, auf dem er lag, war dasselbe. Die Königliche Bibliothek stand, wo sie stand, und er konnte etwas weiter entfernt noch immer schemenhaft den schnüffelnden Dackel sehen. Die Welt drehte sich weiter.

Trotzdem fiel er haltlos.

Großer Gott, dachte er. Marianne, hilf mir, warum bricht von einer Sekunde zur nächsten alles zusammen?

Ich bin nicht mehr zurechnungsfähig.

Aber es war möglich, vollkommen still zu liegen und sich dem Gefühl zu stellen. Vielleicht gab es dazu auch gar keine Alternative.

Sich ihm zu stellen, zu Boden zu gehen und auszuharren.

Die Trauer öffnete eine Tür zwischen Seele und Körper und wurde rein physisch empfunden. Nach Mariannes Tod hatte er gelernt, dass es so war – so sein konnte. Dass er tatsächlich gelähmt sein konnte, unfähig, aus dieser Position, dieser Gemengelage zu kommen, in der er sich befand. Wie gesagt, versteinert. Weil jede Bewegung, jede Handlung und jeder Gedanke völlig sinnlos waren. Unter dem schweren Druck der Trauer lag man platt. Das Atmen fiel ihm schwer, die Brust wurde zusammengepresst, statt sich zu weiten. War es das, was man gemeinhin panische Angst nannte? Er wusste es nicht. Man konnte nur abwarten, dass es aufhörte, zumindest ein klein wenig nachließ; das Einzige, was man eventuell tun konnte, war beten, aber wortlos, da es keine Worte gab; als ein mehr oder minder heroischer Versuch, die Gedanken zu fokussieren.

Auf sie. Auf die Hoffnung, dass sie in irgendeinem Sinne noch lebte. Darauf, dass es überhaupt so etwas wie einen Sinn gab.

Blinder Glaube, das war es doch, worüber er unlängst mit dem Herrgott gesprochen hatte.

Rönn hatte das Thema angesprochen, erinnerte er sich. *Wenn einen die Trauer übermannt, kann die Lösung darin bestehen, sich damit abzufinden und sich von ihr mit voller Wucht treffen zu lassen. Entkommen kann man ihr ohnehin nicht.*

So machte er es. Unterwarf sich bedingungslos der Trauer, bedingungslos der Gnade.

Zeit verstrich. Wortlos und unverständlich wirbelten Gedanken durch seinen Kopf, das Laub säuselte schwach, in der Ferne erklang fröhliches Lachen – und dann, nach einer Weile, ein Gedanke an den Brief, den er weiterhin in seiner Jackett-tasche trug und mittlerweile auswendig konnte.

Ich möchte nicht, dass du herumsitzt und traurig und pas-

siv und betrübt bist; das hilft weder dir noch den Kindern und macht niemanden froh.

Er seufzte, blieb liegen und schloss, die Hände auf der Brust gefaltet, für eine Weile die Augen. Dann rappelte er sich auf und verließ den Humlegården in Richtung Karlavägen.

29

Der 3. Juni 1989

Sie blieb stehen und betrachtete ihren Mann.

Er räusperte sich und spuckte auf den Kies. Nach rechts und nach links, dann wischte er sich erneut den Mund ab. Anschließend torkelte er weiter, aber statt ins Haus zu gehen, begab er sich zum Fahrradständer. Blieb, ihr den Rücken zukehrend, wieder stehen, und danach dauerte es eine Sekunde, bis sie begriff, was er da trieb.

Er öffnete seinen Hosenstall, um zu pissen.

Ohne weiter nachzudenken, eilte sie hinaus. »Harry!«

»Häh?«

Er drehte sich nicht um, weil er seinen Schwanz schon herausgezogen hatte und zugange war. Urin plätscherte gegen ihr plattes Hinterrad.

»Was zum Teufel machst du da?«

Woher kam nur diese mutige Wut? Sie schoss wie ein Lavastrom von einem Punkt unterhalb des Zwerchfells hoch, und für einige Momente, als sie auf ihn zulief, als sie in zwei Meter Entfernung abbremste und die Hände in die Hüften stemmte, verlieh sie ihr eine Kraft und Stärke, die nicht ihre eigene sein konnte.

Er beachtete sie kaum, zumindest sah es so aus. Pisste seelenruhig zu Ende, schwankte einen Moment, während er den

Schwanz verstaute und den Hosenstall zuzog. Wandte sich um und wäre dabei fast umgekippt. Versuchte sie anzusehen und verzog den Mund zu einem Grinsen.

»Was hast du gesagt?«

»Ich habe dich gefragt, was zum Teufel du da treibst?«

Das klang trotz der Schimpfwörter lahm. Stärke und Wut hatten ihr nur leihweise gehört und waren bereits dabei, sie im Stich zu lassen. Angst und Hoffnungslosigkeit füllten die Lücke, als wäre es das Natürlichste auf der Welt. Mist, dachte sie. Hilfe, bitte, kann mir nicht irgendwer helfen?

Er trat zwei Schritte vor und langte zu.

Es war ein miserabler Schlag. Sie wehrte ihn mit den Unterarmen ab, und er selbst hätte fast das Gleichgewicht verloren.

»Du bist sturzbetrunken, Harry.«

Das klang nicht wirklich wie eine Anklage, sie hörte es selbst. Eher, als würde sie ihn bemitleiden. Er schlug erneut zu, traf sie aber nicht. Griff sich an den Magen, stemmte die Hände auf die Knie und stöhnte. Sie drehte sich um und ging ins Haus. Ließ die Tür offen stehen, um ihn nicht noch mehr zu provozieren, als sie es schon getan hatte.

Hörte, wie er sich draußen übergab.

Er hatte achthundert Kronen verloren.

Das entsprach ungefähr dem, was sie an zwei Tagen brutto verdiente, und da war etwas mit seiner Stimme, als er es erzählte. Als wäre er auch noch stolz darauf. Als wollte er es ihrem begriffsstutzigen Schädel gründlich einbläuen. Dass er eine Menge Geld verspielt hatte, das sie natürlich für alles Mögliche besser hätten brauchen können, denn auf Klein-Burma gab es jede Menge Löcher zu stopfen, und nicht nur das: dass er sich betrunken hatte, mit einer hohen Promillezahl im Blut Auto gefahren war, sie geschlagen hatte, auf ihr Fahrrad gepinkelt hatte... und es sein gutes Recht war, das alles zu tun. Sein. Gutes. Recht.

»Achthundert Mäuse! Habt ihr gehört?«

Sie saßen am Küchentisch. Er hatte das Hemd gewechselt, die Hose dagegen nicht. Billy sah ängstlich aus, saß da und wartete auf einen Schlag oder darauf, angeschnauzt zu werden. Er zuckte wie ein Hund, der auf den Stock wartete. Sie hatte Harry eine große Portion Schweinefilet aufgetan, aber er aß nicht; stattdessen rauchte er und hielt sie in Schach. Die Ellbogen auf den Tisch gestemmt, während sein Blick unstet zwischen seiner Frau und seinem Sohn hin und her wanderte und nach Schwachstellen suchte. Nein, nicht nach Schwachstellen, sondern nach kleinen Spuren von Verrat suchte er, winzigen Anzeichen für Ungehorsam und Aufbegehren, die ihm das Recht geben würden zu reagieren. Das Recht und die Pflicht. Was hieß hier reagieren. Wen man liebt, den züchtigt man, er war immer noch ziemlich betrunken, und es fiel ihr nicht sonderlich schwer, seine Gedanken zu lesen.

Sofern man das, was sich im Kopf einer betrunkenen Hyäne regte, überhaupt Gedanken nennen konnte. Wenn ich nur nicht solche Angst vor ihm hätte, dachte sie. Wenn wir nur nicht solche verschreckten Häschen wären, Billy und ich. Das Schwein und die Maus, Häschen? Wenn doch nur...

»Oder nicht?«

Sie hatte keine Ahnung, was er gesagt hatte oder welche Antwort von ihr erwartet wurde. Aber seine Worte waren auch gar nicht an sie gerichtet gewesen, seine Zielscheibe war Billy.

»Ich sagte ODER NICHT!«

Billy kauerte sich zusammen und starrte auf den Tisch.

»Bitte Harry...«, sagte sie lahm. »Kannst du nicht wenigstens...?«

»Halt die Schnauze! Ich rede mit meinem Sohn!«

»Aber können wir nicht...?«

»Meinem dicken… fetten… missratenen… Idiot… von Sohn!«

Er redete gekünstelt langsam, vielleicht, weil seine Gedanken nicht schneller waren, vielleicht auch, um nicht zu lallen.

»Der seine… Zunge… in seinem verdammten Maul… nicht bewegen… kann… um seinem Vater… höflich… zu antworten… wenn er… ANGESPROCHEN wird!«

Er schwang die Faust quer über den Tisch, verfehlte aber wie draußen auf dem Hof erneut sein Ziel. Billy fiel dennoch nach hinten, zog den Stuhl mit sich und krachte auf den Fußboden, was seinen Vater kurzzeitig amüsierte.

»Hahaha! Du verdammte… Missgeburt! Hau ab! Lass uns… in Ruhe!«

Ohne sich für das Essen zu bedanken, verdrückte Billy sich in sein Zimmer. Harry drückte seine Zigarette aus und zündete sich eine neue an.

»Ich glaube, ich decke dann wohl mal den Tisch ab«, sagte Ellen.

Die Entscheidung fiel jedoch erst eine halbe Stunde später. Sie war mit dem Abwasch fertig und überlegte, wo sie hinsollte, um Harry aus dem Weg zu gehen. Er saß im Wohnzimmer auf der Couch und sah fern; zumindest hatte er das vor zehn Minuten getan, und der Fernseher lief noch. Vielleicht war er eingeschlafen, und wenn es so war, konnte sie lange duschen, anschließend ins Bett gehen und hoffen, dass er die ganze Nacht auf der Couch verbringen und somit noch ein Tag in ihrem vergeudeten Leben sinnlos verstrichen sein würde.

Bevor sie sich entscheiden konnte, hörte sie jedoch Billy. Ein langgezogenes Wimmern wie von… wie von einem verletzten Tier. Ständig diese Tierassoziationen, allmählich nervten sie Ellen, aber so war es, und so empfand sie es nun einmal. Sie eilte zu seinem Zimmer und nahm aus den Augenwinkeln wahr, dass Harry nicht mehr vor dem Fernseher saß; vielleicht war er zur Scheune hinausgegangen, wo er eine Art Büro hatte, in dem er oft hockte – und schob die Tür zum Zimmer des Jungen auf. Sie stand einen Spaltbreit offen, das tat sie sonst nicht.

Er lag zusammengerollt wie ein Embryo auf dem Bett. Die Beine angezogen, die Hände zwischen den Knien. Die Schluchzer, die ihm entfuhren, kamen in Wellen und klangen anders als alles, was sie je gehört hatte, und sie fragte sich, was um Himmels willen passiert war. Billy hatte auch früher schon Prügel aushalten müssen, viele Male, aber diesmal wirkte er anders. Ganz anders. Verzweiflung, dachte sie. Abgrundtiefe, nachtschwarze Verzweiflung.

»Billy, was ist mit dir?«

Sie sank auf die Knie und strich ihm übers Haar. Sein Gesicht war tränennass, er öffnete die Augen nicht.

»Was ist passiert, Billy boy?«

Er wimmerte einige Male, wischte mit der flachen Hand Rotz und Tränen fort, rieb sich die Augen auf und zeigte zum Schreibtisch.

Sie sah es sofort und begriff sofort.

Die Zinnsoldaten.

Sie waren weg. Sonst standen sie dort immer; zu verschiedenen Formationen gruppiert, nicht nur auf dem Tisch, auch auf den Regalbrettern darüber und der Fensterbank. Gelegentlich ein kleiner Trupp, der auf dem Nachttisch Wache hielt.

Jetzt war alles leer. Nicht eine kleine Figur. Im ganzen Zimmer nicht. Sie griff nach Billys Hand und drückte sie. Bekam keine Reaktion, spürte aber etwas Raues und Kaltes ihren Rücken hinaufkriechen.

30

Gunnar Barbarotti hatte noch einen Namen nach Stockholm mitgenommen.

Den Namen einer weiteren Person, die er unter Umständen, falls erforderlich, um ein Gespräch bitten können würde.

Falls erforderlich? Was hieß das? Es war Viertel nach vier, und die Angst lag brach. Es blieben ihm noch fünfundvierzig Minuten, bis er Sara und Max im Humlegården treffen würde. Er saß in einem Café in der Brahegatan; hatte seinen Kaffee ausgetrunken, seine Zimtschnecke gegessen und quälte sich mit der Frage.

Was brachte es ihm?

Was brachte es ihm, *keinen* Kontakt aufzunehmen?

Falls es sich bei all dem um nichts als eine Beschäftigungstherapie handeln sollte, ein Gedanke, der sich immer schwerer abschütteln ließ, tja, dann war es ja wohl besser zu arbeiten, als es zu lassen? Unter einer Ulme tatenlos auf dem Rücken zu liegen, war jedenfalls kein reiner Balsam für die Seele gewesen.

Die Adresse lag im Stadtteil Midsommarkransen, und bevor er Kymlinge verließ, hatte er sie überprüft und in sein Notizbuch übertragen. Und nun lag dieses Büchlein auf dem schwarzlackierten Cafétisch aufgeschlagen vor ihm.

Inger Berglund. Eriklundsgatan 12.

Es stand auch eine Telefonnummer dabei, und nachdem er

so lange gezögert hatte, dass er das Buch fast wieder zugeschlagen hätte, wählte er sie.

Sie meldete sich nach zweimaligem Klingeln.

Er versuchte, ihr zu erklären, warum er anrief, und Inger Berglund erläuterte ihrerseits, dass sie nicht recht verstand, was für einen Sinn das Ganze haben sollte – war nach einer Weile jedoch bereit, sich am nächsten Tag mit ihm zu treffen.

Sonntagvormittag in einem von ihr vorgeschlagenen Café in Midsommarkransen.

In der Speisekammer, um elf. Ginge das?

In der Speisekammer, wunderte sich Barbarotti.

Das Café heißt so, informierte ihn Inger Berglund. Es liegt zwei Minuten von der U-Bahn-Station entfernt.

Das passt mir ganz ausgezeichnet, sagte Barbarotti und wünschte ihr noch einen schönen Samstagabend.

Es *wurde* ein schöner Samstagabend. Zumindest für Barbarotti, denn wie es bei Inger Berglund aussah, wurde nie ermittelt, war aber letztlich wohl auch unerheblich.

Max Andersson erwies sich als überraschend angenehme Bekanntschaft. Er war Saras vierter – oder eventuell fünfter, je nachdem, wie man zählte – Freund. Sie bekannten sofort, dass es sich so verhielt. Seit einem halben Jahr waren sie mittlerweile zusammen, anfangs eher locker, mit der Zeit immer fester, also war es ihnen ernst. Barbarotti hatte mit den jungen Männern in Saras Nähe immer Probleme gehabt, mit Ausnahme eines gewissen Jorge vielleicht, mit dem sie fast ein Jahr lang in Kymlinge zusammengewohnt hatte. Er wusste, dass es mit Beschützerinstinkten und einem Gluckensyndrom zusammenhing, und anscheinend hatte er mit den Jahren dazugelernt. Konfrontiert mit diesem Max empfand er jedenfalls keine spontane Feindseligkeit mehr, im Gegenteil; es handelte sich um einen bescheidenen, etwas stillen Jüngling, der abgesehen davon, dass er gut aussah (soweit Barbarotti das beurteilen konnte, bei der Einschätzung des anderen Geschlechts war sein Urteil sicherer) und ein Semester über Sara Jura studierte, Hobbytaucher war und alle möglichen Wassersportarten trieb. Mit anderen Worten gesund, begabt und sympathisch – das einzig Negative war eventuell, dass man ihn problemlos als Traum jeder Schwiegermutter bezeichnen konnte. Aber da die am ehesten betroffene Schwiegermutter seit einem Monat nicht mehr lebte, war das ein wenig schlagkräftiges Argument. Dieser Gedanke huschte im Übrigen so schnell durch Barbarottis Kopf, dass er kaum wehtat. Gott sei Dank, immerhin etwas.

Seit vielen Jahren hatte Gunnar Barbarotti zudem Probleme mit – auf die eine oder andere Art – wohlgeratenen Menschen, was für künftige Schwiegersöhne jedoch nicht zu gelten schien. Sie aßen lange und gut in einem Restaurant am oberen Ende der Drottninggatan und unterhielten sich dabei ziemlich viel über juristische Themen, wobei er erstaunt feststellte, dass er im Laufe des halben Lebens, das vergangen war, seit er mit seiner Nase über den Büchern gehangen hatte, doch nicht alles vergessen hatte. Auch wenn seither das eine oder andere Gesetz hinzugekommen war. Ein paar Hundert im Jahr, um genau zu sein.

Hinterher verabschiedeten sie sich auf der Straße. Max nahm die U-Bahn nach Enskede hinaus, Sara und Barbarotti spazierten zur Vikingagatan.

Sie tranken einen Tee und unterhielten sich noch eine Stunde. Kurz nach Mitternacht schlief er in der zweiten Nacht in Folge auf ihrer geräumigen roten Couch ein.

Er träumte von einem Riesenpinguin, der als Tauchlehrer arbeitete, und erwachte am Sonntagmorgen um kurz vor sieben.

Sara schlief tief und fest, und er betrachtete sie einen Augenblick durch die Türöffnung zum Schlafzimmer. Er kochte Kaffee und machte es sich in dem Liegestuhl auf dem winzigen Balkon zum Hof bequem, wo die Sonne gerade über den Dachfirst im Süden geklettert war.

Fast eine Stunde blieb er in der angenehmen Morgenwärme sitzen, während er wieder einmal zu verstehen versuchte, was er da eigentlich trieb. Also beruflich. Er ging hinein, holte Notizbuch und Stift und schaffte es daraufhin, sechs Fragen zu formulieren, die das ganze Gewirr seines Erachtens recht gut einkreisten:

1. *Warum beschäftige ich mich überhaupt mit diesem Fall (diesen Fällen)?*
2. *Warum bekomme ich keinen Kontakt zu Ellen Bjarnebo?*
3. *Was geschah wirklich mit Arnold Morinder?*
4. *Ist tatsächlich denkbar, dass er noch lebt?*
5. *Habe ich in den Gesprächen, die ich trotz allem geführt habe, irgendetwas übersehen?*
6. *Welche Maßnahmen sind im Weiteren zu ergreifen?*

Jede dieser Fragestellungen zog natürlich weitere Fragezeichen nach sich, aber es erschien ihm wenig sinnvoll, sie aufzuschreiben. Er erkannte, dass Punkt 4 sich als Reaktion auf seine überraschende Begegnung mit Anna Gambowska ergeben haben dürfte. Wenn jemand wie Ante Valdemar Roos (möglicherweise und wider Erwarten) noch lebte, konnte für Arnold Morinder (möglicherweise und wider Erwarten) das Gleiche gelten. Ein Moped in einem Sumpf bewies gar nichts. Jedenfalls nicht mehr als ein Auto in einem Wald vor den Toren Maardams.

Die Frage, warum es ihm nicht gelingen wollte, Ellen Bjarnebo zu erreichen, fand er allerdings von Tag zu Tag frustrierender. Frustrierend und eigenartig. Der Gedanke, dass sie ihm aus dem Weg ging (aus Gründen, die ihm unverständlich waren, aber es musste natürlich eine Ursache dafür geben), wog entsprechend immer schwerer. Oder hatte sie die Polizei bloß satt? Pfiff sie einfach auf ihn? Wenn man bedachte, wie man sie bei Morinders Verschwinden unter Druck gesetzt hatte, wäre dies sicher nicht weiter verwunderlich, und Barbarotti wäre als Erster bereit, eine solche Vermutung zu unterschreiben.

Daraus ergab sich natürlich auch die Antwort auf Frage 6. Ihm blieb nur noch eins zu tun, Ellen Bjarnebo zu finden. Ihr von Angesicht zu Angesicht gegenüberzusitzen und sich anzuhören, was sie zu sagen hatte. Alles andere – ebenso wie alles, was er bisher zustande gebracht hatte – erschien ihm im Vergleich dazu einigermaßen sinnlos.

Warum man ihn überhaupt beauftragt hatte, der Problematik Bjarnebo/Morinder noch einmal nachzugehen – Frage 1 –, hatte ihm schon genügend Kopfzerbrechen bereitet. Asunander hatte zugegeben, dass es einen Grund gab, und Barbarotti setzte voraus, dass er erfahren würde, wie dieser Grund lautete, wenn sie sich in zwei Tagen trafen. Wenn nicht, konnte er dem Kommissar genauso gut mitteilen, dass es allmählich Zeit wurde, die Ermittlungen einzustellen und zu den Akten zu legen. Wenn sie denn jemals wirklich offiziell aufgenommen worden waren?

Blieb Frage 5 – ob er in seinen Gesprächen irgendetwas Wesentliches übersehen hatte. Zu Hause in Kymlinge und Umgebung. Mit Lisbeth Mattson in Hallsberg und mit Billy Helgesson in der Blekingegatan.

Natürlich mochten ihm auch in den Berichten, die er gelesen hatte, Details entgangen sein, das gab er bereitwillig zu, dennoch hatte er das Gefühl, dass die Begegnungen der letzten Tage etwas Neues enthielten.

Was meine ich damit, überlegte Barbarotti und blickte auf die leuchtend violett blühenden Fliederbüsche auf dem Hof herab. Etwas Neues?

Unsinn? Oder doch kein Unsinn? Er sank ein wenig tiefer in den Stuhl zurück, schloss der angenehm wärmenden Morgensonne zugewandt die Augen und versuchte sich zu vergegenwärtigen, worüber er eigentlich mit Billy und seiner Stiefmutter gesprochen hatte. Umgekehrt und der Reihe nach. Gab es in dem, was gesagt worden war, irgendetwas von Bedeutung? War ihm etwas aufgefallen oder fast aufgefallen, was für einen Spaltbreit eine Tür öffnen konnte?

Er spürte, dass er auf einmal Gefahr lief einzunicken, noch ehe er auch nur in die Nähe einer derartigen mentalen Tür gelangt war, aber an diesem Punkt, in diesem umnebelten Grenzland zwischen Wachen und Schlafen, tauchte doch noch etwas auf, was Billy Helgesson gesagt hatte, und Barbarotti hatte es unterlassen – *um ein Haar unterlassen* –, seinen Worten die gebührende Bedeutung zuzuschreiben.

Etwas über seine Mutter in Nordschweden?

Etwas darüber, dass …

… dass sie da oben Bekannte hatte?

Hatte er das nicht gesagt?

Aber nach diesem Bruchteil einer Erkenntnis übermannte ihn der warme Schlaf, und er wurde in dem gemütlichen Liegestuhl erst wieder wach, als seine Tochter ihm eine Hand auf die Schulter legte und sich erkundigte, ob er noch eine Tasse Kaffee haben wolle.

31

Inger Berglund war zwar eine Cousine zweiten Grades von Billy Helgesson, aber die beiden waren sich nicht sonderlich ähnlich. Kein bisschen, um genau zu sein; sie war Anfang dreißig, dunkelhaarig, schlank und durchtrainiert, und vor allem wesentlich gesprächiger als ihr gehemmter Verwandter.

Sie nahmen ihre Kaffeetassen aus der *Speisekammer* – wo es vor lauter Menschen und Klirren und Kinderwagen etwas zu lebhaft war, um wirklich ein Gespräch führen zu können – mit hinaus und setzten sich stattdessen auf eine Bank mit Aussicht auf eines von Stockholms zahlreichen Gewässern. Er wusste nicht, welches es war, aber musste es sich nicht um irgendeine Mälarbucht handeln?

»Nach Ihrem Anruf habe ich ziemlich lange nachgedacht«, ergriff sie unaufgefordert das Wort. »Eigentlich ist es seltsam, dass ich bis heute nie mit einem Polizisten darüber gesprochen habe.«

»Wie alt waren Sie, als es passierte?«, fragte Barbarotti.

»Neun«, antwortete sie. »Das ist jetzt dreiundzwanzig Jahre her. Obwohl es sicher ganz natürlich war, dass man mich damals nicht befragt hat. Die Sache war ja nicht sonderlich kompliziert … nehme ich an.«

In diesen letzten drei Worten lag eine ganze Welt verborgen, und Barbarotti spürte zum ersten Mal, seitdem diese alten Geschichten auf seinem Schreibtisch gelandet waren, dass in seinem Inneren eine Saite angeschlagen wurde. Dieser schwache Ton erklang, der verlauten ließ, dass sich etwas anbahnte. Dass es gute Gründe dafür gab, jetzt gut zuzuhören.

Aber vielleicht war es auch nur Einbildung, es gab auch falsche Töne.

»Sprechen Sie weiter«, bat er.

Sie zögerte einige Sekunden, zog dann eine Zigarette aus einer Schachtel und zündete sie an. Da sie so rundum sportlich wirkte, wunderte ihn das.

»Entschuldigen Sie«, sagte sie. »Ich rauche nur zwei Mal im Jahr. Silvester, und wenn etwas Besonderes ist.«

»Ich verstehe«, meinte Barbarotti. Offensichtlich würde das, was sie zu erzählen hatte, von selbst kommen, ohne Hilfe führender oder irreführender Fragen.

»Also schön, seit Ihrem Anruf habe ich nachgedacht«, wiederholte sie. »Und ich habe beschlossen, dass ich Ihnen davon erzählen möchte. Es hat vielleicht nichts zu sagen, und ich weiß auch nicht, hinter was Sie eigentlich her sind, aber ich weiß auch nicht, warum ich es nicht tun sollte.«

Sie machte eine Pause. Er nickte vorsichtig bestätigend.

»Wir wuchsen auf Groß-Burma zu dritt auf«, berichtete sie. »Aber das wissen Sie wahrscheinlich schon. Auf Klein-Burma wohnten Harry, Ellen und Billy. Das war... na ja, wir waren ja mit ihnen verwandt, Vater und Harry waren Cousins, aber wir hatten praktisch keinen Kontakt zu ihnen. Vor allem nicht zu Billy. Tomas nicht, Erik nicht, ich nicht. Erik und Billy waren gleich alt, aber Billy war irgendwie so anders, dass es... dass es einfach nicht ging. Er *konnte* irgendwie nicht spielen. Sind Sie ihm begegnet?«

Barbarotti bekannte, dass er ihn getroffen hatte.

»Dann wissen Sie ja Bescheid«, sagte sie. »Er wohnt heute in Stockholm. Ich bin ihm einmal zufällig begegnet und habe ein paar Worte mit ihm gewechselt. Heute geht das.«

»Er sprach nicht, als er auf Klein-Burma wohnte?«, fragte Barbarotti.

»Nein. Er war ein unglaublicher Eigenbrötler. Es gibt sicher irgendeine Diagnose dafür, aber das ist es nicht, wovon ich Ihnen erzählen will. Es geht nicht um Billy, es geht um etwas anderes.«

Barbarotti nickte. Inger Berglund räusperte sich.

»Meine Mutter und mein Vater ließen sich zwei Jahre nach Harrys Ermordung scheiden. Wir Kinder begriffen im Grunde nie, warum, zumindest ich nicht. Bis mein ältester Bruder Tomas es mir ein paar Jahre später erklärte.«

»Aha?«, sagte Barbarotti.

»Unser Vater, Göran Helgesson, hatte ein Verhältnis mit Ellen Bjarnebo.«

»Ach, du Schreck«, sagte Barbarotti in Ermangelung von etwas Besserem.

Inger Berglund zog wieder an ihrer Zigarette. »Genau. Lustig übrigens, dass sie Bjarnebo und nicht Helgesson heißt, wenn ich an sie denke. Aber egal, offenbar ging das ein Jahr lang so, und wenn ich es richtig verstanden habe, lief es auch noch den ganzen Sommer... also, solange Harry nur verschwunden war. Bevor sie ihn fanden.«

»Wie war das Verhältnis zwischen Ihrer Mutter und Ihrem Vater?«, fragte Barbarotti.

»Ich weiß es nicht. Es war halt, wie es war, aber es traf uns auf jeden Fall unvorbereitet, dass sie sich scheiden lassen wollten. Es gab doch den Hof und alles... gewöhnliche Menschen können sich vielleicht trennen, aber bei einem landwirtschaftlichen Betrieb sieht das ganz anders aus. Ich war elf, als sie auseinanderzogen, und drei Jahre später verkaufte Vater den Hof. Sie wussten nichts davon?«

»Nein«, antwortete Barbarotti. »Das wusste ich nicht. Wie kam die Sache zwischen Ihrem Vater und Ellen Bjarnebo denn heraus? Entschuldigen Sie bitte, dass ich frage, aber wenn ich recht sehe, beschlossen Ihre Eltern, sich scheiden zu lassen… ja, was haben Sie gesagt? Anderthalb Jahre, nachdem Ellen in Hinseberg gelandet war? Das Verhältnis kann ja wohl kaum fortbestanden haben, während sie…?«

»Jemand hat es Mutter erzählt«, unterbrach Inger Berglund ihn.

»Jemand?«, sagte Barbarotti.

»Ich glaube, sie war es selbst, also Ellen. Vielleicht, um sich irgendwie zu rächen, ich weiß es nicht. Sie schickte einen Brief oder rief aus dem Gefängnis an, aber ich kann mich auch irren. Jedenfalls bekam Mutter es heraus. Nach der Scheidung zog ich mit ihr nach Göteborg, Erik und Tomas blieben bei Vater. Es war sicher so gedacht, dass sie sich zu dritt um den Hof kümmern würden, aber das funktionierte nicht. Keiner meiner Brüder interessierte sich sonderlich für Landwirtschaft, und am Ende begriff wohl auch Vater, wie die Dinge lagen. Die beiden wollten studieren, statt sich zwischen Schafen und Kühen schmutzig zu machen. Vielleicht hatte Vater das Ganze auch einfach satt. Jedenfalls wurde unsere Familie völlig auseinandergerissen. Und so ist es bis heute geblieben. Mutter wohnt noch immer in Göteborg, ist pensioniert, einsam und verbittert. Vater starb vor zwei Jahren in Spanien. Als ziemlich starker Alkoholiker, um die Wahrheit zu sagen. Tomas ist so ein Computerfreak und lebt in Kalifornien, und Erik… tja, Erik macht an verschiedenen Orten in Immobilien, vor allem unten in Malmö, ich denke, es sah einige Male ziemlich übel für ihn aus. Wir sehen uns nie, nicht einmal Weihnachten. Für Tomas und Erik gilt das Gleiche.«

»Das klingt jetzt nicht, als würden Sie Ihre Familie vermissen?«, sagte Barbarotti.

»Nein«, antwortete Inger Berglund, ließ eine halbgerauchte

Zigarette auf die Erde fallen und trat darauf, »das tue ich nicht, und das ist sicher das wirklich Traurige.«

»Inwiefern?«, sagte Barbarotti.

Sie blickte auf das Wasser hinaus und schwieg einige Sekunden. »Als ich klein war, bildeten wir doch trotz allem eine Familie, hielten zusammen und so, jedenfalls bildete ich mir das ein. Aber ich war ja nur ein Kind. Meine Mutter hat sich übrigens von mir distanziert … tja, wie soll man es nennen? Sie hat offiziell mit mir gebrochen?«

Sie lachte auf und fuhr fort: »Es geht um meine sexuellen Neigungen. Ich wohne mit einer Frau zusammen, das war zu viel für sie. Ich glaube übrigens, dass Tomas und Erik in dieser Frage ähnlich fortschrittlich denken wie Sie.«

»Wie kommt es, dass Sie Berglund heißen?«, fiel Barbarotti ein.

»Ich war mir dieser Neigungen früher nicht bewusst«, erläuterte Inger Berglund und zuckte mit den Schultern. »Zwei Jahre war ich mit einem Typen namens Berglund verheiratet, der arme Kerl, es funktionierte natürlich nicht. Und da meine Lebensgefährtin Lundberg heißt, fanden wir das ein bisschen lustig. Berglund und Lundberg. Irgendwie verkehrte Welt.«

Sie lachte erneut. »Tja, und nun habe ich Ihnen von diesem alten Elend erzählt. Keine Ahnung, ob Sie das weiterbringt, aber ich muss Sie jetzt einfach fragen, warum Sie sich überhaupt mit mir in Verbindung gesetzt haben? Es geht um diesen späteren Fall, der niemals aufgeklärt wurde?«

Barbarotti seufzte.

»Das ist eine lange Geschichte«, antwortete er. »Aber liege ich richtig, wenn ich das Gefühl habe, dass Sie … dass Sie in Bezug auf den Mord an Harry Helgesson etwas andeuten?«

Ihr Blick folgte einem Segelboot, das nur zwanzig, dreißig Meter unterhalb vorüberglitt. Barbarotti betrachtete dasselbe Wasserfahrzeug und wartete.

»Nein«, erwiderte sie schließlich. »Im Grunde tue ich das wohl eher nicht. Es gab einfach nur so viel, was nie ans Licht kam. Als die ersten Teile von ihm gefunden wurden, war alles irgendwie auf einen Schlag klar. Sie gestand sofort. Und dann… tja, dann wurde sie natürlich wieder verdächtigt. Stimmt's?«

»Allerdings«, sagte Barbarotti. »So ist es gewesen.«

»Wann war das?«

»Vor ungefähr fünf Jahren.«

»Aber sie war es nicht?«

»Jedenfalls ließ sich ihr nichts nachweisen.«

»Wie war das noch, die Leiche wurde nie gefunden? Beim zweiten Mal, meine ich?«

»Ja, genau«, bestätigte Barbarotti.

»Ich habe gehört, dass man es so drehen soll«, sagte Inger Berglund, deutete ein Lächeln an, überlegte es sich dann jedoch anders. »Wenn man jemanden getötet hat, soll man dafür sorgen, dass die Leiche nie gefunden wird. Dann hat man eine weitaus größere Chance, nicht überführt zu werden.«

»Das ist sicher eine gute Faustregel«, gab Barbarotti zu und beschloss, dass es Zeit wurde, zum Ende zu kommen.

»Danke, dass Sie sich Zeit für mich genommen haben«, sagte er. »Darf ich mich wieder bei Ihnen melden, falls noch etwas sein sollte?«

»Natürlich«, antwortete Inger Berglund. »Und Sie dürfen mich gerne auf dem Laufenden halten, wenn es… also, wenn Sie etwas herausfinden.«

»Ich bin mir nicht sicher, dass ich etwas herausfinden werde«, erklärte Barbarotti.

Er fuhr mit der U-Bahn in die Innenstadt zurück. Es war erst halb eins; also blieben ihm noch vier Stunden, bis er und Sara in einem Zug nach Süden sitzen würden, und er überlegte, dass er sich ein Restaurant mit Terrasse suchen sollte, um eine Kleinigkeit zu essen. Sara wollte noch ein paar Dinge erledigen, hatte sie erklärt, so dass sie verabredet hatten, gegen vier gemeinsam in der Vikingagatan aufzubrechen.

Also würde er einen Happen essen und seine grauen Zellen ein wenig arbeiten lassen. Diese Saite, die draußen in Midsommarkransen angeschlagen worden war, vibrierte noch immer.

Eins wurde ihm jedenfalls immer klarer. Asunander hatte ihm nicht *eine* schlechte Polizeiermittlung in die Hände gedrückt, sondern *zwei*.

32

Der 3. Juni 1989

Er saß immer noch nicht auf der Couch.

Der Fernseher lief, den Geräuschen und Blautönen nach zu urteilen ein amerikanischer Polizeifilm. Sie schaltete den Apparat aus. Auf dem Tisch stand eine leere Bierdose. Sie nahm sie automatisch an sich und warf sie in der Küche in den Müll. Leerte den Aschenbecher und spülte ihn unter dem Wasserhahn aus. Wischte den Herd ab.

Gewöhnliche, ganz alltägliche Verrichtungen, aber eben doch nicht. Sie fühlte sich fast berauscht, obwohl sie keinen Tropfen getrunken hatte. Als wüsste sie nicht richtig, was sie tat; ihre Wahrnehmung hatte sich irgendwie verändert, da war etwas Neues und Fremdes. Sie erwartete, die Muti-Stimme wieder zu hören, vielleicht wurde sie durch das alles angekündigt. Oder würde in ihr deutlich werden, was sich ankündigte? Aber die Stimme schwieg. Und sie begriff nicht, was für Fragen sie sich stellte. *Ankündigen* war ein Wort, das sie sonst eigentlich nie benutzte, nicht einmal in Gedanken.

Die verschwundenen Zinnsoldaten waren der Auslöser gewesen. Sie gingen ihr nicht aus dem Kopf und verlangten Maßnahmen, so musste es sich abspielen. *Abspielen? Maßnahmen?* Was denn für Maßnahmen? Vielleicht war das eine Schwester derselben falschen Kraft, die vorhin in sie gefahren war, sie dann jedoch schmählich im Stich gelassen hatte. Oder es war etwas anderes. Die Wirklichkeit hatte einen Schlag abbekommen, und es war schwer zu sagen, was dies hieß. Doch dass sie wartete, wartete und sich fragte, dieses Gefühl ließ sich nicht abschütteln.

Sie ließ Billy auf dem Bett allein, nachdem sie zuvor eine Weile nach den Soldaten gesucht hatte. Im Kleiderschrank, in den Kommodenschubladen, im Schrank vor seinem Zimmer – obwohl sie wusste, dass es sinnlos war. Billy hatte mit Sicherheit längst an denselben Stellen gesucht. Deshalb lag er jetzt dort. Weil die Soldaten verschwunden waren. Deshalb war er verzweifelter, als sie ihn jemals gesehen hatte.

Abgrundtief, hoffnungslos. Sie hatte versucht, an ihn heranzukommen, aber keinen Erfolg gehabt. Keine Anzeichen dafür wahrgenommen, dass es ihm etwas bedeutete, wenn sie bei ihm saß. Der Junge war ein Stein aus Stummheit und Schmerz.

Sie fragte sich, wohin Harry sie geschafft hatte. Zinnsoldaten ließen sich ja nicht einfach kaputt machen. Hatte er sie einfach in den Wald geworfen?

Sie fragte sich zudem, wohin er selbst verschwunden war. Im Giebelzimmer in der Scheune war er auch nicht, sie ging hinaus und sah nach. Dort trieb er sich ansonsten gerne herum; das Zimmer war als eine Art Büro gedacht gewesen – damals, als der Hof noch ein richtiger Hof war –, es gab darin Regale für Aktenordner und anderes an der Wand und einen großen amerikanischen Schreibtisch. Es war ein ramponiertes und abgewetztes Erbstück. Genau wie ein dazugehöriger Lederstuhl und eine anspruchsvolle Wanduhr, die ebenfalls aus den dreißiger Jahren und der Zeit der Neuansiedlung stammte. Sie stand – wie immer – auf zehn vor zwölf. Das Arbeitszimmer hätte natürlich im Wohnhaus liegen sollen, aber dort war dafür irgendwie kein Platz. Es hatte ihn damals aus irgendeinem Grund nicht gegeben, und es gab ihn auch heute nicht.

Jedenfalls saß er hier oft. Gab vor, Papiere und Rechnungen durchzugehen, während er Bier trank und rauchte. In Pornoheften blätterte, die er in einer der Schreibtischschubladen verwahrte; sie hatte die Illustrierten vor ein paar Jahren entdeckt, aber darauf verzichtet, sie zu kommentieren. Wenigstens hingen keine leicht bekleideten Damen an den Wänden, nur Kalender von der Genossenschaft und vom Autohaus Kymlinge.

An diesem Abend war er allerdings nicht an seinem Platz. Kein Harry Helgesson und keine Zinnsoldaten, sie verbrachte ein paar Minuten damit, Letzterem nachzugehen. Das Auto stand noch auf dem Hof, wie er es geparkt hatte; das linke Vorderrad im Blumenbeet, sodass er zumindest nicht in die Stadt zurückgefahren war. Dass Harry Helgesson den Bus nahm, war ein lachhaft absurder Gedanke.

Unschlüssig blieb sie auf dem Kiesplatz zwischen Scheune und Wohnhaus stehen und sah auf die Uhr; es war Viertel vor neun, aber immer noch taghell. Die Sonne hing im Nordwesten eine Daumenbreite über dem Waldrand und verströmte ein fast übersinnliches Licht auf den Feldern. Nur noch zwei Wochen bis Mittsommer, dachte sie; es war die schönste Zeit des ganzen Jahres, und sie erlebte sie so intensiv, als wäre sie ein Wurm unter einem Stein in einem Straßengraben.

Aber *irgendetwas war passiert*. Der Gedanke wollte ihr einfach nicht aus dem Kopf. Haftete an ihr wie eine Zecke und weigerte sich, loszulassen. Die Dinge hatten einen Punkt erreicht, eine Grenze, hinter der es nicht mehr geradeaus weiterging. *Die Dinge?*

Sie schüttelte den Kopf und beschloss, den Eleonora-Weg zu gehen. Er war nach einer gewissen Eleonora benannt, die ihn vor mehr als hundert Jahren in einer Winternacht gegangen und dabei erfroren war. Die Ehefrau eines der ersten Soldatenhäusler, wenn sie nicht alles täuschte. Welche Gründe sie dafür hatte, sich in den Wald zu begeben, überlieferte die

Geschichte nicht. Vielleicht hatte sie ein Kind in ihrem Bauch getragen, ein Kind, das dort nicht sein sollte, so pflegte es in Volksweisen zu sein. Der gut ausgetretene Weg – in manchen Abschnitten ein Fuhrweg für Traktoren mit Holzanhängern, obwohl die hier seit vielen Jahren nicht mehr unterwegs gewesen waren – führte in einem weiten Bogen durch den Wald und kreuzte zwei Mal einen murmelnden Bach, und an der zweiten schlichten Holzbrücke hatte man Eleonora gefunden. Für die gesamte Strecke benötigte man ungefähr eine halbe Stunde, und es war besser, sich zu bewegen, als stillzusitzen. Ellen war den Weg schon häufiger gegangen, der sich natürlich verzweigte, aber sie hätte ihn mit verbundenen Augen gefunden.

Vielleicht hatte sie gehofft, zu einer Art Entscheidung zu kommen, dass ihr der Fußmarsch durch die säuselnde Stille des Waldes in irgendeiner Form auf die Sprünge helfen würde, aber daraus wurde nichts. Fünfunddreißig Minuten später war sie wieder auf dem Hof, zwar noch voller Entscheidungsfreude, aber ohne sich für etwas entschieden zu haben. Die Sonne war untergegangen, und unterstützt von einer dunklen Wolkenbank, die aus nordöstlicher Richtung aufzog, dämmerte es rasch. Sie fragte sich, ob Harry zurückgekommen war. Wenn er überhaupt fort gewesen war; als sie beim Gehen nachdachte, war ihr eingefallen, dass er womöglich längst im Schlafzimmer schnarchte. Dort hatte sie nicht nachgesehen, aber das war natürlich eine Alternative, die so wahrscheinlich war wie jede andere. Der Schritt von aggressivem Vollrausch zu besinnungslosem Schlaf war in der Regel klein.

Bevor sie jedoch ins Haus ging, nahm sie aus den Augenwinkeln eine Bewegung auf dem Weg nach Groß-Burma wahr, und als sie in die entsprechende Richtung blickte, sah sie dort zwei Gestalten zusammenstehen und sich unterhalten. Na ja, sie nahm jedenfalls an, dass sie sich unterhielten, was sollten sie auch sonst tun? Es waren fast hundert Meter bis zu der Stelle, an der sie standen, sie befanden sich direkt neben dem üppigen Kastanienbaum unterhalb von Groß-Burma, und die Laubkrone des Baums hüllte die beiden zusätzlich in Schatten. Sie dachte, dass es sich um irgendwen handeln könnte, gewann aus irgendeinem Grund jedoch den Eindruck, dass einer der beiden Harry war.

Und wer sollte dann der andere sein, wenn nicht Cousin Göran? Der Großbauer vom großen und vornehmen Hof Burma. Ihr Hurenbock.

Ihr Gatte und ihr Hurenbock?

Doch nicht einmal, als sie die Augen verengte und versuchte, den Blick zu schärfen, erlangte sie Gewissheit. Sie war sich nicht einmal sicher, dass es zwei Männer waren. Sie zuckte mit den Schultern, überließ die beiden ihrem Schicksal und ging hinein, um nach Billy zu sehen.

Sie hatte erwartet, dass er noch auf seinem Bett liegen würde, aber das tat er nicht. Das Zimmer war leer, keine Lampe eingeschaltet. Sie rief ein paarmal seinen Namen, bekam aber keine Antwort.

Für Harry galt im Übrigen das Gleiche, auch wenn sie sich nicht die Mühe machte, nach ihm zu rufen, aber er lag jedenfalls nicht im Schlafzimmer. Dann hatte er also doch da oben auf der Straße gestanden.

Außerdem versteckte Billy sich manchmal, vor allem, wenn er traurig war. Er ging nie weit fort, manchmal nur zu einem versteckten Winkel der Scheune oder ein kleines Stück in den Wald hinein. Zu dem großen Findling oder der halb eingestürzten Waldhütte, die Göran vor vielen Jahren für ihn und Erik zusammengenagelt hatte; das musste gewesen sein, bevor sie in die Schule gingen, als sie noch miteinander gespielt hatten. Aber unabhängig davon, wo er Zuflucht suchte, kam

Billy doch immer zurückgeschlichen, sobald es richtig dunkel wurde.

Plötzlich wurde sie von Müdigkeit übermannt und dachte, dass es eben doch ein Abend wie jeder andere auf Klein-Burma war. Ein trostloser Tag, der in einer Reihe trostloser Tage seinem Ende entgegenging. Zwei Fledermäuse schossen über den Hof, und sie musste an ein Buch denken, das sie als Kind gelesen hatte und in dem gerade Fledermäuse eine wichtige Rolle als Kundschafter in der Zukunft, als eine Art Boten aus dem Morgen oder etwas Ähnliches, gespielt hatten. So war das damals, dachte sie, damals, als es noch Scheidewege und Illusionen gab.

Aber dann fielen ihr wieder die Zinnsoldaten ein, und sie ballte die Hände zu Fäusten und versuchte, zu Mut und Handlungskraft zurückzufinden. *Ist etwas passiert?*

Passiert gerade etwas?

Hinterher – während des Sommers und Herbstes und der folgenden langen Jahre – sollte sie sich viele Male dieser hartnäckigen Gedanken entsinnen und zu verstehen versuchen, wo sie eigentlich hergekommen waren.

33

Als er die Rechnung bekam, fiel es ihm wieder ein.

Was Billy Helgesson gesagt hatte und er schon am Morgen auf dem Balkon zu fassen bekommen hätte, wenn er nicht stattdessen eingeschlafen wäre.

Bekannte da oben?

Billy hatte behauptet, dass seine Mutter Bekannte in Nordschweden hatte und deshalb regelmäßig dorthin fuhr.

Das war natürlich keine wirklich bemerkenswerte Information, aber Barbarotti hörte zum ersten Mal, dass die frühere Mörderin überhaupt so etwas wie einen Bekanntenkreis hatte. Abgesehen von Arnold Morinder natürlich, aber das war ja eine andere Geschichte.

Bevor er seinen Straßentisch in der Vasagatan verließ, hatte er Billy am Apparat. Nein, zuerst Juliana, aber nach ihr Billy.

»Ja?«

»Entschuldigen Sie bitte, dass ich Sie noch einmal störe«, sagte Barbarotti. »Ich habe nur eine Frage. Sie meinten, Ihre Mutter würde in dieser Pension in Vilhelmina jemanden kennen, und dass sie deshalb öfter hinfährt. Habe ich das richtig verstanden?«

»Ja«, antwortete Billy Helgesson. »Ich glaube schon.«

»Ist das jemand, mit dem ich mich in Verbindung setzen kann?«

»Das weiß ich nicht«, sagte Billy.

»Wissen Sie, wer es ist?«, versuchte Barbarotti es erneut. »Haben Sie zum Beispiel einen Namen und eine Telefonnummer, ich müsste mit jemandem sprechen, der…«

»Es ist die Frau, der die Pension gehört.«

»Bitte?«

»Die Frau, die den Laden da führt. Aber wie sie heißt, weiß ich nicht.«

Das macht nichts, dachte Barbarotti. Denn das weiß ich.

»Dann sind sie und Ihre Mutter alte Bekannte?«

»Ich glaube, ja.«

»Okay«, sagte Barbarotti. »Entschuldigen Sie bitte die Störung. Grüßen Sie Julia und Juliana von mir.«

»Ja, klar«, sagte Billy Helgesson.

Er verließ das Restaurant und machte sich auf den Weg in die Vikingagatan. Versuchte zu entscheiden, ob das überhaupt etwas zu bedeuten hatte – dachte aber mehr darüber nach, wie diese Pension hieß. Und die Inhaberin, mit der er vor ein paar Tagen gesprochen hatte. Beides stand auf einem Zettel auf seinem Schreibtisch im Polizeipräsidium von Kymlinge, aber er hatte keinen Gedanken daran verschwendet, diesen nach Stockholm mitzunehmen. Schlampig, dachte Barbarotti. Ich bin ein siebtklassiger Kriminalpolizist. Irgendwo in seinem Handy war die Nummer natürlich gespeichert, aber um sie rasch zu finden, hätte er exakt wissen müssen, wann er sie angerufen hatte.

Zum Glück gab es einen schnelleren Weg.

»Ich sehe, dass du es bist«, meldete sich Backman.

»Was willst du mir damit sagen?«, fragte Barbarotti.

»Nichts«, antwortete Backman. »Aber ich nehme an, du brauchst meine Hilfe. Da du mich anrufst.«

»Danke für das freundliche Hilfsangebot«, sagte Barbarotti

und erinnerte sich plötzlich an die Information, die er am Vortag von ihr bekommen hatte. Darüber, dass Ellen Bjarnebo und Arnold Morinder vor hundert Jahren in dieselbe Schulklasse gegangen waren. Aber das schob er einstweilen beiseite. Deshalb hatte er sie nicht angerufen.

»Gut, dass du das mit Morinder und Bjarnebo herausgefunden hast«, erklärte er. »Aber jetzt geht es um etwas anderes. Du hast nicht zufällig einen Computer in der Nähe?«

Eva Backman bekannte, dass dies der Fall war, da es in der Region Kymlinge regnete und sie in ihrer Wohnung saß. »In den Abendstunden habt ihr ihn in Stockholm.«

»Wen?«, fragte Barbarotti.

»Den Regen. Worum ging es jetzt?«

»Um die Zeit bin ich längst unterwegs«, klärte Barbarotti sie auf. »Aber vorher bräuchte ich noch eine Pension in der Nähe von Vilhelmina.«

»Ist es so schlimm?«

»Nein, es geht nicht um mich, aber das ist der Laden, in den meine Schlächterin regelmäßig fährt. Ich weiß nur leider nicht mehr, wie die Pension heißt ... oder die Frau, die sie betreibt. Wenn du mir das kurz googeln könntest, die Trefferzahl ist nicht besonders groß, ich habe sie letzte Woche selbst gesucht, aber ...?«

»Eine Pension in Vilhelmina?«

»Und Umgebung.«

»Warum schaffst du dir nicht ein etwas moderneres Handy an?«, erkundigte sich Backman. »Dann könntest du das jetzt ganz alleine erledigen.«

»Ich kann dich gerade ganz schlecht verstehen«, sagte Barbarotti.

Eva Backman seufzte und begann zu googeln. Sie brauchte nur eine halbe Minute; Barbarotti summte in der Zwischenzeit die Titelmelodie des Films *Die Kommissarin*, ohne recht zu wissen, warum.

»Ragnhilds Gebirgspension, wie hört sich das an?«, sagte Backman. »Die Inhaberin heißt… warte mal kurz… sie heißt Mona Frisk.«

»Stimmt genau«, sagte Barbarotti. »Das ist die Frau, mit der ich gesprochen habe. Danke.«

Denn so war es natürlich, aber gleichzeitig erkannte er, dass er ein wenig Bedenkzeit benötigte, und bat Backman, ihm die Nummer zu simsen.

»Noch etwas?«, sagte Backman.

»Im Moment nicht«, antwortete Barbarotti. »Vielen Dank.«

»Kann ich vom Computer weggehen? Kann ich das Haus verlassen?«

»Ich dachte, es regnet«, erwiderte Barbarotti.

Wir klingen allmählich wieder wie früher, dachte er, als er aufgelegt hatte. Und für den Bruchteil einer Sekunde tauchte diese absurde Vorstellung in seinem Kopf auf, die Marianne schriftlich festgehalten hatte.

Aber er schob auch das beiseite.

Als er in die Vikingagatan zurückkehrte, war Sara noch unterwegs. Es war erst zwei, der Zug würde erst in zweieinhalb Stunden fahren; es war sicher kein Fehler, effektiv zu arbeiten, da er gerade so schön aufgedreht war.

Aufgedreht, dachte er. War das nicht der Ausdruck, den Rönn benutzt hatte? Warum nicht, immerhin war alles relativ. Er wählte die Nummer.

»Ragnhilds Gebirgspension. Guten Tag.«

Er erklärte, wer er war, und deutete den Grund seines Anrufs an. Vergewisserte sich, dass er mit Mona Frisk sprach.

»Wenn ich richtig verstanden habe, kennen Sie und Ellen Bjarnebo sich ein wenig?«

»Wer hat das behauptet?«

»Ellen Bjarnebos Sohn.«

Am anderen Ende der Leitung wurde es still. Barbarotti dachte, dass es doch eigenartig war, wie viele Informationen in einigen Sekunden des Schweigens enthalten sein konnten.

Oder zumindest, wie viel man sich in dieser kurzen Zeit einbilden konnte. Aber als sie sich räusperte und erneut zu Wort meldete, wurde ziemlich deutlich, dass er sich nichts eingebildet hatte.

»Das stimmt«, sagte sie. »Wir sind alte Bekannte.«

»Sie kommt regelmäßig zu Besuch?«

»Auch das stimmt.«

»Oft?«

»Ab und zu.«

Kurz angebunden und schroff. Mona Frisk hörte sich an, als wäre sie etwas über sechzig, aber dafür wollte er seine Hände lieber nicht ins Feuer legen. Eine Plaudertasche war sie jedenfalls nicht, ganz gleich, ob das nun an ihrer nordschwedischen Herkunft oder an etwas anderem lag.

»Wissen Sie, wo sie sich gegenwärtig aufhält?«

»Warum fragen Sie?«

»Ich dachte eigentlich, das hätte ich bereits erklärt«, entgegnete Barbarotti. »Ich müsste ein paar Worte mit ihr wechseln. Ich bin gerade dabei, ein paar alte Fälle zu bearbeiten, die nie richtig abgeschlossen wurden ... cold cases, falls Sie den Ausdruck schon einmal gehört haben?«

»Ein paar Worte wechseln?«

»Ja.«

»Cold cases? Haben Sie das gesagt?«

»In etwa, ja«, bestätigte Barbarotti. »Also ist Ihnen nun bekannt, wo ich Ihre Freundin erreichen könnte?«

Neue Pause.

»Kann ich Sie in ein paar Minuten zurückrufen?«

»Äh... ja«, sagte Barbarotti. »Natürlich.«

Es dauerte fünfzehn, und sie waren nicht vergebens. Er hatte genügend Zeit, Backman noch einmal anzurufen, die glücklicherweise nicht in den Regen hinausgegangen war. Er bat sie, rasch Mona Frisk zu recherchieren, und nur wenige Minuten später konnte sie berichten, allerdings, der Schuss ins Blaue hatte die Zielscheibe getroffen.

Sogar ziemlich ins Schwarze; Mona Frisk hatte neun ihrer einundsechzig Lebensjahre in der Frauenjustizvollzugsanstalt Hinseberg verbracht. Genauer gesagt die Jahre 1988 bis 1997.

»Wie kommst du nur auf so etwas?«, wollte Backman wissen. »Ich bin fast ein bisschen beeindruckt, bitte beachte, dass ich *fast* gesagt habe.«

»Da war etwas mit ihrer Stimme«, erläuterte Barbarotti. »Es war eindeutig nicht das erste Mal, dass sie mit einem Polizisten sprach. Aber jetzt müssen wir auflegen, sie ruft gleich wieder an.«

»Ihr Wunsch ist mir Befehl«, sagte Eva Backman. »Viel Glück, bis morgen.«

»Ja, bis morgen«, erwiderte Barbarotti. »Ach, übrigens, ehe wir auflegen... weshalb hat sie eigentlich gesessen? Konntest du das sehen?«

»Mord«, antwortete Eva Backman.

Natürlich war es nicht das erste Mal, dass Mona Frisk mit einem Polizisten zu tun hatte, dachte er in einem übertriebenen Anflug von Selbstkritik, letzte Woche hat sie ja schon einmal mit mir gesprochen.

Aber das hatte Backman nicht kommentiert, und es spielte auch keine Rolle. Es waren die kurz angebundenen, routinierten Antworten, die in ihm eine Ahnung zum Leben erweckt hatten; nicht, dass sie tatsächlich jemanden ermordet hatte, aber dass sie schon einmal Ärger mit der Polizei gehabt hatte. Als sie an diesem sonnigen Sonntag zum zweiten Mal in der Leitung war, versuchte sie erst gar nicht zu übertünchen, wie die Dinge lagen.

»Also, es ist so«, setzte sie an. »Ellen Bjarnebo und ich kennen uns seit mehr als zwanzig Jahren. Ich nehme an, dass Ihnen unsere Vergangenheit nicht unbekannt ist, aber ich weiß nicht, worauf sie eigentlich hinauswollen, und schlage deshalb vor, dass Sie Ellen in Ruhe lassen.«

»Wenn ich mich vorher mit ihr zusammensetzen und eine Weile unterhalten darf, ist genau das meine Absicht«, konterte Barbarotti. »Darf ich aus Ihren Worten den Schluss ziehen, dass Sie wissen, wo sie sich aufhält?«

»Was heißt hier ziehen«, antwortete Mona Frisk. »Das ist etwas, was wir hier oben mit Leuten auf Skiern machen.«

»Sparen Sie sich Ihre Scherze«, sagte Barbarotti. »Und?«

»Sie ist hier«, sagte Mona Frisk nach einer kurzen Pause.

»Als wir das letzte Mal telefonierten, haben Sie behauptet, sie hätte den Bus nach Umeå genommen.«

»Mag sein«, erwiderte Mona Frisk. »Sie hat in ihrem Leben schon genug Ärger mit der Polizei gehabt.«

»Sie haben mich angelogen«, sagte Barbarotti. »Meiner Erfahrung nach lügt man nur, wenn man etwas zu verbergen hat.«

»Unsinn«, widersprach Mona Frisk. »Es gibt tausend gute Gründe, sich die Polizei vom Hals zu halten. Ganz besonders für ehrliche und strebsame Menschen, aber um das zu begreifen, fehlt Ihnen wahrscheinlich jede Voraussetzung. Jedenfalls sage ich Ihnen jetzt, wie es aussieht, nicht? Ellen Bjarnebo hält sich in meiner Pension auf.«

»Dann hat sie letzten Sonntag also nicht den Bus genommen?«

»Nein.«

»Und sie ist oft bei Ihnen zu Gast?«

»Nicht zu Gast. Sie hilft hier regelmäßig aus.«

»Sie arbeitet bei Ihnen?«

»Wenn Sie so wollen.«

»Ist sie gerade in der Nähe?«

»Leider nicht«, antwortete Mona Frisk, und er hörte, dass sie dieses Gespräch inzwischen fast genoss. »Ich habe ihr gerade erklärt, was los ist, und sie lässt Ihnen ausrichten, wenn Sie etwas von ihr wollen, werden Sie wohl die Güte haben müssen, zu ihr zu kommen.«

»Nach Vilhelmina?«

»Es ist schön hier oben. Unsere Gäste kommen jedes Jahr wieder. Ich finde schon noch ein freies Zimmer für eine Nacht, wenn Sie sich die Gegend persönlich anschauen möchten.«

Barbarotti schwieg.

»Falls ich mir auch die Freiheit nehmen dürfte, Schlüsse zu ziehen«, fuhr Mona Frisk nach einer Weile fort, »scheinen Sie nicht die Absicht zu haben, Ellen zu einer Vernehmung vorzuladen. Was treiben Sie da eigentlich?«

»Das muss ich Ihnen nicht erklären«, antwortete Barbarotti.

»Nicht? Nun, dieses alte Ermittlungsverfahren wegen ihres bescheuerten Lebensgefährten muss doch seit Jahren tot und begraben sein. Wohlgemerkt, damit meine ich die Ermittlungen, nicht den Lebensgefährten. Cold cases, diesen Bockmist gibt es doch nur im Fernsehen. Dieser Professor, der die ganze Zeit aussieht, als würde er im Sterben liegen. PV oder wie der heißt?«

»Okay«, sagte Barbarotti. »Ich komme.«

»Tatsächlich?«, erwiderte Mona Frisk und klang verbissen amüsiert. »Schön, seien Sie mir herzlich willkommen.«

»Aber wenn ich sie dann nicht antreffe, erscheinen die

Dinge in einem ganz neuen Licht. Ich hoffe, Sie haben mich verstanden?«

Das brachte sie zum Lachen. Kurz und nicht besonders herzlich. »Ich verstehe weit mehr, als Sie ahnen, Herr Inspektor«, sagte sie. »Darf ich aus Ihren Worten den Schluss *ziehen*, dass Sie morgen hier auftauchen werden?«

»Ich melde mich wieder«, erklärte Barbarotti und beendete das Gespräch.

Verdammter Mist, dachte er, und im selben Moment kam Sara zur Tür herein.

Sie war es, die ihn überredete.

Wenn er ohnehin nach Nordschweden reisen musste, konnte er das doch genauso gut so schnell wie möglich machen. Sara benötigte nur Sekunden, um das zu entscheiden. Die Verantwortung für die Teenager in Kymlinge würde sie übernehmen. Sie wollte ja ohnehin die gesamte kommende Woche in der Villa Pickford bleiben. Nicht wahr? So hatten sie es geplant. Wenn er am Montagmorgen das Flugzeug zu dieser Pension in Lappland nahm und am Dienstag zurückflog, würde er Dienstagabend wieder zu Hause sein. Spätestens aber am Mittwochvormittag. Wo lag das Problem?

»Das Problem«, antwortete Barbarotti nach kurzer Bedenkzeit, »das Problem liegt darin, dass mein Platz bei der Familie ist. Nicht in einer Pension nördlich des Polarkreises.«

»Vilhelmina liegt, wenn ich mich nicht irre, etliche Kilometer südlich des Polarkreises«, informierte Sara ihn. »Jedenfalls dauert es mit Sicherheit nicht mehr als eine Stunde, dorthin zu fliegen. Eine Stunde zurück. Ich glaube ehrlich gesagt, dass es dir ganz guttun würde, mal eine Zeitlang wegzukommen.«

»Ich hatte mich eigentlich darauf gefreut, dich im Zug beim Zweier-Whist abzuzocken«, sagte Barbarotti. »So wie früher.«

»Du hast im Zweier-Whist noch nie gegen mich gewonnen«,

wandte seine Tochter ein. »Du wirst langsam alt, Papa. Dein Gedächtnis lässt nach.«

Barbarotti überlegte. »Okay«, sagte er. »Du darfst dich weiter deinen Wahnvorstellungen hingeben. Dann zocke ich dich eben stattdessen am Mittwoch in Kymlinge ab.«

»Ich werde dir eine faire Chance geben«, versprach Sara, und damit war die Sache entschieden.

Er begleitete sie zum Zug und winkte ihr hinterher. Als er in die Vikingagatan zurückspazierte, dachte er erneut darüber nach, ob er nach Stockholm umziehen sollte. Will sagen, in ein paar Jahren, wenn die Kinder aus dem Haus waren. Falls es ihm gelingen sollte, so lange am Leben zu bleiben. Er konnte ja schlecht alleine in einem Haus von über dreihundert Quadratmetern hocken, und es sagte ihm zu, auf diesen gut bevölkerten Straßen zu flanieren. Es fiel einem leicht, sich einzubilden, dass man hier irgendwie dazugehörte. Was meinst du, Marianne, fragte er. Wenn man schon alleine sein muss, ist es da nicht besser in Stockholm zu leben als in Kymlinge?

Er bekam keine Antwort. Na ja, dachte er, es eilt ja nicht, die Zukunft kommt, wenn sie kommt. Als er den Norra Bantorget überquert hatte und an der Zentrale des Schwedischen Gewerkschaftsbundes vorbeigegangen war, merkte er, dass die Trauer wieder bedrohlich nahe war, beschleunigte seine Schritte und dachte, dass es darauf ankam, seine Zeit zu füllen. Nicht sitzen zu bleiben und sich versteinern zu lassen. Oder sich wehrlos unter eine Ulme zu legen.

Ein einstündiges Gespräch mit Marianne und unserem Herrgott, beschloss er, eine einstündige Analyse der Lage. Das ist ein guter Plan.

Danach gehe ich aus und nehme eine einfache Mahlzeit zu mir.

Danach gehe ich ins Bett. Es gab gute Gründe, früh ins

Bett zu kommen, denn das Flugzeug nach Vilhelmina ging um 9.40 Uhr vom Flughafen Arlanda, und es war ihm völlig unklar, wann er dorthin würde aufbrechen müssen.

Der Abend verlief wie geplant. Die Leitungen zum Herrgott und zu Marianne – oder war es sogar dieselbe Leitung – waren ein wenig eingerostet, aber er beschloss, dem keine größere Bedeutung zuzumessen. Die Analyse der irdischen Lage fiel ebenfalls nicht völlig befriedigend aus, doch galt hierfür das Gleiche; er würde am morgigen Tag noch genügend Zeit haben, alles kritisch unter die Lupe zu nehmen. Dieser Gedanke, dass er das Ende der Fahnenstange erreicht hatte, erschien ihm jedenfalls nicht mehr ganz so zutreffend, aber welchen Wert die verschiedenen Informationshappen, die ihm in den letzten achtundvierzig Stunden zugetragen worden waren, eigentlich hatten – die traurige Lisbeth Mattson in Hallsberg, Billy Helgessons widerwillige Auskünfte in der Blekingegatan, die Situation in der Pension nahe Vilhelmina, Inger Berglunds Geschichte von den Verhältnissen auf Groß- und Klein-Burma, sowie Backmans Hinweis auf Bjarnebos und Morinders frühere Verbindung – tja, das alles kam ihm vor wie eine Suppe mit etwas zu vielen Zutaten. Aber sie würde hoffentlich besser abgeschmeckt sein, wenn er sich endlich mit Ellen Bjarnebo zusammensetzen und sich anhören durfte, was sie ihm zu sagen hatte.

Suppenzutaten, dachte er. Wie komme ich nur auf so etwas?

Aber wie auch immer: Möglicherweise würde er auch – schließlich und endlich, in Ragnhilds Gebirgspension, eine unbekannte Zahl von Kilometern südlich des Polarkreises – die Antwort auf die Frage erhalten, warum er sich überhaupt mit diesen alten Geschichten auseinandersetzte. Cold cases? War es womöglich so simpel, dass Asunander ferngesehen hatte und sich seither für das Phänomen interessierte? Alte, unge-

löste, zähe Brocken. Wer's glaubt, wird selig, dachte Barbarotti.

Als er von dem schlichten Chinarestaurant zurückgekehrt
war – zwei Häuserblocks entfernt und vom einfachsten Schlag,
in dem er binnen zwanzig Minuten ein wenig inspirierendes
Reisgericht verdrückt hatte –, rief er die Kinder an, um die
Lage zu sondieren. Sara war gerade angekommen, und alles
war bestens. Sowohl Jenny als auch Martin bestätigten dies
nachdrücklich, und er hatte wirklich keinen Grund, an ihren
Worten zu zweifeln.

Sie kommen ohne mich zurecht, dachte er, nachdem er aufgelegt hatte. Schaffte es, kurzen Prozess mit dem unklaren Gefühl zu machen, das angesichts dieser simplen Feststellung in
ihm aufkam, und ging duschen.

Sara hatte darauf bestanden, dass er in ihrem Bett schlafen solle, aber er entschied sich für die Couch. Hatte er zwei
Nächte auf ihr geschlafen, konnte er es auch noch eine dritte
tun. Er löschte das Licht und schlief kurz vor Mitternacht ein,
und es waren vermutlich nur wenige Minuten vergangen, bis
Marianne, die Hände in die Hüften gestemmt, vor ihm stand.

34

Es war seltsam, dass sie ausgerechnet so dastand.

Als wollte sie ihn für irgendetwas zur Rechenschaft ziehen.

Oder ihn warnen. Sie sagte nichts, verzog keine Miene, aber durch ihre sanft gerunzelte Stirn hindurch konnte er ihre Gedanken lesen. Wie auch immer das funktionieren mochte.

Nimm dich in Acht, Gunnar, sagten sie. *Mit dem Leben ist nicht zu spaßen.*

Was?, fragte er. Warum soll ich mich in Acht nehmen? Wie meinst du das, mit dem Leben ist nicht…?

Achte darauf, dass du dich konzentrierst, fuhr sie fort, ohne ihm Gelegenheit zu geben, seine Gedanken zu Ende zu formulieren. *Es geht einfach nicht, immer alles darauf zu schieben, dass du in Trauer bist, du musst einen klaren Kopf behalten! Du glaubst vielleicht, dass diese Geschichte nur ein Weg ist, Zeit totzuschlagen, aber das stimmt nicht. Du bist in Gefahr, Gunnar, hörst du, was ich sage?*

»Na ja… ja… doch, ich denke schon«, murmelte Barbarotti. Obwohl er allem Anschein nach schlief, merkte er, dass er die Worte tatsächlich aussprach; seine Lippen bewegten sich, so dass er vermutlich kurz unter der Oberfläche des Wachseins trieb. Kannst du nicht ein bisschen näher kommen, Marianne, damit ich dich berühren kann, versuchte er, sie zu locken.

Diesem Wunsch kam sie nicht nach. Sie blieb in einer Art Türrahmen stehen; hinter ihr war helllichter Tag und ganz offensichtlich Sommer, und er hatte den Eindruck, als könnte es das Haus in Hogrän auf Gotland sein, und im Grunde nahm er sie nur als eine dunkle Silhouette wahr; diese gerunzelte Stirn ließ sich nicht mehr erkennen, aber dass sie sich Sorgen um ihn machte, blieb dennoch unverkennbar.

Gunnar, ich will nur, dass du vorsichtig bist, sagte sie und sprach nun wirklich direkt zu ihm. Fast wie eine Mutter zu einem trotzigen und ungehorsamen Kind. *Ich will nicht, dass dir etwas passiert.*

Er dachte daran, wie schade es doch war, dass sie sich ihm endlich zeigte, um ihn zu ermahnen… und dass er sie auch nicht richtig sehen konnte, denn die Silhouette wuchs, wurde dunkler und größer, bis sie schließlich die ganze Türöffnung einnahm. Aber vielleicht kam sie ihm auch, trotz allem, entgegen, und das Licht verschwand deshalb; er streckte beide Hände aus, um sie nicht zu verpassen, aber bevor sie ihn erreicht hatte und ihm klar wurde, wie das alles zusammenhing, wurde er mit solcher Kraft aus seinem Traum geschleudert, dass er fast von der Couch gefallen wäre.

Er setzte sich auf. Fühlte das Herz in seiner Brust pochen wie ein Schmiedehammer. Was immer das war? Oder hieß es eigentlich Eisenschmiedehammer? Und wieso dachte er darüber nach? Er ging in Saras Küche, trank ein Glas Wasser und kehrte zur Couch zurück. Lag lange da, die Hände auf der Brust gefaltet, und versuchte sich den Traum und ihre Anwesenheit zu vergegenwärtigen. Es kehrte allerdings nichts zurück, absolut nichts, obwohl es ihm keinerlei Schwierigkeiten bereitete, sich an das zu erinnern, was sie gesagt hatte.

Nimm dich in Acht.

Du musst einen klaren Kopf behalten.

Ich will nicht, dass dir etwas zustößt.

Es war seltsam. Und am seltsamsten war vielleicht nicht, dass sie so aufgetaucht war, sondern dass sie mit ihm über die Arbeit gesprochen hatte.

Über diese alten Fälle und Ellen Bjarnebo?

Oder etwa nicht? Musste er ihre Worte nicht so deuten? War es nicht das, worauf sie angespielt hatte? Was hatte das nur zu bedeuten?

Als er fünfeinhalb Stunden später aufwachte, hatte er immer noch die gleichen Fragen im Kopf.

»Wen hat sie ermordet?«

»Hä?«, sagte Eva Backman. »Wie viel Uhr ist es?«

»Halb sieben«, klärte Barbarotti sie auf. »Aber ich muss jetzt gleich zum Flughafen und habe mir überlegt, dass es vielleicht nicht verkehrt wäre zu wissen, wer es war... ich meine, den Mona Frisk erschlagen hat?«

»So so, das hast du dir also überlegt?«, hielt Backman fest und gähnte, dass man es bis Stockholm hören konnte. »Und dann rufst du mich morgens um halb sieben an, weil ich es für dich herausfinden soll?«

»Äh... ja«, sagte Barbarotti. »Natürlich nur, wenn du Zeit hast. Du kannst mich ja im Laufe des Tages zurückrufen.«

»Nicht nötig«, erwiderte Eva Backman. »Ich kenne die Antwort schon. Mona Frisk hat ihren Mann ermordet. Er hieß Eugen Markström, aber sie hat ihn nicht erschlagen. Sie hat ihn mit einem Elchstutzen erschossen.«

»Verstehe«, sagte Barbarotti. »Raue Sitten.«

»Kann man wohl sagen«, meinte Eva Backman. »Zwei Schüsse, einen ins Herz, einen in den Kopf. Dann brauche ich dich also nicht mehr anzurufen?«

»Nein. Ich melde mich.«

»Kann ich noch eine halbe Stunde weiterschlafen, wie es ursprünglich meine Absicht gewesen ist?«

»Aber selbstverständlich«, sagte Barbarotti. »Vielen Dank. Bis bald.«

Nach dem Frühstück und einer kurzen Analyse der Lage kam er zu dem Schluss, dass ein Taxi zum Flughafen die bequemste Lösung zu sein schien, und erreichte Terminal 4 um Viertel vor neun, eine knappe Stunde, bevor das Flugzeug nach Vilhelmina abheben sollte.

Das heißt, laut Flugplan. In Wahrheit stand die betreffende Maschine noch mit einem technischen Defekt auf einem ganz anderen Flugplatz in Värmland, und als neue Abflugzeit wurde 11.30 Uhr angekündigt.

Das ist ja wirklich großartig, dachte Inspektor Barbarotti und kaufte sich eine Tasse Kaffee, eine Zimtschnecke und drei Tageszeitungen. Wie kommt es nur, dass die Leute so ungern fliegen.

Eine Stunde später hatte er alle Nachrichten drei Mal gelesen, mit zwei seiner Kinder telefoniert, eine zweite Tasse Kaffee getrunken und langweilte sich so, dass er ernsthaft erwog, das Terminal zu verlassen, ein Taxi zurück in die königliche Hauptstadt zu nehmen und sich in den erstbesten Zug nach Kymlinge zu setzen. Diesen ganzen Auftrag in den Zug nach nirgendwo zu packen, mit anderen Worten und apropos Verkehrsmittel, und die beiden Mörderinnen in Lappland in Frieden zu lassen.

Warum nicht, dachte er. Warum nicht alles mit einem dicken Strich durchstreichen und Asunander erklären, dass sich keine neuen Erkenntnisse ermitteln ließen und er für richtige Arbeitsaufgaben bereitstand. Einfach so.

Aber dann hatte Axel Wallman seinen Auftritt.

Er kam wie ein Unwetter an einem Morgen im April, wie es bei Strindberg so schön hieß, und war mit einem senfgelben

Cordanzug bekleidet. Außerdem trug er einen Strohhut, hatte einen Spazierstock und eine grün getönte Brille, und wenn er nicht stehen geblieben wäre, um an Barbarottis Tisch seine Begeisterung herauszuprusten, hätte Barbarotti ihn nie und nimmer erkannt.

»Gunnar, mein Junge!«

Die Stimme war unverwechselbar. Genau wie die Körperfülle; als Barbarotti seinen alten Kommilitonen das letzte Mal gesehen hatte, wog er etwa einhundertzwanzig Kilo, und er schien seither nicht abgenommen zu haben.

Haare und Bart waren allerdings gestutzt worden. Als Wallman nun in anderthalb Meter Entfernung vor ihm stand und die Arme zu einer innigen Umarmung öffnete, fand Barbarotti, dass er aussah wie eine Kreuzung aus Luciano Pavarotti und Orson Welles.

»Axel, alter Freund«, sagte Barbarotti, stand auf und stellte sich trotz der offensichtlichen Gefahr von Rippenverletzungen mannhaft der Umarmung.

»Iiken ii teda mi zu päiv ili pagenu emähändikaz iˇces kerdale tob«, deklarierte Wallman, zog den freien Stuhl am Tisch heraus und sank auf ihn herab wie ein Grizzlybär auf ein Golfstühlchen. »Das war Wepsisch und bedeutet ›Niemand weiß, was ein neuer Tag und eine entlaufene Wölfin in ihrem Schoß tragen‹. Frei übersetzt natürlich, aber wir sind ja schließlich freie Menschen, nicht?«

»Ich denke schon«, erklärte Barbarotti. »Du hast dich verändert. Was ist passiert?«

»Alles und nichts«, antwortete Wallman. »Was tust du hier, mein Freund? Auf ein abgestürztes Flugzeug warten?«

»Ob es abgestürzt ist, weiß ich nicht«, sagte Barbarotti. »Aber es hat zumindest Verspätung.«

»Mir geht es genauso«, stellte Wallman fest und winkte dem Mädchen hinter der Theke zu. »Mich zieht es geschäftlich in die südlicheren Provinzen, aber jetzt sitzt man hier gestrandet wie eine ausgehungerte Robbe.«

»Ich glaube, man muss an der Theke bestellen«, meinte Barbarotti.

»Mit Sicherheit nicht«, entgegnete Wallman. »Schau, da kommt sie ja schon. Beharrlichkeit führt zum Ziel.«

Er bestellte einen Kaffee mit drei Marzipanteilchen, und Barbarotti nutzte die Gelegenheit, ebenfalls eine weitere Tasse zu ordern. Da man auf einmal am Tisch bedient wurde.

Sie fuhren fort, kraftvolle und sinnlose Höflichkeitsfloskeln auszutauschen, dann wollte Barbarotti Bescheid wissen.

»Entschuldige bitte, wenn ich das sage, Axel, aber du siehst ehrlich gesagt aus, als wolltest du für Kinder Theater spielen. Würdest du die Güte haben, mich auf den aktuellen Stand der Dinge zu bringen?«

Axel Wallman sah auf die Uhr.

»All right. Ich habe vierzig Minuten bis zum Abflug, das schaffen wir. Aber wenn du von dem, was ich dir zu erzählen habe, auch nur ein Sterbenswörtchen weitererzählst, bringe ich dich um.«

»Klingt fair«, sagte Barbarotti. »Ich habe doch geahnt, dass etwas passiert ist. Vor ein paar Tagen war ich an deinem Haus. Wallman-Braun?«

»Pssst! Nicht so laut!« Wallman lehnte sich schwer über den Tisch. »Flughafenterminals haben tausend Ohren. Wollen wir uns vielleicht stattdessen in diese Ecke dort begeben?«

Er zeigte auf einen abseits stehenden Tisch, an dem gerade ein junges Paar aufbrach. Sie nahmen ihre Kaffeetassen und Marzipanteilchen und zogen um.

»So«, sagte Wallman. »Jetzt spitz die Ohren. Ich hoffe, dir ist aufgefallen, dass ich gut bei Kasse bin?«

»Es hat den Anschein«, erwiderte Barbarotti. »Zweifellos.«

»Ha«, rief Wallman aus. »Und keinen Tag zu früh. Ehrlich

gesagt hatte ich es satt, ein verkanntes Genie zu sein. Deshalb beschloss ich, eine neue Laufbahn einzuschlagen. Ich glaube, Saarikoskis Tod veranlasste mich umzusatteln.«

»Saarikoski ist tot? Das tut mir leid.«

»Ein sehr kluges Tier«, bemerkte Wallman. »Und bis in den Tod hinein voller Würde. Er schlief ohne Qual oder Furcht ein. Im Alter von fast fünfzehn Jahren, das ist viel für einen so großen Hund. Man muss bedenken, dass die meisten unserer vierfüßigen ...«

»Deine neue Laufbahn?«, rief Barbarotti ihm ins Gedächtnis.

»Kommt noch, kommt noch«, beruhigte Wallman ihn und biss eines der Marzipanteilchen in der Mitte ab. »Nun gut, lasst uns den Mantel des Schweigens über Saarikoski breiten. Er ruhe in Frieden. Aber vergiss nicht, was ich gesagt habe. Kein Wort über diese Sache, du bist der Erste, dem ich davon erzähle.«

»Der Erste?«, hakte Barbarotti nach.

»Außer meinem Verleger natürlich. Aber der kann schweigen wie ein Grab.«

»Ein Buch«, sagte Barbarotti, »du hast ein Buch geschrieben.«

»Du musst an der Polizeihochschule der Klassenprimus gewesen sein«, brummte Wallman zufrieden und bürstete Gebäckkrümel aus seinem Bart. »Ich sage Verleger, und du sagst Buch! Brillant, Holmes, welch ein Scharfsinn! Ich bin beeindruckt.«

»Danke«, sagte Barbarotti. »Erzähl bitte weiter. Was hast du denn nun geschrieben? Eine neue Sprachgeschichte?«

»Keineswegs«, stellte Wallman fest und warf sich die andere Hälfte seines Marzipanteilchens mit einer umgedrehten Rückhand in den Schlund. »Ich habe die Linguistik, zumindest zeitweise, an den Nagel gehängt. Davon kann man einfach nicht leben. Was ich fabriziert habe, ist ein sogenannter Bestseller.«

»Ein Bestseller?«

»Exakt. Ein Verkaufsschlager. Die Rechte sind bereits in dreizehn Länder verkauft, und mein Verleger, der nebenbei bemerkt, ein äußerst vorsichtiger Stratege ist, abgesehen davon, dass er schweigen kann wie ein Grab, aber das habe ich ja schon gesagt, rechnet damit, dass sich das Werk alles in allem zwischen dreißig und vierzig Millionen Mal verkaufen wird. Ganz zu schweigen davon, was die Filmrechte einbringen werden. Was sagst du dazu, Holmes?«

»Hör auf, mich Holmes zu nennen«, sagte Barbarotti. »Axel, ich hoffe wirklich inständig, dass du neuerdings nicht eine Schraube locker hast und aus... nun ja, aus irgendeiner Anstalt oder so abgehauen bist?«

»In diesem Aufzug? Für wen hältst du mich, mein Lieber? Meine neue Rolle verlangt ein gewisses Maß an Extravaganz, das ist alles. Wenn ich auf der Flucht wäre, würde ich selbstverständlich dafür sorgen, in der Menge unterzutauchen.«

Was unter allen Umständen keine leichte Aufgabe wäre, überlegte Barbarotti. »Aber was hast du denn nun geschrieben?«, fragte er ungeduldig. »Jeder will doch einen Bestseller schreiben. Ich dachte, der Markt wäre mehr oder weniger gesättigt? Zumindest, was schwedische Autoren betrifft.«

»Hör gut zu«, erwiderte Wallman und lehnte sich so über den Tisch, dass die dünnen Stahlbeine knackten. »Ich werde dir jetzt ein einziges Mal erklären, wie die Dinge liegen. Du wirst schon bald in jeder Zeitung von dem Wunderwerk lesen können. In diesem Land und im Rest der Welt. Du hast mein Wort. Imperatorem stantem mori oportet.«

Barbarotti verzichtete darauf, sich die letzten Worte übersetzen zu lassen. »Schieß los«, bat er stattdessen und trank einen Schluck Kaffee. »Worum geht es in deinem Buch?«

Wallman räusperte sich, bewegte die Gesichtsmuskeln ein wenig und zog seine grüne Brille aus. »Die Wahrheit über Adolf Hitler«, sagte er anspruchslos.

Barbarotti nickte.

»Aufgezeichnet von seinem Enkelkind.«

»Was?«, sagte Barbarotti.

»Ja, genau«, kommentierte Wallman. »Das Ganze hängt folgendermaßen zusammen. Bist du bereit?«

»Ich bin bereit«, bestätigte Barbarotti.

Wallman räusperte sich umständlich, pochte mit dem Wanderstab auf den Fußboden und schob sich den Strohhut in den Nacken. »Also schön und wie folgt, mein Freund«, intonierte er ernst. »Seit Kriegsende haben immer wieder Spekulationen über die letzten Tage Hitlers kursiert, was wohl niemandem entgangen sein dürfte. Eine Menge spärlich untermauerter Theorien. Nun aber wird das wahre Bild präsentiert. Die endgültige Lösung, könnte man sagen, wenn es in diesem Zusammenhang nicht so furchtbar klänge. Mein Ausgangspunkt ist also, dass der verrückte Adolf Ende April 1945 nicht in dem berüchtigten Bunker starb – und für Eva Braun das Gleiche gilt. In Wahrheit hatten sich die beiden nämlich bereits im Januar desselben Jahres, in der Endphase des Kriegs, in Sicherheit gebracht, und in den schrecklichen letzten Monaten wurden ihre Rollen schlicht und ergreifend von zwei Kopien gespielt. Zwei Schauspielern, die in diese Rollen, nebenbei bemerkt, bereits einige Male zuvor geschlüpft waren. Auch sie zweifelsohne Verrückte, und sie, diese Ersatzleute, starben schließlich in dem Bunker. Adolf und Eva befanden sich zu diesem Zeitpunkt längst in Sicherheit außerhalb der Grenzen des Deutschen Reichs.«

»Aha?«, sagte Barbarotti. »Also ich meine, eine ähnliche Variante schon einmal gehört zu haben. Das mit den Ersatzleuten vielleicht nicht, aber dennoch... wenn du entschuldigst, dass ich das sage.«

»Wohl wahr, gewiss«, sagte Wallman und schob seinen Hut in eine etwas offensivere Position. »Aber in diesem Fall schreibe ich nicht Geschichte, sondern einen Bestseller, vergiss das nicht. Ich mache Folgendes, ich führe den Beweis – *gebe vor*, den Beweis zu führen, sollte ich natürlich sagen –, dass das Liebespaar Hitler-Braun das Kriegsende in Wahrheit seelenruhig überlebte. Aber nota bene, nicht irgendwo in Südamerika, was die weitverbreitetste Wahnvorstellung ist, sondern in Schweden.«

»In Schweden?«, sagte Barbarotti. »Und warum? Ich meine, wie glaubwürdig...?«

»Ich habe dir doch gesagt, vergiss die Glaubwürdigkeit«, wiederholte Wallman und schluckte ein weiteres halbes Marzipanteilchen. »Tatsächlich lebten sie bis Ende der fünfziger Jahre auf einem Hof im südschwedischen Schonen. Neues Aussehen, die eine oder andere kleine Operation, weg mit diesem Schnäuzer, und natürlich höllische Diskretion, aber so war es. Es gab auch nach Kriegsende noch eine Menge Nazis in unserem Land, was ich dir vielleicht nicht sagen muss. Insbesondere in unseren südlicheren Landesteilen. Aber vergiss das, die Sensation, wegen der mein Buch bereits in dreizehn Länder verkauft worden ist, während zwanzig andere Schlange stehen, besteht darin, dass Adolf und Eva schon im Dezember 1945 ein Kind bekamen. Ein kleines Mädchen, das Brynhilde getauft wurde. Kurzum, da meine Maschine in Bälde abzuheben beabsichtigt, diese Brynhilde bekam dann wiederum eine Tochter, was Ende der siebziger Jahre geschah, wir befinden uns nach wie vor tief im schonischen Lehm, und diese Bettina hat nun das Buch geschrieben. Sie ist mein Pseudonym, das ist der Geniestreich. Bettina Braun, Hitlers Enkelin! Was sagst du dazu? Und ziemlich viel von dieser sensationellen Geschichte basiert auf Hitlers persönlichen Tagebüchern. Aus den zwanziger Jahren, der Marsch auf die Feldherrenhalle und so weiter, bis hin zu… tja, bis hin zu seinem Tod auf einem schonischen Bauernhof im Herbst 1958. In der Gegend von Sjöbo, um genau zu sein. Ich sehe, dass du erblasst, Genosse Rechtschaffen!«

Barbarotti dachte nach. »Mir fehlen die Worte«, erklärte er. »Wie heißt das Buch?«

»Hitlers dritter Rebus«, antwortete Wallman.

»Hitlers dritter Rebus?«

»Exactamente. Einfach und eingängig. Ein bekannter Name im Genitiv, eine Ordnungszahl, so konstruiert man den Buchtitel für einen Bestseller. Ergänzt um eine sanfte Mystifizierung… ein Chiffre, Rätsel, Code, was du willst. Aber der große Köder ist natürlich die Autorin. Kommst du noch mit?«

Barbarotti nickte.

»Schön, nun gut, Bettina Braun ist also fünfunddreißig Jahre alt und lebt unter einem angenommenen Namen in einem unserer nordischen Länder. Sie ist zweifellos ein Sprachgenie und arbeitet im täglichen Leben als Universitätsdozentin an einer nicht näher benannten Universität; Kopenhagen, Åbo, Lund, wer weiß? Man bedenke nur, dass sie ihr Werk eigenhändig in nicht weniger als neun andere Sprachen übersetzt hat. Ich hoffe, dir ist bewusst, dass dies in der Welt der Literatur absolut einmalig ist.«

»Du meinst, dass du…?«

»Exakt, Holmes«, deklarierte Wallman mit kleidsamer Bescheidenheit. »Tatsache ist, dass ich den ganzen Mist parallel in allen zehn Sprachen geschrieben habe, was dem schöpferischen Prozess einen zusätzlichen Reiz verlieh. Über sechshundert Seiten waren es am Ende – will sagen, mal zehn –, und gedauert hat das Ganze zwei Jahre. Aber jetzt ist die Sache in trockenen Tüchern, und ich kann wohl ohne zu übertreiben behaupten, dass der Zweite Weltkrieg fortan in einem ganz neuen Licht erscheinen wird. Wir haben die Bombe auf der Buchmesse in London im Frühjahr hochgehen lassen, und die Verleger standen, um mit einer etwas grobkörnigen Metapher zu sprechen, auf den Hinterbeinen wie geile Köter. Du wirst noch von Bettina Braun und Hitlers Rebus hören, das verspreche ich dir, Herr Wachtmeister!«

Barbarotti schwieg und grübelte, während Wallman sein letztes Marzipanteilchen verspeiste und mit einer halben Tasse Kaffee nachspülte.

»Und was ist mir dir?«, fragte Barbarotti. »Welche Rolle spielst eigentlich du in dieser… Staffage?«

Wallman lächelte und strich sich selbstzufrieden über seine blutrote Krawatte. »Agent«, sagte er. »Ich bin ihr Literaturagent. Ich führe die Verhandlungen mit allen Verlagen. Kümmere mich um alle Kontakte zur Presse. Vergiss nicht, dass Bettina Braun eine sehr menschenscheue Person ist. Es zieht sie nicht in die Öffentlichkeit, und sie will auf gar keinen Fall als Enkelin des schlimmsten Massenmörders der Weltgeschichte auftreten. Erklärt sich das nicht von selbst? Ich bin ihre einzige Verbindung zur Außenwelt.«

»Hitlers dritter Rebus?«, sagte Barbarotti. »Funktioniert das wirklich? Ich meine, sind die Leute heutzutage denn wirklich so gutgläubig?«

Wallman breitete die Hände aus. »Es ist nicht meine Sache, das Bewusstsein der Allgemeinheit zu erweitern. Ich hatte es nur satt, auf dem akademischen Müllhaufen zu sitzen, das habe ich dir doch schon erklärt. Während Krethi und Plethi mit Katzendreck reich werden. Was soll daran verkehrt sein, seine Redegewandtheit ein wenig zu prostituieren?«

»Okay«, sagte Barbarotti. »Ich verstehe. Könnte man eventuell ein Exemplar mit Widmung bekommen, wenn das Buch erscheint?«

»Aber immer«, erklärte Wallman. »Sag einfach Bescheid, in welchem sprachlichen Idiom du es haben willst. Es wird in jeder Sprache genau einhundert signierte Exemplare geben. Der Namenszug von Hitlers Enkelin in der Erstausgabe ihres sensationellen Debütromans … ich brauche wohl nicht zu erwähnen, welchen Preis dies bedingen wird? Vermutlich werden die Bücher bei Auktionen im Netz an Sammler verkauft werden. Aber du bekommst natürlich ein Freiexemplar, for old times' sake.«

Der Gedanke, dass sich sein guter alter Freund vielleicht doch auf der Flucht aus einer Nervenheilanstalt befand, blitzte erneut in Barbarottis Kopf auf, aber er hatte keine Gelegenheit mehr, diesem Verdacht nachzugehen, da Wallman auf seine Armbanduhr schaute und erklärte, die Audienz sei beendet.

»Ich darf den Aeroplan nicht verpassen«, stellte er fest. »Heute Abend habe ich in Malmö einen wichtigen Termin mit ein paar deutschen Journalisten. Pass auf dich auf, mein Freund, und melde dich mal, dann will ich sehen, ob ich irgendwann einen Abend für ein paar Bier einschieben kann.«

»Warum nicht?«, erwiderte Barbarotti erschöpft.

»Vergiss nicht, das Geheimnis mit all deiner Tugend zu verteidigen«, schärfte Wallman ihm ein. »Wenn du auch nur einen Mucks von dir gibst, bringe ich dich um.«

»Du hast mein Wort«, versicherte Barbarotti. »Selbstverständlich.«

»Fein«, sagte Wallman. »Friede sei mit dir, Wachtmeister Holmes!«

Er stand auf, tätschelte seinem alten Kameraden freundlich den Kopf und trottete in Richtung Gate 42.

Bin ich heute Morgen wirklich aufgewacht?, fragte sich Gunnar Barbarotti, als der senfgelbe Rücken aus seinem Blickfeld verschwunden war. Habe ich gerade mit jemandem gesprochen? Sitze ich hier?

Aber wenn er dies wirklich tat – und es getan hatte, sowohl das eine, als auch das andere und das dritte –, dann konnte er sich zumindest darüber freuen, dass immerhin eine Frage geklärt werden konnte. Das Wallmansche Briefkastenmysterium. *Wallman-Braun*?

Blieben all die anderen.

Neunzig Minuten später war er endlich in der Luft. Die Anzahl der Fluggäste belief sich auf insgesamt vier, und Barbarotti nahm an, dass etwa ein Dutzend die Warterei leid gewesen war und beschlossen hatte, stattdessen an einen anderen Zielort zu reisen. Oder den Bus zu nehmen.

Aber die Flugzeit betrug nur eine gute Stunde, und als er aus dem winzigen Flughafenterminal in Vilhelmina trat, stand dort wie erwartet ein junger Mann mit seinem Namen auf einem Schild, genau wie von Mona Frisk versprochen, als er am Morgen mit ihr telefoniert hatte.

»Des Pudels Kern«, dachte Barbarotti und setzte sich auf die Rückbank eines silbergrauen Toyotas. Das wurde aber auch Zeit.

Und dann stand Marianne wieder in diesem Türrahmen.

IV

Juni 2012 / Juni-August 1989

35

Dieser Sommer.

Es war die seltsamste Zeit, die sie je erlebt hatte, schon nach ein, zwei Tagen wurde ihr das klar. Am Sonntag hatte sie, tief und traumlos, bis halb eins geschlafen, und war davon aufgewacht, dass Billy neben ihrem Bett stand und sie ansah. Das war wirklich noch nie vorgekommen. Weder, dass sie so lange geschlafen hatte, noch, dass sie von dem Jungen geweckt worden war.

Dafür gab es natürlich eine einfache Erklärung, sie war erst um halb fünf und todmüde nach der ganzen Plackerei ins Bett gekommen. Sie betrachtete Billy, der vor ihr stand und ein bisschen unruhig vor und zurück wippte; sicher wollte er ihr etwas sagen, aber an einem Tag wie diesem lagen die Worte tief in ihm begraben. Noch tiefer als sonst, und sie dachte, dass es ausnahmsweise von Vorteil war, dass Billy nun einmal Billy war. Was hätten sie einander sagen sollen? Die Sonne schien hinter ihm zum Fenster herein, und seine fast weißen Haare filterten das Licht in seltsamer Weise, sodass um seinen Kopf fast ein Glorienschein hing. Sie blieb reglos auf der Seite liegen und musterte ihn für einige ernste Augenblicke, und er sah nicht fort wie sonst, sondern hielt ihrem Blick stand, und sie ahnte, dass in diesen Sekunden etwas Entscheidendes zwischen ihnen passierte. Natürlich war das wirklich Entscheidende bereits am Vorabend eingetroffen, aber was nun geschah, war eine Art… wie hieß das? Besiegelung? Versiegelung?

Sie wusste es nicht. Damals nicht, und heute, fast auf den Tag genau dreiundzwanzig Jahre später in der stillen nordschwedischen Wildnis, auch nicht.

Dieses Bild im Schlafzimmer kann sie dagegen mühelos heraufbeschwören. Alles andere existiert auch noch, aber auf andere Art; nichts ist so detailgenau, so ausliefernd und nackt wie Billy, der dort im Gegenlicht steht und sie ansieht. Als sie sich ineinander spiegeln und sich erinnern, was passiert ist, und dass… und dass hiernach nichts mehr so sein wird wie vorher. Die Zukunft liegt so offen und unergründlich vor ihnen wie ein fremdes Meer, und der Bund zwischen ihnen wird besiegelt.

Genau, denkt sie, es heißt *besiegelt.*

Und dann, nach all den Jahren, dieser Kriminalinspektor. Nach Hinseberg. Nach ihrer Rückkehr. Nach Arnold.

Was will er? Warum ist er nur so darauf erpicht, mit ihr zu sprechen?

Er kommt an diesem Tag. Am Nachmittag, hat Mona erklärt, das Flugzeug aus Stockholm hat offenbar große Verspätung. Aber er ließ sich einfach nicht länger abwimmeln, auch das hat sie erklärt. Nicht, wenn man keinen schlimmeren Verdacht als nötig erwecken möchte. Und das möchte man nicht.

Sie verharrt bei diesen Gedanken, während sie ihren üblichen Morgenspaziergang macht: der Weg, der über das Moor bis zum Wasserlauf führt, die knorrigen Zwergbirken, das niedrige, windzerzauste Unterholz. Der Schnee, der erst kürzlich geschmolzen ist, an den Nordhängen liegen noch vereinzelt Reste, und es ist viel Wasser in der Erde. Die Zeit der Frühjahrsflut ist noch nicht vorbei, aber hinter der nächsten Ecke winkt der Sommer. So ist das in dieser Gegend, der Frühlingsanfang dauert höchstens eine Woche, gnadenhalber eingeschoben zwischen Winter und Sommer. Dem langen, langen Winter und dem wehmütig kurzen Sommer.

Das Licht ist allerdings schon auf diesen Sommer eingestellt, längst sind die Nächte schimmernd und weiß, bis zum Wendepunkt sind es nur noch vierzehn Tage. Sie hat gelernt, ohne Rollo zu schlafen, Mona hatte ihr gesagt, es sei nur eine Frage der Übung. Vor ein paar Jahren meinte sie das, aber es hat gedauert, sich daran zu gewöhnen. Nach der langen Dunkelheit tut man auf unseren hohen Breitengraden gut daran, jeden Streifen Licht auszunutzen, meint Mona. Es ist Teil der Bedingungen, der ungeschriebenen Übereinkunft mit der Natur. Der Körper muss bekommen, was er braucht, das Licht in sich speichern, um die nächste lange Dunkelheit durchzuhalten. Rollos? Jalousien? Unsinn.

Trotzdem gibt es sie natürlich in jedem Zimmer und vor jedem Fenster, immerhin muss man die Wünsche der Gäste berücksichtigen. Aber Ellen ist kein Gast. Sie hat nachgezählt und ist zu dem Ergebnis gekommen, dass es ihr dreizehnter Aufenthalt hier oben ist. In Zeit gemessen hat sie weit mehr als ein Jahr in der Pension verbracht. Manchmal schauen auch andere Schwestern für ein paar Tage, eine Woche oder zwei vorbei, aber sie ist mit Abstand die treueste Besucherin. Zwischen ihr und Mona gibt es eine Verbindung, die Jahr für Jahr stärker wird. Mit jedem neuen Besuch, jedem neuen Gespräch, sie hat sogar versucht, Mona nach Kymlinge hinunterzulocken, aber da verläuft die Grenze.

Die Jahre in Hinseberg haben mir gereicht, sagt Mona. Meine Jahre im Süden, so pflegt sie die Zeit im Gefängnis zu nennen. Sie wird ihre Tage hier oben beschließen, wo sie zu Hause ist, und da sie nicht weiß, an welchem Tag sie sterben wird, hat sie nicht vor, jemals wegzufahren. So einfach ist das.

Aber *Licht speichern*? Ellen gefallen Formulierung und Gedanke. Die Worte decken mehr ab, als Mona vermutlich gemeint hat, denn man speichert so gerne Dunkelheit, ob man will oder nicht, und es erfordert einen Kraftakt, dem ein Ende zu setzen. Um stattdessen zu bewahren, was es wert ist, bewahrt zu werden.

Ellen sieht auf die Uhr. Es ist fast zehn, sie beschleunigt ihre Schritte über das Moor. Zwischen elf und zwei müssen drei Zimmer geputzt werden, außerdem wäre es sicher nicht verkehrt, wenn sie noch ein Brot essen könnte, ehe es Zeit wurde, den Inspektor zu treffen.

Auf dem Rückweg denkt sie an Göran Helgesson. Das passiert manchmal, vor allem in letzter Zeit, seit sie weiß, dass er nicht mehr lebt. Er starb letzten Winter, tief unten in Spanien, und es stand nicht besonders gut um ihn. Versoffen, einsam und erbärmlich, wenn ihre Informationen stimmten, offenkundig alles andere als der Kraftprotz, der er einmal war.

Oder zu sein vorgab. Oder wie in einer Theatervorstellung vorspielte. Der Großbauer auf Groß-Burma, oh ja, in diesen Jahren wurde sich in vielerlei Hinsicht verstellt. Obwohl Vorstellung und Verstellung natürlich zwei verschiedene Dinge waren.

Drei Tage nachdem Harry fort ist, kommt er am Dienstagabend zu ihr, Billy und sie essen gerade zu Abend, auch das ein Bild, an das sie sich bis ins kleinste Detail erinnert. Bockwurst und Kartoffelpüree. Frischer Schnittlauch und einige Butterflocken im Püree. Mit den Butterflocken nimmt Billy es sehr genau.

Wo ist Harry?, will er wissen, und es kommt ihr vor, als könnte er ihr diese Frage stellen, weil der Junge auch in der Küche ist. Ich habe ihn gar nicht gesehen?

Ja, es ist tatsächlich so, als würde er sich an Billy wenden. Obwohl er weiß, dass der Junge nicht spricht.

Oder vielleicht gerade deshalb. Ja, so ist es natürlich. Er weiß, dass er keine Antwort bekommen wird, deshalb kann er die Frage stellen. Es ist ein Spiel.

Also antwortet sie auch nicht. Fragt stattdessen, ob er einen Kaffee haben möchte, den er jedoch dankend ablehnt. In seinen Augen liegt eine andere unausgesprochene Frage, und sie weiß, dass er zurückkommen wird. Vielleicht schon am Abend, die Luft ist ja rein. Die Luft ist für immer rein, aber das weiß Göran Helgesson sicher nicht. Oder doch?

Tut er das?

Bevor er geht, streicht er Billy übers Haar, und der Junge erstarrt, denn eine solche Berührung hat es bis dahin nie gegeben, aber eine gewisse Freundlichkeit ist ohnehin ganz typisch für Göran. Der Wille, es einem recht zu machen oder so, ist unübersehbar. Da ist nicht nur diese Freundlichkeit, sondern auch eine neue Art von Sanftheit, die sie zugleich erstaunt und nicht erstaunt.

Denn es ist eine neue Zeit angebrochen. Drei Tage sind gerade einmal vergangen, trotzdem hat sich alles verändert. Keiner weiß, was nun werden wird. Göran nicht, Ellen nicht, Billy nicht, aber an diesem schönen Juniabend gibt es in der Küche den Hauch einer unausgesprochenen Zusammengehörigkeit, ja genau, *Zusammengehörigkeit*.

Und dann kam er natürlich. Nicht nur einmal, sondern des Öfteren in den nächsten Tagen. Den nächsten Wochen.

Im Laufe des ganzen Sommers, während Harry offiziell verschwunden war. Es ist wie sonst auch und gleichzeitig ganz anders. Bei mindestens einer Gelegenheit kann sie sich nicht beherrschen und genießt es. Er merkt es, und es erfüllt ihn mit Stolz. Aber keine Worte, keine unnötigen Gesten, Klein-Burma ist generell ein Hort des Schweigens.

Aber es gibt unterschiedliche Arten des Schweigens.

Auch Ingvor schaut vorbei, das ist seit vielen Jahren nicht mehr vorgekommen.

Und Ingvor beteiligt sich nicht am Schweigen. Im Gegenteil. Für sie sind Worte wichtige Werkzeuge. Was glaubst du, will sie wissen und nimmt Kaffee und Marmorkuchen an. Wo ist er nur hin? Hat er sich nicht gemeldet?

Über eine Woche ist vergangen, als sie diese Fragen stellt. Die Sommerferien haben begonnen, und am Ende von Kaffee und Kuchen lädt sie Billy zu einem Probebad im Pool ein. Ellen auch, versteht sich.

Antworten hat Ellen jedoch nicht zu bieten, und Billy hat keine Lust, schwimmen zu gehen. Der Grund ist natürlich sein Körper, und dass er solch ein schlechter Schwimmer ist. Im Gegensatz zu seiner Cousine und den Cousins, die sich im Wasser wohlfühlen wie Fische.

Ein paar Tage später gehen sie trotzdem hin. Gemeinsam schwimmen das Schwein und die Maus ein paar Bahnen im hellblauen, chlorgesättigten Wasser. Obwohl sie sich nicht mehr wie das Schwein und die Maus fühlen, und erst lange danach, hier oben in der Wildnis und so viele Jahre später, fallen ihr die Tiernamen wieder ein.

Nun überquert sie den kleinen Höhenzug, und am Fuß des Hangs taucht die Pension auf. Sie liegt in dieser grandiosen, unberührten Natur so schön. Die mächtigen Berge im Hintergrund, die an einem klaren Tag wie diesem ganz nah zu sein scheinen und deren Konturen sich vom leuchtend blauen Himmel rasiermesserscharf absetzen. Kein Wunder, dass die Leute hierherkommen, denkt Ellen und beschattet ihre Augen mit der Hand. Kein Wunder, dass ich mich hersehne, obwohl ich doch schon hier bin.

Aber man kann sich tatsächlich nach etwas sehnen, was man schon hat, das hat sie irgendwo gelesen.

Manche anderen Dinge, manche Situationen und Sequenzen

aus diesem Sommer erscheinen ihr ab und zu genauso scharf wie die Konturen der Berge an diesem Morgen. Zum Beispiel die erste Begegnung mit der Polizei.

Ingvors und Görans Aufforderung folgend hatte sie angerufen und gemeldet, dass Harry verschwunden ist. Das geschieht am Mittwochabend, und am Freitag tauchen sie bei ihr auf.

Ein älterer und schweigsamer kleiner Mann, der offenbar das Sagen hat, ein jüngerer mit kurz geschorenen roten Haaren. Keiner der beiden trägt eine Uniform, der jüngere macht sich mit einem Bleistift Notizen in einem schwarzen Block, während sie gemächlichen Schrittes auf dem Hof und im Haus umhergehen. Das Wetter ist schön.

Es ist kurz nach Mittag, Billy ist gerade von der Feierstunde am letzten Schultag heimgekommen. Sie selbst hat sich im Eisenwarengeschäft aus beiden Gründen einen Tag freigenommen: letzter Schultag und der Besuch der Staatsmacht. Das ist kein Problem gewesen, vor allem nicht, nachdem sie Lindgren erzählt hat, dass ihr Mann verschwunden ist.

Der Ältere, Schüchterne stellt Fragen, und der Rothaarige notiert ihre Antworten, ja, so ist es wirklich. Alles, was sie sagt, scheint er in seinem kleinen Block festzuhalten, und er meldet sich immer nur zu Wort, um sie zu bitten, etwas zu wiederholen.

Ist das ein Verhör?, denkt sie. Läuft das so ab?

Aber sie fragt nicht. Es ist sicher üblich, dass sie das eine oder andere überprüfen müssen, wenn jemand als vermisst gemeldet wird, denkt sie sich.

Wann haben Sie ihn das letzte Mal gesehen?, will der kleine Graue wissen.

Samstagabend, antwortet sie. Aber wo er nach dem Essen hin ist, weiß ich nicht.

Er hat nichts gesagt? Kein Wort darüber verloren, dass er die Absicht hatte, irgendwohin zu gehen?

Nein.

Haben Sie sich gestritten?

Nein.

Wie war er?

Er war wie immer.

Und er ist an dem Abend nicht ins Bett gegangen?

Nein.

Was haben Sie gedacht?

Ich fand es seltsam.

Und was denken Sie jetzt?

Ich finde es noch seltsamer.

Warum haben Sie so lange damit gewartet, uns anzurufen?

Ich weiß nicht. Ich denke, ich habe geglaubt, dass er irgendwohin gefahren ist?

Und zu wem?

Vielleicht zu einem seiner Freunde in der Stadt.

Aber das Auto stand noch an seinem Platz?

Ja, das ist allerdings merkwürdig.

Haben Sie bei seinen Freunden nachgefragt?

Ja. Bei denen ist er nicht.

Während sie diese Fragen und Antworten austauschen, bewegen sie sich gemächlich über den Hof. Sie gehen links und rechts von ihr, der Rothaarige dicht neben ihr, um nichts von dem zu verpassen, was sie sagt. Ihren Erklärungen und Vermutungen.

Schließlich gehen sie ins Haus, bewegen sich langsam durch Zimmer um Zimmer. Der kleine Graue macht oft lange Pausen und scheint nach etwas Ausschau zu halten. Fast zu *wittern*. Manchmal vergeht fast eine halbe Minute wortlos, aber das findet sie nicht unangenehm, es stört sie nicht. Sie ahnt, dass er damit eine Absicht verfolgt. Er will sie dazu bringen, sein Schweigen bedrückend zu finden und zu plappern. Seinen Assistenten hat er wahrscheinlich angewiesen, still zu sein.

Aber sie plappert nicht. Sie versteht es zu schweigen, das hat sie immer schon gekonnt.

Was hat er mitgenommen?

Verzeihung?

Haben Sie nachgesehen, was fehlt? Sein Portemonnaie zum Beispiel? Eine Tasche?

Ich glaube nicht, dass er eine Tasche mitgenommen hat, aber sein Portemonnaie habe ich seither nicht mehr gesehen, das hat er anscheinend dabei.

Den Pass?

Ich glaube, der ist nicht mehr gültig. Er hat davon gesprochen, dass er ihn verlängern lassen will.

Fahren Sie öfter ins Ausland?

Nein.

Sie findet den Pass in einer Schublade.

Kleider? Jacke?

Sie erklärt, wenn sie recht sehe, fehlten lediglich die Sachen, die er am Samstagabend anhatte. Eine Jeans, ein Hemd, ein dünner Sweater.

Nicht einmal eine Jacke?

Nein, sie glaubt nicht.

Sie gehen die Kleiderschränke durch, und sie bleibt dabei, dass er offenbar nicht einmal seine Jacke mitgenommen hat.

Nun ja, das Wetter ist ja schön und warm, sagt der kleine Graue.

Sie fragt, ob die beiden einen Kaffee haben wollen, aber sie lehnen das Angebot dankend ab.

Und das hier ist Ihr Junge?

Sie begegnen Billy in der Küche. Er sitzt am Tisch und löffelt Vanilleeis mit Erdbeermarmelade, um so den Beginn der Sommerferien zu feiern. Der kleine Graue geht zu ihm, streckt die Hand aus und grüßt. Billy nimmt sie, steht sogar auf. Gibt auch dem rothaarigen Assistenten die Hand. Dienert.

Und du hast jetzt Sommerferien?

Billy nickt.

Aber du vermisst deinen Papa?

Billy nickt noch einmal. Gott sei Dank. Sie denkt an diesen Moment im Schlafzimmer, als sie es *besiegelten*.

Was denkst denn du, wo er sein könnte?

Billy schüttelt den Kopf.

Sie denkt, es ist gut, dass er nicht spricht. Die Polizisten deuten sein hartnäckiges Schweigen sicher irrtümlich als einen Ausdruck von Sorge. Dass er sich besorgt fragt, was mit seinem Papa passiert sein könnte.

Sie lassen ihn dort am Küchentisch bald wieder in Ruhe. Es gibt keinen Grund, die Sache für den Jungen schlimmer zu machen, als sie schon ist. Der kleine Graue legt sogar kurz seine Hand auf Billys Schulter. Ähnlich wie Görans Kopftätscheln vor ein paar Tagen.

Insgesamt dauert der Besuch nicht viel länger als fünfundzwanzig Minuten oder eine halbe Stunde. Sie stehen auf dem Hof und verabschieden sich. Der kleine Graue sagt, dass sie tun werden, was in ihrer Macht steht, um Harry zu finden. Es ist nicht ungewöhnlich, dass Menschen verschwinden und wohlbehalten zurückkommen. Vor allem im Sommer nicht.

Hatte er getrunken?, lautet seine letzte Frage. War er betrunken?

Ein bisschen, bekennt sie. Nun ja, nüchtern war er sicher nicht.

Der Assistent notiert auch das.

Dann erklären sie, dass sie noch ein paar Worte mit den Bewohnern von Groß-Burma wechseln werden. Immerhin sind sie die nächsten Nachbarn, vielleicht ist ihnen ja etwas aufgefallen.

Ja, tun Sie das. Man weiß ja nie.

Sie bleibt stehen und sieht sie davonfahren. Billy kommt aus dem Haus und steht auch da. Ungewöhnlich dicht neben ihr, so dass es ihr beinahe so vorkommt, als sollte sie seine Hand nehmen. Als wollte er das.

Aber sie tut es nicht. Sie bleiben nur stehen, bis der schwarze Saab den Hügel hinaufgefahren und hinter der Fliederhecke verschwunden ist.

Und nun sind dreiundzwanzig Jahre vergangen. Sie steht in Zimmer 8 in Ragnhilds Gebirgspension und bezieht das Bett neu. Es ist schwer vorstellbar, dass sie heute noch derselbe Mensch ist wie damals. Schwierig, die Zeit an sich zu verstehen.

In ein paar Stunden kommt dieser Mann von der Kripo. Wozu soll das verdammt noch mal gut sein? Was will er?

36

Barbarotti sitzt auf der Rückbank, aber ausgesucht hat er sich das nicht.

Auf dem Beifahrersitz liegt ein zottiger Hund. Er riecht ein bisschen streng und scheint sehr alt und müde zu sein. Vielleicht hat Henning ihn dort platziert, um keine Konversation machen zu müssen.

Viel mehr sagt er jedenfalls nicht. Abgesehen davon, dass er Henning heißt. Und weil auch Barbarotti keine Lust verspürt zu erklären, was ihn zu Ragnhilds Gebirgspension führt, wird nicht viel gesprochen.

Obwohl die Fahrt fast zwei Stunden dauert. Damit hat er nicht gerechnet, da er davon ausgegangen ist, dass die Pension am Rande der Ortschaft liegt, aber das stimmt natürlich nicht. Die Gebirgswelt beginnt nicht vor der Haustür. Sie sausen durch die weite nordschwedische Landschaft, und am eigentlichen Ort Vilhelmina, einer vagen Ahnung von Zivilisation, sind sie vor ein paar Minuten nur kurz vorbeigehuscht.

Seine Gedanken sind unbändig und wirr, aber er will sie trotzdem nicht fallen lassen, denn ohne Gedanken lauert ihm wieder das Gefühl auf, einsam und verlassen zu sein. Bedrohlich nahe ist es; insbesondere in einer solchen Situation, in dieser atemberaubenden Umgebung, in der es ihm vorkommt, als würde er alles hinter sich lassen. Kilometer auf Kilometer ohne Wiederkehr. Keine Frau, die man anrufen könnte, kein Mensch, mit dem man sprechen könnte, generell kein vernünftiges Ziel... nein, es hat keinen Sinn, solche Bestien von der Leine zu lassen.

Also denkt er über Axel Wallman nach. Über Billy Helgesson. Über Inger Berglund und Lisbeth Mattson und die Menschen, denen er nie begegnet ist, die aber vor fünfundzwanzig Jahren zwei Höfe vor den Toren Kymlinges bevölkerten. Einen dieser Menschen wird er allerdings bald treffen. Genauer gesagt die eigentliche Hauptperson, die Frau, die als die berühmt-berüchtigte Schlächterin von Klein-Burma in die Geschichte eingegangen ist. Sie und niemand sonst, die anderen scheinen in alle Winde zerstreut zu sein; unglücklich, tot, unverstanden oder was auch immer. Wie alle anderen Menschen vielleicht auch?

Außerdem versucht er, über Arnold Morinder und die Frage nachzudenken, was es bedeuten mag, dass er und Ellen vor langer Zeit Klassenkameraden gewesen sind, aber die Konturen des verschwundenen Elektrikers sind so vage, dass die Gedanken an ihm abrutschen. Losfahren, um sich eine Zeitung zu kaufen, und dann einfach ein blaues Moped in einem Sumpfgebiet zurücklassen? Was für eine idiotische Aktion ist das denn? Norwegen? War er wirklich auf dem Weg nach Norwegen, konnte an dieser dahingeworfenen Behauptung etwas dran sein?

Aber wenn die Gedanken an Morinder abrutschen, zieht es sie umso stärker zur Schlächterin. Zu der Frau, der er bald begegnen wird. Mit der er sich von Angesicht zu Angesicht zusammensetzen wird, um herauszufinden, wie das alles wirklich zusammenhängt.

Glaubt er tatsächlich, dass es dazu kommen wird? Dass dazu die Chance besteht? *Könnten Sie mir bitte kurz erklären, wie das alles zusammenhängt?*

Nein, wenn er ehrlich ist, nicht. Wenn er ehrlich ist, glaubt er wohl nur, dass er sich mit ihr zu einem Gespräch treffen wird, um anschließend festhalten zu können, dass er in diesem Fall keinen Schritt weitergekommen ist. In diesen Fällen. Jedoch alles getan hat, was in seiner Macht stand. Die Tatsache, dass er bis Lappland und zurück gereist ist, sollte ja wohl hinlänglich beweisen, dass er wirklich sein Bestes gegeben hat. Das wird Asunander wohl kaum leugnen können.

Oder wird er wirklich etwas finden? Denkbar ist es. Schließlich muss es einen Grund dafür geben, dass Ellen Bjarnebo ihn angelogen hat – oder dafür, dass ihre Freundin dies getan hat, die Frau, die sich seinen Informationen nach einstmals ebenfalls ihres Gatten entledigt hat, um dafür anschließend viele Jahre in Hinseberg zu sitzen? Was sind das eigentlich für Frauen, die ihn hier oben in der Wildnis erwarten?

Und irgendwo hier, in diesem frei fließenden Gedankenstrom, taucht Marianne wieder auf und mischt sich ein. Sie steht da, die Fäuste in die Seiten gestemmt, und ermahnt ihn wie zuvor: aufzupassen. Diesen Auftrag nicht auf die leichte Schulter zu nehmen. Nur weil er sich einbildet, dass Asunander ihm diese Angelegenheit zugeschanzt hat, damit er sich die Zeit vertreiben kann, heißt das noch lange nicht, dass er sicheren Boden unter den Füßen hat. Pass auf, fordert seine tote Frau ihn auf. Denk ja nicht, dass du die Sache auf die leichte Schulter nehmen kannst.

Was meint sie damit? Soll er ihrem Urteil vertrauen? Sie hat ihm auch einigermaßen deutlich gesagt, dass er versuchen soll, Eva Backman für sich zu gewinnen. Das klingt doch völlig plemplem, und wer sagt einem denn eigentlich, dass die Toten ein besseres Urteilsvermögen und einen besseren Überblick haben als die Lebenden?

»Malgomaj«, sagt sein Fahrer Henning überraschend und macht eine ausschweifende Bewegung mit dem rechten Arm.

Barbarotti blickt durch das Seitenfenster auf den See mit diesem Namen hinaus, der sich wie ein gewundenes blaues Band durch die Landschaft erstreckt, ein Schal, den eine junge Schönheit auf dem Weg zu ihrem Liebsten verloren hat. Henning will vermutlich zum Ausdruck bringen, dass er den See schön findet. Dass er stolz ist, hier im Norden zu wohnen. Dass es das ist, was zählt.

Wenn es so sein sollte, kann Barbarotti ihn verstehen. Die Landschaft ist grandios und schön. Unverständlich ist allerdings, dass er hinter Henning und Hennings altem Hund sitzt und durch diese ehrfurchtgebietende Landschaft rauscht, um zwei alte Mörderinnen zu treffen. Eine Schlächterin und eine… was hatte Backman gesagt? Zwei Schüsse mit einem Elchstutzen? Einen ins Herz und einen in den Kopf?

»Ja«, sagt er als Erwiderung auf den einmaligen Ansatz des Fahrers zu einem Gespräch. »Ich kann mir gut vorstellen, dass man hier nie fortwill.«

Dabei will er nichts lieber als das. Er ist in dieser gewaltigen Landschaft nicht zu Hause, er ist in vielerlei Hinsicht auf Irrwegen, und wenn er nicht aufpasst, wird ihn jeden Moment erneut die große Trauer übermannen, die ihn lähmt und versteinert, und er ist sich nicht sicher, dass Henning und seine Töle die richtige Gesellschaft für diesen Typ von psychischem Erdrutsch sind.

»Wie weit ist es noch?«, fragt er deshalb.

»Ungefähr zwanzig Minuten«, antwortet Henning.

Anschließend sieht es aus, als läge ihm eine Frage auf der Zunge, aber er bleibt stumm. Barbarotti lehnt sich zurück und schließt die Augen. Versucht irgendeine Art von Kontakt zum Herrgott zu bekommen und fühlt sich nach einer Weile tatsächlich ein wenig umschlossen. Keiner von ihnen sagt etwas. Gott ist an diesem Nachmittag genauso schweigsam wie Henning, aber das spielt keine Rolle. Er weiß, worum es geht, natürlich weiß er das. Das braucht nicht durch die schwergängige Mühle der Formulierungskunst gedreht zu werden.

Bevor das Wort mir auf der Zunge liegt, weißt du, o Herr, alles, was ich dir sagen will.

Besser so, denkt Barbarotti. Besser so. Dann zieht er Mariannes Brief aus der Brusttasche und liest ihn noch einmal. Ihm fällt auf, dass er in den Knicken schon ein wenig weich und faserig ist, und er beschließt, ihn laminieren zu lassen. Oder könnte er ihn kopieren und das Original an einem sicheren Ort deponieren?

Aber sie bringt ihn zum Lächeln, das tut sie. Tot und begraben, dennoch in einem ganz eigenen Sinn gegenwärtig.

Um Punkt halb vier Uhr biegen sie auf den Hof vor dem weißen Holzgebäude. Die Sonne ist verschwunden, stattdessen türmen sich über den Bergen im Westen nun dunkle Wolken auf, und als Barbarotti aus dem Wagen steigt, spürt er einen kalten Windstoß. Eine kräftig gebaute Frau von etwa sechzig Jahren ist auf die länglich schmale Veranda getreten, die an der Vorderseite des Hauses entlangläuft. Sie wechselt einige Worte mit Henning, ohne Barbarotti zu beachten; Henning steigt wieder in den Wagen und fährt davon, während die Frau auf der untersten Treppenstufe stehen bleibt und Barbarotti mustert. Dass sie Mona Frisk höchstpersönlich ist, steht außer Frage. Sie strahlt Autorität und Stärke aus, innere wie äußere, ihre stahlgrauen Haare sind zu einem dicken Pferdeschwanz gebunden; sie trägt eine verwaschene Jeans und ein kariertes Flanellhemd, hat sich ein rotes Halstuch umgebunden und trägt schwarze Holzschuhe an den Füßen, die haargenau so aussehen wie die Schuhe, in denen Barbarotti in den siebziger Jahren während seiner Zeit in der Mittelstufe herumlief.

»Es gibt Regen«, sagt sie.

Keine Vorstellung. Kein Handschlag. Kein Willkommensgruß.

»Sie bekommen Zimmer Nummer sieben«, fügt sie hinzu. »Das wird das Beste sein.«

Barbarotti weiß nicht, warum es das Beste sein wird, aber er folgt ihr ins Haus. Im Erdgeschoss gibt es eine Art Rezeption, einen Holztresen in einem Loch in der Wand und eine Sitzgruppe aus Sesseln um zwei Tische herum. Knapp unter der Decke hängt ein Fernsehapparat. Rechterhand befinden sich Doppeltüren, die wahrscheinlich zu Küche und Speisesaal führen. Diverse tote Tiere an der Wand; ganz und in Teilen, Vögel und Pelztiere. Eine Sammlung mehr oder weniger antiker Skier.

Holzfußböden und Flickenteppiche. Ein offener Kamin. Gepflegt, das lässt sich nicht leugnen.

Aber Mona Frisk verzichtet darauf, stehen zu bleiben und ihn sich in irgendeiner Form einschreiben zu lassen; sie nimmt die geschwungene Treppe in die obere Etage und geht vor ihm den Korridor hinab. Er verläuft durch das ganze Gebäude, rechts und links von ihm liegen die Zimmer. Nummer sieben liegt ganz hinten am Giebel, und sie öffnet die Tür und bedeutet ihm einzutreten.

Ein Bett, ein kleiner Schreibtisch, ein Stuhl. Ein freistehender Kleiderschrank und ein Gemälde mit einem Tier, das ein Vielfraß zu sein scheint. Ein Waschbecken mit nur einem Hahn. Auch hier ein Flickenteppich. Durch das Fenster würde er eigentlich Blick auf die Berge haben, aber im Moment sieht man nur treibende Wolken.

»Das Badezimmer ist gegenüber«, erläutert sie.

Barbarotti nickt und stellt seine Tasche auf den Stuhl.

»Sie sind wirklich ein Charmebolzen«, sagt er.

Das hat er eigentlich nur denken wollen, aber aus irgendeinem Grund sind ihm die Worte entschlüpft. Vielleicht gar nicht mal so schlecht, denn es zuckt in ihrem Gesicht, und er kommt zu dem Schluss, dass sich da ein Lächeln andeutet. Sie stoppt es beizeiten und murmelt etwas Ablenkendes, während sie zum Fenster geht und ihm den Rücken zukehrt.

»Wann kann ich mit ihr sprechen?«, fragt er. »Immerhin bin ich nicht hergekommen, um zu wandern oder mich in die Badewanne zu legen.«

»Beim Abendessen benötige ich ihre Hilfe«, antwortet Mona Frisk. »Mit Ihnen haben wir insgesamt sechs Gäste. Sie werden Ihr Gespräch hinterher führen müssen. Essen gibt es um sieben unten im Speisesaal.«

Barbarotti sieht auf die Uhr. Bis dahin sind es noch mehr als drei Stunden, aber es gibt vielleicht keinen Grund, die Dinge unnötig zu komplizieren. Jedenfalls kann er keinen finden. Er ist sich nicht sicher, ob er beim Armdrücken gegen Mona Frisk gewinnen würde, und ist wie immer unbewaffnet.

»In Ordnung«, sagt er. »Wie sieht es hier mit dem Handyempfang aus?«

»Hier in der oberen Etage hat man in der Regel ein Netz. Es kommt ein bisschen auf Ihren Anbieter an. Wenn es unbedingt sein muss, dürfen Sie das Festnetztelefon in der Rezeption benutzen.«

»Danke«, sagt Barbarotti. »Ich rechne damit, das Flugzeug morgen Nachmittag zu nehmen. Kann ich dann auch mit Henning rechnen?«

»Mit ihm oder seinem Bruder«, erklärt Mona Frisk. »Ist sonst noch was?«

»Ich würde auch gerne mit Ihnen sprechen«, erdreistet sich Barbarotti.

»Ich habe zwar keine Ahnung, wozu das gut sein soll«, entgegnet Mona Frisk, »aber wenn es unbedingt sein muss, dann morgen früh. Nach dem Frühstück.«

318

»Ausgezeichnet«, sagt Barbarotti, woraufhin sie ihn verlässt, um das Abendessen vorzubereiten.

Fünf Sekunden, nachdem sie die Tür hinter sich geschlossen hat, kommt der Regen. Er schlägt wie eine Salve gegen das Fenster, und Barbarotti denkt, dass er lieber Busfahrer statt Polizist hätte werden sollen.

Oder Zahnarzt oder Kürschner oder was auch immer. Nur nicht Kriminalinspektor. Er will mit so etwas nichts zu tun haben. Will nicht auf Menschen losgehen und sie für alle möglichen zweifelhaften Handlungen zur Rede stellen, die sie begangen oder nicht begangen haben. Hat keine Lust mehr, sie oder sich selbst dieser aufdringlichen Art von Misstrauen und Feindseligkeit auszusetzen. Er hat es einfach satt.

Vor allem will er nicht hier sein. In diesem erbärmlich kleinen Zimmer in dieser nördlich gelegenen Pension ohne Ziel oder Sinn – also er selbst, die Pension hat sicher sowohl ein Ziel als auch einen Sinn –, so steuerlos wie ein Nachen auf offener See, in seinem Schädel stapeln sich die Bilder.

Er legt sich rücklings aufs Bett, verschränkt die Hände im Nacken und blickt zur Decke. Sie ist weiß und inhaltsleer. Er lauscht dem Regen, der gegen das Fenster treibt, und überlegt, was es wohl bedeutet, dass er auf seiner gut fünfzigjährigen Wanderung auf Erden zu diesem Punkt in Zeit und Raum gelangt ist. Warum liegt er hier? Ausgerechnet hier, ausgerechnet jetzt?

Das ist kein erbaulicher Gedanke, und er würde sich wünschen, wenigstens daheim in Kymlinge zu sitzen und mit seinen Kindern zu sprechen – oder seinem Trauertherapeuten, woraufhin ihm einfällt, dass er am morgigen Tag, einem Dienstag, einen Termin bei ihm hat und diesen nicht wie vereinbart wird einhalten können. Er zieht sein Handy heraus und sucht nach Rönns Nummer, aber als er anschließend das Display betrachtet, erfährt er lediglich, dass er sich außerhalb der Reichweite aller Dienste befindet, was nur allzu gut zu dem passt, was er selbst längst begriffen hat.

Er bleibt trotzdem so liegen, wenngleich mit geschlossenen Augen, eine gute halbe Stunde lang. Ohne nach seiner Bibel greifen zu müssen, fallen ihm einige Zeilen aus dem Buch *Der Prediger* ein, allerdings nicht die, in denen er kürzlich Trost zu finden versuchte, sondern eine weniger bekannte Stelle, über die Marianne und er sich einmal unterhalten haben.

Es ist Trauern besser als Lachen; denn durch Trauern wird das Herz gebessert.
Das Herz der Weisen ist im Klagehause, und das Herz der Narren im Hause der Freude.

Genau, denkt Barbarotti. Mir geht es schlecht und warum auch nicht. Kurzum, je schlechter, desto besser.

Wenn ihn sein Gedächtnis nicht trügt – aber er verzichtet weiterhin darauf, es zu überprüfen –, steht etwas später im selben Kapitel *denn Zorn ruht im Herzen eines Narren*. Aber nichtsdestotrotz und ohne daraus eine Lehre zu ziehen, ist es genau dieses Gefühl, das allmählich in seinem Inneren aufflammt. Nach Selbstmitleid kommt Stärke, so ist es im Allgemeinen.

Mona Frisk mag ihren Mann mit einem Elchstutzen erschossen haben, denkt er, das lässt sich nicht ändern. Aber sie wird in dieser Sache verdammt noch mal nicht einfach so schalten und walten dürfen, wie es ihr passt. Schwarze Holzschuhe aus den Siebzigern, nein, das war nun wirklich des Guten zu viel.

Und die nächste Stunde – während der ihm, vermutlich inspiriert von den deutlichen und vermehrten Signalen von Essenszubereitung, die in das Zimmer einsickern, immer stärker der Hunger zusetzt – widmet er daraufhin der Aufgabe, ein

Netz aus giftigen Fragen zu formulieren. Er hat nicht die Absicht, Ellen Bjarnebo eine Chance zu geben, sich aus diesem zu befreien, sobald der Magen das seine bekommen hat und er endlich mit ihr sprechen wird.

Dass sie vorher ein ordentliches Abendessen für ihn zubereiten muss, ist nur gerecht. Und ob.

37

Aus Tagen werden Wochen.

Harry ist immer noch verschwunden. Die Polizei schickt ein paar Männer, die zwei Tage lang die nähere Umgebung durchsuchen. Es könnte ja trotz allem sein, dass er sich irgendwo erhängt hat.

Aber man findet nichts. Keinen Harry, keine Spur.

Der kleine Graue besucht sie ein zweites Mal, nun jedoch in Begleitung eines anderen Assistenten, einer jungen Frau. Sie stellen Fragen, die alten und ein paar neue. Sie antwortet, so gut es geht. Sie versuchen auch, mit Billy zu sprechen, aber Billy schüttelt nur erfolgreich seinen großen Kopf und sieht traurig aus. Sie lassen ihn schnell in Ruhe.

An Mittsommer werden sie nach Groß-Burma eingeladen. Sie sitzen im Garten und essen eingelegte Heringe und Kartoffeln. Lachs und Quiche und vieles andere natürlich auch. Schnaps, Bier und Wein. Als Nachtisch Erdbeeren und Eis, das Wetter ist herrlich. Ingvors Schwester und ihr Mann sind mit den beiden Kindern gekommen. Insgesamt fünf Erwachsene und sechs Kinder zählt Ellen. Die Kinder schwimmen im Pool, Billy nicht, aber alle anderen. Sie trinkt einen Schnaps, ein Bier und ein paar Schlucke Wein; nicht viel, sie wird nicht betrunken. Göran und sein Schwager sind allerdings beide blau und laut, aber nicht so wie Harry. Sie sind fröhlich und höchstens ein bisschen rechthaberisch, es ist ein himmelweiter Unterschied. Göran zwinkert ihr insgeheim zu.

Ja, es ist ein seltsamer Sommer. Eine Woche nach Mittsommer tritt sie ihren Urlaub an und hat auf einmal Kontakt zu ihren Nachbarn auf Groß-Burma. Das ist natürlich auch notwendig, denn der Hof muss schließlich weitergeführt werden, bald ist Erntezeit, und wenn der Bauer auf Klein-Burma nicht an seinem Platz ist, muss der Bauer vom Nachbarhof einspringen.

Und das tut er. Göran kümmert sich um alles auf beiden Höfen, und wenn er heimlich zu ihr kommt, hat sie plötzlich das Gefühl, als wäre es richtig. Er hat zwei Höfe und zwei Frauen. Die eine Frau lässt ihn nicht an sich heran, mit der anderen gibt es keine Probleme. Sie sprechen nicht darüber, aber sie merkt, dass er in diesen Bahnen denkt.

Gleichzeitig weiß sie, dass es so nicht weitergehen wird. Dieser Sommer und die ganze Situation müssen irgendwann ein Ende haben, vielleicht gleichzeitig, es gibt Zeichen, die darauf hindeuten. Was für Zeichen, kann man sich fragen, aber die Muti-Stimme spricht zwei Mal zu ihr und erinnert sie.

Daran, dass alles seine Zeit hat. Daran, dass früher oder später irgendjemand Harry finden wird. Trotzdem geht sie nicht in den Wald und versteckt ihn etwas besser; der Gedanke, es zu tun, taucht ab und zu zwar auf, aber dann kommt es ihr jedesmal so vor, als würde alle Kraft aus ihr gesaugt. Dazu kann sie sich nicht überwinden. Es ist besser, das Schicksal seinen Lauf nehmen zu lassen.

Im Nachhinein, dreiundzwanzig Jahre später in Ragnhilds Pension – oder Monas Pension, denn sie bevorzugt diesen Namen, einer Ragnhild ist sie nie begegnet –, findet sie manchmal, dass sie sich hätte zusammenreißen sollen. Als in jenem Sommer aus Tagen Wochen wurden, hätte sie in irgendeiner Nacht mit dem Spaten in den Wald gehen und dafür sorgen sollen, dass ihr Mann ordentlich unter die Erde kommt. Sechs Fuß tief, oder wie viele es sein sollten.

Aber hinterher ist es leicht, etwas zu meinen und zu denken und geschäftig zu sein, es kam, wie es kam, weil es unvermeidlich gewesen ist. Die Dinge müssen ein Ende haben, und als im August der Tag gekommen ist, empfindet sie denn auch weder Verbitterung noch Reue. Im Nachhinein fällt es ihr manchmal schwer, das zu verstehen, aber so ist es gewesen.

So ist es. Der Sommer geht weiter. Sie und Billy haben frei, sie haben nur einander, und es ist eigenartig, wie leicht und einfach plötzlich alles läuft. Vor allem, da Göran, und sogar Ingvor, so hilfsbereit sind. Ja, eigenartig ist das richtige Wort.

Ihr Bruder und seine Frau kommen zu Besuch. Gunder und Lisbeth, die beiden kommen gerade von der Insel Öland. Das hat es noch nie gegeben, sie bleiben sogar über Nacht. Sie unterhält sich die meiste Zeit mit Lisbeth, mit dem Bruder ist ihr das immer schwergefallen. Aber sie essen gemeinsam zu Abend und trinken eine Flasche Wein. Billy sitzt mit am Tisch, und Lisbeth versucht mehrmals, sich mit ihm zu unterhalten, und verbringt sogar kurze Zeit alleine mit dem Jungen in seinem Zimmer.

Monate später erscheint ihr dies plötzlich bedeutungsschwer.

Als hätte sie Bescheid gewusst.

Aber das kann natürlich nicht sein.

Sechs Gäste. Aber da sie selbst und Mona auch essen, wenngleich ungestört in der Küche, sind sie eigentlich zu acht.

Wildragout mit kleinen Kartoffeln. Ein Klassiker und in etwa das, was die Gäste erwarten; das Wilde im Ragout kann aus allem Möglichen bestehen. Hauptsache, man serviert es mit Preiselbeeren, Gurke und Silberzwiebeln.

Sie hat die Gäste vorher begrüßt, auch Kriminalinspektor Barbarotti. Die anderen fünf sind ein junges Paar aus Stockholm sowie eine deutsche Kleinfamilie mit einem zehnjährigen Sohn. Die Familie ist fast eine ganze Woche hier gewesen und wird am folgenden Tag weiterreisen. Es ist unklar, wohin, vielleicht in Etappen zum Nordkap, die Deutschen nehmen häufig diese Route.

Doch nun sitzt sie mit Mona in der Küche und isst. Der Mann von der Kripo, mit dem sie in Kürze sprechen wird, sitzt draußen allein an einem Tisch. Sie ist nicht sonderlich besorgt, aber es ist trotzdem gut zu wissen, dass Mona in der Nähe ist. Für den Fall, dass etwas schieflaufen sollte. Sie weiß nicht richtig, was sie mit diesem Gedanken meint, verzichtet aber darauf, ihn näher unter die Lupe zu nehmen. Fragt stattdessen Mona, ob sie findet, dass im Ragout genug Wacholder ist.

Aber immer, sagt Mona und zwinkert ihr zu. Du bist doch nicht etwa nervös, Kleines?

Nicht die Bohne, antwortet Ellen, und dann lachen sie gemeinsam auf eine Art, die sie an dieses Kinderkirchenlied denken lässt. *Geborgener kann niemand sein.*

Sie hat Mona nie erzählt, dass ihr Lachen diese Wirkung auf sie hat, aber das muss sie auch nicht. Mona weiß es auch so. Mona weiß, genau genommen, im Großen und Ganzen, alles, und manchmal hat Ellen gedacht, dass es das Beste wäre, wenn sie für immer hier heraufziehen könnte.

Aber es ist wichtig, zeitweise auch nicht hier zu sein. In erster Linie vielleicht, um zurückkommen zu können, außerdem haben sie eine solche Lösung nie wirklich ernsthaft in Betracht gezogen. Hauptsache, sie weiß, dass sie immer willkommen ist.

Und sie ist ja auch keine Bürde. Sie macht sich nützlich, und Mona hat ihr schon oft gesagt, dass sie gar nicht weiß, wie sie ohne Ellen zurechtkommen sollte.

Manchmal hat sie überlegt, dass sie von Mona in einer Minute mehr Liebe geschenkt bekommt als von ihren beiden Männern insgesamt in zwanzig Jahren. Es ist natürlich, dem Himmel sei Dank, eine andere Art von Liebe – aber dass sie nach Hinseberg und Vilhelmina kommen musste, um sie zu finden? Das Leben ist eine Wanderung auf verschlungenen Pfaden.

Anfang Juli in jenem Sommer fahren Billy und sie nach Öland und zelten vier Tage. Billy freut sich, das sieht sie, spricht aber trotzdem nicht. Sie drängt ihn auch nicht, was sie besiegelt haben, ist zweifellos am besten im Schweigen aufgehoben.

Aber so nahe wie in diesen Tagen in Böda sind sie einander nie zuvor gewesen – und werden es auch nie mehr sein. Als an jenem Montag im August alles vorbei ist, weiß sie, dass es so kommen wird, und Billy weiß es genauso gut wie sie.

Während all der Zeit in Hinseberg und hinterher ist sie dankbar für diesen Sommer und am meisten vielleicht für diese Reise nach Öland gewesen. Sie weiß, dass sie den Jungen verlieren wird, und begreift, dass dieses Wissen die Verbindung zwischen ihnen so stark macht.

Genieße die Tage, genieße, solange du kannst, sagt die Muti-Stimme zu ihr, aber daran braucht sie im Grunde nicht erinnert zu werden. Sie denkt, sowohl damals als auch später, dass sie nie so lebensklug gewesen ist wie in dieser Zeit.

An Arnold denkt sie fast nie. Es ist eine bewusste Entscheidung; natürlich stiehlt er sich gelegentlich in ihre Gedanken, das tut er, aber dann verdrängt sie ihn jedes Mal wieder. Er hat ihr nichts Gutes zu geben, hatte es nie, und die Erinnerung an ihn ist vor allem eine Bürde. Trotzdem sieht sie natürlich ein, dass er eine entscheidende Rolle spielt, denn nichts wäre so gekommen, wie es gekommen ist, wenn es ihn nicht gegeben hätte. Im Guten wie im Schlechten, so ist es tatsächlich, und vielleicht will sie gerade deshalb nicht an ihn denken.

Im Guten wie im Schlechten?

Doch als sie fast den Nachtisch verspeist haben, Käsekuchen mit warmen Moltebeeren, im Speisesaal und hier in der Küche, spürt sie plötzlich einen Anflug von Sorge. Im Vorfeld des Gesprächs mit diesem Inspektor, der da draußen sitzt und auf sie wartet; Mona sieht es ihr an und legt ihr eine Hand auf den Arm.

Du hast nichts zu befürchten, Ellen, erklärt sie mit ihrer tiefsten und beruhigendsten Stimme. Du weißt, was du sagen wirst, er kann dir nicht schaden, vergiss nicht, dass du dich am sichersten Ort auf der Welt befindest. Möchtest du einen kleinen Cognac?

Sie trinken jeder ein kleines Glas, danach geht sie hinaus, um abzuräumen.

In zehn Minuten, sagt sie zu dem Mann von der Kripo. In zehn Minuten bin ich fertig.

38

Und dann sitzen sie endlich zusammen.

Der Tisch, an dem er gegessen hat. Rotweiß karierte Tischdecke. Salz, Pfeffer und HP-Sauce. Ein knorriger Holzkerzenständer und ein Fenster mit Blick auf die Berge. Es regnet nicht mehr, aber die Silhouetten werden von tief ziehenden Wolken aufgelöst. Es ist kurz nach neun, sie sind allein; die übrigen Gäste haben sich zurückgezogen, und Mona Frisk lauert höchstens in der Küche.

Jeder mit einer Tasse Kaffee vor sich. Er stellt sein Aufnahmegerät zwischen ihnen auf den Tisch, sie wirft einen erstaunten Blick darauf, und er fragt, ob sie etwas dagegen habe. Sie schüttelt den Kopf.

Er denkt, dass sie ihn an eine Lehrerin auf dem Gymnasium erinnert. Geschichte und Religion, wenn ihn sein Gedächtnis nicht täuscht, eventuell auch Sozialwissenschaften. Kühl, korrekt, beherrscht; hieß sie nicht Frau Jonsson?

Ziemlich klein und zierlich ist sie im Übrigen, diese Ellen Bjarnebo. Nicht zuletzt im Vergleich zu Mona Frisk, beim Körpergewicht liegen sicher dreißig Kilo zwischen den beiden. Aber nicht zart, denkt er, in ihrem Körper steckt bestimmt immer noch genügend Kraft, um einen Kerl falls nötig mit einem Hammer zu erschlagen. Ihre Haare sind kurz, dunkel und glatt, die Augen graugrün und ruhig, die Gesichtszüge rein. Er weiß, dass sie sieben, acht Jahre älter ist als er, spürt jedoch, dass sie ebenso gut gleichaltrig sein könnten.

Er hat beim Essen genügend Zeit gehabt, um diese Reflektionen anzustellen. Zumindest einen Teil von ihnen. Als er in den Speisesaal herunterkam, haben sie sich gegrüßt, und danach ist sie regelmäßig hereingekommen, hat serviert und abgeräumt. Er hat gedacht, wie eigenartig es doch ist, dass sie es wirklich ist.

Die Schlächterin von Klein-Burma.

Und so, wie er Gelegenheit hatte, sie zu studieren, hat sie Zeit gehabt, ihn zu studieren. Natürlich. Er kann sich nicht erinnern, jemals vor einem Gespräch ein so umständliches Vorgeplänkel erlebt zu haben. Oder einer Vernehmung, oder worum handelt es sich nun?

»Es gibt da wie gesagt einige Dinge, über die ich mit Ihnen sprechen muss«, erklärt er einleitend. »In erster Linie geht es um das Verschwinden Arnold Morinders, wir sind gerade dabei, eine Reihe alter, ungelöster Fälle noch einmal aufzurollen, und sind Ihnen dankbar für Ihre Zusammenarbeit. Aber es geht auch um den Mord an Ihrem Mann 1989, für den sie verurteilt wurden und in Haft gewesen sind, weil... nun ja, weil wir uns einbilden, dass diese beiden Geschichten zusammenhängen.«

»Ich verstehe«, sagt Ellen Bjarnebo. Ihre Stimme ist ruhig und ziemlich dunkel. Angenehm, denkt Barbarotti.

»Ich möchte Sie zunächst fragen, warum Sie sich bewusst vor uns versteckt gehalten haben. Mona Frisk und Sie haben mich angelogen, als ich versuchte, Kontakt zu Ihnen aufzunehmen.«

»Das war nicht meine Absicht«, entgegnet Ellen Bjarnebo nach kurzem Zögern. »Aber wenn ich es richtig sehe, bin ich nicht verpflichtet, mich hierauf einzulassen. Das Verbrechen, das ich beging, habe ich gesühnt, und mehr habe ich nicht auf dem Gewissen.«

»Ich verstehe Ihren Standpunkt«, sagt Barbarotti. »Aber trotzdem.«

»Trotzdem?«

»Warum haben Sie so offenkundig gelogen? Ich möchte Ihnen doch nur ein paar Fragen stellen. Verstehen Sie nicht, dass mich das misstrauisch macht?«

»Es war Monas Idee«, antwortet Ellen Bjarnebo. »Aber ich bin derselben Meinung wie sie. Als Arnold verschwand, hat die Polizei sich mir gegenüber nicht korrekt verhalten. Ich habe es satt, mich Verhören stellen zu müssen.«

»Wir tun nur unsere Arbeit«, erwidert Barbarotti. »Und nun bin ich also hier heraufgekommen, um Sie zu bitten, mir einige Fragen zu beantworten. Wollen wir anfangen?«

»Deshalb sitze ich hier«, sagt Ellen Bjarnebo.

»Danke«, sagt Barbarotti und wirft einen Blick auf das Aufnahmegerät. Wirft zudem einen Blick auf die Wolkenschleier und denkt an eine Schachpartie, in der er bereits einige schlechte Züge gemacht hat. So ungebeten wie Herpes taucht für einen Moment Alfons Söderberg auf. Er ignoriert ihn, räuspert sich und setzt neu an. »Also schön. Ich habe alles gelesen, was Sie bei Ihren Vernehmungen und im Gericht gesagt haben, und es gibt da ein paar Dinge, die mir Kopfzerbrechen bereiten. Was Arnold Morinder betrifft, habe ich den Eindruck, dass sein Verschwinden Sie nicht sonderlich erstaunt hat. Stimmt das?«

Ellen Bjarnebo schüttelt den Kopf. »Das stimmt ganz und gar nicht. Ich war genauso vor den Kopf gestoßen wie alle anderen. Aber man muss ja kein Nobelpreisträger sein, um zu kapieren, was die Polizei damals dachte. Es ist nicht ganz einfach, erstaunt zu sein, wenn man vom ersten Augenblick an unter Verdacht steht.«

»Das verstehe ich«, meint Barbarotti. »Das heißt also, Sie *waren* erstaunt?«

»Natürlich.«

»Was haben Sie spontan vermutet?«

»Bitte?«

»Als er an diesem Sonntag nicht zurückkam. Was haben Sie da als Erstes gedacht?«

Sie dachte nach, aber nicht länger als eine Sekunde. »Dass er in die Stadt gefahren ist.«

»Zu Ihrer Wohnung in Rocksta?«

»Ja.«

»Könnte es sein, dass er das wirklich getan hat?«

»Ich glaube nicht.«

»Wenn wir aber nun trotzdem einmal annehmen, dass es sich so abgespielt hat, könnten Sie mir dann einen Grund dafür nennen, warum er das getan haben könnte?«

»Ich erinnere mich nicht. Ich verstehe nicht, was das gewesen sein sollte.«

»Vielleicht hatten Sie sich gestritten?«

»Nein, wir hatten uns nicht gestritten. Aber Arnold war ein bisschen eigen. Er redete nicht gern. Ich wusste nicht immer, was er vorhatte.«

»Aber als er am Abend immer noch nicht zurückgekommen war, müssen Sie sich doch Gedanken gemacht haben?«

»Kann sein. Auf jeden Fall, als ich am nächsten Tag nichts von ihm hörte. Aber ich hatte ja das Auto, sodass ich gut alleine zurechtkam.«

»Haben Sie versucht, ihn anzurufen?«

»Ja, sicher. Aber er meldete sich nicht. Ich nahm an, dass er vergessen hatte, den Akku zu laden, das passierte ihm ständig. Und das Ladekabel lag noch im Sommerhaus.«

»Es gab Strom im Sommerhaus?«

»Er hatte eine Leitung zu einem Transformator gelegt. Illegal, nehme ich an, aber er war ja Elektriker.«

»Sie sagen *war*?«

»Ich glaube nicht, dass er heute Elektriker ist, falls er noch leben sollte.«

»Und warum nicht?«

Sie zuckt mit den Schultern, bleibt aber stumm.

»Okay. Aber das Handy hatte er mitgenommen?«

»Ich nehme es an. Es wurde jedenfalls nie gefunden.«

»War es vorher schon einmal vorgekommen, dass er einen Tag fortblieb? Oder mehrere?«

»Mehrere nicht.«

»Aber Sie fuhren in die Stadt und kontrollierten, ob er dort war?«

»Sicher.«

»Wann war das?«

»Am Mittwoch.«

»Dem Tag, an dem Sie die Polizei verständigten?«

»Ja. Als mir klar wurde, dass er auch nicht in der Wohnung gewesen war, rief ich an. Das steht doch sicher alles in den Verhörprotokollen, die Sie gelesen haben?«

»Natürlich«, bestätigte Barbarotti. »Das tut es. Ich will mich nur vergewissern, dass ich verstehe.«

»Dass Sie *verstehen*?«

»Ja.«

»Und was wollen Sie verstehen?«

Und plötzlich erkennt er seine alte Lehrerin noch besser in ihr. Ihre scheinbar simplen Fragen bringen ihn aus der Fassung – genau wie Frau Jonsson ihn immer aus der Fassung brachte –, und er fühlt sich durchschaut. Vielleicht nicht völlig, aber irgendwie hat sie die Voraussetzungen verschoben. Er weiß nicht, wie, nur *dass* sie es getan hat. Ohne erkennbare Anstrengung hat sie es geschafft, denn was gibt es denn eigentlich zu *verstehen*? Ehe er ihr antwortet, trinkt er einen Schluck Kaffee.

»Ich möchte verstehen, was damals passiert ist. Deshalb sitze ich hier.«

Das kommentiert sie nicht weiter. Nippt stattdessen ebenfalls an ihrem Kaffee und betrachtet ihn ruhig.

»Sie beide waren alte Klassenkameraden?«

Es wird das Beste sein, die alten Positionen schnellstmöglich wiederherzustellen, denkt er, und seine Frage überrumpelt sie tatsächlich.

»Ja ... ja natürlich, woher wissen Sie das?«

»Es spielt keine Rolle, woher ich das weiß. Der Polizei gegenüber haben Sie das in den Vernehmungen nie erwähnt?«

»Warum hätte ich das tun sollen? Es spielt doch keine Rolle, dass Arnold und ich früher einmal in dieselbe Schule gegangen sind?«

Barbarotti zuckt mit den Schultern. »Das weiß man nie. Aber Sie waren demnach bereits alte Bekannte, als sie sich näherkamen?«

»Nein, das würde ich so nicht behaupten. Immerhin waren seither ... tja, was weiß ich ... vierzig Jahre vergangen. Ich wusste noch, wer er war, das war aber auch schon alles.«

»Dann spielte das also keine Rolle, als Sie eine Beziehung eingingen?«

»Nein, aber das ist meine Privatsache. Ich habe nicht die Absicht, mit Ihnen über meine Beziehung zu Arnold zu sprechen. Das hat nicht die geringste Bedeutung für sein Verschwinden, das habe ich vor fünf Jahren sicher hundert Mal erklärt.«

»All right«, sagt Barbarotti. »Das akzeptiere ich.« Und denkt: Aber das tue ich nur, weil ich mich eigentlich mehr für die andere Geschichte interessiere.

»Sehen Sie irgendeinen Zusammenhang zwischen dem, was auf Klein-Burma passiert ist, und Arnold Morinders Verschwinden?«, fragt er.

Sie schüttelt den Kopf. »Nein«, antwortet sie. »Das tue ich selbstverständlich nicht, weil es keinen Zusammenhang gibt.«

»Als Arnold diese Tankstelle in Kerranshede verließ, wissen Sie, in welche Richtung er da fuhr?«

Das kann sie nicht wissen, weil nicht einmal das Mädchen an der Kasse diese Frage beantworten konnte. Nach dem, was er in allen möglichen Akten gelesen hat, schaute sie in eine andere Richtung, als Morinder davontuckerte. Aber bevor er sich auf den Sommer 1989 einschießt, will er trotz allem und soweit möglich der Norwegenspur nachgehen.

»Nein«, antwortet sie erstaunt. »Das weiß ich natürlich nicht.«

»Sie haben damals vorgeschlagen, dass er sich entschieden haben könnte, nach Norwegen zu fahren. Offenbar hatte er dort einen Bekannten?«

Ellen Bjarnebo zuckt mit den Schultern. »Ich weiß, dass ich das gesagt habe«, stellt sie fest. »Aber ich glaube es nicht. Das habe ich auch damals nicht getan, aber wenn man tagelang dasitzt und Fragen beantworten soll, sagt man am Ende irgendwas.«

»Irgendwas?«

»Vielleicht nicht irgendwas, aber man wird müde.«

»Fühlen Sie sich durch unser Gespräch auch belästigt?«

»Ja, das tue ich. Aber fragen Sie ruhig weiter, damit wir es hinter uns bringen.«

»Sie haben kein Verständnis dafür, dass wir Arnold Morinder finden wollen?«

»Doch, sicher, aber ich habe mit der Sache nichts zu tun. Ich kann Ihnen nicht helfen. Konnte es damals nicht und kann es heute nicht.«

»Als Sie an besagtem Mittwoch zu der Wohnung zurückkehrten, gab es da irgendwelche Anzeichen dafür, dass er dort gewesen war?«

»Nein, ich bin mir ziemlich sicher, dass er nicht dort war.«

»Wie kommen Sie zu dem Schluss?«

»Zeitungen und Post auf dem Teppich im Flur. Herunterge-
lassene Jalousien. Alles.«

»Vermissen Sie ihn?«

»Was?«

»Ich frage Sie, ob Sie ihn vermissen.«

»Ja, selbstverständlich vermisse ich ihn.«

»Antworten Sie mit Ja, weil von Ihnen erwartet wird, mit Ja
zu antworten?«

Plötzlich lächelt sie. Nur für eine Sekunde, aber es reicht,
um ihn erkennen zu lassen, dass sie in jüngeren Tagen Charme
gehabt haben muss. Heute im Übrigen vielleicht auch, aber sie
hat mit Sicherheit nicht vor, ihn an einen verirrten Kriminalinspektor zu vergeuden.

»Ich war niemals verliebt in Arnold«, sagt sie. »Wenn Sie es
unbedingt wissen wollen. Aber man kann es trotzdem schön
finden, nicht allein zu sein. Obwohl, wenn man bedenkt, wie
es dann gelaufen ist ...«

»Ja?«

»So, wie es dann gelaufen ist, wäre es vielleicht besser gewesen, wir wären nie ein Paar geworden.«

»Sie meinen sein Verschwinden?«

»Sein Verschwinden und alles, was danach passiert ist. Fünf
Jahre sind vergangen, und ich sitze immer noch hier und spreche mit der Polizei.«

»Entschuldigen Sie.«

Es ist gar nicht seine Absicht gewesen, sich zu entschuldigen, aber er merkt, dass er anfängt, sie zu mögen. Frau Jonsson mochte er nie, da ist er sich sicher, aber sie lächelte auch
nie. Nicht eine Sekunde in all den Schulhalbjahren; jedenfalls
soweit er sich erinnern kann, aber vielleicht ist das auch ein
ungerechtes Urteil. Es hat mit Macht zu tun, überlegt er, und
wenn die Macht lächelt, nimmt der Untertan es nicht immer
wahr. Das ist ein sowohl unerheblicher als auch störender Ge-

danke, und er trinkt einen weiteren Schluck Kaffee, um den roten Faden wiederzufinden. Für einen Moment huscht zudem Marianne vor seinem inneren Auge vorbei. Er hat das Gefühl, dass sie die Lippen bewegt. *Reiß dich zusammen, Gunnar*, ermahnt sie ihn vermutlich, ehe sie wieder verschwindet.

»Vor ein paar Tagen habe ich mich in Stockholm mit Billy getroffen«, sagt er.

»Aha?«, erwidert sie, und nun ist ihr Lächeln definitiv ausgelöscht. Zum ersten Mal ahnt er einen Anflug von Unsicherheit. Oder Schuld oder was immer es auch sein mag.

»Er bat mich, Sie zu grüßen.«

Sie nickt.

»Sie sehen sich nicht sonderlich oft?«

Sie holt tief Luft. Ihre Schultern heben und senken sich, und sie betrachtet ihn ernst.

»Nein. Wir sehen uns nicht besonders oft, das ist richtig.«

»Es gibt eine Frage, die im Zusammenhang mit dem Mord an Ihrem Mann nie wirklich beantwortet wurde.«

»Ah ja? Und welche?«

»Es geht um Billys Rolle. Wusste er, was passiert war? Will sagen, bevor es aufgedeckt wurde.«

Sie schüttelt den Kopf. Barbarotti zeigt auf das Aufnahmegerät.

»Er wusste nichts davon«, sagt sie.

»Ja, das behaupten Sie in den Vernehmungen. Aber ich glaube es nicht.«

Sie schweigt eine Weile, ehe sie ihm antwortet. Faltet die Hände, legt sie auf die Tischkante und sieht sie an.

»Warum glauben Sie das nicht?«

»Weil es sich in meinen Ohren absurd anhört«, erklärt Barbarotti.

»Absurd?«

»Ja. Nach dem, was Sie angegeben haben, erschlagen Sie

Ihren Mann am Abend des dritten Juni im Büro in der Scheune. Dann zerlegen Sie ihn, packen die Leiche in schwarze Plastiksäcke und schleppen sie in den Wald und sind erst gegen vier Uhr morgens fertig. Während dieser ganzen Zeit hält Billy sich auf dem Hof auf.

»Er war in seinem Zimmer«, sagt Ellen Bjarnebo.

»In seinem Zimmer?«

»Und schlief. Er war ein etwas spezieller Junge. Er war am liebsten allein.«

»Das habe ich begriffen«, sagt Barbarotti. »Aber danach sind sie beide den ganzen Sommer zusammen, mehr als zwei Monate, und in dieser ganzen Zeit erfährt Billy nicht, was mit seinem Vater geschehen ist. Dass Sie ihn erschlagen, zerstückelt und begraben haben. Das wirkt in meinen Augen völlig absurd.«

Ellen Bjarnebo betrachtet eine Weile ihre gefalteten Hände.

»Ich weiß nicht«, sagt sie. »Ich bildete mir jedenfalls ein, dass er es nicht verstand. Aber vielleicht irrte ich mich auch. Vielleicht begriff er, dass etwas passiert war. Oder ahnte es ...«

»Ahnte?«

»Woher soll man das wissen? Billy war sehr speziell. Das ist er immer noch, und wenn Sie ihm begegnet sind, müssen Sie das gemerkt haben. Heute spricht er, das tat er damals noch nicht. Wenn man einmal von einzelnen Worten absieht.«

»Mir ist nicht ganz klar, was das für eine Rolle spielen soll«, beharrt Barbarotti. »Sie sind seine Mutter, Sie müssen doch gemerkt haben, ob er wusste, was Sie mit seinem Vater getan haben, nicht? Unabhängig davon, ob er nun sprach oder nicht.«

Sie dreht die Handflächen nach oben, aber es ist eine höchst unsichere Geste. Er hat keine Ahnung, was ihr in diesem Moment durch den Kopf geht. Vielleicht spielt sie Theater, denkt er. Wenn ja, ist es jedenfalls keine besonders schwere Rolle, außerdem ist es ja nicht das erste Mal, dass sie in dieser Position ist. Er sieht aus dem Fenster, wo die Sonne für Sekunden zwischen den Wolken aufblitzt. Hoch am Himmel stehend, obwohl es bereits halb zehn ist.

»Es stimmt schon, dass ich das hätte merken müssen«, sagt sie schließlich. »Aber ich konnte ihn ja schlecht direkt darauf ansprechen. Oder es ihm erzählen. Ich lebte in diesem Sommer doch in … na ja, in einer Art Schockzustand.«

»Weil Sie Ihren Mann getötet hatten.«

»Ja. Ist das so abwegig?«

»Nein«, antwortet Barbarotti. »Das ist es vielleicht nicht. Aber Sie haben doch bestimmt hinterher darüber gesprochen, Billy und Sie?«

»Worüber?«

»Ob er es wusste oder nicht?«

»Nein«, sagt sie nach einem gewissen Zögern. »Nicht in dieser Weise, glaube ich.«

»Wie meinen Sie das?«, fragt Barbarotti.

»Ich meine, dass ich … dass ich natürlich versucht habe, ihm zu erklären, was passiert war. Als sie die ersten Teile von Harry im Wald fanden. Bevor die Polizei mich verhaftete. Aber ich …«

Er kann nicht beurteilen, ob ihr Zögern echt oder gespielt ist, und lässt sie fortfahren.

»… aber ich schaffte es nicht rechtzeitig. Und das war ja auch nicht wichtig.«

»Und was war wichtig?«, erkundigt sich Barbarotti.

Sie räuspert sich und sammelt Kraft.

»Wichtig war natürlich nicht, ob er etwas geahnt hat oder nicht. Für mich war wichtig, dass er begriff, was passiert war.«

»Warum Sie es getan haben?«

»Ja. Ich wollte, dass er es verstand.«

»Und was genau sollte er verstehen?« Er spürt kurz Befriedigung darüber aufblitzen, dass es ihm gelungen ist, das heikle Wort *verstehen* so verdienstvoll zu rehabilitieren.

»Ich weiß es nicht mehr«, antwortet Ellen Bjarnebo seufzend. »Und es spielt auch keine Rolle mehr. Ich begriff natürlich, dass man ihn mir wegnehmen würde. Dass ich später wahrscheinlich nie mehr die Chance bekommen würde, es ihm zu erzählen und zu erklären. Und ich dachte, dass er ...«

»Ja?«

»... dass er es begreifen würde. Er mochte seinen Vater nicht. Billy hatte Angst vor Harry. Ich hatte auch Angst, deshalb ist es ja so weit gekommen. Deshalb habe ich es getan. Um ... uns zu befreien.«

»Aber Sie hatten es nicht geplant?«

»Nein«, sagt sie und zuckt ein wenig resigniert mit den Schultern. »Ich hatte es nicht geplant.«

Barbarotti nickt und versucht, die Welle der Sympathie im Keim zu ersticken, die unaufgefordert in ihm aufwallt. Das Gespräch mit der früheren Eisenwarenhändlerin Pallin ist ihm noch gut in Erinnerung. Man soll über Leute, die seit mehr als zwanzig Jahren tot sind, nicht schlecht reden, aber Harry Helgesson ist zu seinen Lebzeiten ein Drecksack gewesen und darf hier gerne die Ausnahme von der Regel bilden. Er denkt darüber hinaus, dass es viel einfacher ist, unsympathische Menschen zu vernehmen, und zum Glück sind die meisten Verbrecher unsympathisch. Er schweigt eine Weile, während er in seinem Notizblock blättert und so tut, als würde er über seine nächste Frage nachdenken.

»Und Ihre Nachbarn auf Groß-Burma«, sagt er, »die begriffen auch nicht, wie die Dinge wirklich lagen? Den ganzen Sommer über nicht?«

»Ich glaube nicht.«

»Nicht einmal Göran Helgesson?«

Doch darauf antwortet sie nicht. Bittet stattdessen um Entschuldigung und erklärt, dass sie auf die Toilette gehen muss. Verspricht, sofort zurückzukommen.

Barbarotti nickt, schaltet das Aufnahmegerät aus und spürt, dass auch er dankbar für eine Pause ist.

39

Als Eva Backman am Montagabend nach Hause kam, versuchte sie, den Tag zusammenzufassen. Allerdings erst, nachdem sie ein nachlässig zubereitetes Nudelgericht gegessen und in ein alles andere als nachlässig vorbereitetes Schaumbad gestiegen war. Soweit sie es beurteilen konnte, war Letzteres genau das, was sie jetzt brauchte. Und soweit sie es darüber hinaus beurteilen konnte, war es inzwischen mehr oder weniger Viertel vor neun.

Wie man es auch drehen und wenden mochte, es war einiges passiert.

Am Anfang (und am Ende) war es in erster Linie um Lill-Marlene Fängström gegangen, die zartfühlende Mutter des toten Schwedendemokraten. Am Morgen hatte Kriminalassistent Wennergren-Olofsson wie geplant eine längere Vernehmung mit ihr durchgeführt – und sich dabei auf die Beobachtung konzentriert, die sie Backman am Samstag geschildert hatte: die beiden Männer, die ihrer Behauptung nach die Wohnung ihres toten Sohnes überwachten.

Weil Wennergren-Olofsson nichts dem Zufall überlassen wollte, hatte die Vernehmung fast zwei Stunden gedauert, und hinterher, als Frau Fängström das Präsidium verlassen hatte, führte Backman ein kürzeres Gespräch mit dem Kriminalassistenten. Er meinte, er setze großes Vertrauen in die Informationen und nehme die Sache sehr ernst, wolle sich aber die Aufnahme aufmerksam anhören und einen ausführlichen Bericht schreiben, ehe er sich mit letzter Sicherheit äußern könne.

Während Wennergren-Olofsson mit der trauernden Mutter sprach, hatte Backman ihrerseits in Gesellschaft einer anderen, etwas jüngeren Frau in einem anderen Zimmer gesessen. Sie hieß Frida Skare und hatte sich bei der Polizei gemeldet, weil sie eventuell zu wissen glaubte, in wessen Gesellschaft Raymond Fängström seine letzte Mahlzeit eingenommen hatte.

Eventuell. In dem gesamten, vierzig Minuten dauernden Gespräch legte sie großen Wert darauf, diese Modalität zu unterstreichen.

Ebenso großen Wert hatte sie auf ihre Forderung nach Anonymität gelegt. An einem Samstagabend zusammen mit Raymond Fängström zu dinieren, gehörte nicht zu den Dingen, mit denen man sich gerne brüstete, und wenn Fräulein Skare sich irrte und ihre Freundin erfuhr, von wem der Tipp gekommen war, würde diese Freundin sie umbringen.

Besagte Freundin, die übrigens Ellen Hökberg hieß, hatte ein großes Geheimnis daraus gemacht, wo sie den betreffenden Abend zu verbringen gedachte – und später daraus, wo sie ihn *verbracht hatte.* Insbesondere hinterher, und Frida Skare hatte das Ganze recht bald als eine Verabredung diagnostiziert, die irgendwie schlecht gelaufen war. Ein Date, das Ellen in bekannter Manier im Internet ausgemacht hatte, und für den Fall, dass es schlecht laufen würde, vorerst geheim halten wollte.

Und anschließend, weil es tatsächlich so gekommen war wie befürchtet.

Ja, so ungefähr. Frida Skare erläuterte, dass Ellen Hökberg nun einmal so tickte, das Gleiche war auch vorher schon ein oder zwei Mal passiert, und wenn sie an einen Mistkerl oder einen Nerd geriet, wollte sie nicht darüber sprechen. Nicht einmal mit ihrer besten Freundin, eine Rolle, die Frida bekleidete, seit sie gemeinsam das Gymnasium besucht hatten. Seit mittlerweile mehr als zehn Jahren.

Abhaken und weitermachen, das war schon lange bevor der schwedische König seine Haltung entsprechend formulierte, Ellen Hökbergs Philosophie gewesen.

Und warum sollte sie sich ausgerechnet mit Raymond Fängström verabredet haben?, hatte Inspektor Backman wissen wollen.

Nun, hatte Frida Skare – nun fast flüsternd – erklärt, eine andere Freundin, deren Name sie nicht nennen könne, denn sonst würde sie noch einmal umgebracht werden, habe Ellen und Fängström am frühen Samstagabend zusammen gesehen. Genauer gesagt im ICA-Supermarkt in der Allégatan, nur einen halben Häuserblock von Fängströms Wohnung entfernt.

Und daraufhin hatte sie zwei und zwei zusammengezählt.

Darüber hinaus noch mal zwei hinzugefügt, könnte man vielleicht sagen, da Ellen Hökberg in den letzten Wochen nicht sie selbst war. Schlichtweg Probleme mit dem Abhaken hatte. Skares Einschätzung nach musste es um mehr als nur ein missglücktes Rendezvous gegangen sein. Solche kleinen Fehltritte waren Ellen Hökberg auch früher schon unterlaufen, so etwas war nicht weiter der Rede wert und gehörte normalerweise zu den Dingen, mit denen sie zurechtkam.

Ja, das war das Ganze in Kürze. Also das *eventuelle* Ganze.

Eva Backman hatte sich für die Informationen bedankt, versprochen, Frida Skares Namen möglichst für sich zu behalten, und erfahren, wie Ellen Hökberg zu erreichen war.

Danach stellte sich heraus, dass sie sich zu einer zweitägigen Konferenz in Särö, zwanzig Kilometer südlich von Göteborg, aufhielt. Backman erreichte lediglich ihren Anrufbeantworter und beschloss, keine Nachricht zu hinterlassen. Wenn Fräulein Hökberg tatsächlich etwas mit Fängströms Tod zu tun haben sollte, war es sicher besser, sie nicht vorzuwarnen. Am

Dienstagabend würde sie wieder in Kymlinge sein, und hatte man sechzehn Tage gewartet, konnte man auch siebzehn warten.

Nachdem sie mit den Freundinnen Hökberg und Skare fertig war und in ihrem Büro ihr mittelmäßiges Mittagessen verspeist hatte – belegte Brote, eine Banane und ein fast abgelaufener Joghurt –, rief eine Frau vom Staatlichen Kriminaltechnischen Labor in Linköping an. Nach zwei Wochen war man nun endlich fertig mit der Analyse der eingeschickten Proben. Sie bedauerte, dass es so lange gedauert hatte, aber jemand – allem Anschein nach nicht sie selbst, sondern ein jüngerer männlicher Kollege – hatte sich ein bisschen ungeschickt angestellt; so etwas passiert sogar im Staatlichen Kriminaltechnischen Labor, außerdem hatte es einen verblüffenden Umstand gegeben.

Einen Umstand?, hatte Backman pflichtschuldig nachgefragt. Einen verblüffenden?

Allerdings, hatte die Frau weitergesprochen – an deren Namen Backman sich acht Stunden später in der Badewanne beim besten Willen nicht mehr erinnern konnte, aber sie hatte ihn in der Mail, und am nächsten Tag würde ein ausführlicher Bericht folgen, so dass es egal war – das habe die ganze Sache, mit Verlaub, ein klein wenig kompliziert.

Backman hatte nochmals die erwarteten Fragen gestellt, und daraufhin war ihr der Sachverhalt dargelegt worden.

Das Problem bestand im Mageninhalt bzw. der Hackfleischsauce. Oder dem Erbrochenen bzw. der Bolognese, wenn man so wollte. Die Analyse der Essensreste, die an jenem schicksalsschwangeren Abend (die Frau vom Labor hatte tatsächlich diese Formulierung benutzt: *an jenem schicksalsschwangeren Abend*, und Backman hatte sich insgeheim gefragt, ob sie davon träumte, ein Drehbuch fürs Fernsehen zu schreiben) in

Fängströms Küche auf dem Tisch standen, hatte nämlich ergeben, dass sich in ihnen nicht die geringste Spur von Gift befand. Nur die ehrenwerten Zutaten, die man in einer halbwegs essbaren Sauce besagter Art erwarten durfte: Hackfleisch natürlich, Zwiebeln, Möhren, Bouillon, Sahne, pürierte Tomaten, Tomatenstücke, Salz und Pfeffer sowie vier oder fünf verschiedene Kräuter. Ein Schuss Rotwein – übrigens derselbe, der später als Getränk zum Essen dienen sollte. Ein paar Prisen Parmesan, offenbar gerieben.

Backman hatte sich für dieses ausführliche Rezept bedankt, und daraufhin war man zur eigentlichen Crux gekommen. Was Raymond Fängström, genauer gesagt, den gewählten Kommunalpolitiker für die Partei der Schwedendemokraten in der Gemeinde Kymlinge, umgebracht hatte:

Erbrochenes und Mageninhalt.

Oder vielmehr, was man in beidem gefunden hatte (verdeutlichte die Frau vom Labor und legte eine kurze, aber gut gesetzte rhetorische Pause ein). Darin hatten sich nämlich erhebliche Mengen zweier verschiedener Gifte nachweisen lassen: Amatoxin und Orellanin. Beides waren bekannte Pilzgifte und kamen in den meisten giftigen und tödlichen Pilzarten im Lande vor. Dieses Gift musste Fängström allerdings zu sich genommen haben, bevor er sich mit seinem geheimen Essensgast und der bereits beschriebenen Sauce Bolognese an den Tisch gesetzt hatte. Die Spaghetti, den Käse, den Salat und den Wein nicht zu vergessen, allesamt unschuldig. Zu diesem Schluss kam man aufgrund des zeitlichen Ablaufs und des Vergiftungsbildes. Amatoxin und Orellanin wirken verhältnismäßig langsam, die Symptome treten frühestens nach acht Stunden auf, erfuhr Backman, aber es können annähernd vierundzwanzig Stunden verstreichen, bis sie zuschlagen. Amatoxin weist normalerweise einen etwas schnelleren Verlauf auf als Orellanin.

Des Weiteren hätte Fängström gewisse Überlebenschancen gehabt, wenn ihn jemand ins Krankenhaus gebracht hätte. Nicht unbedingt gute, aber doch gewisse.

Backman hatte sich auch für diese Informationen bedankt und erkundigt, ob man summa summarum sagen könne, dass Raymond Fängström möglicherweise beim Mittagessen vergiftet wurde, aber mit dem Sterben bis nach dem Abendessen gewartet habe.

Dies, hatte die Frau vom Labor erklärt, sei in der Tat, was sich summa summarum sagen lasse.

Keine fünfzehn Minuten nach diesem Telefonat traf dann eine Mail mit allen vorläufigen Informationen ein. Sowie einigen zusätzlichen, zum Beispiel, dass sowohl Fängströms Mageninhalt als auch sein Erbrochenes außer halbverdauten Resten von Pilzen, Brot und einer gewissen Menge Süßigkeiten noch eine größere Menge Eier enthalten hatte, tatsächlich eine so große, dass er sich zu einem früheren Zeitpunkt an seinem Todestag ein Omelett einverleibt haben könnte.

Ein Pilzomelett, hatte Backman überlegt. Dieser Schwachkopf hat mittags ein großes Omelett mit Fliegenpilzsauce verdrückt.

Aber wo? Das war die entscheidende Frage. Wo hatte er dieses fatale Gericht zu sich genommen? Er war an einem Samstag gestorben. War es denkbar, dass er diese Mahlzeit in einem Restaurant verspeist hatte?

Oder hatte er auch in diesem Fall zu Hause gesessen? Oder bei einem oder einer Bekannten?

Bei Ellen Hökberg?

War es ein Unfall gewesen, oder hatte jemand das Omelett präpariert?

Aber wer?

Ellen Hökberg?

Und warum?

Weil sie eine politische Gegnerin war?

Immer langsam mit den jungen Pferden, dachte Backman sowohl in ihrem Büro am Nachmittag als auch viel später in der Badewanne. Wir wissen ja nicht einmal, ob wir es wirklich mit einem Omelett zu tun haben.

Haben wir es mit einem Omelett zu tun? Irgendetwas sagte ihr, dass sie sich nie zuvor in ihren mehr als zwanzig Dienstjahren mit einer solchen Fragestellung auseinandergesetzt hatte, und sie beschloss, sich in ihren Memoiren ihrer zu erinnern.

Leider – und zum Kummer der Ermittler, aber das wusste man längst – hatte Fängström die Mülleimer geleert, ehe er am Samstagabend Besuch bekam, und für einen Moment sah Backman vor sich, wie sich auf der Müllhalde Gräfsta eine größere Einsatztruppe auf die Suche nach den eventuellen Resten eines mehr als zwei Wochen alten Omeletts machte. Auch dies zweifellos ein erinnerungswürdiger Einsatz, aber nach sorgfältigen Überlegungen kam sie zu dem Schluss, dass man einen anderen Weg finden musste.

Welchen, darüber konnte man unterschiedlicher Meinung sein. Sie hatte sich in dieser Frage gerade mit Inspektor Sorgsen und Inspektor Toivonen beraten, als ihr Handy klingelte – und obwohl sie sah, dass der ewige Fortsetzungsroman Lill-Marlene Fängström anrief, war sie drangegangen.

»Sie sind wieder hier!«

»Was?«, sagte Backman. »Wer ist wo?«

»Die Terroristen«, zischte Lill-Marlene Fängström. »Ich bin in seiner Wohnung, und sie sitzen wieder auf der Bank!«

Dreißig Minuten später waren sie im Präsidium. Ihre Ergreifung hatte keine Probleme bereitet. Die Namen der Terroristen lauteten Abram und Kunder Harali. Sie waren Vater und Sohn, stammten aus Syrien, waren jedoch seit mehr als zehn

Jahren schwedische Staatsbürger und wurden unverzüglich jeder in einen Verhörraum geführt, um eine mögliche Verständigung und Verschwörung untereinander zu unterbinden.

Backman hatte zusammen mit Sorgsen den Sohn namens Kunder übernommen. Toivonen und Polzeianwärter Tillgren den Vater vernommen.

Das Ganze hatte weniger als eine Stunde gedauert. Bis ins kleinste Detail erzählten die beiden Verdächtigen dieselbe Geschichte, und nach einem Telefonat mit Frau Harali, Ehefrau Abrams, Mutter Kunders, konnten die beiden Vernommenen auf freien Fuß gesetzt werden.

Das Ganze hing mit Kunders jüngerer Schwester Behara zusammen. An ihrem zwölften Geburtstag, den sie ungefähr vor einem Monat gefeiert hatte, war ihr eine heißersehnte Geige geschenkt worden. Das Mädchen sei selbst der Meinung, sehr musikalisch zu sein, erläuterte Vater Abram mit einem zweideutigen Lächeln. Behara hatte zudem bei einem der ortsansässigen Pädagogen für dieses Instrument eine Reihe von Unterrichtsstunden genommen, und zu dieser Unterweisung gehörte natürlich auch, dass sie täglich mindestens eine halbe Stunde übte. Da die Familie in einer recht engen und hellhörigen Dreizimmerwohnung in der Rosengatan wohnte – und weil weder der Vater noch der Bruder Beharas Musikalität und Fertigkeiten auf dem neuen Instrument zu schätzen wussten, zogen sie es vor, die Zeit, in der sie übte, außer Haus zu verbringen. Es war doch fast Sommer, und Vater und Sohn gefiel es, eine Weile im Sonnenschein auf einer Parkbank zu sitzen und zu lesen oder zu plaudern. War das in diesem merkwürdigen Land, das trotz allem seit mehr als einem Jahrzehnt ihre Heimat war, etwa nicht erlaubt?

Doch, hatte Inspektor Backman versichert. Das sei es natürlich. Das Ganze sei ein Missverständnis. Dürfe man ihnen vielleicht anbieten, sie in die Rosengatan zurückzufahren?

Das Angebot hatten die beiden dankend abgelehnt, Vater und Sohn Harali hatten einen Spaziergang nach Hause vorgezogen, und wenn sie der Polizei mit etwas anderem behilflich sein könnten, stünden sie gerne zur Verfügung.

Fünf Minuten, nachdem sie das Präsidium verlassen hatten, kam Kriminalassistent Wennergren-Olofsson mit einem druckfrischen Bericht von fünfzehn Seiten zu Inspektor Backman. Sie bedankte sich für seinen Einsatz, und warf seinen Bericht, nachdem er den Raum verlassen hatte, in den Papierkorb.

Das war in groben Zügen mein Tag, dachte Eva Backman und zog den Stopfen aus der Wanne. Was Raymond Fängströms Ableben betraf, hatte man folglich keine wirkliche Klarheit erreicht, aber sie spürte, dass sie der Lösung des Rätsels ein gutes Stück näher gekommen waren.

Genau genommen hing sie an einem Pilzomelett. Aller Wahrscheinlichkeit nach jedenfalls. Sie war einigermaßen dankbar dafür, dass bisher noch kein Journalist diese sensationelle und spektakuläre Spur aufgespürt hatte. Jedenfalls beschloss sie, dass der Fall bis Freitag so weit erledigt sein sollte, dass man ihn zu den Akten legen konnte, damit sie die Möglichkeit hatte, ihre geplante Woche Urlaub zu nehmen.

Keine Reise, nur schwedischer Frühsommer, das reichte völlig.

Als sie frottiert und fertig aus dem Badezimmer kam, hatte ihr Handy eine SMS empfangen. Sie kam aus einem anderen Badezimmer.

40

Gunnar Barbarotti war erst gegen Viertel nach elf wieder auf seinem Zimmer in Ragnhilds Gebirgspension. Der zweite Teil seines Gesprächs mit Ellen Bjarnebo hatte ungefähr eine halbe Stunde gedauert, aber anschließend hatte er eine ganze Weile im Badezimmer verbracht, weil es der einzige Ort war, an dem sein Handy funktionierte.

Er hatte mit Sara und Jenny gesprochen, und beide hatten beteuert, dass die Lage daheim in Kymlinge unter Kontrolle sei und er sich nicht hetzen müsse. Er erklärte, dass er beabsichtige, Vilhelmina am nächsten Tag zu verlassen, und auf jeden Fall spätestens Mittwoch zu Hause sein würde. Dann würde er auch wie versprochen jedem eine Lektion im Zweier-Whist erteilen, der es wagte, gegen ihn anzutreten. Einem nach dem anderen.

Nach diesen Gesprächen mit den Kindern hatte er eine Weile nachgedacht und sich schließlich darauf beschränkt, Eva Backman eine SMS zu schicken. Immerhin war es schon ziemlich spät, und er erinnerte sich noch ganz gut an eine gewisse säuerliche Ironie in ihrem Tonfall bei ihrem letzten Telefonat. Er bat sie um eine Antwort vor dem Mittagessen am nächsten Tag und wünschte ihr eine gute Nacht.

Anschließend hatte er auch seinem Trauertherapeuten Rönn eine SMS geschickt und bedauert, dass es ihm leider nicht möglich sein würde, zu ihrem geplanten Termin am Dienstag zu erscheinen, anschließend jedoch darum gebeten, sich wegen eines neuen Termins später noch einmal bei ihm melden zu dürfen.

Als diese Kontakte mit der Außenwelt sowie eine kurze Dusche – das warme Wasser ging zur Neige – erledigt waren, begab er sich quer über den Korridor in sein Zimmer zurück. Zog zum Schutz vor dem weiterhin hereinströmenden Tageslicht das Rollo herunter und legte sich in das ziemlich schmale und ziemlich harte Bett.

Schaltete die Nachttischlampe ein und spulte das Band im Aufnahmegerät zurück, um sich das Gespräch mit Ellen Bjarnebo noch einmal in aller Ruhe anzuhören. Vor allem den späteren Teil, worüber sie gesprochen hatten, nachdem sie von ihrem Toilettenbesuch zurückgekehrt war.

Es gibt da etwas, grübelte er. Irgendetwas in dem Ganzen stimmt einfach nicht.

GB: Wie war das nun mit den Nachbarn auf Groß-Burma? Wenn ich es richtig sehe, hatten Sie und Harry kein besonders gutes Verhältnis zu ihnen?

EB: Ich verstehe nicht, was das mit irgendetwas zu tun haben soll? Sind Sie nicht hergekommen, um herauszufinden, was mit Arnold passiert ist?

GB: Schon. Aber ich bilde mir nun einmal ein, dass die beiden Geschichten zusammenhängen.

EB: Sie hängen nicht zusammen. Das Gleiche schwebte natürlich auch den Polizisten vor fünf Jahren vor. Sie dachten, wenn ich einen Mann getötet hatte, würde ich genauso gut noch einen töten können. Es ist naiv, so zu argumentieren.

GB: Naiv? Warum?

EB: Ich hatte überhaupt keinen Grund, Arnold zu töten. Dagegen hatte ich gute Gründe, Harry zu töten.

Die Sache hatte einen Punkt erreicht, an dem wir es nicht mehr aushielten. Ich nicht und Billy auch nicht. Harry quälte uns, es war einfach immer schlimmer und schlimmer geworden, und ich sah keinen anderen Ausweg.

GB: Heißt das, Sie hatten die Tat geplant?

EB: Natürlich nicht. Wenn ich etwas geplant hätte, dann hätte ich Billy mitgenommen und Harry verlassen.

GB: Stattdessen haben Sie ihn erschlagen?

EB: Das ergab sich aus der Situation heraus.

GB: In den Vernehmungen, die ich gelesen habe, steht, dass Sie sich dennoch etwas Zeit zum Nachdenken nahmen?

EB: Ich begreife nicht, warum Sie hier sitzen und mich noch einmal vernehmen? All diese Fragen habe ich vor langer Zeit bereits beantwortet, und dafür, dass ich Harry umgebracht habe, musste ich elf Jahre ins Gefängnis. Ich habe im Großen und Ganzen den Kontakt zu meinem Sohn verloren. Finden Sie nicht auch, dass ich... dass ich einen hohen Preis für meine Tat bezahlt habe?

GB: Entschuldigen Sie. Doch, Sie haben einen hohen Preis bezahlt. Es ist nur, dass...

EB: Dass was?

GB: Dass man mich hergeschickt hat, um diese Fragen zu stellen.

EB: Hergeschickt?

GB: Ja. Nun gut, das spielt ja keine Rolle.

Warum habe ich an dieser Stelle die Fassung verloren?, denkt er. Was hat dazu geführt, dass ich plötzlich keine Lust mehr hatte, meine Rolle zu spielen.

Denn genau das war passiert. Für einen kurzen Moment,

unmittelbar bevor er sie um Entschuldigung bat, hatte er das Gefühl gehabt, die Szene von außen zu betrachten, von einem anderen Punkt im Raum: der rechthaberische Kriminalinspektor und die bereits rechtskräftig verurteilte Frau, die sich in dem ansonsten menschenleeren Speisesaal an einem Tisch gegenübersaßen, wo er sie mit seinen unverschämten Fragen voller vorwurfsvoller Andeutungen quälte. Und aus dieser Position, aus dem Blickwinkel eines unbeteiligten Beobachters heraus, lagen alle Sympathien auf Seiten der Frau. Ohne jeden Zweifel. Der Polizeibeamte verkörpert Macht und Arroganz, sonst nichts. Sein Auftreten ist zudringlich und unwürdig. Rücksichtslos nimmt er für sich das Recht in Anspruch, in das Leben anderer Menschen einzudringen. Jederzeit, wie er will, ohne auch nur um Entschuldigung zu bitten.

Aber er hatte um Verzeihung gebeten. Er hatte sich entschuldigt. Aus genau diesem Grund.

EB: Ich verstehe nicht recht.

GB: (*Lacht kurz, es klingt aufgesetzt.*) Nein, das habe ich nicht gewollt.

EB: Was haben Sie nicht gewollt?

GB: Die Schuld auf einen anderen zu schieben. Im Grunde wollte ich nur sagen, dass ich hier sitze, weil ich meinen Job mache. Wie die meisten anderen Menschen ihren Job machen… nehme ich an. Man bekommt eine Aufgabe zugeteilt und versucht, sie nach bestem Wissen und Gewissen zu erfüllen. Ich habe von meinem Chef den Auftrag bekommen, diese beiden Fälle zu untersuchen. In erster Linie Arnold Morinders Verschwinden, darüber hinaus aber auch den Mord an Ihrem Mann. Tja, so sieht es aus.

(*Für mindestens fünf Sekunden herrscht Stille auf dem Band.*)

EB: Und nur, damit Sie guten Gewissens Ihren Job erledigen können, möchten Sie, dass ich alle möglichen Fragen beantworte, die ich schon hundert Mal beantwortet habe?

GB: Nein, ganz und gar nicht. Sie haben natürlich das Recht, dieses Gespräch abzubrechen, wann immer Sie wollen. Sie müssen entschuldigen, aber ich bin im Moment nicht richtig ich selbst. Meine Frau ist vor einem Monat gestorben, ich habe Konzentrationsprobleme.

Lag es daran, dass sie meinte, die Tat habe sich spontan aus der Situation heraus ergeben, überlegt er mit plötzlich galoppierendem Herzen im Bett liegend. Habe ich ihr deshalb von Marianne erzählt? Habe ich es deshalb nicht hinuntergeschluckt? *Aus der Situation heraus?*

EB: Das tut mir leid für Sie. Wie ist sie gestorben?

GB: Ein Aneurysma. Ein kleines Blutgefäß im Gehirn ist geplatzt ... tja, das war alles.

EB: Vielleicht sollten Sie besser gar nicht arbeiten?

GB: Vermutlich haben Sie recht. Jedenfalls sollte ich mit Ihnen nicht darüber reden.

EB: Das macht nichts. Mir bekommt jedes Gesprächsthema besser als diese alten Geschichten.

GB: Das kann ich verstehen. Meinen Sie, wir könnten noch einen Kaffee bekommen? Also nur, wenn Sie einverstanden sind, dass wir noch etwas weitermachen?

EB: Möchten Sie vielleicht auch einen kleinen Cognac?

GB: Cognac?

EB: Ja. Wissen Sie nicht, was das ist?

GB: Doch, ich meine, mich zu erinnern, dass ich schon einmal davon gehört habe. Warum eigentlich nicht?
    (Eine Minute Stille, während Ellen Bjarnebo Kaffee

und Cognac besorgt, aber aus irgendeinem Grund
lauscht er auch dieser Stille gespannt.)

EB: So, bitte. Prost, Herr Kommissar.

GB: Ich bin nur Inspektor.

EB: Jedenfalls Prost.

GB: Prost.

EB: Gut, dann dürfen Sie von mir aus weitermachen.

GB: Danke.

Er muss dafür sorgen, dass dieses Band vernichtet wird. Oder kann er vielleicht versuchen, es der Polizeihochschule als Beispiel dafür zu verkaufen, wie eine Vernehmung nicht ablaufen darf? Finden Sie fünfundfünfzig Fehler. So darf man seine Arbeit beim besten Willen nicht machen.

Aber auf dem Band hört man nicht alles, denkt er. Bei weitem nicht, und oft ist das, was man nicht hört, das eigentlich Interessante. Als er nun mit geschlossenen Augen in diesem sargartigen Zimmer liegt und ihren Stimmen lauscht, sieht er auch alles andere: ihre Positionen am Tisch, ihre Bewegungen, ihre Mienen, ihr Zusammenspiel. *Zusammenspiel?* Nein, darum geht es natürlich nicht. Und seine eigenen Bewegungen und Gesichtsausdrücke sieht er auch nicht, aber da ist irgendetwas mit der Atmosphäre im Raum und mit ihrer ... Präsenz?

Denn sie findet das Ganze nicht uninteressant. In gewisser Weise, und zumindest ab und zu widerspricht ihre Ausstrahlung ihren Worten. Sie findet es gar nicht unangenehm, sich mit ihm zu unterhalten. Sie steht ihm positiv gegenüber, in diesen Dingen irrt man sich nicht, er würde fast behaupten wollen, dass sie ihn mag. Und dass sie die Themen, über die sie sprechen, wichtig findet. Dass sie ... dass sie in Wahrheit nicht das Geringste dagegen einzuwenden hat, das Gespräch fortzusetzen, vor allem seit auf ihrem Tisch eine zweite Tasse Kaffee und ein Cognac stehen. Es ist ein heller Abend, nichts lässt erkennen, dass sich sechs weitere Menschen in diesem Haus aufhalten, auch wenn es gelegentlich im Gebälk knackt und knirscht, was man sogar auf dem Band hören kann. Vielleicht sind einige bereits zu Bett gegangen, vielleicht sind andere draußen und gehen spazieren, die Wolken hängen höher, und es scheint aufzuklaren.

GB: Also, ich habe mir wie gesagt Gedanken über Ihre Nachbarn gemacht. Sie hatten ein etwas angespanntes Verhältnis zu Ihnen, war es nicht so?

EB: Doch, das ist richtig.

GB: Können Sie mir davon erzählen?

EB: Es ging um nichts Besonderes. Harry und Göran zogen einfach nie am selben Strang. Harry war neidisch auf sie. Ihr Hof war größer, und auf Groß-Burma funktionierte alles viel besser, das konnte er irgendwie nicht ertragen.

GB: Und die Nachbarn wussten, dass er Sie und Billy schlecht behandelte?

EB: Das wussten sie. Aber es ging sie nichts an, sie mischten sich niemals ein.

GB: Und nachdem Sie es getan hatten, nachdem Harry verschwunden war, da ahnten sie nichts?

EB: Ich glaube es ehrlich gesagt nicht. Göran half mir in dem Sommer auf dem Hof.

GB: Bis man Harry fand?

EB: Ja. Danach veränderte sich natürlich alles.

GB: Sie hätten damit durchkommen können, haben Sie mal daran gedacht?

EB: Ja, natürlich. Aber es kam, wie es kam.

GB: Wenn man die Leichenteile nicht gefunden hätte, wären Sie vielleicht unbehelligt geblieben. Was meinen Sie, wie wäre die Lage dann gewesen? Heute zum Beispiel?

EB: Ich versuche mich im Allgemeinen davon abzuhalten, in diesen Bahnen zu denken.

GB: Aber damals haben Sie doch sicher darüber nachgedacht, nicht? In dem Sommer?

EB: Kann sein. Aber es ist ja sowieso...

GB: Ja?

EB: Ich glaube, was passiert, das passiert sowieso. Wir können nicht alles beeinflussen.

GB: Wie meinen Sie das?

EB: Ich habe Harry erschlagen. Ich tat es, weil ich es tun musste. Aber genauso unausweichlich war wohl, dass ich die Strafe dafür auf mich nahm. Vielleicht hätte ich mit der Schuld nicht leben können... auf Dauer, meine ich.

GB: Ich verstehe. Aber Sie hatten auch noch eine andere Schuld auf sich geladen, richtig?
(Fünf Sekunden Stille).

EB: Sie meinen Göran Helgesson?

GB: Ja?

EB: Woher wissen Sie das? Darüber steht ja wohl nichts in den Protokollen?

GB: Ich habe gestern mit Inger Berglund gesprochen.

EB: Inger Berglund?

GB: Ja, damals hieß sie sicher Inger Helgesson. Die Tochter auf Groß-Burma.

EB: Aha? Ich verstehe. Und sie hat Ihnen das erzählt?

GB: Ja, sie hat mir erzählt, dass Sie und ihr Vater ein Verhältnis hatten und dass Sie es enthüllt haben.

EB: *(Nach einigen Sekunden des Zögerns).* Ja, das stimmt, das habe ich getan. Vielleicht war das falsch, ich habe später oft darüber nachgedacht. Aber damals war ich mir sicher, so handeln zu müssen.

GB: Wann genau war das?

EB: Nachdem ich ungefähr seit einem halben Jahr in Hinseberg saß. Es war mir wichtig, moralisch richtig aufzutreten. Ich hatte... nun ja, die habe ich im Übrigen schon immer und bis heute gehabt... eine Stimme, die mir irgendwie sagt, wie ich handeln soll. Das klingt vielleicht seltsam oder überspannt, aber manchmal habe ich mir eingebildet, dass es tatsächlich die Stimme des Gewissens ist.

GB: Ich finde nicht, dass das sonderlich überspannt klingt.

EB: Danke. Jedenfalls fuhr ich, als ich einen Tag Hafturlaub hatte, zum Hof zurück. Klein-Burma war bereits an ein Öko-Paar verkauft worden, das Land hatte Göran gepachtet, und dann erzählte ich Ingvor, was passiert war. Göran sah ich damals nicht, aber ich habe begriffen, dass es ihnen das Genick brach.

GB: War das Ihre Absicht?

EB: Überhaupt nicht. Aber es war nicht meine Sache, Görans Schuld auf mich zu nehmen. Vielleicht habe ich sogar geglaubt, ihnen einen Gefallen zu tun.

GB: Aber das taten Sie nicht?

EB: Das kann ich nicht beurteilen. Aber irgendetwas muss bei den beiden doch im Argen gelegen haben, wenn er zur Nachbarin läuft, um sich zu befriedigen. Ich glaube übrigens nicht, dass ich die Einzige war. Ich denke, dass Göran Helgesson sich eine andere anlachte, als ich im Gefängnis landete.

GB: Aber sie hatten auch während dieses Sommers etwas miteinander?

EB: Ja.

GB: Bereuen Sie das?

EB: Dass ich mit Göran zusammen war?

GB: Ja.

(Einige Sekunden Pause, während sie schweigen und die letzten Tropfen aus ihren Cognacgläsern trinken.)

EB: Am Anfang zwang er mich dazu. Wir schuldeten ihm Geld, und er nahm als Bezahlung stattdessen mich. Die Initiative dazu ging nie von mir aus, und es machte mir niemals Spaß.

GB: Es machte ihnen keinen Spaß?

EB: Nein.

GB: Und Harry ahnte nie etwas?

EB: Nein, dann hätte er reagiert.

GB: Und wie?

EB: Keine Ahnung. Ich nehme an, er wäre ausgerastet. Harry war nicht besonders gut darin, sich zurückzuhalten.

GB: Und Billy?

EB: Wie meinen Sie das?

GB: Könnte Billy gewusst haben, dass Sie und Göran ein Verhältnis hatten.

EB: Nein, das kann ich mir beim besten Willen nicht vorstellen. Wir trafen uns nicht besonders oft, und Göran hatte immer Angst, erwischt zu werden.

GB: Auch von Billy?

EB: Nein, das vielleicht nicht. Aber er nutzte es immer aus, wenn er wusste, dass Harry nicht zu Hause war. Das war nicht weiter schwierig, denn die Straße führte ja an ihrem Haus vorbei. Wenn er Harry mit dem Auto vorbeifahren sah, wusste er, dass die Luft rein war.

GB: Wie lange lief das so?

EB: Zwischen mir und Göran?

GB: Ja.

EB: Weniger als ein Jahr. Ja, genau, es hatte im Winter angefangen.

GB: Ich verstehe.

Er stoppt das Band für einen Moment. Was verstehe ich?, denkt er. Denn es liegt ein größeres Gewicht in diesem kleinen, missbrauchten Wort als zuvor – als zu Beginn, als sie in einer Art Versuch, sich gegenseitig auszumanövrieren, damit jongliert haben.

Was sind das für Ahnungen, die sich in dieser speziellen Phase des Gesprächs einstellen, überlegt er. Er spürte etwas, als sie dort saßen, und nun, hinterher, während er mit immer noch erhöhtem Puls in diesem unbequemen Bett liegt, empfindet er das Gleiche.

Geht es um etwas in ihren Worten oder in ihrer Art, ihn anzusehen? Oder um diese sanfte Nachdenklichkeit, die auf einmal in ihrer Stimme mitschwingt? Als wollte sie etwas erzählen, was sie nicht erzählen kann. Als hätte sie so lange an etwas so Schwerem und Hoffnungslosem getragen, dass sie sich dieser Bürde am liebsten entledigen würde?

Einbildung, denkt er. Überinterpretation.

Er lässt das Band weiterlaufen. Es beginnt mit einer kleinen Pause, und er erinnert sich, dass sie in diesem Moment hörten, wie jemand irgendwo im Haus ein Radio einschaltete, nur um es unmittelbar darauf wieder auszuschalten. Davon ist auf dem Band aus irgendeinem Grund jedoch nichts zu hören. Stattdessen vernimmt er seine brutal offene Frage.

GB: Und Billy? Wie war das jetzt eigentlich?
    (Als würde er sie bitten, endlich die Karten auf den Tisch zu legen; vielleicht fasst sie seine Worte auch so auf, aber nach einigen Sekunden des Nachdenkens geht ihre Antwort in eine andere Richtung. Und er weiß nicht, um welche Karten es gegangen wäre.)
EB: Ja, das ist sehr traurig.
GB: Traurig? Dass Sie ihn verloren haben? Dass Sie den Kontakt zu ihm verloren haben, meine ich.

EB: Ja. Aber man lernt, mit seiner Trauer zu leben. Ich weiß ja nicht, was passiert wäre auf Klein-Burma, wenn es stattdessen weitergegangen wäre. Besser gesagt, es hätte nicht weitergehen können... es gab irgendwie keine Lösung für unser Leben.

GB: Keine Lösung für Ihr Leben?

EB: Nein, wirklich nicht. Harry war ein böser Mensch. Anfangs vielleicht nicht, aber dann wurde er zu einem. Seine Wut und Verbitterung fraßen ihn innerlich auf. Wissen Sie, ich habe nie bereut, was ich getan habe. Ist das nicht ein Zeichen?

GB: Ein Zeichen für was?

EB: Dafür, dass ich richtig gehandelt habe. Bereut man es nicht immer, wenn man einen Fehler gemacht hat?

GB: Ich weiß es nicht. Vielleicht haben Sie recht. Diese Stimme, die Sie eben erwähnten, hat die Sie aufgefordert, Harry zu töten?

EB: Nein, das glaube ich ehrlich gesagt nicht.

GB: Aber als Ihr Bruder und seine Frau Billy in ihre Obhut nehmen wollten, war das in Ihren Augen eine gute Lösung?

EB: Ich sah jedenfalls keine bessere.

GB: Wie war Ihr Verhältnis zu Ihnen? Zu Gunder und Lisbeth?

EB: *(Lacht auf)*. Schlecht. Um es kurz zu machen.

GB: Trotzdem sträubten Sie sich nicht dagegen, dass sie sich um Billy kümmerten?

EB: Wo war die Alternative? Ich sollte bis zu vierzehn Jahre in Hinseberg einsitzen. Sie hatten keine eigenen Kinder. Billy lag ihnen, auf ihre Art, trotz allem am Herzen. Er...

GB: Ja?

EB: Er hatte es bei ihnen besser als bei Harry und mir.

GB: Aber warum hatten Sie keinen Kontakt zu ihnen?

EB: Weil Gunder das so wollte.

GB: Und Lisbeth?

EB: Lisbeth hatte in dieser Ehe nie etwas zu sagen.

GB: Aber Sie akzeptierten es, keinen Kontakt zu haben?

EB: Hatte ich denn eine Wahl? Ich war eine Mörderin, die ihren Mann zerstückelt hatte, vergessen Sie das nicht. Wie hätte es Billy denn helfen sollen, wenn ich ihn in seinem neuen Zuhause regelmäßig besucht hätte. Sie behielten für sich, woher er kam, und das war richtig so.

GB: Dann nahmen Sie also jede Schuld und Verantwortung auf sich?

EB: Ja, so könnte man es sagen.

GB: Und Sie finden es gerecht, dass es so gekommen ist.

EB: Es ging nicht um Gerechtigkeit. Aber können Sie mir eine bessere Lösung nennen? In der damaligen Lage?

GB: Vielleicht nicht. Aber Ihr Kontakt zu Billy ist auch nach Ihrer Entlassung aus dem Gefängnis schlecht geblieben, nicht? Seither sind immerhin mehr als zehn Jahre vergangen.

EB: Es ergab sich so. Das tut mir leid, aber wir sehen uns trotzdem von Zeit zu Zeit. Und Sie haben sich ja auch mit Billy getroffen, also wissen Sie, wie er ist. Er hat Probleme mit anderen Menschen.

GB: Sogar mit seiner Mutter?

EB: Die Jahre in Hallsberg haben ihn beeinflusst. Nein, wir haben nie wirklich zueinander zurückgefunden. Aber ich freue mich, dass es ihm gut geht. Juliana ist ein guter Mensch. Die Hauptsache ist doch…

GB: Ja? Was ist die Hauptsache?

EB: Die Hauptsache ist, dass er ein Leben in Würde bekommen hat. Und nicht, dass unsere Beziehung perfekt funktioniert. Stimmt's? Es wäre egoistisch, so zu denken. Immerhin habe ich sogar eine Enkelin.

GB: Sie sind nicht verbittert?

EB: Wirke ich verbittert?

Als sie dies sagte, hatte sie vor sich auf dem Tisch die Hände gefaltet und ihm direkt in die Augen gesehen. *Wirke ich verbittert?* Er erinnert sich genau an ihren vollkommen gelassenen Blick und denkt, dass er selten oder nie mit einer solchen Ruhe konfrontiert gewesen ist. Was ist bloß mit dieser Frau?

Sie ist die einzige Mörderin dieser Art, der er jemals begegnet ist, und das hat er nicht erwartet. Er weiß zwar nicht, womit er eigentlich gerechnet hat, aber hiermit jedenfalls nicht. Einen anderen Menschen in Stücke zu zerlegen, was ist dazu erforderlich? Vielleicht nur ein paar Stunden verdrängter Panik und handwerkliches Geschick? Ihm fällt ein, dass Ellen Bjarnebo in einem Schlachthof gearbeitet hat. In den Berichten, die er gelesen hat, wird die Zerlegung Harry Helgessons als »professionell« oder »adäquat« beschrieben.

Eine *adäquate* Zerstückelung?

Er lauscht auch noch der letzten Minute auf dem Band, in der nichts von Bedeutung gesagt wird. Sie verabreden sich zu einem kurzen Gespräch nach dem Frühstück am nächsten Morgen, falls er das Gefühl haben sollte, dass dies nötig ist. Oder sie. Dann dankt er ihr, und sie sagt, es tue ihr leid, dass er gezwungen sei, diese alten Geschichten mit ihr durchzukauen, wo er doch eigentlich in Frieden um seine verstorbene Frau trauern sollte.

Haben Sie sie geliebt, möchte sie wissen, und es sind ihre letzten Worte, bevor er das Aufnahmegerät abstellt.

Ja, antwortet er, ich habe sie sehr geliebt.

Jetzt ist es nach Mitternacht, aber er findet keinen Schlaf. Natürlich nicht; er liegt da und wälzt sich unter der dünnen Decke im Zwielicht hin und her und versucht, das Denken abzuschalten. Als das nicht klappt, versucht er, eine Bibelstelle zu finden, vielleicht aus dem Buch Prediger oder aus dem Brief an die Hebräer, und als auch das wirkungslos bleibt, liegt er einfach ausgestreckt auf dem Rücken und versucht, sich Wort für Wort Mariannes Brief ins Gedächtnis zu rufen, während er ihr Gesicht vor seinem inneren Auge heraufbeschwört.

Für einige stille Minuten gelingt es ihm tatsächlich; in gewisser Weise findet er, dass sie bei ihm ist, aber dann kehrt Ellen Bjarnebo zurück. Ihr Gespräch, ihr ruhiger, ruhender Blick, und dass sie wie zwei Schachspieler ohne Spielfiguren oder Brett oder Absicht an diesem Tisch zusammensitzen, und plötzlich taucht eine Frage auf, von der er sich wünschen würde, sie gestellt zu haben.

Wenn ich Ihr Beichtvater gewesen wäre und kein simpler Kriminalinspektor, dann hätten Sie mir andere Dinge erzählt, nicht wahr?

Ja, weiß Gott, denkt er, nur wenige Augenblicke, bevor er endlich einschläft, diese Frage werde ich ihr morgen früh stellen.

Genau diese Frage.

41

Nach Mitternacht. So schwierig, Schlaf zu finden.

Das Problem hatte sie in dem Sommer damals nie, und das musste natürlich etwas zu bedeuten haben. Dass sie nicht wach lag und sich damit quälte, was sich zugetragen hatte, war sicher ein Zeichen gewesen. Ein Zeichen und eine Bestätigung dafür, dass ihre Schuld leicht wog, dass sie – in einem tieferen Sinn, den man nicht ergründen musste – lediglich so gehandelt hatte, wie sie handeln musste. Und obwohl es nicht so sein sollte, ist es doch notwendig, so zu denken, das ist es all die Jahre gewesen.

Wenn sie in dieser Nacht nicht schlafen kann, liegt es an etwas anderem. Unklar an was, aber das Gespräch mit dem Mann von der Kripo geht ihr einfach nicht mehr aus dem Kopf, und sie weiß nicht, ob das nun gut oder schlecht ist. Hinterher hätte sie gerne noch ein paar Worte mit Mona gewechselt, aber nachdem sie ihr Gespräch im Speisesaal beendet hatten, war sie schon zu Bett gegangen. Jedenfalls hatte sie ihre Tür geschlossen, und als Ellen vorbeischlich, drang aus ihrem Zimmer kein Ton.

Außerdem geht Mona immer früh zu Bett. Dafür ist sie morgens auch schon vor sechs Uhr auf den Beinen. Im Sommer wie im Winter; eigentlich sollte man in der dunklen Jahreszeit länger schlafen, das weiß sie genauso gut wie Ellen. Vor allem in dieser Gegend, in der es zwischen November und Februar niemals richtig hell wird. Aber es funktioniert nicht; man sollte nie versuchen, über seinen Körper und seine Unarten zu bestimmen, sagt Mona immer. Es ist besser, man hört auf die Signale und nimmt sie ernst.

Ellen weiß allerdings nicht, welche Signale sie in dieser Nacht wachhalten, aber sie kommen wohl eher vom Kopf als vom Körper. Vielleicht sollte sie trotz allem das Rollo herunterziehen, aber interessiert sich ihr Kopf überhaupt für Helligkeit und Dunkelheit? Nicht auf die Art; was ihr Gehirn sinnlos grübeln lässt, ist eine andere Art von Licht und Dunkelheit. Sogar richtig und falsch, darüber würde sie mit Mona nicht sprechen können, und hat auch gar nicht die Absicht, es zu tun. Aber es kommt ihr vor, als hätte das Gespräch mit dem freundlichen Kriminalbeamten – freundlich und fast ein wenig scheu, denkt sie, aber wenn er wirklich erst vor einem Monat seine Frau verloren hat, ist das vielleicht auch nicht weiter verwunderlich –, als hätte besagtes Gespräch in ihrem Inneren etwas zum Leben erweckt. Etwas, worauf sie fast gewartet hatte, wovon sie gewusst hatte, dass es eines Tages kommen würde. Früher oder später, denn war sie vor fünf Jahren nicht deutlich zu leicht davongekommen? War es nicht so? Sie hatten sie zwar unter Druck gesetzt, dieser hartnäckige Gunvaldsson und ein paar andere, aber verglichen mit dem, was sie erwartet hatte, war es dennoch ein Klacks gewesen. Als man sie plötzlich, vom einen Tag auf den anderen, in Ruhe gelassen hatte, konnte sie es anfangs gar nicht glauben. Nicht wirklich.

Aber so war es, sie wurde nicht mehr verdächtigt, getan zu haben, was Arnold den Vorstellungen der Polizisten nach zugestoßen war, und schon seit dem ersten Kontakt mit diesem Inspektor Barbarotti – am Telefon vor zwei Wochen – hatte sie das Gefühl, von etwas eingeholt worden zu sein. Nein, nicht in dem Sinne, dass sie die ganze Zeit darauf gewartet hätte, korrigiert sie ihre Gedanken, so nicht, aber da ist trotzdem etwas gewesen. Etwas Unabgeschlossenes, ähnlich einem Buch, das doch noch ein Kapitel weitergeht. Wie ein Lied mit einer späten letzten Strophe.

Und nun erscheint ihr alles so ungeheuer deutlich. All diese Zeit, diese dreiundzwanzig Jahre, wirkt auf einmal verdichtet, zusammengepresst zu etwas bedeutend Kompakterem. Ein paar einzelne Ereignisse, einige wenige Entscheidungen, einige weitreichende Konsequenzen.

Gestaltet sich das Leben für jeden so?, fragt sie sich. *Die Jahre müssen sühnen, was der Augenblick verbrach*, musste es so sein? Sie glaubt, ausgerechnet diese Devise irgendwo als gestickten Wandschmuck über einem Sofa gelesen zu haben, weiß aber beim besten Willen nicht mehr, wo das gewesen sein soll, wenn es denn wirklich eine Erinnerung ist.

Jedenfalls nicht in ihrem Elternhaus. Jedenfalls nicht auf Klein-Burma. Weder da noch dort gab es so etwas wie Wandschmuck. Aber es ist eine dumme Frage. Sie hat vor langer Zeit aufgehört, ihr Leben mit dem Leben anderer Menschen zu vergleichen. Wozu sollte das gut sein?

Wie auch immer, jetzt liegt sie hier und kann nicht schlafen. Jener Sommer kehrt zu ihr zurück. Genauer genommen, das letzte Wochenende. Sie wünscht es sich nicht, aber es kommt trotzdem.

Uneingeladen, wie so vieles andere in ihrem Leben auch.

Samstag und Sonntag, der fünfte und sechste August. Am Montag, dem siebten, wird der Heidelbeerpflücker Ernst Karlsson dreihundert Meter hinter Klein-Burma im Wald den ersten schwarzen Plastiksack mit Harry Helgessons Kopf und Armen finden.

Aber als sie am Samstagmorgen aufwacht und denkt, dass die Sonne scheint und sie zwei Tage freihat, ahnt sie davon noch nichts. In den letzten Wochen hat sie im Eisenwarengeschäft gearbeitet, allerdings nur donnerstags und freitags; es ist immer noch Urlaubszeit, aber am folgenden Montag wird ganz Schweden wieder in Schwung kommen und auch sie zu ihren üblichen Arbeitszeiten zurückkehren.

Daraus wird jedoch nichts, für sie wird es nicht die üblichen Arbeitszeiten, sondern Körperteile und Polizisten und Chaos und Schlagzeilen geben, aber das muss sie noch nicht belasten, nicht an diesem fast glücklichen Samstagmorgen, an dem sie sich beeilt, Billy zu wecken und ihm ein Frühstück zu machen. An diesem Wochenende wird Göran ihren Weizen ernten, jedenfalls so viel er schafft und wenn es nicht regnet, und Billy soll auf dem Mähdrescher mitfahren. Zum ersten Mal reicht ihr Nachbar und Liebhaber dem Jungen seine Hand, und sie hat gesehen, dass Billy sich wirklich freut. Man muss wahrscheinlich seine Mutter sein, um es zu erkennen, aber es stimmt trotzdem.

Und so kommt er ohne Mätzchen aus den Federn, was sonst wahrlich anders ist. Aber im Laufe dieses Sommers ist mit dem Jungen etwas geschehen. Stumm ist er immer noch, mehr oder weniger zumindest, aber so zufrieden wie nie zuvor. Die Zinnsoldaten sind bis auf drei Stück zurück, sie haben sie ein paar Tage nach Harrys Verschwinden hinter dem alten Erdkeller verstreut gefunden – eigentlich nicht schwer zu finden, als hätte er es letztlich doch ein wenig bereut, hat sie sein Handeln zu deuten versucht –, aber Billy ist nicht mehr so fixiert auf sie. Ab und zu spielt er mit ihnen, das tut er natürlich, und er bleibt nach wie vor am liebsten für sich – *beschäftigt sich,* oder was ein Zwölfjähriger so macht. Aber manchmal ist er tatsächlich bei seinen Cousins und seiner Cousine zweiten Grades auf Groß-Burma. Nicht lange, aber es ist trotzdem ein Unterschied, ein beträchtlicher Unterschied zu früher. Auch daheim bewegt er sich mit größerer Freiheit, ist er nicht mehr so an sein Zimmer gefesselt wie vor dem Sommer. Sie merkt, dass sie zum ersten Mal seit sehr langer Zeit etwas Licht sieht, wenn sie an ihn denkt. Eine Art Hoffnung für den Jungen.

Anschließend denkt sie, dass sie nicht so denken darf. Das ist übermütig, es handelt sich nur um eine Gnadenfrist, die Dinge werden sich verändern.

Vielleicht ist es die Muti-Stimme, die das sagt, jedenfalls bleibt es ihr hinterher so im Gedächtnis.

Ist es erlaubt, sich ein bisschen zu freuen, solange es trotz allem währt?, fragt sie die Stimme, doch, sie erinnert sich genau, dass sie das fragt. *Darf ich mir das gestatten?*

Und die Antwort lautet wie im Kinderlied: *Tanze mein Püppchen, solange du jung bist.*

Und das tut sie. Noch zwei Tage.

An diesem Samstag bekommt sie überraschend Besuch. Am Vormittag, eine Stunde, nachdem Billy aufgebrochen ist, um bei der Ernte zu helfen, biegt ein alter Ford Mustang auf den Hof. Zwei Männer steigen aus, aber von ihrem Standort in dem kleinen, baufälligen Gewächshaus, das Harry in ihrem ersten Sommer hier zimmerte und in dem sie Jahr für Jahr versuchte, Tomaten zu ziehen, kann sie die beiden nicht erkennen. Eine nennenswerte Ernte kommt dabei nie heraus, aber ihr reicht es schon, ein bisschen in den Töpfen zu stochern und die sonnenwarmen Leckerbissen direkt vom Zweig zu essen; damit ist sie gerade beschäftigt, als die Besucher eintreffen. Sie wischt sich die Erde von den Händen und geht hinaus, um genauer nachzusehen.

Staffan Larsson und Börje Granat.

Harrys alte Freunde. Mit denen er seit Kindertagen herumhing und die er – fällt ihr plötzlich ein – an jenem Samstag in der Stadt traf. An seinem letzten Samstag.

Mit denen er Bier trank und Karten spielte und an die er achthundert Kronen verlor; sie hat die beiden seit vielen Jahren nicht mehr gesehen – höchstens zufällig und von fern, aber es ist nicht ihr erster Besuch auf Klein-Burma. Am Anfang, in den allerersten Jahren, waren sie ein paarmal zu ihnen gekommen. Staffan hatte damals eine Verlobte, eine schüchterne Finnin namens Riita, die Lieder aus Karelien sang, wenn sie betrunken war.

Aber das ist inzwischen mehr als zehn Jahre her. Nun ja, zwölf, sie kann sich jedenfalls nicht erinnern, nach Billys Geburt jemals mit einem der beiden gesprochen zu haben.

Jetzt steigen sie aus dem Wagen und schauen sich ein wenig unschlüssig um. Börje hält eine Plastiktüte in der Hand, Staffan einen Blumenstrauß. Ihr schießt der Gedanke durch den Kopf, dass sie aussehen wie zwei Bauerntölpel aus einem alten schwedischen Heimatfilm.

Aber dann fällt sie ihnen ins Auge, und sie richten sich auf und grüßen sie ernst und mit festem Händedruck.

»Das mit Harry ist echt zum Kotzen«, sagt Börje. »Du hast nichts Neues gehört?«

Sie schüttelt den Kopf. Nein, sie hat nichts gehört. Staffan überreicht den Blumenstrauß. Er ist noch in gelbliches Zellophan eingeschlagen, und sie nimmt an, dass sie ihn an einer Tankstelle gekauft haben. »Wir wollten nur mal vorbeikommen und nachhören«, sagt er.

Sie bedankt sich für die Blumen.

»Ob du jemanden zum Reden brauchst«, fährt Staffan fort, »oder so.«

Sie sagt, dass sie eine Vase holen muss, und bittet die beiden, sich an den Tisch vor der Giebelseite des Hauses zu setzen. Als sie wieder herauskommt, sitzen sie dort mit Zigaretten in den Händen. Sie fragt, ob sie eine Tasse Kaffee haben möchten.

»Nein, danke«, antwortet Börje. »Möchtest du ein Bier?«

Er zieht ein Sixpack aus der Plastiktüte.

»Wir wollten nur mal hören, wie es dir geht«, erklärt Staffan.

»Es ist echt zum Kotzen«, sagt Börje und verteilt Bier. Staffan öffnet seine Dose und trinkt einen Schluck, Börje folgt seinem Beispiel. Sie zögert, öffnet dann ebenfalls ihre Dose, trinkt aber nicht.

»Man fragt sich natürlich«, sagt Staffan.

»Was zum Teufel da passiert ist«, fährt Börje fort.

In den Zeitungen hat zwar gestanden, dass Harry verschwunden ist, aber das ist jetzt schon ein paar Wochen her. Obwohl Börje und Staffan selbstverständlich trotzdem gut informiert sein dürften, denkt sie.

»Ja, ich tappe immer noch im Dunkeln«, sagt sie. »Hat die Polizei auch mit euch gesprochen?«

»Ein paar Mal«, antwortet Börje. »Aber eher am Anfang. Man ist sich fast ein bisschen vorgekommen, als würden sie einen verdächtigen.«

»Die stecken fest«, meint Staffan. »Das wundert einen nicht. Also, ich kapiere echt nicht, wo er hin ist. Du vielleicht?«

»Ich habe keine Ahnung«, sagt sie. »Es ist mir ein Rätsel.«

»Genau«, bestätigt Börje. »Ein verdammtes Rätsel ist es.«

»Er ist wirklich ein feiner Kerl«, sagt Staffan. »Man hofft natürlich, dass ihm nichts passiert ist.«

»Das wäre verdammt traurig«, ergänzt Börje.

Sie bleiben eine Stunde sitzen, rauchen eine Zigarette nach der andern und leeren ihr Sixpack, und wenn sie später daran zurückdenkt, weiß sie, dass es die einzige Stunde in dem ganzen Sommer ist, in der sie sich wirklich schlecht fühlt. Staffan Larsson und Börje Granat bilden die Summe aller Menschen in der Welt, die Harry vermissen, sie kommen mit Bier und Blumen, und sie sitzt da und lügt ihnen ins Gesicht. Sie fühlt sich, als würde ihr ein Nagel ins Herz gerammt. Sie bringen – auf ihre unbeholfene und bauerntölpelhafte Art – zum Ausdruck, wie sehr sie Harry mögen, was für ein toller Freund er immer gewesen ist und wie sehr sie sich wünschen, dass er wieder auftaucht. Um zu erklären, was passiert ist und wo in aller Welt er gesteckt hat.

Dass alles wieder so wird wie immer. Sie erzählen ihr zudem, wie schwer es für sie und Billy sein muss, wie sehr sie beide sich nach ihrem Mann und Vater sehnen müssen. Sie versprechen sogar, ihr mit Rat und Tat beizustehen, falls etwas sein sollte – *egal was, sag einfach Bescheid* –, und sie sitzt da und kann nichts anderes tun, als mitzuspielen und den Nagel so in ihr Herz zu treiben, dass er nie mehr herausfällt.

Vier Tage später können sie in der Zeitung lesen, dass sie, ausgerechnet sie, zu der sie mit Blumen, Bier und Mitgefühl gekommen sind, Harry erschlagen hat. Ihren Kumpel Harry, seine eigene Frau. Die seine Leiche zerstückelt und im Wald versteckt hat – und dass sie ihnen folglich ins Gesicht gelogen hat, als sie zu ihr kamen, um ihr Hilfe und Mitmenschlichkeit anzubieten.

Zum Teufel, seine eigene Frau.

Wenn es Menschen gibt, denen sie niemals in die Augen sehen können wird, dann sind das Staffan Larsson und Börje Granat.

Später ist es dann trotzdem passiert. Nicht bei Staffan, der die Stadt offenbar verlassen hat, als sie nach ihrer Gefängnisstrafe zurückkehrt, aber einmal hat Börje in der Schlange gestanden, als sie bei der Postbank arbeitete. Als er sieht, dass sie hinter der Glasscheibe steht, hat er auf dem Absatz kehrtgemacht und ist unverrichteter Dinge abgezogen. Ein anderes Mal ist sie um eine Straßenecke gebogen und ihm fast in die Arme gelaufen. Er hat sie nur ganz kurz angesehen, auf den Bürgersteig gespuckt und sich abgewandt.

Es gibt vieles, was sie Börje Granat gerne erklären würde, aber sie weiß, dass sie es niemals tun können wird.

Und am späten Nachmittag an diesem letzten schönen Samstag, an dem Billy bei der Ernte geholfen hat, sind sie zum Baden im Pool auf Groß-Burma eingeladen. Saft und Zimtschnecken und schwimmen. Sie bleiben nicht lange, aber lange genug, um Göran Gelegenheit zu geben, sich für später bei ihr anzukündigen. Ingvor will sich mit Freundinnen in der Stadt treffen, kein Problem.

Er kommt wie versprochen, und es ist ihr letztes Stelldichein. Sie genießt es nicht, findet es aber auch nicht besonders unangenehm.

Am Sonntag hilft Billy wieder bei der Ernte, bis zum Schulanfang sind es noch zwei Wochen, und er ahnt nicht, dass er in eine völlig fremde Schule an einem völlig fremden Ort gehen wird.

Es fällt ihr schwer, an dieses letzte Wochenende zurückzudenken, und es wird mit der Zeit nicht leichter.

Nachdem sie es nun trotzdem getan hat, wird es für sie noch schwieriger einzuschlafen – obwohl es schon weit nach eins ist. Morgen früh muss ich mit Mona sprechen, denkt sie. Ich muss.

Sie seufzt, steigt aus dem Bett und zieht das Rollo herab.

42

Vor dem Frühstück machte er einen Spaziergang.

Von den Bergen war nichts zu sehen, und auch ansonsten war die Sicht eingeschränkt. Niedrige Bäume und Sträucher, murmelndes Wasser und Steine, die bemurmelt wurden. Er folgte einem Weg einen langgezogenen Anstieg hinauf, dann wieder hinunter. Die Temperatur lag sicher nur ein paar Grad über Null, und man hatte im Großen und Ganzen das Gefühl, in einer kalten, feindlich eingestellten Wolke zu wandern. Als er nach einer halben Stunde wieder in der Pension war, beschloss er dennoch, seinen Gang als *Bergwanderung* zu betrachten, eine Aktivität, über die er viel gehört hatte, ohne selbst jemals echten Kontakt zu ihr gehabt zu haben.

Mangels Aussicht und weiter Blicke war eine Zeile aus dem Buch Prediger aufgetaucht und hatte ihm Gesellschaft geleistet.

Alles, was da ist, das ist ferne und ist sehr tief; wer will's finden?

Wenn ich eine Woche hier oben bliebe, würde ich das Buch Prediger auswendig lernen, dachte er und fragte sich, wozu ein solcher Gedanke gut sein sollte.

Fragte sich auch, was diese einsame Zeile bedeutete.

Ein Frühstücksbuffet stand bereit. Die deutsche Familie war offenbar schon abgereist, zu nördlicheren Abenteuern durfte man vermuten; das junge Paar saß mit einer ausgebreiteten Karte zwischen sich an einem der Tische. Beide nickten ihm freundlich zu; er bemerkte, dass sie schwere Stiefel und prächtige Trekkingkleidung trugen, auch sie hatten mit Sicherheit die Absicht, zu einem Ausflug ins Gebirge aufzubrechen. Einem vermutlich längerem als seinem, vielleicht hatten sie sich ausgerechnet, dass die Sonne diese Frostwolke schon bald fortbrennen würde.

Als er seine zweite Tasse Kaffee getrunken hatte und überlegte, wie er in Kontakt zu Ellen Bjarnebo kommen sollte, tauchte die Pensionswirtin auf und wünschte ihm einen guten Morgen. Sie erkundigte sich ein wenig säuerlich, ob alles so weit zu seiner Zufriedenheit gewesen sei, zog einen Stuhl heraus und ließ sich an seinem Tisch nieder. Übrigens am selben Tisch wie am Vorabend, der Mensch ist ein Gewohnheitstier.

»Aber ja«, antwortete Barbarotti. »Ich müsste nur noch ein paar Worte mit Ellen wechseln. Es wird nicht länger als eine halbe Stunde dauern, vielleicht könnten wir das jetzt am Vormittag erledigen, dann bin ich anschließend bereit, zum Flughafen zurückzufahren.«

»Wie der Herr Inspektor wünschen«, erwiderte Mona Frisk. »Henning oder sein Bruder können Sie so gegen eins abholen kommen. Das Flugzeug geht um vier. Das lässt Ihnen auch noch Zeit für eine kleine Wanderung, wenn Sie möchten. Die Sonne kommt sicher bald durch.«

Barbarotti nickte und sah auf die Uhr. Halb zehn. Das junge Paar war verschwunden. Mona Frisk hatte die Ellbogen auf den Tisch gestützt, die Hände unter dem Kinn verschränkt und betrachtete ihn mit einer Miene, die er nicht recht deuten konnte. Als schätzte sie ihn ein und versuchte, einen Entschluss zu fassen, ihm war nicht ganz klar, welchen. Er rief sich in Erinnerung, dass sie Männer mit Elchstutzen zu erschießen pflegte.

»Eine schöne Pension haben Sie hier oben«, bemerkte er. »Aber nicht sehr viele Gäste.«

»Es ist noch zu früh im Jahr«, erläuterte Mona Frisk. »Ab Mittsommer sind wir bis Mitte September ausgebucht. Aber Sie sind nicht der richtige Typ dafür.«

»Gut möglich«, sagte Barbarotti. »Jedenfalls passt es mir hervorragend, wenn ich um eins abgeholt werde. Haben Sie eine Ahnung, wo Ellen steckt?«

»Bleiben Sie ruhig sitzen, ich hole sie«, meinte Mona Frisk. »Aber ich möchte, dass Sie sich gut überlegen, worüber Sie mit ihr sprechen.«

»Was wollen Sie mir damit sagen?«, erkundigte sich Barbarotti.

»Nur das, was ich sage«, entgegnete Mona Frisk und stand auf. »Überlegen Sie es sich gut.«

Barbarotti lagen mehrere denkbare Erwiderungen auf der Zunge, aber er beschloss, die Herausforderung nicht anzunehmen. Es hegte den Verdacht, dass die große und kräftige Pensionswirtin ein ganzes Arsenal dunkler Andeutungen auf Lager hatte, und sah keinen Grund, sie davon Gebrauch machen zu lassen.

»Ich warte hier auf sie«, sagte er stattdessen und gähnte. Eine Welle der Müdigkeit durchströmte ihn, und als Mona Frisk verschwunden war, goss er sich eine dritte Tasse Kaffee ein.

Warum bin ich nur so müde, dachte er.

Und was geht hier vor? Was bilde ich mir ein?

Sie kam erst eine Viertelstunde später. In der Zwischenzeit überlegte er, ob er sich eine vierte Tasse Kaffee gönnen sollte, verzichtete jedoch darauf. Da keine Tageszeitungen zur Verfügung standen, musste er sich damit begnügen, lustlos in einer kleinen Schrift über das Tierleben der Bergwelt zu blättern; das machte ihn auch nicht wacher, obwohl er gar nichts gegen Lemminge oder Schneehühner hatte. Er fragte sich, ob er nicht leichtes Fieber hatte.

Das hätte mir gerade noch gefehlt, dachte er. Es wäre sicher alles andere als ratsam, an einem Ort wie diesem, fünfzehn Tagesmärsche von jeglicher Zivilisation entfernt, krank zu werden.

Aber wenn ich nur noch zehn Minuten mit meiner Mörderin reden darf, kann ich hinterher ja ein Nickerchen machen, beschloss er. Die Bergwanderung hatte er ja im Grunde schon abgehakt. Vielleicht hatte er einfach eine Überdosis Sauerstoff abbekommen.

»Guten Morgen«, begrüßte ihn Ellen Bjarnebo. »Mona sagt, Sie sind immer noch neugierig?«

»Guten Morgen«, erwiderte Barbarotti. »Nun, das ist vielleicht trotz allem das richtige Wort. Für einen Polizisten ist Neugier eine Tugend.«

Sie setzte sich kommentarlos, und er bereute seine albernen Worte. Als sie sich ihm gegenüber niedergelassen und die Hände in den Schoß gelegt hatte, sah er, dass sie an diesem Tag nicht ganz fit aussah. Ungefähr so, wie er selbst sich fühlte, so dass er sich fragte, ob vielleicht eine Art Bergfieber grassierte. Als er ihr eine Tasse Kaffee anbot, schüttelte sie nur den Kopf und begegnete seinem Blick nicht, wie sie es am Vorabend getan hatte. Sie saß ein wenig zusammengesunken und schien darauf zu warten, es endlich hinter sich zu bringen, was immer es sein mochte, ähnlich wie ein Patient im Wartezimmer eines Zahnarztes.

»Gut geschlafen?«, erkundigte er sich.

»Nein, schlecht«, sagte sie. »Was wollen Sie? Ich habe dem, was ich gestern gesagt habe, nichts hinzuzufügen. Nur dass Sie es wissen.«

»Aha?«, sagte Barbarotti. »Ich fand es jedenfalls nett, mich mit Ihnen zu unterhalten.«

Sie warf ihm einen müden Blick zu. »Nett?«

»Zumindest im Vergleich zu vielem anderen, womit man sich beschäftigen muss.«

Sie zuckte mit den Schultern. »Was wollen Sie denn nun? Ich habe einiges zu tun.«

»All right«, sagte Barbarotti. »Ich werde Sie nicht lange aufhalten. Es geht vor allem um so ein Gefühl von mir.«

»Dann hat die Polizei also Gefühle?«

Aber sie sah ihn immer noch nicht an. Ihr Blick war über seine rechte Schulter hinweg aus dem Fenster gerichtet. Er erstickte ein Gähnen und versuchte, die richtigen Worte zu finden.

»Wenn dieses Gespräch hier... und die Unterhaltung, die wir gestern geführt haben«, sagte er, »wenn uns das helfen würde, zu ermitteln, was mit Arnold Morinder passiert ist, würde Sie das nicht freuen?«

»Mich freuen?«

»Ja.«

»Vielleicht. Das kommt natürlich darauf an, was mit ihm passiert ist.«

»Wie meinen Sie das?«

»Ich weiß zum Beispiel nicht, ob ich mich darüber freuen würde, dass er tot ist.«

»Dann glauben Sie nicht, dass er tot ist?«

»Danach haben Sie mich gestern schon genug gefragt.«

»Entschuldigen Sie. Ja, dann komme ich wohl lieber direkt zur Sache, da sie heute so widerwillig zu sein scheinen?«

»Bitte sehr.«

»Ich habe also...« Er räusperte sich und versuchte, ein paar passende Worte zu finden, die das Problem halbwegs umreißen konnten. »Ich habe also das Gefühl, dass bei dem, was mit

378

Ihrem Mann auf Klein-Burma passiert ist, etwas nicht stimmt. Es gibt da Ungereimtheiten, mit denen ich einfach nicht zurechtkomme.«

Er merkte, dass er ungewöhnlich langsam sprach, was vermutlich sowohl an seiner zunehmenden Müdigkeit als auch daran lag, dass ihm alles andere als klar war, was er eigentlich sagen wollte. Als wäre er gezwungen, den Worten aufmerksam zu lauschen, die aus seinem Mund purzelten, damit ihm ihre Bedeutung nicht entging, was ein etwas eigenartiges Gefühl war.

»Ich weiß nicht, von welchen Ungereimtheiten Sie sprechen«, erwiderte Ellen Bjarnebo nach einer kurzen Denkpause, aber in einem recht ironischen Ton. »Und ich kann nichts dafür, *welche Gefühle Sie haben*, ich hoffe, dafür haben Sie Verständnis.«

»Aber Sie sind einverstanden mit dem, was ich sage?«

»In welcher Hinsicht?«

»Dass es etwas gibt, was Sie verschweigen«, beharrte er. »Und zwar, seit es damals passierte. Seit dreiundzwanzig Jahren.«

Dummes Zeug, dachte er. Ich weiß nicht mehr, was ich rede.

»Jetzt reicht es mir«, sagte Ellen Bjarnebo. »Ich habe nicht vor, noch weiter mit Ihnen zu sprechen.«

»Wollen Sie damit sagen, dass ich mit meinen Annahmen falsch liege?«

Endlich begegnete sie seinem Blick, sah ihm unverwandt in die Augen und ließ vier oder fünf Sekunden verstreichen, ehe sie mit leiser Stimme feststellte:

»Völlig falsch, Herr Kriminalinspektor.«

Und da er sich in diesem Moment genauso übermüdet fühlte, wie sie aussah, feuerte er diese Frage ab, die er am Vorabend kurz vor dem Einschlafen formuliert hatte. Warum denn nicht, wenn sie das Gespräch ohnehin abbricht, dachte er.

Wieder betrachtete sie ihn einige Sekunden, diesmal jedoch mit der Andeutung eines Lächelns.

»Beichtvater?«, sagte sie. »Das habe ich schon getan.«

»Wann?«, fragte Barbarotti, ohne wirklich zu wissen, warum.

»Wann«, wiederholte sie erstaunt. »Tja, jedenfalls nicht beim Gefängnisseelsorger in Hinseberg.«

»Also später?«

Sie schüttelte den Kopf, aber nicht als Verneinung, glaubte er, sondern nur, um zu unterstreichen, dass dieser Inspektor Barbarotti wahrscheinlich zwei Monate vom Dienst befreit werden sollte, um sich der Trauer um seine verstorbene Frau zu widmen, statt... statt in einer entlegenen Gebirgspension zu sitzen und sich selbst und die gesamte Polizei lächerlich zu machen.

Dann schob sie den Stuhl zurück und stand auf. Barbarotti stand ebenfalls auf, drückte ihre ausgestreckte Hand, spürte jedoch im selben Moment, dass ihm schwindelig wurde, so dass er sich wieder setzen musste. Sie sah ihn mit einer Miene an, die sich eventuell als Mitleid oder Mitgefühl deuten ließ, machte auf dem Absatz kehrt und verließ den Speisesaal.

Barbarotti blieb minutenlang sitzen und versuchte, sich zu sammeln. Was ist denn mit mir los, dachte er. Ich bin ja völlig erschöpft. Ich sollte sehen, dass ich auf mein Zimmer komme, bevor ich hier noch auf den Boden plumpse.

Er stand auf und stolperte zur Rezeption hinaus. Dort war kein Mensch zu sehen; nur die ausgestopften, vage bedrohlichen Tiere an den Wänden schienen ihn mit ihren glänzenden, wachsamen Augen zu verfolgen. Er stieg die Treppe hoch, stützte sich mit beiden Händen auf den Handlauf, um es zu schaffen. Danach ging es den Flur hinunter, der schwach zu schwanken schien, und in sein Zimmer. Als er sich endlich rücklings auf dem Bett ausstrecken und die Augen schließen konnte, spürte er, dass er in rasendem Tempo in eine saugende, bodenlose Finsternis hinabgewirbelt wurde.

Marianne, dachte er, jetzt komme ich.

43

Plötzlich überkam sie Müdigkeit, und sie dachte, dass es letztlich nur irgendein Abend auf Klein-Burma war. Ein trostloser Tag, der in einer langen Reihe trostloser Tage zu Ende ging. Zwei Fledermäuse schossen über den Hof, und sie entsann sich eines Buchs, das sie als Kind gelesen hatte und in dem Fledermäuse eine Rolle als Kundschafter in der Zukunft gespielt hatten, eine Art Boten aus dem Morgen oder so? Das war damals gewesen, als es noch Wegscheiden und Illusionen gab.

Doch dann fielen ihr die Zinnsoldaten wieder ein, und sie ballte die Hände zu Fäusten und versuchte, zu Mut und Tatkraft zurückzufinden. *Es ist etwas passiert?*

Es passiert gerade etwas?

Sie kehrte auf den Hof zurück und blieb, erfüllt von einem zwiespältigen Gefühl aus Unschlüssigkeit und Erwartung, stehen. Die Gestalten unter dem Kastanienbaum bei Groß-Burma waren verschwunden oder zumindest von der Dunkelheit verschluckt worden. Sie fragte sich noch immer, wer sie gewesen sein mochten. Dann blickte sie in den bedrohlichen Himmel hinauf. Jeden Moment würden die ersten Tropfen fallen, es herrschte eine schicksalsschwere Stille wie vor einem heftigen Wolkenbruch, jedes noch so kleine Blatt blieb regungslos, und in der Luft hing eine schwache Duftspur von etwas Angebranntem. Etwas Elektrischem.

Sie weiß nicht, wie viel sie hiervon später hinzugefügt hat, vielleicht bekommen alle Augenblicke, alle kurzen und bedeutsamen Erlebnisse ihr wahres Gewicht und ihre Bedeutung erst, nachdem sie vorbei sind. Nachdem sie vom Gedächtnis gefiltert, gewogen und bewertet wurden, aber sie hat sich dennoch immer eingebildet, dass es ein Vorzeichen gab. Vielleicht hing es mit den Fledermäusen zusammen, jedenfalls gab es eine Vorahnung und ein Wissen über Verhältnisse, über die man normalerweise nichts wissen kann. Den ganzen Nachmittag und Abend hat sie existiert, eine Art Vorspiel, eine Steigerung, die sich wie die dichter und dunkler werdende Wolkenbank entladen muss, um erlöst werden zu können. Erlöst und aufgelöst.

Die Worte sind später hinzugekommen, das weiß sie, denn als sie dort stand, zögerte und aufmerksam zu sein versuchte, konnte sie ihr Gefühl und ihre Gedanken beim besten Willen nicht benannt haben. Bevor sie sich langsam und zögernd auf die Scheune zubewegte – aber diese Worte sind natürlich bedeutungslos, sind nichts als vergebliche Formulierungen und Überlegungen, denen man sich in elf langen Jahren der Einsamkeit widmet, während der Schlaf auf sich warten lässt.

Sie sieht, dass im Büro Licht brennt. Schließt daraus, dass Harry also doch dort sitzt. Wahrscheinlich hat er während ihres Spaziergangs einen Teil seines Rauschs ausgeschlafen, ist dann aufgewacht und hinausgegangen und hat sich mit noch ein paar Bier und Zigaretten an seinen Schreibtisch gesetzt. Ja, so muss es sein. Vielleicht sitzt er dort jetzt und blättert zu allem Überfluss in seinen Pornos, und sie erkennt, dass sie keine Lust hat, ihm zu begegnen. Nicht die geringste Lust.

Als sie dies erkannt hat und kehrtmachen will, um zum Haus zurückzugehen, möglicherweise auch, als ein kalter Windstoß heranweht und das erste ferne Grollen und die ersten Regentropfen ankündigt – was allerdings zu den Dingen gehören könnte, die sie in Hinseberg hinzugefügt hat –, jedenfalls kommt in diesem Augenblick Billy mit dem Hammer in den Händen aus der Scheune.

Sie bleiben zwei Meter voneinander entfernt stehen und sehen sich an. Vollkommen regungslos, wenn man einmal davon absieht, dass der Junge heftig atmet, sein Mund offen steht und sein Blick nur eines ausdrückt: völliges Entsetzen. Sie begreift noch nicht, was geschehen ist, nicht genau, erfährt es jedoch wenige Sekunden später, als sie an ihm vorbeigeeilt ist, die Tür geöffnet und Harry erblickt hat, der weit zurückgelehnt auf dem Schreibtischstuhl sitzt und dessen Arme links und rechts herabhängen – die Fingerspitzen reichen gerade so bis zum Fußboden, fällt ihr aus irgendeinem Grund auf –, während aus einem dunkelroten Loch in seinem Kopf Blut tropft. Die Lache auf dem Boden hat die Größe einer durchschnittlichen Pizza. Sie nimmt an, dass etwas, was bei dieser Käse wäre, Gehirnsubstanz sein muss.

Sie weiß, dass er tot ist, braucht dafür nicht zu ihm zu gehen, und im selben Moment beginnt es als eine Art himmlische Bestätigung, in Strömen zu gießen. *Harry Helgesson ist tot.* Eine Welle der Übelkeit überkommt sie, und sie glaubt für eine Sekunde, sich übergeben zu müssen, aber es gelingt ihr, den Brechreiz zurückzudrängen. Vollkommen regungslos steht sie drei Meter hinter ihrem erschlagenen Mann auf dem schmutzigen Fußboden und lauscht ihrem pochenden Herzen und dem Regen, der auf das Blechdach trommelt.

Bleibt stehen und wartet ab, bis das Grauen abklingt. Wartet darauf, dass Schwindelgefühle und Panik verebben und von Gedanken ersetzt werden. Von etwas, was zumindest ansatzweise an Gedanken erinnert.

Es dauert vermutlich ein, zwei Minuten, nicht einmal hinterher hat sie rekonstruieren können, wie lange sie dort gestanden hat. Als sie langsam aus dem Raum zurückweicht, als sie die Tür aufschiebt und sich umschaut, ist der Junge jedenfalls verschwunden. Der Hammer liegt dagegen im Regen, er hat ihn fallen lassen, einfach so, und ist gegangen.

Sie weiß nicht, wohin. Vielleicht in sein Zimmer, vielleicht in den Wald.

Es spielt keine Rolle. Nicht jetzt. Mit Billy wird sie sich später beschäftigen müssen, wenn sie ihn findet, aber jetzt geht es um Harry, und obwohl ihr bloß ein paar klägliche Minuten zur Verfügung gestanden haben, weiß sie, was sie tun muss. Es gibt keinen anderen Weg.

Sie braucht die ganze Nacht, und es regnet die ganze Nacht. Sie arbeitet in einer Art Trance, zerlegt auf dem Fußboden des Büros ruhig und systematisch die Leiche ihres Mannes. Zwei alte Betttücher hat sie dort ausgebreitet, die sie am nächsten Abend zusammen mit seinen Kleidern verbrennen wird; auf Klein-Burma gibt es trotz allem eine ganze Reihe guter Messer, und rein technisch ist der Vorgang kein Problem. Äxte hat sie auch und seit ihrer kurzen Zeit im Schlachthof darüber hinaus das nötige handwerkliche Geschick. Wie gesagt, es ist nicht schwieriger, einen Menschen zu zerlegen als ein Schwein. Sie überlegt, dass es gut gewesen wäre, wenn sie einen richtigen Misthaufen hätten, denn der soll der beste Ort sein, hat sie gehört, wenn man gewisse Dinge loswerden möchte. Zum Beispiel Leichen, da sie sich darin angeblich binnen weniger Monate völlig auflösen. Aber leider steht ihr keiner zur Verfügung, auf Klein-Burma gibt es mittlerweile weder Vieh noch Mist, und bis zum Misthaufen von Groß-Burma ist es zu weit und zu riskant. Sie erinnert sich, dass Harry bei ihrer Hochzeit knapp achtzig Kilo wog, aber seither hat er mindestens fünfzehn zugenommen. Er findet trotzdem problemlos Platz in drei Müllsäcken größeren und reißfesteren Formats, und sie geht davon aus, für diese Portionen genügend Kraft zu haben, um ihn ein ganzes Stück in den Wald zu schaffen. Ihn noch vor dem Morgengrauen vor den Augen der Welt zu verstecken, um danach ... danach die Dinge zu nehmen, wie sie denn kommen würden. Sie konnte sich jetzt nicht wegen allem und jedem Sorgen machen.

Bevor sie in den Wald aufbricht, versteckt sie die Betttücher und Kleider, schrubbt zudem eilig den Boden und wischt den Schreibtischstuhl ab und arbeitet dabei weiter in einem Zustand gedämpfter Erregung. Gedämpft und gleichzeitig fieberhaft. Die drei schwarzen Plastiksäcke liegen hinter der Scheune und warten. Er läuft mir nicht weg, denkt sie. Sie macht sich auch jetzt noch keine Gedanken um Billy, muss ihre Kräfte eins nach dem anderen einsetzen, und dem Jungen jetzt zu begegnen, könnte dazu führen, dass sie zusammenbricht. Um zwei ist sie mit dem Putzen fertig, und auf Groß-Burma brennt nirgendwo mehr Licht. Warum auch? Sie rollt die schwer beladene Schubkarre den Leonoraweg hinab und weiß, dass es keine Zeugen gibt. Kopf, Arme und Beine bei der ersten Tour, den Rumpf bei der zweiten Fahrt. Sie macht ihren zweiten und dritten Waldspaziergang an diesem seltsamen Abend und kommt beide Male ungefähr gleich weit. Zweihundert Meter in den Wald hinein, denn beim Anstieg an der Felswand wird der Weg schlechter; die Schubkarre wird zu schwer, womit sie gerechnet hat, und so kippt sie die Säcke dort ab. Anschließend, nach der zweiten Runde, als Harry kurzzeitig wieder versammelt ist, trägt und schleift sie die drei Pakete, soweit ihre Kräfte reichen, in drei verschiedene Richtungen. Ihr Tun wird unablässig vom Unwetter begleitet, wofür sie in gewisser Weise dankbar ist, denn es erscheint ihr als der richtige Rahmen dafür, und von Zeit zu Zeit legt sie den Kopf in den Nacken und lässt ihr Gesicht vom Regen reinwaschen. Genau wie ihre Hände. Manchmal hört sie auch die Stimme Hausmeister Mutis, aber es ist immer nur ein Wort, dieselbe Aufforderung: *Weitermachen!*

Weitermachen! Weitermachen!

Und das tut sie. Bis sie ihrem Körper den letzten Funken Kraft abgerungen hat, macht sie weiter, und als endlich alles erledigt ist, als alle Spuren von Bauer Helgesson auf Klein-Burma ausradiert sind, geht sie zu dem Jungen hinein.

Er schläft in seinem Bett.

Auf der Seite, mit angezogenen Knien, das Gesicht der Wand zugekehrt, ja, er liegt unter seiner Decke wie sonst auch. Ruhige, regelmäßige Atemzüge, keine spürbare Unruhe. Sie bleibt lange im Türrahmen stehen und betrachtet ihn. Nach allen Kraftanstrengungen zittert ihr Körper ein wenig. Zaghaft sickert die Morgendämmerung zum Fenster herein, der Regen wird schwächer, und schon bald hat das Licht die Dunkelheit in die Flucht geschlagen.

Er sieht wieder so wehrlos aus. Ihr kommen dasselbe Wort und derselbe Gedanke wie vor vierzehn Stunden in den Sinn. *Wehrlos.* Die Maus muss das Schwein beschützen, denkt sie, für ein anderes Verhalten ist ebenso wenig Platz wie für andere Entschlüsse.

Sie streicht ihm über den Nacken, verlässt den Raum und geht duschen. Ihre Kleider hat sie in die Waschmaschine gestopft und diese angestellt. Auf der anderen Seite des Duschvorhangs grummelt sie leise auf ihre vertraute, beruhigende Art, und das Einzige, was ihr durch den Kopf geht, ist dieser dämliche Aufkleber, den man vor einem Jahr oder so überall sehen konnte.

Morgen ist der erste Tag vom Rest deines Lebens.

Sie kann nicht leugnen, dass dies zutrifft. Befreiung, denkt sie. Oder nicht?

44

Aber er kommt nicht zu Marianne.

Am Ende des dunklen, wirbelnden Tunnels landet er vielmehr im Sonnenschein vor einer Kirche. Vieles spricht dafür, dass es die Kirche von Kymlinge ist, und noch mehr dafür, dass es sich um eine Beerdigung handelt. Es ist viele Jahre her, er geht noch in die Polizeihochschule und wartet auf jemanden. Es ist ein schöner Herbstsonntag, und er ist mit dem Auto aus Stockholm gekommen, ja, seit ein paar Tagen ist er wieder zu Hause in Kymlinge, denn seine Mutter ist gestorben und soll beerdigt werden, und nun wartet er auf seine Tante, denn das ist Maria Larssons gesamte Familie, ein Sohn und eine Schwester.

Und dann ist er plötzlich übergangslos im Kirchenraum, schwere Orgelmusik und ebenso schwerer Blumenduft, da er und Tante Anna nur ein, zwei Meter von dem mit einem Meer aus Blumen und Kränzen bedeckten Sarg entfernt sitzen. Er versteht nicht ganz, woher dieses Meer kommt, denn die Zahl der Trauergäste ist überschaubar. Höchstens zwanzig sind gekommen, aber vielleicht gibt es ja auch eine Reihe trauernder Abwesender.

Jemand, der wirklich abwesend trauern sollte, ist sein Vater, aber er ist wahrscheinlich nicht in Kenntnis gesetzt worden. Wenn er denn überhaupt lebt, aber keiner weiß, ob das der Fall ist, denn Gunnars Vater ist bereits vor der Geburt des Jungen von der Bildfläche verschwunden. Möglicherweise wandelt irgendwo im schönen Italien ein Giuseppe Alessandro Barbarotti – im Alter von etwa sechzig Jahren zum Zeitpunkt der Beerdigung Maria Larssons, die nur neunundfünfzig Jahre alt wurde –, und eventuell wird sein Sohn irgendwann in seinem Leben versuchen, ihn aufzuspüren. Seine Mutter hat ein solches Vorhaben niemals unterstützt, im Gegenteil, aber seit einigen Jahren hat dieser Gedanke als schläfriger und schlecht bewässerter Keim im fernsten Winkel seines Hinterkopfs existiert. Seinen Vater zu finden.

Als er unter Aufbietung all seiner Kraft sein Bewusstsein schärft, ist er sich im Übrigen nicht mehr sicher, ob es sich wirklich um die Beerdigung seiner Mutter handelt. An seiner Seite müsste dann eigentlich die schwangere Helena sein, aber das ist sie nicht. Die Menschen, die in den Bankreihen tuscheln, widerlegen die Voraussetzungen; da und dort entdeckt er wesentlich später aufgetauchte Gestalten – also in seinem Leben später aufgetauchte –, und die kleine Eigentümlichkeit, dass er all ihre Gesichter sehen kann, obwohl er mit dem Rücken zu ihnen in der ersten Bankreihe sitzt, interessiert ihn nicht weiter. Denn so ist das eben mit fiktiven Kirchentableaus, denkt er. Trügerisch wie Wasser. Wie Träume.

Kommissar Asunander sitzt dort und lutscht wie früher an seinen Zähnen. Eva Backman und ihr übel beleumundeter früherer Mann sowie ihre drei Jungen, ebenso seine eigenen und Sara. Auch Mariannes Kinder, für die er das Sorgerecht hat, Marianne kann er dagegen, sosehr er auch Ausschau nach ihr hält, nirgendwo entdecken. Aber vielleicht liegt sie ja in dem Sarg, außerdem ist es ihm völlig schleierhaft, was jemand wie Axel Wallman auf ihrer Beerdigung zu suchen haben sollte. In dieser auffälligen Kleidung, die ein Zeichen für seinen Aufstieg zum Bestsellerautor und Literaturagent sein soll. Ein gelber Anzug auf einer Beerdigung. Umso grauer ist die traurige Gestalt, der er nie begegnet ist, aber dennoch einige Denkarbeit gewidmet hat und die halb zu schlafen scheint; der Mann hat kein Gesicht, trägt aber ein Schild mit seinem Namen auf der Brust, damit man dennoch begreift, wer er ist: Ante Valdemar Roos. Die junge Frau an seiner Seite erkennt er allerdings problemlos wieder, immerhin sind sie sich erst vor ein paar Tagen in der Hauptstadt begegnet, und gleiches gilt für die kraftstrotzende und bedrohliche Pensionswirtin, die ein schweres Gewehr quer im Arm hält, obwohl das natürlich auf nördlicheren Breitengraden zum Einsatz kam – und ihre Freundin, die so traurig aussieht und ihn irgendwie anzuflehen versucht, etwas zu tun, er weiß nicht, was. Sie scheint ihn nur dadurch anzuflehen, dass sie ihn mit ihrem eigenartig ruhigen Blick ansieht, weil es in einer Kirche nicht erlaubt ist, laut zu sprechen, erst recht nicht bei einer Beerdigung und erst recht nicht, wenn man rein zufällig eine Mörderin ist, die eine Leiche zerstückelt hat – es sei denn, natürlich, man ist Pfarrer, obwohl das Paar neben ihm es im selben Moment trotzdem tut, genauer gesagt jetzt: Die beiden unterhalten sich, und ob er nun will oder nicht, registriert er ihre ziemlich intime Konversation.

»Ulf, ich gehe jede Wette, dass bei mir was Kleines unterwegs ist. Beim nächsten Mal musst du wirklich bessere Kondome kaufen.«

»Ich begreife nicht, warum ich Kondome kaufen soll, wenn du was Kleines erwartest.«

»So habe ich das nicht gemeint.«

»Und wie hast du es gemeint?«

»Warum bist du so wütend auf mich?«

»Ich bin nicht wütend auf dich. Ich kann doch verdammt noch mal nichts dafür, dass es geplatzt ist.«

»Ach, nicht? Es ist ja wohl schon gar nicht meine Schuld, oder?«

»Bitte, Pyttan, keiner ist schuld. Shit happens, ohne dass

es deine oder meine Schuld sein muss. Wie viele Tage bist du denn über die Zeit.«

»Ich bin noch keinen Tag über die Zeit. Am Samstag müsste ich meine Tage bekommen, es ist nur so ein Gefühl.«

»So ein Gefühl hast du schon dreißig Mal gehabt.«

»Das ist überhaupt nicht wahr.«

»Und ob das wahr ist. Wenn du jedes Mal schwanger gewesen wärst, als du es dir eingebildet hast, hätten wir mittlerweile eine ganze Schulklasse zu Hause.«

»Das kommt ja wohl nicht ganz hin, Ulf.«

»Hä? Was meinst du?«

»In einer Schulklasse sind doch alle gleich alt. Man kann beim besten Willen keine dreißig Kinder im selben Alter haben.«

»Halt's Maul, Pyttan, jetzt kommt der Pfarrer.«

Aber es kommt kein Pfarrer. Stattdessen hat Arne Rönn, der Trauertherapeut, seinen Auftritt, und im selben Moment sind sie zudem ganz allein in der Kirche. Kein Pfarrer, kein Sarg, keine mit Trauernden gefüllten Bankreihen.

»Haben Sie gehört?«, fragt er und bezieht sich vermutlich auf das Paar mit dem geplatzten Kondom, aber Rönn schüttelt den Kopf. Er hat kein Wort gehört, und gleichzeitig erinnert sich Barbarotti, dass der Dialog, dem er gerade zu lauschen glaubte, in Wahrheit etwas war, was er vor vielen Jahren in einem Zug gehört und versehentlich auf seinem Tonbandgerät aufgenommen hatte, weil er auf einen falschen Knopf gedrückt hatte. Gleichzeitig überspielte er dadurch eine ziemlich wichtige Vernehmung, was eine Erinnerung ist, auf die er gerne verzichten kann.

Diese letzten Worte: *Halt's Maul, Pyttan, jetzt kommt der Pfarrer,* klangen im Übrigen wenig authentisch. Es musste damals um einen Zugbegleiter gegangen sein und nicht um einen kirchlichen Würdenträger.

»Wie geht es Ihnen?«, erkundigt sich Rönn.

»Gar nicht mal so schlecht«, antwortet er. »Ich weiß nicht, wo ich bin.«

»Sprechen Sie über die innere oder die äußere Landschaft?«, fragt Rönn.

»Beide«, antwortet Barbarotti. »Zweifellos beide.«

»Bei der äußeren kann ich Ihnen auch nicht helfen«, erklärt Rönn. »Aber das ist nicht so wichtig. Wir müssen versuchen, Ihr Inneres in Ordnung zu bringen. Dort sitzt die Trauer.«

»Ich finde nicht, dass es den Anschein hat, als wäre hier überhaupt irgendetwas in Ordnung«, versucht er Rönn zu verdeutlichen. »Wenn ich mich recht erinnere, habe ich mich in ein Bett am Polarkreis gelegt und bin auf der Beerdigung meiner Mutter aufgewacht, und nun ist die Kirche leer, und Sie tauchen auf. Bin ich jetzt auch tot, oder was ist hier los?«

»Das denke ich eigentlich nicht«, erwidert Rönn. »Aber ich sehe, dass Sie unseren Termin abgesagt haben. Wenn Sie nicht tot sind, könnten Sie mich anrufen und einen neuen Termin vereinbaren.«

Das verspricht er. Dann ist auch Rönn verschwunden. Um ihn herum ist es wesentlich dunkler geworden, und plötzlich spürt er einen Stich im Arm.

Er schlägt die Augen auf und schließt sie wieder, Letzteres, um gegen eine heftige Übelkeit anzukämpfen, die ihn wie ein Luftstoß durchfährt. In der kurzen Zeit, die seine Augen offen gewesen sind, hat er jedoch feststellen können, dass in seinem Zimmer völlige Dunkelheit herrscht. Oder dass er blind geworden ist.

Er glaubt, dass es dieses Zimmer in der Pension ist.

Er glaubt, dass er wach ist.

Die Stelle, in die er am rechten Unterarm gestochen wurde, brennt immer noch. Er scheint Arme und Beine nicht bewegen zu können.

Dann ertönt, leise, ganz leise, Klaviermusik. Danach eine Stimme, fast genauso leise.

Hör gut zu!

Die Klaviermusik bleibt. Er kennt das Stück, ist aber zu verwirrt, um es identifizieren zu können. Könnte nicht einmal das Wort identifizieren aussprechen, denkt er. Was passiert mit mir? Die Stimme wird etwas lauter. Eine Frau spricht, und es ist eine recht angenehme Altstimme, aber keine, die er kennt. Die Übelkeit tanzt in ihm. Sein Körper fühlt sich taub an.

Hör gut zu. Du wirst jetzt mit geschlossenen Augen ganz still liegen und dir anhören, was ich zu sagen habe.

Er schluckt und denkt, dass er offenbar und trotz allem wieder im Tunnel ist. Oder, wie gesagt, tot. Tot oder blind? Kann man blind sein, wenn man tot ist?

Ich werde dir von den Schwestern erzählen, und alles, was ich behaupte, ist hypothetisch.

Aha?

Nichts anderes als hypothetisch. Nimm also einmal an, dass wir einige sind, die genug haben. Nimm an, dass ein Netzwerk existiert.

Ein Netzwerk, denkt er. Ein Netzwerk?

Vielleicht denkt er das aber auch gar nicht. Vielleicht wiederholt die Stimme es nur.

Möglicherweise wiederholt sie alles, damit er es auch richtig versteht. Die breiige Wolke, die sich dort eingefunden hat, wo normalerweise sein Gehirn sitzt, hat es sicher nötig, dass man ihr auf die Sprünge hilft. Er würde gerne eine Hand in seinen Schädel stecken und sie hinauswerfen, kann sich aber nicht bewegen.

Es existiert ein Netzwerk, und es trägt den Namen Die Schwestern. Es existiert seit vielen Jahren, und wir haben vie-

len helfen können. Gehe davon aus, dass wir etwa fünfzig sind und über das ganze Land verteilt leben.

Ja, ja, ich komme mit, bestätigt die Wolke.

Unsere Wurzeln liegen in Hinseberg, und wir sind Frauen, die es satthaben, von Männern misshandelt zu werden. Wir haben die Nase voll, und wenn die Gesellschaft tatenlos zuschaut, muss man die Sache eben selbst in die Hand nehmen.

Aha?

Das hätten die Frauen längst tun sollen. Es gibt Männer, die Frauen hassen, aber wir sind keine Frauen, die Männer hassen. Wir stoppen nur eine bestimmte Art von Männern. Nimm einmal an, dass wir das tatsächlich tun. Nimm an, dass wir es seit vielen Jahren tun. Nimm an, dass wir effektiver arbeiten, als sich das jemand vorstellen wollen würde. Nimm an, dass wir mittlerweile für das Ende ziemlich vieler Männer verantwortlich sind.

Was sagt die denn da?, fragt sich die Wolke. Bin ich jetzt etwa in einem Film gelandet? Aber als er die Augen öffnet, ist es noch stockfinster. Ich bin blind und sitze in einem Kino, denkt die Wolke.

Aber er sitzt in keinem Kino. Er sitzt nicht einmal. Er liegt flach auf dem Rücken und kann sich nicht bewegen, jedenfalls weder seine Arme noch die Beine. Du bist verrückt geworden, schlägt die Wolke vor.

Du? Warum sagt die Wolke Du statt Ich?

Nimm einmal an, dass dies eine Warnung ist, fährt die Stimme fort. *Zahlreiche Männer sind in ähnlicher Form gewarnt worden. Wir scheuen keine Mühe, aber wenn jemand auf unsere Warnung hört, lassen wir ihn in Frieden. Man wird nur einmal gewarnt, du solltest also davon ausgehen, dass die Männer, die nicht klug genug sind, sich der Warnung zu beugen, damit ihr eigenes Todesurteil unterschreiben.*

*Nimm einmal an, dass Die Schwestern seit vielen Jahren
existieren und sie trotzdem praktisch unbekannt sind.
Nimm an, dass es dafür gute Gründe gibt.
Nimm an, dass dies kein Traum ist.*

Dann ist es vorbei. Ein neuer Stich in den Arm, einige Sekunden Totenstille, danach Bewusstlosigkeit.

Keinerlei Wahrnehmungen.

45

Am Dienstagnachmittag vernahm Eva Backman zwei Stunden lang Ellen Hökberg. Unterstützt wurde sie von Inspektor Sorgsen, und hinterher war sie dankbar, dass dies nicht Wennergren-Olofsson übernommen hatte. Dann wäre bei dem Ganzen wahrscheinlich nichts herausgekommen.

Am Anfang – ungefähr die ersten zwanzig Minuten – entschied sich Fräulein Hökberg dafür, alles abzustreiten. Sie war Raymond Fängström nie begegnet. Hatte ihn nicht einmal gesehen. Vor allem aber hatte sie nicht bei ihm zu Hause gegessen und unter gar keinen Umständen an dem Samstag, an dem er starb.

Als dieses Leugnen in die dritte oder vielleicht auch vierte Runde ging, hatte Backman die Geduld verloren und sie gefragt, ob sie etwas dagegen habe, wenn man ihre Fingerabdrücke sichere. Man werde höchstens eine halbe Stunde benötigen, um zu ermitteln, ob sie ihren Fuß – und ihre Finger – in Fängströms Küche gesetzt hatte oder nicht.

Angesichts dieses Vorschlags hatte Ellen Hökberg erstens nachgegeben und war zweitens in Tränen ausgebrochen. Sie hatten die Frau mit Papiertaschentüchern, Pfefferminztee sowie einem Heidelbeermuffin versorgt, und nach einer Weile hatte sie sich so weit erholt, dass sie bereit war, mit der Wahrheit herauszurücken.

Wie sich zeigte, lautete diese, dass sie, genau wie ihre anonyme Freundin vermutet hatte, Raymond Fängström über das Internet kennengelernt hatte. Am Freitagabend – dem Tag vor Fängströms Tod – hatten sie telefoniert, sich ein paar Bilder dazu geschickt, wie hübsch und appetitlich sie waren, und schließlich verabredet, sich am Samstagabend bei Fängström zu treffen. Einen Happen zu essen, ein bisschen Wein zu trinken und zu schauen, wohin das alles führen würde.

Am Anfang war alles in Ordnung gewesen, erläuterte Ellen Hökberg. Sie waren zusammen einkaufen gegangen, hatten gemeinsam eine Hackfleischsauce zubereitet, zusammen ein oder zwei Gläser Wein getrunken, und die Sache hatte sich im Großen und Ganzen vielversprechend entwickelt. Dann hatte Fängström jedoch Bauchschmerzen bekommen. Es war mitten beim Essen passiert, oder vielleicht auch zu Anfang der Mahlzeit, und er hatte sich probehalber einen Moment auf die Couch im Wohnzimmer gelegt, was allerdings zu keiner Besserung geführt hatte. Auf Fräulein Hökbergs Anraten hatte er einen halben Liter Mineralwasser getrunken, was auch nicht geholfen hatte. Stattdessen hatte sich sein Zustand weiter verschlechtert, und am Ende war er ins Badezimmer gekrochen – sie hatte versucht, ihn zu stützen, das hatte sie wirklich, aber er hatte es vorgezogen zu krabbeln – und hatte sich eingeschlossen.

Zehn Minuten hatte sie vor der Tür zu diesem Badezimmer gestanden und gehört, wie er sich dahinter quälte. Stöhnte und jammerte. Sie hatte versucht, mit ihm zu reden, aber keine vernünftige Antwort bekommen; das Einzige, was sie bekommen hatte, waren kalte Füße, und daraufhin war sie gegangen.

Kalte Füße, hatte Sorgsen nachgehakt.

Gegangen, hatte Backman gefragt.

An dieser Stelle war Fräulein Hökberg erneut in Tränen ausgebrochen. Ihr war doch nicht klar gewesen, dass es so schlimm um ihn stand. Aber er war doch so ein Schwedendemokrat, was ihr allerdings erst nach ein oder zwei Gläsern Wein bewusst geworden war, und es wäre peinlich gewesen, mit ihm in Verbindung gebracht zu werden. Wenn sie einen Arzt gerufen hätte oder so.

Wenn er ein Liberaler oder gewöhnlicher Sozialdemokrat gewesen wäre, hätten sie ihn also nicht allein gelassen, hatte Sorgsen wissen wollen.

Das hatte ihren Tränenfluss nur noch verstärkt, und mittels einer stillschweigenden Übereinkunft beschlossen die beiden Inspektoren, fortan etwas behutsamer vorzugehen.

Diese behutsame Methode führte mit der Zeit zu einem recht klaren Bild. Ellen Hökberg hatte am Montagvormittag auf der Arbeit von Fängströms Tod erfahren. Dadurch wurde die Sache natürlich in ein furchtbar schlechtes Licht gerückt; sie hatte in Bezug auf den Samstagabend bereits ein wenig Reue und Unbehagen empfunden, betonte sie, geriet nun jedoch endgültig in Panik. Trotzdem gelang es ihr, so gefasst zu bleiben, dass sie niemandem von ihrem Abendessen mit dem Verstorbenen erzählte. Als sie ein wenig zum Nachdenken gekommen war, ungefähr am Dienstag und Mittwoch, beschloss sie zudem, bei ihrem stummen Kurs zu bleiben. Mit einem Schwedendemokraten in Verbindung gebracht zu werden, war schon schlimm genug, mit einem Schwedendemokraten in Verbindung gebracht zu werden, der unter mysteriösen Umständen das Zeitliche gesegnet hatte, war eine Katastrophe.

Ob sie – im Nachhinein – fand, dass sie richtig und korrekt gehandelt hatte?

Ja, nun ja, nein, vielleicht eher doch nicht.

Als diese taktvolle Vernehmung glücklich beendet und Sorgsen in sein Büro gegangen war, um sie zu protokollieren, versuchte Backman, Barbarotti zu erreichen. Vor allem, um sich die schwer verständliche SMS erklären zu lassen, die er ihr am Vorabend zu später Stunde geschickt hatte – aber sie erreichte ihn nicht.

Vermutlich sitzt er im Flugzeug, dachte sie.

Oder hockt hinter irgendeinem Berg und hat kein Netz.

Sie schickte ihm im Gegenzug eine aus drei Fragezeichen bestehende SMS und beschloss, seinem Wunsch erst nach dem Mittagessen nachzukommen.

Sie hatte die betreffende Firma gefunden; sie existierte nicht mehr, das hatte sie bereits ermittelt. Sie war Anfang der neunziger Jahre pleitegegangen, als so viele andere auch pleitegingen. Man konnte sich fragen, ob sich jemand auftreiben lassen würde, der etwas wusste.

Darüber hinaus stellte sich die Frage, warum er – überhaupt – fragte.

Um halb drei hatte sie immer noch keinen Pieps oder Buchstaben von Inspektor Barbarotti gehört oder gelesen, aber ein mögliches Objekt für eine Befragung gefunden.

Der Mann hieß Hans Fridolin Hansson, war ihren Informationen nach 84 Jahre alt und wohnte den gleichen Informationen zufolge im Altersheim *Herbstsonne* draußen bei den Mühlteichen. Sie sprach mit einer Stationsleiterin und erfuhr, dass Herr Hansson zwar phasenweise ein wenig dement war, aber auch seine klaren Momente hatte.

Sie dachte an ihren Vater, hatte auf einmal einen Kloß im Hals, schluckte ihn hinunter und erkundigte sich, ob es möglich sei, ihm in ungefähr einer Stunde einen Besuch abzustatten. Die Stationsleiterin erklärte, soweit sie sehe, stehe dem nichts entgegen. Hansson sei momentan zur Therapie, werde jedoch in zwanzig Minuten zurück sein.

Das Zimmer, in dem sie saßen, war hellblau, und sie fragte sich, wer – falls es jemand gewesen war – beschlossen hatte, dass diese bedauernswerten Menschen ihren Lebensabend umgeben von diesem grauenvollen Farbton verbringen müssen sollten. Aber vielleicht sollte er sie an die Farbe des Himmels erinnern und trug so womöglich dazu bei, den Prozess zu beschleunigen; freie Heimplätze waren Mangelware.

»Nennen Sie mich ruhig Hasse«, erklärte der hagere, schiefgewachsene Mann ihr gegenüber. »Oder Doppel-Hasse, wenn Sie wollen. Das mit dem Fridolin war die Idee meiner Mutter. Sie liebte den Dichter Karlfeldt und seine Figur Fridolin.«

Seine Stimme war heiser, fast röchelnd, er zitterte tüchtig, und sie fragte sich, ob er an Parkinson litt. Er sieht verlebt aus, dachte sie. Seine Haut erinnerte an rohen Dorsch; die Augen waren gelblich verfärbt und tränten, und die Haare auf dem knochigen Scheitel ließen einen an einen Kahlschlag oder ein schlampig abgeflämmtes Huhn denken.

Er ist wie Vater, dachte sie und schluckte zwei Mal, um sich gegen ein Gefühl zu wappnen, das in ihr aufwallte. Allerdings scheint er wenigstens ein bisschen klarer im Kopf zu sein als er.

»Dann sagen wir Hasse«, meinte sie. »Ich heiße Eva Backman. Nennen Sie mich Eva.«

Er strahlte.

»Eva? So hieß meine Frau.«

»Tatsächlich?«

»Ja. Aber sie ist tot. Das ist jetzt … ich erinnere mich nicht genau, wie viele Jahre es her ist. Es war jedenfalls um die Jahrtausendwende.«

»Zwölf Jahre«, klärte Backman ihn auf. »Dann ist es zwölf Jahre her.«

»Ja«, sagte Hasse Fridolin Hansson und strich sich mit einer knochigen Hand über Kinn und Wangen, »wenn Sie es sagen.«

»Sie sind ja jetzt schon eine ganze Weile Rentner«, tastete Backman sich vor. »Aber vorher hatten Sie eine eigene Firma.«

»Viele«, erwiderte Hansson. »Ich hatte sicher acht bis zehn Stück, als ich noch aktiv war. Man schuftete und fing von vorne an. Schuftete und fing wieder von vorne an, das war der Lauf des Lebens ... hohojaja.«

»Ich nehme an, dass Sie auch viele Angestellte hatten?«

»Hunderte.«

Er versuchte, den Rücken zu strecken, aber offenbar tat das irgendwo weh, und er veränderte die Sitzhaltung auf dem Stuhl. Backman räusperte sich und überlegte, ob dies überhaupt ein möglicher Weg sein konnte. Überlegte darüber hinaus, ob es nicht besser wäre, wenn Barbarotti die Sache nach seiner Rückkehr selbst in die Hand nehmen würde; er wusste hoffentlich ein bisschen besser als sie, worum es eigentlich ging.

»Sie verstehen, dass ich Polizistin bin?«, fragte sie.

»Was haben Sie gesagt?«

»Ich habe gesagt, dass ich Polizistin bin. Ich bin gekommen, weil wir etwas wissen müssen.«

»Von mir? Ich habe nichts getan ... ich meine, es ist früher sicher mal vorgekommen, dass ... aber das ist doch jetzt schon so viele Jahre her, und ...«

Seine plötzliche Sorge ließ ihn stärker zittern. Sie fragte sich, ob er wirklich ein paar alte Leichen im Keller hatte oder ob es nur darum ging, dass diese Konkurse nicht ganz koscher gewesen waren.

»Es geht nicht um Sie, Hasse«, versicherte sie ihm. »Es geht um einen Mann, der für kurze Zeit bei Ihnen beschäftigt war. Vor gut zwanzig Jahren, Ende der achtziger Jahre ...«

»Und wie hieß er?«

»Morinder. Arnold Morinder.«

Er kniff den Mund zu einem dünnen, aber etwas krummen

Strich zusammen und blinzelte zum Fenster hinaus. Sie nahm dies als ein Zeichen dafür, dass er nachdachte. Vielleicht seine Hunderten Angestellten durchging und sich zu erinnern versuchte, ob einer von ihnen eventuell Morinder hieß. Fünfzehn Sekunden verstrichen.

»Gut möglich«, sagte er schließlich. »Ich hatte da so einen schwierigen Zeitgenossen und meine mich zu erinnern, dass er Morinder hieß. Aber ich weiß nicht mehr genau, wann das war.«

»Soll ich Ihnen ein wenig auf die Sprünge helfen?«, schlug Backman vor.

»Für Sprungreiten habe ich mich schon immer interessiert«, sagte Hans Fridolin Hansson.

Als sie Hans Fridolin Hansson zehn Minuten später in dem hellblauen Zimmer seinem Schicksal überließ, hatte sie trotz allem etwas herausbekommen, was möglicherweise... *möglicherweise* eine Antwort darauf sein konnte, wonach Barbarotti gefragt hatte. Sogar Backman erahnte eine Verbindung, aber welche Bedeutung diese in einem größeren Zusammenhang hatte, war selbstverständlich höchst unsicher.

Worauf will er eigentlich hinaus?, dachte sie. Und warum geht er nicht ans Telefon?

Bevor sie in ihr Büro konnte, begegnete sie Asunander. Es kam ihr beinahe so vor, als hätte er auf sie gewartet.

»Wie ich höre, machen wir bei Fängström Fortschritte.«

»Allerdings«, erwiderte Backman. »Ich glaube nicht, dass ein Verbrechen dahintersteckt. Aber ganz sicher können wir uns noch nicht sein.«

»Schön«, sagte Asunander. »Und wie läuft es bei Barbarotti? Wir hatten vereinbart, uns heute zu treffen, aber ich habe ihn noch nicht gesehen.«

»Er ist in Nordschweden gewesen«, sagte Backman. »Gut möglich, dass er noch auf der Rückreise ist, aber ich habe seit gestern nicht mehr mit ihm gesprochen.«

»Weißt du, ob er vorankommt?«

»Unklar«, erklärte Backman. »Du wirst dich wohl gedulden müssen, bis er zurück ist.«

Damit gab Asunander sich zufrieden, und Backman beschloss nach einem weiteren halben Dutzend unbeantworteter Anrufe schließlich, seinem Beispiel zu folgen.

Sie hinterließ ihm auch keine Nachricht. Wenn er sieht, dass ich so oft angerufen habe und sich trotzdem nicht meldet, ist er selber schuld, dachte sie. Oder er hat seine Gründe?

Welche Gründe dies sein könnten, erschien ihr allerdings schwer nachvollziehbar, und während des restlichen Nachmittags hielt sich hartnäckig eine gewisse Verärgerung.

46

Sie steht in der Küche und hackt Zwiebeln. Es ist Nachmittag; in zwei Stunden wird eine größere Gesellschaft erwartet, die gut verköstigt werden soll. Die Leute haben für fünf Nächte gebucht und gehören zu den Stammgästen, die Mona so hegt und pflegt. Mindestens vier von ihnen ist auch Ellen schon einmal begegnet. Zwei hohe Militärs mit ihren Frauen.

Sie macht sich immer noch Sorgen wegen des Manns von der Kripo, Mona und sie haben sich lange und eingehend unterhalten, aber das hat ihr nicht so geholfen wie sonst. Irgendetwas nagt an ihr. Vielleicht das, was er über den Beichtvater gesagt hat. Vielleicht die Tatsache, dass er mehr zu verstehen scheint, als er preisgibt.

Dass sie weint, hat jedoch nichts mit dem Mann von der Kripo zu tun, sondern liegt einzig und allein an den Zwiebeln.

Und aus irgendeinem Grund muss sie an Dreamboy denken.

Verdammter Mist, murmelt sie vor sich hin. Ich will jetzt nicht an ihn denken.

In der Woche nach Mittsommer, ihrer letzten Arbeitswoche vor dem Urlaub, nimmt sie das Auto zum Geschäft. Es löst ein eigentümliches Freiheitsgefühl aus, am Steuer zu sitzen und selbst über sein Schicksal bestimmen zu können – statt Busfahrplänen hinterherzujagen und sich mit halb schlafenden, mürrisch müden Pendlern zu drängeln.

Das mit dem Schicksal ist vielleicht etwas übertrieben, aber sie staunt über das fast kribbelnde Gefühl in ihrem Körper, wenn sie morgens vom Burmavägen auf die 272 in Richtung Stadt biegt. Ich könnte an einen ganz anderen Ort fahren. Das Eisenwarengeschäft Eisenwarengeschäft sein lassen, das Auto volltanken und stattdessen nach Göteborg fahren. Oder noch weiter: Oslo? Kopenhagen? Mir am Abend ein Hotelzimmer nehmen und am nächsten Morgen irgendwohin weiterfahren. In die Welt hinaus. Ins Leben hinaus.

Wenn ich Geld hätte.

Das sind natürlich keine ernsthaften Gedanken, nur sanfte, spielerische Tagträume, aber sie erfüllen sie dennoch mit einem Lebensgefühl, das für sie etwas... ja, etwas Neues und ihr völlig Unbekanntes ist. Und was ist mit Billy, was willst du mit ihm machen?, fragt sie sich, vielleicht stellt ihr auch Muti diese Frage. Den nehme ich natürlich mit, antwortet sie. Kein Problem, warum sollte es eins sein?

Darauf gibt Muti ihr keine Antwort.

Tagträume am Lenkrad. Aber bald werden sie nach Öland fahren und zelten, Billy und sie, das ist kein Tagtraum. Das reicht völlig, und dass Harrys Abwesenheit eine solche Bedeutung für sie haben würde, hat sie sich nicht vorstellen können. Andererseits ist er in ihren Gedanken auch niemals abwesend gewesen. Er ist immer bei ihr gewesen, so gegenwärtig wie verdammter Wundschorf.

Und jetzt ist der abgekratzt worden. Das wurde wirklich Zeit nach siebzehn Jahren.

Sie merkt es auch auf der Arbeit. Sie geht ganz anders auf die Kunden ein. Ist nicht mehr so schüchtern und ausweichend wie sonst, sondern offener. Freimütig, manchmal sogar lächelnd und mit einem schelmischen Zwinkern. Das glaubt sie jedenfalls, denn es ist leichter, das Zwinkern in den Augen anderer zu entdecken.

Ihre Arbeitskollegen finden sie vermutlich tapfer. Ihr Mann ist verschwunden, aber Ellen Helgesson hat ihre Sorgen im Griff. Das muss für sie ja wirklich furchtbar sein. Nicht Bescheid zu wissen, sich ständig zu fragen, was passiert ist. Verdammt noch mal, was *ist* passiert? Sofia hat ihr gesagt, dass sie ruhig zu Hause bleiben darf, wenn sie meint, das zu brauchen, aber sie hat geantwortet, dass sie lieber arbeiten möchte wie immer. Das falle ihr leichter, als daheimzubleiben und zu grübeln.

Dazu nicken sie und erklären, das könnten sie gut verstehen. Sie denkt, eins tun sie ganz bestimmt nicht – verstehen.

Ohne ihr neues Lebensgefühl hätte es niemals zu der Episode mit Dreamboy kommen können. Sie hätte sich niemals getraut. Es wäre ihr im Leben nicht eingefallen, seinem Blick so offen und lässig zu begegnen, als er fragt, ob sie noch weiß, wer er ist.

Natürlich erkennt sie ihn.

»Ja, klar«, sagt sie, während sie seine Schrauben sowie Stahldraht und Isolierband und was noch alles in eine Plastiktüte packt. »Schön, dich zu sehen. Wie geht es dir?«

»Gut«, sagt er, aber sie hört, dass er lügt. »Und dir?«

Sie fragt sich, ob er von Harry gehört hat oder nicht. Vielleicht nicht, sie hat Dreamboy seit Jahren nicht mehr gesehen, nicht einmal gewusst, dass er in der Stadt lebt. Er nimmt seine Tüte an, zögert eine Sekunde und fragt sie, ob sie Lust auf einen Kaffee habe.

Sie hat fünf Minuten später Feierabend, was Dreamboy natürlich nicht ahnen kann.

»Jetzt?«, fragt sie.

Er lächelt ein wenig schüchtern. »Ja, aber du kannst hier vielleicht nicht weg?«

Eine Viertelstunde später sitzen sie in der Konditorei am Norra torg. Sie denkt, dass sie wahrscheinlich zum ersten Mal in ihrem Leben mit einem fremden Mann einen Kaffee trinkt. Sechsunddreißig Jahre ist sie alt, da wird es wirklich höchste Zeit, könnte man meinen.

Nun ja, ein Fremder ist er streng genommen nicht, jedenfalls nicht ganz. In dem Jahr auf der Kymlingeviks-Schule gingen sie immerhin in dieselbe Klasse, aber sie glaubt nicht, dass sie ihn seither gesehen hat. Er ist auch nicht mehr so schön wie damals, als er erst vierzehn und fünfzehn Jahre alt war.

Schön und schläfrig, deshalb bekam er seinen Spitznamen. Eigentlich heißt er Kenneth irgendwas, einer der Lehrer fing damals damit an, ihn Dreamboy zu nennen, weil er in den Schulstunden immer träumte.

Verträumt und schön. Lange, dichte und dunkle Haare, durch deren Wellen man gerne barfuß laufen würde. Sie weiß, dass sie eine Zeitlang in ihn verliebt gewesen ist, genau wie vermutlich viele andere Mädchen auch – aber da sie nur eine Maus war, gestand sie das nicht einmal sich selbst ein. Eine Maus und ein Dreamboy, das erschien ihr irgendwie undenkbar.

Das Problem mit Dreamboy war nur, dass er zu müde war, um genügend Kraft aufzubringen, sich für irgendetwas zu engagieren; er wurde mit Sicherheit von vielen umschwärmt, aber da er auf nichts und niemanden reagierte, wurden die Mädchen es leid. Dreamboy war zwar weiterhin schön, wurde als Liebesobjekt jedoch schon bald ausgemustert. Sein Kosename rutschte unaufhaltbar eine Schräge hinab und wurde zu einem Spitznamen.

So ist es ihr jedenfalls in Erinnerung geblieben. Sie ging nur ein Jahr in diese Klasse, es war das Jahr, in dem sie zum ersten Mal in ihrem Leben mit jemandem knutschte, und an den will sie nun wirklich nicht denken.

Dann doch lieber an Dreamboy und die Konditorei. Obwohl es eine traurige Erinnerung ist.

Da sitzen sie also, und seine welligen Locken sind verschwunden, aber man sieht natürlich trotzdem, dass er es ist. Dunkle Augen, schöner Mund, fliehendes Kinn, er ist anders als vor zwanzig Jahren, das ist klar, aber er scheint noch genauso in sich gekehrt zu sein wie früher. Sie fragt sich, warum er ihr vorgeschlagen hat, einen Kaffee trinken zu gehen.

»Jetzt erzähl mal«, bittet sie ihn. »Wie geht es dir? Ich glaube, seit der Schulzeit habe ich dich nicht mehr gesehen.«

Und er sagt, dass er mal hier, mal da gewohnt hat, aber gerade erst in die Stadt zurückgekehrt ist. Deshalb ist er in das Eisenwarengeschäft gegangen, er muss die Wohnung, die er frisch bezogen hat, renovieren. Nach einiger zäher Konversation kommt heraus, dass er erst kürzlich geschieden wurde und unglücklich ist. Ehrlich gesagt nicht weiß, ob er die Kraft zum Weiterleben hat.

Sie weiß nicht, was sie sagen soll. Denkt, dass er ziemlich einsam sein muss, wenn er jemanden zum Kaffee einlädt, den er so lange nicht gesehen hat und gar nicht kennt, um dann über so etwas zu sprechen.

Dass er vorhat, sich das Leben zu nehmen, oder was will er ihr sagen?

Aber es ist auch zwanzig Jahre später schwierig, mit ihm zu sprechen. Als er das über seine Scheidung und sein Unglück endlich losgeworden ist, hat er anscheinend genug gesagt. Er fragt auch nicht, wie es ihr geht, und so sitzen sie sich gegenüber wie zwei langsam erlöschende Kerzen. Sie versucht dennoch, das eine oder andere anzusprechen, aber er antwortet ihr nur einsilbig und sieht sie nicht an. Vielleicht bereut er es, sie hierhergelockt zu haben, und als zwanzig Minuten oder eine halbe Stunde verstrichen sind, als sie den Kaffee und die

Zimtschnecken bis zum letzten Tropfen und Krümel vertilgt haben, sagt sie ihm, dass sie gehen muss.

Daraufhin streckt er seine Hände über den Tisch und nimmt ihre in seine. Sieht ihr zum ersten Mal fest in die Augen und fragt, ob er sie wiedersehen darf.

Und sie spürt, ja, zum ersten und einzigen Mal in ihrem Leben spürt sie, dass sie diesen Mann lieben können würde.

Es ist, als fiele sie in einen Brunnen, in ihrem Inneren öffnet sich ein Schacht, und ihr Kopf wird leer wie der einer toten Puppe. Sie atmet mehrmals tief durch, um sich wieder in den Griff zu bekommen, schaut in seine dunklen, traurigen Augen, und schafft es schließlich, zu guter Letzt, zu sagen, ja, ja, natürlich können sie sich wiedersehen.

Er lässt ihre Hände los, und der Bann ist gebrochen. Sie stehen auf, und er meint, dass er jetzt ja wisse, wo sie arbeitet, und daraufhin trennen sie sich.

Mittlerweile ist es schwer zu sagen, ob es nur die Zwiebeln sind, die ihre Tränen kullern lassen. Übrigens ist sie zu Lauch übergegangen, und es weint doch kein Mensch, weil er Lauch schneidet?

Er meldet sich nie bei ihr.

Erst als sie, zwölf oder dreizehn Jahre später, aus Hinseberg zurückkehrt, erfährt sie rein zufällig, dass er es tatsächlich getan hat.

Dreamboy hat sich in jenem Sommer das Leben genommen.

Sie blickt auf die grandiose Landschaft hinaus. Die Sonne hat die Wolkenschleier des Vormittags durchbrochen, man kann viele Kilometer weit sehen. Ich wünschte, ich dürfte mein Leben noch einmal leben, denkt sie. Nichts ist so gekommen, wie es kommen sollte.

Nein, denkt sie als Nächstes, dürfte ich es noch einmal leben, würde ich es bestimmt wieder vermasseln. Und vielleicht geht es ja allen Menschen so. Wir gehen von Finsternis zu Finsternis. Wir treffen die falschen Entscheidungen, wir kommen mit den falschen Menschen zusammen, und wenn wir umkehren wollen, ist es schon zu spät. *Halte nicht am Burmavägen.*

Die Landschaft ist wirklich atemberaubend schön. Warum können wir das nicht einfach in uns aufnehmen?, fragt sie sich. Warum reicht uns das nicht? Warum kam es für Dreamboy, wie es kam?

Nein, es kommt wahrlich nie wie gedacht. Aber hat sich überhaupt jemand irgendetwas gedacht? Gibt es einen Sinn? Wenigstens eine Pointe?

Vielleicht trotz allem Billy.

47

Er wacht auf und hat das Gefühl, unter einem Berg geschlafen zu haben.

Die Augen zu öffnen bedeutet, zwei Jalousien aus Blei an dünnsten Fäden anzuheben, und er lässt sie wieder herunter. Begreift nicht, wozu das gut sein sollte.

Aber irgendjemand lässt nicht locker, weckt ihn, knufft und stößt ihn und sagt etwas, was er nicht versteht. Jetzt gibt ihm jemand auch noch Ohrfeigen mit der flachen Hand. Man rüttelt seine Schultern und weigert sich, ihn in Ruhe zu lassen, und so zieht er erneut an den Fäden, um die Lider aufzubekommen.

Was ihm halbwegs gelingt. Jedenfalls so weit, dass sich in ihm das Bedürfnis regt, sich zu orientieren. *Wo bin ich? Wie viel Uhr ist es?* Zweifellos grundlegende Fragen, denen er sich der Reihe nach widmet. Er liegt auf dem Rücken in einem Zimmer, das er wiedererkennt. Allerdings nur vage, es ist eine Erinnerung, die vorerst noch aus dem Zusammenhang gerissen ist. Marianne, denkt er, aber schon als er den Namen formuliert, weiß er, dass sie nicht mehr bei ihm ist. Sie ist tot. Für immer fort.

Dennoch taucht die Frage jeden Morgen an diesem Drehkreuz zwischen Schlafen und Wachen auf. Genau wie die Antwort: Ach, stimmt, natürlich, so ist das ja. Vielleicht wird es für den Rest seines Lebens jeden Morgen so sein. Warum muss die Zeit nur so trostlos linear sein?, fragt er sich. Warum darf man nicht irgendwann aufwachen und zwölf sein; an einem anderen Morgen zweiundfünfzig, am nächsten vierundzwanzig? Warum durften sich die Lebenstage nicht ein bisschen vermischen?

Das sind alte Gedanken, nichts, was er in der momentanen Lage zustande bringen könnte, bloß etwas, was durch sein neu eröffnetes Bewusstsein schwirrt. Momentan ist letztlich nicht einmal Morgen. Jedenfalls fühlt es sich nicht so an. Andererseits fühlt es sich auch nicht wie eine andere Tageszeit an, aber er liegt vollständig angezogen unter einer Decke. Warum sollte er morgens bekleidet sein?

Dann steigt er rasch zur Oberfläche auf.

Vilhelmina. Die Pension. Ellen Bjarnebo.

Er öffnet nochmals die Augen, offenbar hat jemand sie geschlossen. Auf einem Stuhl neben seinem Bett sitzt eine Frau, die er nun endlich bemerkt.

Es ist nicht die Mörderin, es ist nicht die Pensionswirtin.

Sie scheint um die fünfzig zu sein und ist mit einem weißen Kittel bekleidet. Um den Hals trägt sie ein Stethoskop.

»Wie geht es Ihnen?«, fragt sie. »Sind Sie jetzt wach?«

Er reibt sich mit den Händen über das Gesicht.

»Bin ich, danke«, sagt er und bringt nur ein heiseres Flüstern heraus. Plötzlich merkt er, dass er furchtbar durstig ist. Er setzt sich halb auf, entdeckt, dass auf dem dreibeinigen Tisch eine Karaffe mit Wasser und ein Glas stehen. Ein Blick darauf genügt, damit die Frau begreift. Sie nickt und schenkt ihm etwas ein. Er leert das Glas und bittet um ein zweites.

»Wie viel Uhr ist es?«, fällt ihm ein.

Sie schaut auf ihre Armbanduhr.

»Halb zehn.«

Er begreift nicht.

»Abends?«

»Ja.«

»Ich muss… ich muss meinen Flug erreichen.«

»Ich fürchte, den haben Sie verpasst.«

»Und warum? Ich meine… warum liege ich hier?«

»Sie sind eingeschlafen?«

»Eingeschlafen?«

»Ja. Sie haben… tja, fast zwölf Stunden geschlafen. Wissen Sie noch, dass Sie sich heute Morgen hingelegt haben?«

»Äh… ja, ja natürlich. Ich…«

»Ja?«

»Ich wollte nur ein Nickerchen machen.«

»Das haben Sie auch getan. Allerdings fiel es etwas länger aus, als Sie es sich gedacht haben.«

Er setzt sich auf der Bettkante auf. Ein bisschen zu schnell, ihm wird kurz schwindlig.

»Was ist passiert?«

Sie schenkt ihm ein mildes Lächeln. Er findet, dass sie sehr wohlwollend wirkt, an einen Trauertherapeuten erinnert. Obwohl sie natürlich Ärztin ist. Dunkelhaarig und ein wenig rätselhaft und wie gesagt in seinem Alter. Unter dem aufgeknöpften Baumwollkittel trägt sie ein Polo-Shirt und eine Jeans.

»Ich weiß es nicht genau«, antwortet sie. »Mona rief mich an, und weil ich in der Nähe wohne, bin ich vorbeigekommen.«

»Aha?«

Sie legt ein kleines Heft zur Seite, das auf ihrem Schoß gelegen hat, und beugt sich näher über ihn. »Ihr Blutdruck scheint normal zu sein, ihr Puls auch… ich habe Sie eine Weile im Auge behalten. Alles scheint völlig normal zu sein, ich könnte mir vorstellen, dass es sich um eine Art Stressreaktion handelt.«

»Eine Stressreaktion?«

»Ja. Könnte es dafür einen Grund geben? Panische Angst, vielleicht?«

Er seufzt und denkt nach.

»Ja… doch, mag sein. Aber einen ganzen Tag zu verschlafen?«

»Sind Sie in letzter Zeit mit einer traumatischen Erfahrung konfrontiert gewesen?«

»Wie lange haben Sie hier gesessen?«

»Ungefähr zwei Stunden. Ich bin nach der Arbeit im Ort vorbeigekommen. Aber ich habe Sie gefragt, ob Sie in letzter Zeit etwas Traumatisches erlebt haben?«

»Meine Frau ist gestorben.«

Sie greift nach ihrem Stethoskop und lässt es wieder fallen. »Und wann?«

»Vor einem Monat. Etwas mehr als einem.«

»Kam das unerwartet?«

»Ja. Und nein.«

Sie nickt und betrachtet ihn einige Sekunden ernst.

»Sie sind Polizist?«

»Ja.«

»Und Sie arbeiten Vollzeit? Ist das wirklich so klug?«

Er weiß nicht, ob es klug ist, hat das Gefühl, überhaupt nichts zu wissen. Er sitzt auf der Bettkante in diesem kleinen Pensionszimmer am äußersten Vorposten der Zivilisation und findet, dass er jegliche Verankerung verloren hat. Müdigkeit und Verwirrung liegen wie nasse Decken auf seinen Gedanken, und er merkt auf einmal, dass er nochmals zwölf Stunden Schlaf brauchen könnte. Obwohl er doch gerade erst so viel geschlafen hat.

»Was stimmt mit mir nicht?«, fragt er.

»Ich bezweifle, dass es etwas Körperliches ist«, sagt sie in einem zweifelnden, zögerlichen Tonfall. »Sie könnten psychisch erschöpft sein, dann kann es zu solchen Reaktionen kommen. Ich nehme an, Sie trauern sehr um Ihre Frau?«

»Ja, sehr.«

»Haben Sie Kinder?

»Ja. Fünf.«

»Fünf?«

»Ja, aber Sie sind erwachsen. Jedenfalls einige von ihnen.«

»Vielleicht sollten Sie lieber bei ihnen sein, als hier oben zu sitzen?«

»Ich wollte nur einen Tag bleiben … aber jetzt scheint daraus noch einer zu werden.« Das versetzt ihn kurzzeitig in Panik. »Wissen Sie, wann morgen ein Flug geht?«

»Morgens geht eine Maschine. Aber wenn Sie die nehmen wollen, müssen Sie hier um sechs Uhr früh losfahren.«

»Das geht in Ordnung, ich nehme den Flug. Aber ich bin immer noch müde. Das ist doch nicht normal.«

Sie steckt die Hände in die Kitteltaschen und scheint abzuwägen.

»Wissen Sie was, wenn Sie nach Hause kommen, sollten Sie zur für Sie zuständigen Poliklinik gehen und sich einmal gründlich durchchecken lassen. Aber Sie sollten auch in Erwägung ziehen, zumindest in der nächsten Zeit, beruflich etwas kürzerzutreten. Soll ich Mona bitten, Ihnen etwas zu essen zu bringen, dann können Sie sich anschließend hinlegen?«

Er nickt.

»Und dann sorgt sie dafür, dass jemand Sie morgen früh abholt?«

»Um sechs?«

»Ja, um sechs. Einverstanden?«

Er nickt wieder. Fühlt sich wie ein Idiot.

»Würden Sie bitte das Hemd aufknöpfen, dann horche ich Sie noch kurz ab.«

Er zieht das Hemd aus, und sie horcht ihn ab. Bittet ihn, tief Luft zu holen. Anschließend bittet sie ihn, mit den Augen einem Stift von rechts nach links und zurück zu folgen, ohne den Kopf zu drehen. Leuchtet mit einer kleinen Lampe in seine Augen.

»Nein«, sagt sie und steckt das Stethoskop in die Kitteltasche. »Es scheint alles in Ordnung zu sein. Ich denke nicht, dass Sie sich Sorgen machen müssen. Dann sage ich Mona Bescheid, dass sie Ihnen einen Happen zu essen bringt?«

»Ja, das wäre nett.«

Da die Tische im Speisesaal bereits abgedeckt worden sind, isst er auf seinem Zimmer. Ein neuer Eintopf, diesmal mit Fisch und Krabben. Reis statt kleiner Kartoffeln. Er stellt fest, dass er einen Riesenhunger hat, und bekommt einen Nachschlag. Irgendeine Creme als Nachtisch. Die Mahlzeit wird ihm weder von Mona noch Ellen serviert, sondern von einer jüngeren Frau mit Pferdeschwanz und einem Sweater mit der Aufschrift »Mein Mann ist rein«. Er überlegt, was das bedeuten könnte, fragt aber nicht.

Es fühlt sich merkwürdig leer im Kopf an. Oder vielmehr, als wäre es nicht derselbe Kopf wie sonst.

Nach dem Essen schreibt er zwei SMS: eine an die Kinder, in der er behauptet, dass mit dem Flugzeug etwas schiefgegangen ist, so dass er erst am nächsten Tag nach Hause kommen wird, eine an Backman gleichen Inhalts, in der er ankündigt, sie am nächsten Morgen anzurufen.

Anschließend schläft er wieder ein, und als sein Handy ihn um Viertel nach fünf weckt, fühlt er sich ausgeruht und fit. Relativ zumindest, denn andererseits hat er auch das Gefühl, dass aus seinem Leben ein Tag verschwunden ist.

Als wäre ihm jemand etwas schuldig. Er rechnet aus, dass er von den letzten sechsunddreißig Stunden fünfundzwanzig geschlafen hat.

Es ist ein klarer, aber ein wenig kühler Morgen. Als er mit seinem Koffer auf die Veranda hinaustritt, steht ein junger, übergewichtiger Mann rauchend neben einem schwarzen Volvo. Er nimmt an, dass dies Hennings Bruder ist. Sie nicken sich zu, und Barbarotti setzt sich auf die Rückbank, und als sie eine Stunde und fünfzig Minuten später den Flugplatz von Vilhelmina erreichen, haben sie kein einziges Wort miteinander gewechselt. Nicht einmal Malgomaj.

Er erfährt folglich auch nicht, ob Hennings Bruder einen eigenen Namen hat.

Bevor die Maschine abhebt, telefoniert er. Erst mit den Kindern, dann mit Backman, er empfindet es allmählich als eine Routine. Er hat vorher versucht, aus dem Auto anzurufen, aber das ging nicht.

Er erwischt Martin und erläutert ein weiteres Mal, dass er länger im Norden bleiben musste – ohne auf Details einzugehen. Martin ist gerade auf dem Sprung zu irgendetwas Wichtigem und versichert ihm lediglich, dass in der Villa Pickford alles unter Kontrolle ist. Backman meldet sich erst gar nicht.

Mit Backman hat er einiges zu besprechen – und sie hoffentlich auch mit ihm –, aber er denkt, dass es nicht schaden kann, wenn er vorher seine Gedanken ordnet. Zu klären versucht, was er eigentlich herausgefunden hat. Immerhin sind es keine tagesaktuellen Geschichten, auf die Asunander ihn angesetzt hat. Niemand wird wegrennen und sich verstecken, und wenn man ausnahmsweise Zeit zum Nachdenken hat, gibt es eigentlich keinen Grund, sich diesen Luxus nicht zu gönnen.

Besprechung Donnerstagvormittag?, simst er Backman. Da er erst am späten Abend wieder in Kymlinge sein wird. Er fühlt sich immer noch nicht richtig heimisch im eigenen Kopf.

Das Flugzeug ist an diesem Morgen pünktlich, und als er am Gate seinen Ausweis vorzeigt, findet er in seinem Portemonnaie eine kleine Visitenkarte.

Die Schwestern.

Das ist alles. Keine Telefonnummer, keine Adresse. Nur diese beiden Wörter. Er begreift nicht, was sie bedeuten, und ebenso wenig, wie die Karte dorthin gekommen ist.

Die Stewardess, die ihm in der Maschine einen Kaffee bringt, erkundigt sich, ob er auf dem Weg zum Freilichtmuseum Skansen in Stockholm ist, um dort den Nationalfeiertag zu begehen. Er betrachtet sie erstaunt und antwortet, dass er dafür wohl leider keine Zeit haben wird.

V

Juni 2012 / August 2007

48

Donnerstag, der 7. Juni, war in der Region Kymlinge ein klarer Frühsommertag mit lauen Südwestwinden, und Eva Backman stand mit Spannungskopfschmerzen auf, die sie augenblicklich darauf zurückführte, dass sie in den frühen Morgenstunden mit den Zähnen geknirscht hatte, was wiederum daran lag, dass sie von ihrem Exmann und seinem neuen Hausdrachen Blanche geträumt hatte.

Konnte man Blanche irgendwie verklagen, weil sie ihre Nachtruhe störte?, fragte sie sich, während sie in der Küche an der Arbeitsfläche stand, sich zwei Kopfschmerztabletten in den Mund schob und sie mit Apfelsaft hinunterspülte. Warum nicht? Sie konnte ja mal diesen Anwalt fragen.

Am Vorabend hatte sie eine frustrierende halbe Stunde mit Ville telefoniert. Sie hatte ihm zu erklären versucht, dass sie einen Juristen eingeschaltet hatte, der nun dabei war, sich einen Überblick zu verschaffen, was ihre eventuelle rückwirkende Verantwortung für das Haus betraf, und dass dieser sich nach dem Wochenende bei ihr melden werde. Konnten die beiden sich bis dahin gedulden?

Aber nun war es so, hatte Ville halsstarrig entgegnet, dass er und Blanche bereits einen Vertrag mit einer Firma geschlossen hatten, die nun die Renovierung in Angriff nehmen würde, konnten sie sich nicht einigen, ohne Anwälte einzuschalten? Schließlich hatten sie auch die Scheidung so hinbekommen.

Von mir aus gern, hatte Eva Backman erwidert. Ihr wohnt in dem Haus, ich werde nie wieder einen Fuß in es hineinsetzen und habe nicht die Absicht, auch nur eine müde Krone dafür aufzuwenden. Dann sind wir uns einig?

Ganz und gar nicht, jetzt sei nicht so verstockt, Kleines, hatte Ville gemeint, und in diesem Stil hatten sie weitergemacht – aber am meisten erzürnt hatte es sie, dass er sie von Zeit zu Zeit gebeten hatte, nicht aufzulegen, um sich anschließend kurz und flüsternd mit dem Hausdrachen zu beraten. Am Ende hatte Eva Backman erklärt, wenn er noch einmal anrufe, werde sie ihm wegen Stalking die Hölle heiß machen, und aufgelegt.

Danach hatte sie einsam und allein zwei Gläser Wein getrunken und sich gefragt, warum die beiden sie so wütend machten.

Weißglühend und kompromisslos wütend. Ich könnte sie erwürgen, dachte sie entsetzt.

Und was war mit Ville, mit dem sie fast ihr gesamtes Leben als Erwachsene geteilt hatte?

Erwürgen würde sie ihn vielleicht nicht, aber sie wollte ihn nie mehr sehen, und dabei war er der Vater ihrer Kinder. Kleines! Er hatte sie *Kleines* genannt. Verdammt.

Ich brauche einen Therapeuten, war ihr letzter Gedanke vor dem Einschlafen.

Und jetzt diese Kopfschmerzen.

Als sie frühstückte, zogen sie sich widerwillig zurück. Auf dem Weg zur Arbeit gelang es ihr, Kalle und Viktor auf ihren Handys zu erreichen und sie daran zu erinnern, dass sie am Abend zu ihr zum Essen kommen sollten. Kalle schien vom Telefonkrieg am Vorabend nichts zu wissen, und sie dachte, dass Ville vielleicht, vielleicht und trotz allem so viel Urteilsvermögen bewiesen hatte, ihn aus der Sache herauszuhalten.

Sie hätte natürlich gerne auch für ihren dritten Sohn gekocht, aber Jörgen studierte in Göteborg und hatte eine Freundin, in die er allem Anschein nach bis über beide Ohren verliebt war, so dass sie ihn seit über einem Monat nicht mehr gesehen hatte. So sieht es aus, dachte sie. In ein paar Jahren werden alle drei ausgeflogen sein. Das Projekt Eva Backman-Ville Vuorinen wird beendet und zu den Akten gelegt sein. Fünfundzwanzig Jahre ihres Lebens.

Nun ja, dachte sie, als sie das Fahrrad in den Ständer vor dem Eingang des Präsidiums schob. Drei lebenstüchtige Individuen würden auf eigenen Beinen stehend die Welt erobern. Keiner von ihnen nahm Drogen, keiner war ein Neonazi, man durfte sich wohl nicht beklagen.

Als sie in ihr Büro gekommen war, dauerte es ungefähr zwanzig Sekunden, bis Inspektor Barbarotti an die Tür klopfte und eintrat, ohne ihre Aufforderung abzuwarten. Sie dachte, dass die Dinge allmählich wieder liefen wie früher.

»Ich glaube, ich habe eine Theorie«, sagte er einleitend, als sie sich mit schwarzem Kaffee und anderthalb Butterkeksen pro Person hingesetzt hatten – mehr waren derzeit nicht verfügbar. »Du hast doch Zeit? Es wird ein bisschen dauern.«

Eva Backman sah auf die Uhr. »Anderthalb Stunden, reicht dir das?«

Barbarotti nickte und meinte, das werde reichen.

»Wie geht es dir?«, fragte sie, ehe er anfing. »Ich finde, du siehst ein bisschen besser aus.«

»Das ist nur mein Make-up«, versicherte Barbarotti ihr. »Die Kinder haben mir heute Morgen dabei geholfen. Und, bist du bereit?«

»Eine Theorie?«, sagte Backman. »Bitte sehr, ich bin ganz Ohr.«

Barbarotti blätterte eine Weile in seinem Notizblock.

»Okay«, sagte er. »Es könnte natürlich durchaus sein, dass ich völlig auf dem Holzweg bin, und ich habe im Grunde nicht einmal eine Warze, was mögliche Beweise angeht.«

»Eine Warze?«, sagte Backman.

»Leg nicht jedes Wort auf die Goldwaage. Ich will nur sagen, dass ich langsam, aber sicher ein Bild davon bekomme, wie die Dinge möglicherweise zusammenhängen. Ich begreife nach wie vor nicht, warum Asunander wollte, dass ich mir diese alten Fälle anschaue, aber das werde ich schon noch herausfinden. Es ist jedenfalls eine seltsame Geschichte... oder zwei. Obwohl ich nicht glaube, dass die Fälle noch einmal aufgerollt werden.«

»Ich habe eigentlich gedacht, das würdest du gerade tun«, sagte Backman. »Die Fälle aufrollen?«

»Ich weiß nicht, wie man es nennen soll«, gestand Barbarotti. »Aber wie gesagt, das muss Asunander entscheiden.«

»Ich verstehe«, sagte Eva Backman. »Dann lass uns fürs Erste von einer oder zwei seltsamen Geschichten sprechen. Dann ist da oben in Nordschweden also einiges klarer geworden? Als du dich mit ihr getroffen hast?«

»Ja und nein«, antwortete Barbarotti und kratzte sich am Kopf. »Aber es ist schon interessant zu sehen, wie wichtig es tatsächlich ist, sich mit einem Menschen zusammenzusetzen und zu unterhalten. Ich meine, wir können uns natürlich jede Menge Informationen von allen möglichen Seiten besorgen, haufenweise Daten und der Teufel und seine Großmutter, aber wenn es darum geht einzuschätzen, was eine bestimmte Person getan oder nicht getan haben könnte, muss man näher an sie herankommen. Aber darüber reden wir ja schon seit zwanzig Jahren.«

»Stimmt«, pflichtete Backman ihm bei. »Du meinst Ellen Bjarnebo?«

»Ich meine Ellen Bjarnebo. Als ich sie endlich erwischt

hatte, war es im Grunde kein Problem. Sie war gar nicht so widerspenstig, wie ich erwartet hatte. Ich habe ungefähr eineinhalb Stunden mit ihr gesprochen. Ich habe natürlich alles aufgenommen und mir unser Gespräch zwei Mal angehört. Und ich möchte also behaupten, dass… wie du so richtig sagst, manches klarer geworden ist.«

Eva Backman nickte neutral.

»Ich glaube, die Ermittlungen nach der Ermordung Harry Helgessons liefen ein bisschen zu glatt«, fuhr Barbarotti fort. »Man ging die ganze Zeit nach Schema F vor, was vielleicht nicht weiter verwunderlich war. Aber was damals auf diesen beiden Höfen passierte, war wohl… tja, es war wohl ein bisschen komplizierter, als es in den Augen der Polizei aussah. Es gab da Dinge und Beziehungen, die sie einfach nie näher untersucht haben.«

»Schlechte Arbeit?«

»Ja, leider.«

»Aber sie hat doch praktisch sofort gestanden«, bemerkte Backman. »Man fand ihre Fingerabdrücke auf der Mordwaffe, wenn ich mich nicht irre?«

»Stimmt genau. Und damit war die Sache erledigt. Wenn man einen Mord gesteht, hat man gute Chancen, dafür auch verurteilt zu werden. Vor allem, wenn man behauptet, einen nahestehenden Menschen erschlagen zu haben, und nichts in eine andere Richtung deutet.«

»So läuft das natürlich«, meinte Backman. »Das weißt du so gut wie ich, aber was willst du mir eigentlich sagen?«

»Dazu komme ich noch«, sagte Barbarotti. »Aber ich habe mir so meine Gedanken über diese Menschen auf den beiden Höfen gemacht. Mit Harry Helgessons Tod brach irgendwie alles zusammen, vielleicht nicht sofort, aber auf lange Sicht. Habe ich dir eigentlich erzählt, dass Ellen Bjarnebo ein Verhältnis mit dem Cousin auf Groß-Burma hatte?«

»Mit ihrem Cousin?«

»Nein, mit Göran Helgesson, er war Harrys Cousin. Es herrschte eine Art ›Der kleine Klaus und der große Klaus‹-Verhältnis zwischen den Cousins und den Höfen. Auf Groß-Burma gelang offenbar alles, was man anpackte, auf Klein-Burma ging von Anfang an fast alles schief. Ich glaube, für Ellen Bjarnebo war das Leben dort die Hölle, solange ihr Mann noch am Leben war … mehr oder weniger jedenfalls.«

»Hat sie ihn deshalb ermordet? Es hat meines Wissens jedenfalls nie jemand bezweifelt, dass sie ein Motiv hatte?«

»Vollkommen richtig«, antwortete Barbarotti. »Sie hatte wahrscheinlich ein mehr als triftiges Motiv. Das Problem ist nur, dass sie auch ein Motiv dafür gehabt hätte, den Mord auf sich zu nehmen, obwohl sie ihn in Wahrheit nicht begangen hatte.«

»Was?«, sagte Backman.

Barbarotti trank einen Schluck Kaffee.

»Du willst mir sagen, dass …?«

»Dass ein anderer es getan haben könnte und sie beschloss, statt des Täters ins Gefängnis zu gehen«, erläuterte Barbarotti.

»Ein anderer?«

»Ja.«

»Das hat sie da oben in den Bergen gesagt?«

Barbarotti schüttelte den Kopf. »Keineswegs. Außerdem glaube ich schon, dass sie ihren Mann zerlegt hat. Einer Störung der Totenruhe hat sie sich folglich auf jeden Fall schuldig gemacht.«

Eva Backman dachte eine Weile nach.

»Ich verstehe«, sagte sie dann. »Der Junge. Du meinst, der Junge hat seinen Vater erschlagen?«

Barbarotti nickte und verdrückte einen halben Keks. »Ja … und nein. So weit war ich ungefähr gekommen, nachdem ich mit allen geredet hatte. Mit Billy selbst und dieser nervösen

Frau in Hallsberg, die seine Stiefmutter gewesen ist, aber insbesondere natürlich mit Ellen Bjarnebo. Und nachdem ich das Band abgehört hatte. Sie war … nun ja, ich weiß nicht recht, wie ich es sagen soll. Sie hatte etwas … *Beeindruckendes* an sich?«

»Beeindruckend?«, sagte Backman. »Weil sie die Tat ihres Sohnes auf sich nimmt … ja, ich verstehe, was du meinst. Aber wie sicher bist du dir da eigentlich? Was meinst du mit *ja und nein*? Hast du das nicht gesagt?«

»Lass uns damit noch kurz warten«, erwiderte Barbarotti. »Sie hat jedenfalls eine Art moralische Haltung … oder etwas in der Art, das möchte ich unterstreichen. Stell dir vor, welch ein Leben sie geführt hat, und dann sitzt sie ganz ruhig und freundlich da und lässt sich über all diese Dinge ausquetschen, die eine blutende Wunde in ihr sein müssen … und zwar zum zweiten Mal.«

»Warte mal«, sagte Backman. »Du behauptest also, dass der Junge seinen Vater erschlägt und die Mutter die Schuld auf sich nimmt und ins Gefängnis geht, damit der Junge ein normales Leben führen kann … willst du sagen, dass er damit einverstanden war? Wie ist es denn für ihn gewesen, mit dieser Sache zu leben?«

»Das ist es ja gerade, was mich beunruhigt«, sagte Barbarotti. »Das passt alles nicht zusammen.«

»Aber hast du ihn nicht auch getroffen? Den Jungen, meine ich?«

»Aber ja. Ich bin Billy Helgesson begegnet, das Problem ist nur, dass er so ist, wie er ist. Du erinnerst dich vielleicht, dass er in seiner Kindheit praktisch stumm war?«

Eva Backman nickte. Barbarotti atmete tief durch und räusperte sich.

»Es ist so. Mutter und Sohn haben heute nur noch sporadisch Kontakt zueinander. Als sie ins Gefängnis kam, kümmerten sich Verwandte um ihn, und die neuen Eltern sorgten dafür, dass der Kontakt praktisch abgebrochen wurde. Ellen Bjarnebo traf ihren Sohn zwei Mal, während sie ihre Gefängnisstrafe absaß. Wir sprechen hier über einen Zeitraum von mehr als zehn Jahren, der Junge war zwölf, als sie in den Bau wanderte, dreiundzwanzig, als sie entlassen wurde. Danach ist es den beiden nie gelungen, ihre Beziehung wieder zu kitten. Ich weiß allerdings auch nicht, ob sie es ernsthaft versucht haben.«

Backman dachte nach. »Dann ist sie für das, was sie getan hat, also im Grunde nicht belohnt worden?«

»Sie persönlich nicht. Aber Billy ist verheiratet und lebt in Stockholm. Ihm ist es auf jeden Fall wesentlich besser ergangen, als wenn er für den Mord an seinem Vater verurteilt worden wäre.«

»Moment mal. Er war doch nur ein Kind. Er wäre nie zu einer Verurteilung gekommen.«

»Nein«, seufzte Barbarotti. »Völlig richtig. Aber du kannst dir ja sicher die Zukunftsaussichten ausmalen für einen ... für einen zwölfjährigen, stummen, allgemein gehemmten Vatermörder.«

»Hm«, meinte Eva Backman. »Und wieso stimmt dieses Bild nicht? Hast du das nicht gesagt?«

»Was glaubst du selbst?«, entgegnete Barbarotti.

»Ich weiß nicht«, sagte Backman und überlegte wieder eine Weile. »Was ist mit Morinder? Wo zum Teufel kommt Arnold Morinder ins Spiel? Aber ...?«

»Ja?«

»Aber warum sollte er überhaupt mit dieser Sache zu tun haben? Er braucht ja gar nicht ins Spiel zu kommen, es ist einfach eine andere Geschichte.«

»So könnte es sein«, sagte Barbarotti, lehnte sich zurück und verschränkte die Hände im Nacken. »Allerdings bin ich zu dem Schluss gekommen, dass der eine Fall mit dem anderen zusammenhängt. Ich weiß, man *will*, dass es so ist, es ist immer besser, man hat einen Mörder statt zwei. Ein Serienmörder wie Tomas Quick ist besser als neun andere Täter, die frei herumlaufen. Aber auch ohne ihn, ohne Morinder, stimmt an der Theorie, dass es der Junge war, etwas nicht. Das… das habe ich im Gefühl.«

»Das hast du im Gefühl?«

»Ja, genau. Ist das etwa nicht erlaubt?«

»Ich dachte, du wärst ein Gegner von Intuition?«

»Nur der anderer, nicht meiner eigenen.«

Eva Backman lachte auf. Dann seufzte sie. »Weißt du was, Inspektor Barbarotti, jetzt erkenne ich dich langsam wieder. Ach übrigens, warum bist du eigentlich einen Tag länger in der Bergwelt geblieben? Ich glaube nicht, dass du mir das schon erklärt hast?«

»Natürlich habe ich das«, antwortete Barbarotti. »Der Flug wurde gecancelt. Technische Probleme, behaupten sie das nicht immer?«

»Das bedeutet aber nicht, dass du es auch behaupten musst.«

Barbarotti erwiderte nichts. Eva Backman schwieg und betrachtete ihn eine Weile. Dachte, an der Sache ist was faul. Vermutlich war es ihre eigene Intuition, die sich Gehör verschaffte, aber da sie nicht allgemein anerkannt war, ließ sie die Sache auf sich beruhen.

Fürs Erste zumindest.

»Und was liegt jetzt an?«, fragte sie stattdessen. »Morinder?«

»Arnold Morinder und sein blaues Moped«, stellte Inspektor Barbarotti fest, und seine Miene wurde verbissen. »Gib mir noch einen Tag, dann finde ich die Lösung. Ich habe einen Plan. Aber jetzt bist du an der Reihe. Wie lief es bei… wie war noch sein Name? Fridolin?«

»Hans Fridolin Hansson«, bestätigte Backman.

»Erzähl«, forderte Barbarotti sie auf.

Und Inspektor Backman erzählte.

49

Nach dem Gespräch mit Backman kehrte Barbarotti in sein Büro zurück.

Setzte sich an seinen Schreibtisch und machte in den ersten zehn Minuten nichts, außer seine Schuhe auszuziehen und nachzudenken. Danach stand er auf und stierte ungefähr genauso lange aus dem Fenster, während er weitergrübelte. Ohne sich dessen wirklich bewusst zu sein, sah er: zwei blühende Fliederbüsche, einen blühenden Kastanienbaum, eine halbe Staatsanwaltschaft sowie – zumindest, wenn er den Blick ein wenig gehoben hätte – einen orangen Luftballon, der sachte in den weiten, klaren Himmel aufstieg und Reklame für Kymlinges ökologisch produzierende Bio-Wurstfabrik machte.

Aber Barbarotti hob nicht den Blick, er suchte innere Klarheit, nicht äußere.

Als dieses heikle Unterfangen überstanden und der Wurstballon über dem Stadtwald verschwunden war, führte er drei Telefonate.

Das erste mit Inger Berglund in Midsommarkansen. Sie gestand, dass es sie überraschte, noch einmal von ihm zu hören – und dass es sie noch mehr überraschte, was er von ihr wollte. Aber nachdem sie nachgedacht und sich dreiundzwanzig Jahre zurückversetzt hatte, erinnerte sie sich tatsächlich, dass es sich so verhielt, wie von ihm vorgeschlagen. In diesem speziellen Frühling und Sommer war diese Attraktion entstanden, und sie nahm an, dass es keinen Sinn hatte, ihn zu fragen, worauf er hinauswollte.

Damit hatte Inger Berglund vollkommen recht. Er dankte ihr, wünschte ihr einen weiterhin schönen Sommer und beendete das Gespräch. Als Nächstes rief er Billy Helgesson an.

Es dauerte eine Weile, bis er ihn am Apparat hatte. Er befand sich auf einer Baustelle in Saltsjöbaden vor den Toren Stockholms und hatte eigentlich keine Zeit zu reden.

Fünf Minuten, schlug Barbarotti vor.

Okay, aber nicht mehr, akzeptierte Billy Helgesson das Angebot.

Drei hätten auch gereicht, stellte Barbarotti fest, als sie aufgelegt hatten.

Das letzte Gespräch führte er mit einer Firma namens Pooly AB, die es aus irgendeinem Grund seit mehr als fünfundzwanzig Jahren in Kymlinge gab. Zumindest eine Filiale, die Zentrale hatte ihren Sitz in Göteborg. Er sprach mit einem Mann namens Wetterström, der ihm auf Anhieb nicht weiterhelfen konnte, aber versprach, eine Reihe von Ordnern durchzuwühlen und mit Leuten zu reden, die damals schon für die Firma gearbeitet hatten. Dann würde er sich am nächsten Tag wieder melden, wenn es recht sei?

Barbarotti erklärte, das sei ihm sehr recht, bedankte sich und legte auf.

Als auch diese Telefonate erledigt waren, blieb er noch eine Weile sitzen und versuchte, Schlüsse zu ziehen. Stellte fest, dass seine Bemerkung Backman gegenüber, man müsse Menschen vor sich haben, um weiterzukommen, nicht hundertprozentig zutraf. Nicht wirklich; war man ihnen einmal begegnet, reichte es unter Umständen schon, sie telefonisch zu bitten, sich das eine oder andere ins Gedächtnis zu rufen. Wenn man sozusagen wusste, mit wem man sprach.

Zufrieden mit seinem Fischen im Trüben an diesem Vormittag zog er seine Schuhe an, besorgte sich in der Tiefgarage ein Auto und fuhr auf Gedeih und Verderb zum Haus Herbstsonne.

Als er nach seinem Gespräch mit Hasse Fridolin Hansson auf dem Rückweg in die Stadt war, hätte Barbarotti um ein Haar seine erste Boulevardzeitung seit fünf Jahren gekauft. Dazu wäre es fast in Pinglans Kiosk in der Vattugatan gekommen, wo jeder, der wollte, feststellen konnte, dass *Aftonbladet* und *Expressen* ausnahmsweise über dieselbe atemberaubend aufregende Neuigkeit gestolpert waren.

Hitler lebte in den fünfziger Jahren in Schweden

Sensationelle Informationen
in einem neuen schwedischen Bestseller

behaupteten die Schlagzeilen von *Expressen*.

Adolf Hitlers heimliche Enkelin

schreibt neue schwedische Romansensation

erklärte *Aftonbladet*.

Barbarotti bremste vor dem Kiosk. Rieb sich die Augen, schüttelte den Kopf und begriff nach und nach, dass Axel Wallman *nicht* aus einer Anstalt ausgebrochen war, als sie sich auf dem Flughafen begegneten. Es handelte sich… ja, um genau zu sein, handelte es sich um eine Art Wirklichkeit: der Superliteraturagent in seinem gelben Anzug, seinem Strohhut und mit seinem Spanischen Rohr. Polternd, einnehmend und berechnend wie ein alter dänischer Filmschurke, wie in Gottes Namen war das nur möglich?

Bettina Braun? Hitler in Schonen? Der dritte Rebus?

Ja, ja, seufzte Gunnar Barbarotti, ließ die Kupplung kommen und fuhr weiter. Die Welt ist ein Panoptikum, und die Menschen wollen betrogen werden, so einfach ist das wahrscheinlich.

Und wer war er, diesem Irren Wallman Vorwürfe zu machen? Lieber eine Geschichte als Geschichte. *Des früheren gedenkt man nicht mehr, und auch dessen, was später kommt, wird nicht mehr gedacht werden bei denen, die nach ihm kommen.* Axel Wallman wusste, was er tat, und der alte Prediger hatte alles schon einmal gesehen.

Das Turnier in Zwei-Mann-Whist in der Villa Pickford an diesem schönen Frühsommerabend dauerte zwei Stunden und zwanzig Minuten – da alle Teilnehmer gegen alle spielten, und das Resultat über jede Diskussion erhaben sein musste. Man begann nach dem Essen, und als das Endergebnis endlich feststand, war es bereits nach Mitternacht. Aber da der Schulunterricht um diese Jahreszeit praktisch eingestellt war – in Erwartung der blühenden Sommer- und Ferienzeit, die in der kommenden Woche beginnen würde –, hatte keiner etwas einzuwenden. John musste am nächsten Morgen nicht in seine Espressobar, und der Termin des Kriminalinspektors mit seinem Chef am folgenden Vormittag war erst um elf.

Und es waren gute Stunden. Gelegentlich fühlte er, dass Mariannes Geist über ihnen schwebte. Und sie von ihrem Wolkenkissen aus über sie lächelte. Große Worte vielleicht, aber das Beste war, er spürte, dass die anderen es auch spürten. Wunderbar, dachte er. Danke.

Wie gesagt, gelegentlich. Gleichzeitig war es natürlich ein Gang über dünnes Eis; es gab Oberflächenspannung und Eisrinnen, aber trotzdem waren es Schritte in die richtige Richtung.

Das Kartenspiel selbst ließ aus der Perspektive des Familienvaters allerdings einiges zu wünschen übrig. Da die Punkte bei der in der Villa Pickford gängigen Whistvariante genauso verteilt wurden wie im Schach, endete eine Partie entweder 1–0 für einen der Spieler, oder, im Falle eines Gleichstands bei den Stichen, was häufiger vorkam, als man vorab vielleicht gedacht hätte: 0,5–0,5. Bei sechs Teilnehmern kam es zu insgesamt 15 Partien, fünf für jeden, und als Lars mit kaum verhohlener Begeisterung das Endergebnis verlas, konnte er feststellen, dass er selbst gewonnen hatte. Er hatte 4 Punkte angesammelt. Den zweiten Platz teilten sich Sara und Johan mit 3 Punkten, Vierter war Martin mit 2,5, Fünfte Jenny mit 1,5 und Sechster und Letzter Vater Gunnar mit einem einzigen kläglichen Pünktchen.

Wie gesagt, über jede Diskussion erhaben.

Die Jungen gingen nach dem Ende des Turniers sofort ins Bett, aber obwohl es schon spät war, blieb er mit Sara und Jenny noch eine Weile im Erdgeschoss sitzen und merkte schnell, dass es zwischen den beiden Mädchen eine Nähe gab, die er bisher nicht wahrgenommen hatte.

Seine Tochter, Mariannes Tochter. Der Altersunterschied betrug sechs Jahre, aber das spielte keine Rolle. Es herrschte ein Gefühl der Zusammengehörigkeit und Verbundenheit zwischen ihnen, das war unübersehbar, und als er begriff, dass er sich das nicht einbildete, rührte es ihn so, dass er sie in Ruhe lassen musste. Er stieg die Treppe hinauf und warf einen letzten Blick auf die Mädchen, die in ihren Korbsesseln im Erker zum See saßen; in Decken und helle Sommernacht gehüllt; große Teetassen in Griffnähe, und der Eindruck, dass sowohl Marianne als auch der Herrgott ihre schützenden Hände über sie hielten, brauchte nicht in Frage gestellt zu werden.

Diese Schwingungen, dachte er. Diese Zuversicht, die

kommt und geht, wie sie will. Glitschig wie eine Badeseife, dieser Gedanke kam ihm nicht zum ersten Mal.

Als er sich hingelegt hatte, schlug er die Bibel auf und las die Psalmen 23 und 91.

Löschte das Licht und drehte sich auf die Seite, um zu schlafen.

Fünf Minuten später, mittlerweile musste es lange nach eins sein, schaltete er das Licht wieder an. Seinem Körper war es gelungen einzudösen, so empfand er es zumindest, seinem Gehirn dagegen nicht. Er griff nach den Ermittlungsordnern, die neben seinem Bett auf dem Fußboden lagen, und begann zu blättern.

Um Viertel vor zwei fand er endlich einen Namen.

Börje Granat.

Er stand auf, schaltete den Computer ein und suchte ihn im Internet.

Na, wer sagte es denn: Der Bursche schien noch zu leben und in der Stadt zu wohnen. Er hatte einen Wohnsitz in der Straße Lilla Smedgränd und zwei Telefonnummern. Festnetz und Handy.

Mit Rücksicht auf die späte Stunde beschloss Gunnar Barbarotti, dass alles Weitere bis zum nächsten Morgen warten konnte. Er notierte sich die Angaben auf einem Zettel und kehrte ins Bett zurück.

Börje Granat wird mir schon nicht weglaufen, dachte er. Auch er nicht.

50

»3.45,9«, sagte Asunander. »Sagt dir das was?«

»Hört sich an wie eine 1500-Meter-Zeit«, antwortete Barbarotti.

»Exakt«, bestätigte Asunander. »Ich bin nie schneller als drei Minuten fünfundvierzig gewesen, und das ist drei Sekunden schlechter als der legendäre Gunder Hägg. Allerdings habe ich die Laufschuhe auch schon an den Nagel gehängt, bevor ich einundzwanzig war.«

»Aha?«, sagte Barbarotti und dachte, jetzt ist er endgültig durchgedreht.

»Die achthundert Meter habe ich auch nie unter eine Minute fünfzig geschafft, aber ich war ein vielversprechendes Talent, ich möchte, dass du das weißt. Ein außerordentlich vielversprechendes Talent.«

»Das glaube ich dir gern«, erwiderte Barbarotti. »Aber ich bin eigentlich davon ausgegangen, dass wir über diese Fälle sprechen wollten, mit denen ich mich beschäftigt habe, und aus welchem Grund du eigentlich wolltest, dass...«

»Dazu kommen wir gleich«, unterbrach Asunander ihn, »aber wenn es meine kurze Laufbahn als Leichtathlet nicht gegeben hätte, würden du und ich jetzt nicht hier sitzen.«

Barbarotti suchte einige Sekunden nach einer passenden Erwiderung, fand aber keine.

»Die Mittelstrecke«, fuhr Asunander unbekümmert fort,

und sein Blick ging in unbestimmte Ferne. »Das blaue Band der Leichtathletik, wie sie auch genannt wird… nun ja, das bezieht sich im Übrigen ausschließlich auf die eintausendfünfhundert Meter. Jedenfalls legte ich mich als Junior mächtig ins Zeug. Trainierte hart und trat für meinen Heimatverein in Halmstad an. Dass ich so früh aufhörte, lag daran, dass ich Probleme mit den Knochenhäuten bekam. Mit den Knochenhäuten und den Knien. Sonst hätte ich mit Sicherheit weitergemacht.«

»Hm«, brachte Barbarotti heraus.

»Alles hat seine Zeit«, stellte Asunander fest und lehnte sich über den Schreibtisch. »Jedenfalls finden wir hier den Grund dafür, dass ich dich gebeten habe, dir die Fälle Morinder und Burma noch einmal anzuschauen. Vor allem Letzteren, aber ich konnte mich leider nicht deutlicher ausdrücken.«

»Nicht deutlicher?«, meinte Barbarotti. »In dem Punkt bin ich geneigt, dir zuzustimmen.«

Asunander schien nachzudenken. »Wie soll man es ausdrücken? Es geht um eine…«

»Ja?«, sagte Barbarotti.

»Hrrm«, räusperte sich Asunander. »Es handelt sich also um eine ganz und gar private Angelegenheit.«

»Das hatte ich mir fast gedacht«, sagte Barbarotti.

Asunander warf ihm einen langen Blick zu. »So, so, das hattest du?«, bemerkte er mit einem Hauch von Zweifel in der Stimme. »Aber egal, es geht jedenfalls um das Jahr 1968, das Jahr, in dem ich mich auch vom Wettkampfsport verabschiedete… allerdings erst später, nach dem Sommer. Ich war zwanzig, und wir hatten da so ein Austauschprogramm mit diesem ostdeutschen Sportverein. Dresden, bei Kriegsende die am stärksten zerbombte von allen deutschen Städten, aber in den Sechzigern hatte man zumindest die Leichtathletik wiederbelebt.«

Er hielt einen Moment inne und kontrollierte, ob Barbarotti ihm zuhörte. Barbarotti nickte.

»Wir hatten sie im Herbst '67 besucht, und nun, im Mai 1968, kamen sie nach Halmstad. Training und kleinere Wettkämpfe und allgemeine Verbrüderung. Ich weiß nicht, wie es um deine Geschichtskenntnisse steht, aber der Mai 1968 war ein ziemlich ereignisreicher Monat. In Paris kam es praktisch zu einer Revolution, vielerorts Studentenaufläufe … nun ja, die Achtundsechziger, das ist ja so ein Begriff, den jeder aufgeschnappt haben sollte, auch wenn man nicht dabei war. Und dann kamen also diese jungen Leichtathleten und besuchten uns für zwei Wochen …«

Er machte wieder eine Pause und betrachtete Barbarotti, um eine erneute Bestätigung zu bekommen.

»Ich höre zu«, sagte Barbarotti. »Ich war acht, aber ich weiß durchaus, was damals los war. In groben Zügen zumindest.«

»Gut«, meinte Asunander. »Und dann verliebte ich mich.«

Barbarotti zwickte sich diskret in den Arm, um sich zu vergewissern, dass er nicht träumte.

»Sie hieß Regina. Sprint und Weitsprung, keine Mittelstrecken wie ich. Sie wurden natürlich an die Kandare genommen, aber eines Abends kriegten wir es trotzdem hin. Es war natürlich nicht erlaubt, wir riskierten eine Menge, vor allem sie.«

»Ihr habt es hingekriegt?«, sagte Barbarotti. »Heißt das … die Verbrüderung ging ein bisschen zu weit?«

»Ich habe nicht vor, auf Details einzugehen«, erklärte Asunander gereizt. »Wie auch immer, es kam, wie es eben kam, und zwei Tage später fuhr sie nach Dresden zurück. Danach habe ich sie nie mehr wiedergesehen. Dir ist eventuell bekannt, dass es etwas gab, was man den Eisernen Vorhang nannte?

Barbarotti antwortete nicht. Asunander machte eine Pause und sah aus dem Fenster.

»Ich mache diesen Job hier nur noch zwei Wochen«, sagte er. »Ich finde, ich kann mir gewisse Freiheiten erlauben.«

Offenbar erwartete er, dass Barbarotti diese Bemerkung kommentieren oder zumindest irgendetwas sagen würde, und zum ersten Mal überhaupt hatte Barbarotti das Gefühl, seinem Chef auf die Sprünge helfen zu müssen. Dass dieser... ihn irgendwie anflehte?

»Was ist passiert?«, fragte er. »Ich meine, du musst mir schon erzählen, wie diese Geschichte mit dem zusammenhängt, was zwanzig Jahre – oder wie viel, einundzwanzig Jahre? – später auf Klein-Burma vorgefallen ist.«

Asunander nickte. Stand von seinem Stuhl auf, drehte eine Runde durchs Zimmer und setzte sich wieder.

»Wenn ich dir sage, dass dieses Mädchen Regina Peters hieß, klingelt es dann bei dir?«

»Peters?«, sagte Barbarotti. »Warte mal...«

»Ich warte«, erwiderte Asunander.

»Juliana Peters. Ich bin ihr vor einer Woche in Stockholm begegnet. Sie ist mit Billy Helgesson verheiratet, dem Jungen von Klein-Burma.«

»Stimmt genau«, erklärte Asunander. »Kannst du Ähnlichkeiten erkennen?«

»Hä?«, sagte Barbarotti.

»Ähnlichkeiten«, wiederholte Asunander. »Ich habe dich gefragt, ob du irgendwelche Ähnlichkeiten siehst.«

»Ja, das habe ich gehört«, sagte Barbarotti. »Aber Ähnlichkeiten zwischen was?«

»Zwischen ihr und mir natürlich«, sagte Asunander. »Sie ist meine Tochter.«

Fünf Sekunden lang blieb es still. Barbarotti hatte keine Ahnung, was im Kopf des Kommissars vorging, aber in seinem eigenen fühlte es sich ungefähr so an, als wären eine oder vielleicht auch zwei Sicherungen herausgesprungen.

»Deine Tochter?«, sagte er schließlich. »Ich dachte, du hättest keine Kinder?«

»Das dachte ich auch«, antwortete Asunander. »Bis vor ein paar Monaten. Da bekam ich nämlich einen Brief von Regina Peters… mit der ich also vor vierundvierzig Jahren ein einziges Mal zusammen war. Es war für mich übrigens nicht das erste Mal, aber fast. Und sie wurde schwanger und brachte im Februar 1969 in Dresden eine Tochter zur Welt, und da ihr… nun ja, da ihr allmählich klar wird, dass sie vielleicht nicht ewig leben wird, findet sie, dass es an der Zeit ist, mich über diesen Umstand aufzuklären. Des Weiteren habe ich erfahren, dass Mutter und Tochter ein ziemlich hartes Leben hatten, inzwischen aber in geordneten Verhältnissen leben. Will sagen, Regina. So hat sie sich wortwörtlich ausgedrückt: ›in geordneten Verhältnissen‹. Auf Deutsch natürlich, aber ich spreche die Sprache.«

»Hast du dich bei ihr gemeldet?«, fragte Barbarotti. Ich habe gedacht, sie wäre Speerwerferin, dachte er. Aber sie war Sprinterin. Ich muss mich besser konzentrieren.

Asunander schüttelte den Kopf. »Sie hat sich jeden Kontakt verbeten. Sie hat eine andere Familie und behauptet, das gäbe nur Probleme. Aber sie möchte immerhin, dass ich von Juliana weiß. Nicht zuletzt, weil sie vor Jahren in unser Land gezogen ist.«

Er lehnte sich zurück und verschränkte die Arme vor der Brust.

»Und Juliana?«, fragte Barbarotti. »Hast du… hast du dich mit ihr in Verbindung gesetzt?«

Ein Ausdruck, den er nie zuvor bei seinem Chef gesehen hatte, legte sich langsam auf Asunanders Gesicht. Sommerhimmel, dachte Barbarotti. Ja, genau – nackt und ohne

Schutzwall, ohne diesen kompakten und fast undurchdringlichen Schutzwall, der im Laufe eines ganzen Lebens und in fast vierzig Jahren als Kriminalpolizist entstanden war, nun aber Risse bekam. Es verstrichen einige seltsame Sekunden.

»Ich weiß nicht, ob ich mich traue«, erklärte Asunander schließlich. »Ich weiß, dass ich es tun muss, aber ich habe beschlossen zu warten, bis ich pensioniert bin.«

»Vielleicht eine gute Idee«, kommentierte Barbarotti und schluckte.

»Ich habe sie rasch ausfindig gemacht, in dem Brief gab es keine anderen Angaben zu ihr als den Namen, aber es war natürlich keine Kunst. Und dann ... tja, und dann entdeckte ich, dass sie ausgerechnet mit Billy Helgesson verheiratet ist. Die beiden haben eine Tochter, das weißt du natürlich. Da ich mich ein wenig handlungsunfähig fühlte, fing ich an, mir diesen alten Fall anzusehen ... und den Fall Morinder ... beides richtig schlechte Ermittlungsverfahren, ich hoffe, das ist dir klar geworden. Und als ich mich damit beschäftigte, begriff ich, dass es vielleicht gar nicht so war, wie man damals glaubte. Als ich mir das Ganze ein paarmal durchgelesen hatte, konnte ich mir ebenso gut ein ganz anderes Szenario vorstellen.«

»Nämlich?«, sagte Barbarotti.

Bevor er antwortete, zupfte Asunander an beiden Ohrläppchen.

»Nämlich, dass es gar nicht unsere berühmt-berüchtigte Mörderin war, die ihren Gatten erschlug und zerlegte.«

Barbarotti wartete, verzog aber keine Miene.

»Sondern dass dieser verdammte Bengel es getan hat.«

Barbarotti räusperte sich. »Ich verstehe, was du meinst«, erklärte er. »Und ich verstehe das Problem. Nun ja, dass die ehemalige Schlachthofangestellte die Zerlegung durchführte, das kann ich dir versprechen, aber was den Mord betrifft ...«

Asunander lehnte sich über den Schreibtisch und stierte ihn an. Jetzt war sein Gesichtsausdruck mehr als bekannt. Kein Sommerhimmel, eher eine stürmische Nacht.

»Und, was meinst du?«, fragte er. »Du musst doch begreifen, dass ...«

»Ja?«

»Dass ich wissen will, ob meine Tochter mit einem Mörder verheiratet ist oder nicht?«

Barbarotti versuchte, seine Gedanken zu ordnen. War plötzlich verärgert, weil er diese Information nicht von Anfang an bekommen hatte – erkannte jedoch im nächsten Moment, dass er Asunanders Taktik akzeptieren konnte. Außerdem, überlegte er, außerdem hätte es in der Sache keinen Unterschied gemacht, wenn er davon gewusst hätte. Jedenfalls nicht zum Guten, möglicherweise hätte es ihm sogar im Weg gestanden.

Offenbar konnte Asunander seine Gedanken lesen, denn er seufzte schwer und breitete die Hände aus. »Es tut mir leid, wenn du der Meinung sein solltest, dass ich dich hinters Licht geführt habe, aber ich habe geglaubt, dass es so am besten funktionieren würde. Und diese verdammte Morindergeschichte hatte es ohnehin verdient, noch einmal überprüft zu werden. Zum Teufel, ich konnte ja schlecht selbst herumschnüffeln.«

Warum nicht?, dachte Barbarotti, verwarf aber auch diesen Einwand.

»Du hast auch eine Enkelin«, erinnerte er Asunander, ohne eigentlich zu wissen, warum. »Julia. Du hast nicht nur eine Tochter bekommen, du bist zusätzlich Großvater geworden.«

Daraufhin huschte plötzlich ein Lächeln über Asunanders

Gesicht. Etwas Vergleichbares hatte Barbarotti noch nie gesehen, und er konnte einfach nicht anders, als ... gerührt zu sein?

»Ich weiß«, sagte Asunander. »Sie sind ...«

»Was?«

»Ich wage zu behaupten, dass sie nach mir benannt sind. Beide. Damals benutzte ich meinen zweiten Vornamen. Julius.«

»Julius?«, sagte Barbarotti und spürte einen Wangenmuskel zucken.

»Wie gesagt, mein zweiter Vorname«, hielt Asunander schleunigst fest. »Aber ich möchte von dir eine Antwort hören, deshalb sitzen wir schließlich hier. Hat meine Tochter, der ich nie begegnet bin und von deren Existenz ich bis vor drei Monaten keine Ahnung hatte ... hat sie nun einen Mörder geheiratet oder nicht?«

Barbarotti sah auf seine Armbanduhr.

»Ich weiß es nicht«, sagte er. »Ich weiß es wirklich nicht. Aber ich treffe mich in einer Stunde mit einem Mann, und wenn ich mit ihm gesprochen habe, hoffe ich, dass die Sache in einem anderen Licht erscheint.«

»Einem anderen Licht«, erkundigte sich Asunander missmutig.

»Dann werde ich es mit Sicherheit wissen«, verdeutlichte Barbarotti. »Glaube ich jedenfalls.«

»Glaubst du?«, stöhnte Kommissar Asunander.

Als Barbarotti schon in der Tür stand, rief Asunander ihn wieder zurück.

»Noch etwas«, sagte er. »Ich wäre dir dankbar, wenn das unter uns bleiben könnte. Ich will nicht, dass diese Geschichte im Haus die Runde macht.«

Wäre dir dankbar, dachte Barbarotti. Er sagt nicht einmal *Ich setze voraus*.

»Selbstverständlich«, bestätigte er.

Asunander zögerte einen Moment. »Zumindest abgesehen von Inspektor Backman?«

»Du hast mein Wort«, erklärte Barbarotti.

51

5. und 6. August 2007

Sie hörte das Motorengeräusch des Mopeds verklingen, atmete drei Mal tief durch und versuchte, die innere Anspannung von sich abfallen zu lassen. Sie fühlte sich, als wäre ihr Brustkorb geschrumpft. Sie hatte praktisch die ganze Nacht kein Auge zugetan und konnte nicht fassen, dass sie es geschafft hatte.

Geschafft hatte, Ruhe zu bewahren. Aber vielleicht hatte sie ja größere Kraftreserven in sich als gedacht. Vielleicht hatte sie diese während ihrer Jahre in Hinseberg aufgebaut; wenn es etwas gab, was man in einem Gefängnis lernte, dann zu warten. Nicht übereifrig zu werden, denn wenn man zehn oder mehr Jahre hinter Schloss und Riegel sitzen musste, war es völlig sinnlos, es eilig zu haben.

Sie ging zum Seeufer hinunter. Streifte die Schuhe ab und watete ins Wasser hinaus.

Nicht weit, nur ein paar Meter, so dass es ihre Schienbeine halb bedeckte. Der Seegrund war schlammig und uneben, es war keine Stelle, an der man zum Schwimmen hineinging, aber wollte man nur stehen und sich ein wenig abkühlen, ging das ganz ausgezeichnet.

Und das war es, was sie wollte. Was die Muti-Stimme ihr einzuschärfen versucht hatte: *Kühl dich ab und denk nach. Schmiede einen Plan.*

Genau. Es kam darauf an, Ordnung in die Kakophonie zu bringen, die durch ihren Schädel kreiste, und zu entscheiden, wie sie vorgehen sollte. Den Trockner zu stoppen.

Oder wusste sie es schon? Möglicherweise war es so. Möglicherweise gab es nur einen Ausweg, eine endgültige Lösung, und geplant und abgesteckt werden musste nur der Weg dorthin. Nicht das Ziel.

Und während sie dort stand und auf das dunkle Wasser hinaussah, kam ihr die gesamte Unterhaltung nochmals in den Sinn, praktisch Wort für Wort, und es war vielleicht nicht weiter verwunderlich, dass sie sich so detailliert an alles erinnern konnte. Die Frage lautete wohl eher, ob es ihr jemals gelingen würde, das Gespräch zu vergessen.

»Du hast es also nie begriffen?«

Er sitzt zurückgelehnt an der Hauswand, die Füße auf dem Tisch, ein Bier in der Hand. Es ist zehn Uhr abends, Mücken surren, aber nur in einiger Entfernung, denn sie haben ein paar rußende Räucherspiralen angezündet, um sie fernzuhalten. Er ist ein wenig betrunken, aber nicht sehr.

Wenn er nicht betrunken ist, spricht er kaum. Andere Frauen würde es sicher stören, dass er so schweigsam ist, sie jedoch nicht. Im Gegenteil, sie denkt, dass es eine Hinterlassenschaft aus dem Gefängnis ist. Sie selbst hat beim Essen zwei Gläser Wein getrunken und ist nun bei ihrem dritten und letzten angelangt.

Doch nun spricht er tatsächlich, und sie beschließt, seinem Beispiel zu folgen.

»Was hätte ich begreifen sollen?«

»Was passiert ist.«

»Wann?«

»Ach, nun komm schon, du weißt, wovon ich rede.«

»Nein, Arnold, ich weiß nicht, wovon du redest.«

Er trinkt einen Schluck und blickt auf den See hinaus. Scheint zu überlegen, ob er weitersprechen soll oder nicht.

»Ich habe nie kapiert, ob du es begriffen hast oder nicht.«

Darauf erwidert sie nichts. Trinkt stattdessen einen Schluck Wein und denkt, dass es trotz allem ein schöner Abend ist. Bei zwei anderen Menschen als ausgerechnet diesen beiden wäre es fast der richtige Zeitpunkt für romantische Momente.

Ein Gedanke, der augenblicklich stirbt, als er weiterspricht:

»Harry, verdammt. Ich spreche von Harry. Ich finde, die Zeit ist reif.«

»Wie meinst du das?«

»Ich meine zum Beispiel, dass du dich nie bei mir bedankt hast.«

Bei diesen Worten lacht er auf. Auch das ist ungewöhnlich. Arnold Morinder spricht *und* lacht. Vielleicht ist er doch betrunkener als üblich. Sie denkt, dass in diesem Augenblick etwas geschieht. Ein Erdrutsch, sie weiß nicht, woher der Gedanke kommt.

»Für was bedankt?«

Er macht eine kurze Pause, während er versucht, eine Mücke zu treffen, die es durch den Ruß geschafft hat und auf seinem Bein gelandet ist. Er schlägt zu und verfehlt sie.

»Dafür, dass ich ihn erschlagen habe.«

Sie registriert es nicht. Der Erdrutsch kommt, und in ihrem Kopf wird alles schwarz und leer, wie es früher manchmal im Kino passierte, wenn der Film riss.

»Genau«, sagt er.

Es vergeht eine Weile. Sie rühren sich nicht. Die Mücken schwirren, über dem See dämmert es.

»Was hast du gesagt?«, fragt sie schließlich. »Ich habe dich nicht richtig verstanden.«

Er trinkt einen Schluck Bier und nimmt die Füße vom Tisch.

»Verdammt«, sagt er. »Ich habe nur gesagt, dass du mir

dankbar sein solltest, weil ich damals Harry umgebracht habe.«

Jetzt hört sie es, und es gelingt ihr, die Worte zu einer verständlichen Mitteilung zusammenzufügen und herauszuhören, dass er zufrieden klingt. Ein wenig unsicher vielleicht, aber im Grunde genommen zufrieden.

Sie denkt, wie seltsam es doch ist, dass alles, ein ganzes Leben, in nur einem Augenblick auf den Kopf gestellt werden und sie trotzdem sitzenbleiben und es betrachten kann. Alles beobachten kann, als ginge es sie nichts an. Aber vielleicht erlaubt er sich auch nur einen Scherz mit ihr – das wäre dann allerdings das erste Mal, denn Arnold Morinder ist nicht in der Lage, anderen einen Bären aufzubinden. Ebenso wenig kann er witzig oder ironisch oder zweideutig sein. Wenn er etwas sagt, geschieht es, um zu unterstreichen, dass sich etwas so verhält und nicht anders. Es ist eine Eigenschaft, die sie an ihm immer zu schätzen gewusst hat. Arnold ist fast immer still, aber wenn er den Mund aufmacht, sagt er im Allgemeinen die Wahrheit.

Doch nun versteht sie nicht. Es lässt sich einfach nicht verstehen.

»Sprich weiter«, sagt sie, nachdem sie sicher eine Minute geschwiegen haben. »Ich komme nicht richtig mit.«

Sie sieht ihm an, wie sehr er darauf gewartet hat, dass sie ihn bitten würde. Es ihr zu erklären. Sie sieht zudem, dass er sowohl zufriedener als auch betrunkener wirkt, als gut für ihn ist.

»Du meinst, dass du es nie kapiert hast?«

Es ist das dritte oder vierte Mal, dass er sich darüber wundert. Sie fordert ihn mit einem Kopfnicken auf weiterzusprechen. Sie hat es nie kapiert, was glaubt er eigentlich? Er räuspert sich, spuckt ins Gras.

»Verdammt«, sagt er. »Es passierte ganz spontan. Ich kannte ihn ein bisschen, wusstest du das?«

»Du kanntest Harry?«

»Kannte ist vielleicht zu viel gesagt. Ich bin ihm ein paarmal begegnet. Wir haben ein bisschen gepokert ... mit Ziggy und Staffe und denen ...«

Sie entgegnet nichts. Ist ganz damit beschäftigt, seine Worte so zu verknüpfen, dass sie zu einer völlig anderen Geschichte passen. Zu etwas, was sie für eine völlig andere Geschichte *hielt*.

»Eigentlich nur in dem Jahr«, sagt er. »Ja, dich mochte ich ja schon, als wir noch zur Schule gingen, daran erinnerst du dich, nicht? Wir hatten ja damals schon was laufen, ich habe ja auch andere Bräute gehabt, aber gezählt hast eigentlich nur du, Ellen ... verdammt, so ist es immer gewesen.«

Sie hat ihn vielleicht noch nie so viel in einem Atemzug sagen hören, und gleichzeitig hat sie das Gefühl, von ihrem Stuhl abzuheben. Sie schwebt in der Luft, bleibt hängen und betrachtet sie beide gleichsam aus der Vogelperspektive. Sich selbst und ihn. Und der leichte Rausch, den sie spürt, perlt von ihr ab wie Wasser von einer Gans.

»Sprich weiter«, wiederholt sie, und von ihrem neuen Aussichtspunkt aus ist sie auf einmal eine konzentrierte und wachsame Beobachterin. Ihre Gefühle liegen allesamt weggepackt in einem Sack unter dem Stuhl, den sie gerade verlassen hat, obwohl sie weiterhin darauf sitzt.

Arnold leert seine Bierflasche, geht zur Regentonne, fischt eine neue heraus und kehrt zurück.

»Möchtest du es wirklich hören?«, will er wissen, aber das ist nur eine rhetorische Frage, denn man hört, dass er erzählen will. Vielleicht ist es nicht wirklich so einfach, dass es ihm Spaß macht, es zu tun, jedenfalls nicht nur, aber sie denkt, dass er diese Bürde natürlich bereits ziemlich lange mit sich herumschleppt. Wie er das geschafft hat, ist ihr ein Rätsel, aber Arnold Morinder ist ein Rätsel.

Wenn sie das nicht schon vorher gewusst hat, weiß sie es jetzt.

Aber warum erzählt er es ihr ausgerechnet an diesem Abend? Es ist unbegreiflich. Oder bloß ein Zufall, vielleicht musste es früher oder später so kommen.

Musste? Früher oder später?

Sie nickt. Sieht sich auf dem Stuhl sitzen und nicken und findet, dass sie ganz ruhig und entspannt aussieht. Vor allem in Anbetracht der Umstände. Arnold trinkt einen Schluck und erzählt weiter.

»Wir haben doch an dem Pool gearbeitet«, sagt er. »Oben auf Groß-Burma. Waren als Fremdfirma für die Leute da, die den Auftrag bekommen hatten… weiß der Teufel, wie die hießen. Für die Zeit nach dem Sommer hatte ich schon einen Job in Göteborg in Aussicht, ich zog also um, bevor… nun ja, bevor du gestanden hast. Verdammt.«

Pause. Neue Mücke, neuer Schlag, neuer Fehlversuch.

»Deshalb habe ich nur in den Zeitungen davon gelesen. Ich habe nie begriffen, warum du den Mord gestanden hast. Warum zum Teufel hast du das getan?«

Weil… denkt sie. Weil, weil…

Aber sie wird es ihm nicht erzählen. Das geht nicht, keinem Menschen und vor allem ihm nicht. Und plötzlich brennt sie darauf zu erfahren, wie es passiert ist. Wie zum Teufel es dazu kommen konnte, dass Arnold Morinder ihren Mann in seinem Scheunenbüro erschlug, obwohl sie mit eigenen Augen Billy mit dem Hammer in den Händen hatte herauskommen sehen?

Aber bevor er es ihr beschreibt, noch ehe er auf die Details eingeht, begreift sie, dass er die Wahrheit sagt.

Und zwar nicht nur, weil Arnold Morinder immer die Wahrheit sagt, sondern auch, weil… weil der Junge unschuldig ist.

Billy hat seinen Vater nicht erschlagen. Er ist kein Mörder.

Es ist der reine Wahnsinn. Aber es ist wahr. Fast zwanzig

Jahre hat sie mit der entgegengesetzten Wahrheit gelebt, und plötzlich wird alles auf den Kopf gestellt. Plötzlich wird alles umgeschrieben, und… und aus all diesen verdammten Tagen und Nächten und Qualen und der Schlaflosigkeit und Sinnlosigkeit ist die Luft heraus, und alles ertrinkt in einem schallenden, stinkenden Gelächter aus der Unterwelt. Wo kommen diese Worte nur her?, fragt sie sich. *Stinkendes Gelächter aus der Unterwelt*? Sitzt da einer in meinem Schädel? Ist das Muti? Nein, das ist nicht Muti, bloß mein Gehirn, das sich auskotzt.

Sie muss ihn nicht mehr ermahnen weiterzuerzählen. Arnold Morinder ist deutlich anzumerken, dass er diese Angelegenheit jetzt selbst zu den Akten legen will.

»Ja, was denn?«, entschuldigt er sich. »Wir zogen die Leitungen für die Unterwasserbeleuchtung, und dann sah ich dich vorbeikommen. Ich traute verdammt noch mal meinen Augen nicht, und dann am nächsten Tag sah ich dich wieder…«

Kurze Pause. Ein Schluck Bier.

»…und an dem Samstag dachte ich, dass ich zu euch gehen und mich zumindest vorstellen und mal schauen sollte, ob du dich an mich erinnern würdest. Um vielleicht auch Harry guten Tag zu sagen, aber dann sah ich doch, dass er dich wie ein verdammtes Schwein behandelte, und ging zu meiner Arbeit zurück. Aber hinterher…«

»Hinterher?«, sagt sie dann doch.

»Hinterher, na ja, wir haben doch bis weit in den Abend hinein gearbeitet, obwohl es Samstag war. Aber es gab gutes Geld mit Zuschlägen und allem, das fanden wir alle drei… und als wir fertig waren, fuhren die anderen nach Hause, aber ich ging noch einmal zu euch und dachte, dass ich doch ein bisschen quatschen und mal nachschauen musste. Du warst irgendwohin gegangen, aber ich blieb und überlegte kurz und sah, dass in der Scheune Licht brannte, ging hinein und fand Harry in dem Zimmer.«

Er verstummt kurz und wirft, bevor er weiterspricht, einen Blick auf sie.

»Er war ziemlich blau, und, meine Fresse, riss der Typ die Klappe auf. Und ich dachte an dich und was für eine Hölle das für dich sein musste … und er beschimpfte mich, und da lag dieser verdammte Hammer, und dann drehte er mir den Rücken zu. Meinte, ich solle zur Hölle fahren, und daraufhin erschlug ich ihn, ließ den verdammten Hammer fallen und haute ab. Ich denke, ich bin irgendwie in Panik geraten. Scheiße, ich hatte ihn immerhin erschlagen …«

Er trinkt noch einen Schluck Bier, rülpst und schüttelt den Kopf. Genau wie Harry es immer tat, denkt sie, und als sie für Sekunden die Augen schließt, schieben sich die Bilder des einen und des anderen übereinander. Der Mörder und sein Opfer.

Sie schweigen wieder. Nachdem er mehr Worte herausgebracht hat als im ganzen Sommer, wirkt er erschöpft, und sie begreift, dass er nicht beabsichtigt, noch mehr zu sagen. Jetzt ist er zufrieden. Jetzt ist er fertig.

»Ich habe elf Jahre im Gefängnis gesessen«, sagt sie.

»Du dumme Kuh«, erwidert er und versucht zu lächeln, damit sie versteht, dass es ein Scherz ist.

Aber Arnold Morinder kann weder lächeln noch scherzen, das hat er nie gekonnt. Sie bleiben noch ein wenig draußen sitzen. Dann meint er, dass wirklich verdammt viele Mücken unterwegs sind und er ins Bett gehen wird. Sie kündigt an, dass sie in der Hängematte schlafen wird. Er hat nichts dagegen einzuwenden, sie wird sich eben gründlich mit Mückenmittel einreiben müssen. Sechs Monate haben sie nicht mehr miteinander geschlafen, keiner von ihnen scheint noch Lust zu

empfinden, und im Übrigen geht das in dem schmalen Etagenbett im Haus auch gar nicht.

Die ganze Nacht liegt sie dort unter zwei Decken, und während sich ein großer Augustmond langsam über die Baum-
wipfel und den See bewegt, reift der Entschluss in ihr ebenso
selbstverständlich und widerstandslos wie eine gut gepflegte
Tomatenstaude in einem Gewächshaus. Es ist eine Pflicht,
denkt sie. Nichts anderes als eine gebotene Pflicht. Man muss
seinem Leben gegenüber gerecht sein.

Und die Strafe hat sie ja schon abgesessen.

Sie hat nicht vor, es noch einmal zu tun.

Deshalb ist die Planung so wichtig. Sie dankt ihrer inneren
Stimme für ihre Ruhe. Sie denkt an Billy.

Als er das Moped wie üblich an die Kiefer lehnt, betrachtet sie
ihn. Die Zeitung unter dem Arm; er nickt träge in ihre Richtung, geht hinein und holt die Decke. Breitet sie an einer schat-
tigen Stelle im Gras aus, legt sich gemütlich hin und beginnt,
in der Zeitung zu blättern. Sie haben den ganzen Tag noch
kein Wort miteinander gewechselt.

Sie erkennt, dass sie das auch nie mehr tun werden.

Nach einer Weile ist er auf der Decke eingeschlafen. Die
Zeitung auf dem Gesicht, es ist wie immer.

Sie geht in der Küche die Bratpfanne holen. Sie ist aus Ei-
sen, schwer und stabil.

Breitbeinig stellt sie sich über seinen Kopf. Denkt, wie gut
es ist, dass die Zeitung liegt, wo sie liegt, so dass ihr der An-
blick erspart bleibt.

Atmet tief durch und schlägt zu.

Zwei Dinge hört man: erstens den Klang der Bratpfanne,
zweitens, wie etwas bricht, als würde man einen Ast abbre-
chen. In ihrem Kopf taucht eine Zeile aus einem Lied auf, was
ein wenig seltsam ist. *There is a crack in everything, that's how*

the light gets in. Sollte damit etwa Arnolds Schädelknochen gemeint sein? Dass nun endlich ein bisschen Licht in seinen verdunkelten Schädel fällt?

Wahrscheinlich stirbt er bereits an diesem schweren Schlag. Arme und Beine zucken ein paarmal, dann liegt er still. Sicherheitshalber sticht sie ihm trotzdem fünf, sechs Mal mit dem Tranchiermesser in den Bauch.

Lässt ihn eine Weile liegen und bluten, bevor sie ihn mit der zweiten Decke zudeckt und denkt, wie gut es doch ist, dass sie keine Nachbarn haben.

Sie denkt an Billy. Denkt an alles.

Mit dem Rest wartet sie bis zum Abend. Sie sitzt am Gartentisch und trinkt Kaffee, während Arnold liegt, wo er liegt. Sie löst ein Kreuzworträtsel. Es ist Sonntag, und am Nachmittag sind auf dem See einige Boote unterwegs, ja, sie muss die Abendstunden abwarten. Die Bratpfanne ist wieder an ihrem angestammten Platz, das Tranchiermesser in seiner Schublade. Es ist ganz einfach zu töten, denkt sie. Zwei sorgsam ausgewählte Küchenwerkzeuge reichen völlig.

Die Decken und die Zeitung legt sie in die Tonne, um sie später zu verbrennen. Nicht an diesem Abend, es reicht, wenn sie es am nächsten Tag erledigt. Arnold ist kleiner und dünner als Harry, weshalb sie die Leiche diesmal nicht zerlegen muss, wofür sie dankbar ist. Sie schafft ihn ohne größere Mühe ins Boot. Holt die alte Eisenkette aus dem Schuppen und umwickelt seine Leiche mehrmals mit ihr, sie ist lang und wiegt bestimmt zehn Kilo oder sogar mehr. Trotzdem befestigt sie an ihrem Ende einen Blecheimer mit einem großen Stein darin. Ein altes Vorhängeschloss, ein Meter Stahldraht, und sie ist fertig. Gegen zehn Uhr abends rudert sie mit ihrer Fracht auf den See hinaus.

Um das Schilfröhricht herum und anschließend schräg nach rechts, dort ist der See am tiefsten, hat Arnold ihr erzählt. Keine Stelle, an der man Hechte angeln würde. Mindestens fünfzehn, vielleicht auch zwanzig Meter tief.

Aber eine ausgezeichnete Stelle für Arnold selbst. Sie hievt alles über Bord und verliert ein Ruder, bekommt es aber wieder zu fassen. Als sie zurückrudert und das Boot an Land zieht, empfindet sie nichts als tiefe Befriedigung.

Das Moped nimmt sie allerdings nicht mit ins Boot, das geht nicht. Sie wartet noch eine Stunde und schiebt es dann die dreihundert Meter zur Landstraße hinauf, ehe sie es anlässt. Die Hände in Handschuhen, sie hat an alles gedacht. Sie glaubt nicht, dass in den nahegelegenen Sommerhäusern jemand ist, aber es wäre dumm, etwas zu riskieren.

Das Risiko, dass jemand Arnold von der Tankstelle zurückkommen gehört hat, ist sie bereits eingegangen. Damit muss sie leben. Sie wird niemals zugeben, dass er an diesem Nachmittag zurückgekehrt ist, und glaubt nicht, dass jemand das Gegenteil bezeugen wird.

In allem, was geschieht, muss es letztlich eine Art Gleichgewicht geben. Sie vertraut auf etwas Höheres, weiß nicht wirklich, auf was.

Ziellos fährt sie eine halbe Stunde lang nach Westen. Begegnet keinem einzigen Fahrzeug, wird nur von einem Kleintransporter mit norwegischem Nummernschild überholt. Biegt in einen Waldweg, als sie der Meinung ist, weit genug gekommen zu sein, und schafft es, das Moped ein gutes Stück in den Wald zu schaffen. Lässt es halb versunken am Rande eines Moors liegen. Die Mücken sind ihre treuen Begleiter. Der Mond scheint gelegentlich auf ihr Tun herab, bleibt aber die meiste Zeit hinter unruhigen Wolken verborgen. Als sie den langen Weg zurückmarschiert, beginnt es schließlich zu regnen; sie überlegt, dass dies ganz ausgezeichnet ist, der Regen wird sicher ausreichen, um alle Spuren rund um das Sommerhaus zu verwischen.

Auch jetzt kein Verkehr, aber warum auch? Als sie zurück ist und sich endlich in das enge Etagenbett legen kann, ist es halb zwei.

Es ist vorbei, sagt die Muti-Stimme. *Schlaf gut.*

Und sie schläft elf Stunden lang traumlos.

52

Und alles in allem?«, fragte Rönn. »Können wir alles in allem sagen, dass es Ihnen mittlerweile ein wenig besser geht?«

Barbarotti dachte nach. »Ich habe da etwas über Trauer gehört«, antwortete er. »Jenny, meine Tochter, hat es gesagt, sie hatte es irgendwo gelesen, und ich finde, es ist ein treffendes Bild.«

»Dann lassen Sie mal hören«, sagte Rönn.

»Nun, wenn man die Trauer als einen Raum in seinem Inneren betrachtet, geht es um die Tür. Die sollte immer geschlossen sein. Entweder hält man sich in diesem Raum auf oder außerhalb. Aber man trägt ihn immer in sich und kann ein- und ausgehen, wie es einem gerade passt.«

Rönn nickte. »Nach Bedarf. Ja, das ist gut, solange die Tür nicht offen steht und schlägt …«

»Was sie aber natürlich tut«, erwiderte Barbarotti. »Am Anfang tut sie das die ganze Zeit.«

»Man lernt«, meinte Rönn. »Und in Ihrem Fall sind ja auch erst … wie viele Tage ist es jetzt her?«

»Einundvierzig«, antwortete Barbarotti.

Rönn lächelte. »Das ist nicht viel«, sagte er. »Bei mir sind es fünfundzwanzig Jahre. Ziemlich genau sogar, ehrlich gesagt. Sollen wir sagen, dass Sie nächste Woche wieder vorbeischauen? Wir könnten vielleicht noch ein bisschen mehr über Glauben und Zuversicht sprechen.«

»Von mir aus gern«, stimmte Barbarotti ihm zu. »Ginge der Dienstagnachmittag? Nach der Arbeit?«

»Da habe ich Zeit«, versicherte Rönn, notierte sich den Termin in seinem Kalender, und sie verabschiedeten sich.

Er trat in einen frühen Samstagabend hinaus. Eigentlich hätten sie sich am Freitag treffen sollen, aber Rönn hatte Probleme mit einem Weisheitszahn bekommen und den Termin um einen Tag verschoben. Dass der Tag allgemein als Samstag betrachtet werde, spiele keine Rolle, meinte er. Die Seele frage nicht nach Wochenenden und Feiertagen.

Barbarotti hatte auf dem Norra torg geparkt, und da er noch eine halbe Stunde Zeit hatte, beschloss er, das Auto stehen zu lassen. Es war schönes Wetter, und ein Spaziergang am Fluss würde ihm sicher nicht schaden. Er spürte deutlich, dass es Gedanken gab, die er bündeln musste, ehe er Eva Backman begegnete.

Falls sie einen Bericht haben wollte, und davon ging er aus. Es war vielleicht nicht der wichtigste Grund dafür, dass sie sich trafen, aber trotzdem.

Als er langsam, aber sicher anfing, das eine oder andere abzuwägen, erkannte er jedoch, dass es im Grunde nur zwei Sachen gab, die er ihr verschweigen wollte. Oder eine, es kam ganz darauf an, wie man zählte. Die beiden Telefonate.

Er hatte diese Gespräche vor nur zwei Stunden im Abstand von zwanzig Minuten geführt, und für ihn stand fest, dass er ihren Inhalt in etwa so behandeln sollte wie diesen Trauerraum, über den er mit Rönn gesprochen hatte. Er musste darauf achten, dass die Tür geschlossen blieb.

Eventuell mit dem kleinen, aber feinen Unterschied, sie auch abzuschließen. Und zwar von außen.

Der Grund für seinen Anruf war dieser Traum gewesen, den er in der Pension im hohen Norden gehabt hatte. Es war ihm einigermaßen unverständlich, wie er vier Tage in Vergessenheit geraten konnte – um dann wieder da zu sein, als hätte jemand einen Film eingeschaltet. Aber bei Träumen und dem Unterbewussten wusste man nie so genau, das war ja nichts Neues. Eine andere Art von Tür, wahrscheinlich, mit einer anderen Art von Pförtner.

Jedenfalls passierte es, als er mit drei seiner Kinder sowie einer Freundin in Henrys Gaststätte zu Mittag aß. Da und dort war er wieder aufgetaucht. Nach dem Essen wollten alle woanders hin, manche hatten es eilig, und er hatte sie alle umarmt, Martin zweihundert Kronen geliehen und war anschließend alleine am Tisch sitzen geblieben, um auf die Rechnung zu warten.

Dann erinnerte er sich wieder. An die Stimme. Die Stiche in den Arm. Die Botschaft.

Und das kleine Kärtchen, das er noch in seinem Portemonnaie bei sich trug, hatte plötzlich eine Bedeutung bekommen. *Die Schwestern.*

Als Erstes rief er in der Poliklinik von Vilhelmina an. Fragte nach der Ärztin, die vor ein paar Tagen bei ihm gewesen war, wie war noch gleich ihr Name gewesen?

»Was meinen Sie mit sie?«, hatte eine Frau in einem breiten nordschwedischen Dialekt entgegnet. »Wir haben hier nur einen Doktor namens Markström, und der ist definitiv ein Mann.«

Er hatte sich bedankt, aufgelegt und fünf Minuten nachgedacht. Dann Inspektor Gunvaldsson angerufen. Es dauerte eine ganze Weile, bis er ihn auf seinem privaten Handy erreichte, aber am Ende hatte er ihn in der Leitung.

»Was macht Ihre Allergie?«, erkundigte er sich.

»Es geht mir Tag für Tag ein bisschen besser«, erklärte Gunvaldsson.

So viel besser, erklärte er weiterhin, dass er im Moment mit einem Bier auf der Terrasse eines der besseren Restaurants von Karlstad saß. Was verschaffte ihm die Ehre?

»Wenn ich *Die Schwestern* sage?«, hatte Barbarotti ihn gefragt. »Was sagen Sie dann?«

Daraufhin war auf einmal die Verbindung abgebrochen. Er hatte noch zwei Mal angerufen, aber Gunvaldsson hatte sich nicht gemeldet. Normale Freizeichen, aber es ging niemand dran.

Er erreichte die Zugbrücke und blieb für einen Moment mitten auf ihr stehen, ehe er in den Stadtteil Pampas auf der anderen Seite weiterging. Lehnte sich mit den Ellbogen auf das Geländer, schaute in den trägen Strom hinab und versuchte, vor seinem inneren Auge Ellen Bjarnebo heraufzubeschwören.

Die grausame Mörderin von Klein-Burma?

Von wegen.

Die Schwestern?

Ja, dann ist es eben so, dachte Inspektor Barbarotti. Ein geschlossener Raum. Bis auf Weiteres zumindest.

Eva Backmans Balkon war ein Geschenk des Himmels. Die Wohnung, in die sie nach ihrer Scheidung von Ville gezogen war, lag im obersten Stockwerk eines Neubaus in Pampas, und wenn man dort oben saß, fühlte man sich wie eine Sturmmöwe. Ganz Kymlinge breitete sich unter einem aus: der Fluss und der Stadtwald, der alte Stadtkern mit den beiden Kirchtürmen, die Wohnviertel im Westen und Norden, Rocksta und Gårdinge, das Industriegebiet im Süden. Der alte und der neue Wasserturm und ganz hinten der See Kymmen, in dieser frühen Abendstunde nur dunkel zu erahnen, sowie an seinen beiden Ufern die Frucht tragenden Felder und Wald, ja, als Barbarotti sich in den Sessel fallen ließ, vergaß er für einen Moment alles andere, ließ einfach nur den Blick schweifen und dachte daran zurück, dass er vor einer Woche an Slussen gestanden und auf Stockholm hinabgeschaut hatte, und kam zu dem Schluss, dass diese Stadt hier auch nicht zu verachten war.

Es war nicht das erste Mal, dass er sich hier oben aufhielt, natürlich nicht, aber an einen Frühsommerabend wie diesen konnte er sich beim besten Willen nicht erinnern.

»Du könntest deine Wohnung im Sommer vermieten«, sagte er. »Der Balkon reicht völlig.«

Eva Backman nickte. »Ich weiß. Ich habe schon darüber nachgedacht, das Bett herauszuziehen, aber ich weiß nicht, ob es durch die Tür passt. Danke, dass du endlich vorbeigekommen bist.«

»Entschuldige«, sagte Barbarotti. »Ich bin zu egoistisch gewesen, aber Rönn behauptet, dass das keine Seltenheit ist, wenn man trauert. Wie geht es dir?«

Eva Backman zögerte eine Sekunde. »Möchtest du eine höfliche oder eine ehrliche Antwort hören?«

»Die ehrliche, bitte«, sagte Barbarotti.

»Dann trinken wir erst einmal einen Schluck Wein«, erwiderte Backman. »Prost und herzlich willkommen.«

Sie tranken, und im selben Moment schlugen die Kirchenglocken sieben.

»Mir geht es nicht besonders«, erklärte Eva Backman und setzt ihr Glas ab. »Ehrlich gesagt habe ich mich selbst ziemlich satt, irgendwie erkenne ich mich gar nicht mehr wieder.«

»Ich möchte eigentlich schon behaupten, dass ich dich noch wiedererkenne«, sagte Barbarotti.

»Schön, dass du noch weißt, wie ich heiße«, bedankte sich Backman, »aber in letzter Zeit macht mich alles nur noch wütend und geht mir auf die Nerven, ich weiß gar nicht, wo das enden soll. Vor allem Ville und sein neuer Hausdrache natürlich, aber auch andere Dinge.«

»Ich bilde mir ein, dass es da eine Art weibliche Phase gibt, wenn man in dein Alter kommt«, schlug Barbarotti behutsam vor. »Aber vielleicht habe ich das auch falsch verstanden. Marianne meinte immer, ich hätte praktisch alles falsch verstanden, was man in Bezug auf Frauen falsch verstehen kann.«

Eva Backman lächelte kurz. »Aber du kommst allmählich besser damit klar? Ich meine nicht damit, was du falsch verstehst, sondern dass sie nicht mehr da ist. Ich finde, das sehe ich dir an.«

»Was heißt hier klarkommen«, antwortete Barbarotti. »In manchen Momenten bilde ich mir das ein, aber in anderen ist alles kohlrabenschwarz.«

»Ich verstehe«, sagte Eva Backman. »Vielleicht sollten wir nicht gleich darüber sprechen. Auch nicht über meine Schwermut. Bedien dich. Später gibt es auch noch etwas aus dem Ofen. Aber jetzt möchte ich erst einmal das Ende der Bjarnebo-Geschichte hören. Hast du alle Puzzleteile an der richtigen Stelle untergebracht?«

»Durchaus möglich«, antwortete Barbarotti bescheiden und stopfte sich ein Stück Mozzarella in den Mund. »Lecker. Aber der Fall ist abgeschlossen, nur dass du es weißt.«

»Was du da über Asunander erzählt hast, klingt ja wie … ja, ich weiß nicht was? Ein Märchen?«

»Mag sein«, sagte Barbarotti. »Es war fast ein bisschen rührend. Jedenfalls habe ich herausgefunden, was ich für ihn herausfinden sollte.«

»Dass der Junge unschuldig ist?«

»Ja.«

»Und unsere grausame Mörderin war auch unschuldig?«

»Was den Mord an Harry Helgesson betrifft, ja.«

»Aber nicht …?«

Barbarotti seufzte und breitete die Hände aus. »Nein, ich gehe in der Tat davon aus, dass sie Arnold Morinder umgebracht hat. Aber das ist lediglich eine Vermutung, und ich werde der Sache nicht weiter nachgehen.«

Eva Backman wartete, während Barbarotti vier Oliven und ein Grissini aß.

»Also, ich *glaube*, dass es sich folgendermaßen abgespielt hat«, sagte er und richtete den Blick auf die Stadt, statt sie anzusehen. »Morinder erschlug Harry Helgesson. Er hielt sich in diesen Tagen zufällig auf Groß-Burma auf, wo ein Pool gebaut wurde und er an der Elektrik arbeitete. Ich werde nicht versuchen herauszufinden, wie es im Detail passiert ist, aber es muss sich jedenfalls so abgespielt haben, dass Ellen glaubte, der Junge hätte es getan. Wie du weißt, war er damals ja fast stumm, das war sicher nicht ganz unwichtig. Sie nimmt die Schuld auf sich, und die beiden sprechen niemals darüber. Als ich ein wenig nachgedacht habe, bin ich zu dem Schluss gekommen, dass das eigentlich ganz natürlich ist. Oder zumindest vollkommen glaubhaft, wenn man bedenkt, wie er war… und ist. Sie denkt, der Junge ist es gewesen, der Junge denkt, sie ist es gewesen.«

»Sie denkt, der Junge ist es gewesen, der Junge denkt, sie ist es gewesen?«, wiederholte Backman und runzelte die Stirn.

»Eine andere Lösung kann ich nicht erkennen«, konstatierte Barbarotti. »Sie nimmt die Strafe auf sich, um den Jungen zu retten, und viele, viele Jahre später findet sie heraus, dass der wahre Täter Morinder ist…«

»Mit dem sie zufällig zusammenlebt?«

»Wenn sie *nicht* mit ihm liiert gewesen wäre, hätte sie es vermutlich nie erfahren. Und vergiss nicht, Morinder erschlug Harry Helgesson, gerade weil er mit ihr verheiratet war… du erinnerst dich doch noch an diese alte Geschichte, als sie in die Schule gingen. Man soll ja über jemanden, der verschwunden ist, nicht schlecht reden, aber er war schon ein schräger Vogel, dieser Elektriker.«

Eva Backman schüttelte den Kopf und versuchte, die Informationen zu verdauen.

»Ich habe keine Ahnung, wie sie es herausgefunden hat«, fuhr Barbarotti fort, »aber ich könnte mir vorstellen, dass Morinder schlichtweg irgendetwas gesagt hat. Und dadurch alles auf den Kopf gestellt wurde, was sie achtzehn Jahre lang getan und geglaubt hat.«

»Und was denkst du, was sie getan hat? Mit Morinder, meine ich... falls es wirklich so gewesen ist.«

»Keine Ahnung. Aber vielleicht ruht er irgendwo auf dem Grund des Kymmen. Will sagen, was von ihm übrig ist. Aber was das betrifft...«

»Ja?«

»Was das betrifft, werde ich keinen Finger krümmen, um es herauszufinden.«

Eva Backman lehnte sich zurück und dachte nach. »Ich verstehe«, sagte sie. »Schuld und Sühne. Du meinst, jeder hat bekommen, was er verdient hat?«

Barbarotti zuckte mit den Schultern und trank einen Schluck Wein. »Die Sache ist jedenfalls mit polizeilichen Mitteln nicht aufzuklären. Wie es so schön heißt.«

»Okay«, sagte Backman. »Damit bin ich eventuell einverstanden, möglicherweise allerdings mit dem kleinen Vorbehalt, dass in unserem Land die Todesstrafe abgeschafft wurde.«

Barbarotti dachte längere Zeit nach. »Morinder liegt gut, wo immer er liegt«, sagte er schließlich. »Vorausgesetzt natürlich, dass es sich wirklich so abgespielt hat. Er hat gemordet. Er schwieg, als die Frau, die er liebte, die Strafe auf sich nahm. Er war der Grund dafür, dass Mutter und Sohn für immer getrennt wurden. Ich habe gestern mit einem gewissen Börje Granat gesprochen, der behauptet, dass Morinder und Harry Helgesson sich flüchtig kannten. Zusammen Poker gespielt haben und so.«

»Willst du damit sagen, dass Morinder das Ganze geplant hat?«

»Nein, das denke ich eher nicht. Ich glaube, er wusste gar nicht, dass Ellen auf dem Hof lebte, bis er durch seine Arbeit zufällig dorthin kam. Es war sicher eine spontane Eingebung, ich habe keine Ahnung, was zwischen den beiden Herren an jenem Abend vorgefallen ist. Das werden wir wohl nie erfahren. Jedenfalls machte sich Morinder an Ellen heran, als sie nach Kymlinge zurückkam. Er selbst war ungefähr zur selben Zeit aus Göteborg zurückgekehrt... vielleicht auch schon ein Jahr früher. Und dann kam es, wie es eben kam. Und was das angeht, glaube ich schon, dass er einiges geplant hat.«

»Er hört sich nicht gerade sehr sympathisch an«, sagte Eva Backman.

»Nein, ich habe nicht ein einziges gutes Wort über ihn gehört oder gelesen, so dass du wohl recht hast. Warum sie mit ihm zusammenzog, ist sicherlich ein Rätsel, aber wenn sie es nicht getan hätte, wäre die Wahrheit nie ans Licht gekommen. Nicht wahr?«

»Die Wahrheit?«

»Wir wollen es mal annehmen.«

Backman nickte. Barbarotti schwieg eine Weile und suchte nach den richtigen Worten.

»Da war etwas«, sagte er, »da war etwas an dieser Frau... als ich mich in dieser Pension mit ihr unterhalten habe. Etwas, das... das einfach im Gleichgewicht war.«

»Im Gleichgewicht?«

»Ja. Ein trauriges Gleichgewicht, wenn man so will, aber von nun an müssen wir sie in Frieden lassen. Sie hat kein leichtes Leben gehabt.«

»Es ist gut, dass du und ich nicht an der Polizeihochschule unterrichten«, sagte Eva Backman, nachdem sie eine Zeitlang nachgedacht hatte. »Sowohl für sie als auch für uns. Ach übrigens, möchtest du das Ende der Fängström-Geschichte hören? Vor ein paar Stunden hat sich alles geklärt.«

»Vor ein paar Stunden? Meintest du nicht gestern, es war ein Unfall?«

Eva Backman nickte. »Doch, doch, es war ein Unfall. Geklärt hat sich mittlerweile, woher die Pilze kamen. Rate mal.«

»Aus dem Wald?«, sagte Barbarotti.

»Schlauer Bulle«, erwiderte Backman. »Vollkommen richtig. Und Lill-Marlene Fängström höchstpersönlich hat sie gesammelt, das ist des Pudels Kern ... stell dir vor, dass ich das immer noch sage: des Pudels Kern? Das passt hier vielleicht nicht ganz so gut, aber das hat mein Vater immer gesagt.«

»Was war denn nun des Pudels Kern?«, erkundigte sich Barbarotti.

»Entschuldige, also letzten Herbst war Mutter Fängström mit ihrem Lebensgefährten auf einer Reise in Estland und Lettland unterwegs und nutzte die Gelegenheit, um einige Tüten Pilze zu sammeln. Die gibt es dort offenbar in rauen Mengen. Dann nahmen sie die Tüten nach Schweden mit und froren die Pilze ein. Unserem Schwedendemokraten schenkten sie eine beträchtliche Menge davon, und ungefähr acht Monate später, als er eines Tages die Tüte im Gefrierschrank fand, verdrückte er eine Portion, die groß genug war, um ihn umzubringen. Es sind übrigens noch zwei weitere Tüten im Umlauf. Wennergren-Olofsson jagt ihnen hinterher.«

»Eigenartig«, sagte Barbarotti.

»Ja«, sagte Backman. »Aber dieser Fall konnte somit auch zu den Akten gelegt werden. Und nächste Woche habe ich Urlaub und werde versuchen, etwas gegen meine schlechte Laune zu unternehmen.«

»Darauf stoßen wir an«, meinte Barbarotti. »Aus der Küche

steigt mir übrigens ein guter Geruch in die Nase. Was hast du denn da im Ofen? Es ist ja wohl hoffentlich nichts mit…?«

»Du brauchst dir keine Sorgen zu machen«, erklärte Eva Backman lächelnd. »Nicht einmal ein kleiner Pfifferling.«

53

Drei Stunden später saßen sie immer noch zusammen. Die Sonne war untergegangen, und sie hatte ein paar Kerzen und einen Gasheizstrahler angezündet. Rotwein in den Gläsern, ein bisschen Käse, ein bisschen Schokolade.

»Wo sind deine Kinder?«, fragte Backman.

»Findest du, dass ich zu ihnen fahren sollte?«, entgegnete Barbarotti.

»Ganz und gar nicht«, sagte Backman. »Ich wollte mich nur vergewissern, dass du sie nicht vergessen hast.«

»Sie sind alle ohne mich beschäftigt«, meinte Barbarotti. »Die Jungen sind bei ihrer Mutter in Göteborg ... im Vergnügungspark Liseberg, nehme ich an, sie besteht darauf, sie dorthin zu schleifen. Johan ist mit seiner Freundin unterwegs, irgendeine Studentenfete oder so. Sara und Jenny wollten ins Fitnessstudio und anschließend ins Kino ... du siehst, ich weiß über sie Bescheid. Wie sieht es bei dir aus?«

Eva Backman zuckte mit den Schultern und wirkte für einen Moment traurig. »Sicher weiß ich Bescheid«, sagte sie. »Jörgen und Viktor sind mit zwei Freunden segeln. Wenigstens behaupten sie das. Jedenfalls sind sie ausgeflogen und erwarten nicht, dass ich sie im Auge behalte. Kalle ist in der Stadt, der arme Junge ist bei Ville und seinem Hausdrachen. Oder er ist unterwegs und trinkt sich einen, damit die beiden ihre Ruhe haben.«

»Die Frau kannst du wirklich nicht ausstehen, was?«

Sie nickte und biss sich auf die Lippe. »Ja, und gerade das macht mir ein wenig Angst. Eigentlich müsste ich damit umgehen können, aber vielleicht bin ich ja auf dem besten Weg, eine richtige Zimtzicke zu werden. Irgendwer hat vor ein paar Stunden etwas über eine weibliche Phase gesagt, erinnerst du dich?«

»Ich habe keine Ahnung, wovon du sprichst«, sagte Barbarotti, sah Eva Backman jedoch an, dass sie jetzt ernst war. Ernst und traurig. Es ist seltsam, dachte er, wir kennen uns schon ewig, und trotzdem glaube ich nicht, dass ich sie jemals barfuß gesehen habe.

Es war ein unerwarteter Gedanke, und momentan schützten Wollsocken ihre Füße vor der abendlichen Kühle. Aber es ließ sich nicht leugnen, dass sie seit zwanzig Jahren Kollegen waren, und er erkannte, dass es wahrscheinlich keinen anderen Menschen auf der Welt gab, mit dem er so viele Gedanken ausgetauscht hatte.

»Weißt du noch, wie ich dir erzählt habe, was für eine Angst ich bekam, als Marianne ihr erstes Aneurysma hatte?«, sagte sie jetzt. »Es war irgendwie eine Angst, die einfach nicht weggehen wollte, als hätte ich … ja, als hätte ich begriffen, dass es tatsächlich möglich war. Dass sie sterben würde. Entschuldige bitte, wenn ich das sage.«

Er nickte. »Ich erinnere mich. Ja, ich glaube, die Angst ist das verheerendste Monster. Sie macht uns kaputt. Vielleicht … vielleicht war es ja das, was ich an Ellen Bjarnebo so bemerkenswert fand. Sie war irgendwie jenseits der Angst.«

»Jenseits der Angst?«, sagte Backman. »Klingt toll, ich hoffe, man kann irgendwann dorthin finden. Es tut mir leid, dass ich so schwermütig bin, Gunnar, eigentlich wollte ich doch versuchen, dich ein bisschen aufzumuntern. Aber ich fühle mich so … verloren?«

Barbarotti nickte, blieb aber stumm.

»Fünfzig Jahre alt, allein und verloren. Wenn ich heute meinen Lebenslauf schreiben müsste, würde diese Zeile völlig reichen.«

»Eigentlich dachte ich, du bist achtundvierzig?«

»Ich fühle mich älter«, erwiderte Backman.

Sie brach ein Stück Schokolade ab und kaute eine Weile. »Heutzutage ist sogar die Schokolade bitter. Und das machen die auch noch mit Absicht, ist das nicht seltsam? So etwas hätte ich als Kind niemals akzeptiert.«

Sie lachte, und er dachte, wenn es etwas gab, was er in einer fröhlichen Menge von hunderttausend Menschen immer heraushören würde, dann war es Eva Backmans Lachen.

»Also, ich habe ehrlich gesagt einen kleinen Plan«, sagte er und räusperte sich.

»Einen Plan?«, fragte Eva Backman.

»Ja, allerdings, hm.«

»Na, dann lass mal hören.«

»Er fiel mir gestern ein, nachdem ich mit Asunander gesprochen hatte. Über das mit seiner Tochter und so...«

Sie nickte, und in ihren Blick trat etwas, das fast aussah wie Sorge. Aber es war ziemlich schummrig auf dem Balkon, vielleicht hatte er sich auch versehen.

»Jedenfalls meinte er, dass er nicht wisse, ob er sich traue, aber dass er müsse. Also, sich seiner Tochter vorstellen. Es war vielleicht nichts Besonderes, aber die Art und Weise, wie er das gesagt hat... und sein Gesichtsausdruck. Es war auch deshalb ein bisschen speziell, weil es ausgerechnet er war.«

»Sprich weiter«, sagte Eva Backman.

»Nun, irgendwie konnte ich nicht aufhören, darüber nachzudenken, und am Ende verstand ich, warum. Ich habe vor, nach meinem Vater zu suchen und ihn zu finden.«

»Nach deinem Vater?«

»Ja.«

»Dem du nie begegnet bist? Dem Italiener …?«

»Genau. Es ist natürlich durchaus möglich, dass er tot ist, aber dann besuche ich eben sein Grab. Ich werde mir im September eine Woche freinehmen, nach Italien fahren und die Sache in Angriff nehmen … immerhin weiß ich, wie er heißt und wo er geboren wurde. Ich denke, es ist machbar.«

Eva Backman lächelte. »Gut«, sagte sie. »Ich finde, das solltest du wirklich tun, Gunnar.«

»Da ist noch etwas«, erwiderte Barbarotti und strich sich leicht nervös mit den Händen über die Knie.

»Ja?«

»Ich wollte fragen, ob du vielleicht Lust hast mitzukommen?«

Eva Backman hatte gerade nach ihrem Weinglas gegriffen, stellte es nun aber wieder ab. Legte die Hand auf den Mund und betrachtete ihn mit einer Miene, die er nicht zu deuten vermochte. Als hätte sie gerade etwas erblickt, was so viele Jahre unter den Teppich gekehrt gewesen war, dass sie es nicht mehr identifizieren konnte. Oder es handelte sich um das genaue Gegenteil, etwas vollkommen Neues und Unverständliches. Fünf Sekunden vergingen. Dann begann sie zu lachen.

Dann begann sie zu weinen.

Habe ich jetzt schon wieder etwas falsch verstanden?, fragte sich Barbarotti. Oder was ist los?

Aber statt zu versuchen, das zu entscheiden, richtete er den Blick auf den dünnen, transparenten Junihimmel und hatte kein Problem, sie da oben zu sehen, Marianne und unseren Herrgott. Gemeinsam saßen sie auf einer eichenen Parkbank, gealtert und abgewetzt vom Zahn der Zeit und vielem Sitzen, und beobachteten alles und lauschten interessiert jedem Wort, das da unten auf diesem himmlischen Balkon in dieser fiktiven

Stadt besprochen wurde, wo eine Frau gerade eine Hand zu einem Mann ausstreckte.

»Von hier oben betrachtet scheint die Sache auf einem guten Weg zu sein«, meinte Marianne.

»Man merkt, dass dein Mann nicht aus der Rippe eines Orang-Utans erschaffen wurde«, erwiderte der Herrgott. »Aber das mit der Evolution habe ich ehrlich gesagt nie richtig verstanden.«

Marianne lächelte.

»Der Mensch ist unergründlich«, bemerkte der Herrgott abschließend. »Genau wie ich.«

Dank

Der Autor möchte sich sehr herzlich bedanken, zum einen bei S und L – den beiden Frauen in der Justizvollzugsanstalt Hinseberg, die wertvolle Informationen über gewisse wichtige Verhältnisse beigesteuert haben, aber nicht namentlich genannt werden wollten, zum anderen bei den Brüdern Granlund, die im südlichen Lappland ganz vorzügliche und wesentlich gesprächigere Chauffeure waren als ihre Entsprechungen in diesem Buch.

btb

Håkan Nesser bei btb

www.btb-verlag.de